Über den Autor

Robert Anton Wilson, geboren am 18. Januar 1932 in New York, studierte Mathematik, Elektrotechnik, Englisch, Pädagogik und graduierte schließlich in Psychologie. Er ist stellvertretender Direktor des «Institute for the Human Future» in der kalifornischen Universitätsstadt Berkeley. Gemeinsam mit dem ehemaligen Harvard-Dozenten und Drogen-Guru der sechziger Jahre, Timothy Leary, veröffentlichte er den Band «Neuropolitics», dem dann sein Meisterwerk «Cosmic Trigger» (rororo Nr. 5649) folgte. Zusammen mit Robert Shea schrieb Wilson außerdem die inzwischen legendäre Pop-Trilogie «Illuminatus! – Das Auge in der Pyramide» (rororo Nr. 4577), «Illuminatus! – Der goldene Apfel» (rororo Nr. 4696) und «Illuminatus! – Leviathan» (rororo Nr. 4772) sowie seine ergänzenden «Illuminati-Papiere» (rororo Nr. 5191) und die Fiktion «Masken der Illuminaten» (rororo Nr. 5764), die der Hessische Rundfunk «ein Feuerwerk von Ereignissen, Ideen und Visionen» nannte. Zu seiner Trilogie «Schrödingers Katze», deren Bände mit den Untertiteln «Das Universum nebenan» (Nr. 5287), «Der Zauberhut» (Nr. 5382) und «Die Brieftauben» (Nr. 5476) ebenfalls als rororo-Taschenbücher vorliegen, schrieb «Playboy»: «Eine Mischung aus Krimi, Polit-Ulk, Science-fiction und wissenschaftlichen Tatsachen.» Außerdem schrieb er «weitere Spielereien zwischen Gegenwart und Zukunft»: «Ist Gott eine Droge oder haben wir sie nur falsch verstanden» (rororo Nr. 5854).

Robert Anton Wilson

UND DIE ERDE WIRD BEBEN

Die Illuminaten Chroniken
Band 1

rororo

Rowohlt

Veröffentlicht im Rowohlt Taschenbuch Verlag GmbH,
Reinbek bei Hamburg, Dezember 1989
Lizenzausgabe mit freundlicher Genehmigung
des Sphinx Verlages, Basel

Originaltitel: The Earth Will Shake
Übersetzung aus dem Amerikanischen von Pociao
Umschlagentwurf Harriet Höppner
Gesamtherstellung Clausen & Bosse, Leck
Printed in Germany
1280-ISBN 3 499 15994 5

E R S T E R T E I L

DER NARR

Während ihres Aufenthaltes in Frankreich waren die Jakobiten stark an der Verbreitung der Freimaurerei beteiligt. Sie knüpften neue direkte Verbindungen zwischen der Freimaurerei und anderen Aktivitäten – zum Beispiel der Alchimie, dem Kabbalismus und der hermetischen Philosophie – die als rosenkreuzerisch galten.

Michael Baigent, Richard Leigh und Henry Lincoln, *Der Heilige Gral und seine Erben*

Was einem Fremden an Neapel am meisten auffällt, ist das Vorherrschen von Mord und Totschlag.

Johann W. von Goethe, *Briefe aus Italien, 1792*

Sigismundo Celine hatte sich auf der Suche nach dem erhabenen *Wakan* mit einem Indianer im dunklen Wald verirrt. Gleichzeitig war er sich mit einem anderen Teil seines Gehirns all dessen bewußt, was sich an diesem Ostersonntagmorgen in der Kathedrale von San Francesco di Paola tat.

Der Trick, es rechtzeitig zur Frühmesse zu schaffen, sagte Onkel Pietro immer, bestand darin, sich in tiefe Meditation zu versenken, den Geist völlig zu entleeren, um vom Geheimnis des Sakraments sanft geläutert zu werden, und sich andererseits nicht so zu entspannen, daß die Leute in den benachbarten Kirchenbänken einen schnarchen hörten.

In dieser Art unbewegter Gleichgültigkeit beobachtete

Sigismundo, wie der Priester die Heilige Kommunion vorbereitete, hörte den Indianer über den *Wakan* sprechen (was immer das sein mochte) ohne den Kopf vornüber fallen zu lassen, so daß niemand merkte, daß er beinahe schlief und die vier Fremden in Schwarz, die sich der Kirchenbank der Malatestas näherten, kaum wahrnahm.

«*Denn das ist mein Leib*», sagte der Priester feierlich auf lateinisch.

Das Lateinische ähnelte dem Italienischen, das jeder sprach und doch war es nicht Italienisch; aber das Italienische war früher mal Latein gewesen. Irgendwann im Lauf der Geschichte, vielleicht vor sechs oder sieben Jahrhunderten, hatten die Neapolitaner eine Mischung aus Lateinisch und Italienisch gesprochen, eine Zwischensprache sozusagen.

«*Und das ist mein Blut...*»

Ob sie damals wußten, daß sie eine Zwischensprache sprachen? Und jetzt, wo Brot und Wein zu Leib und Blut wurden – *der Mystischen Einheit* – ertappte Sigismundo sich dabei, über den genauen Zeitpunkt zu spekulieren, den Moment in der Gleichung, wenn es noch halb Brot und schon halb Christus war, so wie die Sprache irgendwann noch halb Lateinisch und schon halb Italienisch gewesen war und dann sah er, daß die vier Fremdlinge Dolche aus ihren Gewändern gezogen hatten und sich schneller auf die Bank zubewegten.

Er, der junge Sigismundo war mit einem Schlag wieder hellwach. Das Ganze erinnerte ihn an eins dieser Fresken von Filippo Lippi mit den vielen Details: zu viel schnelle Aktionen, zu viele sich bewegende Figuren, zu viel Farbe und zu viel Gewalt. Der Verstand konnte sie unmöglich alle auf einmal erfassen. Denn plötzlich stachen die vier dunklen Männer alle zugleich auf Onkel Leonardo Malatesta ein und perspektivisch über ihm stand der Priester in seinem goldenen und blauen Priestergewand und hier er selbst, Sigismundo, weit weg am rechten Rand der Malatesta-Bank, denn die der Celines war überfüllt und da, im Mittelpunkt der Aufmerksamkeit schaute Onkel Leonardo glotzäugig um sich (wie der Hahnrei in einer *commedia*, dachte der Junge), als könne er selber nicht glauben, was da passierte, während die Fremden ihm wieder und wieder ihre Dolche ins Fleisch stießen.

Und Tante Gina, die hübscheste Frau in ganz Neapel, wie jedermann sagte, fiel gegen Sigismundo und schrie, während das rote Blut auf ihre blauen Röcke spritzte. Einen Augenblick lang schien sich alles zu drehen – die Sprache verwandelte sich in Brot, das Brot verwandelte sich in Christus, dann verwandelte sich der Weizen in Fleisch und das symbolische Opfer Christi in das wirkliche Opfer Onkel Leonardos. Er dachte sogar beschämt, daß er sich jeden Augenblick übergeben mußte, denn das Blut ergoß sich jetzt auch auf ihn und der Priester hatte doch gerade Gottes Blut beschworen, das Sakrament war zum Teufelssabbat geworden und statt irgend etwas zu unternehmen, saß er da wie gelähmt und dachte daran, wie Pater Ratti in der Schule erklärt hatte, das Brot sei der Leib Christi, selbst wenn es auf den Boden fiele und von Staub, Dreck und Kot beschmutzt würde (Und Blut? fragte er sich). Denn alle physische Erscheinung war *Zufall*, während der spirituelle *Gehalt* derselbe blieb; es war der Leib Christi, ungeachtet seiner physikalischen Erscheinung. Diese Termini mußte man verstehen, wenn man die Abschlußprüfung in Religiösem Wissen bestehen wollte. So dachte er in seinem Schwindelanfall verwirrt: wir sind gekommen, um Fleisch zu essen und Blut zu trinken.

Doch dann wußte er, er würde sich nicht übergeben. *Ich bin ein Celine und sogar ein Malatesta.*

Aber jetzt schien jeder, auch sein Bruder und einige seiner Cousins zu drängeln und zu laufen; manche versuchten zu flüchten, andere, sich durchzukämpfen zu der Szene des

Grauens, um Onkel Leonardo zu Hilfe zu kommen, und der Priester stand da wie versteinert, sah sich hilflos über die Schulter (wie einer, der ein Loch in seinem Hosenboden vermutet), die Hostie hoch erhoben, und die Mystische Gegenwart Gottes schaute herab auf die Art und Weise, mit der Menschen im Jahre 1764 unseres Herrn andere Menschen abschlachteten. Da war er, der junge Sigismundo, der versuchte, aufzustehen, sich an Mama und Tante Gina vorbeizuzwängen, um Onkel Leonardo zu helfen, obwohl ihm immer noch alles wie ein Fresko erschien, eine von Lippi oder Angelico gemalte Szene, reglos wie der Pfeil in Zenos Paradox, unfähig, eine Bewegung zu machen, und flüsterte: «Ich bin kein Feigling», auch wenn ihn niemand hörte – vielleicht wollte er ja nur sich selbst erklären, warum er wie angewurzelt war.

Und dann zogen sich die Mörder plötzlich alle zugleich zurück, genau wie in einer Opernszene von Vivaldi. Vier dunkelhäutige Männer aus dem Süden, in einfachen schwarzen Wollumhängen, die in die vier Ecken der Kirche zurückwichen und Onkel Leonardo allein zurückließen in dem goldbestickten Brokatgewand der Malatestas – *ja*, wie ein Gemälde: ihr Schwarz gegen seine leuchtenden Farben und dann erwachte Sigismundo plötzlich aus seiner Erstarrung. Er sprang aus der Kirchenbank, setzte dem nächststehenden Mörder nach und packte ihn an dem Arm, der die Waffe hielt, mit dem er töten konnte. Er versuchte das Schwein herumzuwirbeln, um ihm einen Schlag ins Gesicht zu verpassen, und war selbst überrascht, wie einfach das ging, wie leicht und schnell der *siciliano* sich drehen ließ, fast wie ein Kinderkreisel.

Genau so, hatte Giancarlo Tennone, sein Fechtmeister immer gesagt, mußte ein Mann sich drehen, wenn man ihn angriff. Und dann kam es anders, als der Junge es geplant hatte, spürte er den Stich und etwas Feuchtes und wußte, daß auch er getroffen worden war. Wie war das möglich: er hielt den Dolcharm des dreckigen Hundes! Und er umklammerte ihn noch immer und versuchte zu verstehen, was passiert war, als er einen zweiten Stich spürte und begriff, daß der *siciliano* ihn mit dem ältesten Trick der Welt reingelegt hatte: der dreckige Hurensohn hatte einen zweiten Dolch in der linken Hand, möge Gott ihn verfluchen und die Stadt seiner Geburt dafür mit der Pest strafen.

Und als er seinen Griff lockerte, ohne zu wissen, ob der andere eine Arterie getroffen hatte, starrte der junge Sigismundo dem Mörder direkt in die Augen (Augen, in denen ein seltsames Violett auf schwarzem Grund schimmerte) und sah etwas, das er nicht glauben konnte, nicht glauben wollte:

Der siciliano wollte ihn nicht töten.

Mehr noch: der Mörder (ein Jugendlicher, höchstens ein paar Jahre älter als er selber) war unbeirrbar *entschlossen*, ihn nicht zu töten, als hätte er es bei Vollmond am Grab seiner Mutter geschworen und sich dabei sogar noch über die Schulter gespuckt. Sigismundo wurde für etwas anderes aufgespart. So etwas konnte man manchmal in den Augen eines Menschen lesen, behauptete Onkel Pietro. Es war die Macht der Hexen und sie wurde jedermann zuteil, nicht nur den Hexen, in bestimmten Augenblicken der Erregung. Wenn man empfänglich dafür war, sagte Onkel Pietro, konnte sie einem verraten, was der Gegner im Kampf als nächstes tun würde.

Doch da stolperte Sigismundo und einen Augenblick lang drehte sich die ganze Kirche, denn er verlor immer mehr Blut und hatte in seinem Schwindel das Gefühl, das Leben selbst verließe ihn in unübersehbaren, dunkelrot pulsierenden Stößen. Und der Mörder riß sich los und floh.

Sigismundo dachte: So trainieren sie sehr jung in Sizilien; und dann: sein Gesicht kommt mir bekannt vor, aber meine Augen seien verflucht, wenn ich wüßte, wo ich ihn schon mal gesehen habe; und dann gestattete er sich einen absurden kleinen Witz: Gott der Allmächtige, vielleicht erlaubt er sich am Ostersonntagmorgen nur einen Mord, vielleicht ist das seine Art von Gottesfurcht. Vielleicht schändet er an San Genaro auch keine Jungfrauen und raubt während der Fastenzeit keine Blinden und Krüppel aus.

Denn von so einem Hund verschont zu werden, einem durchtrainierten, professionellen Killer, war ungefähr damit vergleichbar, zu Hause die Tür aufzumachen und sich plötzlich in Bagdad oder China wiederzufinden. Es war eine Vergewaltigung der Natur. Die einzige Erklärung für eine solche Ungeheuerlichkeit barg die entsetzliche Vorstellung: es könnte jenes alte sizilianische Spiel sein, bei dem man morgens aufwacht und einen Dolch auf dem Kopfkissen findet, messerscharf neben der Kehle. Die Botschaft dieser nächtlichen Mission: diesmal bist du noch davongekommen. Man mußte rauskriegen, was sie von einem wollten; ein zweites Mal würde es kein Pardon geben.

Aber vielleicht ließ er seiner Phantasie allzu freien Lauf. Der Mörder war jung, vielleicht hatte er, verflucht seien seine violetten Augen, nur einen Moment Angst gehabt. Möglicherweise hatte «Cyrano» Maldonado (der einzige, der hinter dieser Sache stecken konnte) auch nur für einen Mord bezahlt. Mord ist schließlich eine Ware wie jede andere, dachte Sigismundo, man kommt zu nichts, wenn man zwei zum Preis von einem verkauft.

«O mein Gott, ich bereue alle meine Sünden», keuchte Onkel Leonardo. Er würgte, spuckte Blut und versuchte, Buße zu tun, aber dann schwankte er, mit Augen so glitzernd wie Juwelen und vollkommen ausdruckslos, und stürzte polternd zu Boden. In diesem Augenblick begriff der Junge zum ersten Mal, was der Begriff *Totgewicht* bedeutet.

Überall Blut, alles war verschmiert. Sigismundo hatte das Gefühl, zu ersticken und riß seinen Hemdsärmel auf, um sich den Arm abzubinden. Er hatte immer geglaubt, die Menschen würden vornehm sterben, mit einer heldenhaften Rede kurz vor dem Tod. Aber das hier war in etwa so glorreich und tragisch wie damals, als Sigismundo zugesehen hatte, wie die Köchin ein Hühnchen ausnahm und säuberte.

Und dann setzte das Alltägliche ein, die Zeit verging wieder normal, ohne Sprünge und Stockungen. Möglich, daß er noch etwas schwindelig war, obwohl die Wunde an seinem Arm nur oberflächlicher Natur zu sein schien. Und Onkel Pietro hatte das Kommando übernommen wie üblich: Sigismundos Vater, Guido Celine, schrie und fluchte, ohne daß ihn jemand beachtete, während Pietro ruhig und mit fester Stimme sprach. In solchen Fällen, das wußte Sigismundo, tat jedermann, was Onkel Pietro anordnete, einfach weil dieser, Pietro Malatesta, sich nicht vorstellen konnte (und sich nicht einmal die Vermutung gestattete), das jemand die Frechheit besitzen könnte, sich seinem Befehle zu widersetzen.

Da war er also, der junge Sigismundo Celine (in den Augen der beiden einzigen Personen, auf deren Meinung er was gab, nämlich Onkel Pietros und seiner eigenen, der talentierteste junge Musiker in ganz Italien seit Antonio Vivaldi) und hatte in wenigen Minuten gelernt, daß Menschen im wirklichen Leben anders sterben als in der Oper. Onkel Pietro schleppte ihn, so schnell sie beide laufen konnten, über die Via di Roma zu einem Wundarzt. Blut tropfte zu Boden und hinterließ eine hellrote Spur, denn der Verband am Arm löste sich langsam auf und flatterte um ihn herum wie eine Fledermaus in einem dunklen Raum.

Dann läuteten die Kirchenglocken, hallten vom einen Ende Neapels zum anderen wieder. Überall waren die Messen zu Ende, außer in San Francesco di Paola, wo man wahrscheinlich jetzt noch das Blut aufwischte. Sie feiern die Wiederauferstehung, dachte Sigismundo, sie tun es nicht, um sich über unseren Schmerz lustig zu machen. Ich darf nicht daran denken, daß diese Glocken auch der Lärm von tausend Dämonen sein könnten, die auf die Ambosse der Hölle trommeln, um diese letzte an Gott und den Menschen begangene Verbrechen zu feiern.

Er konnte immer noch nicht fassen, daß die Mörder (auch wenn es sich um Sizilianer handelte, also um Teufelsbrut) genau in dem Moment zugeschlagen hatten, als das Sakrament geweiht wurde, als die Mystische Einheit Christi die Kirche erfüllte, noch dazu an einem besonders heiligen Tag, an dem jeder in der Kirche war, um Gott für das Ende der letzten Typhusepidemie zu danken. Es war, als hätten sie Christus zeigen wollen, daß sie die Religion verachteten, genauso wie das menschliche Leben – als seien sie leibhaftige Dämonen.

Dante teilte die Mörder in verschiedene *bolge* ein, die der Scheußlichkeit ihres Verbrechens entsprachen. Auf dem tiefsten Grund der Hölle, *Caina attende*, schmorten jene, die heimtückisch Freunde oder Verwandte ermordet hatten. Aber es müßte eine noch tiefere Grube geben, dachte Sigismundo, für alle, die am Ostersonntag in der Kirche morden und Gottes Gnade verspotten.

Überrascht stellte er fest, daß er schon ein Held war, denn die Legende über das Geschehen war ihm durch die Via di Roma zu der Via Cristoforo Colombo und Portinaris Laden vorausgeeilt. Offensichtlich hatten sich schon die Jungen von ganz Neapel hier versammelt, um ehrfurchtsvoll zuzuschauen, wie ihm jetzt fachmännisch ein neuer Verband angelegt wurde. Alle redeten durcheinander und jeder wollte dem anderen erzählen, was Sigismundo getan hatte. Sie fragten ihn nach Einzelheiten; ein bartloses, pickeliges Gesicht brüllte lauter als das andere (Onkel Pietro und der Arzt waren die einzigen Erwachsenen) und alle waren so zappelig und gespannt, daß sie die Antworten auf ihre eigenen Fragen gar nicht abwarteten und natürlich auch nicht merkten, daß Sigismundo selber eine Frage stellen wollte. Schließlich mußte er sie überschreien, um sich Gehör zu verschaffen:

«Sind die Vaterlosen etwa entkommen?»

Doch als er die bittere Antwort erhielt, mit der er gerechnet hatte, ließ er sich so wenig wie möglich anmerken, denn Onkel Pietro war da und er wußte, daß er noch immer als Junge galt in der Familie, obwohl er seit mehr als einem Jahr den weißen, klebrigen Beweis seiner Männlichkeit hatte. Ein Junge war ein lärmendes Ärgernis, etwas besser als ein Mädchen natürlich, aber keinesfalls reif genug, als daß man ihm die Probleme der Erwachsenen anvertrauen könnte.

«Profis?» fragte der Arzt, Signor Portinari, der zwei Kinder an den Typhus verloren hatte.

«Einer von ihnen, mit denen sich dieser Dummkopf hier anlegen mußte, hatte einen zweiten Dolch in der Linken», antwortete Onkel Pietro, kalt wie Eis. Auch er ließ sich nicht das Geringste anmerken.

«Ah», sagte Signor Portinari. Und wiederholte dann, als hätte er das nicht erwartet: «Profis.» Er war immer etwas langsam und seine Stirn war nicht viel größer als die eines Gorillas. Während er die Bandage schmerzhaft anzog, fragte er plötzlich: «*siciliani*?»

«Sie sahen so aus», sagte Onkel Pietro.

«So so», bemerkte der alte Portinari nachdenklich wie ein Mathematiker bei der Lösung eines Problems. «Profis also.»

Und Sigismundo wußte – jeder in Neapel wußte es – was *sizilianische Profis* bedeutete. Onkel Pietro hatte es oft gesagt: Die siciliani waren die ältesten und unberechenbarsten Menschen auf Erden, älter als das Römische Reich und alle Cäsars der Welt, älter sogar als die Etrusker und Minoer – so alt, daß ihr Verhalten und ihre Ideale jedermann unverständlich waren, außer vielleicht dem Teufel. Wenn ein siciliano entschlossen genug war – das war allgemein bekannt – würde er einen töten, selbst wenn es seinen eigenen Tod bedeutete. Dies war eine Art von Ehre, die die Neapolitaner noch verstanden, aber die verrückten Sizilianer gingen noch weiter, viel weiter. Sie würden einen anderen auch dann töten, wenn ihre eigene Familie dran glauben mußte, oder ihre Stadt oder sogar ganz Sizilien. Es war so, sagte Onkel Pietro, als bestünde, da sie eine Minderheit waren, ihre einzige Chance zum Überleben darin, sich um das Überleben keine Gedanken zu machen – so verteufelt heimtückisch zu sein, daß keiner es wagen würde, sie herauszufordern. Sie sind wie die Bienen, sagte Onkel Pietro, die sterben, wenn sie dich stechen, nur um sicher zu gehen, daß niemand den Respekt vor dem Mumm der Bienen verliert.

Deshalb machte bei den Neapolitanern ein Witz die Runde, nach dem es vier Sorten von Söhnen eines Du-weißt-schon gibt: der einfache, alltägliche Sohn eines Du-weißt-schon, der nur dann heimtückisch wird, wenn man sich zwischen ihn und seine Geschäfte stellt; der ewige Sohn eines Du-weißt-schon, der immer der Sohn eines Du-weißt-schon bleibt, egal wie und wo man ihm begegnet; dann der Sohn eines Du-weißt-schon auf Rädern, der einfache und ewige Söhne eines Du-weißt-schon zum Frühstück verspeist und einen Erzbischof zum Mittagessen verschlingt und schließlich der transzendentale, sizilianische Sohn eines Du-weißt-schon, der wie ein platonisches Ideal ist, dem alle anderen Söhne eines Du-weißt-schon nacheifern. Wenn du deinen Mut unter Beweis stellen willst, sagte Onkel Pietro oft, dann versuch, einem hungrigen Tiger sein Fressen wegzunehmen oder tritt einem Löwen in die Eier, aber wenn du nicht willst, daß der Gärtner des Vetters zweiten Grades der Enkel der Enkel sich beim Spazierengehen dauernd über die Schulter gucken muß, dann leg dich um Gottes willen nicht mit einem Hurensohn von *siciliano* an.

Denn Sizilien selbst und auch der letzte Sizilianer könnten von der Oberfläche der Erde verschwinden, ausradiert werden und kein Sizilianer hätte etwas dagegen, so weit zu gehen. Wenn es nötig ist, sind sie stur wie die Maultiere. Hauptsache, es ist gewiß, daß keiner irgendwo auf der Welt den Respekt vor den Sizilianern verliert. Onkel Pietro sagte, daß selbst ein

Meisterschwindler einen armenischen Teppichhändler nur einmal in einer Million Fällen übers Ohr hauen und selbst ein Dämon aus der Hölle einen Spanier nur einmal in einer Million Fällen erschrecken könne, während nicht einmal Gott mitsamt seinen zwölf Aposteln als Gehilfen einen entschlossenen Sizilianer aufzuhalten vermochte, ohne zuerst ihn zu töten und darauf methodisch auch seine Brüder, Vettern und Onkel, Vettern zweiten Grades und Großonkel, dann natürlich auch die Cousinen und jedes krabbelnde Kind der Familie, das alt genug war, einen Stein zu werfen und so weiter bis in alle Ewigkeit. Denn bis Gott nicht den letzten sizilianischen Ur-ur-ur-urgroßvater getötet hatte, der sich kaum auf seinen Krücken halten, aber vor ihm ausspucken konnte, würden sie sich ihm entgegenwerfen, unaufhaltsam wie er selbst, denn so hatte Sizilien die Griechen und Sullas, die Belisarer und Normannen und Hohenstaufer und alles und jedes, was sich seit Anbeginn der Geschichte gegen sie und ganz Süditalien gestellt hatte, überlebt.

Niemand in Neapel, ja nicht einmal in Rom hatte es je gewagt, den Sizilianern den Respekt zu verweigern. Selbst der Papst, sagte Onkel Pietro, bete jeden Abend zu Gott, daß er nicht unwissentlich einen Sizilianer beleidigt haben möge. Manche behaupteten sogar, daß man sie selbst in Rimini, Florenz oder Spanien fürchtete, wo der göttliche Scarlatti hingegangen war oder weit jenseits der Alpen, in Bayern, wo die Frauen alle Du-weißt-schons und die Männer Ketzer und Zauberer waren.

So ging es also zurück durch Neapel. Die Bucht schimmerte wie Silber und Zinn und rötliches Kupfer in der Morgensonne, diese Bucht, für die Reisende aus Venedig und sogar England Tausende von Meilen zurücklegten, um dann glotzäugig davorzustehen und zu gaffen. Und wenn sie sich lange genug die Augen aus dem Kopf geglotzt hatten, sagte Onkel Pietro, fuhren sie wieder nach Hause und erzählten ihren neidischen

Nachbarn, was für ein Glück es sein mußte, Neapolitaner zu sein – und weiter durch den Palazzo Reale, dann am prunkvollen goldenen Teatro San Carlo vorbei, wo der junge Sigismundo den wichtigsten Teil seiner Erziehung erhalten hatte, denn dort hatte er Vivaldi, Jommelli und Pergolese kennengelernt (auf eigene Faust allerdings Scarlatti und Telemann entdeckt). «Das goldene *teatro* ist das einzig Gute, was das fette Bourbonenschwein Don Carlos je Neapel hinterlassen hat», hatte Onkel Pietro einmal gesagt, sehr leise natürlich, «aber was kann man von einer Mißgeburt wie diesem halb französischen Spanier auch anderes erwarten, als daß er den Neapolitanern zuerst einen goldenen Hochzeitskuchen in Form einer Oper spendiert, die er nach seinem Schutzpatron benannte, um der Nachwelt seinen guten Geschmack zu beweisen, und sie dann auf jede Art, die einem schlitzohrigen halb spanischen Franzosen nur einfallen kann, schindet.»

Jetzt fing der Arm an, weh zu tun, mit scharfen kleinen Stichen, wie ein schmerzender Zahn, der sich entzündete.

«Diese Vaterlosen, wie du sie genannt hast – wo lernt ein Junge in deinem Alter eigentlich solche Ausdrücke?» sagte Onkel Pietro, ohne auf das *teatro* zu achten, nur bemüht, seinen eigenen Ärger abzuschütteln, «dieses mutterlose und vaterlose Gesindel, mehr, diese dreckigen Söhne billiger Huren, die sich mit Ziegen, Hunden und barbarischen Affen abgeben, diese schwarzen Bastarde, die meinen Bruder umgebracht haben – sollen sie auf ewig in der Hölle schmoren – haben Neapel wahrscheinlich längst verlassen. Es sind tatsächlich professionelle Killer, wie der alte Portinari sagte, noch dazu bestens ausgebildete – sollen ihre Frauen Mißgeburten zur Welt bringen und ihre Mütter erblinden! Es könnte sogar eine alte Familientradition sein: wahrscheinlich haben ihre Großväter ähnliche Geschäfte für die Borgias erledigt.»

«Aber warum?»

«Warum?» Pietro blieb mitten auf der Straße stehen und

starrte den Jungen an. «Für was ist denn Neapel oder in dieser Hinsicht auch Portici oder Resina, ja sogar die ganze untere Halbinsel berühmt, wenn nicht für die ausgezeichnete Qualität und hohe Zahl unserer professionellen Bauchaufschlitzer und Witwenmacher? Wir sind der ganze Stolz, das *non plus ultra* der Welt, mein Junge. Sollen die ungläubigen Türken mit ihren Reichtümern und Harems prahlen, die Franzosen mit ihren Dramatikern und Philosophen – wir haben die vollendetsten Messerkünstler. Daß wir in diesem Irrenhaus von Neapel leben und uns Menschen nennen, ist wie du siehst, Siggi, ein Witz. Menschliche Wesen, Gottes Ebenbilder, pah! Vernunftbegabte Tiere, sagt Aristoteles. Vernunftbegabt...»

Und dann brach er, Onkel Pietro, der stärkste und (wie manche sagen) kaltblütigste Mann von ganz Neapel auf offener Straße in Tränen aus.

«Ich habe ihn geärgert», sagte er und legte seinen Kopf auf die Schultern des Jungen. «Als wir klein waren, habe ich ihn immer geärgert, das kleine Würmchen und ihn gepiesackt bis zum geht-nicht-mehr. Gott vergebe mir, Gott vergebe uns allen, denn wir sind Narren!» Und einen Augenblick lang zitterte sein ganzer Körper.

«Onkel», flüsterte der Junge, beschämt und furchtsam.

«Ich weiß, ich weiß... aber es ist doch alles so absurd, siehst du denn nicht?» Letzteres galt vielleicht mehr dem Herrn als dem Jungen. «Kaum ist der Typhus verschwunden und alles scheint wieder in Ordnung, da bricht Mord und Totschlag über uns herein wie ein Donnerschlag des Himmels. Noch vor einer Stunde war er nur einer meiner Brüder, nicht unbedingt der klügste... der Letzte, um ehrlich zu sein, dem ich wichtige finanzielle Angelegenheiten anvertraut hätte... und dann bringen sie ihn um und ich sehe, was ich eigentlich schon immer am meisten an ihm hätte schätzen sollen: daß er der sanftmütigste von uns allen war, der beste Christ! Der beste Ehemann, der beste Vater, der beste Mensch! Ich war zu beschäftigt mit Geldverdienen, um auf solche Dinge zu achten. Wir sind ja alle viel zu beschäftigt... oh mein Gott!»

Doch dann hob Pietro Malatesta den Kopf und sein Gesicht war wieder so ruhig und verschlossen wie immer, bis auf die dunklen Ringe unter den Augen, jenen Malatesta-Augen, von denen die Leute sagten, sie glichen denen eines Falken: so kalt, daß ihr Scharfsinn Angst erregte, so scharf, daß ihre Kälte einer Warnung gleichkam.

Und als sie nach Hause zurückkehrten, waren alle da: alle Celines und Malatestas von Neapel und Tante Gina konnte nicht aufhören, zu weinen. Die Männer unterhielten sich leise und senkten die Stimmen noch etwas mehr, wenn Sigismundo oder eines von den anderen Kindern näher kam. Es war nicht zu übersehen: Er war mit seinen vierzehn Jahren immer noch ein Kind; sie würden ihn nie einweihen. Blieb ihm nichts anderes übrig, als seine eigene, persönliche *vendetta* in die Wege zu leiten.

Das Unerträgliche war, daß niemand an diesem Nachmittag des Flüsterns und der Trauer den Namen in den Mund nahm, den er selbst am liebsten laut herausgeschrien, ihnen ins Gesicht gebrüllt hätte: Graf Maldonado. «Cyrano» Maldonado, der seinen riesigen Rüssel in jedes Komplott gesteckt hatte, das seit Anbeginn der Welt gegen die Malatestas ausgeheckt worden war.

(Später dann, nach seinem eigenen Anschlag, sollte Sigismundo denken: es war die Musik, immer nur die Musik. Denn wenn er einer Vision des Heroischen nachhing, einem Trugbild der menschlichen Vervollkommnungsfähigkeit, die manchem krankhaft und ihm selbst schließlich lächerlich erscheinen mußte, dann war es die Musik, die ihn so verrückt gemacht hatte – die Musik, geschaffen von menschlichen Wesen, die nicht in allen Fällen bewundernswert oder edel waren, sondern oft so launisch und eitel wie die verhätschelten Pudel einer französischen *contessa*. Aber trotzdem – in dieser Musik verbarg sich eine Stimme, die immer wiederkehrende Kadenz eines nicht-menschlichen Phänomens, nach dem die Menschheit sich sehnt, dem sie sich aber nur annähern kann, so wie jeder mit Kreide gemalte Kreis dem wirklichen, platonischen Kreis nur bedingt nahe kommt und jede Seele nach Gott trachtet, so wie jeder Sohn eines Du-weißt-schon der strahlenden, blendenden Vollkommenheit eines sizilianischen Sohnes eines Du-weißt-schon nacheifert.)

So hatte er, Sigismundo Celine also eine Verabredung mit Graf Maldonado, mindestens aber mit dem erstbesten Maldonado, der ihm über den Weg lief. Denn es war *moira*, ein vorgezeichnetes Schicksal; ein durch die Vorsehung geschürzter Knoten; die Vergangenheit, die sich in einem riesigen Wirbel auf ihn stürzte. So wie dieser eine Morgen vor einem Jahr, als er beim Aufwachen den warmen weißen Beweis für seine Männlichkeit entdeckt hatte – lebendig und klebrig auf dem Bettlaken (und zuerst Angst gehabt hatte, Mama könnte glauben, er habe Du-weißt-schon gespielt – eine der schlimmsten Sünden überhaupt). Jetzt war mit dem unheilvollen *pavane* in San Francesco di Paola – der Mystischen Gegenwart, nicht nur Gottes, sondern auch des Todes – ein weiterer Schritt auf das Erwachsenwerden hin getan.

Und er hatte versagt. Auch wenn ihn alle wie einen Helden behandelten, er wußte, daß er sich wie ein Trottel benommen hatte. Seit drei Jahren nahm er nun Fechtunterricht, hatte jede *riposte* gelernt und gespürt wie das Wissen in Fleisch und Blut überging, die Muskeln automatisch reagierten, und er war der Beste in der Klasse. Aber all das war bloß ein Kinderspiel gewesen, kein Ernst. Bei der ersten wirklichen Herausforderung hatte er den Verstand verloren, hatte wie ein kleiner Junge gegen einen Mann gekämpft und war mit Leichtigkeit hereingelegt worden. Und wahrscheinlich wäre er mit der gleichen Leichtigkeit umgebracht worden, wenn der Sizilianer nicht einen mysteriösen Grund gehabt hätte, ihn zu verschonen.

Ja, dumm und kopflos war er gewesen. Giancarlo Tennone hätte mit Sarkasmus gekontert, wenn er sich im Unterricht etwas Derartiges erlaubt hätte. Tennone nannte ein solches Verhalten das eines *tollkühnen Narren* und hämmerte es ihnen wieder und wieder ein, wie sein eigenes Pater Noster: «Die tollkühnen Narren sterben als erste.» Tennone war ein blonder Kämpfer aus dem Norden, aus Mailand, der über das Fechten besser Bescheid wußte als des Teufels Großmutter über Du-weißt-schon. Er hatte in Florenz und Rom gelehrt und sogar in Paris und war dann nach Neapel gekommen, um hier seine müden Knochen in der neapolitanischen Sonne auszuruhen.

Als die Dämmerung hereinbrach, schickte man die Kinder in ihre Zimmer. Sigismundo stellte sich ans Fenster, schaute zu, wie der Himmel sich orange und zimtrosa färbte und komponierte im Geist die Variation eines Vivaldi-Themas. Er ließ es so klingen, als spielte der geniale Telemann selbst das Stück, obwohl Tante Gina unten im Wohnzimmer noch immer nicht aufhören konnte, zu schluchzen. Er war vollkommen ruhig, solange er an seiner Musik arbeitete. Er wußte genau, was er tun würde.

Er hörte, wie Onkel Antonio sagte: «Ich muß ständig daran denken, wie wir Kinder waren. Er hatte Angst vor den Krokodilen in Afrika, von denen ihm jemand erzählt hatte. Mama mußte ihm immer wieder versichern, daß die Krokodile es niemals schaffen würden, durch das Mittelmeer bis nach Neapel zu schwimmen.»

«Gott vergebe mir», sagte Onkel Pietro. «Ich habe ihn immer aufgezogen und ihm erzählt, wie ich nachts Krokodile die Treppe raufkommen hörte...»

Sigismundo erinnerte sich an seine eigenen Ängste als Kind und dachte, wie schrecklich es sein mußte, im Dunklen im Bett zu liegen und auf die glitschigen Reptilien an der Tür zu horchen.

Als die Dämmerung in Nacht übergegangen war, zündete er

sich eine Kerze neben dem Bett an und begann, die neue Melodie aufzuschreiben und ihr dabei immer neue Variationen hinzuzufügen. Er konnte jetzt unmöglich *clavicembalo* spielen, das wäre ein Sakrileg. Doch mittlerweile hatte das Stück eine so vollendete Form angenommen, daß er es festhalten mußte, ehe er es wieder vergaß: es war wie *moira*, das Schicksal selbst, schnatternd und webend, während es Millionen von Existenzen zu einem Muster ordnete, das keine von ihnen durchschaute. Wenn er die beiden Hände überkreuzte, würde die Sonate nach der Variation des dritten Taktes mehr nach Scarlatti klingen, jetzt war alles geplant: wo er es tun würde, wann er es tun würde und wie er es tun würde. Damit würden sie ihn als Erwachsenen akzeptieren müssen, denn rotes Blut würde an seinem Dolch kleben – das Blut der Maldonado-Hunde.

«Gott hat für alles einen Grund», hörte er seinen Vater sagen.

«Manchmal glaube ich nicht mehr an Gott!» Das war Tante Gina, die immer noch hysterisch schluchzte.

«Gina! Nicht einmal unter solchen Umständen! Die Wände haben Ohren.» Das war Onkel Pietro. Er nannte die Dominikaner immer *domini-canis*, wenn sie von niemandem gehört werden konnten: die Hunde Gottes. Eine kluge Wendung der Sprache; es stimmte, daß die Dominikaner wie Hunde waren. Jedermann in Neapel fürchtete diese wolfsäugigen Bürokraten der Heiligen Inquisition.

Aber in der Musik gab es Verbindungen, die noch viel scharfsinniger geknüpft waren als *domini-canis*. Im Kontrapunkt konnte man A und nicht-A sagen und sogar beides: A- und nicht-A zugleich. Damit konnte man sich über Aristoteles lustig machen und gleichzeitig die Anspielungen so miteinander verbinden, daß man sie nicht verstand, es sei denn, man war selber Musiker und doch wurde jedermann unterhalten, ohne zu ahnen, warum das Stück so fröhlich und trotzdem so logisch wie das Einmaleins war.

Wenn ich morgen sterbe, dachte er, werde ich nie die Musik

schreiben, die nur ich hören kann. Ich werde in den Himmel kommen, aber niemand wird von Celine, Scarlatti und Vivaldi sprechen. Man wird nicht einmal von Vivaldi, Scarlatti und Celine sprechen. Wenn man überhaupt von Celine spricht, dann höchstens in Verbindung mit dem Weinhandel der Familie.

«Endlich hatte er sich von den verdammenswerten Büchern der Romanzen befreit.» Dieser Satz stieg aus den Tiefen seiner Erinnerung auf und dann sah er plötzlich Onkel Pietros lachendes Gesicht vor sich. Wie er lachte, er konnte gar nicht mehr aufhören zu lachen, bis ihm die Tränen in den Augen standen und dann fiel ihm wieder die ganze Szene ein. Es war schon eine Weile her, er war neun gewesen. Pietro hatte ihm Spanisch und Französisch beigebracht und sie waren gerade beim *Don Quixote* des einzigartigen Cervantes angelangt. Es war eine ziemlich traurige Stelle gewesen, aber dieser Satz mußte Onkel Pietro wahnsinnig komisch erschienen sein. Er hatte gelacht und gelacht, so wie Sigismundo selbst, als er mit ein paar anderen Jungs eine Katze an den Glockenstrang der Kathedrale gebunden und das Läuten, Miauen und Jaulen die ganze Stadt aufgeweckt hatte. Sigismundo hatte nervös gefragt: «Was ist denn daran so witzig?» Immerhin war Don Quixote ein gebrochener Mann, enttäuscht und verzweifelt.

Aber Onkel Pietro hatte gesagt: «Du müßtest schon in meinem Alter sein, um das zu verstehen.»

Das war die typische Antwort, die Erwachsene neunjährigen Jungen zu oft gaben, vor allem, wenn diese versuchten, genauere Informationen über Du-weißt-schon zu erhalten. Onkel Pietro war sein Lieblingsonkel, weil er ihn normalerweise nicht so behandelte. Und selbst in diesem Fall hatte Pietro, als er das enttäuschte Gesicht des Jungen sah, schnell hinzugesetzt: «Es tut mir leid. Es gibt Witze, die kann man nur verstehen, wenn man lange, lange Zeit ein Dummkopf war und dann, in der Meinung, man wäre schließlich geheilt, feststellen muß, daß man nur zu einer anderen Art von Dummkopf geworden ist.»

Als er unter das Laken kroch und die Kerze auspustete, fragte sich Sigismundo, warum Onkel Pietro, der im allgemeinen als so gewitzt galt, daß er selbst einem Machiavelli die Unterwäsche klauen konnte, ohne ihn seines Hemdes und der Hosen zu entledigen, sich selbst als Dummkopf bezeichnet hatte. Und dann wurde Onkel Pietro allmählich immer dünner und größer, bis er so aussah wie Don Quixote in den Illustrationen und dann tauchte auch Sancho Pansa auf, doch der sah ganz und gar nicht so aus wie in den Illustrationen. Tatsächlich umgab ihn etwas Finsteres und Wundersames und Sigismundo merkte, daß es gar nicht Sancho Pansa war, sondern der violettäugige Meuchelmörder aus der Kirche. Egal wohin er ging, von Haus zu Haus und von Tür zu Tür, niemand war zu Hause, ganz Neapel schien ausgeflogen zu sein. Er schleppte sich durch die Straßen und Gassen und hielt Ausschau nach Hilfe und der violettäugige Mörder war ihm immer auf den Fersen, nie sehr weit weg, aber auch nie ganz nahe. Und dann stand er plötzlich in der Villa des verfluchten Grafen Maldonado und Maria lag in der Badewanne, splitternackt. Er wollte sich über den Rand beugen, um ihr Du-weißt-schon zu sehen, Gott vergebe ihm, aber da kam ihm eine Windmühle in die Quere, verdeckte sie und dann tauchte auch schon wieder der Mörder auf und alles ging von vorne los: Er ging von Haus zu Haus, niemand war da, ganz Neapel war wie ausgestorben, bis auf ihn selbst und den Killer, der ihn unermüdlich verfolgte. Er versuchte, im Teatro San Carlo Unterschlupf zu finden, aber das Orchester bestand aus lauter glitschigen Krokodilen, die mit weit aufgesperrten Rachen auf ihn zugewatschelt kamen. Mitten in der Nacht fuhr er im Bett auf; es war nur ein Alptraum gewesen, aber er war noch ganz besessen von der Angst eines Kindes, das nie ganz sicher ist, ob hinter der Tür nicht doch tatsächlich Krokodile lauern.

«Vater unser, der du bist im Himmel», betete er. «Geheiligt werde dein Name. Dein Reiche komme...»

Er beendete das Vaterunser und hängte noch ein «Gegrüßet seist du, Maria» dran; dann waren seine Ängste verschwunden.

Er stieg die Hintertreppe zum Klo hinunter und gab sich Mühe, nicht an die Krokodile zu denken. Beim Urinieren fiel ihm ein Tag ein, der etwa anderthalb Jahre zurücklag. Nach dem allwöchentlichen Palaver – einer Diskussion, in der es hauptsächlich darum ging, wessen Schwester eine Du-weißt-schon war oder nicht – war Onkel Leonardo auf dem Marktplatz aufgetaucht. Als er sie lachen sah, hatte er sich natürlich nach dem Grund für ihre Fröhlichkeit erkundigt. «Ach, nur wieder so ein Mord!» hatte Sigismundo gesagt. Onkel Leonardo hatte ihn entgeistert angestarrt und wiederholt: «‹Ach, nur wieder so ein Mord!› Mein Gott, ist das alles, was Neapel uns zu bieten hat? Kaum zwölf Jahre alt und schon solche Sprüche? Du könntest wenigstens ein Gebet für den armen Teufel sprechen, wer immer es auch gewesen sein mag.»

Und jetzt war Onkel Leonardo selbst zum Opfer geworden, der letzte arme, tote Du-weißt-schon. Im Norden ging es nicht so zu. Auch dort gab es Verbrecher und Mörder – die gab es überall und das war eine Folge der Erbsünde, sagte Pater Ratti – aber kein zweites Königreich konnte, wie Onkel Pietro es nannte, eine so stattliche Anzahl von Mordinstrumenten vorweisen wie die Region zwischen Neapel und Sizilien. Zum ersten Mal im Leben fragte sich Sigismundo, woran das wohl liegen mochte. Wir haben die größten Musiker und das beste Klima der Welt. Onkel Pietro, der schon überall gewesen ist, sagt, kein Volk lacht so viel wie die Neapolitaner – warum haben wir dann so viele Mörder?

Als er die Treppe hinaufstieg, erlaubte er keinem der im Dunkeln lauernden Schatten, die Gestalt eines Krokodils anzunehmen. Man konnte seine Phantasie zügeln, auch wenn man der Sensible, der Künstler in der Familie war. Sogar in der

Geisterstunde, in der sich, wie man munkelte, Gräber auftaten, Hexen auf Besenstielen durch die Luft ritten und Dinge aufrecht gingen, die normalerweise hätten kriechen müssen. Und sogar dann, wenn manche Schatten wirklich verdächtig nach Krokodilen aussahen.

Als er wieder unter der Decke lag, hörte er im Geist seine neue Sonate, aber so, wie sie auf einem echten *clavicembalo* klang. Morgen würde er sich seiner Herausforderung stellen, als Mann, furchtlos. Langsam gewann die Musik an Intensität, an immer mehr Scarlattinischem Glanz, aber jetzt schrieb nicht mehr er die Musik. Und dann befand er sich in Begleitung eines riesigen Hühnchens im Vatikan, wo Scarlatti auf ihn zukam, aber Sigismundo mußte sich mit dem Indianer auf die Suche nach dem Goldenen Wasser des *Wakans* machen und überall stießen sie auf Krokodile und flüchteten schließlich in den dunklen Wald...

Dann wachte er auf; die Sonne stand schon hoch am Himmel und blinzelte, halb versteckt hinter errötenden Wolken, in sein Schlafzimmerfenster.

Einen Augenblick lang glaubte er, all das Schreckliche – der Mord an Onkel Leonardo, die Reise nach Amerika, die Krokodiljagd, Mörder, die ihn durch ganz Neapel verfolgten – all das sei nur ein langer Alptraum gewesen und jetzt sei er wach und alles überstanden.

Aber da spürte er einen Stich im Arm. Er war also doch verwundet worden. Und Onkel Leonardos Tod war kein Alptraum gewesen.

Er setzte sich auf und dachte an die Herausforderung, die ihm bevorstand. Ja, er würde es tun, die *vendetta* persönlich in die Hand nehmen. Und dann würden sie ihn endlich wie einen Erwachsenen behandeln, keine Frage.

Doch als er sich angezogen hatte und in den Garten hinunterkam, wo die Celines an schönen Tagen zu frühstücken pflegten, erschrak er beim Anblick von Mamas Gesicht. So sieht die Trauer also aus, dachte er. Sie ist weder edel noch vornehm, nur häßlich und erbärmlich. Mama war erst dreiunddreißig, aber sie sah aus wie mindestens fünfzig, wenn nicht noch älter. Er dachte über die Krankheit des Herzens nach, die so viele Menschen tötete, die einen schmerzlichen Verlust hatten hinnehmen müssen und betete zu Gott, daß sie Mama verschonte.

Der Tod ist wie Ebbe und Flut, wie die Jahreszeiten, hatte Onkel Pietro einmal gesagt: er ist so unausweichlich und endgültig, daß dies schon fast ein Trost ist. Mag sein, daß wir Winter und Alter verabscheuen, aber wir wissen, daß sie jeden ereilen, Heilige wie Sünder, edle Malatestas wie zerlumpte Bauern. Die Uhr schlägt jedem seine Stunde. Aber Mord ist etwas anderes, dachte Sigismundo bitter. Mord ist so wie vom Blitz getroffen oder von Gottes eigener Rachelust dahingerafft zu werden. Schrecklich für die Überlebenden. Sie müssen sich fragen: «Warum ausgerechnet einen aus unserer Familie, hegt Gott denn einen Groll gegen uns?» Es ist, als seien wir auserwählt worden, um ein dunkles Geheimnis zu lösen: wir müssen verstehen lernen, warum ein Priester in der Kirche Gott anruft und die Antwort darauf der Tod sein kann.

Sigismundo wünschte Guten Morgen, ohne jemanden anzuschauen. Er schämte sich seines Mitleids und eines Schuldgefühls, das er sich nicht erklären konnte.

Alle Celine-Kinder machten ein ernstes Gesicht, sogar der kleine Guido mit seinen vier Jahren begriff schon so viel, daß er sich der bedrückten Stimmung nicht entziehen konnte. Die achtjährige Beatrice sah fast so abgezehrt aus wie Mama. Vielleicht entdeckte sie gerade, daß nicht nur Menschen in Großvaters Alter sterben und sie genauso gut die nächste sein konnte. Bianca, die sechs war, wirkte nur verstört: Wenn Onkel Leonardo jetzt im Himmel war, warum waren die Erwachsenen dann so traurig?

Schweigend aßen sie ihre Feigen, hartes, in Olivenöl

getunktes Schwarzbrot und die warmen Würstchen. Papa Guido tunkte sein Brot in Wein, statt Olivenöl, aber das war nichts für die Kinder.

Sigismundo dachte an seinen Vetter Antonio, Onkel Leonardos Sohn. Antonio galt, wie Sigismundo selbst, als «sensibel», war aber nicht künstlerisch veranlagt. Er grübelte viel und hing eigenartigen Ideen nach. Es war unmöglich, sich vorzustellen, was Antonio an diesem Morgen fühlte. Wenn es Papa Guido erwischt hätte und nicht Onkel Leonardo, dachte Sigismundo, wie würde es mir dann jetzt gehen? Es war jedoch müßig, darüber zu spekulieren, denn auch seine jetzigen Gefühle hätte er sich vor dem Mord nicht vorstellen können.

Schließlich versuchte Papa Guido, die Trauerstimmung der Tischrunde aufzulockern. «Tja», sagte er. «Wenigstens scheint die Sonne.» Mama warf ihm einen Blick zu, als sei er nicht ganz bei Trost, worauf er schnell wieder ein schuldbewußtes Gesicht machte.

Sigismundo sehnte sich nach Onkel Pietros Anwesenheit. Onkel Pietro wußte immer, wie man die Atmosphäre veränderte, meistens sogar so, daß die anderen es nicht einmal merkten. Papa Guido behauptete, daß «Pietro, der Gauner», wie er ihn zu nennen pflegte, einem auf die Stiefel pinkeln und gleichzeitig weismachen konnte, es sei Regen. Doch Onkel Pietro frühstückte mit seiner eigenen Familie, Tante Violetta und ihren beiden Töchtern, oben auf dem Hügel in der Via Capodimonte, wo die Malatestas seit mehr als einem Jahrhundert lebten. Onkel Pietro sagte, es sei gut, da oben zu wohnen, weil man von dort einen gewissen Überblick über die Dinge gewinne: jedesmal, wenn man aus dem Fenster über die Stadt schaue, verwandle man sich in einen Philosophen, denn irgendwann habe man eingesehen, daß immer dann, wenn man selber lachte oder etwas feierte, ein anderer allein war und weinte; und immer dann, wenn man selber traurig war, ein anderer tanzte oder sich betrank; und immer dann, wenn man selber furzte, irgendwo in der Stadt ein Nönnchen eine Hymne sang – und so balanciere sich alles wieder aus.

Sigismundo schaute Mama an und dann schnell wieder weg, schuldbewußt, weil er ihren Schmerz nicht lindern konnte. Wie sagte man im Süden? «Christus kam nur bis Eboli.» Damit meinte man, daß es unten im Süden, unter der sengenden Sonne, bei den grausamsten Feudalherren der Welt, keine Gnade gab. Doch so, wie es jetzt steht, dachte Sigismundo bei sich, könnte man meinen, daß Christus nie weiter als mal knapp bis nach Rom gekommen ist. Kein Wunder, daß Nero, der König der Ungeheuer, ausgerechnet hier seinen Urlaub verbracht hat. Wir sind von seinem Blut.

Dann war das Frühstück endlich vorbei. Sigismundo holte seinen Dolch aus der Truhe und machte sich auf den Weg zum Marktplatz.

Die Straßen, die hinunterführten, wanden und schlängelten sich abwärts, so daß er in einem Augenblick auf die Bucht zuging und im nächsten ihr wieder den Rücken zukehrte. Sigismundo wußte, daß sie so angelegt waren, um den Ochsengespannen den Weg zu erleichtern. Die Bewohner mußten darauf gekommen sein, als die Stadt noch griechisch war – vor fünfundzwanzig Jahrhunderten, als sie *neo-polis*, «Neue Stadt» hieß und gerade die berühmte Meerjungfrau vor der Küste aufgetaucht war, was angeblich Glück verhieß. Traue nie einer Meerjungfrau über den Weg, pflegte Onkel Pietro zu sagen: seit dieser Zeit haben wir hier wenig, wenn nicht kein Glück gehabt.

Und dann, als Sigismundo an der Via di Sapienzia und der Via Tribunali vorbei hinunterstieg und sich dem Rendezvous mit den Maldonados näherte, fiel ihm Dantes *Inferno* ein: tiefer, tiefer und tiefer hinunter ging es den gewundenen Pfad, tiefer und tiefer hinab bis in den Abgrund der Hölle. Schließlich gelangte er in die Via de Roma. Das war der Distrikt der sündigen Fleischeslust, die von einem Wirbelwind rastlos durch die Lüfte getrieben wurden (und Onkel Pietro behauptete, Neapel könne diese *bolgia* bis in alle Ewigkeit mit Nachschub versorgen, selbst wenn der Rest der Welt sich dem Zölibat verschriebe), der Distrikt der Zwietrachtstifter mit abgeschlagenen Köpfen und der der Gewalttätigen gegen die Kunst (die ihn an die Dominikaner, die Hunde Gottes, erinnerten, die unablässig gegen den einen oder anderen Schriftsteller oder Maler zu Felde zogen), der Kreis der Wucherer, die in Du-weißt-schon büßten, der Kreis der Ketzer, die mit dem Kopf nach unten begraben und der Kreis der Selbstmörder, die in Bäume verwandelt wurden ... je tiefer er kam, um so mehr mußte er an den Kreis der Verräter und Mörder denken. Und doch wußte er, daß er im Recht war. Er tat dies für Onkel Leonardo.

Sigismundo hatte oft darüber nachgedacht, wie er den Marktplatz von Neapel jemandem beschreiben sollte, der ihn nicht kannte. Es waren nicht nur die vielen, leuchtenden Farben, es waren auch die *improvvisatore*, die fahrenden Musiker und Artisten, das endlose Geklapper der Esels- und Ochsengespanne, das unaufhörliche Jammern der Bettler – etwa ein Drittel der neapolitanischen Bevölkerung, schätzte Onkel Pietro ganz richtig – und die geschminkten Du-weißt-schons, fast genauso zahlreich wie die Ochsen. Du-weißt-schons für zehn Gulden, jung und schön; Du-weißt-schons für fünf Gulden, nicht mehr ganz so jung; es gab sogar welche für fünf Lire, im Volksmund «Nachtschatten» genannt. Huren, dachte Sigismundo ärgerlich. Huren heißt das. Wenn ich schon kurz davor stehe, einen Mann umzubringen, ist es lächerlich, sich über schweinische Ausdrücke aufzuregen.

Die Farben der Wimpel über den Läden und Marktbuden – denn jeder Händler versuchte, die Aufmerksamkeit auf sich zu lenken, lange ehe man in seiner Hörweite war – erschienen ihm noch heller und bunter als sonst. Das muß an meiner Aufregung liegen, sagte sich Sigismundo, vielleicht sind meine

Pupillen erweitert. Denn die Wimpel schimmerten wie Juwelen: rubinrot, smaragdgrün, blutrot und engelsweiß gestreift, eine schwarze Pyramide auf indigoblauem Grund. Alles für den Mammon, den Gott dieser Welt, wie Onkel Pietro zu sagen pflegte. Das Ganze war so unauffällig wie eine Faust auf's Auge.

«Was macht dein Knüppelchen, Kleiner?» Ihre Stimme war weich und hatte etwas von dieser klebrigen Vertraulichkeit, bei der er an feuchte Hundenasen in der Kniekehle denken mußte. «Soll ich ihn dir aus dem Sack holen?»

«Frisches Obst, alles, was das Herz begehrt, das frischeste Obst von ganz *Napoli*, Leute...»

Und dann entdeckte Sigismundo das leuchtende Brokatgewand von Carlo Maldonado, der noch nicht einmal so alt war wie er selbst. Das war nicht das, was er geplant hatte; er hätte sich lieber einen der älteren Maldonados vorgeknöpft. Und Carlo war der Bruder der süßen, engelgleichen Maria. Trotzdem... trotzdem was? Es war eigentlich keine Frage. Dort drüben ging ein schweinsnasiger Maldonado, es kam nicht drauf an, welcher und Sigismundo kochte vor Wut. Er ging schneller, obwohl er sich nicht gerade einen Auftritt vorgestellt hatte, in dem er einen kleineren Jungen umlegte. Die Erregung hatte seinen ganzen Körper gepackt, sogar sein Schwanz regte sich, als hätte der Dolch eine erotische Intimität geschaffen.

Aber ihm war auch schwindlig bei der Vorstellung von noch mehr Blut. Dieses Mal ist es das Blut deines Feindes, ermahnte er sich streng, nicht das deiner Familie. Er zückte den Dolch und bewegte sich auf Carlo zu.

«*Pfirsiche, Pfirsiche, die süßesten Pfirsiche, die es je gab...*»

Und dann schob sich plötzlich Onkel Pietro zwischen ihn und Carlo. Er machte ein schreckliches Gesicht.

Ein knapper Hieb (Pietro war in vielen Künsten bewandert, einschließlich der des Kampfes) und der Dolch fiel klirrend auf das Kopfsteinpflaster. Sigismundo erschien es wie das apokalyptische Scheppern eines zerbrochenen Weihnachtsgeschenkes, mit dem auch die Phantasie eines Jungen zerbarst.

«Scheint, als ob du was fallengelassen hättest», sagte Onkel Pietro eisig. «Heb es auf, ehe man Verdacht schöpft.»

Sigismundo bückte sich und griff nach dem Dolch. Sein Arm schmerzte. Rasend vor Wut steckte er die Waffe wieder in sein Gewand. Natürlich, dachte er, Onkel Pietro sieht alles, hört alles und kennt jedes Geheimnis, wahrscheinlich wußte er, was ich im Schilde führte, seit wir gestern das Haus des Wundarztes betraten.

Doch Pietro hatte ihn längst am Arm gepackt und führte ihn eilig den Hügel hinunter, weg vom Marktplatz Richtung Bucht, und es war offensichtlich, daß er Sigismundo noch immer wie ein Kind behandelte.

«Seit elf Jahren mache ich mir nicht mehr in die Hosen», beklagte Sigismundo sich bitter, als sie allein waren. «Ich finde allein auf's Klo und Mama muß mir auch nicht mehr das Taschentuch halten, wenn ich mir die Nase putzen will. Ich. Bin. Kein. Kind.» Er betonte jedes Wort, als hätte er es mit einem Dummkopf zu tun.

Mit vierzehn weißt du, daß du kein kleines Kind mehr bist, aber wie machst du das deiner Familie klar? Mag sein, daß du den Beweis für deine Männlichkeit schon zweimal die Woche erhältst, also weißt du, daß du bereits in der Lage bist, selber Kinder in die Welt zu setzen. Wenn du zufällig König wärst, könnte es passieren, daß du in diesem Alter gezwungen würdest, zu heiraten und man dir befähle, einen Erben zu zeugen. Wenn du nur Töchter hervorbrächtest, tätest du besser daran, einen Vorkoster anzuheuern, denn es könnte sein, daß sie auf die Idee kämen, dich durch deinen Bruder zu ersetzen.

«Ich bin kein Kind!» wiederholte Sigismundo mit zusammengebissenen Zähnen. Er hatte zwölf Sonaten komponiert, von denen die drei letzten ziemlich originell waren und er hatte darüber hinaus schon einen Teil seiner *sinfonia* fertig. Er konnte Differentialgleichungen ableiten, konnte strophenweise Ovid oder Homer auswendig aufsagen und vor sechs Monaten hatte er sogar von einem älteren Jungen erfahren, was die Mädchen in den Tagen des Monats haben, von denen sie den Jungen nichts erzählen.

Sie schlenderten über die Docks, von denen zweimal am Tag ein Schiff nach Capri ablegte.

«Genug», sagte Onkel Pietro und runzelte die Stirn. Um seine dunklen Augen bildeten sich kleine Fältchen. «Von mir aus kannst du die ganze Welt der Erwachsenen für idiotisch halten – das steht dir frei, es wäre die logische Schlußfolgerung eines einigermaßen intelligenten Vierzehnjährigen. Aber schenke mir als deinem Beistand ein wenig Vertrauen. Ich habe dich schon immer mit besonderer Zuneigung behandelt, vor allem wegen deines Talents. Denn unsere gemeinsamen Vorfahren, die Prinzen von Rimini, verfolgten ebenfalls andere Ideale als die des Geldmachens und des Handelns. Ich würde gerne glauben, daß einer von uns, auch wenn er nur ein halber Malatesta ist, wieder etwas für die Kunst tun kann. Ich beobachte die Welt; ich sehe vieles. Deine Mutter und dein Vater mögen in dir noch ein Kind sehen, ich aber weiß es besser.»

«Dann schenkst *du* mir wohl *kein* Vertrauen», protestierte Sigismundo, «weil ich mich gestern verhalten habe wie ein Trottel und nicht auf beide Hände achtete, ehe ich mich mit dem Kerl angelegt habe?»

«Nein», antwortete Pietro. «Tennone sagt, daß du sein bester Schüler bist. Gestern hast du dich ein bißchen verschätzt, aber das lag daran, daß sie die Angreifer waren und die Überraschung auf ihrer Seite hatten.»

«Warum hast du mich dann zurückgehalten?» rief Sigismundo verzweifelt.

Onkel Pietro zog ein seidenes Taschentuch aus seinem Gewand und putzte sich geräuschvoll die Nase. Es klang wie das Trompeten eines Elefanten. Alles macht sich über mich lustig, dachte Sigismundo. Die Natur trompetet mich einfach aus.

«Stell dir vor, der junge Maldonado wäre mit seinen zwölf Jahren klüger und schneller gewesen als wir beide es je vermutet hätten», sagte Onkel Pietro. «Stell dir vor, er hätte *dich* getötet. Was glaubst du, was das bei deiner Mutter bewirkt hätte, in einem Augenblick, in dem sie noch unter Schock steht und den Verlust eines Bruders beklagt?»

Sigismundo spürte, wie ihm Gesicht und Nacken rot anliefen. «Das wäre nicht passiert», antwortete er. «Ich bin tapfer und außerdem besser trainiert als er.»

«Stell es dir nur mal vor...»

Sigismundo traute seinen Ohren nicht. Es war so, als hätte sein Onkel angefangen wie eine Ente zu quaken oder als versuchte er, ihm einzureden, der Heilige Geist tanzte mit dem Erzbischof über die Schornsteine.

«Du denkst nicht: ‹Stell es dir nur mal vor›», entgegnete er. «Denn wer denkt: ‹Stell dir nur mal vor›, hat nur Stroh im Kopf. Sollen wir die Maldonado-Hunde einen Malatesta nach dem anderen umbringen lassen, nur wegen eines dämlichen ‹Stell dir mal vor›?»

«Wie gut du doch den neapolitanischen Kode durchschaust», sagte Onkel Pietro milde. «Kaum vierzehn und du erklärst ihn schon wie ein Sechzigjähriger. Du denkst nicht: ‹Stell dir nur mal vor›», wiederholte er und imitierte auf grausame Weise Sigismundos Stimme. «*Du denkst nicht*», fuhr er fort. «Sigismundo, ich will dir etwas erzählen, was du wahrscheinlich für unglaublich hältst, so als wollte ich dir weismachen, daß mein Esel Altgriechisch spricht. Vielleicht glaubst du mir nicht, aber ich will es dir trotzdem erzählen. Im Norden können sie uns nicht von den Sizilianern unterscheiden. Sie werfen uns, hier im Süden, in einen Topf und glauben, daß es südlich von Rom nur noch kaltblütige Mörder und

Schweinehunde gibt. Und das liegt nur an dieser verfluchten *vendetta.*»

«Jeder weiß, daß es im Norden keine richtigen Männer gibt...»

«So wie Giancarlo Tennone?»

«Nun, er ist anders...» Wie konnte ich mich dazu hinreißen lassen, die Männlichkeit meines Fechtmeisters zu verteidigen?

«Sigismundo», sagte Onkel Pietro. «Wer hat dir gesagt, daß Graf Maldonado die Fäden dieses Mordanschlags in der Hand hielt?»

«Das mußte mir keiner sagen. Die Fehde...»

«Ah, die Fehde. Ja.» Pietro legte die Hand auf Sigismundos Schulter. «Ich habe nicht vor, in diesem Jahr, im nächsten Jahr oder auch im Jahre 1780, wenn ich dann noch lebe, den Grafen Maldonado zum Essen zu bitten. Aber im stillen und mit viel Beharrlichkeit habe ich schon seit langem darauf hingearbeitet, diese idiotische Fehde zu beenden und nach all den Jahren habe ich jetzt endlich auch Grund zu der Annahme, daß Graf Maldonado meine Ansicht darüber teilt. Die Fehde scheint zu versiegen, nach mehr als hundert Jahren. Wir hatten sie alle bis oben hin satt und darüber hinaus war sie schlecht für das Geschäft.»

Sigismundo überkam ein bekanntes Gefühl – eines, das er immer dann hatte, wenn er mit Onkel Pietro Schach spielte.

«Die Maldonados hatten also mit dem Mord nichts zu tun?» fragte er zerknirscht.

«Nichts», antwortete Onkel Pietro. «Du hättest brutal und ohne Grund ein Kind getötet, das jünger ist als du selbst. Weil du so bist wie jeder hier in Neapel nach tausend Jahren Streit: du glaubst, es wäre ehrenvoll, wütend, brutal und schnell zu handeln und willst nicht abwarten und erst einmal herausfinden, was zum Teufel sich eigentlich hinter der ganzen Sache verbirgt.»

«So», sagte Sigismundo. Er war nicht mehr wütend, denn er

hatte etwas gelernt, genau wie damals, als er die Arche-Noah-Falle durchschaut hatte, mit der Onkel Pietro so viele Schachpartien gewonnen hatte. «Dann fang an», sagte er. «Ich werde zuhören.»

«Du bist ebenso philosophisch veranlagt wie die meisten Männer, die doppelt so alt sind wie du», sagte Onkel Pietro. «Mit anderen Worten, du bist bereit, dich der Vernunft zu beugen, nachdem ich dich gewaltsam daran hindern mußte, Amok zu laufen.»

«Bitte Onkel... ich weiß, daß ich ein Idiot gewesen bin.»

«Hat das leuchtende Vorbild der Herz-Jesu-Schule, Pater Ratti», begann Onkel Pietro, «mit euch je über unseren verstorbenen Philosophen, Dr. Giovanni Battista Vico, gesprochen?»

«Ja. Er sagte uns, daß manche Dr. Vico für einen Ketzer halten.»

«So wurden oft Männer genannt, die das Glück hatten, originelle Ideen zu haben. Erinnerst du dich daran, was Vico über die ökonomischen Klassen in der Gesellschaft sagte?»

«In gewissen Zeiten«, antwortete Sigismundo «geraten die Klassen aneinander. Wenn die Bedingungen reif dafür sind, führt das zu einem Krieg zwischen ihnen – genau wie ein Homer sich entfaltet, wenn die Menschen für eine *Odyssee* bereit sind oder ein Nero auftritt, wenn die Ungeheuer das Sagen haben. Es gibt eine verborgene Intelligenz in der Spezies, die für jede Situation die richtigen Männer und Frauen hervorbringt, so wie eine andere Intelligenz im Körper meinen Bedürfnissen entsprechend Haare oder Fingernägel produziert. So viel habe ich behalten.«

«Es ist komplizierter», sagte Onkel Pietro. «Es gibt verschiedene Abstufungen in dem, was Aristoteles Psychologie nennt. Die, die sehr tief graben und dabei fast bis zum Grund der Seele vordringen, sind Dichter oder Schöpfer im eigentlichen Sinne. Sie schenken uns neue Metaphern, was nichts anderes ist als neue Möglichkeiten, uns und unsere Welt zu begreifen. Wenn sich ihre Visionen unter den Menschen verbreiten, verwandeln diese sich in Mythen und verhärten sich später zu Gesetzen. Es ist ein unablässiger Prozeß. Jederzeit produzieren kreative Menschen neue Metaphern und Mythen. Dies kann zu gewalttätigen Auseinandersetzungen führen; es ist eine sehr explosive Entwicklung.»

«Spielen auch Musiker eine Rolle dabei?»

«Alle schöpferischen Menschen spielen dabei eine Rolle, denn nach Vicos Verständnis dieses Begriffes sind alle Künstler Dichter. Newton ist ebenso ein Dichter wie Homer, denn er eröffnet uns eine ganz neue Welt und in diesem Sinne ist auch dein geliebter Scarlatti ein Dichter. Deshalb verbannte Platon die originelle Musik aus seiner *Republica*. Er fürchtete die gewaltsamen Veränderungen, die ein neuer Mythos entfachen könnte; er wußte schon vor Vico, daß ein Mythos einen Krieg zwischen zwei Klassen auslösen kann. Deshalb schafft sich jeder Geheimbund seinen eigenen Mythos. Du hast doch sicher Predigten gehört, die solche Sekten anprangern? Es gibt so viele Predigten gegen sie, weil es so viele Geheimgesellschaften in unserem Königreich gibt.» Pietro senkte die Stimme. «Solche Gruppen florieren immer dann, wenn ein Land besetzt ist und seine Regierung aus einer Bande von ausländischen Gaunern besteht.» Er sprach jetzt noch leiser. «Hast du schon mal von der M.A.F.I.A. gehört?»

«Natürlich», antwortete Sigismundo. «*Morte Alla Francia, Italia Anela* (Tod allen Franzosen, ruft Italien). Das ist ein zusammengewürfelter Haufen von siciliani, die meinen, sie könnten die Bourbonen aus Neapel und Sizilien vertreiben.»

«Es gibt jetzt eine neue Gruppe, die sich von der M.A.F.I.A. abgesplittert hat», sagte Onkel Pietro. «Sie nennt sich rossi, nach dem roten Banner, dem Emblem der Plebejer in den Regimentern der Römischen Armee. Sie wollen alle Reichen töten, nicht nur die Bourbonen.»

«Weiß die Geheimpolizei davon?» fragte Sigismundo entsetzt.

«Natürlich», sagte Onkel Pietro. «Aber die *rossi* sind ja nicht auf den Kopf gefallen. Sie tauchen auf und verschwinden wie der Teufel in der Oper, als wäre die ganze Welt, nicht nur das Theater, mit Geheimtüren versehen. Aber hast du schon mal von den *carbonari* gehört?»

Sigismundo nickte. Jedermann kannte die mysteriösen «Kohlebrenner», die für ihre anonymen guten Taten zum Wohl der Menschheit berühmt waren.

«Dann wird dir gleich alles ziemlich spanisch vorkommen», sagte Onkel Pietro. «Jetzt wirst du nämlich erfahren, daß die politische Geschichte eine Art philosophischer Spaghetti darstellt.»

«Die Kohlebrenner», fuhr er fort, «waren ursprünglich eine Gruppe von Mystikern, die in Schottland lebten – zumindest behauptet das die Legende. Man sagt, der König von Frankreich habe, als er sich eines Tages im Wald verirrte, in einer ihrer Unterkünfte Aufnahme gefunden. Manche Versionen bestehen sogar darauf, daß es Franz I. gewesen sei. Er habe sich auf der Jagd so weit von seinen Leuten entfernt, daß er sich bei Anbruch der Dunkelheit völlig verirrte und ziellos umherwanderte, bis er sich plötzlich in Schottland wiedergefunden habe.»

«Das ist doch lächerlich», wandte Sigismundo ein. «Ich kenne diese Geschichte, aber ich glaube nicht daran. Soll man sich etwa vorstellen, der gute Franz I. sei so in Gedanken gewesen, daß er mitsamt seinem Pferd den Kanal nach England durchschwamm und das Wasser um sich herum nicht einmal bemerkte?» Das wäre genauso absurd, wie wenn einem jemand weismachen wollte, der König sei so blöd gewesen, daß er nicht mal mit beiden Händen seinen Du-weißt-schon fand.

«Die Legende ist ganz einfach eine Allegorie», erklärte Onkel Pietro. «Schottland ist ein Kodewort für einen bestimmten Geisteszustand, nicht ein geographischer Ort auf der Erde. Die *carbonari* haben viele Namen in vielen Ländern, aber wie alle Freimaurergesellschaften behaupten sie immer, sie hätten einen geheimen inneren Zirkel ‹in Schottland›. Diese innere Führung gründet sich auf einen Zustand spezieller geistiger Konzentration, genannt ‹Illumination›.

Innerhalb dieses Kodes ist Frankreich ein Synonym für ‹Finsternis›. Als der König von Frankreich, oder der König der Finsternis, auf die Kohlebrenner von Schottland traf, war er seit Tagen hungrig durch den Wald geirrt. Der Mythos besagt also, daß er verwirrt war und über seine geistigen Mängel Bescheid wußte, genau wie Dante in der *selva oscura*. Die Kohlebrenner gaben ihm zu essen und pflegten ihn; das heißt, sie schenkten ihm spirituelles Licht, so wie Vergil es bei Dante tat. Die brennende Kohle symbolisiert die Erleuchtung oder Illumination. Der König der Finsternis erhielt durch die phänomenale und zufällige Welt Einblick in ein ewiges, nichtzufälliges Reich.»

«Und was hat das alles mit den *rossi* zu tun?» fragte Sigismundo verwirrt.

«Nur Geduld! Hast du schon mal von den *alumbrados* gehört?»

«Sicher.» Pater Ratti hatte jede ketzerische Doktrin vom Arianismus aufwärts gelehrt (und widerlegt): eine Jesuitenerziehung war allumfassend.

«Dann wirst du dich erinnern, daß die *alumbrados*» – das war die spanische Bezeichnung für *illuminati* – «1623 von der Inquisition verurteilt wurden. Das war vor langer Zeit, magst du dir sagen, aber es gibt die *alumbrados* heute noch.»

«Ich weiß», sagte Sigismundo. «Pater Ratti hat gesagt, daß jede ketzerische Gruppierung ihren Namen wechselt, wenn sie verurteilt wird, und in anderer Form wieder auftaucht.»

«Die *alumbrados*», fuhr Onkel Pietro düster fort, «glaubten wie die Gnostiker, daß Satan der eigentliche Herr der Welt sei.

Er erfand die Materie, um das spirituelle Licht mittels eines Filters sozusagen vor uns zu verstecken, und er ist der geheime Chef aller Bischöfe, Könige und Adligen, mit anderen Worten, aller Reichen und Mächtigen. So behaupten es diese Wahnsinnigen. Sie glauben, daß das ursprüngliche Christentum erst dann wiederhergestellt werden kann, wenn alle Männer und Frauen gleich sind und es weder Hierarchien noch Machtstrukturen gibt.»

«Ja. Pater Ratti sagt, eigentlich müßte man sie *anarchicos* nennen, weil sie sich jeder Autorität widersetzen.»

«Sie glaubten und tun es heute noch, daß wir alle die gleichen wunderbaren Kräfte besäßen wie Jesus Christus und seine Apostel, wenn es keinen Papst und keine Könige mehr gäbe, kein Eigentum und keine Ehe, keine Einschränkungen gleich welcher Art. Wir könnten Blinde und Lahme heilen, auf dem Wasser gehen und die Toten auferwecken. Vielleicht glauben sie, sie könnten sogar Brot und Fisch vermehren.»

«Also gibt es heute noch *alumbrados* unter uns?» unterbrach ihn Sigismundo, um wieder zur Sache zu kommen.

«Ja, aber sie nennen sich *carbonari.*»

«Was?»

«Die einzige Möglichkeit zu überleben, wenn einem die Bewegung verurteilt und verboten wird, besteht darin, doppelt erfinderisch zu sein. Vorzutäuschen, daß man jemand anders ist, das ist der erste Schritt.»

«Das hört sich an wie ein von Machiavelli überarbeiteter *Don Quixote*», protestierte Sigismundo. «Mal sehen, ob ich mitgekommen bin. Also, da gibt es die *rossi,* die zur M.A.F.I.A. gehörten, sich mittlerweile aber abgesplittert haben. Dann die *carbonari*, die gute Taten vollbringen und spirituelle Erleuchtung predigen. Die *alumbrados*, die vorgeben, *carbonari* zu sein, in Wirklichkeit aber eher *rossi* sind.»

«Soweit hast du alles verstanden», bestätigte Pietro ruhig. «Die *alumbrados* und die *rossi* haben sich in der Zwischenzeit, glaube ich, zusammengetan. Aber im großen und ganzen liegst du ganz richtig.»

«Ma che», murmelte Sigismundo. «Wenn ich mich also entschließe, bei den *carbonari* einzusteigen, um gute Taten zu tun, kann es sein, daß ich genau das Gegenteil von dem erreiche, was ich will, nicht wahr? Denn ich wüßte ja nicht, ob ich bei den echten *carbonari* gelandet bin oder bei den verrückten *alumbrados*, die sich nur als *carbonari* ausgeben.»

«Genau», sagte Onkel Pietro, «Du hast es erfaßt. Gott läßt viele Narren herumlaufen, aber die Welt ist so beschaffen, daß nur die Weisen und Glücklichen im Bett sterben.»

«Ich verstehe, was du mit philosophischen Spaghetti meinst», sagte Sigismundo. «Tatsächlich, *Spaghetti alla marinara*, würde ich sagen. Der Koch hat alles reingeworfen, bis auf sein Pferd.» Er unterbrach sich und dachte kurz nach. «Wie kannst du eigentlich so sicher sein, daß es die *rossi* oder *alumbrados* waren, die Onkel Leonardo auf dem Gewissen haben?»

«Ich habe meine eigenen Informationsquellen», sagte Onkel Pietro in einem Ton, der dieses Thema für erledigt erklären sollte. Aber dann setzte er vage hinzu: «Mit einem so großen Geschäft wie dem unsrigen – immerhin kontrollieren wir den größten Teil des Weinanbaus in ganz Süditalien, ich hoffe, das ist dir klar – kann man es sich nicht leisten, nicht auf dem laufenden zu sein.»

«Willst du damit sagen, daß du deine eigene Geheimpolizei hast, so wie der Hof?» rief Sigismundo.

«Wir haben unsere Quellen», antwortete Pietro. «Lassen wir es dabei bewenden ... oh, aber natürlich sind da noch die schwarzen Umhänge, die die Mörder trugen. Das ist ein altes Markenzeichen der *alumbrados*. Und der Beweis dafür, daß sie und die *rossi* jetzt unter einer Decke stecken.»

Sigismundo erinnerte sich, daß Onkel Pietro sich häufiger mit fremden Herren aus fernen Ländern traf, die anscheinend nur wenig oder gar nichts mit dem Weingeschäft zu tun hatten. Er hatte ihren eigenartigen Händedruck beim Abschied bemerkt und auch gehört, wie sie bei diesem merkwürdigen Ritual irgendwas über «Winkelmaß» und «Wasserwaage» murmelten.

Freimaurerei. Sicher, viele aufrechte und ehrliche Männer waren Freimaurer, aber da war etwas, was einen Beigeschmack von Ketzerei hatte. Es war ein machiavellistisches Geschäft: Geheimgesellschaften, die mit anderen Geheimgesellschaften wetteiferten; Geheimpolizei, die die Geheimgesellschaften ausspionierte; ein versteckter Krieg, in dem es kaum Erkennungszeichen gab, an denen man Freund von Feind unterscheiden konnte.

«Die *rossi*», faßte Onkel Pietro zusammen, «setzen Mord als terroristische Taktik ein, und zwar schon lange. Du weißt, daß es da unten in den *latifondi* ziemlich hart zugeht. Die Sonne brennt zu heiß: es gibt hier häufiger Mißernten als in anderen Gegenden. Die Bauern rackern sich ab wie die Esel und trotzdem fällt die Ernte oft der Dürre zum Opfer. Und die Großgrundbesitzer kennen keine Gnade, denn ihre eigenen Gewinne fallen bestenfalls spärlich aus. Was kann man in einer solchen Situation schon erwarten? Räuber und Mörder sind hier zahlreicher als Pferdeäpfel, sobald man die Hauptstraßen verläßt. Die Gegend war schon immer ein Pulverfaß, das nur darauf wartet, daß einer ein Streichholz dranhält. Und die Ideologie der *rossi* ist ein solches Streichholz.»

Sigismundo war schon wieder verwirrt. «Aber die Bibel sagt doch, daß es Arme immer geben wird. Glauben denn die Roten, sie könnten Gottes Gesetze ändern?»

«In der Bibel steht auch: Du sollst nicht töten», antwortete Pietro und senkte die Stimme, mehr aus Gewohnheit als aus vernünftiger Vorsicht, denn sie befanden sich weitab von irgendwelchen neugierigen Ohren, die sie hätten belauschen können. «Prinzen und Premierminister scheinen diesen Passus grundsätzlich zu übersehen. Ich will dir was sagen, Siggi, in der Bibel findet jeder das, was er sucht und den Rest übergeht er geflissentlich. Meinst du, die Mönche der Inquisition erinnern sich an das Gebot: Du sollst nicht töten, wenn sie einen Mann auf dem Scheiterhaufen verbrennen?»

«Willst du etwa die *rossi* mit der Inquisition vergleichen?» rief Sigismundo. «Das ist ja übler als dein *domini-canis*-Witz. Deine ewigen Besuche in England haben wohl einen halben Protestanten aus dir gemacht.»

«Ich habe mich von meiner Rhetorik hinreißen lassen», sagte Onkel Pietro schnell. «Die Dominikaner unterstehen dem unfehlbaren Befehl unseres Heiligen Vaters, des Papstes, Gottes Stellvertreter auf Erden. Ich habe das keineswegs sarkastisch gemeint. Wir gehören zu den glücklichsten Menschen in ganz Europa: wo andere sich in endloser Verwirrung mit Zweifeln quälen, haben wir diese guten, heiligen Männer, die uns sagen, wie wir zu denken haben und uns gegebenenfalls mit der notwendigen Strenge korrigieren, wenn wir in die Irre gehen. Trotzdem, wenn man erst einmal akzeptiert, daß man die bösen Menschen auf Gottes Wunsch töten muß – bedarf es da nicht eines sehr vorsichtigen Urteils, um zu entscheiden, wer ein böser Mensch ist und wer nicht? Die *rossi* wissen nicht, daß es die Ketzer und Juden sind. Sie glauben, jeder, der ein sauberes Hemd trägt, sei ein böser Mensch.»

Sigismundo wurde ärgerlich. «Du machst dich über mich lustig. Du sagst nicht, was du wirklich denkst. Ich bin kein Kind, wie oft soll ich dir das noch sagen, und ich bin durchaus in der Lage, Ironie zu erkennen.»

Pietro seufzte. «Was ich denke», sagte er, «geht nur mich und meinen Schöpfer an und wir werden es bestimmt ausführlich diskutieren, wenn wir uns von Angesicht zu Angesicht gegenüberstehen. Wenn er nicht meiner Ansicht sein sollte, werde ich mich schnell eines besseren belehren lassen, denn schließlich verfügt er über weit mehr Erfahrung und Wissen als ich.»

Beide schwiegen. Die Bucht war so ruhig wie ein alter Mann, der seinen Rosenkranz betet. Dann tauchte ein Pelikan ins Meer und zog einen Fisch aus dem Wasser – auch ein Mord, aber Teil der Natur, Teil des göttlichen Plans.

«Die Armen sind dumm und faul», sagte Sigismundo schließlich. «Diese *rossi* oder *alumbrados* oder wie sie heute heißen, müssen ja Riesendummköpfe sein, wenn sie glauben, daß eine Gesellschaft ohne Adlige und gebildete Führer bestehen kann.»

«Sie sind aber ebensolche Riesendummköpfe, wenn sie meinen, sie könnten dieses Königreich verändern, indem sie seiner blutigen Geschichte noch ein paar Morde mehr aufzwingen», sagte Pietro leise. «Wie dem auch sei, es ist eine Frage der Philosophie. Im Moment müssen wir uns Gedanken darüber machen, was ein hitzköpfiger vierzehnjähriger Knabe mit seiner überschüssigen Energie anfangen soll. Ich versichere dir, daß meine ... äh, Kontakte ... bereits dabei sind, herauszukriegen, welcher dieser verrückten *rossi*-Hunde meinen Bruder ins Jenseits befördert hat. Es ist ein riskantes Unternehmen und bis du etwas älter bist, solltest du diese Angelegenheit mir überlassen, denke ich.»

«Ja», sagte Sigismundo. «Sicher.»

«Konzentriere dich auf deine Musik», ermahnte ihn Onkel Pietro entschieden. «Entwickle deinen eigenen Stil und hör auf, diesen Scarlatti zu imitieren, den außer dir keine Seele zu kennen scheint. Das Morden solltest du den Profis überlassen.»

«Tut mir leid», sagte Sigismundo steif.

«Das sollte es auch. Jedermann bereitet sich auf Leonardos Beerdigung vor – die zweite, die unsere Familie in diesem Jahr hinnehmen muß – und du rennst durch die Stadt und versuchst, durch einen weiteren Mord noch mehr Unruhe zu stiften. Die

Leichenbestatter verdienen sich schon eine goldene Nase an uns. Sollen sie etwa so reich werden, daß sie anfangen können, Geld zu verleihen und eigene Banken zu gründen?»

«Ich war ein Narr», gestand Sigismundo.

«Natürlich, das ist jetzt leicht gesagt», wandte Onkel Pietro ein, «aber hast du auch wirklich verstanden, worum es geht? In deinem Alter habe ich nichts von alledem begriffen, aber ich war gewitzt genug, um das zu sagen, was die Erwachsenen von mir hören wollten. Ich hoffe, du spielst nicht dasselbe Spiel. Ein Junge in deinem Alter ist fast erwachsen, aber soweit, wie eine eiserne Badewanne, die die Treppe herunterpoltert und eine Melodie erzeugt, einem Lied ähnelt. Hör auf mich, Siggy. Man kann lange leben und wunderbare Musik komponieren. Und jeder wird sagen: ‹Der edle Celine, unser größter Komponist seit Vivaldi.› Man kann aber auch versuchen, den Helden zu spielen, ohne einen Schimmer von der Schlechtigkeit dieser Welt zu haben. Und die Menschen werden sagen: ‹Also dieser junge Celine, das war ein harter Bursche. Der verschlang ganze Mauern und Schornsteine und schiß Backsteine. Die Sizilianer wechselten den Bürgersteig, wenn sie ihn von weitem kommen sahen. Zu schade, daß er so jung dran glauben mußte.›»

«Ich weiß, ich weiß.»

«Verdammt noch mal, das will ich hoffen.» Pietro sah dem reuigen Jungen streng ins Gesicht. «Manchmal meine ich, du spielst mit mir und der ganzen Familie wie auf dem *clavicembalo*. Ich weiß nie, was du wirklich denkst.»

«Heute morgen wußtest du es ganz gut», sagte Sigismundo zerknirscht.

«Tja, und vielleicht hast du sogar etwas daraus gelernt. Aber du bist mir zu gerissen. Ich werde ein Auge auf dich haben, Bürschchen. Eine Zeitlang kann jeder auf die Vernunft hören, aber wenn die Gefühle wieder hochkommen, gerät die Vernunft schnell in Vergessenheit, genau wie die Kritzeleien auf dem Scheißhaus.»

Pietro Malatesta hatte gar nicht so unrecht. Zwei Stunden später hatte Sigismundo entschieden, wie er seine vendetta gegen die «erleuchteten» *rossi* oder *alumbrados* oder wie sie alle hießen, fortsetzen würde.

Als Sigismundo zum königlichen Palast ging und dort sein Angebot unterbreitete, erntete er jedoch nur das Gelächter der Wachen.

«Ich bin ein Malatesta», rief Sigismundo wütend. «Wir sind das älteste Adelsgeschlecht im ganzen Königreich.»

«Du bist ein Grünschnabel von Malatesta und höchstens sechzehn», sagte der Wachmann. «Geh nach Hause, ehe ich dir den Hosenboden versohle.»

Sigismundo zog ab und dachte bei sich: Nur Geduld, ich werde es ihnen schon zeigen und schließlich wird der Ruhm der Malatestas doch noch triumphieren.

Insgeheim fühlte er sich jedoch geschmeichelt, weil der Wachmann ihn zwei Jahre älter geschätzt hatte, als er tatsächlich war. Das liegt an der Art, wie ich meinen Degen trage und was Tennone mir über die richtige Körperhaltung beigebracht hatte, dachte er. Es ist nicht zu übersehen, daß ich aussehe wie ein *gefährlicher Typ*.

Doch in seinen nächtlichen Träumen kehrten die *rossi* wieder zurück, in ihren schlichten schwarzen Wollgewändern, Symbol für ihre Bescheidenheit (oder höhnische Karikatur einer satanischen Sekte), und schlitzten sämtliche Malatestas und Celines auf und hetzten Krokodile auf Sigismundo. Es war schlimmer als alle Alpträume seines Lebens zusammen. Sein Vater, Papa Guido, war trotz des Frühlings, in dem Neapel herrlicher aufblühte als je zuvor, schlecht gelaunt. Überall der Duft der Oliven- und Feigen- und smaragdgrünen Apfelbäume und das helle Licht der Sonne Neapels (das war Gottes Geschenk an Neapel, hatte Onkel Pietro einmal behauptet, mit sehr leiser Stimme: damit wollte er uns für die widerlichen Bourbonen entschädigen, die die Geschichte uns rätselhafterweise beschert hat). Doch jetzt lagen scheinbar ewige Schatten über den Celines und Malatestas. Tante Gina vor allem, in ihrem Trauerkleid, hatte sich in einen düsteren Schemen verwandelt. Sie war nicht mehr die schönste Frau der Stadt, sondern glich einer der grüblerischen Figuren einer tragischen Oper. Sigismundo hatte schon Angst, sie könnte jeden Moment eine *aria* anstimmen und sich beim letzten *arpeggio* erdolchen.

Was blieb ihm also anderes übrig als sich zu sagen: Geduld! Warte ab. Die Zeit wird kommen; irgendwann ist es soweit: auf einer grünen Wiese mit Sekundanten und Säbeln oder in einer schmutzigen Gasse mit Dolchen. Doch zuerst muß ich abwarten und rauskriegen, was es heißt, ein Mann zu sein.

Währenddessen gab es ja die Musik, diese Sprache der Engel, die ihm jeder ans Herz legte, allen voran Onkel Pietro, der immer wieder sagte: «Niemand erinnert sich an einen toten Weinhändler. Aber jeder weiß, wer Costanzo Festa war, und der liegt immerhin schon seit zwei Jahrhunderten unter der Erde.»

Weniger gut an Onkel Pietros Feststellung war, daß Festa und Leute seines Schlages zwar wohlklingende Musik geschrieben, aber nicht das geringste mit einem Mann wie Domenico Scarlatti gemein hatten, der nach Spanien gegangen war und der Musik ganz neue Dimensionen erschlossen hatte. Onkel Pietro und Neapel überhaupt weigerten sich, diese Tatsache anzuerkennen. Onkel Pietro hatte Scarlattis «Überkreuztechnik» auf dem *clavicembalo* sogar mißbilligt, als Sigismundo ihm einmal vorführte, wie eine Hand über die andere greift und die Harmonie dadurch an Komplexität gewann. Eines Tages würde daraus eine neue Musik entstehen, davon war Sigismundo überzeugt, eine Musik, die großartiger war als die von Vater Vivaldi, dem «Roten Priester», der offenbar jedermanns Liebling war. Denn der *bel canto*, der Vivaldi, den Priester mit den hahnroten Haaren überall auf der

Welt bekannt gemacht hatte, war das Herz und die Seele der Musik, das war klar, aber die Harmonie war ihr fragender Geist. Dieser Geist wurde in seinem Jahrhundert allmählich erwachsen und kämpfte sich zu kontrapunktischen und komplizierten Formen durch, die tragisch und komisch zugleich waren und daher jenseits von Tragödie und Komödie; jenseits von Konzept und jenseits von Intellekt; jenseits von allem, was der Wissenschaftler wußte und der Dichter ahnte.

Nach anderthalb Monaten war Sigismundo fünf Mal bei Hof vorstellig geworden – stets darauf bedacht, daß das allgegenwärtige Auge Onkel Pietros anderweitig beschäftigt war. Natürlich hatte man ihn weiter ausgelacht. Ferdinand IV. vertrat schon im Alter von dreizehn Jahren (er war ein Jahr jünger als Sigismundo) die typische Einstellung der Bourbonen bezüglich einfacher Neapolitaner, die sich in Regierungsangelegenheiten einzumischen versuchten.

Als Sigismundo zum sechsten Mal vorsprach, begegnete ihm der Wachtposten mit trockener Ironie statt offenem Sarkasmus und gewährte Sigismundo Einlaß. Endlich hat der Name Malatesta Wirkung gezeigt, dachte der Junge. Offenbar hatte der Marchese Bernardo di Tanucci, der in Wirklichkeit die Regierungsgeschäfte leitete, diesen Trotteln erklärt, wer die mächtigen Malatestas waren.

Der Wachtposten führte ihn in einen Raum, in dem ihn schon zwei Männer erwarteten, und ging dann wieder. Jetzt war Sigismundo allein mit «di Tanuccis Jungs» – Agenten der Geheimpolizei.

Der eine war ein Neapolitaner mit dem barbarischen Gesicht eines Sizilianers. Er schien zu atmen und wach zu sein, aber ansonsten tat er nicht viel mehr als ein Nachttopf und entsprechend groß war auch seine Anziehungskraft. Aha, das ist der Gorilla, dachte Sigismundo unbehaglich.

Der zweite Mann führte das Verhör durch. Er hatte einen Schnurrbart wie ein Walroß und hellblonde Haare. Sobald er den Mund aufmachte, wußte Sigismundo, daß er Engländer war, aber nicht dieser hochnäsige Typ von Engländer, der sich einbildet, sowieso schon alles zu wissen. Sein Italienisch war geziert wie das eines reichen Römers.

«Du bist also der Musiker, der glaubt, besonderes Talent für die Spionage zu haben», sagte der Engländer.

In Neapel gab es jede Menge von diesen mysteriösen Engländern. Sie gehörten einer seltsamen Gruppe an, die sich Jakobiten nannte, von der Sigismundo wenig wußte und die ihn auch nicht sonderlich interessierte. Doch es war allgemein bekannt, daß ihre Mitglieder nicht nach England zurück konnten, ohne mit der Todesstrafe zu rechnen.

«Casanova ist auch Musiker», antwortete Sigismundo dreist in englischer Sprache. «Und er hat sich für mehr als einen Prinzen nützlich erwiesen.»

«Und für andere als ein Dorn im Auge», sagte der Engländer, als er Sigismundos Sprachbegabung bemerkte. «Heiliger Strohsack, es gibt Leute, mein Junge, die meinen, ein selbständig arbeitender Agent ist schlimmer als gar kein Agent. Ich würde nie jemanden einstellen, der sich dem Meistbietenden verkauft.»

«Ich verkaufe mich nicht», antwortete Sigismundo fest. «Ich biete Ferdinand IV. meine volle Loyalität. Er ist *mein Prinz.*»

«Er ist Bourbone – verdammt noch mal, hältst du mich für so schwachsinnig, daß ich dir abnehme, ein Neapolitaner ließe sich gern von Fremden regieren?»

Der neapolitanische Gorilla starrte Sigismundo an. Es war kein unfreundliches Starren, aber auch weit davon entfernt, freundlich zu sein – es war eigentlich gar nichts.

«Wenn Sie mir nicht vertrauen, warum reden Sie dann eigentlich mit mir?» fragte Sigismundo scharf. «Aus welchem Grund dienen *Sie* eigentlich den Bourbonen, da wir gerade beim Thema sind?»

Der Engländer entspannte sich. «Du bist eine rhetorische Begabung», bemerkte er. «Ich glaube fast, ich bin jetzt in der Defensive. Also setz dich, wollen mal sehen, ob wir uns gegenseitig von Nutzen sein können.»

Sigismundo rückte sich einen Stuhl heran und musterte den Engländer genauer, so wie Giancarlo Tennone ihm beigebracht hatte, seinen Gegner zu studieren. Dieser Mann war älter als fünfzig und hatte wahrscheinlich sein ganzes Leben mit irgendwelchen Geheimaktivitäten verbracht. Man würde ihn nie völlig austricksen können, denn er würde einem nie ganz vertrauen. Die Jakobiten waren von England vertrieben worden, weil sie versucht hatten, den König zu stürzen und einen anderen auf den Thron zu heben. Jetzt lebten sie in ganz Europa verstreut, aber vor allem in Neapel hatten sich viele von ihnen niedergelassen. Wenn dieser Mann für die spanischen Bourbonen arbeitete, dann sicherlich nur mit seinem halben diabolischen englischen Herzen. Ein völlig gesunder Engländer, sagte Onkel Pietro, konnte ohne jeden Skrupel Ungeheuerlichkeiten begehen, bei denen sogar einem sizilianischen Gangster die Haare zu Berge standen.

«Ich diene Ferdinand», erklärte der Engländer und wechselte ins Spanische, «weil ich Katholik bin. Die Macht des Katholizismus zu vergrößern ist für mich die einzige Möglichkeit, Europa aus diesem Zeitalter des Krieges und des Chaos herauszuführen, in das uns der Protestantismus gestürzt hat. Ist deine Frage damit beantwortet?»

Ja, dachte Sigismundo. Wenn es wieder genug starke katholische Monarchien gibt, werden sie sich zusammentun und die Protestanten vom englischen Thron verjagen. Aber warum erzählt er mir das?

«Du fragst dich, warum ich dir das erzähle?» fuhr der Engländer fort und versetzte Sigismundo einen Schock. (Also: sogar die Engländer besitzen manchmal Zauberkräfte.) «Du solltest wissen, daß es Rädchen innerhalb von Rädern gibt. Ich werde Tag und Nacht beobachtet. Signor di Tanucci weiß meine besonderen Talente zu schätzen, aber er fragt sich ständig, wo meine persönlichen Interessen und die der Bourbonen auseinanderklaffen könnten.»

«Mit anderen Worten, wenn Sie sich meiner bedienen», sagte Sigismundo und wechselte ins Französische (jetzt bin ich an der Reihe, ihn zu beeindrucken), «muß ich damit rechnen, ebenfalls beobachtet zu werden.»

«Potztausend», sagte der Engländer, jetzt wieder in seiner Muttersprache. «Du scheinst zu denen zu gehören, die solche Spielchen zu würdigen wissen. Dann sag mir doch: was ist das Absurdeste an dieser Unterhaltung?»

«Mein Alter», sagte Sigismundo gelassen und wartete.

Der Engländer grinste. «Gerade aus dem Grund könnte es klappen», sagte er. «Nicht mal die *alumbrados* würden uns zutrauen, einen Knaben deines Alters einzusetzen. Deshalb rede ich mit dir. Hältst du dich für tapfer?» Diese Frage kam unerwartet.

«Ja. Ich fechte seit vier Jahren.»

«Und hast dich dem Mörder deines Onkels unbewaffnet entgegengestellt. Erschreck nicht. Wir wissen eine ganze Menge über dich. Schon als du zum ersten Mal im Palast aufgekreuzt bist, haben wir eine Untersuchung eingeleitet. Aber ein Spion muß nicht nur tapfer, sondern auch intelligent sein. Hältst du dich für intelligent?»

Der Gorilla glotzte bloß; er wirkte ungefähr so nervös wie ein Grabstein.

«Ich bin intelligent genug, um zu verstehen, daß das hier eine Art Prüfung sein soll», antwortete Sigismundo.

«Das ist außergewöhnlich», rief der Engländer und öffnete geistesabwesend eine Schublade seines Schreibtisches. «Aber Spion zu sein», fuhr er leise fort (zu leise), «heißt jeden Tag mit Intrigen, Verrat und ... äh, unangenehmen Überraschungen rechnen zu müssen.» Er zog eine Pistole aus der Schublade.

Sigismundo verabscheute Feuerwaffen. Der Degen war eine elegante Waffe, eine Waffe der Kunst, der Ehre; Feuerwaffen töteten einfach nur, sogar auf Entfernung und ließen dem Gegner nicht mal die Chance, sich zu verteidigen. Außerdem waren sie häßlich. Er hatte sich geweigert, irgend etwas mit ihnen zu tun zu haben.

Der Engländer zielte wie zufällig auf Sigismundo und lächelte. Es war keineswegs ein freundliches Lächeln: die Sabinerinnen müssen diese Art von Lächeln in den Gesichtern der römischen Soldaten gesehen haben. Jetzt macht er mich kalt, dachte Sigismundo.

«Es gehört nicht zur Politik des Palastes, Neapolitaner zu ermuntern, sich in Affären solcher Art einzumischen», sagte der Engländer. «Im Gegenteil, er verfolgt die Politik, sie *davon abzuhalten.*»

Das Blut hämmerte in Sigismundos Schläfen. Er ignorierte es und atmete so, wie Tennone es ihm beigebracht hatte. «Wie ich schon sagte, das ist eine Prüfung», wiederholte er gefaßt.

«Bist du dir ganz sicher?»

«Ja.» Das Herz schlug ihm bis zum Hals. Sigismundo schenkte dem keine Aufmerksamkeit, sondern beobachtete Mund und Augen des Engländers. Das waren die Stellen, an denen sich am deutlichsten zeigen würde, was er zu erwarten hatte.

Der Engländer legte die Waffe wieder in die Schublade zurück. «Man erfährt in Augenblicken wie diesen die verrücktesten Sachen über Menschen», erklärte er. «Natürlich war das nur ein unbedeutender kleiner Test und du hast ihn durchschaut. Aber auch du hast mir etwas über dich verraten. Du gefällst mir, Junge.»

Der neapolitanische Gorilla grunzte, als sei er enttäuscht, daß er Sigismundo nicht eins mit einer Eisenstange hatte überbraten müssen, um ihn daran zu hindern, nach der Waffe zu schnappen. Vielleicht kann er weder sprechen noch gehen, dachte Sigismundo. Vielleicht halten sie ihn nur, um den Schein des zweiten Mörders in einer Rachetragödie aufrechtzuerhalten.

Und so fand sich Sigismundo Celine im Dienst eines Engländers wieder, der Mr. Drake genannt werden wollte (was bedeutete, daß sein wirklicher Name wahrscheinlich Jones oder Greenhill war), angeblich um der Geheimpolizei Ferdinand IV. zu helfen, die *rossi*-Mörder zur Strecke zu bringen. Doch Sigismundo mußte sich natürlich auch die Frage stellen, inwieweit er damit die Jakobiten unterstützte und die englische Politik mitbeeinflußte, die ihn nicht im geringsten interessierte.

(Und «Drake» schrieb, nachdem Sigismundo weg war, eine kleine Notiz mit dem Wortlaut: «Die Maus hat angebissen» und schickte den neapolitanischen Gorilla los, um sie der entsprechenden Person auszuhändigen, doch davon hatte Sigismundo keine Ahnung.)

Es ist noch kein Meister vom Himmel gefallen, wie Onkel Pietro immer sagte, aber ganz so dumm war Sigismundo auch nicht. Als nächstes suchte er Pater Ratti auf, den aufgeklärtesten seiner Lehrer an der Herz-Jesu-Schule.

«Diese Engländer, die am Capodimonte wohnen», fragte er, «warum nennt man sie Jakobiten?»

Sie schlenderten durch den Schulgarten. Pater Ratti war alt genug, um als Cäsars Großvater durchzugehen, so runzelig war sein Gesicht, doch seine Augen funkelten vor Leben und Neugierde. Wie alle Jesuiten beherrschte er sämtliche Argumente, sowohl die, die für, wie auch die, die gegen ein bestimmtes Dogma der Kirche sprachen; so wollte es ihre dialektische Erziehung.

«Die Jakobiten», begann er prompt und rasselte alle Fakten mühelos herunter, «waren Gefolgsleute des verstorbenen Königs Jakob, oder wie sie in ihrer Sprache sagen, James II. Erinnerst du dich noch an die sogenannte ‹unblutige Revolution›, die ohne einen Schwertstreich verlief? Der englische Adel und das Parlament wollten einen protestantischen Monarchen; also setzten sie James II. ab und hoben seinen Schwiegersohn, Wilhelm von Oranien aus den Niederlanden, auf den Thron. Die Jakobiten versuchten, James wieder an die Macht zu verhelfen und jetzt, wo er tot ist, wollen sie angeblich seinen Enkel Charles auf den Thron bringen.»

«Die Jakobiten sind also Katholiken?» fragte Sigismundo irgendwie erleichtert.

«Die meisten. Es gibt aber auch viele Protestanten unter ihnen, denn die königliche Familie der Stuarts, der James und Charles angehören, stammt aus Schottland. Viele Schotten unterstützen die Jakobiten, obwohl Charles katholisch ist, denn sie hätten gern wieder eine schottische Familie auf dem englischen Thron.»

«Sie meinen, die Jakobiten sind eine Allianz aus englischen Katholiken und schottischen Protestanten?» Sigismundo blieb die Spucke weg.

«Man sagt auch, sie seien Freimaurer», setzte Pater Ratti gelassen hinzu. «Manche Leute gehen so weit, daß sie sagen, alle Freimaurerlogen seien im Grunde nur eine Tarnorganisation der Jakobitischen Verschwörung.»

Die *carbonari*... die geheimen «inneren Zirkel» in Schottland...

«Charles, oder wie sie in ihrer Sprache sagen, Bonnie Prince Charlie, hat so viele Chancen, die englische Krone wiederzugewinnen, wie ich, fliegen zu können, wenn ich mit den Armen flattere wie ein Storch. Der letzte Jakobiten-Aufstand, oder versuchte Aufstand, endete in einer Katastrophe. Sie wurden 1746 in einem Ort namens Culloden Moor vernichtend geschlagen. Bonnie Prince Charlie verschwendet, wie ich hörte, in Rom seine letzten Energien damit, sich zu Tode zu trinken.»

Ich verstehe, dachte Sigismundo, sie wollen einen katholischen Trunkenbold auf den Thron eines protestantischen Landes heben. Sie sind echte Idealisten.

«Stimmt es, daß es die *alumbrados* heute noch gibt?» fragte er. Er kannte die Antwort, er wollte nur wieder mal sehen, was das Gedächtnis Pater Rattis alles zutage förderte, wenn er erst einmal zu stöbern anfing.

«Nun», sagte Pater Ratti, «wenn man unseren guten und frommen Freunden, den Dominikanern Glauben schenken will, hat jede ketzerische Vereinigung seit Adam irgendwo überlebt, und wenn der Papst jeden Abend unter sein Bett schaute, würde er womöglich früher oder später einen Manichäer darunter entdecken... glaubst du, daß die *alumbrados* deinen Onkel auf dem Gewissen haben?»

Diese unerwartete Frage war ein Schock. «Tja», antwortete Sigismundo. «Ich habe gehört, wie man in der Familie darüber sprach; die Vermutung wurde jedenfalls geäußert.»

«Könnte sogar sein», bemerkte Pater Ratti düster. «Weißt du, was der Schlüssel ist? Der Zeitpunkt des Mordes, der genau mit der Wandlung zusammenfiel. Das ist kaltblütige, präzise kalkulierte Blasphemie, ganz nach dem Geschmack der verrückten *alumbrados*. Erinnerst du dich noch aus dem Geschichtsunterricht an die Ermordung Guillaume di Medicis im Jahre 1478?»

«Ja», antwortete Sigismundo und sah sich plötzlich Auge in Auge mit einer ganz unmöglichen Möglichkeit.

«Guillaume wurde im Augenblick der Wandlung getötet», sagte der Jesuit betrübt. «Genau wie dein Onkel. Die *alumbrados* sind nicht so neu, wie wir gern glauben wollen. Es war eine organisierte Verschwörung, die Cäsar aus dem Weg räumte. Es war ein ägyptisches Orakel, berauscht von Wein und unbekannten Drogen, das Alexander den Großen veranlaßte, Indien zu besetzen, und wer weiß, welche Kräfte hinter diesem Orakel steckten? Jeder gewalttätige, gefühlsbetonte Mensch läßt sich mit Leichtigkeit in ein Orakel verwandeln, in ein

Medium in Trance, einen Automaten – wenn man sich mit den Techniken der Bewußtseinskontrolle auskennt. Der Heilige Paulus hat gesagt, die Kirche muß Krieg führen, doch nicht gegen Menschen aus Fleisch und Blut, sondern gegen fremde Mächte.»

«Aber was hat diese Blasphemie für einen Sinn – jemanden in dem Augenblick umzubringen, in dem die Kirche Gott anruft?» fragte Sigismundo, der ein ganz neues Gefühl kennenlernte, das schlimmer war als rein körperliche Angst. Unbekannte Drogen... Bewußtseinskontrolle... fremde Mächte... Verschwörungen, die so alt und übel und blutrünstig waren wie der Moloch, der kinderfressende Gott von Karthago...

«Vielleicht höre ich mich auch schon an wie ein Dominikaner», sagte Pater Ratti, während sie in den Hauptgang einbogen, der zur Bibliothek führte. «Aber aus den Geständnissen, die die Inquisitoren gewannen, geht hervor, daß niemand in den inneren Zirkel der Erleuchteten aufgenommen wird, ehe er nicht drei Todsünden begangen hat: Sodomie, Mord und Blasphemie. Auf diese Weise brechen sie sämtliche Brücken zum Christentum hinter sich ab. All das Gerede der *alumbrados* über die Wiederherstellung des ursprünglichen Christentums ist nur für die äußeren Zirkel bestimmt, die Gefoppten. Die inneren Herrscher des Kults hassen Christus ebenso wie die Kirche; sie verabscheuen die Moral und die Gesetze; sie frönen nicht nur dem Anarchismus, sondern kämpfen auch für einen universellen Atheismus.»

Sigismundo bekreuzigte sich, beinahe zitternd.

«Ja», fuhr der alte Ratti fort, «du tust gut daran, solche Menschen zu fürchten.» Er wandte sich ab, um in die Bibliothek zu treten, drehte sich dann aber noch einmal um. «Sag deinem Onkel Pietro, daß ich dir alle Fragen beantwortet habe», schloß er. «Und sag ihm, daß ich es für den *Sohn der Witwe* getan habe.»

Das war offensichtlich ein Kode. Sigismundo spürte, daß sich die Räder schneller drehten, als er verstehen konnte: Rädchen in Rädern, wie Drake gesagt hatte. Vielleicht waren die Freimaurer so etwas wie Strohmänner für ein gesamteuropäisches Komplott der Jakobiten mit Drake als Drahtzieher? Zweifellos kannte Onkel Pietro den Händedruck der Freimaurer, aber was wußte er noch? Wie alt waren die *carbonari*, und war die geheime Gruppe in Schottland wirklich nur eine Allegorie? Und ihre Gegenspieler, die Illuminaten oder *rossi*, die Christus und die Regierung, Kirche und Priester mit gleicher Inbrunst haßten, die in der Kirche mordeten, um Mord mit Blasphemie zu krönen? Rädchen in Rädern, die sich schneller und immer schneller drehten. Tiefer und tiefer würde er sich verstricken in diesem Netz der Heimtücke, hinabsteigen in die schwärzeste aller *bolgia*, dort wo die Avatare Satans warteten, die Gott und die Menschheit verachteten.

Schon einen Tag später nahm «Mr. Drake» Kontakt zu Sigismundo auf – über einen Mittelsmann, der aussah wie ein Bauer, aber ganz anders redete. Seine Nachricht war kurz: sie würden sich am Nachmittag in Drakes Villa auf dem Capodimonte treffen.

Als Sigismundo eintraf, war er überwältigt. Nicht einmal die Malatestas nannten ein so prachtvolles Haus ihr eigen. Die Jakobiten mußten eine Menge Geld mitgenommen haben, als sie England den Rücken kehrten. Onkel Pietro sagte, daß Verräter eine so unglaublich üble Bezeichnung sei, daß sie im allgemeinen nur auf Verlierer angewandt werde; Sigismundo fragte sich daher, wie reich dann in England die Gewinner sein mußten.

Im Garten stand eine herrliche Venus. Sigismundo konnte nicht sagen, ob es sich um ein römisches Original oder um eine der vielen Fälschungen handelte, die in diesen Tagen überall auftauchten.

«Gefällt sie dir?» fragte Drake, als er die leuchtenden Augen des Jungen bemerkte.

«Die Priester sagen, diese Art von Kunst sei gefährlich. Sie könne zur Sünde verführen.»

«*Sünde* ist ein theologischer Terminus», sagte Drake. «*Schönheit* dagegen ein ästhetischer. Die beiden zu vermischen ist dasselbe wie Äpfel und Birnen zusammenzuzählen.»

«Ich dachte, Sie sind Katholik.»

«Das bin ich», antwortete Drake, «und wie meine Feinde in England hinzufügen würden, einer vom reaktionärsten Schlag. Was mir an der Kirche am meisten gefällt, ist ihre unverhüllt heidnische Schönheit. Der Katholizismus besitzt alle Eigenschaften der großen Künste: Erhabenheit, Mysterium, Format und eine transzendentale innere Kohärenz, die man in der wirklichen Welt nirgends antrifft. Übrigens steht im Vatikan eine weit schönere Venus. Ich habe sie gesehen. Ein gewisser, äußerst bekannter Kardinal hat sie mit seiner Signatur versehen, als er, ahem, mal einen zuviel hinter die Binde gekippt hatte. Ich halte es allerdings für besser, dir nicht zu erzählen, wohin er ihr sein Autogramm verpaßt hat.» Drake lachte derb und warf der nackten Göttin, der Fürsprecherin von Liebe und Lust, einen nicht nur ästhetisch bewundernden Blick zu.

Sigismundo fühlte sich ein wenig unbehaglich. So redete man einfach nicht über Päpste und Kardinäle, jedenfalls nicht in Neapel.

Drake kam schnell zur Sache und ließ ein Bündel Lumpen hereintragen. Sigismundo brauchte eine Weile, bis er raus hatte, daß dieser Trödel die Kleider eines Bauern waren.

«Zieh deine Sachen aus und probier sie an.»

Sigismundo schlüpfte aus seinem seidenen Zeug und streifte die stinkende Uniform der Armen über.

«Nicht schlecht», bemerkte Drake, während er ihn musterte. «Aber du stinkst noch nicht genug. Zwanzig Liegestütze, wenn ich bitten darf.»

Nachdem er sie absolviert hatte, studierte Drake ihn erneut und verrieb noch etwas Dreck auf seinem Hals. «So, jetzt erzähl mir mal, wie Gott die Welt erschuf», sagte er, «aber so, wie es dir einer deiner Diener erklären würde.»

Sigismundo hatte kaum drei Sätze herausgebracht, als Drake ihm ins Wort fiel.

«Bist noch bei Sinnen, von Entelechie zu reden?» herrschte er ihn an. «Lesen deine Dienstboten etwa Aristoteles?»

«Natürlich nicht. Sie können doch überhaupt nicht lesen.»

«Wie, beim Nachttopf der Jungfrau Maria, kommst du dann darauf, daß sie einen aristotelischen Terminus in den Mund nehmen könnten?»

Dreimal mußten sie die Schöpfungsgeschichte durchkauen, bis Sigismundo es raus hatte und nur noch die Ausdrücke der unteren Schichten benutzte.

«Und jetzt bitte mich, dir heute nachmittag frei zu geben, damit du deine kranke Mutter besuchen kannst», sagte Drake.

Sigismundo dachte kurz nach. Sorgsam nahm er den Strohhut vom Kopf, als Zeichen des Respekts und fing an: «Verzeihung, signor –»

«Heiliger Strohsack», platzte Drake heraus, «du siehst mir ja direkt in die Augen!»

Sigismundo schlug die Augen nieder, so wie es von den Bauern erwartet wurde, wenn sie mit ihren Herren sprachen und begann von neuem.

Nachdem sie eine Stunde lang immer wieder die gleiche Szene durchexerziert hatten, schien Drake einigermaßen zufrieden zu sein.

«Weißt du, wo die Osteria Allegro ist?» fragte er.

Sigismundo nickte zögernd. Das war eine verruchte Gegend, eine, in der er noch nie gewesen war.

«Wir haben Grund zu der Annahme, daß die *rossi* dort mit Vorliebe ihre Klientel rekrutieren», eröffnete ihm Drake. «Von nun an bist du Antonio Mostra aus Marechiaro. Euer Herr hat die Pacht so erhöht, daß dein Vater sie nicht mehr bezahlen kann, verstehst du? Wenn die Pacht bezahlt ist, bleibt nämlich nichts mehr übrig – nichts. Zwei von deinen Schwestern sind schon in die Stadt gekommen, um als Dirnen etwas Geld zu verdienen, aber es reicht hinten und vorne nicht. Dein Vater schämt sich zu Tode, kann es ihnen jedoch nicht verbieten. Gewissen, Ethik und Moral sind Luxus, Essen dagegen eine gottverdammte Notwendigkeit. Ich war selbst drei Jahre heimatlos, ich weiß, wie das ist... aber wie gesagt, deine Familie ist am Verhungern. Du wirst saufen und krakehlen, saufen und krakehlen, verstanden? Aber paß auf – trink nicht so viel, daß du wirklich betrunken bist.»

Sigismundo fragte sich, ob er noch ganz bei Verstand war, sich auf eine derartige Maskerade einzulassen. Aber dann fiel ihm das Blut Onkel Leonardos ein.

«Könnte sein, daß ich dich geradewegs in den Tod schicke», sagte Drake am Tor. «Doch Gott ist mit den verdammten Narren und Optimisten, jedenfalls manchmal. Viel Glück, mein tapferer Musiker.»

Und so ging es jetzt hinab, tiefer und tiefer, die gewundene Bergstraße entlang, am Markt vorbei und noch tiefer; tiefer, als er je zuvor gegangen war, mitten hinein in den Abgrund des Elends. Wieder mußte er an Dante denken. Die Adligen oben auf dem Capodimonte und den anderen Hügeln der Stadt, die dort residieren wie auf den Thronen des *paradiso*; die Händler darunter, auf den niedrigeren Hügeln und im Zentrum der Stadt wie die Seelen im *purgatorio*, die darum kämpfen, die goldene Gnade zu erlangen, um zu den Seligen aufsteigen zu dürfen und ganz unten, in der tiefsten aller Höllen auf Erden die Armen. Der Gestank wurde immer unausstehlicher: es war eine Mischung aus verstopften Kloaken, aus denen das Wasser nicht abfließen konnte, ranzigem Schweiß, rohem Fisch, Erbrochenem und einer Schenke nach der anderen. Nicht einmal die Tiere waren so schmutzig; deshalb war Aristoteles wohl der Meinung, daß das niedere Volk sich niemals selbst würde regieren können. Der Anblick war noch schlimmer als der Geruch: kleine halbnackte Kinder spielten im Dreck; Männer, die zu betrunken waren, um zu gehen, lehnten sich gegen Häuserwände und versuchten, an ihren Stiefeln vorbei zu pinkeln; Blinde und Krüppel, Veteranen weiß Gott welcher Armeen, die einmal ausbezahlt und dann ausgestoßen worden waren, weil sie sich nicht länger zum Verkrüppeln anderer eigneten; Menschen, mit unsäglichen Geschwüren und Tumoren; billige Huren, die zu alt oder häßlich waren, um sich auf dem Marktplatz blicken zu lassen und hier versuchten, Männern, die genauso arm waren wie sie selbst, die letzten Lire aus der Tasche zu ziehen oder es in dunklen Gassen, im Schatten eines Hauseingangs mit Seeleuten trieben. Und dann las er plötzlich auf einer Mauer:

LA TERRA TREMA

Irgend jemand hier unten muß also doch lesen und schreiben können, dachte er, doch dann wurde er sich der Bedeutung bewußt: «Die Erde wird beben.» Es stammte nicht unbedingt von einem religiösen Fanatiker, der die Apokalypse voraussagte, es konnte genauso gut die Warnung eines *rosso* an ihn und seine Klasse sein. *La terra trema! La terra trema!* Das war wie Pauken und Trompeten zu Beginn einer Orchesterpartitur, die einem mit dem letzten Vorhang eine Bühne voller toter Baritone, Tenöre, Bässe und Sopranos verhieß.

Es bedurfte eigentlich keines großartigen schauspielerischen Talents, nachdem er die Osteria Allegro gefunden und angefangen hatte, zu trinken. Er brauchte sich nur daran zu erinnern, daß er der Sohn eines Bauern war, der seinen Herrn haßte. Seine Wut war echt. Er konnte tatsächlich weder begreifen, warum die Welt so schlecht war, noch warum ein unbeteiligter Zuschauer wie Onkel Leonardo auf so brutale

Weise niedergemetzelt werden mußte, eben weil die Welt so schlecht war. Vielleicht war er von diesem neuen Neapel, einem Napoli, das er noch nie gesehen hatte, zu sehr erschüttert und vielleicht vergaß er deshalb Drakes Warnung, beim Trinken aufzupassen.

Je mehr Wein er trank, desto unflätiger wütete er gegen alles, was er seit dem Ostersonntag erfahren hatte. Ein Priester zelebriert die Heilige Wandlung und vier vermummte Mörder sind die Antwort. Onkel Leonardo wird abgeschlachtet wie ein Schwein im Schlachthof, nur weil ein paar hirnlose Idioten ihn für die in Tausenden von Jahren angehäuften Ungerechtigkeiten verantwortlich machen. Die meisten Menschen vegetieren im Elend dahin, während eine Handvoll anderer Seide trägt und sich an aus Konstantinopel importiertem Kaviar delektiert. Gott muß für all dies einen Grund haben, dachte Sigismundo. Gott hat immer einen Grund. Gott ist allwissend und allmächtig und allgütig. Und zum Beweis wird er diese armen Menschen im Paradies mit ewiger Glückseligkeit belohnen, wenn sie verhungert sind. Und um seine transzendente Vollkommenheit noch deutlicher zu machen, wird er persönlich jedes einzelne, verzweifelte Mädchen in der Hölle schmoren lassen, das eine heruntergekommene *latifondi* verläßt, um sich in der Stadt mit Männern abzugeben. Und jetzt sorgte Gott dafür, daß sich das verdammte Lokal um ihn drehte. Vielleicht konnte man ihm doch nicht so ganz trauen.

Doch dann merkte er, daß der Wirt ihn mit keinem Wort in seiner wütenden Schmährede unterbrochen hatte. Er war am richtigen Ort, kein Zweifel.

Als ihn dann wenig später ein anderer Bauer einlud, mit auf eine Feier zu kommen, wo das Trinken nichts kostete, war er nur mäßig überrascht, wie leicht es gegangen war. Und als sie auf der Straße standen und der Bauer ihm erklärte, daß die Feier, nun ja, so eine «Art politische Versammlung» sei, ließ er sich seinen innerlichen Triumph nicht anmerken.

Doch als sie dann in der *barraca* oder Hütte angelangt waren, in der die Feier oder besser gesagt, «eine Art politische Versammlung» stattfinden sollte, trugen dort alle Männer Kapuzen, die ihre Gesichter verhüllten. Dantes *Caina attende*, dachte Sigismundo: die tiefste Grube, die *bolgia* der gewalttätigen Verräter. Die Wände waren von schwarzen Kerzen erhellt, ganz wie bei einem Hexensabbat. Und dann stand da so etwas wie ein Altar, auf dem ein riesiges schwarzes Buch lag, und eine rote Fahne schmückte die Wand dahinter.

«Wer da?» fragte einer der Kapuzenmänner mißtrauisch. Offensichtlich war er der Anführer.

«Einer auf der Suche nach dem Licht», antwortete Sigismundos Begleiter. Das war wahrscheinlich ein Ritual.

«El Eswad», mischte sich ein anderer ein. «Der Fremde gehört nicht hierher. Wir kennen ihn nicht.»

El Eswad war arabisch, das wußte Sigismundo. Es bedeutete so viel wie «schwarzer Mann» und war die Bezeichnung für den Satan.

«Es Eswad», entgegnete Sigismundos Führer, «wenn wir uns den Fremden, die zu uns kommen, verschließen, wie sollen wir dann das Licht verbreiten?»

Auch ein Ritual natürlich.

«Wir werden uns den Fremden später vornehmen», entschied El Eswad. Feierlich nahm er seinen Dolch aus dem Gürtel und richtete ihn gen Norden, Osten, Süden und Westen. «Ich beschwöre dich, Orpheus», sagte er. «Ich beschwöre dich, Tara. Ich beschwöre dich, Luzifer. Ich beschwöre dich, Aradia.» Dann legte er den Dolch mit der Spitze nach Süden auf das Buch.

«Orpheus, Tara, Luzifer, Aradia», wiederholten alle.

«Worin besteht die erste Pflicht des Meisterfreimaurers?» fragte El Eswad.

«Dafür zu sorgen, daß die *barraca* sicher ist», antworteten sie im Chor.

«Sorgt also dafür!» befahl El Eswad.

Wächter bezogen zu beiden Seiten der Tür Stellung. Sie nahmen ihre Dolche aus dem Gürtel und hielten sie aufrecht vor die Brust.

Jetzt sitze ich in der Falle, dachte Sigismundo.

«Worin besteht die zweite Pflicht des Meisterfreimaurers?» fragte El Eswad.

«Den verfluchten Papst und die gottverdammten Adligen bis auf's Blut zu bekämpfen», lautete die einstimmige Antwort.

«Worin besteht die dritte Pflicht des Meisterfreimaurers?»

«In der Reise nach Osten, zum Licht.»

Die Sonne geht im Osten auf, natürlich, aber es schien doch irgendwie noch eine andere Bedeutung zu haben. Sizilien war lange unter der Herrschaft des Islam gewesen; El Eswad war ein arabischer Titel. Konnte *barraca* ein Wortspiel mit dem arabischen *baraka*, Macht der Seele, sein? Die erste Pflicht besteht darin, darauf zu achten, daß die *baraka*, die Macht, geschützt bleibt.

«Wer ist der neue Kandidat für die Erleuchtung?» fragte El Eswad plötzlich. Sigismundo versuchte ganz locker zu bleiben.

«Der Sohn eines Bauern. Sein grausamer Herr hat die ganze Familie ruiniert», erklärte Sigismundos Begleiter.

«Wie sollen wir sicher sein, daß er kein Polizeispitzel ist?» fragte El Eswad.

Sigismundo spürte, wie er rülpsen mußte und tat sich keinen Zwang an. «Wer – ich?» fragte er und übertrieb noch ein bißchen mit seiner Betrunkenheit. «Ich kenne keine Polizisten.»

«Komm her», befahl El Eswad streng.

Sigismundo torkelte vor.

«Zeig mir deine Hände!»

Sigismundo spürte, wie sein Herz einen Purzelbaum

schlug. Mit Mühe kontrollierte er sein Gesicht. Man wird zwar als Mann geboren, ermahnte er sich, aber das Recht, ein Mann zu sein, muß man sich erst einmal erkämpfen.

Er streckte die Hände aus und verhinderte durch reine Willenskraft, daß sie zitterten.

«Das sind nicht die Hände eines Bauern», sagte El Eswad. «Das sind die Hände eines aristokratischen Ziegenschänders, der in seinem ganzen wehrlosen Leben noch keinen Tag gearbeitet hat!»

Im selben Augenblick sah Sigismundo sich von Kapuzenmännern umringt. Sein Magen krampfte sich zusammen, doch er sagte sich: Der Feigling wird von der Angst beherrscht, der Mutige ignoriert sie. Dabei schlug sein Herz immer lauter.

«Wer bist du?» fragte einer der Kapuzenmännern und hielt Sigismundo ein Messer an die Kehle.

«Ich bin Antonio Mostra aus Marechiaro.»

Der andere versetzte ihm einen Schlag ins Gesicht.

«Du bist ein Aristokrat und wohnst wahrscheinlich auf einem der Hügel da oben. Also noch mal: wer bist du?»

«Es war eine Mutprobe in der Schule», versuchte Sigismundo. «Ich mußte beweisen, daß ich als ein Bauer durchgehen kann...»

«Du bist ein Polizeispitzel», sagte El Eswad langsam. «Und zwar ein ganz besonders dummer. Ist jemand der Ansicht, daß wir diese kleine Kröte mit dem Leben davonkommen lassen sollten?»

Es folgte ein langes Schweigen. Zumindest kam es Sigismundo lang vor, und dann sagte einer, wahrscheinlich nur, um es offiziell auszusprechen: «Teufel auch – nein!»

El Eswad hielt Sigismundo seinen Dolch unter die Nase und sagte: «Wir geben dir eine Minute, um dein letztes Gebet zu sprechen.»

Ich mache mir gleich in die Hose, dachte Sigismundo. Aber das tun sie in der Oper nicht – sie singen tapfer eine *aria* und dann sterben sie. Warum habe ich nicht auf Onkel Pietro gehört?

«Bete, du betrunkener Narr», drängte El Eswad. «Du hast nur noch dreißig Sekunden!»

Ich bin ein Celine und ein Malatesta. Ich mache mir nicht in die Hose.

«Ich vertraue meine Seele der Obhut unserer Heiligen Jungfrau Maria an», sagte Sigismundo steif. Seine Stimme zitterte kein bißchen. «Und ich sterbe als braver Diener unseres Herrn und unseres Heiligen Vaters, des Papstes.»

Alle brachen in schallendes Gelächter aus. Das war der verrückteste Höhepunkt der komischsten *commedia*, die je in einem Theater aufgeführt worden war. Sie konnten sich kaum mehr fassen. Sie schlugen sich auf die Schenkel und bogen sich vor Lachen. Sigismundo traute seinen Ohren nicht: wie konnten selbst abscheuliche Atheisten wie diese es wagen, über das letzte Gebet eines tapferen Malatesta zu lachen?

«Gott, o Gott!» jaulte El Eswad und krümmte sich vor Lachen. Dann schlug einer nach dem anderen seine Kapuze zurück. El Eswad entpuppte sich als Seidenhändler, ein Freund von Onkel Pietro. Und auch Pater Ratti und Mr. Drake und Onkel Carlo und andere Kaufleute waren dabei und der letzte, der die Kapuze abnahm, war Onkel Pietro höchstpersönlich.

«Wenigstens läßt du dich nicht ins Bockshorn jagen», gluckste Onkel Pietro.

«Verdammt!» schrie Sigismundo und machte sich nicht das geringste daraus, daß Pater Ratti im Raum war.

Doch da stellte sich Mr. Drake zwischen Pietro und Sigismundo. «Es war nicht seine Idee», sagte er. «Ich bin darauf gekommen. Sobald mir die Wachen im Palast von deinen Spinnereien erzählten, wußte ich, daß du dich in Lebensgefahr begeben würdest, wenn wir dir nicht eine Lektion in ‹Realität› erteilten.»

«Verdammt!» wiederholte Sigismundo und meinte damit alle im Raum.

«Hör mal», sagte Drake. «Genau das wäre passiert, wenn du in die Nähe der *rossi* gelangt wärest, nur daß hinterher keiner die Kapuze abgenommen hätte. Du wärest jetzt tot, verstehst du? Wenn es nicht deine Hände gewesen wären, dann wärest du wegen irgend etwas anderem aufgefallen. Du kannst dir nicht vorstellen, was die für Tricks haben, um Spione ausfindig zu machen.»

«Gleich verdammt er uns noch mal», sagte Pater Ratti sanft.

Er hatte unrecht. Sigismundo stürzte zur Tür. Er konnte sich nicht länger beherrschen. Die Erleichterung darüber, dem Tod noch einmal entronnen zu sein, machte ihm physiologisch noch stärker zu schaffen als die Todesangst von eben.

Als er aus dem Klo kam, versuchte er, mit Anstand zu gehen.

«Vergib uns», bat Pater Ratti, «es gab keine andere Möglichkeit, um dich vor dem sicheren Tod zu bewahren.»

Sigismundo ignorierte ihn. Ungeniert trat er vor Onkel Pietro und starrte ihm in die Augen, ohne mit der Wimper zu zucken. «Jetzt verstehe ich, warum du Cervantes so komisch findest», erklärte er mit eisiger Würde. Und setzte gefaßt, mit beherrschter Traurigkeit hinzu: «Immerhin hatte er sich von den verdammenswerten Büchern der Romanzen befreit.»

«Rührend», erklärte Onkel Pietro mit gleicher Kälte. «Dein Auftritt wäre noch eindrucksvoller ausgefallen, wenn du nicht vergessen hättest, dir den Hosenschlitz zuzumachen.»

In dieser Nacht tat Sigismundo kein Auge zu. Kaum war er zu Hause angekommen, fing er an, in seinem Zimmer auf und ab zu gehen und über seine horrende Blödheit nachzudenken. Voltaire war zwar in Neapel verboten, doch war ihm dessen zynischer französischer Ausspruch durchaus geläufig:

«Wenn man die Unendlichkeit der Mathematik verstehen will, muß man sich nur das Ausmaß der menschlichen Dummheit vorstellen.»

Alles, was Pater Ratti je über die Demut gesagt hatte, machte plötzlich einen Sinn. In San Francesco di Paola hatte er sich wie ein Narr aufgeführt, indem er einen mit allen Wassern gewaschenen, professionellen Killer angriff, ohne auch nur auf die Idee zu kommen, daß auf jemand, der sich mit Mord auskannte, die Regeln des Fechtunterrichts vielleicht nicht zutreffen könnten. Am nächsten Tag hatte er wieder den Idioten gespielt und um ein Haar ein unschuldiges Kind erstochen, obwohl er von den tatsächlichen Hintergründen keine Ahnung hatte. Und dann hatte er seine Dummheit noch auf die Spitze getrieben, als er tatsächlich geglaubt hatte, daß ein Agent der Geheimpolizei einen blutigen Anfänger wie ihn zu einer revolutionären Versammlung schicken würde.

Pater Ratti hatte im Religionsunterricht immer wieder erklärt, daß wahre Demut nichts mit Wehrlosigkeit oder mangelndem Selbstbewußtsein zu tun hatte. Die Tugend der Demut, hatte Ratti gesagt, war nichts anderes als die Fähigkeit, die eigene Intelligenz richtig einzusetzen. «Der weise Mann hat nur vor einem Menschen auf der Welt Angst. Wißt ihr, wer das ist?» hatte er im Unterricht einmal gefragt. Und nachdem jeder falsch geraten hatte – die Antworten reichten vom Papst bis zum König Ferdinand – hatte Ratti erklärt: «Der weise Mann fürchtet nur sich selbst. Denn er weiß, wer ihm die plausibelsten Lügen erzählt, die, die er am liebsten glauben will.»

Also beschloß Sigismundo, der dreifache Narr, sich in Demut zu üben. Von nun an würde er sich bei jeder Lüge oder Selbsttäuschung, bei der er sich ertappte, bestrafen. Das war jedoch leichter gesagt als getan. Es war nämlich viel einfacher und verlockender, wie manche Franziskaner nach außen hin den Anschein von Selbsterniedrigung zu erwecken, sich wie die Reuigen, im Bewußtsein ihrer erdrückenden Sündenlast, in aller Öffentlichkeit zu züchtigen (was auch nur eine andere Form von Stolz war, sagte Pater Ratti) oder sich wie die Bauern sklavisch zu unterwerfen. Wirkliche Demut war weit schwieriger, als ginge man zwei Schritte hinter sich her und schaute sich ständig auf die Finger.

Als man vom neuesten Wunder berichtete, ging er zur großen Kathedrale von Neapel in der Via Duomo, überzeugt, daß auf diese Weise etwas von der Gnade Gottes auf ihn abfärben würde. Natürlich vollzog sich das Wunder zwei oder drei Mal im Jahr, und er hatte es schon öfter miterlebt, aber jetzt, wo er danach trachtete, die «kindlichen Dinge abzulegen», wie der Apostel sagte, würde es einen neuen Sinn für ihn ergeben.

San Gennaro war im Jahre 302 nach Christus geköpft worden. In der Kathedrale wurden zwei Phiolen mit seinem getrockneten Blut aufbewahrt. Jedesmal, wenn Neapel daran erinnert werden mußte, daß sein Schutzpatron über die Stadt wachte, wurde es wie durch ein Wunder lebendig – es verflüssigte sich. Abgesehen vom Grab des großen Dichters Vergil waren die Phiolen von San Gennaro das Überragendste, was Neapel zu bieten hatte. Darüber herrschte Einigkeit, auch wenn es Touristen gab, die so ungebildet waren, daß sie sich nur die Bucht, die Gemälde von Tizian in San Domenico Maggiore oder die Terrakotta-Figuren von Mazzoni in Santa Anna dei Lombardi anschauten, die so echt wirkten, daß man es mit der Angst zu tun kriegte.

Natürlich gab es auch Büßer in der Kathedrale, sie wurden mindestens so bestaunt wie das Wunder selbst, wenn sie sich mit ihren Peitschen geißelten und über ihre unverzeihlichen Verfehlungen heulten. Und es gab gewöhnliche Bauern, die einfach nur reglos daknieten. Sie beteten bestimmt nicht um Erleuchtung, dachte Sigismundo, das ging wohl über ihren kindischen, ungebildeten Horizont. Wahrscheinlich beteten sie darum, daß ihr krankes Kind wieder gesund wurde oder daß ihr Herr nicht die Pacht erhöhte. Trotzdem flößte ihm ihre stumme Leidenschaft tiefe Ehrfurcht ein. Es kam ihm fast so vor, als hätten ihre Seelen den Körper verlassen und wären hinaufgestiegen zu Gott, um ihm ihre Bitten persönlich vorzutragen. In der Zwischenzeit waren die Körper zu steinernen Statuen erstarrt.

Und es gab natürlich jede Menge von neugierigen Touristen. Als die Priester die Phiolen aus der *restituta* brachten (der alten Basilika aus dem vierten Jahrhundert) und sie durch die Kathedrale trugen, damit jeder das rote Wunder bestaunen konnte, wurde Sigismundo in seiner Andacht gestört.

Es war ein Franzose unter den Touristen und er sprach deutsch mit seinem Begleiter. Wahrscheinlich glaubte er, keiner in Neapel habe die geistigen Fähigkeiten, eine nichtlateinische Sprache zu erlernen. «Ist das nicht unglaublich», flüsterte der Franzose, «daß sie einen solchen Hokuspokus abziehen können und die Dummköpfe hier immer noch drauf reinfallen?»

Sigismundo schloß die Augen und betete darum, seine Rachegelüste unterdrücken zu können. Wenn nämlich das Wunder ein Schwindel war, dann hieß das, daß auch diese hingebungsvollen, heiligen und frommen Priester nichts anderes als Bauernfänger und Scharlatane waren – und nicht nur diese Priester, sondern alle Priester in dieser Kathedrale, seit das Wunder zum ersten Mal bezeugt worden war. Es bedeutete Jahrhunderte von bewußter Irreführung, eine machiavellistische Verschwörung, um den gesunden Menschenverstand zu täuschen und schlimmer noch: eine Verschwörung, die seit Jahrhunderten wirkte! Ein gespenstischer, ein schrecklicher Gedanke.

Andererseits war Sigismundo schon immer von den Tricks der *improvvisatore* auf dem Marktplatz fasziniert gewesen und hatte Onkel Pietro so lange in den Ohren gelegen, bis dieser ihm einige Grundprinzipien der Zauberkunst verraten hatte.

Nur die fundamentalen Kenntnisse, hatte Onkel Pietro gesagt: «Wenn ich dir zuviel verrate, wird der Geist träge.» So war Sigismundo gezwungen, diese Prinzipien auf jeden Trick, den er sah, neu anzuwenden, wenn er selbst dahinter kommen wollte, wie der Zauber zustande kam. Mit schuldbewußtem Frösteln stellte er sich vor, wie einfach es wäre, das Wunder des lebendigen Blutes von San Gennaro vorzutäuschen. Es bedurfte keiner großen Kunst, denn die Priester gingen stets allein in die *restituta*. Dort konnten sie das getrocknete Blut aus den Phiolen waschen, neues Blut hineinfüllen (notfalls von einer streunenden Katze – wer würde es schon merken?) und dann mit den Phiolen hinausmarschieren, um sie jedem Leichtgläubigen unter die Nase zu halten. Die Tricks der *improvisatore*, die sich vor Tausenden von aufmerksamen Augen vollzogen, waren viel schwieriger.

Doch natürlich entbehrte diese schreckliche Theorie jeder Grundlage, und wenn sie wahr wäre, dann wäre *alles* Trick oder Lüge. Dann wäre die ganze Welt ein Irrenhaus voller Intrigen und Täuschungen und keiner könnte dem anderen noch über den Weg trauen. Heilige Mutter Gottes, aber wenn man nicht einmal der Kirche trauen konnte, wem dann? Vielleicht hatte San Gennaro nie gelebt, vielleicht war dies in Wirklichkeit ein Janus-Ritual, versehen mit dem Deckmäntelchen des Christentums; vielleicht war Gennaro nie von Diocletianus ermordet worden; vielleicht war Diocletianus ein netter Kerl, ja, ein echter Kumpel gewesen und hatte in seinem ganzen Leben keiner Fliege etwas zuleide getan; vielleicht hatte das Römische Reich nie existiert und war nur auf dem Mist von irgendwelchen Märchenerzählern gewachsen. Mein Gott, vielleicht gab es sogar ganz Frankreich nicht und man hatte nur ein paar Schauspieler engagiert, die hin und wieder durch Neapel kamen und angeblich Französisch sprachen …

Solche Gedanken führten zum Wahnsinn. Man konnte auf diese Art seine ganze Entscheidungsfähigkeit einbüßen. Da gab es einen Bauern in Posillipo, einen verrückten Kerl, der behauptete, eines Nachts wäre ein glühender Stein vom Himmel auf sein Feld gefallen. Vielleicht hatte dieser Übergeschnappte ja recht und sämtliche gebildeten Theologen und Gelehrten in Europa waren in eine riesige Verschwörung verstrickt, um die Tatsache zu vertuschen, daß es tatsächlich glühende Steine gab, die vom Himmel fielen, denn so etwas war weder in der Bibel, noch in Newtons Theorien vorgesehen. Hierher führte einen die totale Skepsis also, in Dantes *selva oscura*, das endlose Labyrinth oder, wie Onkel Pietro sagen würde, zu den philosophischen Spaghetti, mit denen die Menschheit zu tun hatte, seit die Einheit des Glaubens zerstört war.

Manche Dinge aber stehen fest, da gibt es nichts dran zu rütteln, ermahnte sich Sigismundo. Priester lügen nicht; es gibt keine glühenden Steine, die vom Himmel fallen; Mama hat Papa nie betrogen und ich bin Sigismundo Celine aus Neapel, nicht der Mann im Mond.

Nachdem er zu diesem Schluß gekommen war, schloß Sigismundo den mißratenen Franzosen in sein Gebet ein, in der Hoffnung, der liebe Gott werde Gnade vor Recht ergehen lassen und ihn wieder auf den rechten Pfad der Tugend lenken.

Es war höchste Zeit, Tante Gina einen Kondolenzbesuch abzustatten. Er hatte es immer wieder hinausgezögert, denn mit vierzehn Jahren weiß man noch nicht so recht, wie man mit dem Leid der Erwachsenen umgehen soll.

An einem Mittwoch im Juni raffte er sich endlich auf.

Als er vor dem alten Haus ankam, versuchte er sich daran zu erinnern, daß es nicht länger Onkel Leonardos, sondern Tante Ginas Haus war – noch ein Zeichen dafür, daß nie wieder alles so sein würde wie vor Ostern.

Doch als die alte Bianca, die Haushälterin mit dem wogenden Busen, ihn ins Wohnzimmer führte, war er von Tante Ginas

Anblick entsetzt. Sie war immer berühmt gewesen, nicht nur für ihre Schönheit, sondern auch für ihren guten Geschmack. Der große Raum war ganz mit rosa, zimt- und ockerfarbenen Teppichen, Vorhängen, Diwans und darauf abgestimmten Bildern geschmückt. Hier herrschte eine Anmut, die so schlicht und doch so glanzvoll war wie der Parthenon im Mondschein. Es brach einem das Herz, diese häßliche alte, noch keine vierzig Jahre alte Frau im Witwenkleid inmitten solcher Schönheit zu sehen, die sie einst mit eigener Hand geschaffen hatte.

«Liebe Tante», begann er, «ich wollte nur sagen...» und dann mußte er verwirrt feststellen, daß er weinte. Die mühsam auswendig gelernten Sprüche waren wie weggeblasen und es wäre ihm sogar egal gewesen, wenn alle Jungen aus der Fechtklasse ihn in diesem Moment gesehen hätten. Er konnte sich nicht beherrschen, es war ein Ausbruch aus der Tiefe seines Herzens. Die Nase lief, die Augen wollten nicht aufhören zu tränen und plötzlich fiel ihm jener merkwürdige Satz bei Homer ein. Pater Ratti hatte ihm einmal gesagt, daß er ganz wörtlich übersetzt, so viel bedeutete wie: «Das Mitgefühl explodierte in seiner Nase.»

Ein Junge weint nicht, ein Junge weint nicht – das hatte er von Kindheit auf gelernt: nicht den sensiblen Künstler zu spielen, sondern ein richtiger Mann zu werden. Und jetzt schnüffelte und schluchzte, ja wimmerte er hier und Tante Gina umarmte ihn und er umarmte sie und dann weinten sie beide zusammen.

Schließlich hörten sie auf und setzten sich wieder hin. Die alte Bianca, die einen solchen Gefühlsausbruch wahrscheinlich erwartet hatte, ließ noch etwas Zeit vergehen und brachte dann den Tee.

«Man wird diese Männer fassen und bestrafen», sagte Sigismundo und erinnerte sich wieder an seine Rede. «Onkel Pietro hat viele Kontakte –»

«Ich weiß», sagte Tante Gina düster. «Aber das wird nicht das Ende sein. Es wird niemals zu Ende sein, niemals, solange ich die Erinnerung an Leonardo in mir trage. Und es wird noch schlimmer werden.»

Doch noch ehe sie dies näher erläutern konnte, tauchte oben auf der Treppe Onkel Pietro auf, in Begleitung eines dominikanischen Mönchs. Von seinem Platz aus erkannte Sigismundo, daß sie sich stritten, wenn auch mit sehr leisen Stimmen. Doch als sie die Treppe herunterkamen, konnte man verstehen, was sie sagten.

«Ich sage Ihnen, ich kenne diese Zeichen», protestierte der Dominikaner mit der besorgten, kummervollen Stimme eines Kellners, der erklären muß, wie eine tote Maus in den *cioppino* gelangen konnte.

«Sie haben es drei Mal versucht und versagt», flüsterte Onkel Pietro. «Es ist höchste Zeit, daß wir etwas anderes ausprobieren.»

Doch als sie jetzt in das Wohnzimmer traten, hatte sich Onkel Pietros Gesichtsausdruck gewandelt.

«Madame», sagte er formell, an Tante Gina gewandt. «Bruder Eugenius hat leider nicht den erhofften Erfolg gehabt. Er will nun einen besser ausgebildeten Exorzisten kommen lassen. Mittlerweile schlage ich noch einmal vor, daß wir uns Rat bei der Medizin holen.»

«Jeder Arzt wird Ihnen auf den ersten Blick bestätigen, daß dieser Fall außerhalb seiner Kompetenz liegt», sagte der Mönch mürrisch.

«Mag sein, daß Sie recht haben», sagte Onkel Pietro sanft. «Lassen Sie nur Ihren Teufelsaustreiber aus Rom kommen. Mittlerweile werden wir uns mit einfacheren Methoden behelfen, das kann nicht schaden.»

Sigismundo war völlig verwirrt.

«Er ist mein Sohn», sagte Tante Gina. «Wir werden beides versuchen. Hauptsache, der arme Toni findet wieder zu sich.»

«Sie werden nur Zeit und Geld verschwenden», prophezeite der Mönch düster. «Ich kenne Zeichen aus zahllosen ähnlichen Fällen. Ich versichere Ihnen, es handelt sich hier eindeutig um Besessenheit.».

Sigismundo spürte, wie ihm ein kalter Schauer über den Rücken lief.

Als Bruder Eugenius schließlich das Haus verlassen hatte, nicht ohne die nochmalige Warnung, daß Ärzte von solchen Angelegenheiten nichts verstünden, setzte sich Onkel Pietro auf den Diwan zu Tante Gina und nahm ihre Hand. «Du weißt, was ich für dich und deinen unglücklichen Sohn empfinde», sagte er. «Ich bitte dich, meinem Urteil zu vertrauen.»

«Glaubst du wirklich, daß es eine Krankheit ist?» fragte Tante Gina zaghaft, so als hätte sie vor neuer Hoffnung Angst.

«Ich bin davon überzeugt», antwortete Onkel Pietro.

«Dann nimm ihn mit zu deinem weisen Doktor», sagte Tante Gina. «Mit Toni zusammenzuleben, so wie er jetzt ist, ist schlimmer als ein Leben voller Trauer.»

Als man Antonio ins Wohnzimmer rief, erschrak Sigismundo. Sein Cousin war blasser als man es bei einem Neapolitaner je für möglich gehalten hätte, blasser sogar als ein Schwede. Ein süßlich-fauliger Geruch ging von ihm aus.

«Onkel Pietro ist gekommen, um dich zu einem Arzt zu bringen», sagte Tante Gina.

Antonio musterte Onkel Pietro gedankenverloren, als lenkten ihn eine Million wichtigerer Dinge ab. «Meine Mutter ist eine Hure», sagte er teilnahmslos und setzte nach einer Weile nachdenklich hinzu: «Manche Nasen sind Blasen.»

«Du bist traurig und verwirrt», antwortete Onkel Pietro.

«Sie ist eine Hure geworden, um mich zu bestrafen», fuhr Antonio überzeugend fort. «Weil ich meinen Vater ermordet habe. Er hatte auch so eine komische Nase. Ich werde in die Hölle kommen, sagt Jesus, aber den anderen ergeht es auch nicht viel besser.»

«Das ist alles dummes Zeug», beschwichtigte ihn Onkel Pietro. «Du hast Angst und bist verwirrt, weiter nichts.»

«Nasen, lauter rosa Nasen!» rief Antonio plötzlich außer sich. «Du bist einer von diesen Dämonen. Hältst du es etwa auch mit der Sodomie?»

Sigismundo bekreuzigte sich.

Tante Gina brach wieder in Tränen aus. «Siehst du?» schluchzte sie. «Kannst du dir vorstellen, jeden Tag so etwas ertragen zu müssen?»

«Seine Sinne sind durcheinander; es ist der Schock», sagte Pietro. «Aber das läßt sich heilen.»

«Nichts läßt sich heilen!» sagte Antonio wieder apathisch. «Das Jüngste Gericht ist nahe. Sie werden uns die Nasen abhacken. Du mußt nach Philadelphia», sagte er plötzlich an Sigismundo gewandt. «Wir alle landen in der Hölle, nur Siggi nicht, der geht nach Philadelphia. So wie es einen allmächtigen Gott gibt, so leer ist mein Kopf.»

Onkel Pietro schenkte seinen Worten keinerlei Aufmerksamkeit und behielt auch bei dem unablässigen Bombardement auf dem Weg zu seinem Freund, dem Arzt, die Ruhe. Sigismundo trottete hinterher, um notfalls Toni bändigen zu helfen, falls er rabiat werden sollte. Bald kamen sie ins jüdische Ghetto.

«Weißt du wirklich, was du tust?» fragte Sigismundo.

«Ich weiß nur, daß sich sein Gerede anhört, als spräche der Teufel höchstpersönlich aus seinem Mund», sagte Onkel Pietro. «Aber das ist nur die Sprache der Träume. Bei ihm kommt sie hoch, während er wach ist, weil er den Schock nicht verkraftet hat.»

Sie waren vor dem Geschäft eines Heilkundigen angelangt, der dem Schild im Fenster nach zu urteilen Abraham Orfali hieß.

Als Pietro die Tür öffnete, wurde Sigismundo augenblicklich von einer Wolke der verschiedensten Gerüche eingehüllt, die er kaum auseinanderhalten konnte. Signor Orfali schien jedenfalls besser bestückt zu sein als ein gewöhnlicher Arzt.

Als die Glocke über der Tür Patienten ankündigte, trat Orfali hinter einem Vorhang hervor. Er hatte einen weißen Bart und so dunkle Haut, daß man ihn für einen Mauren hätte halten können oder einen Juden aus dem Osten. Dann bemerkte Sigismundo die Augen des alten Mannes. Es waren Augen, die in alles eindrangen, was sie sahen, ohne Erstaunen, ohne Anerkennung oder Verachtung, mit dem distanzierten Verständnis eines geborenen Philosophen, der in ein Mikroskop schaut.

«Pietro», sagte Orfali mit bewegter Stimme.

«Abraham, mein Freund», antwortete Onkel Pietro. Als sie sich begrüßten, erkannte Sigismundo den eigenartigen Händedruck wieder.

«Noch eine Nase», sagte Antonio beiläufig. «Und noch ein Sodomit.» Dann kicherte er albern, doch seine Augen waren die eines Familienhundes, der beim Wildern im Hühnerstall erwischt worden ist.

«So?» Orfali schaute Pietro fragend an.

«Das ist Dr. Orfali», sagte Pietro streng, an Antonio gewandt. «Du wirst ihm den gebührenden Respekt erweisen. Er praktiziert momentan nicht, weil in dieser Gemeinde ... gewisse Vorurteile herrschen, aber er ist der einzige in ganz Neapel, der dir helfen kann.»

«Mir kann keiner helfen», murmelte Antonio stumpfsinnig. «Ich habe meinen Vater getötet und außerdem lauern hinter diesem Vorhang die Krokodile.»

«Ist er der Sohn deines Bruders? Der in der Kirche ermordet wurde?» fragte Dr. Orfali. «Aha, ich verstehe. Und dieser hier?» Er zeigte auf Sigismundo.

«Das ist ein anderer Neffe, einer den du wahrscheinlich noch näher kennenlernen wirst», antwortete Pietro. «Sigismundo Celine, Dr. Abraham Orfali.»

«Was hat er mit mir vor?» unterbrach ihn Antonio. «Bruder Eugenius sagt, daß man mir den Teufel austreiben muß. Aber ich habe Angst vor Peitschen.»

«Ich glaube nicht, daß du Peitschen brauchst», sagte Dr. Orfali sanft. «Komm mit mir ins Hinterzimmer; wir sollten uns zuerst ein wenig unterhalten.»

«Von mir aus», stimmte Antonio zu. «Ich glaube, die Krokodile sind weg. Bis auf ihre Nasen.»

Sie traten durch den Vorhang in ein winziges Zimmer, das von oben bis unten mit Büchern vollgestopft war – Büchern in Hebräisch, Latein, Spanisch, Arabisch und in Griechisch.

Dr. Orfali hatte eine Dose aus dem Vorderzimmer mitgebracht und fing jetzt an, ein wenig des darin enthaltenen Pulvers mit Wasser zu verrühren. «Warum hast du deinen Vater getötet?» fragte er. «War er ein so schlechter Mensch?»

«Ich habe ihn getötet, weil ich ein verfluchter Sünder bin. Jesus sagt, Neapel wäre noch nicht schlimm genug für mich, ich müßte in die Hölle.»

«So so, ich verstehe», sagte Dr. Orfali verständnisvoll. «Ich nehme an, du begehst diese abscheuliche Sünde jetzt seit etwa einem Jahr?»

Antonio wurde plötzlich rot. Und Sigismundo, der das Ganze irgendwie vage verstand, auch.

Dr. Orfali hatte seinen Kräutertrunk fertig. «Bitte, trinke das hier», sagte er, als würde der Junge ihm damit einen Gefallen tun. Nachdem Antonio seiner Aufforderung nachgekommen war, sagte Orfali herzlich: «Danke!» und setzte dann hinzu: «Ich bin mir nicht ganz sicher, ob du wirklich deinen Vater umgebracht hast. Vielleicht hast du dir das alles nur eingebildet, weil du erregt und verwirrt warst.»

«Aber ich habe die schrecklichsten Sünden begangen», sagte Antonio heftig. «Ich habe meine Mutter als Hure beschimpft! Ich weiß auch nicht, wieso. Es muß der Teufel in mir sein, der mich bei der Nase packt, bei der Nase.»

In diesem Moment fiel ihm das Glas aus der Hand.

«Du wirst allmählich etwas müde», sagte der Arzt. «Ich verstehe das. Wahrscheinlich hast du in letzter Zeit sehr schlecht geschlafen, nicht wahr?»

«Ich kann kaum noch schlafen», antwortete Antonio. «Nachts heulen die Dämonen von Hölle und Sodomie und verraten mir Dinge, die erst in der Zukunft passieren. Furchtbare Dinge.»

«Was verraten dir die Stimmen der Dämonen?» fragte der Arzt neugierig.

«Das Jüngste Gericht ist nahe. Der Pöbel wird sich erheben. Könige werden sterben. Klöster in Flammen aufgehen. Viele werden in öffentlichen Hinrichtungen enthauptet, ganz Europa von Kriegen erschüttert ...»

Pietro und Orfali warfen sich einen Blick zu.

«Du wirst müder, immer müder», sagte Dr. Orfali sanft. «Du kannst die Augen kaum noch aufhalten. Warum schläfst du nicht ein bißchen? Die Dämonen werden dich in Ruhe lassen. Ich sehe, wie dir die Augen zufallen. Hier bist du in Sicherheit. Mit jedem Wort, das ich spreche und jedem Atemzug, den du machst, werden die Stimmen schwächer und schließlich verschwinden sie ...«

Antonio schlief fest.

«Atoh Malkuth, ve-Geburah, ve-Gedullah, le-olahm» rezitierte Abraham. Es war fast ein Singen, bei dem er inbrünstig zum Himmel aufschaute. Dann wandte er sich wieder Antonio zu.

«Sprich mir bitte nach», sagte er. «Hin zu dem Einen.»

«Hin zu dem Einen», wiederholte Antonio im Schlaf.

«Der vollkommenen Liebe, Harmonie und Schönheit.»

«Der vollkommenen Liebe, Harmonie und Schönheit.»

«Dem einzigen Wesen.»

«Dem einzigen Wesen.»

«Vereint mit all den erleuchteten Seelen ...»

«Vereint mit all den erleuchteten Seelen...»
«Die die Gestalt des Lehrers verkörpern...»
«Die die Gestalt des Lehrers verkörpern...»
«Der Geist der Führung.»
«Der Geist der Führung.»

«Gut, ausgezeichnet», sagte der Arzt. «Ich danke dir. Ich werde dich jetzt in die Vergangenheit führen, zu einem Tag, den du im Botanischen Garten verbracht hast. Die Sonne brannte. Es war ein Tag, an dem du völlig entspannt und sehr sehr faul warst. Die Sonne spielte auf deinem Körper. Sie hüllte dich in einen Kokon aus Licht. Du wirst dasselbe jetzt noch einmal erleben. Die Sonne macht dich matt, sie brennt auf deinem Körper. Deine Füße sind warm, deine Beine sind warm, du spürst die Wärme auf deinem Bauch, auf den Armen, auf der Brust ... alles ist warm ... alles ist entspannt.»

Immer weiter beschrieb der Arzt den sonnigen Tag im Garten. Er sprach dabei immer langsamer, betonte jedes einzelne Wort und wiederholte immer wieder dieselben Sätze und dieselben Worte, vor allem «warm» und «entspannt». Sigismundo merkte, wie ihm selbst beinahe die Augen zufielen, obwohl er nichts von dem Schlaftrunk erhalten hatte.

«Und jetzt», sagte Dr. Orfali, «atme tief durch, aber ganz langsam. So ist es recht. Tief, tiefer ... immer weiter, tief einatmen. Füll deine Brust mit warmem Sonnenlicht. Erfülle dein Herz mit der goldenen Sonne. Und jetzt öffne den Mund und laß alles aus dir herausströmen, langsam heraus, während ich von acht bis eins zähle:

acht ... sieben ... sechs ... fünf ... vier ... drei ... zwei ... eins ... sehr gut, ich *danke dir*. Wenn du jetzt in die Ferne schaust, so weit dein Blick reicht, wirst du eine große Gestalt in einer roten Robe sehen. Das ist der Erzengel Rapha-El, der Gottes Willen ausführt. Nenn ihn beim Namen.»

«Rapha-El», sagte Antonio.

«Gut, sehr gut. Du bist jetzt noch entspannter. Hinter dir

taucht ein zweiter großer Engel auf, diesmal mit einer blauen Robe. Sein Name ist Gabri-El. Er übermittelt Gottes Weisheit. Nenn ihn beim Namen.»

«Gabri-El.»

«Ausgezeichnet. Dir ist warm, du bist völlig entspannt. Rechts von dir steht ein dritter Erzengel in einem golden schimmernden Gewand. Das ist Micha-El und er verkörpert Gottes Liebe. Nenn ihn beim Namen.»

«Micha-El.»

«Und jetzt siehst du zu deiner Linken den vierten Erzengel; sein Gewand ist lindgrün. Das ist Auri-El, er ist ein Sinnbild für Gottes Schöpfung. Nenn ihn beim Namen.»

«Auri-El.»

«Während ich jetzt von acht bis eins zähle, wirst du dich noch mehr entspannen und tiefer und tiefer sinken. Du hast nichts zu befürchten; die Engel bleiben stets an deiner Seite und bauen einen Schutzwall um dich, der den Teufel abhält. Ich fange also an zu zählen ...»

Dann kam noch jede Menge mehr Licht, Entspannung und Rückwärtszählen, bis die Engel immer deutlicher wurden und sogar Sigismundo, der keine Drogen erhalten hatte, verschiedene Persönlichkeiten in ihnen erkennen konnte. Als Dr. Orfali wieder einmal von acht rückwärts zählte, hielt er bei eins inne und fragte unvermittelt: «Wer hat deinen Vater getötet?»

«Ich weiß es nicht. Vier Fremde in schwarz ...»

«Und genauso wirst du es von jetzt an in Erinnerung behalten», sagte der alte Abraham. «Du wirst nicht länger verwirrt sein und glauben, daß du ihn getötet hast. Mit jedem Wort, das ich spreche und jedem Atemzug, den du machst, werden die Stimmen schwächer und schließlich verschwinden sie ... Die Engel beschützen dich. Das ist die Wahrheit. Du vertraust mir und wirst erleichtert sein, wenn du aufwachst, denn jedesmal, wenn du sie zu hören glaubst, wirst du von acht bis eins zählen und die Engel werden bei dir sein. Die Stimmen werden von Tag zu Tag leiser werden. Jetzt wirst du noch ein paar Minuten ausruhen, doch dir wird es vorkommen wie ein paar Stunden. Wenn ich dich aufwecke, wirst du herrlich geschlafen haben und dich sehr wohl fühlen, sehr wohl ... besser als seit Jahren ... Jahren ...«

Dr. Orfali nahm Pietro beiseite. Sigismundo, der weder aufgefordert, noch abgehalten worden war, mitzukommen, gesellte sich zu den beiden Männern, die sich in eine entfernte Ecke des Zimmers zurückgezogen hatten.

«Fälle wie diese sind die schwersten», erklärte Orfali leise. «Im Gegensatz zu dem, was die Affen und Esel der Schulmedizin meinen, sind Krankheiten mit physischen Symptomen viel einfacher zu behandeln als die der Seele. Du mußt ihn einmal in der Woche zu mir bringen, bis ich Anzeichen der Heilung feststellen kann. Doch ich kann dir schon jetzt versichern, sein Zustand wird sich so weit bessern, daß seine Mutter davon absehen kann, peitschenschwingende Exorzisten auf ihn loszulassen.»

«Ich verstehe», sagte Pietro, «bei physischen Symptomen muß man nur eine Seele behandeln. In solchen Fällen aber alle drei.»

Sigismundo dachte, daß damit nur die drei Seelen des Aristoteles gemeint sein konnten.

«Ich wünschte –» begann Pietro, aber er konnte seinen Satz nicht beenden, als er Abrahams Blick auf sich ruhen sah.

«Du weißt, das ist verboten!» erinnerte ihn der alte Mann.

Sigismundo merkte, daß Onkel Pietro ihn hatte bezahlen wollen und daß Abraham kein Geld annehmen durfte, weil er einmal einen bestimmten Eid abgelegt hatte und da wußte er, was Abraham war.

«FRC», platzte er unkontrolliert heraus, in der sicheren Gewißheit, daß er sich zum ersten Mal im Leben als klüger erwiesen hatte, als Onkel Pietro ihm zugetraut hätte.

Zwei verdutzte Gesichter, die nicht mehr verrieten als zwei verschlossene Türen, schauten auf ihn herab.

«Das war ein Volltreffer», bemerkte Pietro ruhig. «In Anbetracht gewisser *domini-canis* jedoch, tätest du besser daran, dieses Thema nie wieder anzusprechen.»

Was so gut wie ein Geständnis war. Abraham Orfali war ein ranghohes Mitglied der *Fraternitas Rosae Crucis* – der legendären Rosenkreuzer, der sogenannten «Unsichtbaren Schule», in der alle verbotenen Künste und Weisheiten gelehrt wurden, die aber im Untergrund operierte, um dem Ärger mit den Autoritäten aus dem Weg zu gehen. Nur die sehr fortgeschrittenen Freimaurer, so hieß es, durften eine Mitgliedschaft bei den Rosenkreuzern beantragen.

Sie wandten sich wieder Antonio zu.

«In etwa einer Minute wirst du aufwachen und dich besser fühlen als je zuvor», sagte der Arzt. «Innerhalb der nächsten vierundzwanzig Stunden wirst du erkennen, daß du dich in letzter Zeit zu wenig bewegt hast und du wirst anfangen, zu fechten oder einen anderen Sport zu treiben, denn du hast jetzt wieder sehr viel Energie in dir. Du wirst nachts gut schlafen, denn die Engel beschützen dich. Dein Vater wurde von vier Fremden in Schwarz getötet; daran wirst du dich von heute an stets erinnern. Wenn ich jetzt bis fünf zähle, wachst du auf. Eins ...«

Und als Antonio aufwachte, war er tatsächlich wieder fast der alte.

Auf dem Nachhauseweg mit Sigismundo und Onkel Pietro machte er noch ein paar merkwürdige Bemerkungen. Sie waren nicht so schaurig wie sein Gerede von vorher, aber doch immerhin merkwürdig. «Ist es nicht komisch, daß die Leute immer denken, die Zeit würde nur in eine Richtung fließen?» fragte er einmal und später: «Ich weiß, daß ich etwas durcheinander war, aber Jesus *war eine Frau*, als er zu mir kam.»

Nachdem sie Antonio bei Tante Gina abgeliefert und beide

sichtlich erholt verlassen hatten, sagte Sigismundo mit leiser Stimme zu Onkel Pietro: «Ich werde keine Fragen zur FRC stellen, aber erzähl mir etwas über die drei Seelen. Aristoteles erwähnt nichts davon, daß sie benutzt werden können, um Krankheiten zu heilen.»

Pietro bog in den Orto Botanico ein, offensichtlich bestrebt, das Gespräch abseits von neugierigen Ohren fortzusetzen.

«Aristoteles wußte auch nicht alles», sagte er behutsam. «In Wirklichkeit muß man sogar von acht möglichen Seelen ausgehen. Wir werden zwar mit einer geboren, wieviele wir aber im Verlauf unseres Lebens entwickeln können, das hängt von unserer Erziehung, harter Arbeit und auch ein bißchen Glück ab. Die drei Seelen, von denen Aristoteles spricht, waren nur das, was sich in dieser Phase der menschlichen Entwicklung durchschnittlich zeigt. In der FRC», und damit senkte er die Stimme noch mehr, «muß man mindestens vier Seelen entwikkelt haben.»

Sie betraten den Botanischen Garten. «Die erste Seele ist, wie Aristoteles sagt, vegetativ. Sie ist in mir, in dir und in diesen Pflanzen hier dieselbe. Sie empfindet Angst, wenn sie bedroht wird und Glück, wenn sie umsorgt und genährt wird. Das ist aber auch alles, was sie empfinden oder wissen kann. Sie reagiert mechanisch. Vico behauptet, sie sei die einzige Seele in der primitivsten Gattung der Menschheit, den Giganten.»

«Das habe ich auch gelesen», sagte Sigismundo. «Vico glaubt, daß der Zyklop in der Odyssee ein solcher Gigant war. Er sagt außerdem, daß die Giganten in der Neuen Welt überlebt haben. Dort heißen sie ‹Bigfoot›.»

«Ich bin nie in Amerika gewesen», antwortete Onkel Pietro. «Daher kann ich dazu nichts sagen. Das entscheidende Kriterium dieser Seele ist die Tatsache, daß sie sich sprachlich nicht äußern kann und gezwungen ist, mittels Zeichen zu kommunizieren. Das läßt sich bei Säuglingen sehr gut beobachten. Die FRC-Mitglieder gehen davon aus», jetzt flüsterte er nur noch, «daß alle körperlichen Symptome ohne Ausnahme die Zeichensprache dieser vegetativen Seele darstellen. Sie bedeuten zum Beispiel ‹Ich habe Angst› oder ‹Ich bin hilflos› oder ‹Ich brauche meine Mama› und so weiter. Die Ärzte haben keine Ahnung davon, also bitten sie ihre Opfer zum Aderlaß oder schneiden ihnen Löcher in den Leib, worauf sich deren Zustand nur verschlechtert, sie unter Umständen sogar sterben. Dr. Orfali setzt bestimmte Kräuter ein, um die höheren Seelen einzuschläfern. Dann spricht er nur die primitive, kindliche Seele an und beruhigt sie. Man sagt, ein Magier muß das weibliche und das männliche Prinzip in sich vereinigen. Mit anderen Worten: er muß sein wie eine Mutter und wie eine Mutter ein ängstliches Kind trösten können. Genau das hat Abraham getan, wie du selbst gesehen hast.»

Sigismundo mußte das alles erst einmal verdauen.

«Dann ist die tierische Seele», meinte er endlich, «nicht nur für Tiere charakteristisch, sondern auch für die Barbaren, wie Vico sie nennt – die Menschen, die um Territorium kämpfen. Für die Herkules-Typen.»

«Genau. Doch darfst du nicht vergessen, daß wir alle diese barbarische Seele in uns haben, genau wie die primitive, vegetative Psyche. Die menschliche Seele, die reine Vernunft, steht über alledem, wird jedoch von vegetativen Ängsten oder barbarischen Wutausbrüchen häufig überschattet. Tatsächlich herrscht die Vernunft eigentlich nur in den seltensten Fällen über diese älteren Teile des Geistes: viel öfter pervertiert sie und sucht rationalistische Gründe, um diese anderen zu rechtfertigen. Die vegetative und die animalische Seele sind sehr alt und tief im Menschen verwurzelt. Die Vernunft dagegen ist relativ jung und noch schwach.»

«Und was passiert, wenn die Sinne sich trüben, wie bei Antonio?»

«Dann entwickelt sich eine Art psychischer Bürgerkrieg. Alle drei Seelen sind durch einen Schock irritiert und kämpfen gegeneinander. Die Heilung kann lange dauern. Doch über solche Dinge zu reden ist gefährlich. Denn wenn die Inquisition einen dafür nicht auf den Scheiterhaufen schleppt, wird die Schulmedizin dafür sorgen, daß man auf eine andere Art und Weise ruiniert wird.»

«Und was ist mit der vierten Seele? Wieviele Menschen haben sie entwickelt?»

«Wenn man zu viel auf einmal lernen will, führt das meistens nur zu einem großen Durcheinander im Kopf», mahnte Onkel Pietro. «Denke erst einmal über das nach, was ich dir bisher beigebracht habe. Beobachte die Menschen in deiner Umgebung und stelle fest, welche der drei Seelen sie im Moment beherrschen. Versuche herauszukriegen, welche Seele welche Menschen zu welcher Zeit beherrscht. Analysiere auch dich selbst, um zu sehen, von welcher Seele du dich vorrangig leiten läßt. Dann erst kannst du anfangen, bei manchen Menschen nach Anzeichen der vierten Seele zu suchen. Doch ich warne dich: sprich über so etwas nicht in Neapel. Die Inquisition hat ihre Augen und Ohren überall.»

Sigismundo dachte weiter: kein Wunder, daß die Inquisitoren des öfteren über die Stränge schlagen und manchmal ungerecht sind. Sie wittern überall Verschwörungen und bei Gott, es *gibt* ja auch tatsächlich überall welche. Innerhalb weniger Monate habe ich von den *carbonari* erfahren, die vielleicht die wahren Führer der Freimaurer sind, oder auch nicht; von den Jakobiten, die vielleicht die *carbonari* sind, oder auch nicht; von den Freimaurern selbst, die alles oder nichts sein können (eingeschlossen Jesuiten wie Pater Ratti); von den *alumbrados*, zu denen die *rossi* gehören, wenn nicht umgekehrt die alumbrados zu den *rossi* gehören; von der M.A.F.I.A und jetzt der FRC. Wir haben anscheinend mehr Geheimgesellschaften als ein Du-weißt-schon Flöhe, mehr als die Umbertos

Gulden verleihen, mehr als in meinen armen Kopf hineingehen.

Onkel Pietro erriet seine Gedanken. «So ist es immer in besetzten Ländern», sagte er traurig.

Es gab ein Stück von Scarlatti, eine Sonate in D-Dur, das klang wie die menschliche Seele, wenn sie versucht, sich von der vegetativen und animalischen Seele zu befreien. Sigismundo schlenderte über den Markt und arbeitete im Geiste an einer Variation mit einer Reihe von Akkorden, die das Thema durch eine zirkulare oder «solare» Permutation (wie manchmal bei alter Kirchenmusik) wieder zu ihrem Ausgangspunkt zurückführen sollte, so daß sie sich gleichzeitig vorwärts und rückwärts spielen ließ. Das war interessant, denn die Mathematik, die darin steckte, war äußerst präzise – fast wie zwei Griechen, die um einen Vertrag feilschen – und trotzdem war der *galante* Stil nicht zu überhören. Man konnte beinahe Lust bekommen, danach zu tanzen.

Und dann entdeckte Sigismundo Carlo Maldonado im leuchtenden, reichgeschmückten Brokatkleid seiner Familie. Er stand vor einem Stand und sah sich einen Ballen Seide an. Er fiel sofort auf. Seine Socken hatten dasselbe Blau wie sein Hemd und das Gewand war mit so vielen Goldfäden durchwirkt, daß es einem Geizkragen die Sprache verschlagen hätte. Selbst in Neapel, dessen Adlige nicht gerade für konservative oder schlichte Kleidung berühmt waren, war Carlo Maldonado so unauffällig wie ein Einhorn.

Sigismundo stolperte. Schuldgefühle und Gewissensbisse nagten an ihm, als er sich daran erinnerte, wie er dieses unschuldige Bürschchen beinahe ermordet hätte. Nur weil er nicht richtig nachgedacht hatte. Weil er der animalischen Seele freien Lauf gelassen hatte. Weil er der Zyklop war, wie Vico gesagt hätte, nicht Odysseus.

Doch als er sich umdrehen wollte, bemerkte Sigismundo plötzlich all die Augenpaare, die auf ihm ruhten. Sie schauen mich nicht an, redete er sich hastig ein. Aber wenn er sich zu schnell abwendete, könnte das jemandem auffallen. Irgend jemand könnte sagen, daß die Malatestas Angst hatten, sich auf der Straße blicken zu lassen, wenn ein Maldonado in der Nähe war.

Also ging Sigismundo weiter, ohne Carlo anzusehen, ging schnell an ihm vorbei und starrte vor sich auf ein Ziel, das er so schnell wie möglich erreichen mußte. Doch genau in diesem Augenblick stieß er mit einem blonden Mann zusammen, der ihn mir nichts, dir nichts, wie einen Idioten, gegen Carlo schleuderte.

«He!» rief Carlo, «paß doch auf, wohin du trittst – !» Dann erkannte er Sigismundo. «Oha», sagte er. «Ein Malatesta. Hat der Wein euch endlich das Hirn zersetzt? Kannst du denn nicht einmal mehr gerade gehen?»

Sigismundos Hand fuhr zum Degen, doch mitten in der Bewegung hielt er inne. Die vernünftige, menschliche Seele sollte Vorrang haben vor den Emotionen der animalischen Seele.

«Es tut mir leid», sagte er steif. «Es war ein Versehen.»

Doch der blonde Mann, der sehr groß und dunkelhäutig war – halb Sizilianer und halb aus dem Norden, wahrscheinlich – hatte sich neben den beiden Jungen aufgebaut. «Ess tut mir leid», wiederholte er, indem er sich über Sigismundo lustig machte. «Ess war ein Verssehen. Was für Schwächlinge die Malatestas doch geworden sind», fügte er verächtlich hinzu, so daß ihn jeder hören konnte.

«Halten Sie sich hier raus!» antwortete Sigismundo scharf. «Das geht Sie nicht das Geringste an.» Doch er spürte, wie seine Ohren rot wurden und wußte nicht, ob die Menge ihn für einen Feigling hielt.

Carlo war erst zwölf, witterte jedoch sofort die Möglichkeit, als Held auftrumpfen und einen Malatesta schmählich demütigen zu können. «Ja, halten Ssie ssich hier rauss», lispelte er.

Sigismundo überlegte kurz. «Weißt du was», sagte er zu Carlo. «Wenn mein Hund so eine Nase hätte wie du, würde ich ihm den Schwanz abrasieren und ihn rückwärts laufen lassen.»

Die Menge wurde immer größer und lauter. «Sag ihm Bescheid, Sigismundo!» brüllte einer.

Carlo lief rot an. «Dafür sind die einzigen Schafe, die in Neapel noch jungfräulich sind, die, die schneller rennen können als du», gab er zurück

Darauf brach die Menge in dröhnendes Gelächter aus. «Gib's ihm, Carlo!» rief einer im Hintergrund.

«Ich frage mich nur», antwortete Sigismundo, «ob Graf Maldonado eine Ahnung hat, wer dein wirklicher Vater ist. Oder ist die Liste der potentiellen Anwärter zu lang?»

Das Lachen wurde noch lauter. Jeder hatte das Gefühl, Zeuge einer höchst vergnüglichen Unterhaltung zu sein. Vielleicht sollten wir noch ein paar Gaukler und Seiltänzer anheuern und die Mütze rumgehen lassen, dachte Sigismundo.

Dann biß Carlo sich auf den Daumennagel. Das Lachen verstummte.

Sigismundo seufzte. «Zieh lieber nicht den Degen», warnte er. «Du könntest dir aus Versehen den Stengel abschlagen.»

Das brachte das Faß zum Überlaufen. Augenblicklich hatte Carlo den Degen in der Hand.

«Nimm sofort zurück, was du über meine Mutter gesagt hast», kreischte er mit schriller Stimme. (Er hat Angst vor mir, sagte sich Sigismundo, aber noch mehr Angst hat er, in der Öffentlichkeit den Kürzeren zu ziehen. So werden aus Feiglingen Helden, würde Onkel Pietro sagen.)

Carlos Degen zielte noch nirgends hin, bedeutete noch keine Herausforderung. «Nimm es zurück!» wiederholte er.

«Ich wollte dich nicht beleidigen», sagte Sigismundo steif.

«Es war nur Spaß. Ich dachte, wir ziehen uns nur ein bißchen auf.»

Carlo hielt das für ein Zeichen von Schwäche.

«Nimm es zurück!» fauchte er und nahm mit seinem Degen die Kampfposition ein.

Wie soll man sich von den verdammenswerten Büchern der Romanzen befreien, wenn alle anderen noch danach leben?

«Paß lieber auf», sagte Sigismundo. «Ich will dir nicht weh tun –.»

«Zwei kleine Mädchen», sagte der blonde Mann spöttisch. «Und beide haben Angst voreinander.»

Sigismundos Hand fuhr zum Degen. *Besinne dich*, dachte er noch, doch da war der Degen auch schon in Stellung.

Die Zeit erstarrte, genau wie damals in San Francesco di Paola während der Ostermesse. Denn es kam ihm vor wie eine Ewigkeit, als er langsam seine Degenspitze gegen die von Carlo tippte, um die Herausforderung anzunehmen. Moira: einmal hätte ich ihn aus Dummheit beinahe umgebracht und entkam nur durch Glück und jetzt spiele ich genau dasselbe Spiel noch einmal. Onkel Pietro hat recht: Wir bezeichnen unsere schlechten Gewohnheiten als Schicksal, wenn wir einsehen, daß wir sie nicht ändern können.

«Die tapferen Narren sterben zuerst!» hörte man eine vertraute Stimme sagen, in der sich spröde Verachtung mit Strenge mischte.

Jedermann verrenkte sich den Hals, als der alte Tennone zum Zentrum der Posse vordrang.

«Was für heldenhafte Kinder», sagte er laut, «bereit für ein paar dumme Worte ihr Leben zu lassen. Und was für feine Bürger wir doch in dieser Stadt haben, die die Kleinen aufhetzen, nur um noch mehr Blutvergießen mitansehen zu können! Ist euer Leben so langweilig? Ist der letzte Mord bereits so lange her? Sie da, mein Herr –» und damit zeigte er auf einen dicken Obsthändler in der Menge, «wenn Sie sich so sehr langweilen, könnten wir beide doch ein wenig die Klingen wetzen, was meinen Sie?»

«Nun machen Sie mal halblang», protestierte der Händler. «Sie sind ein Profi...»

«Wie?» rief Tennone. «Haben Sie etwa Angst? Was sind Sie denn für ein Neapolitaner? Hat man Sie etwa entmannt, mein Freund? Oder fließt in Ihren Adern nur Dünnschiß?»

«Ich bitte Sie», stammelte der Händler. «Jeder weiß doch, daß Sie unverletzlich sind...»

«Nun dann, wer hat denn sonst noch Lust auf ein Kämpfchen?» fragte Tennone. «Ich stehe zur Verfügung», tönte Tennones Stimme eiskalt.

Zögernd löste sich die Menge auf.

»Und ihr zwei Einfaltspinsel», sagte Tennone zu Carlo und Sigismundo, die wie begossene Pudel vor ihm standen, «geht nach Hause und erzählt euren Müttern, daß ihr ihnen heute beinahe eine neue Beerdigung beschert hättet. Verschwindet! Oder ich verpasse euch eine Tracht Prügel, die sich gewaschen hat.»

Doch als Carlo in die eine Richtung davonschlich und Sigismundo in die andere, fiel letzterem plötzlich auf, daß der große Blonde in dem Moment verschwunden war, als sie die Degen gezogen hatten. Erst hat er mich zum Kampf aufgestachelt, dachte Sigismundo.

Ein *rosso*? Rädchen in Rädern, würde Drake sagen.

Sigismundo fühlte sich in die Mitte einer Welt versetzt, wo nichts ganz so war, wie es schien, wo Verrat und Verschwörungen so allgegenwärtig waren wie das Klagen der professionellen Bettler.

Moira: ein Knoten, ein vorherbestimmtes Ding.

Und dann kam der heißeste und schrecklichste Teil des Sommers, die Hundstage. Ganz Neapel spielte wie üblich verrückt.

Die empfindlicheren *signorine* begnügen sich nicht etwa damit, im Teatro San Carlo lauthals in Tränen auszubrechen, sondern fielen reihenweise in Ohnmacht, wenn die berühmten Tenöre ihre wehmütigen *arias* schmetterten. Jeden zweiten Tag wurde von einem neuen Wunder berichtet, so unglaublich, daß die Kirche sich beeilte, es so schnell wie möglich zu dementieren. Ein Bauer behauptete, der Heilige Gral sei aus dem Himmel gefahren, dann sei ihm die Heilige Jungfrau entstiegen und habe ihm verkündigt, daß Ferdinand IV. gezwungen werden würde, abzudanken, später jedoch wieder an die Macht käme. Die Umbertos, die von weiß Gott wo aus dem Süden aufgetaucht waren und zu den reichsten Bankiers von Neapel zählten, wurden von den Dominikanern festgesetzt und *incommunicado* gehalten, während Gerüchte über die unglaublichsten Geständnisse die Runde machten. Man munkelte von Ziegenschänderei und Kindesopfern.

Eines Nachts zog eine Bande von Betrunkenen durch das Ghetto und steckte die Geschäfte der Juden in Brand. Ferdinand IV. schickte die Polizei hinterher und ließ die Übeltäter dingfest machen. Dann verurteilte er sie dazu, von Maultieren durch die Straßen der Stadt geschleppt und vom offiziellen Henker ausgepeitscht zu werden – «frische Luft und Bewegung» hieß das im Volksmund.

Maria Maldonado kam für die Ferien aus der Klosterschule nach Hause und war schöner als je zuvor. Sigismundo stand jedesmal, wenn er sie sah, Höllenqualen aus, denn sie beachtete ihn nicht und er konnte nicht aufhören, unreine Gedanken über sie zu haben. Dabei spielte es keine Rolle, ob sie von Liebe oder Lust zeugten, denn beides war unmöglich. Sie war eine Maldonado, er war ein Malatesta; er hätte mehr Chancen gehabt, eine glückliche Ehe, eine leidenschaftliche Romanze oder auch nur eine einzige Liebesnacht mit der nackten Venus in Drakes Garten zu erleben als mit Maria Maldonado.

So war es eine große Erleichterung, als der August kam und

er mit Onkel Pietro zu ihrer seit langem geplanten Reise nach Rimini aufbrechen konnte. Mit all der Hitze, den Du-weißt-schons auf dem Markt und jetzt auch noch Maria hatte sich Neapel in eine stetige Einladung verwandelt, was die Sünden des Fleisches anbelangte.

Der angebliche Zweck der Reise war es, Sigismundo einen tieferen Einblick in den Weinhandel der Familie zu verschaffen. In Wirklichkeit jedoch ging es Pietro vor allem darum, dem Jungen den Tempio Malatesta zu zeigen, ein unglaubliches architektonisches Wunderwerk, das um 1440, also vor mehr als drei Jahrhunderten, von seinem berüchtigten Vorfahren Sigismundo Pandolfo Malatesta gebaut worden war.

Niemand in ganz Italien wußte so recht, was er von dem Tempio Malatesta halten sollte, nicht einmal Sigismundo Pandolfo Malatesta selbst, und Onkel Pietro ließ keinen Zweifel daran aufkommen, daß er auf beide verdammt stolz war. Er hatte den *tempio* so oft erwähnt, daß die meisten Malatestas in Neapel tatsächlich überzeugt waren, er sei prächtiger als der Petersdom zu Rom.

In einer Kutsche zu reisen war neu für Sigismundo. Aber als sie in Arezzo ankamen und die Hälfte der Wegstrecke bereits hinter sich hatten, hielt Sigismundo die Kutsche schon für ein Folterinstrument, das nur dazu erfunden worden war, um kluge Menschen zu überzeugen, zu Hause zu bleiben und das Reisen den Dummen zu überlassen. Der erste Tag ist ja noch einigermaßen aufregend mit all den neuen Sachen, der zweite wird schon langweiliger und unbequemer und am dritten Tag kriegt man allmählich Angst, nie wieder aufrecht gehen zu können.

Als sie in Assisi Halt machten, bestand Onkel Pietro darauf, den Geburtsort und das Grab von San Francesco zu besichtigen. Dies überraschte Sigismundo ein wenig. Er zweifelte allmählich an Onkel Pietros Glauben. Zu viele Reisen nach England, zu viele Kontakte zu Freimaurern, zu viele Gespräche mit Protestanten ... doch am Grab trug Onkel Pietro ein paar Gedichte des Heiligen Franziskus von Assisi vor und rezitierte sie mit einer solchen Inbrunst, daß der Junge dachte, sein undurchschaubarer Onkel müsse auf seine Weise wohl ebenso fromm sein wie ein Dominikaner. Eine Zeile tat es dem Jungen besonders an: «*Nel fuoco d'amore mi mise.*»

Ins Feuer der Liebe, dachte Sigismundo – es mußte wunderbar sein, Gott so nahe zu kommen. Ein solches Gefühl hatte er nie erlebt, wenn er in der Kirche war oder versuchte, sich ins Gebet zu vertiefen. Höchstens die Musik vermochte ihn auf die Ebene zu erheben, auf der das Feuer der Liebe das Wichtigste im Leben bedeutete. Die Musik und Maria Maldonado. Seine Gefühle für die Musik waren profan und die für Maria Maldonado wahrscheinlich voller sündhafter Lust. Wenn er ein solches Feuer doch nur für Gott empfinden könnte, dann wäre er zweifellos ein Heiliger wie San Francesco.

Ja, er wünschte, er wäre ein Heiliger, der Gott liebte, statt ein Dummkopf von Künstler, dessen Herz für die Tochter des Grafen Maldonado schlug.

Als sie endlich in Rimini ankamen und er die Adria sah, war er schockiert. Sie war dunkel wie Wein, wie Homers *oinopa ponton*. Keine Spur von dem kupfernen Glanz der Bucht von Neapel. Und auch die Menschen waren fremd – hochgewachsene Nordländer, viele davon blond und rothaarig, ganz anders als die Neapolitaner, obwohl sie in etwa die gleiche Sprache sprachen.

Wenn Sigismundo auf dieser Reise tatsächlich etwas über den Weinhandel lernte, blieb es nicht lange in seinem Kopf haften. Der Tempio Malatesta und der Schrecken, der danach folgte, waren zu überwältigend.

Natürlich hatte er die skandalöse Geschichte vom tempio zig Male gehört – welcher Italiener kannte sie nicht? Entweder war Sigismundo Pandolfo Malatesta der größte Mann oder das furchtbarste Monstrum des fünfzehnten Jahrhunderts – das hing ganz davon ab, welcher Theorie man zuneigte. Die Kirche hatte ihn des Atheismus, des Landesverrats, des Inzests, des Ehebruchs, der Vergewaltigung, der Sodomie, des Meineids, des Verrats, der Heiligenschändung und noch ein paar anderer Ketzereien und Verfehlungen übelster Sorte angeklagt. Das waren alles verdammte Lügen, behauptete jedoch Onkel Pietro, Intrigen, die von Sigismundo Malatestas Feinden ausgeheckt worden waren.

Wie auch immer, Inzest oder kein Inzest, Vergewaltigung oder keine Vergewaltigung, Sodomie hin, Sodomie her – Sigismundo Pandolfo Malatesta, der Fürst von Rimini, war ein Rebell, selbst in den Augen der sittenlosen Zeit, in der er gelebt hatte. Fast jeder Fürst in Europa hatte Krieg gegen den Papst geführt, aber jeder einzelne hatte wenigstens den Anstand besessen, zu behaupten, er habe einen besseren anzubieten. Sich mit sämtlichen streitenden Päpsten und Antipäpsten auszukennen, gehörte für Sigismundo Celine zu den schwierigsten Aufgaben in Religionsgeschichte. Aber Sigismundo Malatesta, sein Vorfahre, hatte die Unverfrorenheit besessen, der Welt zu erklären, er glaube weder an den Papst, noch an die Kirche, an Jesus Christus oder irgend etwas anderes als an die Atome des Epicurus, die Räume, in denen sie sich bewegten und an seinen eigenen Willen. Er hatte sich geweigert, seine Mätressen zu verstecken, so wie andere Fürsten es taten, sondern sich offen in ihrer Begleitung gezeigt. Die Zahl seiner Geliebten hatte von Jahr zu Jahr zugenommen, bis er schließlich über einen wahren Harem verfügte, der dem eines Türken in nichts nachstand.

Den Tempio Malatesta hatte er errichten lassen, um seiner letzten, über alles geliebten Mätresse und späteren Frau Ixotta degli Atti zu huldigen. In ihm fand sich keine einzige christliche Darstellung, dafür aber ein großes Monument mit der Aufschrift *Divae Ixottae sacrum* – geweiht der göttlichen Ixotta. Als Ixotta gestorben war, hatte Sigismundo sie hier begraben, unter einem Grabstein, auf dem geschrieben stand:

«Ixotta von Rimini, in Schönheit und Tugend, zum Ruhme Italiens.» Der Rest des Tempels war einzig und allein den Göttern des alten Roms geweiht.

Wenn du dir einen wilden Barbaren mit einer Pfefferschote in der Nase vorstellen kannst, sagte Onkel Pietro, dann hast du ein Bild davon, wie Papst Pius II., der Heilige Pontifex, auf und ab sprang und heulte und brüllte, als er von diesem heidnischen Tempel erfuhr. Und als ihm zu Ohren kam, daß Sigismundo Malatesta einmal den Weihwasserbecken der katholischen Kirche in Rimini Tinte hatte beimischen lassen, um sich auf der Straße über die befleckten Stirnen der Gläubigen lustig zu machen, als diese aus der Messe kamen, war Seine Heiligkeit Opfer eines gewaltigen Tobsuchtsanfalls geworden, wie Onkel Pietro sich auszudrücken beliebte.

Der Krieg zwischen Sigismundo Malatesta, dem Fürsten von Rimini und Papst Pius II., dem Bischof von Rom, war, wie jedermann wußte, zugunsten des Papstes ausgegangen. Sigismundo hatte Buße getan, fünf Jahre als Kommandant der venezianischen Armee gedient und dabei mehrere Schlachten gegen die Türken gewonnen. «Ein Mann muß sich den Machtgegebenheiten anpassen», sagte Onkel Pietro. «Immerhin ist die Kirche unser größter Wohltäter in diesem aufgeklärtesten und menschlichsten Staat aller Staaten.»

Wie auch immer, der Tempio Malatesta, diese zweifellos heidnische Grabstätte, die trotz des Triumphs des Christentums in Italien gebaut worden war, stand noch immer in Rimini. Und Sigismundo Malatesta hatte die sterbliche Hülle des Philosophen Gemisto Plethon aus Konstantinopel hierher überführen lassen, um sie ebenfalls im *tempio* zur letzten Ruhe zu betten, so wie Ixotta degli Atti, die heidnischen Götter und eines Tages auch sich selbst. Plethon war einer der letzten Gnostiker gewesen, die behauptet hatten, die Realität der Religion sei so mystisch, daß nur eine Minderheit von erleuchteten Wesen sie je würde verstehen können.

Zeitgenössische Quellen berichteten, Sigismundo Malatesta habe Gedichte geschrieben, die griechischen und lateinischen Klassiker studiert und eine beträchtliche Anzahl von Künstlern und Wissenschaftlern gefördert, deren Gesellschaft er der seiner adeligen Zeitgenossen vorzog. Sie berichteten auch, der Prinz von Rimini habe das Heidentum schöner gefunden als das Christentum, die Philosophie des Epicurus jedoch wahrer als beide zusammen. Er sei ein Freimaurer gewesen; er habe geäußert, die Kirche werde in dem Moment korrupt, in dem die Bischöfe sich Ländereien zulegten und anfingen, so zu denken wie Großgrundbesitzer. Er habe weiterhin vor Menschen mit guter Reputation, obgleich seine eigene damals schon ziemlich angeschlagen gewesen sein mußte, behauptet, seine Lippen berührten nur dann Gottes strahlende Essenz, wenn sie über den himmlischen Körper Ixotta degli Attis glitten – nie sei er von einer derart heiligen Ehrfurcht erfaßt worden, wenn er die von den Priestern geweihte Hostie auf der Zunge habe zergehen lassen.

Sigismundo war einigermaßen entsetzt, zugleich aber auch auf unangenehme Weise fasziniert von seinem unheimlichen Vorfahren. Noch mehr allerdings beeindruckte ihn der *tempio* selbst, als er eintrat und die heidnischen Elefanten erblickte, die ihn in die wunderbaren, goldenen Hallen geleiteten.

«Die Maurer haben Jahre gebraucht, um die Elefanten richtig hinzukriegen», sagte Onkel Pietro, doch Sigismundo hörte kaum hin. Er hatte das Gefühl, aus seinem Körper herauskatapultiert zu werden, fast so wie bei einer neuen Sonate von Scarletti. Er hatte noch nie so viele funkelnde Edelsteine und wertvolle Metalle auf einem Haufen gesehen. Er hatte auch noch nie in einem so prometheischen, größenwahnsinnigen Bauwerk gestanden. Und er hatte noch nie so viele unbekleidete, weibliche Körper zu Gesicht bekommen.

Der Tempio Malatesta war nicht ausschließlich den «heidnischen Gottheiten» gewidmet, wie er bemerkte, sondern auch der Venus, dem Ideal eines weiblichen Körpers. Mars war da und Diane, Jupiter und andere, aber vor allem war es die Venus, die ihm auffiel, hier eine und dort eine. Sie alle bestanden aus purem Gold und boten ihm ihre leuchtende Schönheit provokativ dar, so schamlos wie Huren und so stolz wie ein Musiker, der seine neue *sinfonia* vorstellt. Dem Knaben erschien es wie ein Tempel der Sinnlichkeit, der Nacktheit, des satanischen Stolzes. Hier existierte kein Schamgefühl; Bescheidenheit war ein Fremdwort, unvorstellbar. Es war, als hätten die Künstler noch nie etwas von der Sünde gehört oder seien vom Fürsten Sigismundo angewiesen worden, alles zu vergessen, was sie je über dieses Thema erfahren hatten. Es gab nur Fleisch und Licht und Lust: goldenes Fleisch und klares Licht und heidnische Lust.

Doch dann entdeckte Sigismundo Duccios Porträt seines rebellischen Vorfahrens. Sigismundo Pandolfo Malatesta, der Egoist, Anarchist und Rebell, der – kaum glaublich – mit inbrünstig zum Himmel erhobenen Augen vor einer Statue des heiligen Franziskus von Assisi kniete! War das etwa der Versuch, das wollüstige Heidentum im *tempio* zu überspielen, eine Konzession an die Kirche? Oder hatte der Fürst von Rimini seine eigenen heidnischen, pantheistischen Gründe, den heiligen Francesco anzubeten, der mit den Vögeln gesprochen und Hymnen an die Sonne geschrieben hatte?

Wieviel von dem, was gegen meinen seltsamen Vorfahren vorgebracht wurde, ist wahr, fragte sich Sigismundo Celine, und wieviel davon geht auf die Kappe seiner Feinde, wie Onkel Pietro behauptet?

Auf diese Frage gab es keine Antwort, würde es nie eine geben. Sigismundo Malatesta hatte sich im Labyrinth der jahrhundertealten Vergangenheit verloren, das Urteil seiner Feinde jedoch hatte überlebt und war zu Geschichte geworden.

Aber auch der *tempio* hatte überlebt und er war erfüllt vom Geist dieses Mannes. Nicht alles an ihm war monströs. Diese

Architektur, diese Gemälde, diese Statuen – sie waren wie Musik, kohärent in vielerlei Hinsicht. Sigismundo dachte an Pythagoras und die Geheimgesellschaft der Pythagoräer im antiken Italien. Er erinnerte sich an die Legende, daß die Freimaurer über Geheimnisse verfügten, geometrische und mystische Lehren, die seit dieser Zeit gehütet wurden, verschlüsselte Formeln über Magie und Kabbala. Diese Formeln fanden sich in allen großen Bauten des Mittelalters und der Renaissance wieder, hieß es, doch nur ein Freimaurer konnte sie entdecken.

«Ist sie nicht wunderbar?» fragte Onkel Pietro und blieb vor einer Venus stehen, deren Augen trotz ihrer dreihundert Jahre vor Leben strahlten. «Sie war unsere Urahnin: die Künstler wurden angewiesen, jeder Göttin das Gesicht Ixotta degli Attis zu geben.»

Die Augen von Sigismundo Celines Ur-ur-ur-urgroßmutter (oder wieviele Urs auch immer nötig sind, um dreihundert Jahre zu überbrücken), sprachen ihn von der Leinwand an. Duccio hatte die Seele der Frau in ihrem Gesichtsausdruck eingefangen. Sie war nicht minder stolz und schamlos als ihr berüchtigter Gatte.

Das ganze Gebäude war, ungeachtet dessen, was es sonst noch aussagen mochte, ein Liebesgedicht in Stein. Es verkündete der ganzen Welt, allen kommenden Jahrhunderten, allen, die hierher kamen auf der Suche nach der Kultur der Renaissance oder einem Einblick in das Raubrittertum der Adeligen im fünfzehnten Jahrhundert: *Seht her, ich, Sigismundo Pandolfo Malatesta, habe ein Vermögen ausgegeben, um diesen Tempel zu bauen, weil ich eine Frau über alle Maßen liebte, über alle Vernunft und Grenzen hinaus.* Die Inquisition hatte Sigismundo der Inzucht mit seiner Schwester angeklagt, ihn bezichtigt, seinen Bruder vergiftet und eine Nonne vergewaltigt zu haben. Der Tempel aber verkündete: *Ich liebte die Schönheit.*

«Er wachte über jedes Detail; er schrieb sogar lange Briefe an die Künstler, wenn er sich bei anderen Fürsten als Söldnergeneral verdingte. Denn er mußte eine Unmenge Geld auftreiben, um den tempio noch schöner und prächtiger zu machen», erklärte Onkel Pietro. «Du wirst sehen, daß alle Verzierungen aus Variationen der beiden miteinander verschlungenen Initialen S und I bestehen.»

Sigismundo liebt Ixotta schien jede Statue, jedes erotische Gemälde, jeder aufstrebende Bogen und jede einzelne strahlende Säule zu singen. Sigismundo Pandolfo Malatesta aus Rimini ließ dieses größenwahnsinnige Bauwerk errichten, weil er Ixotta, das Heidentum und die Gnostiker liebte. Und er kümmerte sich einen feuchten Kehricht um den Papst und das Christentum. Mitten im katholischsten aller Länder, im katholischsten aller Jahrhunderte, hatte Sigismundo Malatesta seine Symphonie aus Gold und Marmor geschaffen, um seine eigenen Götter zu verehren. Gegen alle Gesetze der Wahrscheinlichkeit und der Geschichte war auf diese Weise der erste heidnische Tempel seit tausend Jahren entstanden.

«Und er glaubte nicht einmal an Gott!» sagte Sigismundo Celine, verwirrt über die Glorifizierung jener Mächte, die die Kirche als Lust, Stolz und Sinnenfreude abtat.

«Er hatte seine eigene Vorstellung von Gott», entgegnete Onkel Pietro. «Für die Päpste ist das Orthodoxe Gott. Für San Francesco war es die Liebe. Für die Dominikaner ist das Töten zum Gott geworden. Und unser Ahnherr, Fürst Sigismundo, nach dem du, auf mein Betreiben hin, benannt worden bist, sah Gott in der Schönheit.»

Hin zu dem Einen, der Vollkommenheit der Liebe, Harmonie und Schönheit, dem einzigen Wesen ...

Sigismundo Celine erinnerte sich daran, wie sein Cousin Antonio davon gesprochen hatte, daß Jesus eine Frau sei. Auf seine Weise hatte Antonio bei dem Versuch, die drei Seelen in seinem Inneren wieder zu vereinigen, dasselbe gesagt, was sein

Urahn mit diesem Gebäude hatte ausdrücken wollen. Es ist also nicht nur in der Musik, dachte Sigismundo. Dort habe ich es nur zum ersten Mal wahrgenommen. Es kann auch in einem solchen Bauwerk sein. Es ist in uns allen. Es kann das Feuer der Liebe sein, in dem San Francesco aufgegangen ist – vielleicht war das der Grund, warum Fürst Malatesta ihn so verehrt hatte. Sie beide hatten sich im Feuer der Liebe verzehrt, wenn auch auf unterschiedliche Weise.

Und während er noch da stand und zum ersten Mal im Leben ohne Scham die Nacktheit eines Körpers bewundern konnte, wurde auch er vom Feuer verzehrt.

Sigismundo Celine nahm noch eine weitere Erinnerung an den *tempio* mit nach Hause, das Familienmotto, das er auf dem Grabstein seines Urahnen Sigismundo Malatesta entdeckte:

TEMPUS LOQUENDI

TEMPUS TACENDI

«Es gibt eine Zeit zum Sprechen und eine Zeit zum Schweigen.» Onkel Pietro hielt sich stets an dieses Motto, wie er jetzt erkannte.

Auf dem Rückweg zur Herberge dachte Sigismundo an die Verbindungen seines Onkels zu den Freimaurern und Jakobiten und Rosenkreuzern, an das Freimaurertum seines undurchsichtigen Vorfahren Sigismundo Malatesta, die Proportionen in der Musik und der Architektur der Freimaurer und an die nackte Gottheit, die Leben, Schönheit und Licht in sich vereinigte.

Natürlich, dachte er, mein teuflischer Vorfahre war ein großer Sünder und auch Onkel Pietro ist wahrscheinlich einer und Dr. Abraham Orfali ist zweifellos ein Jude – es ist offensichtlich, daß ich zur Ketzerei verführt und vom wahren Glauben abgebracht werden soll. Ganz offensichtlich. Andererseits ist aber auch Pater Ratti wahrscheinlich ein Freimaurer. Vielleicht kann ich lernen, so zu werden wie diese Männer und meinem Glauben trotzdem treu bleiben.

Onkel Pietro hat sich den richtigen Zeitpunkt ausgesucht, um mir mitzuteilen, daß ich nach *diesem* Sigismundo benannt worden bin. Aus diesem Grund unterstützt er meine Musik. Er weiß, daß es nicht nur in der Architektur zustande kommt und will, daß es wieder passiert. Alles was geschieht, ist Teil eines Prozesses, einer allmählichen Offenbarung, die mein genialer, machiavellistischer Onkel sich ausgedacht hat, noch ehe ich auf der Welt war.

Er war zu aufgeregt, um ihm das übel zu nehmen.

Hin zu dem Einen ... Feuer der Liebe ... Maria nackt ...

Er sah alles sehr klar und deutlich, so wie an jenem Ostersonntag, als jenes abscheuliche Verbrechen passierte. Auch das ist eine Form von Schock: Die Zeit war durcheinander geraten, diesmal jedoch nicht aufgrund des Grauens, sondern aufgrund der Ekstase.

In diesem Zustand gespanntester Aufmerksamkeit fiel ihm auf, daß Onkel Pietro und er verfolgt wurden.

Er fragte sich, wie er einen Blick nach hinten riskieren könnte, ohne dem Verfolger aufzufallen.

Fürs erste spitzte er die Ohren und verließ sich mehr auf seine subtilen Sinne, wie Tennone es ihm im Fechtunterricht immer wieder eingebleut hatte. Der Verfolger wahrte eine Distanz von etwa zehn Metern und war hochgewachsen. Selbst für einen Nordländer.

Als sie in die Nähe der Herberge kamen, mußten sie an ein paar Läden vorbei. Plötzlich sagte Sigismundo: «Oh, was ist das?» und wandte sich einem Schaufenster zu, als wollte er sich darin etwas ansehen. Er betrachtete Stapel von Seidenballen, so bunt wie ein Baum voller Papageien. Doch er erhaschte auch einen Blick auf den Verfolger, der ebenfalls stehenblieb und sich ein anderes Schaufenster anschaute. Es war der blonde Sizilianer, der ihn und Carlo Maldonado gegeneinander aufgehetzt hatte.

«Onkel», sagte Sigismundo leise.

«Ich weiß», antwortete Onkel Pietro gelassen. «Sprich leise. Nein, viel zu teuer!» setzte er dann mit lauterer Stimme hinzu.

Sie gingen weiter.

«Dieser blonde Mann», raunte Onkel Pietro. «Es sind jetzt schon zwei Tage, die er hinter uns her ist. Du brauchst keinen Schreck zu kriegen. Er ist einer von di Tanuccis Jungs.»

«Geheimpolizei? Das glaube ich nicht. Er ist der, der mich und Carlo Maldonado fast in ein Duell getrieben hätte.»

«Nun gut», sagte Pietro. «Er ist ein *rosso*. Er war einer von den vieren in der Kirche. Du hast ihn nicht bemerkt, weil du mit dem Jüngeren zu tun hattest, dem mit den violetten Augen.»

Sigismundo mußte tief durchatmen. «Und warum hast du versucht, mich diesmal hinters Licht zu führen?»

«Damit du dich nicht wieder zum Narren machst.»

Wirklich toll, wieviel Vertrauen jeder in mich zu haben scheint.

«Warum hast du ihn nicht bei der Polizei angezeigt, wenn du weißt, daß er zu den *rossi* gehört?» fragte Sigismundo im Flüsterton.

«Wieviele Schachspiele hast du schon verloren, weil du dich auf den naheliegendsten Zug verlassen hast? Wenn er sähe, daß ich zur Polizei gehe, wäre er augenblicklich wie vom Erdboden verschluckt. Dafür hätten wir dann den anderen auf den Fersen.»

«Den *anderen*?»

«Nicht so laut, verdammt!» Onkel Pietro nahm Sigismundo am Arm und schlenderte unauffällig weiter. «Sie sind immer zu zweit, wenn sie einen beschatten. Der eine gibt sich unvorsichtig, zumindest sieht es so aus. Es ist relativ leicht, ihn im Auge zu behalten. Der andere hält sich im Hintergrund. All diese Tricks funktionieren auf die gleiche Weise. Du siehst etwas, was du eigentlich nicht hättest sehen dürfen und während du dir noch selbst auf die Schulter klopfst und zu deinem Erfolg gratulierst, schmuggelt sich der echte, der eigentliche Trick, an deiner Nase vorbei.»

«So wie bei dem Spiel mit den drei Karten, wo man glaubt, die Königin wäre nur aus Versehen umgedreht?»

«Genau. Ich versuche schon seit zwei Tagen, den zweiten Mann ausfindig zu machen, aber bisher ist es mir nicht gelungen. Fast möchte ich glauben, daß sie die Regeln nicht beachtet und uns nur den blonden Mann auf den Hals gehetzt haben. Aber darauf können wir uns nicht verlassen, daher halte ich lieber weiter die Augen offen.»

Doch als sie später in ihrem Zimmer waren, gestand Onkel Pietro: «Ich konnte den zweiten Mann nicht entdecken. Vielleicht werde ich allmählich alt. Wie auch immer, diesmal scheinen sie nicht auf Mord aus zu sein, sonst hätten sie längst zugeschlagen. Sie führen etwas anderes im Schilde und ich will gar nicht daran denken. Verdammt noch mal, es tut mir leid, daß das alles jetzt losgehen muß, wo du noch viel zu jung bist.»

Sigismundo erinnerte sich an die violetten Augen in der Kirche San Francesco di Paola, wie sie ihn anstarrten und davor zurückschreckten, ihn zu töten. Er hatte nicht darüber nachdenken wollen.

«Wann wirst du mir endlich die Wahrheit sagen über alles, was hier vor sich geht?» stöhnte er verzweifelt.

«Es sind schlimme Zeiten, mein Junge, und dies ist eine ziemlich gewalttätige Gegend», antwortete Onkel Pietro. «Das Wissen, das den Menschen befreien sollte, ist zu einer schrecklichen Belastung geworden. Wer zu viel weiß, ist in

Gefahr. Deshalb sage ich mir immer: warte noch, warte, bis er etwas älter ist …«

«Wenn wir schon von Mördern verfolgt werden, finde ich, richtet etwas Wissen weniger Schaden an als vollkommene Unkenntnis.» Aber zugleich hatte er Angst vor dem, was er erfahren könnte.

Onkel Pietro ging zur Tür und schaute auf den Gang hinaus. Dann kam er zurück und rückte zwei Stühle so weit wie möglich von Tür und Fenster weg. Sigismundo dachte schon, er würde auch noch unter das Bett gucken. Doch immerhin herrschte in diesem Land die Inquisition und das, was jetzt kam, war nicht für jedermanns Ohren bestimmt.

«Ich bin Mitglied eines ziemlich großen ‹Clubs›», flüsterte Pietro, «es ist die FRC. Unsere Arbeit ist gefährlich, aber sie muß erledigt werden. Es ist nicht etwas, das man für die Ehre oder des Profits wegen tut. Wir tun unsere Arbeit aus demselben Grund, aus dem unser Vorfahre den *tempio* bauen ließ. Verstehst du?»

«Ihr seid Ketzer», sagte Sigismundo sehr leise. Ich habe es doch gewußt, dachte er. Er hat mir so viele Hinweise gegeben, daß ich nur noch zwei und zwei zusammenzählen brauchte.

«Für den Papst von damals sind wir Ketzer», sagte Onkel Pietro vorsichtig. «Ein Papst ist aber noch nicht die ganze Kirche.»

«Ihr habt Juden unter euch. Protestanten auch?»

«Sogar Mohammedaner», flüsterte Pietro.

«Ist Pater Ratti einer von euch?»

«Ja.»

Ich wußte es. «Glaubt er denn, daß er noch ein guter Katholik ist oder ist er in Wirklichkeit nur einer deiner Spione in der Kirche?»

«Er ist ein guter und frommer Katholik. Abraham Orfali ist ein guter und frommer Jude. Wir tun unsere Arbeit nicht für irgendwelche Gruppen, sondern für die ganze Menschheit.»

«Das *ist* Ketzerei», sagte Sigismundo ernst. Jetzt stehe ich vor meiner größten Versuchung. Er hatte recht, mich damit zu verschonen, bis ich älter war.

«Galileo war auch ein Ketzer», gab Onkel Pietro zu bedenken. «Die Kirche verändert sich, wird größer.»

«Kann ich jemals wieder zur Beichte gehen und die Sakramente erhalten? Wenn ich etwas sage, werdet ihr alle verhaftet. Wenn ich schweige, werde ich eine Todsünde begehen.»

«Viele von uns gehen zur Beichte und erhalten die Sakramente», antwortete Pietro. «Es ist keine Sünde, für die Aufklärung der Menschheit zu kämpfen. Es ist keine Sünde, von Sachen zu schweigen, die mißverstanden werden könnten. *Tempus loquendi, tempus tacendi.*»

«Das ist Sophisterei», wandte Sigismundo ein. «Ketzerei ist eine Sünde. Ketzerei zu verschweigen ist Sünde. Da kommst du auch mit deinen klugen Händlersprüchen nicht gegen an. Papa hat einmal gesagt, daß du den Arabern Sand andrehen könntest, aber mir kannst du nicht weismachen, daß das keine Ketzerei ist.»

Es folgte eine Pause. Sie schauten aneinander vorbei.

«Du wirst mich anzeigen», sagte Onkel Pietro schließlich.

Dieser Tag und dieser Augenblick kommen nicht wieder, dachte Sigismundo. Was ich jetzt entscheide, ist endgültig.

«Ich kann dich nicht anzeigen», sagte er. «Ich glaube, ich bin selbst ein Ketzer und bin es schon lange, ohne es zu wissen.»

«Als meine zweite Tochter geboren wurde», flüsterte Pietro verschwörerisch, «hat mich die Hebamme gewarnt. Sollten wir noch mehr Kinder bekommen, würde meine schöne Violetta in Lebensgefahr geraten. Ich habe jahrelang auf ein Zeichen gewartet, das mir verraten würde, ob eine meiner Töchter die Macht besäße. Es kam kein Zeichen. Ich liebe sie, es sind brave Mädchen, aber die Macht geht nicht automatisch auf die eigenen Kinder über. Es gehört zu unserem Eid, einem Kind, das mit der Macht geboren wird, das Wissen weiterzugeben, damit es nicht ganz untergeht.»

«Ich dachte immer, nur *strege* hätten diese Macht?»

«Viele besitzen sie, in allen Ländern der Welt. Nur die Dominikaner fühlen sich dazu berufen, jeden, der sie offen zur Schau trägt, als *strega* zu beschimpfen.»

«Ist das der Grund, warum ich mit Jungen meines Alters nicht viel anzufangen weiß? Nicht, weil ich ein Künstler bin?»

«Menschen, die die Macht besitzen, sind immer einsam, jedenfalls zunächst. Viele mißbrauchen ihre Macht und werden *strege* oder Schlimmeres. Die FRC will die Menschen dazu anhalten, sie nach Gottes Willen einzusetzen.»

«Hat das etwas mit meiner Musik zu tun?»

«Natürlich. Du bist dabei, deine vierte Seele zu entwikkeln.»

«Warum bin ich dann manchmal so ein Narr?»

«Das gehört dazu», gab Onkel Pietro zur Antwort und verzog das Gesicht. «Unser Urahn besaß die Macht im Überfluß, wie du noch heute am Beispiel des tempios sehen kannst. Er gab ein Vermögen aus, um einen solchen Tempel zu errichten. Er verstrickte sich in Unmengen von stupiden Kriegen, machte keinen Hehl aus seiner Weltanschauung und zwang dadurch den Papst, ihn zu exkommunizieren. Als er starb, war er so gut wie ruiniert – eine saubere Leistung für einen Mann, der so reich geboren worden war wie er. Ohne die richtige Anleitung wissen wir nicht mit der Macht *umzugehen*, Siggi: sie gebraucht uns und *mißbraucht* uns.»

Sigismundo seufzte. «Und was spielen Drake und die Jakobiten dabei für eine Rolle? Wenn das überhaupt sein richtiger Name ist?»

«Du wirst dich wundern, aber er heißt tatsächlich so. Robert Francis Drake. Nachfahre des berühmten Piraten, behauptet er. Was die Jakobiten anbelangt, auch sie sind Freimaurer, aber nur wenige haben es geschafft, in die Ränge der FRC aufgenommen zu werden.» Bei diesen Worten senkte Pietro seine Stimme noch mehr.

«Was ist das Ziel der Freimaurer?»

«Brüderlichkeit. Frieden. Den dummen Kriegen, die ganz Europa gespalten haben, ein Ende zu machen.»

«Und das Ziel der FRC?»

«Das ist mit Worten kaum zu erklären. Es hat mehr mit der inneren, als der äußeren Welt zu tun.»

«Und warum hat man Onkel Leonardo getötet und warum werden wir beschattet? Da steckt mehr als nur eine Revolution dahinter, oder?»

«Die *alumbrados* haben ihre eigenen Vorstellungen von der Macht und wie man sie ausüben sollte. Dein Onkel Leonardo war einer von uns, der FRC. Wie die Inquisition, so wollen uns auch die *alumbrados* beseitigt wissen. Am liebsten würden sie jedes Zeichen unserer Existenz vom Erdboden verschwinden lassen, so daß nur noch sie von der Macht wüßten.»

Sigismundo erinnerte sich, wie Pater Ratti über Bewußtseinskontrolle gesprochen hatte, über seltsame Drogen und Mächte, die nicht aus Fleisch und Blut waren. Unwillkürlich bekreuzigte er sich.

«Ja», sagte Pietro. «Für heute hast du genug erfahren. Mit anderem werden wir warten müssen, bis du ein wenig älter bist.»

Sigismundo protestierte nicht. Er hatte das tiefe, unbestimmte Gefühl, daß es Geheimnisse gab, die er gar nicht wissen wollte.

Auf der Rückreise sah Sigismundo in Arezzo den blonden Mann wieder. Nur ein einziges Mal, aber in dem Moment begriff er, daß jedes Gesicht auf der Straße ein genauso unsterbliches Geheimnis barg wie das Dogma der Heiligen Dreifaltigkeit. Man weiß nie, was in einem solchen Gesicht vorgeht. Man ist allein, vollkommen allein und sehr verwundbar.

Dieser kleine Mann dort drüben, der mich anscheinend nicht einmal bemerkt hat, könnte ein Mörder sein, der nur darauf wartet, daß ich ihm über den Weg laufe. Oder noch unheimlicher und schrecklicher: man weiß ja nicht einmal, was die Harmlosen denken. Diese unfreundliche, gereizte Frau hier trauert vielleicht um ein totes Kind; dieser fröhliche Mann ein paar Schritte weiter könnte Syphilis haben und so wahnsinnig sein, daß er sich für Cato den Älteren hält.

Plötzlich war die ganze Straße im Zentrum und er selbst wich zurück in den Hintergrund getaucht, nein – er war kaum noch da. Ein überwältigendes Gefühl von der Realität und Zerbrechlichkeit der Welt stieg in ihm auf: sie war groß, sie war voller Menschen, alle waren verschieden und doch jeder für sich wichtig. Millionen kamen, Millionen gingen vorüber und Millionen starben und Sigismundo Celine war keineswegs der Nabel der Welt.

Ich verliere mich in der Masse und im Durcheinander all dessen, was nicht ich ist und alles ist aus Glas, dreht sich geschwind und zerbricht, ehe man sich versieht.

Er spürte, wie die Angst näher kam und wußte, daß er bald all die Geheimnisse entdecken würde, die Onkel Pietro ihm bisher noch vorenthalten hatte. Ja, es würde bald sein und nicht gerade angenehm.

Die drückenden Hundstage waren vorbei, als sie nach Hause zurückkehrten. Neapel erfreute sich wieder seines normalen, gemäßigten Klimas.

«Kommst du mit mir im Garten spazieren?» fragte ihn eines Tages Pater Ratti.

Sigismundo begleitete den Jesuiten in den Garten der Herz-Jesu-Schule und war gespannt, was jetzt kommen würde.

«Seit du mich nach den Jakobiten gefragt hast», begann Pater Ratti, «muß ich an ein Lied über die Schlacht bei Culloden denken. Ich dachte, vielleicht würde es dich interessieren, denn es ist das Englisch, das die Schotten sprechen. Es ist ganz anders als das gewöhnliche Englisch.» Sein Gesicht war so undurchsichtig wie das eines Kartenspielers.

Dann schlug er ein Buch mit englischen Gedichten auf und las: «Lament for Culloden». Es war ein dramatischer Monolog über das Leid der Schotten und die Grausamkeit der englischen Armee. Besonders die letzte Strophe ergriff Sigismundo:

Now wae to thee, thou cruel lord,
A bluidy man I trow thou be;
And monie a heart thou hast made sair
That never did wrong to thine or thee

«Es ist wirklich ganz anders als das gewöhnliche Englisch», sagte Sigismundo verlegen und wartete, daß Pater Ratti ihm auf die Sprünge half. Dann platzte er heraus: «Es ist düster und tragisch. Ich hasse die Welt, wenn sie so ist.»

«Alle aufrechten Menschen hassen dieses Düstere», sagte Pater Ratti. «Aber die Frage lautet: wie können wir sie verändern?»

Das Leben ist eine endlose Prüfung, dachte Sigismundo. «Wer ist denn mit *cruel lord* gemeint?» fragte er, um Zeit zu schinden. Ratti ist auch einer von ihnen – ein Jesuit und ein Ketzer.

«William, Herzog von Cumberland», antwortete der Priester und kam über die Erörterung des geschichtlichen Hintergrunds verstohlen auf sein eigentliches Thema zu sprechen. «Er war in der Tat ein *bluidy man*. Nach seinem Sieg verfolgte er die Clans, die Bonnie Prince Charlie unterstützt hatten, bis zum Hochland und in ihre Heimstätten. *Alle* Mitglieder dieser Clans fanden den Tod, selbst die, die sich nicht an der

Rebellion beteiligt hatten. Mehrere Clans wurden bis auf den letzten Mann ausgerottet. Nicht einmal Neugeborene wurden verschont. Williams Truppen durften ungehindert jede Scheune, jedes Haus und jede Kornkammer in Brand setzen. Tausende von Frauen wurden vergewaltigt. Kinder wurden auf dem Bajonett aufgespießt. Mit Worten läßt sich das nicht beschreiben, mein Sohn: es war der Mord an einer ganzen Kultur, einem Volk, einer Lebensweise. Ist dir das bewußt?»

«Allein bei der Vorstellung wird mir schlecht», sagte Sigismundo bitter.

«Dabei war es nicht etwa blinde Wut», fuhr der Jesuit fort. Seine Lippen waren so schmal wie die eines Dominikaners, der sich über Voltaire ausließ. «Die englische Krone hatte beschlossen, den Schotten eine Lektion in Realität zu erteilen, ähnlich wie der römische Senat sich nach dem Spartakus-Aufstand die Sklaven vorknöpfte und fünfzigtausend Männer entlang der Via Appia kreuzigen ließ. So sieht in Wahrheit die Geschichte aus, mein Junge. Darum geht es bei der Herrschaft; das ist die Bedeutung von Macht.»

«Ich hasse sie», wiederholte Sigismundo heftig. »Ich habe immer gedacht, solche Ungeheuerlichkeiten würden nur in primitiven Zeitaltern passieren.»

«Die Krone war äußerst zufrieden mit William von Cumberland», fuhr der Jesuit fort. «Man nannte sogar eine Blume nach ihm, ist das nicht rührend? Sie heißt heute noch *Sweet William*. Die Schotten haben diese Bezeichnung nie akzeptiert, bei ihnen heißt die Blume *Stinking Billy*.»

Jetzt weiß ich, was die Jakobiten sind, dachte Sigismundo: Überlebende eines Völkermords.

«Solche Sachen passieren öfter als du dir vorstellen kannst, Sigismundo», sagte Ratti. «Die Geschichte wird nicht von unabhängigen Gelehrten geschrieben, die nach der Wahrheit trachten. Die Geschichte wird von den Zensoren der jeweiligen Regierungen diktiert. Mir ist kein Thema bekannt, das geeigneter wäre, eines Menschen Glauben an die moralische Ordnung des Universums so zu zerstören wie die wahre Geschichte dessen, was Fürsten und Premiers verbrochen haben.»

Jetzt wußte Sigismundo plötzlich, wohin das alles führen sollte.

«Nehmen wir an, es gäbe eine Gruppe, die sich ausschließlich der Wahrheit und Gerechtigkeit verschrieben hat», sagte er. «Sie würde von den Fanatikern aller Parteien ausgenutzt und denunziert werden, nicht wahr?»

«Zweifellos», antwortete der Jesuit vorsichtig.

«Einer solchen Gruppe würden Menschen aus aller Herren Länder angehören», fuhr Sigismundo fort. «Katholiken und Protestanten würden ihr beitreten, vielleicht sogar Juden und Moslems.»

«Das ist durchaus möglich.»

«Und das heißt, daß sie alle Ketzer wären», rückte Sigismundo heraus. Reden wir doch nicht länger um den heißen Brei herum, dachte er bei sich.

«Wenn ein kirchliches Gericht sie dazu verurteilte und sie sich dem Urteil nicht beugten», stellte der Jesuit richtig, »wären sie natürlich Ketzer. Aber da dies mit unserer, äh, hypothetischen Gruppe noch nicht der Fall ist, muß jedes Mitglied dieser von uns angenommen Gruppe nach bestem Wissen und Gewissen entscheiden, ob es sich für einen Ketzer hält oder nicht. Wenn ich ‹nach bestem Wissen und Gewissen› sage, meine ich das sehr ernst; ich hoffe, du bist dir darüber im klaren. Man muß sich der Aufrichtigkeit seiner Ziele und der Richtigkeit seiner Methoden vollkommen sicher sein und darf weder aus Eitelkeit, noch aus kindlichem Romantizismus heraus handeln, verstehst du?»

«Danke, Pater», antwortete Sigismundo. «Das Philosophieren mit Ihnen ist mir immer eine große Hilfe.»

Er überlegte: Sind die Jesuiten das Versteckpferd der Jakobiten oder sind die Jakobiten Werkzeuge der Jesuiten? Oder sind vielleicht beide nur verlängerte Arme der FRC?

Und: kein Wunder, daß die Jesuiten aus so vielen Ländern vertrieben wurden. Keiner weiß, was sie wirklich im Schilde führen; sie sind so unergründlich wie die Augen einer Katze.

Das Grauen brach unerwartet über ihn herein, eines Tages, als er von der Schule nach Hause kam, kurz nach den Herbstferien.

Er hatte vor kurzem eine Abkürzung entdeckt, eine Gasse, die zwischen zwei *palazzi* entlangführte und den anstrengenden Heimweg bergauf, der so viel Puste kostete, um fünf Minuten verkürzte.

An diesem Tag, es war ein Donnerstag, erspähte er plötzlich den blonden Mann etwas weiter vorn in der Gasse.

Was lag näher, als den Jäger zu jagen, den Spion auszuspionieren: ihm durch die Gasse zu folgen und dann durch eine andere, zwischen *palazzi* und Gärten hindurch, stolz auf seine Geschicklichkeit und List – ohne einen Gedanken an den zu verschwenden, der ihn jagte: mit noch größerer Geschicklichkeit und List.

Schließlich trat der Blonde in eine heruntergekommene Schenke mit verdreckten Fenstern und abblätternder Farbe an den Wänden, die nur von armen Leuten frequentiert wurde.

Sigismundo trieb sich vor dem Eingang herum und schaute hinein. Andere Männer betraten den Raum, sie sahen genau wie *rossi* aus. Es waren Bauern, ja, aber keine unterwürfigen Bauern. In ihren Gesichtern spiegelte sich Wut und Gewalt. Es waren Männer, die einem für zwei *lira* ihre Töchter verkauften, für fünf *lire* jemandem die Kehle aufschlitzten und für einen Gulden dem Erzbischof einen Stein um den Hals banden und ihn in die Bucht warfen. Das Vernünftigste und Naheliegendste, was er tun konnte, war, sich Namen und Ort einzuprägen

(Osteria Dante) und auf der Stelle Drake im Palast Bericht zu erstatten. Das lag auf der Hand. Also fand er natürlich eine Möglichkeit, von der anderen Seite aus in den Garten zu gelangen und die Mauer einer benachbarten Schenke hinaufzuklettern. Von deren Dach aus sprang er dann hinauf auf das Dach der Osteria Dante.

Unbemerkt hatte er feindliches Territorium betreten.

Jetzt würde er Drake wirklich etwas zu berichten haben; Hauptsache, er sah sie noch, ehe sie ihre Kapuzen aufsetzten.

Auf dem Dach standen tausendundeine Topfpflanzen, wie auf allen Dächern von Neapel. Er schlängelte sich zwischen ihnen hindurch zur Treppe.

Er holte tief Luft, hielt sie an und zählte bis vier. Dann atmete er, langsam bis acht zählend, aus. Er war vollkommen leer und gefühllos.

Er schlich sich zum Treppenabsatz und blieb dann stehen. Die einzigen Geräusche drangen von unten aus der Schenke herauf.

JUNGER MUSIKER DECKT VERSCHWÖRUNG AUF: so würde es in den Zeitungen von ganz Italien stehen.

Langsam stieg er hinunter. Wie erwartet ging vom Absatz des zweiten Stockes aus ein Gang ab, der zu einem Balkon genau über dem Wirtsraum führte.

Er huschte ihn auf Zehenspitzen entlang.

In der Taverne hatten sich mittlerweile dreizehn Männer eingefunden – dieselbe Zahl wie bei einer Hexenversammlung – und die Tür zur Straße hin war jetzt verriegelt. Sie hatten ihre Kapuzen bereits aufgesetzt. Das tiefe Schwarz erinnerte ihn auch hier an die Karikatur eines religiösen Ordens.

Jetzt zündeten sie die schwarzen Kerzen an den Wänden an.

Der größte der Männer, wahrscheinlich der blonde *siciliano*, richtete einen Dolch gen Norden, gen Osten, gen Süden und gen Westen.

«Tana, du unsere grüne Mutter», begann er feierlich.

«Orpheus, du unser goldener Tröster. Aradia, du unser blauer Himmel. Luzifer, du unsere rote Wut.»

Onkel Pietro und seine Freunde haben entweder nicht alle Details der Beschwörung gekannt – oder sie ausgelassen, um mir nicht noch mehr Angst zu machen, dachte Sigismundo.

«Tana, Orpheus, Aradia, Luzifer», wiederholten alle im Chor.

«Worin besteht die erste Pflicht des Meisterfreimaurers?»

Mein Gott, dachte er, sie scheinen zu glauben, daß sie echte Freimaurer sind.

«Dafür zu sorgen, daß das *baraka* sicher ist.»

Darauf folgten dieselben Formeln, die auch Onkel Pietros Freunde benutzt hatten, um ihn hinters Licht zu führen. Bis einer der Männer plötzlich eine Statue enthüllte und alle anfingen zu schreien: *«Magna Mater, Magna Mater; Magna Mater!»*

Es war eine nackte Göttin, aber sie war alles andere als schön, ganz das Gegenteil von denen im Tempio Malatesta. Sie hatte kein Gesicht – weder Augen noch Nase – und war geradezu grotesk fett, mit riesigen Brüsten. Als Sigismundo sie erblickte, wußte er instinktiv, daß sie sehr alt sein mußte, älter vielleicht als Sizilien selbst.

«Mutter Tana, die Wald ist und Wind und die silbernen Sterne», sang der Blonde.

«Mutter Tana, die Wald ist und Wind und die silbernen Sterne», schallte es einstimmig.

«Mutter Tana, deren Wunsch es ist, daß alle ihre Kinder frei und gleich sind.»

«Mutter Tana, deren Wunsch es ist, daß alle ihre Kinder frei und gleich sind.»

«Mutter Tana, die Leben spendet in Blut, deren Sakrament das Blut ist, deren Erneuerung sich im Blut vollzieht!»

«Mutter Tana, die Leben spendet in Blut, deren Sakrament das Blut ist, deren Erneuerung sich im Blut vollzieht!»

Ganz schön gruselig, was die sich da ausdenken, dachte Sigismundo.

«Konx om pax», sagte der Zeremonienmeister. «Ich erkläre die Sitzung des Östlichen Tempels für eröffnet.»

«Was steht als erstes auf der Tagesordnung, El Eswad?» fragte einer der Männer.

«Unseren ungebetenen Gast vom Balkon herunterzuholen», sagte El Eswad.

Sigismundo war mit einem Satz auf den Beinen, doch hinter ihm hatten sich vier Männer geräuschlos angeschlichen. Sie überwältigten ihn, noch ehe er zum Degen greifen konnte.

«Heldentum ist eine bewunderswerte Fähigkeit. Wir schreiben sie den verdammten Narren zu, die ihren Wahnsinn überlebt haben», pflegte Onkel Pietro zu sagen. Und: wenn du glaubst, das zu sehen, was der Magier vor dir verbirgt ...

Sie stießen ihn brutal die Treppe hinunter und jedesmal, wenn er versuchte, sich zu befreien, schlugen sie ihn mit dem Kopf gegen die Wand. Ihm war schwindlig. Sein Kopf blutete. So betrat er ihren Kreis.

Diesmal war es kein Spaß. Sollten sie wieder in schallendes Gelächter ausbrechen, dann erst beim Aufwischen seines Blutes.

Sie nahmen ihm den Degen ab und ließen ihn los. Dreizehn Männer mit Dolchen in der Hand standen um ihn herum. Sein Herz schlug wie wild. Vielleicht werde ich mich eines Tages daran gewöhnen, dachte er. Wenn ich durch göttliche Vorsehung mit dem Leben davonkomme und das nächste Mal in einen solchen Schlamassel gerate, wird mein Herz vielleicht nicht mehr wie eine Baßtrommel schlagen.

Er sah sich um. Die Augen im Schatten der Kapuzen funkelten so kalt und einladend wie eine Schlangengrube. Die schwarzen Kerzen schufen die ideale Atmosphäre für ein Menschenopfer. Wahrscheinlich würden sie ein paar heidnische Beschwörungen anstimmen, wenn sie ihn zerstückelten.

Er schaute hinüber zu Mutter Tana. Sie war tatsächlich unglaublich alt, wahrscheinlich vor vielen Jahrhunderten mit primitiven Werkzeugen geschnitzt worden. Vielleicht stammte sie aus der Zeit, in der die Menschen noch Giganten waren und in Höhlen hausten, wie Dr. Vico sagte.

Ein Held wäre wie ein geölter Blitz auf den Tisch gesprungen, mit der Deckenlampe durch das Fenster gehechtet und hätte sich in die Straße gestürzt. Irgendwie, dachte Sigismundo, kommt es mir nicht vor, als ob ich schon ein Held wäre.

«Sei gegrüßt, tapferer kleiner Musiker», sagte El Eswad, indem er sich über die aristokratischen Umgangsformen lustig machte.

«Seid gegrüßt, große und mutige Rebellen, die ihr nicht zurückschreckt, wenn ihr dreizehn zu eins gegen einen unbewaffneten Knaben antretet», antwortete Sigismundo. Onkel Pietro und seine Freunde haben mich auf diese Szene vorbereitet, dachte er. Ich mache mir nicht in die Hose. Ich werde sterben wie ein Mann, egal wie verrückt mein Herz hämmert.

«Achtet auf sein R», sagte El Eswad spöttisch. «Nur ein Aristokrat kann es so rollen. Sie üben es den ganzen Tag, außer wenn sie gerade damit beschäftigt sind, ihre Pacht einzutreiben. Ein Sohn, auf den jeder Mann stolz wäre.»

«Du wirst mich auch diesmal wieder verschonen», platzte Sigismundo heraus. Er wußte selber nicht, warum er das gesagt hatte oder wie er darauf gekommen war.

Unter den Kapuzenmännern breitete sich ein erstauntes Raunen aus.

«Es ist genau, wie ich gesagt habe», verkündete El Eswad feierlich. «Er hat das *baraka*, seht ihr? Er ist einer von uns.»

«Ich habe manchmal die Macht», sagte Sigismundo. «Aber ich werde nie einer von euch sein. Ihr dreckigen Mörder!»

«Du wirst lernen», sagte El Eswad. Und dann schlug er seine Kapuze zurück und erinnerte Sigismundo an eine andere

Szene, die nur Spaß gewesen war. Es war der Blonde, wie Sigismundo geahnt hatte. Keiner der anderen tat es ihm gleich, ein Zeichen, daß sie Sigismundo tatsächlich verschonen würden. Er sollte ihre Gesichter nicht sehen dürfen.

«Schau mich an, Junge», sagte El Eswad. «Eines Tages wirst du zu uns kommen und du wirst aus freien Stücken kommen, denn du wirst unsere göttliche Berufung in dieser Welt verstehen.»

«Niemals», antwortete Sigismundo. «Ich hasse dich und deinesgleichen.»

El Eswad zitierte:

«Wir besitzen das Freimaurerwort und das Zweite Gesicht,
Die Zukunft erscheint uns in dämmrigem Licht.

Eines Tages wirst du meine Kapuze tragen», fuhr El Eswad mit absoluter Gewißheit fort. «Du wirst viele Länder bereisen und den Ozean überqueren. Du wirst dich mit allen Mitteln gegen deine wahre Natur zur Wehr setzen. Aber schließlich wirst du zu uns kommen.»

Einer der Kapuzenmänner mit der Stimme eines Jungen sagte: «Bruder, es ist wahr. Du bist einer von uns. Du wurdest unter Sternen geboren, die dich zu einem der unsrigen bestimmten.» Es war der mit den violetten Augen.

Sie glauben tatsächlich daran, dachte Sigismundo. Deshalb haben sie mich Ostern in der Kirche verschont. Ich bin Fanatikern ausgeliefert, die den einen aufgrund der Konstellation der Planeten verschonen und den anderen aus demselben Grund töten.

«Ihr habt meinen Onkel ermordet. Eher würde ich mich den dreckigen Moslems anschließen.»

«Wenn das so ist, ist ja alles in Ordnung», sagte El Eswad. «Bei den dreckigen Moslems bist du ja schon gelandet. Oder was glaubst du, wer die FRC kontrolliert?»

Wieder wandte sich der Junge an Sigismundo, mit leidenschaftlicher Stimme und violetten Augen, die durch die Schlitze in der Kapuze funkelten. «Es ist kein Mord, für eine Sache zu kämpfen, die einem gewaltsam genommen wurde. Mord und immer wieder Mord, so ist es nun mal, das ist der Lauf der Welt. Was ist denn die Geschichte eurer glorreichen katholischen Kirche, wenn nicht ein einziges Gemetzel? Zuerst waren die Heiden dran, dann die Juden, dann die Mohammedaner und zuletzt die Protestanten. Was hat Neapels oder Siziliens Geschichte zu bieten, außer Mord und Totschlag? Wie wäre eure begnadete Majestät, Ferdinand IV. wohl auf unseren Thron gekommen, wenn nicht seine französischen und spanischen Vorfahren *unsere* Vorfahren niedergemetzelt hätten? So ist es gewesen und so wird es immer sein, bis alle Priester und Herrscher getötet sind und wir wieder als freie Bürger zusammenleben.»

«Jede Staatsgrenze in Europa», setzte El Eswad ironisch hinzu, «kennzeichnet einen Ort, an dem zwei Räuberbanden zu erschöpft waren, um sich gegenseitig abzuschlachten und statt dessen einen Vertrag schlossen. Patriotismus ist die Einbildung, daß eine dieser Banden besser sei als alle anderen.»

«Und das wollt ihr mit immer mehr Mord und Totschlag verändern?» rief Sigismundo. «Die Syphilis hat euch wohl das Gehirn zerfressen!»

«Hör mal zu», meinte der Violettäugige. «Dein wunderbarer Onkel, den wir getötet haben, war in Wirklichkeit ein herzloser Wucherer!»

«Es gibt Hunderte von Bettlern, die Bauern waren, ehe sie bei deinem großartigen Onkel Schulden machten», mischte sich El Eswad ein. «Und Hunderte von Huren, die ein rechtschaffenes Leben als Magd führen könnten, wenn ihre Höfe nicht von deinem noblen Onkel beschlagnahmt worden wären!»

«Ich werde es euch erklären», sagte Sigismundo ruhig. «Ihr

seid ungebildete Menschen. Mein Onkel war ein freigiebiger Mensch und sehr gütig. Aber wenn man jemandem Geld leiht, und der Betreffende es nicht zurückzahlt, muß man die Schulden eintreiben lassen. Sonst wird man ja selber zum Bettler und macht die eigenen Töchter zu Huren. Das ist die Wissenschaft vom rechten Wirtschaften, so steht es in den Büchern geschrieben.»

«Es ist die Wissenschaft vom kaltblütigen Morden und von der Halsabschneiderei», verbesserte ihn El Eswad. «Genug des Geredes, es kann doch niemand überzeugen. Irgendwann wirst du zu uns kommen, so steht es im Himmel geschrieben. Du wirst einsehen, daß wir die Vorreiter der Geschichte sind.»

«Niemals!» entgegnete Sigismundo hitzig. «Ich pisse in die Milch eurer Mütter! Ich ficke euch in die Augen! Ich verfluche euch in die tiefste und stinkendste Jauchegrube der Hölle!»

El Eswad wandte sich ab und sagte: «Bringt den Kelch. Das Ritual kann beginnen.»

Sigismundo wurde auf einen Stuhl gesetzt und dort festgehalten. Dann brachte man den Kelch. O heilige Mutter Gottes, nein, dachte er. Sie würden ihn nicht töten – die Macht war echt und er konnte sich auf sie verlassen – aber es gab Dinge, die schlimmer waren als der Tod. Sie wußten, wie man ihn einschläfern konnte, so wie Dr. Orfali. Sie konnten seinen Geist manipulieren. O Gott, nein, bitte nicht, betete er. Sollen sie meinen Körper töten, damit meine Seele gerettet wird. Lieber Herr Jesus, laß es nicht zu, daß sie meine Seele mit Drogen und schwarzer Magie vergiften! Bitte, lieber Gott!

Es bedurfte ihrer acht, doch am Ende schafften sie es. Er kämpfte wie ein Löwe, er spuckte so viel von dem Zeug aus, wie er nur konnte, er betete zum Heiligen Judas (dem Schutzpatron für hoffnungslose Fälle), aber es half nichts. Sie preßten seine zusammengebissenen Zähne auseinander und flößten ihm eine beachtliche Portion der Droge ein.

Innerhalb weniger Sekunden schlug sein Herz so heftig, daß

er glaubte, sein letztes Stündlein sei doch schon gekommen. Er zitterte am ganzen Körper; er wurde von Krämpfen geschüttelt wie ein Epileptiker; er hatte das Gefühl, zugleich zu frieren und in siedendes Öl getaucht zu werden.

Das ist die primitive, vegetative Seele, sagte er sich. Dr. Orfali hat eine Droge, die diese Seele beruhigt und sie haben eine, die sie aufreizt. Mein Körper fürchtet den nahenden Tod, doch mein Geist, die menschliche Seele in mir, weiß es besser. Es ist nur eine Droge, die diese vegetative Seite der Psyche aufstachelt. Ich kann mich davor schützen, indem ich mir vor Augen halte, daß es nur eine Droge ist. Ich kann. Ich kann. Ich glaube wenigstens, daß ich es kann.

Dann ließen sie ihn los und El Eswad sagte: «Jetzt fängt die Wirkung der Magie an. Die alten Götter kehren zurück.» Sigismundo bemerkte plötzlich, daß König Ferdinand schon die ganze Zeit versteckt in einer Ecke gesessen hatte und dann hob Seine Majestät das purpurne königliche Zepter und sang wie ein Priester im Hochamt: «Den Schändern sei folgende Strafe auferlegt: mögen sie schänden, was das Zeug hält.» Die schwarzen Kerzen wurden gelb und dann folgte ein Feuerwerk; fliegende Kakerlaken, Windmühlen und Raketen zischten wie ein Rausch von Regenbogen durchs Zimmer; Sigismundo und El Eswad und Onkel Pietro und Don Quixote fingen schon an, sich in Vögel zu verwandeln und er ahnte, daß er jetzt das schlimmste Geheimnis kannte, jenes, das sie ihm seit seiner Geburt vorenthalten hatten.

Und der Gorilla mit den Hodenaugen und der leprazerfressenen Nase grunzte: «Unsere Begegnung, mein Freund, schreit nach Frieden. Oder sagen wir, dieser Fels ist die Kirche. Hör auf zu murmeln. Noch wisse. Für den Löwen.»

Dann sah er, wie seine Hände immer älter wurden, sich krümmten, fleckig und runzelig wurden; es waren die Hände eines alten Mannes und er dachte: Sie ziehen mich in die Zeit hinein. Ich bin auf ewig gefangen in diesem Irrenhaus.

Aber nein, ermahnte er sich. Das sind nur Halluzinationen. Vor unendlich langer Zeit hat mir jemand eine Droge gegeben und ich halluziniere immer noch.

Dann ritzten sie Sigismundo in den Finger und benutzten sein Blut als Tinte. Es schien völlig belanglos zu sein, hier draußen unter all den toten Planeten und Pflanzenmenschen, aber dann warf er die Feder quer durch den Raum und weigerte sich, zu unterschreiben.

«Sprich mir nach», sagte El Eswad. «Luzifer vertraue ich meine Seele an, in diesem und in allen zukünftigen Leben! Wiederhole es!»

Doch je tiefer sie kamen, desto mehr gehörnte Wesen mit Hundegesichtern bemerkte Sigismundo. Die Decke senkte sich immer mehr, bis sie auf allen vieren kriechen mußten. Was für ein furchtbarer Gestank, dachte Sigismundo, das muß Fledermausscheiße sein; er kroch in Fledermausscheiße herum.

«Verstehe ich nicht», sagte Reverend Verey. «Ein Huhn im Vatikan?»

Wenn man die Sache vernünftig betrachtet, sagte sich Sigismundo, wäre es nicht das Schlechteste, die guten Kleider gegen diese Tierfelle hier einzutauschen. Ist doch blöd, sich die teuren Seidenklamotten mit Fledermausscheiße zu ruinieren. Trotzdem konnte er sich nicht entsinnen, das Bärenfell, das er jetzt trug, angezogen zu haben.

«Luzifer vertraue ich meine Seele an», wiederholte El Eswad.

Plötzlich hielt Sigismundo wieder die mit seinem Blut getränkte Feder in der Hand.

«Unterschreibe hier», sagte El Eswad sanft.

Sigismundo unterschrieb das Pergament. Die Glocken läuteten feierlich; eine Million verdammter Seelen schrie vor Schrecken; riesige Spinnen fielen über die Menschen auf der Straße her. Ich brauche nichts von alledem zu glauben, sagte sich Sigismundo. Ich habe nicht unterschrieben, das war bloß eine Halluzination.

Die Reptilmenschen sabberten zu Ehren der Gesichtslosen Göttin, die Rädchen griffen ineinander und er war auf Kollisionskurs – religiöse Fanatiker, die von Erdbeben redeten, das neueste Produkt von Mondasche und geronnenem Blut. «Als wir dem Schlamm entstiegen wie Affen – direkt von Insekten –»

Und Sigismundo bemerkte, daß die Wände der Höhle mit Gemälden geschmückt waren. Die meisten zeigten Menschen in Bärenfellen, wie er selbst, die mit Pfeilen auf Bisons schossen und dann entdeckte er die Zeichnung eines schlafenden Mannes mit erigiertem Penis. Schließlich gelangten sie auf den Grund, wo Bischöfe in einer Jauchegrube gegen Gorillas kämpften. Der Mann mit den Ziegenhörnern erwartete sie schon und die Statue der Mutter Tana war mit dem Blut einer Ziege beschmiert, der man die Kehle aufgeschlitzt hatte. Die Stimmen sagten: «Sie werden alle verrückt in dem Haus. Sie werden alle verrückt in dem Haus. Sie werden alle verrückt in dem Haus.»

Sigismundo erkannte, daß er sich schon seit Jahren in diesem Raum befand, sein ganzes Zeitgefühl war dahin. Er bildete sich ein, immer noch mit den stummen Giganten in der Höhle zu sein, sie hatten seine Seele zerstört und er hockte schon seit Jahrzehnten in diesem Heim für Schwachsinnige, die Hände voller Runzeln fast wie ein Gerippe. Sie wurden zusehends älter und er mußte aufhören mit diesen Halluzinationen, wenn er wollte, daß die Ärzte ihn entließen und er nach Hause gehen konnte.

«Jetzt tritt auf das Kruzifix», befahl El Eswad.

«Nasen und Nasen!» kreischte Sigismundo. (Ich will nein sagen, warum kann ich nicht *nein* sagen?)

Sie nahmen seinen Fuß und stellten ihn auf das Kruzifix. Jesus, so klein er auch war, schrie vor Schmerzen auf und sein Blut spritzte über Sigismundos Stiefel.

Und dann merkte er, daß ein anderer Dämon in ihn eindrang. Mit Scham und Schmerz erinnerte er sich, daß er schon mehrere Male vergewaltigt worden war. Das ist auch nur eine Halluzination, sagte er sich. Ich muß einfach glauben, daß es eine Halluzination ist, aber der Dämon hatte lederne Flügel und eine schuppige Haut und Sigismund spürte seinen stinkenden Atem im Nacken.

Die Baummenschen machten sich über ihn lustig und sangen immer wieder: «Deine Mutter ist eine Hure, deine Mutter ist eine Hure, deine Mutter ist eine Hure», und er wußte, daß das das Geheimnis war. Aber es konnte nicht sein. Er stand mit Miskasquamish vor der goldenen Quelle des *Wakan*, denn die Kreaturen dieser *bolgia* hatten keine Augen und nagten am lebendigen Leib von Dante herum. Aber konnte das nicht jedem Künstler passieren? Beschwöre nichts, was du nicht beherrschen kannst.

«Natürlich», sagte Sigismundo einsichtig zu dem Teufel. «Ich bin kein Mensch mehr. Das ist das Geheimnis, stimmt's? Ich bin froh, daß ich den Pakt mit Ihnen beschlossen habe, mein Herr. Ich bin überzeugt, daß meine unsterbliche Seele damit in guten Händen ist. Antonio und ich sind zwar dieselbe Person, aber nicht derselbe Apostel.»

El Eswad sang noch immer. «Tana zu deinen Häupten, Orpheus zu deinen Füßen, Aradia zu deiner Rechten, Luzifer zu deiner Linken.» Dann kam er ganz nah und starrte Sigismundo tief in die Augen. «Du siehst unsere Götter», sagte er, «aber jetzt schau durch sie hindurch und erblicke den Schöpfer aller Götter.»

Sigismundo verwandelte sich in Feuer und Licht.

Plötzlich begriff er, daß die *rossi* trotz allem seine Freunde waren. Jeder war sein Freund. Es war den ganzen Schrecken des Übergangs wert, diesen Zustand der Ekstase zu erleben. Die Welt lag ihm zu Füßen. Er selbst war die Welt: Gott und Göttin, Mann und Frau, Leben und Tod.

Sie hatten ihn zum Herrscher über das Universum gemacht.

Die Wände voller Pornographie. Geflügelte Penisse schwebten durch den Garten, junge Frauen haschten nach ihnen. Wenn sie einen gefangen hatten, lutschten sie genüßlich daran, entrückt, mit geschlossenen Augen, wie Nonnen beim Gebet.

Sigismundo sah sich benommen um. Er steckte wieder in seinen eigenen Kleidern, aber das Bärenfell lag noch in der Ecke.

Auf der angrenzenden Wand eine Orgie: Stellungen und Kombinationen wie in der Mathematik. Das alles mit nur zwölf Körpern?

Alles ist erlaubt, dachte er. Ich bin der Herrscher über das Universum. Ich werde den Berg hinaufrennen und Maria bumsen.

Von einer Sekunde auf die andere wurde alles wieder deutlich sichtbar.

Er merkte, daß er in Pompeji war.

Die Frau auf einer der Wandmalereien bewegte sich und lud ihn ein, an der Orgie teilzunehmen.

Sigismundo starrte sie an, mit dem festen Willen, die Halluzinationen zu bannen. Die Frau hörte auf, sich zu bewegen.

Der erste wirkliche Schock kam, als er anfing, zur Tür zu torkeln. Die Wände waren voller Kritzeleien – auch das gehörte zur bösen Pracht von Pompeji, uralte Obszönitäten – aber er konnte die Buchstaben nicht erkennen.

Er versuchte es immer wieder. Alles blieb verschwommen.

Ein Teil seines Gehirns war von dem, was die *rossi* mit ihm angestellt hatten, zerstört. Er hatte seine menschliche Seele verloren. Er war so ungebildet wie ein Neugeborenes oder ein Tier.

Er schleppte sich auf die Straße, kämpfte gegen die Verzweiflung an. Das Kind der Orsinis war mit einem riesigen, verformten Kopf zur Welt gekommen. Jetzt war es sechzehn oder siebzehn, aber immer noch ein Baby. Es konnte weder allein essen noch lesen und verständigte sich nur mit schrecklichen, dumpfen Grunzlauten. Sigismundo fragte sich, ob ihm die Teufelsdroge dasselbe angetan hatte, ob er so den Rest seines Lebens verbringen mußte, in ein Zimmer gesperrt, an Halluzinationen leidend, gezwungen, zuzuschauen, wie seine Hände alt und runzelig wurden.

«Ganz Gallien ist in drei Teile geteilt», sagte er laut auf lateinisch, um sich zu testen. Seine Stimme klang normal. «Dann setzt' er die Segel, auf einem Meer, dunkel wie Wein», versuchte er auf griechisch.

Die menschliche Seele war nicht zerstört; es lag nur daran, daß er nicht scharf sehen konnte.

Er erblickte ein altes Straßenschild: VIA GRACCHI.

Große Buchstaben konnte er lesen. Nur die kleinen waren verschwommen.

Belladonna. Die griechische Droge. Seine Pupillen waren erweitert, das stand fest, aber seine Bildung hatte er nicht eingebüßt. Wenn Frauen sich Belladonna in die Augen träufelten, um in der Oper schöner zu sein, erkannten sie die Kleinigkeiten auch nicht.

Er fand die Sonne und machte sich auf den Weg nach Westen und hinunter, zurück nach Neapel.

Seine Erinnerung an letzte Nacht war voller Löcher, auch das ein Effekt des Belladonnas. Er würde sich nie an alles erinnern können. Aber er wußte noch, wie es in eine tiefe Grube gegangen war, wo Carlo Maldonado mit einer Pistole auf ihn gezielt hatte.

Sein rechter Zeigefinger war taub. Er schaute ihn an und bemerkte viele kleine Einstiche. Beinahe hätte er sich daran erinnert, wie sie zustande gekommen waren, aber dann verlor sich alles wieder in Chaos und Verwirrung.

Langsam funktionierten seine Augen wieder normal. Er starrte solange seine Handflächen an, bis er wieder jede Linie deutlich erkennen konnte.

Alle zehn Minuten mußte er stehenbleiben, weil sich alles um ihn drehte und es ihm für eine Weile nicht gelingen wollte, geradeaus zu gehen.

Ein Bauer aus Ottacelli mit einem Ochsengespann nahm ihn ein Stück des Weges mit. Er musterte Sigismundo mißtrauisch. Vielleicht sieht man mir an, daß ich im Moment alles andere als normal bin, dachte der Junge.

Sigismundo ging nicht direkt nach Hause. Zuerst suchte er Onkel Pietro in seinem Haus auf der Via Capodimonte auf.

«Wo hast du gesteckt?» fragte Onkel Pietro aufgeregt. «Die ganze Familie ...»

«Laß mich damit in Ruhe», antwortete Sigismundo. «Ich habe einen umwerfenden Abend mit den *rossi* verbracht. Ich kenne das Geheimnis. *Wer ist mein Vater?*»

Onkel Pietro setzte sich. «Ich wußte, daß dieser Tag kommen würde», sagte er niedergeschlagen.

«Ich wußte es auch», antwortete Sigismundo. «Der Grund, warum ich dir stets näher war als Papa ... er tut sich schwer mit mir, nicht wahr? Ich bin nicht sein Sohn.»

«Hör zu», sagte Onkel Pietro. «Du darfst deine Mutter nicht verurteilen. Diese Bestie hat sie gezwungen ...»

«Das spielt doch jetzt keine Rolle. *Wer ist es?*»

«Der Blonde, der Mörder aus der Kirche. Sein Name ist Peppino Balsamo.»

«Und du hast ihn mir zu meinem eigenen Wohl verschwiegen, nehme ich an. Ich bin also Sigismundo Balsamo, nicht Sigismundo Celine. ‹Die einfachen Menschen sind dumm und faul›», zitierte er sich selbst und lachte bitter auf. «Und ich bin einer von ihnen. Heilige Mutter Gottes, ich bin ein sizilianischer Bastard, meine Mutter ist zur Hure geworden, mein Vater hat meinen Onkel ermordet und jeder, den ich kenne, ist auf irgendeine Art und Weise in eine Verschwörung verstrickt. Wir leben das *Leben der Cäsaren.*»

«Hör auf. Nimm dich zusammen.»

«Da ist ein Huhn im Vatikan.»

«Wie?»

«Du würdest es doch nicht verstehen», sagte Sigismundo. «Es gibt Tunnel, ein ganzes System von unterirdischen Gängen unter Europa und nichts hat sich verändert. Nach Culloden mußten die Babys dran glauben und der Moloch herrscht noch heute. Antonio hatte recht mit dem, was er über die Zeit sagte. Aber wer war der andere, der mit den violetten Augen, der mich in der Kirche nicht töten wollte?»

«Er ist auch ein Sohn von Balsamo. Von einer anderen Frau in Sizilien. Dein Halbbruder.»

(Richtig, er hat mich Bruder genannt. Ich hielt das für eine revolutionäre Anrede.)

«Großartig», sagte Sigismundo. «Wirklich einmalig. Ich bin mitten in einer großen Oper zur Welt gekommen, aber unser Blut ist echt. Und das Beste weißt du noch gar nicht. Willst du es hören? Die Gänge führen nicht nur ins Innere der Erde, sondern auch in frühere Zeitalter zurück. Doch nein, das ist es nicht. Ich wollte dir sagen, daß sie mich rekrutieren wollen. Ist das nicht zum Schreien? Peppino Balsamo, ich meine, mein Vater – der, der sich Mordanschläge ausdenkt, wenn er nicht gerade damit beschäftigt ist, eine Revolution anzuzetteln, der echte, du weißt schon, nicht der, der meine Mutter geheiratet hat, dieser Schwächling, der fremde Vögel sein Nest beschmutzen läßt...»

«Hör auf!»

«Nein», sagte Sigismundo. «Das wirst du dir anhören. Mein echter Vater also, dieser Teufelsanbeter, behauptet, die Sterne hätten mich dazu ausersehen, sein Nachfolger zu werden. Und daß ich aus freiem Willen zu ihm stoßen würde. Um die Wahrheit zu sagen, Onkel, ich weiß nicht, ob ich nach der letzten Nacht überhaupt noch einen eigenen Willen habe. Ich weiß nicht, was sie mit meinem Kopf angestellt haben. Aber meine Mutter ist eine Hure und Jesus eine nackte Frau und ich sehe, wie riesige Hühner den Papst aus dem Vatikan vertreiben. Ich sage dir, alle meine drei Seelen sind krank. Ich werde das schlimmste Monster aller Zeiten.»

Z W E I T E R T E I L

DIE HERRSCHERIN

Denn Rohheit hat ein menschlich Herz
Eines Menschen Gesicht trägt die Eifersucht
Schrecken hat göttliche Menschengestalt
und Schweigen ein Menschenkleid.
William Blake, *Das Göttliche Ebenbild*

Liliana glaubte zu lügen, als sie Guido erzählte, daß Peppino Balsamo sie vergewaltigt hatte.

Weil es nicht Vergewaltigung im eigentlichen Sinne gewesen war, jedenfalls nicht das, was sie unter Vergewaltigung verstand. Wenn auch andererseits keine Verführung. Weder Liebe noch Leidenschaft hatten eine Rolle gespielt. Doch Guido kam nie dahinter, was wirklich geschehen war, denn Liliana fehlten damals die Worte, um es ihm zu erklären. Niemand, dachte sie oft, während die Jahre vergingen und Sigismundo heranwuchs, *niemand* auf Gottes weiter Welt würde es je verstehen können. Es ergab sowieso keinen Sinn; es war genau die Art von teuflischem Zusammenwirken, die sich unerklärlicherweise immer dann ergab, wenn so jemand wie Peppino Balsamo frei herumlaufen konnte. Sie brauchte ein halbes Leben, um zu verstehen, daß sie Guido nicht belogen hatte, daß es wirklich eine Vergewaltigung gewesen war, eine Vergewaltigung des Geistes.

Sie hatte Peppino von Anfang an nicht ausstehen können. Er war unverschämt und hatte eine grausame Art mit Tieren. Außerdem haßte er sie und Guido ganz offensichtlich, weil sie reich waren, aber das war es nicht, was sie vor ihm gewarnt hatte. Irgendwie hatte sie intuitiv geahnt, was Peppino war und zu was er fähig war, was er tun könnte. Guido hatte Peppino für kleinere Schreinerarbeiten angestellt; er hatte geschickte Hände und war für alle möglichen Reparaturarbeiten zu gebrauchen gewesen. Guido hatte ihn mehrere Wochen lang beschäftigt, denn es gab viele Kleinigkeiten im Haus zu tun und Peppino war schnell und fleißig.

Liliana hatte ihn vom ersten Tag an wieder loswerden wollen, vor allem wegen seiner Arroganz und der Grausamkeit Tieren gegenüber. Und weil er so unverschämt war. Er glaubte, er könne jede Frau haben – seine Augen hatten ihn verraten. Er starrte sie immer so an. Er machte schmutzige Witze, in denen er andeutete, wieviele adelige Frauen er schon herumgekriegt hatte. Seine Einbildung und Überheblichkeit waren unerträglich gewesen. Also hatte Liliana Guido gedrängt, den Mann zu entlassen, doch Guido hatte sie nicht verstanden. Männer verstanden so etwas nie – normale Männer jedenfalls. Nur Monster wie Peppino Balsamo. Guido hatte geglaubt, sie verabscheute den hochgewachsenen blonden Mann aus Sizilien, weil er so unverschämt gut aussah und nicht die Unterwürfigkeit gewöhnlicher Bauern an den Tag legte. Das war die Ironie an der Sache: Guido hatte, bis es zu spät war, angenommen, daß sie nur ein Snob war – ein achtzehnjähriges Mädchen, erst seit zwei Jahren verheiratet und von Jugend auf daran gewöhnt, daß ihre Brüder, die mächtigen

Malatestas, die fast so reich waren wie Maharadschas, sie gegen die ganze Welt beschützten. Er hatte sie für eitel und dumm gehalten, da sie sich über einen Bauern aufregte, der klüger war als die anderen und auch etwas aufmüpfiger. «Mit den Klugen hat man es immer etwas schwerer», hatte er sie zu beruhigen versucht.

Doch schließlich, den Heiligen sei Dank, war Peppino fortgegangen. Es gab nichts mehr zu reparieren und Guido hatte eingesehen, wie sehr Liliana den Mann fürchtete, obwohl er nicht hätte sagen können, warum. Noch nicht. Denn man kann zum Himmel aufsehen und wissen, daß sich in der Ferne ein Gewitter zusammenbraut oder einen Hund ansehen und wissen, daß er heimtückisch ist. Das war es, was Guido nie begriffen hatte. Liliana hatte Peppino an diesem ersten Tag gesehen, als er das Bein des Küchentisches reparierte, und gewußt, daß er das Zeug dazu hatte, eine Stadt zu verlassen, wenn er meinte, man habe ihm Unrecht getan, sehr leise und ohne ein Wort fortzugehen und lange Jahre verschwunden zu bleiben, bis jedermann ihn vergessen hatte, seinen Namen vergessen hatte, sein Gesicht vergessen hatte – nur um dann eines Nachts heimlich zurückzukehren, ein einziges Mal, und den Sohn des Mannes zu töten, der ihm angeblich ein Unrecht zugefügt hatte. Und dann würde er wieder verschwinden, ohne daß irgend jemand außer ihm das Motiv für die Tat kannte. Es würde einschlagen wie ein Blitz und nur er würde wissen, wer der Blitz gewesen war. Wenn sie ihn je zum General machen sollten, würde er seinen Truppen befehlen: «Tötet sie alle. Auch die Kinder. Brennt das Dorf nieder, schlachtet das letzte Schwein, den letzten streunenden Hund, laßt keinen Stein auf dem anderen.» Skrupellos.

Schon dieser Name, Peppino, war absurd. Doch es war nicht dumm von einem Dämon, als Peppino verkleidet, durch die Welt zu streifen. Allein in Neapel mußte es so viele Peppinos geben, wie Sterne am Himmel oder Flöhe im Stall.

Peppino hier, Peppino da, überall, Hunderte, Tausende von Peppinos, und nicht nur in Neapel, sondern überall in Italien. Und unter ihnen dieser eine, ein Dämon, mit so viel Haß im Leib, daß es gereicht hätte, um Hunderte und Tausende aufzustacheln. In Spanien, dachte Liliana, ist es Pablo, in England Bill oder Will, in Frankreich Pierre und hier bei uns eben Peppino. Vielleicht ist das der Grund, warum er zu einem Monster wurde – damit er nicht unter all den Peppinos untergeht, den vielen untertänigen Bauerngesichtern. Und deshalb hatte Liliana, als er wegging, Gott und der Heiligen Jungfrau und San Gennaro gedankt, daß das Unheil sich von ihr abgewendet hatte.

Doch im nächsten Sommer, als Guido sich auf einer Geschäftsreise nach Spanien befand, war Peppino zurückgekehrt. Er war an die Hintertür gekommen, natürlich, und hatte den Hut abgenommen. Selbst er konnte höflich sein, wenn es seinen Interessen dienlich war. Liliana sagte ihm, daß sie keine Arbeit hätte.

Er hatte sie angelächelt, was ihr vorkam, als würde ein Hai seine Zähne blecken. Er sagte, sie habe wohl Angst, weil ihr Mann nicht im Hause sei und sie glaube, alle Bauern seien Bestien. Sie versuchte, sich nichts anmerken zu lassen. Machte ihm klar, daß sich fünf Dienstboten im Haus befänden und sie ihn auspeitschen ließe, wenn er sich noch einmal eine derart unverschämte Bemerkung erlaubte.

Aber sie war immer noch erst achtzehn und zu wohlerzogen, um zu wissen, wie ein durchtriebener Lügner einen an der Nase herumführen kann.

Peppino war im Garten stehen geblieben und hatte sich unterwürfig entschuldigt. Sie dachte schon, er würde in Tränen ausbrechen. Er erzählte ihr, daß er schon seit langem keine Arbeit mehr gehabt habe und eine Familie ernähren müsse. Er sagte, sie habe ihn gedemütigt, denn es gäbe immer kleine Reparaturarbeiten für einen Mann mit seinen handwerklichen

Fähigkeiten. Als er gemerkt habe, daß sie Angst vor ihm hätte, habe er den Kopf verloren. Eine feine Dame, so reich wie sie, könne sich eben nicht vorstellen, wie hart das Leben für einen armen Mann mit Frau und drei Kindern sei. Er entschuldigte sich zerknirscht und wiederholt und fragte Liliana dann, ob sie nicht einen Nachbarn wüßte, der vielleicht Gelegenheitsarbeit für ihn hätte.

Sie glaubte ihm nicht, jedenfalls nicht wirklich. Aber er stürzte sie in Selbstzweifel. Sie fragte sich, ob sie nicht dumm und albern gewesen war und diesem ungeschlachten Riesen, der sich verzweifelt um ehrliche Arbeit zu bemühen schien, Unrecht getan hatte. Vielleicht, dachte sie, habe ich nur Angst, weil ein Bauer, der lesen und schreiben kann (das hatte er ihr im letzten Winter selbst gezeigt) etwas so Ungewöhnliches ist wie ein Hund, der auf den Hinterbeinen durch die Welt spaziert. Mit zwei Dienstboten und drei Mägden im Haus, die um Hilfe schreien konnten, würde Peppino nichts riskieren. Ja gewiß, ihre Angst war töricht. Und sie dachte an seine Frau und die Kinder. Sie war unsicher und das machte sie verwundbar. Sie beschloß, ihm ein paar kleinere Arbeiten und ein wenig Geld zu geben und ihn dann so schnell wie möglich wieder loszuwerden.

So ließ sie ihn herein. Doch dann wurde es ernst, der Kampf um die Macht in ihrem eigenen Haus war entbrannt: zwischen ihr, der vornehmen Dame mit dem ganzen Gewicht der Tradition und der Polizei, die ihr jederzeit beistehen würde, wenn sie sie darum bat und ihm, dem heimat- und besitzlosen Bauern, der scheinbar keine andere Kraft besaß, als die seiner brutalen Gewalt und (natürlich) würde er es nicht riskieren, diese in die Waagschale zu werfen. Und trotzdem war sie stets diejenige, die sich in der Defensive befand.

Alles, was sie sagte oder tat, wurde als Beleidigung aufgefaßt. Er brauste nicht wieder auf oder beklagte sich offen, aber er ließ es sie spüren. Sie war reich und er war arm und sie hatte

Angst vor ihm, weil sie ein unerfahrenes, albernes Ding war und Bauern nicht über den Weg traute. Irgendwie mußte sie beweisen – weniger Peppino als vielmehr sich selbst oder auch Gott – daß sie nicht die herzlose, feige Kindfrau voller Vorurteile war, als die er sie hinstellte.

Später begriff sie. Jeder weiß um die Tyrannei der Mächtigen, aber es gibt etwas Schlimmeres und Peppino wußte, wie man es anwandte. Es ist schlimmer, weil man es nicht versteht. Die Schuldgefühle sind zu erdrückend, als daß man gegen sie ankämpfen könnte; man kommt nicht dahinter, was es ist, bis es erreicht hat, was es wollte. Es ist die Tyrannei der Leidenden.

Peppino litt. Und litt. Und litt noch mehr. Bei jeder Gelegenheit erzählte er Liliana von seinen Kindern, seiner großen Liebe zu ihnen, der Unbarmherzigkeit des Lebens, vom Dasein eines Bauern, der zu selbständig war, um auf dem Hof eines anderen zu arbeiten und zu stolz, um sich den professionellen Bettlern auf der Straße anzuschließen. Er war ein Mann, dem trotz all seiner Fähigkeiten nur ein elendes Leben beschieden war. Mehr und mehr artete das Ganze in einen Prozeß aus, bei dem sie beweisen mußte, daß sie keine persönliche Schuld an seinem Leid oder dem Leid aller armen Menschen auf der Welt trug. Sie wußte nicht, welche Kränkung schwerer wog oder worin ihr Vergehen überhaupt bestand, doch von diesen beiden Ungerechtigkeiten schien er besessen – zuerst nur er und dann auch sie.

Liliana fühlte eigentlich kein Mitleid für ihn; sie mißtraute ihm immer noch. Doch sie war unsicher und fühlte sich dieses Mißtrauens wegen zunehmend schuldig. Sie war nicht imstande, ihm zu sagen, daß sie keine Arbeit mehr für ihn hatte. Das wäre nur ein weiteres Zeichen für ihre Grausamkeit gewesen, der Grausamkeit ihres Standes, nicht nur gegen diesen, sondern gegen alle Peppinos.

Also fand sie immer wieder etwas zu tun für ihn, denn sie

hatte Angst vor dem anklagenden Blick, wenn sie ihm sagte, daß er jetzt gehen müsse. Sie hoffte, daß Guido endlich aus Spanien zurückkehrte. Woche für Woche erzählte Peppino, daß er seinen Lohn an seine Frau und die Kinder geschickt habe und daß sie alle für sie beteten, weil sie eine so edle und gütige Frau wäre. Doch irgendwie ließ er durchblicken, daß er Vornehmheit und Freigebigkeit auch für eine Beleidigung hielt, zwei weitere Erniedrigungen, die sie ihm aufbürdete.

Schließlich reduzierte es sich auf die Frage, wie nahe er ihr kommen konnte, wie weit sie ihn an sich heranließ, ohne ihre Angst zu zeigen. Sie fürchtete ihn immer noch, aber er hatte es geschafft, daß sie sich dieser Furcht schämte. Es gibt einen bestimmten Raum um den Körper, der wie eine zweite Haut ist: sobald man jemand Zutritt in diesen Raum gewährt, hat man sich auf ihn eingelassen. Normalerweise läßt man nur seine Familie so nahe an sich heran. Trotzdem konnte sie Peppino nicht daran hindern, in ihn einzudringen, denn er hielt ihr ständig vor, daß sie ein Dummchen war und albern und persönlich verantwortlich für das Schicksal jedes einzelnen hungernden Kindes in Neapel, für jede Ungerechtigkeit seit der Zeit, da die Gefolgsleute des Spartakus öffentlich gekreuzigt worden waren.

Dann überzeugte er sie, daß der Kamin im Schlafzimmer dringend einer Reparatur bedurfte. Und ließ sie spüren, daß es einer neuerlichen Vorverurteilung eines ehrlichen, hart arbeitenden Mannes gleichkäme, wenn sie das Schlafzimmer mied, solange er sich dort zu schaffen machte. Schließlich kam es zu dem Moment, wo sie sich anstarrten, sekundenlang, mit einem unerklärlichen Flackern selbst in seinen Augen, und dann geschah es.

Vor Gericht, das wußte sie, hätte sie nicht beschwören können, von ihm vergewaltigt worden zu sein. Aber freiwillig war es auch nicht geschehen; es war der Sturm, den sie von Anfang an in ihm gespürt hatte. Seine Wut und seine Lust und das Verlangen, sich die Welt untertan zu machen, ihr Herrscher zu sein – all das gehörte dazu. Und ihre Angst und Schuldgefühle, vor allem aber ihr Bemühen, sich selbst davon zu überzeugen, daß sie nicht nur aufgrund von Angst und Schuldgefühlen handelte. Es war keine Liebe, ebensowenig wie es im gesetzlichen Sinne eine Vergewaltigung gewesen war. Es war eine Explosion, als hätten alle armen Menschen auf der Welt ihr Leid und ihren Groll mit in dieses Bett gebracht und sie hätte allen geben müssen, soviel sie konnte, nur um sie loszuwerden, nur damit sie ihr Leid woanders hinschleppten. Irgendwie mußte sie ihm beweisen, daß sie nicht alle Bauern für Bestien hielt. Zuzulassen, daß er sie als eine Art Katalysator benutzte, war die einzige Art von Beweis, die ihr geblieben war. Vielleicht hatte sie versucht, ihn damit zu beschwichtigen, so wie man manchmal sein eigenes Gewissen beschwichtigt. Er war Gewissen, Wut, Richter und Henker in einem.

Guido würde es nie verstehen, ebensowenig wie ihr kluger Bruder Pietro, der sonst immer alles wußte. Kein gewöhnlicher Mensch konnte das verstehen. Nur andere Frauen würden es vielleicht begreifen können – die und die Kerle, die sie verführten, die Höllenbrut, zu der auch Peppino gehörte. Sie hätte ja um Hilfe schreien können – immerhin waren fünf Diener im Haus. Das wäre die logische, praktische Frage gewesen, die ein Mann gestellt hätte: warum hast du nicht um Hilfe gerufen? Wie aber hätte sie logisch antworten können, wenn es doch keine Logik gab in der verrückten, haßerfüllten Welt eines Peppino? Sie hatte sich geschämt; das war ein Teil der Antwort. Und da Peppino so brutal und schnell war, dachte sie, es wird gleich vorbei sein. In dem sicheren Bewußtsein, daß wenn sie jetzt um Hilfe riefe, es nie vorbeigehen würde. Peppino würde vor Gericht gestellt und gehängt, doch die halbe Stadt würde tuscheln und glauben, daß sie ihn ermuntert habe. Sie würden sagen (Männer sagten das immer): «Das wäre nicht passiert, wenn sie es nicht drauf angelegt hätte.» Als würde es irgend jemand auf der Welt darauf anlegen, dem Teufel selbst ins Gesicht zu schauen, dem jetzt alle Unterwürfigkeit und Falschheit fehlte, in Augen, die nur Haß und Wut und Verachtung für das Leben übrig hatten.

Aber nichts von alledem konnte sie Guido erklären. Es war einfacher, es im gewöhnlichen Sinn Vergewaltigung zu nennen. Denn der Akt an sich ist, ungeachtet dessen, was die Priester sagen, keine große Sache für eine verheiratete Frau. Mit Guido konnte es manchmal wunderbar und zärtlich sein, manchmal war es aber auch nur die Pflichtübung einer Frau, die ihren Mann bei Laune halten mußte. Ihr ging das durchaus nicht gegen den Strich. Guido tat so viel, um sie glücklich zu machen. Aber es war nicht wie in der Oper, es war keine Erschütterung. Mit einem Dämon wie Peppino blieb einem kaum etwas anderes übrig als Resignation. Häng es nicht an die große Glocke. Laß es schnell vorbeigehen. Denn hätte sie geschrien oder sich gewehrt, hätte er vielleicht wirklich den Kopf verloren und er war zu allem fähig. Ihre Intuition hatte sie nicht getrogen. Steh es durch und versuch, versuch, versuch, es zu vergessen: das war alles, was sie denken konnte, während Peppino ihr brutal Gewalt antat.

Wie hätte sie das Guido erzählen, vor dem Richter eine Aussage machen sollen? «Es gab keine Sterne, die mir den Kopf verdrehten, keinen Glanz und keine Magie, wie manche Dummköpfe in ihren Romanen Ehebruch beschreiben. Es tat nicht einmal weh, wie man es von Vergewaltigungen erzählt; es war nur dreckig und widerlich, so als würde man auf der Straße auf etwas ganz besonders Abscheuliches gestoßen.» Der Schrecken, die Erniedrigung waren nicht faßbar – ihr Körper hatte sich einem Mann geöffnet, den sie nicht liebte, sondern im Gegenteil haßte und dann war da die Angst, die krankhafte Angst gewesen, daß er vollkommen durchdrehte und sie doch noch tötete, damit sie ihn nicht anzeigen und hinter Gitter bringen konnte.

Doch Peppino dachte weder daran, sie zu töten, noch ihr zu drohen. Er wußte, daß sie niemandem etwas erzählen würde, und er, der ein so schlauer Betrüger war, konnte sich selbst am besten täuschen. Er war davon überzeugt, daß sie sich ihm hingegeben hatte, weil sie ihre Leidenschaft für ihn nicht hatte zügeln können. Das Schwein.

Später hatte er vor ihr gestanden und sich die Hose zugeknöpft und damit geprahlt, welche Macht er über Frauen habe und daß sie nichts sei als ein dummes Ding. Er sagte, sie habe ja selbst die unglaublichste seiner Lügen geglaubt. Seine Frau und die drei Kinder seien nur eine Erfindung gewesen. Er lachte ihr ins Gesicht. In Wirklichkeit gebe er all sein Geld für Waffen aus, denn er plane eine Revolution und werde alle Reichen töten. Er habe Kinder, sagte er – viele. Sie seien über ganz Italien verstreut, doch ihre Namen kenne er nicht und wolle sie auch gar nicht wissen. Er sei jedenfalls nie verheiratet gewesen.

Er sagte, sie habe ihn gedemütigt, weil sie so überrascht getan hatte, als sie letztes Jahr erfuhr, daß er lesen und schreiben konnte. Die Bauern seien genauso klug wie alle anderen auch und könnten lesen und schreiben lernen, wenn man ihnen die Möglichkeit gab. Es sei eine Lüge der Reichen, daß sie zum Lernen zu dumm wären. Dafür und für die anderen Beleidigungen, die ihm widerfahren waren, habe er beschlossen, sie zu bestrafen. Die Strafe habe ihr ihre eigene Schwäche vor Augen führen und gleichzeitig beweisen sollen, daß er ihr viel größere Lust bereiten könne als ihr arroganter, reicher Ehemann. So hatte er dagestanden, als er fertig war. Es hatte nur ein paar Minuten gedauert und er hatte damit geprotzt, ihr echte Leidenschaft beigebracht zu haben. Er sagte, die Reichen seien alle Schwächlinge und nur ein Bauer, der den ganzen Tag hart arbeitete, habe das Zeug, eine Frau wirklich zu befriedigen. Und das Schlimmste war, daß dieser kolossale Betrüger und Selbstbetrüger das tatsächlich geglaubt hatte.

Er hatte nicht gemerkt, daß sie nur Widerwillen und Demütigung empfand. Weil sie vor Angst kurz aufgeschrien hatte und ihr Körper unter seiner Rohheit und Gewalt erzittert war, glaubte er, sie habe vor Lust gebebt. Er hatte eine große Sache daraus gemacht, er fand anscheinend Gefallen an langen Reden. Er sagte, alle Frauen seien Huren und vieles mehr und zählte ihr die anderen adeligen Damen von Neapel auf, die er mit seinen schmutzigen Tricks reingelegt hatte. Es war eigenartig, doch er sprach so über Frauen, dieser Wüstling, daß man hätte meinen können, er sei ein Dominikaner.

Und dann war er verschwunden. Peppino Balsamo: ein namenloser Niemand. Nur ein Gesicht in der Menge. Irgendein Pächter auf irgendeiner *latifonda* irgendwo in Italien.

Oder ein Dämon aus der Hölle.

Sie hatte nie gewußt, wie sie über ein solches Wesen denken sollte.

Und Guido hatte keinen Augenblick daran gedacht, sie zu verstoßen. Er *weinte* – nicht, daß er sich gedemütigt fühlte, sondern weil sie so brutal mißhandelt worden war. Und als der Junge, Sigismundo, geboren wurde, hatte Guido versucht, ehrlich versucht, ihm ein so guter Vater zu sein wie seinen eigenen Kindern.

Doch während die Jahre vergingen und Sigismundo älter wurde, machte Liliana eine Hölle durch, denn sie wußte, daß der Sturm eines Tages wiederkehren würde, wenn auch in anderer Gestalt. Wenn Sigismundos Temperament mit ihm durchging und er durch das Haus stürmte wie ein wildes Tier, sagte sie sich: alle Kinder tun das manchmal; es ist nicht das Blut eines Dämons, ich darf nicht so denken, eigentlich ist er ein guter Junge. Doch in seiner Musik hörte sie mehr und mehr von Peppino: dieselbe zügellose Leidenschaft, alle Ketten zu sprengen, die menschlichen Grenzen zu überschreiten. Es ist Kunst, sagte sie sich: es ist dieselbe Kraft, doch diesmal ist sie in Kreativität umgesetzt, nicht in Wut und Zerstörung. Er versucht nur, die Harmonie hinter sich zu lassen, nicht Moral, Mitleid und jegliche Vernunft. Nein, er will nicht der Welt seinen Willen aufzwingen, sondern nur der Struktur der Musik.

Ich darf mich nicht vor meinem eigenen Sohn fürchten.

DRITTER TEIL

DER MAGIER

So wie die logische Metaphysik lehrt, daß der Mensch alles in sich trägt, weil er es versteht (Homo Intelligendo Fit Omnia), offenbart daher diese poetische Metaphysik, daß der Mensch alles in sich trägt, weil er es nicht versteht (Homo Non Intelligendo Fit Omnia).

Giovanni Battista Vico, *Scienza Nuova*

Und wieder hieß es für Sigismundo den Berg hinunter, immer im Kreis, die kurvenreiche Straße entlang, an einem Maultier nach dem anderen vorbei – zum ersten Mal fragte er sich, ob es in Neapel mehr Esel oder Dummköpfe gab, doch in beiden Fällen wäre er wohl der Größte der Spezies gewesen – bis hinab ins Ghetto.

Manche der Läden waren noch immer nicht repariert, nachdem sie im August geplündert worden waren, doch Sigismundo sah eine Gruppe von Männern, die dabei war, mehrere Häuserwände zu verputzen.

Die Trunkenbolde, die damals gekommen waren, um die Häuser in Brand zu setzen, sie anschließend auszuplündern und alte Männer zu verprügeln, glaubten, einen gewichtigen Grund für ihren Haß auf Juden zu haben, dachte Sigismundo. Mein Satansbraten von einem Vater glaubt ja auch, daß er einen Grund hat, die Adeligen zu hassen. Die Dominikaner haben ausgeklügelt und theologisch orthodoxe Gründe, jeden zu hassen, der die falschen Bücher liest. Die Jakobiten hassen den König von England und er erwidert ihren Haß. Jeder haßt irgend jemand, das beweist nur, daß Gottes Schöpfung trotz allem auf vollkommener Ausgewogenheit und Ordnung basiert.

Mein Vater ist ein Hahnrei, dachte er, eine Witzfigur in jeder Hinsicht. Nein, ich meine, der Mann, der so tut, als sei er mein Vater, ist ein Hahnrei. Mein Vater ist nämlich nicht mein Vater. Mein wahrer Vater ist ein Höllenfürst und glaubt, ich gäbe einen guten Teufelslehrling ab. Wie Antonio sagt: wir sind zur Hölle verdammt, weil Neapel nicht schlecht genug für uns ist.

Vielleicht, wenn ich alles zusammennehme, bin ich tatsächlich ein Teufel. Das würde wenigstens erklären, warum ich meinte, im heidnischen Tempel meines unchristlichen Ahnherren Gott zu spüren und warum ich die Dominikaner für tollwütige Hunde halte, die den Papst in einen riesigen scharlachroten Hahn verwandelt haben. Und meine Mutter ist eine Hure.

Onkel Pietro hat einmal gesagt, daß Hysterie ein chaotischer und irrationaler Zustand ist, der sich einstellt, wenn man sieht, wie die Welt wirklich ist.

Doch mittlerweile befanden sie sich in Dr. Orfalis Geschäft und der alte Jude unterhielt sich leise mit Onkel Pietro. Sie reden über mich, dachte Sigismundo.

«Und jetzt werden Sie sich an meinem Kopf zu schaffen machen», sagte er ironisch. «Jeder meint, er hätte das Recht dazu, mich beliebig zu manipulieren. Diese Stadt steckt voller Schwindler, mein Herr, ist Ihnen das klar? Man sagt mir, mein

Vater sei ein Satan und habe mich zu seinem Nachfolger als Herrscher über die Hölle, das heißt, diese Welt bestimmt.»

«Ich werde mir nicht ‹an deinem Kopf zu schaffen machen›», versicherte ihm Dr. Orfali sanft. «Das ist nicht notwendig. Du hast die Macht. Du kannst deinen Kopf selbst manipulieren. Du bist einer von uns.»

«Das sagen sie alle», erwiderte Sigismundo zynisch. «Die Teufel sagen auch, ich wäre einer von ihnen. Ist das vielleicht eine Art Zauberformel, die ihr Magier alle beherrscht?»

Der alte Abraham lächelte. «Du bist einer von denen, die die Macht haben», korrigierte er sich. «Welcher Seite du dich anschließt, das hängt ganz von dir ab. Nun, wollen wir mal sehen: kannst du diesen Satz wiederholen? Versuch es – *Atoh Malkuth, ve-Geburah, ve-Gedullah, le-olahm.*»

«Nein», sagte Sigismundo. «Zuerst will ich wissen, was das heißt.»

«Siehst du?» sagte Abraham an Pietro gewandt. «Im Grunde ist er sehr vernünftig. Sogar vorsichtig. Nun gut», sagte er zu Sigismundo. «Es bedeutet: ‹Denn dein ist das Reich und die Kraft und die Herrlichkeit, in Ewigkeit.› Ich spreche es vor jeder Heilung, denn nicht ich, Abraham Orfali, heile die Menschen, sondern Gott, der sich meiner bedient. Jetzt wirst du ein Heiler und gleich bei dir selber anfangen. Also bitte Gott, durch dich zu wirken. Sag Atoh Malkuth, ve-Geburah, ve-Gedullah, le-olahm.»

«Im Vatikan läuft ein überdimensionaler scharlachroter Hahn herum», sagte Sigismundo. In der Ecke lauerte ein hundsgesichtiges Ding, aber jedes Mal, wenn er näher hinsah, verschwand es wieder.

«Nein», rief Abraham, der plötzlich viel größer war. «Im Namen des Engels Emmanuel, dessen Name für die Gegenwart Gottes steht, hör auf damit. Im Namen Emmanuels, der neben Shadrach, Mishac und Abednego im Ofen des unauslöschlichen Feuers erschien und sie beschützte. Im Namen

Emmanuels, der hier ist und überall, der gestern, heute und der Bruder von morgen ist.»

Sigismundo würgte und starrte den alten Mann an, der plötzlich mit donnernder Stimme sprach.

«Ich weiß alles über Hühner im Vatikan, dämonische Hunde und kleine grüne Männchen mit Eigelb im Bart», erklärte Abraham bitter. «Sie gehören nicht in diese Dimension, sondern in eine andere, verrücktere. Im Namen Emmanuels beschwöre ich deinen Geist, Sigismundo Celine, in diese Dimension zurückzukehren. Sei eins mit dir selbst, jetzt und hier.»

Sigismundo tauchte wieder in den euklidischen Raum ein, in das kleine Hinterzimmer von Dr. Orfalis Geschäft.

«Und jetzt sprich mir nach», sagte Abraham. *»Atoh Malkuth, ve-Geburah, ve-Gedullah, le-olahm.»*

Sigismundo wiederholte die Beschwörung.

«Gut. Ausgezeichnet. *Ich danke dir*», sagte der Arzt. «Jetzt visualisiere die vier Erzengel. Kannst du dich noch erinnern, wie sie hießen?»

«Rapha-El, Gabri-El, Micha-El und Auri-El», sagte Sigismundo und sah sie im selben Augenblick deutlich vor sich.

«Jetzt zieh ohne Drogen und ohne, daß sich jemand an deinem Kopf zu schaffen macht, diese Engel in dich hinein – ganz allein. Rufe sie aus allen vier Himmelsrichtungen in der Mitte deiner Stirn zusammen.»

Sigismundo versuchte es. Immerhin mache ich es selbst, dachte er. Er tut meinem Kopf keine Gewalt an wie diese Teufel letzte Nacht.

Die Engel versammelten sich in der Mitte seiner Stirn. Ein Kribbeln erfüllte ihn und dann ein Gefühl von Licht. Auf einmal gab es keine amorphen Gestalten mehr, die er aus dem Augenwinkel in irgendeiner Ecke herumlungern sah. Zum ersten Mal, seit sie ihm die Droge eingeflößt hatten, war ihm weder schwindelig noch übel.

«Jetzt hör mir zu», sagte Abraham mit seiner gewöhnlichen Stimme und setzte sich hin. «Was glaubst du, warum sie dir letzte Nacht Belladonna gegeben haben? Wenn sie dich wirklich zu ihrem Anführer machen wollten, würden sie dich doch nicht in den Wahnsinn treiben.»

«Das verstehe ich ja auch nicht», gestand Sigismundo.

«So schädlich die Droge auch ist, sie wird dich nicht zum Wahnsinn treiben», versicherte Abraham. «Zumindest nicht mit einer einmaligen Dosis. Du leidest keineswegs an einem seelischen Bürgerkrieg wie dein armer Cousin letztes Jahr. Die *rossi* haben dich an den Rand eines Abgrundes geführt.»

«Ja», bestätigte Sigismundo. «Es ist, als stünde ich auf einer Klippe und auch, als könnte ich die Unendlichkeit sehen. Doch dazwischen sind lauter verrückte Orte.»

«Sie haben dich für die Entwicklung der vierten Seele sensibilisiert», sagte Abraham. «Brutal und rücksichtslos. Das ist äußerst gefährlich. Wir in der FRC«, fuhr er fort und senkte dabei die Stimme, «sind der Auffassung, daß so etwas in vielen kleinen Schritten und sehr behutsam geschehen sollte. Aber solche Skrupel kennen die nicht. Sie glauben, daß man es nicht verdient, einer von ihnen zu sein, wenn man einen solchen Schock nicht verkraftet. Jetzt erzähl mir, was du gesehen hast, seit man dir die Droge verabreicht hat.»

Sigismundo runzelte die Stirn. «Es entgleitet mir immer wieder», sagte er. «Meine Erinnerung scheint noch nicht richtig zu funktionieren.»

«Das ist typisch für Belladonna», sagte Abraham. «Erzähl mir das, was du behalten hast.»

Sigismundo erinnerte sich, wie Carlo Maldonado mit einer Pistole auf ihn gezielt hatte. Dann plötzlich war es weg und Bilder von hundsgesichtigen Wesen, tanzenden grünen Baummännlein, geflügelten Löwen, schwarzen Männern mit Turbanen und einer verschleierten Göttin auf einem goldenen Thron schossen ihm durch den Kopf.

«Typisch für *yesod*», sagte Abraham nachdenklich.

«Was soll das heißen?»

«Das sind alte Bekannte», sagte Abraham geheimnisvoll. «Sie wachsen sich nur dann zu Halluzinationen aus, wenn man sie nicht beherrschen kann. Für den, der sie beschwören und meistern kann, sind sie Schlüssel zu den tieferen Ebenen der Psyche. Doch in deinem Alter ist es noch zu früh dafür. Du willst sie loswerden. Erst wenn du viel älter bist, kannst du daran denken, mit ihnen zu kommunizieren, so wie wir es in der FRC manchmal tun müssen.»

»Du wirst sehen», fuhr der alte Abraham fort, «daß sie innerhalb von zwei Wochen verschwinden. Sollten sie dir allzu sehr zusetzen, ruf die Engel an, um sie zu vertreiben. Führe ein Tagebuch und schreib alles auf, was dir in den Kopf kommt, und sei es noch so verrückt. Wir werden es zusammen durchgehen und ich helfe dir durch diese Zeit. Die *rossi* werden dich nicht kriegen, das verspreche ich dir. Sie verstehen die Macht nicht, jedenfalls nicht wirklich. Sie sind wie Betrunkene, die mit einer Waffe spielen und irgendwann jagen sie sich selbst eine Kugel durch den Kopf.»

«Sie haben gesagt, das Schicksal wolle es so, daß ich eines Tages zu ihnen stoße», antwortete Sigismundo unsicher. «Aber sie haben auch gesagt, daß ich aus freien Stücken kommen werde.»

«Nun gut», meinte der Arzt. «Dann sage ich dir jetzt, es ist Gottes Wille, daß du zu uns Rosenkreuzern kommen wirst. Es scheint also zwei miteinander rivalisierende Prophezeiungen zu geben. Wer soll entscheiden, welche in Erfüllung geht?»

«Ich», sagte Sigismundo zögernd.

«Was?»

«Ich werde entscheiden.»

«Siehst du?» sagte Abraham. «Niemand muß sich an deinem Kopf zu schaffen machen. Du verstehst die Grundprinzipien ganz von selbst. Nun, ich bin mir sicher, daß ein neugieriger Kerl wie du schon etwas über die Ziele unseres Bundes in Erfahrung gebracht hat. Was sind das für Ziele?»

«Es ist die Medizin der Metalle, die alle Substanzen nach Wunsch des Magiers verändert. Und der Stein der Weisen, der mancherorts als Kodebezeichnung für den Heiligen Gral gilt. Das Elixier des Lebens, das Unsterblichkeit verheißt. Wahre Weisheit und vollkommenes Glück.»

«Stell dir vor, ich sagte dir jetzt, daß all das nur verschiedene Metaphern und Symbole für dieselbe Sache sind? Ich nehme an, du kannst mir sagen, um welche Sache es sich handelt?»

«Die vierte Seele», sagte Sigismundo, ziemlich sicher.

«Und eine andere Bezeichnung?»

«Mein Wille», antwortete Sigismundo.

«Nein», sagte Abraham. «Die vierte Seele ist dein Wille in Übereinstimmung mit Gottes Willen.»

Das war erst der Anfang und keineswegs das Ende. Sigismundo kam jetzt oft in den Laden von Dr. Orfali und sie besprachen viele Dinge.

Abraham erzählte ihm von *yesod*, einer allen Menschen gemeinsamen Bewußtseinsebene, die im allgemeinen jedoch unabhängig vom menschlichen Bewußtsein funktioniert. Alle übernatürlichen Gestalten, die Sigismundo seit der Verabreichung des Belladonna gesehen hatte, waren Produkte des *yesod*. «Sie sind ein Teil von dir, nicht Teil der äußeren Welt, aber sie sind nicht dein Werk, sondern das aller Männer und Frauen seit Anbeginn der Menschheit», erklärte ihm Abraham. «Achte mal darauf, wie viele Zufälle mit ihnen einhergehen. Das wird dir zeigen, daß sie so etwas wie eine Verbindung zwischen den Individuen darstellen.» Sigismundo ging das zwar nicht in den Kopf, aber er fing an, auf seltsame Zufälle zu achten.

Dann sprachen sie über den nächsten Schritt, das Ziel der FRC, die Bildung der vierten Seele in allen Menschen, um eine völlige Veränderung der gesamten Menschheit zu erreichen – «wie in einem läuternden Feuer», sagten die Schriften.

Oft unterhielten sie sich auch über Peppino Balsamo.

«Ich hasse ihn», sagte Sigismundo bitter.

Abraham wartete und beobachtete ihn. «Sag mir die Wahrheit», meinte er schließlich.

«Er ist mein Vater. Ich wünschte, ich müßte ihn nicht hassen.»

«Du würdest ihn gerne lieben können.»

«Ja. Ich wünschte, er wäre nicht der, der er ist.»

«Das ist ganz natürlich. Alle Jungen wollen ihren Vater lieben und bewundern. Zwischen Vater und Sohn ist sogar Haß nur frustrierte Liebe.»

«Dann wird er mich eines Tages doch noch kriegen. Er ist ein Mörder und Teufelsanbeter und Gott weiß, was noch alles, aber es liegt auch etwas Schicksalhaftes darin. Jeden Tag denke ich: ich bin in Wirklichkeit kein Adeliger. Ich bin ein halber sizilianischer Bauer. Was für ein schlechter Witz – ich trage seidene Kleider und esse, was ich will, während meine Brüder und Schwestern in Lumpen gehen und verhungern! Er hat mich verhext. Die rote Revolution, so grausam sie auch sein mag, wird mich eines Tages verleiten.»

Abraham war still und wartete. «Sag jetzt, was du sagen willst», meinte er dann.

«Ich hasse Gewalt», rief Sigismundo. «Ich glaube, daß die *rossi* verrückt sind. Natürlich ist die Welt ungerecht, aber Verrückte werden daran nichts ändern. Wenn ich wüßte, wo sie sind, würde ich sie der Inquisition verraten, damit sie verbrannt werden wie Unrat. Am liebsten würde ich sie alle zusammen auf dem Scheiterhaufen sehen, einschließlich meines Vaters.»

«Und wer ist der wirkliche Sigismundo?» fragte Abraham.

«Der, der sich den *rossi* anschließen wird oder der, der sie an die Inquisition verrät?»

Riposte. Parieren. Das ganze Leben ist wie ein Fechtkampf, dachte Sigismundo.

«Ich wünschte, ich wüßte es», sagte er verzagt.

«Du wirst es wissen, wenn die Zeit gekommen ist.»

Doch in dieser Nacht träumte Sigismundo von hundsgesichtigen *rossi* in seinem Zimmer. Er wußte, daß es ein Traum war und zwang sich, aufzuwachen – aber sie waren noch immer da. Was für ein Grauen. Ich bin nicht aufgewacht, sagte er sich. Ich habe nur geträumt, ich sei aufgewacht. Er kämpfte mit aller Macht darum, das Bewußtsein wiederzuerlangen.

Sie waren noch immer da.

Yesod: die andere Welt zwischen Alptraum und Wirklichkeit, die verrückte Dimension.

Er betete: Hin zu dem Einen, der Vollkommenheit der Liebe, Harmonie und Schönheit...

Die Bilder des Alptraums verblichen. Sigismundo war wach. Das ist nur die Droge, sagte er sich. Sie haben keine Chance mehr, jetzt wo der Traum vorbei ist, es sei denn, die verfluchte Droge hat immer noch Nachwirkungen, aber jede Woche ist weniger von ihr in meinem Blut. Höchst lehrreich, wenn ich nicht zulasse, daß sie mich zu Tode erschreckt: ich kann einen Teil meiner Seele erkennen, den die meisten Menschen nie zu Gesicht bekommen.

Dann schob sich plötzlich eine finstere Gestalt zwischen ihn und das Fenster.

Wenn man versucht, aufzuwachen und der Alptraum dauert an, das ist das wahre Grauen.

«Sigismundo?» Das war Mamas Stimme. Sie kam näher, er konnte trotz der Dunkelheit ihr Gesicht erkennen. «Hast du schlecht geträumt? Ich glaubte, ich hätte dich schreien gehört.»

Er war tapfer gewesen, als die *rossi* ihn mit gezückten Dolchen überwältigt hatten. Er hatte ihnen getrotzt. Das war nun schon über einen Monat her und er war auch tapfer gewesen, wenn irgendwo hundsgesichtige oder gesichtslose Dinger aufgetaucht waren. Er hatte sie angestarrt und sich darauf konzentriert, sie verschwinden zu lassen. Aber jetzt, mitten in der Nacht und im Dunkeln war er zu müde, um tapfer zu sein.

«Mama», sagte er, «ich habe Angst!»

Sie kam zu ihm und hielt ihn fest und er dachte: was Peppino ihr angetan hat, ist schlimmer als das, was er mir angetan hat.

Als hätte sie seine Gedanken gelesen, sagte Mama: «Er wird sein Unwesen nicht mehr lange treiben können.» Sie nannte Peppino nicht beim Namen. «Pietro gibt ein Vermögen aus, um alle Kontakte zu aktivieren. Man wird ihn verhaften und bestrafen.»

Und dann, dachte Sigismundo grimmig, werden die anderen mich zu ihrem Nachfolger bestimmen.

In der folgenden Woche kam Frankenstein nach Neapel.

Das Gerücht verbreitete sich wie ein Lauffeuer: der berühmteste Alchimist Europas war auf dem Marktplatz. Er hatte ein Zelt aufgeschlagen und zeigte angeblich Wunder, die das Publikum in größtes Erstaunen versetzten. Wenn man ihn noch sehen wollte, so munkelte man, mußte man sich jedoch beeilen, denn sobald die Dominikaner Wind davon bekämen, würden sie ihn einsperren.

Sigismundo konnte einer derart vielversprechenden Versuchung nicht widerstehen. Immerhin wußte jeder in ganz Europa, wer dieser Johann Dippel von Frankenstein war, der angeblich mehr Wunder vollbracht hatte als sämtliche Hexenmeister von Bayern zusammen. Viele hatten mit eigenen Augen gesehen, wie er Blei in Gold verwandelte (oder glaubten, es gesehen zu haben, wie Onkel Pietro sagen würde). Man schätzte ihn zwischen neunzig und hundertzwanzig Jahre alt, obwohl er stets jung wirkte. In der Toskana war er mit der Inquisition aneinandergeraten, als er vor versammelter Menge behauptet hatte, er würde – wie Elias – niemals sterben müssen.

Das Großartigste und Unglaublichste an Johann Dippel von Frankenstein aber war die Legende, daß ihm einst die größte aller alchimistischen Wundertaten gelungen war: die Schöpfung eines *homunculus*, einer Imitation des Menschen, perfekt bis ins kleinste Detail, außer der Tatsache natürlich, daß er keine Seele besaß. Angeblich hatten in Bayern so viele Menschen diese «Maschine», oder dieses Wesen, oder was immer es war, gesehen, daß die Behörden gezwungen gewesen waren, Frankenstein der Schwarzen Magie anzuklagen. Er konnte nicht nach Bayern zurückkehren, hieß es, und wagte es nicht, das Ding (was immer es war) irgendwo anders zu zeigen. Trotzdem glaubten viele seiner Bewunderer, daß er es irgendwo versteckt hielt und es von Tag zu Tag größer und stärker wurde.

Natürlich hatte Sigismundo schon Automaten gesehen. Sie wurden immer wieder von irgendwelchen durchreisenden Scharlatanen auf dem Marktplatz ausgestellt: Gestalten, die zu Musik tanzten oder aus ihren winzigen Häuschen kamen, sich vor dem Publikum verbeugten und sangen; auch Köpfe, die mit den Augen rollen und Fragen beantworten konnten. Aber wie gut sie auch gemacht waren, all diese «Wunder» sahen letztendlich aus wie angepinselte Masken aus Gips und Metall. Frankensteins Geschöpf dagegen, so behaupteten die Gerüchte, wirkte und bewegte sich wie ein echter Mensch – es rauchte sogar Pfeife. Daneben gab es aber auch mysteriöse Gerüchte, die andeuteten, daß das Ding, was immer es war, einen schlechten Charakter hatte und man ihm nachts in einer dunklen Gasse lieber nicht über den Weg laufen sollte.

In der Abenddämmerung wurde das Zelt für das Publikum geöffnet. Dippel von Frankenstein war ein hochgewachsener Mann, nicht wie die meisten Bayern blond, sondern dunkelhaarig, mit einer riesigen Hakennase, die an Julius Caesar erinnerte und listigen, berechnenden Augen. Er sah keinen Tag älter aus als dreißig, ungeachtet der allgemein bekannten Tatsache, daß er 1673 zur Welt gekommen war.

Frankenstein nahm seinen Hut ab, schlug damit einen weiten Bogen und verbeugte sich. Dann zog er ihn mit einer schnellen Bewegung vor die Brust und zauberte mit der linken Hand ein lebendiges Kaninchen daraus hervor.

Ein paar kleine Kinder klatschten Beifall. Die meisten Erwachsenen tuschelten – so etwas hatten sie schon Tausende von Malen gesehen.

Frankenstein hielt das Kaninchen über seinen Kopf und klatschte in die Hände. Das Kaninchen war verschwunden.

«Ohne Grund tauchen Dinge aus dem Nichts auf», verkündete er mit tiefer, feierlicher Stimme. «Und ohne Grund kehren sie ins Nichts zurück.»

Sigismundo setzte sich neugierig auf. Scharlatane gaben alles mögliche, vage mystisch Klingende von sich, aber war das hier nicht epikuräische Ketzerei?

Frankenstein beugte sich nach vorn, bis seine Knie fast den Boden berührten und klatschte ein weiteres Mal in die Hände. Plötzlich hoppelte das Kaninchen vor ihm auf dem Boden herum.

«Man kann sie aber auch selbst wieder aus dem Nichts hervorholen», sagte Frankenstein abschließend, «wenn man in den Geheimnissen des Willens bewandert ist.»

Natürlich, dachte Sigismundo, wahrscheinlich ist es überhaupt kein Kaninchen. Etwas, was sich zusammenlegen und aufblasen läßt, etwas aus Papier, mit Federn drin vielleicht...

Frankenstein hob das Kaninchen (oder was immer es war) an den Ohren hoch und trug es zu einem Tisch, auf dem eine Reihe von merkwürdigen Apparaten stand. Er hielt es hoch, nahm ein Rasiermesser in die Hand und schlitzte ihm die Kehle durch. Die Menge keuchte, das Blut spritzte in ein Becken.

Rote Farbe im Mechanismus, dachte Sigismundo.

«Wir sind nicht um jeden Preis Opfer der Engel oder des Todes, es sei denn, es fehlt uns an Willen», sagte Frankenstein.

Er warf das tote Kaninchen in einen Behälter und goß das Blut, wenn es Blut war, in ein großes, durchsichtiges Glasgefäß. Dann trat er ein paar Schritte zurück, hob eine Pistole und feuerte auf das Gefäß. Mitten aus den Glasscherben und den roten Blutlachen (oder Farblachen) sprang das Kaninchen und hoppelte vergnügt über die Bühne.

Es folgten mehrere Tricks dieser Art und jetzt waren sogar die Erwachsenen gespannt. Jeder Trick hatte einen Dreh, den sie bisher noch nie gesehen hatten. Sigismundo fiel auf, daß Frankenstein mit monotoner Stimme immer wieder auf das Nichts und den Willen zu sprechen kam.

«Ich habe eine Nachricht für P.», sagte der Zauberkünstler plötzlich. «Gibt es zufällig einen P. hier?»

Es wäre geradezu ein Wunder, dachte Sigismundo, wenn es in dieser Menge keinen Paolo oder Pietro gäbe.

«Bin ich vielleicht gemeint?» fragte ein Ladenbesitzer. «Ich heiße Paolo Marconari.»

«Du bist bestohlen worden», sagte Frankenstein mit ernster Stimme.

«Ja, das stimmt», antwortete Marconari eifrig. «Und ich glaube zu wissen, wer der ehrlose Geselle ist.»

Er hat seinen Angestellten in Verdacht, schätzte Sigismundo. Welcher Angestellte hält sich nicht für unterbezahlt und «leiht sich» hie und da etwas aus?

«Es ist ein Mann, dem du vertraut hast, für den du viel getan hast», fuhr Frankenstein fort. Der Angestellte wird ganz anderer Meinung sein, dachte Sigismundo.

«Du wirst das Richtige tun», sagte Frankenstein zweideutig. «Du wirst heute nacht darüber nachdenken und dann wissen, was zu tun ist.»

Der Angestellte wird bald einen neuen Job in Rom haben, dachte Sigismundo.

«S.B.», sagte Frankenstein plötzlich. «Ich erhalte die Buchstaben S.B.»

Niemand antwortete.

«Halt», sagte Frankenstein. «Jetzt sehe ich es deutlicher. Du benutzt diesen Namen nicht. Du möchtest ihn lieber vergessen.»

Sigismundo Balsamo. O nein, das ist nur ein Zufall, ein guter Treffer. Laß dich bloß nicht an der Nase herumführen wie Marconani.

«Du tust gut daran, dich deinem Vater zu widersetzen», fuhr Frankenstein fort. «Er ist ein schlechter Mensch. Doch deine Zukunft liegt auch nicht in der Hand des weißhaarigen Mannes, der die Engel beschwört.»

Sigismundo nahm sich zusammen. Ich werde ihm keine Hinweise geben. Ich lasse nicht schon wieder einen Narren aus mir machen.

«Du mußt deinen eigenen Weg suchen», sagte Frankenstein. «Doch du darfst die Macht nicht aufgeben. Niemals. Solltest du es versuchen, wird sie dich unter Umständen töten.»

Er sah Sigismundo direkt in die Augen. Doch dann streifte sein Blick weiter. (Um mich zu schützen? Oder kriegt hier jeder phantasievolle Junge einen bedeutungsträchtigen Blick ab?)

«Du wirst noch von mir hören», sagte Frankenstein. «Ich werde dir helfen, den richtigen Weg zu finden.»

Heiliger Bimbam, dachte Sigismundo. Sogar er versucht, mich zu rekrutieren. Jeder will, daß ich seinen geheimen Händedruck lerne oder mich seiner privaten Verschwörung anschließe.

«Erinnert euch an diese Prophezeiung», sagte Frankenstein, an das Publikum gewandt, mit ernster Stimme. «Im Osten wird der Sohn des Falken auftauchen. Er wird das Zeichen des Biestes tragen. Seine Mutter ist eine Hure, sein Vater ein Dieb. Und die Erde wird beben vor Gewalt und Groll. Diese Worte sind ein Rätsel, ihre Bedeutung unklar. Versteht nur soviel: ihr habt nichts zu befürchten!»

«Wann wurde Frankenstein geboren?« fragte Sigismundo Pater Ratti am nächsten Tag.

«1673», antwortete der Pater gelassen.

Genau das hatte Sigismundo auch immer gehört, aber der Mann, den er gesehen hatte, sah nicht so alt aus.

«Und er starb 1734», fügte Ratti hinzu. «Im Alter von einundsechzig.»

«Das verstehe ich nicht.»

«Ich allein habe mindestens zwei Frankensteins in meinem Leben gesehen», erklärte Pater Ratti. «Und es kommt nicht selten vor, daß er seine Wunder in zwei verschiedenen Städten gleichzeitig vorführt. Das ist noch erstaunlicher, als sich aus seinem Grab zu erheben und auf Tournee zu gehen, findest du nicht?»

«Oh», sagte Sigismundo. «Sie meinen, jeder fahrende Gaukler kann sich Frankenstein nennen?»

«Genau. Ich habe sogar Faustus auf einem Jahrmarkt in Hamburg gesehen und er ist 1580 gestorben. Zumindest nahmen sich seine Freunde die Freiheit, ihn damals zu beerdigen.»

An diesem Abend kehrte Sigismundo zum Marktplatz zurück, um zu sehen, welche weiteren Geheimnisse der angebliche «Frankenstein» zu bieten hatte.

Doch das Zelt war fort. Der Gaukler war genauso unvermittelt verschwunden wie er aufgetaucht war.

«Wir dürfen uns glücklich schätzen», sagte Pater Ratti eines Morgens, «daß die frommen Dominikaner – die Zierde und der Stolz der Mutterkirche, das Beispiel, dem alle anderen, und daher geringeren Orden nur nacheifern können – Exerzitien für Jungen aus allen Schulen Neapels abhalten. Sie beginnen am Mittwochnachmittag. Am Freitagnachmittag werden alle, die sich sündig fühlen, Gelegenheit zur Beichte haben.»

«Ich kann nur hoffen», fügte Pater Ratti ohne das winzigste Lächeln hinzu, «daß diese einzigartige Gelegenheit uns zu mehr Frömmigkeit und zu dem christlichen Geist hinführt, der die Dominikaner auszeichnet.»

So drängten am Mittwochnachmittag Sigismundo und der Rest seiner Klasse zusammen mit Dutzenden von anderen Schülern aus Neapel in die dominikanische Kapelle.

Der Priester war ein Mönch mit kahlrasiertem Schädel und Augen, denen anscheinend nichts von dem, was sie auf dieser Welt sahen, gefallen hatte. Sigismundo fragte sich, ob dieser Mann bei der Verhörabteilung der Inquisition beschäftigt war, wenn er nicht gerade Exerzitien für Knaben abhielt. Er machte durchaus den Eindruck, sich mit Daumenschrauben auszukennen, fünf Perlen seines Rosenkranzes für fünfmal Drehen an der Schraube und sicher lobte er dabei ohne Unterlaß den Herrn.

«Ich bin sicher, daß dies nicht die ersten Exerzitien sind, an denen ihr Jungen teilnehmt», begrüßte sie der Dominikaner. «Und wenn Gott euch unter seine Fittiche nimmt und ihr gute Katholiken bleibt, werden es auch nicht die letzten sein. Vielleicht gibt es unter euch einige, die das Ganze als eine Art lästige Prüfung betrachten, die man einmal im Jahr über sich ergehen lassen muß. Es wäre bestimmt aufregender, im Park Ball zu spielen oder zum Fechtunterricht zu gehen, ich weiß. Ich kann das verstehen, ich bin ja selber mal ein Junge gewesen.»

Und hast den Fliegen die Flügel ausgerissen, dachte Sigismundo.

«Doch die Heilige Kirche hat ihre Gründe, von Zeit zu Zeit

Einkehrtage zu fordern. Die Welt ist schmutzig, voller Sünden und Versuchungen. Sie beschert uns Leid, Angst und viele andere Probleme. Die Welt von heute lehrt uns nicht, Gott zu erfahren. Es ist fast nicht möglich, eins mit Gottes Willen zu werden, solange man auf dieser Welt ist. Deshalb führen einige Orden ein sehr abgeschiedenes Dasein, bei dem die Mönche ihr Leben lang nicht aus ihrem Kloster herauskommen. Und deshalb sind Einkehrtage wie diese auch so wichtig. Gelegentlich müssen wir die schlechte und verdorbene Welt verlassen, wenn wir das Böse mit seinen Versuchungen durchschauen und näher zum Licht kommen wollen, zum Licht, zu Gott, der am Anfang war, jetzt ist und immer sein wird.

Wenn wir uns von der Welt zurückziehen, müssen wir damit anfangen, über die letzten Dinge nachzudenken, die die Welt in ihrem stetigen Kampf um Macht, Lust und Erfolg vergißt. Ihr alle kennt diese ewigen Dinge, sie sind unzählige Male im Religionsunterricht besprochen worden. Jeder von euch kann sie aufzählen: Tod, Jüngstes Gericht, Himmel und Hölle. Doch der Sinn der Exerzitien liegt nicht darin, sie aufzuzählen, meine Kinder. Die drei Tage sollen uns dazu bringen, ganz tief über diese Dinge nachzudenken. Sie besser zu verstehen. Damit wir nicht von der Welt verführt werden, wenn wir wieder in sie zurückkehren. Damit wir erkennen, daß der Stolze nur eine Weile stolz ist, der hedonistische Lüstling sich nur kurze Zeit seiner schmutzigen Genüsse erfreut, der Reiche nicht ewig reich ist. Am Ende müssen sie alle – ihr und ich genauso – den ewigen Dingen ins Auge sehen. Tod. Jüngstes Gericht. Himmel. Und Hölle.

Der Tod kann uns jederzeit ereilen, wie wir wissen. Es könnte sein, daß der Typhus zurückkehrt und Neapel auf's Neue heimsucht. Oder daß ein Blumentopf vom Dach fällt und einem von euch den Schädel einschlägt. Doch nach dem Tod muß sich ein jeder von uns – Mann, Frau und Kind – vor

Gott verantworten. Und da wird entschieden, Himmel oder Hölle, auf ewig. Das ist der Sinn der Exerzitien, meine Kinder. Sich über diese Tatsachen klarzuwerden. Ihnen nicht wie sonst auszuweichen, sondern sich ihnen zu stellen. Wir müssen alle sterben. Wir müssen alle vor Gottes Antlitz treten. Und dann, meine Kinder, was kommt dann: Himmel oder Hölle?

Der Satan ist schlau und unermüdlich. Er kennt viele Fallen. Das trifft besonders auf euch zu, die ihr dabei seid, erwachsen zu werden. Es ist nicht schwierig, euch auf unkeusche Wege zu führen, auf sündige Gedanken und fleischliche Gelüste zu bringen. Ihr würdet nicht einmal merken, daß der Teufel dahinter steckt. Es gibt viele Künstler, die von sich behaupten, gute Christen zu sein und trotzdem scheinen ihre Bilder nur darauf abzuzielen, lustvolle und unreine Gedanken zu wecken. Schaut ihr dann weg oder laßt ihr zu, daß der Teufel durch diese Bilder Macht über euch erlangt, und sei es nur für ein paar Minuten? Dürfen eure sündigen Phantasien Gestalt annehmen? Habt ihr wollüstige Kameraden, die euch mit schamlosen Witzen und Sophistereien überzeugen wollen, daß das alles nicht so schlimm ist?

Oh, meine kleinen Brüder in Christus, das Reich Gottes sagt, daß es sehr wohl schlimm ist. Es führt sehr schnell zu noch schlimmeren Sünden. Ich zittere, wenn ich daran denke, doch viele Knaben wie ihr werden von solchen unkeuschen Bildern zur Selbstbefleckung verführt, zur Todsünde des Onan, zur Verschwendung des Samens, der uns geschenkt wurde, um die Erde zu bevölkern.

Die Sünde verschafft sich immer mittels einer Lüge, einer Perversion der Vernunft, einer plausiblen Täuschung, Einlaß in die Seele. Es heißt, Luzifers Sünde sei der Stolz gewesen, doch wenn man es recht bedenkt, sind alle Sünden solche des Stolzes. In jedem Fall setzen wir unser trügerisches, persönliches Urteil dem von Gottes Reich offenbarten entgegen. Der größte Dichter, den die Welt kannte, der erhabene Dante, hat einmal gesagt: der Weg zur Hölle ist leicht. Wir beschreiten ihn, ohne uns zuzugeben, daß wir ihn eingeschlagen haben, wie Paolo und Francesca, die ersten Sünder, denen wir in Dantes Hölle begegnen. Sie haben ein Buch gelesen, das sie nicht hätten lesen dürfen. Was kann es schon schaden, haben sie sich wahrscheinlich gesagt, die Kirche ist zu streng; wir können lesen und uns unser eigenes Urteil bilden. Und schon waren sie auf dem Weg in die ewige Verdammnis.

Oh, meine lieben Kinder, für einen Sterblichen ist es schwer, die ewige Verdammnis zu verstehen. In eurem Alter kann man wahrscheinlich nicht viel weiter denken als bis zu den nächsten Ferien. Der Bauer plant für die Ernte, der Geschäftsmann mag fünf bis zehn Jahre vorausplanen, aber für die Ewigkeit läßt sich nicht vorausplanen. Die Ewigkeit geht über unsern beschränkten Horizont hinaus.

Das hier ist nur ein Tag in der Geschichte der Welt. Und trotzdem ist dieser Tag bereits voll. Ihr könnt euch daran erinnern, wie ihr aufgewacht seid, euch gewaschen und gefrühstückt habt und wie ihr später in die Kapelle gekommen seid. Ihr werdet euch vielleicht an diejenigen erinnern können, mit denen ihr gesprochen habt, ehe ihr hierher kamt. Jede Stunde ist voll von Ereignissen. Und doch besteht die Ewigkeit nicht aus tausend Stunden oder einer Million Stunden oder Millionen von Millionen Stunden, sondern aus unendlich vielen Stunden, unendlich vielen Tagen und unendlich vielen Jahren. Ein Sterblicher kann das unmöglich verstehen, aber vielleicht können wir uns eine Vorstellung machen.

Stellt euch vor, ihr wacht eines Tages nicht in eurem Bett zu Hause auf, sondern auf einem Lager von glühender Kohle. Stellt euch vor, daß dieses Feuer ewig brennt und euch doch nie verzehrt. Ihr habt euch sicher alle schon einmal verbrannt, aber das war natürliches Feuer. Die Pein der Hölle ist die eines übernatürlichen Feuers, ein unendlicher Schmerz, eine endlose Marter. Es brennt ewig, aber es verzehrt sein Opfer nicht; es erneuert sich auf unerklärliche Weise und die Qual hat niemals ein Ende.

Ich nehme an, einige von euch können sich noch daran erinnern, wie sie als kleines Kind Angst im Dunkeln hatten. Sogar Erwachsene mögen manchmal nicht allein durch dunkle oder fremde Gassen gehen. Die Hölle aber ist ewige Finsternis. Das Feuer des Jenseits brennt ewig, aber so wie es sein Opfer nie verzehrt, erzeugt es auch nie einen Schimmer von Licht. In der Hölle herrscht eine unergründliche Finsternis. Neben euch erkennt ihr nur andere Sünder und vielleicht noch ein paar unheimliche Dämonen, die die Sünder mit Folter und Spott peinigen. Es sind schreckliche Wesen, unsichtbar, doch mit ledernen Flügeln, schuppiger Haut und summenden Stimmen, die euch das Fürchten lehren. Ihre einzige Lust finden sie darin, die Sünder auf ewig zu martern. Ja, meine Brüder, das ist die Strafe, die jenen widerfährt, die Gottes Pfad der Tugend verlassen – Lutheraner, andere Ketzer, Lüstlinge und auch die, die meinen, unkeusche Bilder und schmutzige Bücher seien ‹nicht so schlimm›.

Viele von euch besuchen Schulen der Jesuiten. Es ist bewundernswert, daß die Gesellschaft Jesu so viele Schulen baut und so viele Schüler mit ausgezeichneter Bildung hervorbringt, auch wenn ihre theologischen Ansichten nicht immer ganz mit der Meinung der Kirche übereinstimmen. Sie sind ausgezeichnete Gelehrte, die Jesuiten. Ihre Mathematiker gehören zu den besten in Europa. Diejenigen unter euch, die bei ihnen gelernt haben, werden wissen, was Unendlichkeit bedeutet. Stellt euch vor, ihr schreibt eine 1 und dann eine 10 und dann eine 100 und schließlich 1000 und so weiter, für den Rest eures Lebens – trotzdem werdet ihr, egal wieviele Nullen ihr noch hinten anhängt, der Unendlichkeit um keinen Schritt näher kommen. Und so müßt ihr euch die ewige Pein der Hölle vorstellen. Es ist die bestimmte und unverrückbare Gewißheit, daß jeder Schmerz, jeder Schrecken, jede Stunde der Qual sich wiederholen wird, auf immer und ewig, ohne Ende. Das ist die Unendlichkeit.»

Irgendwo hörte man ein unterdrücktes Schluchzen. Sigismundo schaute sich unauffällig um. Das Schluchzen kam von einem elfjährigen Knaben. Der macht sich gleich in die Hose, dachte Sigismundo.

«Viele fragen sich, warum Gott seine Geschöpfe einer solchen Marter unterwirft», fuhr der Dominikaner ungerührt fort. «Aber Gott ist gerecht und deshalb ist die Hölle nun mal notwendig. Gott ist unendlich gütig, wie ihr wißt, denn wäre er das nicht, dann wäre er *per definitionem* nicht Gott. Daraus folgt, daß jede Abkehr von Gottes Gesetz – dem Gesetz seiner unendlichen Güte – unendlich verwerflich ist. Und unendliche Sünde verlangt, entsprechend der Logik und Gerechtigkeit, nach unendlicher Bestrafung.

Der Heilige Thomas von Aquin, der größte Lehrer des dominikanischen Ordens, war ein so weiser Mann, daß er von manchen der ‹engelgleiche Doktor› genannt wurde. Auch wenn er nicht so vornehm wie ein Jesuit war. Hmpf. Und der Heilige Thomas hat einmal gesagt, daß die Hölle metaphysisch sein muß, um unendlich zu sein. Mit anderen Worten, die Schmerzen, die ich euch eben beschrieben habe, sind nur das kleinere Übel. Das wirklich Schlimme, der ewige Schrecken der Hölle, ist der metaphysische Schmerz, die *poena damni*, der Schmerz der Verdammnis. Ich will es euch erklären.

Gott ist stets bei uns, in jeder Minute, in jeder Sekunde. Normalerweise spüren wir seine Anwesenheit nicht, weil wir viel zu sehr mit unseren kleinen Problemen beschäftigt sind. Trotzdem ist er immer da. Wenn wir lachen, lacht er mit uns und durch uns. Wenn wir spielen, spielt er mit uns. Wenn wir zum Sternenhimmel hinaufschauen und von Ehrfurcht und Staunen erfüllt sind, ist er in uns und in den Sternen zugleich. Alles, was ist, ist Reflektion des göttlichen Lichts. Wir sind nie ohne dieses Licht. Außer bei der Sünde. Bei lustvollen Gedanken, unkeuschen Witzen, Sinnlichkeit, in der Gesellschaft von Huren, bei widernatürlichen Lastern, Lügen, Ketzereien und anderen Verfehlungen. Dann lösen wir uns von Gott. Das Licht schwindet aus unserem Leben. Wir haben Probleme, Sorgen, Ängste. Das ist der Anfang von Gottes Abwesenheit; der Zustand der Todsünde. Wie ihr seht, bedeutet die Hölle das gleiche wie die vollkommene Abwesenheit Gottes. Ihre Finsternis ist zugleich physisch und metaphysisch zu verstehen. Es gibt kein Licht, weil es keine Seele gibt, die Gott widerspiegelt, keine Seele, die irgend etwas anderes reflektiert als ihre eigenen Laster, keine Seele, die nicht von Haß, Schuld und Mitleid verdorben ist. Es gibt keine Hoffnung, denn die Ewigkeit hat kein Ende. Es herrscht nur Verzweiflung. Auf ewig! Auf immer und ewig! Ewige Finsternis und unendliche Verzweiflung: das ist die Hölle.

Morgen werden wir uns noch eingehender mit diesen Dingen beschäftigen. Im Namen des Vaters und des Sohnes und des Heiligen Geistes, Amen.»

In dieser Nacht träumte Sigismundo, daß sein unheimlicher blonder Vater Peppino Balsamo ihn bei den *rossi* einführte. Alle trugen Krokodilmasken statt Kapuzen und wenn sie die vier gefallenen Engel beschworen, erschienen diese ganz deutlich. Orpheus behauptete, Sigismundo sei ihm vorbehalten, denn jene, die die Musik mehr liebten als Gott, seien Söhne von Orpheus, doch auch Aradia machte Ansprüche geltend, denn er hatte Maria Maldonado nackt sehen und sein schmutziges Ding in sie reinschieben wollen. Luzifer mischte sich ein und sagte, Sigismundo sei sein Sohn, denn es habe noch nie einen Menschen mit so viel diabolischem Stolz im Leib gegeben. Aber dann nahm Mutter Tana ihn zu sich, denn insgeheim war er ihr Verbündeter und der Verbündete all ihrer Kinder, die arm und wütend waren und das Sakrament des Dolches kannten.

War der Traum eine von Gott gesandte Warnung vor seinen

gefährlichen Neigungen? Waren die Exerzitien einzig für ihn bestimmt, weil er sich so weit in die Ketzerei vorgewagt hatte?

Als Sigismundo am Donnerstagmorgen die Kapelle betrat, fühlte er sich kein bißchen erhabener als der Junge, der tags zuvor so unfreiwillig geschluchzt hatte. Ich werde noch eine Menge Kröten schlucken müssen, ehe das hier vorbei ist, dachte er.

«Heute», begann der Dominikaner, «wollen wir uns mit jenen Sünden befassen, die Gott am meisten verabscheut und für die Jungen in eurem Alter besonders empfänglich sind. Ich meine die Sünden der Unkeuschheit.

Was ist Unkeuschheit? Es ist ein Makel, so wie wir sagen, die Farbe auf einem Stück Stoff ist nicht rein, weil sie einen Fleck abbekommen hat. Es ist ein Gift, wie wenn wir sagen, das Wasser ist nicht sauber und kann euch töten, wenn ihr es trinkt. Es ist eine Dissonanz, wie wenn wir sagen, die Musik ist unrein, wenn die Violine sich verspielt hat.

Makel, Gift, Dissonanz: das sind die Symptome für Unkeuschheit. In jedem Fall ist es etwas Häßliches, Verdorbenes, Gefährliches. Bei unreiner Musik zucken wir zusammen, unreine Farben verabscheuen wir, unreines Essen fürchten wir.

In seiner großen Gnade hat Gott die Sünden des Fleisches gleichermaßen gekennzeichnet, damit wir ihnen instinktiv aus dem Weg gehen.

Ach, aber der Satan läßt nicht locker. Er heckt immer wieder etwas aus, kommt auf immer neue Tricks und Drehs. Er weiß, wie man einem unschuldigen Knaben die Perversion der Vernunft, die plausible Lüge schmackhaft machen kann, die ihn auf den Pfad der Verdammnis führt. Er weiß, wie man die Verdorbenheit des Weibes kaschieren muß, so daß auch der Reinste, der Frömmste, der Beste unter uns sich gelegentlich im Labyrinth des Lasters verirrt, weil er es mit dem Garten der Glückseligkeit verwechselt.»

Sigismundo war in Schweiß gebadet. Die Luft in der Kapelle

war abgestanden; alle Türen geschlossen. So ist das also, wenn man erstickt, schoß es ihm durch den Kopf.

Der Priester redete weiter, aber Sigismundo versuchte, an die Musik zu denken, damit er nicht in Ohnmacht fiel und sich eine Blöße gab. Die Worte hämmerten immer noch auf ihn ein, weder Vivaldi noch Telemann konnten sie abhalten. «Satan hat Schminke und Rouge für die Frauen erfunden, um uns in Versuchung zu führen. Doch wozu führen sie uns in Versuchung? Ihr habt doch alle mit eigenen Augen gesehen, wie sich Hunde, Esel oder Schweine paaren. Ist das nicht ein häßlicher und grotesker Anblick? Trotzdem verschleiert Satan unsere Augen und will uns weismachen, unsere eigene Fortpflanzung sei keineswegs so bestialisch und obszön.

Warum hat Gott die Frau minderwertiger geschaffen als den Mann? Weil er will, daß wir dieser *Gelegenheit zur Sünde* widerstehen, wie der Heilige Thomas es nannte, dieser *Sickergrube,* wie Origen sagte ...» Ich falle nicht in Ohnmacht, dachte Sigismundo, und wenn die Luft noch so stickig ist. Ich muß meine Würde behalten. «Wißt ihr, wie das ist, wenn man Syphilis hat? Das Brennen, der Schmerz beim Urinieren ... Ich habe sie nicht gehabt, ich habe sie mir nur vorgestellt. Manche werden blind und erleben die Hölle schon auf Erden, ehe sie zur ewigen Verdammnis verurteilt werden. Und vergeßt nicht, es gibt keine Heilung für diese heimtücksche Krankheit ...» So ging es weiter, immer weiter.

«Erinnert euch, ich bitte euch, an die letzten Dinge. Tod. Jüngstes Gericht. Himmel. Und Hölle. Erinnert euch an den finsteren, bodenlosen Abgrund, in dem man niemals eine vernünftige Stimme hört, wo die Flammen mit glühenden Zungen an euch lecken und euch doch nie verzehren.

Die Hölle ist ewig. Darüber müssen wir in dieser Abkehr von der Welt nachdenken. Die Hölle ist ewig. Mögen wir ihr widerstehen, darum wollen wir beten. Mögen wir zu Gott finden und zum Frieden, der größer ist als Verstehen. Mögen wir uns hüten vor geschminkten Frauen, die nach erlesenen Parfums duften und in Wirklichkeit verdorbenes Blut, stinkenden Urin und Krankheit in sich bergen.

Im Namen des Vaters, des Sohnes und des Heiligen Geistes. Amen.»

Auf dieses Zeichen knieten alle Jungen hin, um ihr Gewissen zu erforschen. Der Dominikaner, der schwitzte wie ein durchgegangenes Pferd, verließ die Kanzel.

Die Jungen waren mit ihren Gedanken allein. Im Hintergrund wachte ein zweiter Mönch darüber, daß keiner aus der Reihe tanzte und jeder angemessen lange über seinen Sünden brütete. Nach fünfundvierzig Minuten durften die Jungen die Kapelle verlassen und sich zum Speisesaal begeben, wo sie mit Brot und Wasser bewirtet wurden, damit sie keinen Augenblick vergaßen, daß ihr Aufenthalt hier der Abkehr von oberflächlichen Freuden diente. Es waren die ewigen Dinge, die zählten: Tod. Jüngstes Gericht. Himmel. Hölle.

Am Nachmittag sprach der Dominikaner über die Ketzerei.

«Ganz Europa gleicht einem bis an die Zähne bewaffneten Kriegslager», sagte er. «Wir leben im Dauerkriegszustand, bereiten ständig neue Kriege vor. Diese furchtbare Situation ist keineswegs Zufall; so will der Satan es haben; es ist der Beweis, daß er bei der Versuchung und Irreführung des Menschen Erfolg hat.

Die sogenannten intellektuellen Kreise in protestantischen Ländern wie England werden nicht müde, alle möglichen Ketzereien in Umlauf zu setzen. Selbst in Frankreich sind der Inquisition durch die Intervention der Aristokratie die Hände gebunden, so daß die schändlichsten und satirischsten Bücher ungehindert erscheinen dürfen. Ja, und sogar hier in Italien – weniger in Neapel als im Norden natürlich – machen Publikationen die Runde, die unsere Vorfahren in ihrer Weisheit sofort verbrannt hätten. Aber auch in Neapel erhebt die Schlange des ketzerischen Liberalismus von Zeit zu Zeit ihr Haupt. Die meisten von euch sind noch zu jung, um sich an Don Carlos zu erinnern, den Onkel König Ferdinands. Ihr alle wißt, daß Carlos dieses wunderbare Opernhaus errichten ließ, das größte und schönste auf der ganzen Welt. Doch Carlos machte auch einen furchtbaren Fehler. Von seinen französischen Beratern angestachelt, erließ er ein Edikt, das die Tolerierung der Juden vorsah. Er gestattete ihnen, hier in Neapel, ihre Religion auszuüben. Eine Religion ohne Christus, im Zentrum des Katholizismus! Die Ketzerei reichte damals bis in den Hof, wie ihr seht.

Eure Eltern werden euch erzählen, was dann geschah. Gott wandte sich von Don Carlos ab. Jahr um Jahr wartete der glücklose König auf einen Erben, doch seine Gemahlin gebar ihm keinen Thronfolger. Schließlich hörte er auf die weisen Worte des Großen Inquisitors und nahm das absurde und blasphemische Edikt der Tolerierung zurück. Die Juden dürfen unter uns leben, verkündete er, aber sie dürfen ihre schwarze Ketzerei, die Christus verleugnet, nicht ausüben.

Wie hatte Satan in nur wenigen Jahrhunderten so viel erreicht, daß sogar ein König im katholischsten Teil von Italien einen solchen Irrtum begehen konnte? Wie hatte der ‹Fürst der Finsternis› es geschafft, die Menschheit in diesen Krieg aller gegen alle zu stürzen, in dem das moderne Europa sich heute befindet? Dies wurde vor allem durch Verschwörungen und Geheimgesellschaften ermöglicht.

Deshalb muß die Inquisition stets die Augen offen halten. Ein kleiner Funken kann tausend Felder vernichten, wie jeder Bauer aus eigener Erfahrung weiß. Vergeßt nicht, daß Satan niemals locker läßt, niemals! Ich bin sicher, daß viele von euch die Geschichten über die alten *carbonari* kennen, die mitten in der Nacht aus dem Nichts auftauchen, wie die drei Weisen aus dem Morgenland. Sie klopfen an die Haustür einer armen Familie. Es sind *carbonari* mit geschwärzten Gesichtern, die ihr Nahrung, Kleider und etwas Geld aushändigen. Und dann verschwinden sie mit den Worten: ‹Wir tun dies für den Sohn der Witwe.›

Was ist daran schlimm? werden sich manche von euch jetzt fragen. Viele von euch haben sich das schon gefragt und nichts Schlechtes darin gesehen. Irgendwelche Geschäftsleute, dachten sie vielleicht, die sich gerne ausgefallen kleiden und als anonyme Wohltäter auftreten. *Und genau diesen Anschein wollten sie erwecken.* In Wahrheit war es jedoch Teufelswerk.

Denn auf diese Weise sollten die Menschen glauben, daß Geheimgesellschaften einem guten Zweck dienen können. Sie vergaßen einfach, daß jede im Untergrund operierende Gruppierung mit Mächten der Finsternis und der Alten Nacht im Bunde sein kann. Denn diejenigen, die die Fäden in der Hand hielten, die wirklichen Übeltäter, blieben im Hintergrund: die Erleuchteten in Spanien, die in Wahrheit Mohammedaner sind, jedoch vorgeben, Christen zu sein. In ganz Europa finden sich solche Gruppen; sie nennen sich gewöhnlich Freimaurer und tun ihre guten Taten für ‹den Sohn der Witwe›, wie sie sagen. Die Törichten fragen sich: was ist daran schlecht? Und von Jahr zu Jahr werden mehr Unschuldige zur Freimaurerei, ihren Verbindungen und Geheimgesellschaften verführt. ‹Was ist daran schlecht?› Oh, meine kleinen Brüder in Christus, die Freimaurer haben zum Beispiel die Ketzerei der Tolerierung begründet. Es spiele keine Rolle, ob ein Mensch katholisch oder protestantisch sei, behaupten sie, er könne trotzdem Freimaurer werden. Es sei auch unbedeutend, ob er Mohammedaner oder Jude sei, ob seine Loyalität einem italienischen Fürsten, oder dem Kalifen von Bagdad gelte – er könne trotzdem Freimaurer werden. Durch diese Verzerrung der Vernunft, diese plausibel klingende Lüge der Tolerierung, wächst die Geheimgesellschaft und wächst immer weiter, bis die Einheit des Glaubens unterhöhlt ist. Wenn es die einzig wahre Religion nicht gibt, wenn alle Religionen gleich wahr sind, warum soll man sich dann mit Sakramenten belasten?

Wozu Beichte und Buße? Warum soll man schmutzige oder blasphemische Bücher verbrennen, wenn der Mensch sich der einzigen Wahrheit niemals sicher sein kann? Und so nimmt das Verderben seinen Lauf, bis die Einheit der Kirche dahin ist, die Botschaft Christi untergeht und jeder Mensch sein eigener Papst, Christus und Bibel zugleich ist. Das heißt: Satans Reich hat sich durchgesetzt; es herrscht allgemeine Anarchie.

Wenn ihr einen Jungen kennt, der schmutzige Bücher besitzt, die für junge Menschen nicht geeignet sind, müßt ihr ihn anzeigen. Das ist eure Pflicht! Solche Bücher sind Gift. Genauso ist es mit Publikationen der moralischen und doktrinären Ketzerei und der versteckten Satire über gottgegebene Institutionen. Wir dürfen nicht zulassen, daß sie unschuldige Seelen vergiften, sie dürfen nicht andere zur Verdammnis verführen oder zum Feuer, das ewig brennt und nie getilgt wird.

Aber was, wenn es sich um Mutter, Vater oder einen lieben Verwandten handelt? Da ist es nicht anders. *Ich komme, um Bruder gegen Bruder zu setzen,* spricht der Herr. *Ich komme nicht, um Frieden zu bringen,* sondern das Schwert. Daran gibt es nichts zu rütteln. Die Militante Kirche auf Erden ist unsere Familie, ersetzt uns Vater und Mutter. Die Schafe, die sanftmütig und gehorsam sind, müssen von den egoistischen und eigensinnigen Ziegen getrennt werden, die sich gegen die Autorität auflehnen. Satans Werk muß zertreten werden. Erinnert euch an die letzten Dinge: Tod. Jüngstes Gericht. Himmel. Hölle. Werdet ihr mit den sanftmütigen Schafen gehen, geleitet durch jene, die weiser sind als ihr selbst? Oder wollt ihr zu den Ziegen gehören, die sagen, ich weiß es besser als jeder andere und sich wie der Teufel, der Vater des Stolzes, in ewige Verdammnis und ewiges Verderben stürzen?

Laßt euch gesagt sein: in den achtunddreißig Jahren, die ich dem Heiligen Offizium diene, habe ich an Gerichten teilgenommen, die insgesamt über neunhundert Ketzer abgeurteilt haben, eingeschlossen Massenprozesse von ganzen Familien und natürlich Geheimlogen. Und wißt ihr, wieviele Angeklagte tatsächlich den weltlichen Behörden zur öffentlichen Hinrichtung übergeben wurden? Nur fünfzehn. Nur fünfzehn waren so dickköpfig in ihrem Stolz, daß sie als aussichtslose Fälle angesehen werden mußten. Alle anderen gestanden ihren Irrtum, baten um Vergebung und taten Buße. Und sie wurden keineswegs hart bestraft. Einige bekamen lebenslänglich, andere, besonders Reuige, durften den Rest ihres Lebens in Demut und Gebet in Klöstern verbringen. Nur ganz wenige wurden zu geringen Strafen verurteilt, beispielsweise einer Pilgerfahrt zu einer heiligen Stätte, um sich einige Wochen oder Monate öffentlich zu geißeln.

Also: wenn ihr etwas über Geheimgesellschaften wißt oder Kodeworte oder ketzerische Bücher oder Pamphlete, dann ist es eure Pflicht, dies morgen eurem Beichtvater zu erzählen. Denkt darüber nach. Erforscht euer Gewissen. Betet die ganze Nacht, ich flehe euch an. Morgen früh findet ihr Gelegenheit zur Beichte.

Im Namen des Vaters und des Sohnes und des Heiligen Geistes. Amen.»

Den Rest des Tages und fast die ganze Nacht verbrachte Sigismundo damit, sein Gewissen zu erforschen. Am nächsten Morgen, als die Beichte immer näher rückte, war er immer noch unentschlossen: Aus den Augenwinkeln erkannte er wieder hundsgesichtige Dinge im Zimmer.

Er wußte, daß das letzte Argument des Dominikaners Hand und Fuß hatte: Es gab in diesen Tagen nur noch sehr wenige Verbrennungen in Neapel. Die meisten Ketzer verloren ihren Besitz und wanderten ins Gefängnis. Die Massenverbrennungen fanden fast nur noch in Spanien statt und auch dort wurden sie immer seltener.

Er dachte an Onkel Pietro im Gefängnis, an Pater Ratti, den sie wahrscheinlich in ein Kloster schicken würden, um ewige Buße zu tun. Und auch Giancarlo Tennone gehörte der «Verbindung» an: was sollte aus dem alten Tennone werden? In seiner furchtbaren, aufbrausenden Art würde er den Priestern der Inquisition wahrscheinlich anraten, sich ins Knie zu ficken, wenn sie ihn aufforderten, seinen Namen zu nennen. Sigismundo dachte auch an Abraham Orfali. Ein alter Jude, der der schwarzen Magie frönte und nichts besaß, was sich zu beschlagnahmen lohnte – das könnte den Scheiterhaufen für ihn bedeuten.

Es gab in diesen Tagen so wenige Verbrennungen, weil die Gegner der Inquisition allmählich an Macht gewannen: die gebildeten Jesuiten, die aristokratischen Familien, deren Verwandte vielleicht schon verurteilt worden waren, die Händler, die das ständige Schnüffeln, das allen inquisitorischen Aktivitäten zugrunde lag, verabscheuten. Aber man konnte sich nicht darauf verlassen, daß diese Entwicklung sich fortsetzte: Die Politik steckt voller Überraschungen. Wenn die Dominikaner die Gunst des Papstes zurückgewännen und sie eine Demonstration ihrer ungebrochenen Macht durchsetzten, würden sie alle auf dem Scheiterhaufen enden. Onkel Pietro, Dr. Orfali, Tennone, Pater Ratti – alle.

Und die ganze Kirche, nicht nur die Dominikaner, lehrte, daß es eine Todsünde ist, eine falsche Beichte abzulegen, Sünden zu verschweigen.

Ich habe mich zu weit in die Ketzerei, in die *selva oscura*, das geistige Spaghetti, vorgewagt, dachte Sigismundo, doch bin ich je so weit gegangen, die ganze Kirche in Zweifel zu ziehen? Kann ich mich vorsätzlich über das Sakrament der Beichte hinwegsetzen? Vor allem, wenn dieses Ding, das mich seit gestern auf Schritt und Tritt verfolgt, das mit dem Löwengesicht und den Fledermausflügeln, möglicherweise ein Dämon ist?

(«Sie sind alte Bekannte. Sie wachsen sich nur zu Halluzinationen aus, wenn man sie nicht kontrollieren kann.»)

Wie lautete doch noch Pascals Wette? Sigismundo rekonstruierte das berühmte Argument des großen Mathematikers. Der Wert einer Wette gleicht dem eines möglichen Gewinns multipliziert mit der Wahrscheinlichkeit, diesen Gewinn zu erlangen. Wenn man der Kirche gehorchte, wie die sanftmütigen Schafe, wäre der mögliche Gewinn unendliche Glückseligkeit im Paradies. Nehmen wir an, daß die Wahrscheinlichkeit dafür sehr gering ist, so gering, wie ein französischer Skeptiker sie einschätzen würde. Sagen wir 0,0000000001 Prozent. Der Wert der Wette wäre dann immer noch unendlich mal diese Wahrscheinlichkeit und unendlich mal irgendwas, wie klein auch immer, ist immer noch unendlich. Wenn man sich jedoch zu den stolzen und rebellischen Ziegen gesellte, sah die mathematische Gleichung nicht viel anders aus. Die Möglichkeit, zu verlieren, ist unendlich groß, so daß, auch wenn die Wahrscheinlichkeit, in die Hölle zu kommen, nur 0,00000000000000000001 Prozent beträgt, die Summe wieder im Bereich des Unendlichen angesiedelt ist: unendlicher Schmerz, in diesem Fall. Diese Wahrscheinlichkeiten lösen sich einfach auf, werden bedeutungslos, wenn der Gewinn gleich unendliche Glückseligkeit und der Verlust gleich unendliche Qual ist.

So lautete Pascals Gleichung. An ihr kam man nicht vorbei.

Die vorangegangenen drei Tage Exerzitien hatten Sigismundo ein sehr reales Bild von der ewigen Pein vermittelt. Konnte er es wirklich riskieren, sein jugendliches Urteilsvermögen gegen das der weisen Lehrer der ganzen Kirche zu setzen? Er, der so oft einen Narren aus sich hatte machen lassen? Wenn er ein umfassendes Geständnis ablegte und alles beichtete, so wie das Sakrament es erforderte, wenn man seiner würdig sein wollte, dann würden die Verhafteten nur eine begrenzte Folter während der Verhöre durchmachen müssen.

Selbst wenn sie auf dem Scheiterhaufen enden sollten, was heutzutage nicht sehr wahrscheinlich war, wäre es immer noch eine begrenzte Pein. Und außerdem, so dachte er, werde ich nichts davon mitkriegen (– ein scheußlicher, selbstsüchtiger Gedanke.) Doch wenn ich nicht aufrichtig beichte, werde ich es sein, der die ewige Qual der Hölle durchmachen muß. Und der ewige Schmerz läßt sich wohl kaum mit dem endlichen vergleichen. (Und außerdem werde ich nicht ihre Qualen erleiden müssen.)

Plötzlich empfand Sigismundo nur noch Widerwillen, sich selbst, aber auch der Kirche gegenüber, die ihn zu solchen Ideen und Entscheidungen zwang.

Die Unendlichkeit ändert nichts daran, dachte er wütend. Hier steht mein Schmerz gegen den derer, die ich liebe und die mir vertraut haben. Das und nur das ist es, worüber sie mir eine Entscheidung abverlangen.

Pascals Wette ist ein mathematisch geschlossenes System, aber hat nicht Pascal selbst gesagt, daß das «Herz einen Grund hat, den die Vernunft nicht kennt?» Ich kann meine Freunde nicht verraten und damit hat sich die Sache. Zum Teufel mit der Mathematik, zum Teufel mit der Wahrscheinlichkeit, der Logik, der Theologie, zum Teufel mit all den philosophischen Spaghetti. Ich verrate doch nicht meine Freunde, nur weil man mir Angst einjagt. Ich bin kein Esel, der sich von der Mohrrübe der Erlösung und dem Knüppel der Verdammnis leiten läßt, ohne einen Gedanken daran zu verschwenden, was sie von mir verlangen und wohin die Reise gehen soll.

Na schön: ich werde jetzt wissentlich eine Todsünde begehen. Das ist die Definition einer Todsünde, daß man sie wissentlich begeht. Und wenn die Kirche tatsächlich recht haben sollte, wird der Teufel sich jetzt die Hände reiben, denn meine Seele ist ihm gewiß. Wie sagte doch Dante noch? Der Weg in die Hölle ist leicht. Zuerst eine unvollständige Beichte und dann abwärts, immer tiefer hinunter bis zum Abschaum, den Huren, den unanständigen Büchern und dem Wahn der *rossi.*

Ich bin nicht zum Heiligen geboren, dachte er. Ich habe zu viele Leidenschaften, zu viel Stolz, Wut und Rebellion in mir. Und ich bin kein gewöhnlicher Junge: ich habe manchmal die Macht. Vielleicht bin ich zum größten aller Sünder berufen, dem König der Dämonen.

Dann war er an der Reihe.

Sigismundo kniete nieder und erblickte den Schatten des Priesters hinter dem hölzernen Gitter.

«Vergib mir, Vater, denn ich habe gesündigt.»

«Was hast du zu beichten, mein Sohn?»

«Unkeusche Gedanken, oft. Ich kann ihnen nicht immer widerstehen ...»

Undsoweiter undsofort. Er kannte dieses Ritual, seit er vor acht Jahren zum ersten Mal zur Heiligen Kommunion gegangen war. Monat für Monat waren es dieselben Sünden gewesen: «Wut», «Stolz», «Schimpfworte» zweimal – aber nie zuvor hatte er diese Spannung gespürt, die, eine große Sünde zu verschweigen, sie nicht zu beichten.

«Noch etwas?» fragte der Priester schließlich.

Tempus loquendi, tempus tacendi.

«Nein», antwortete Sigismundo. «Das ist alles, Vater.»

«Das sind die normalen Versuchungen deines Alters», sagte der Priester sanft. «Du mußt beten und ich werde für dich beten.»

Und dann war es vorbei. Sigismundo trat aus dem Beichtstuhl und kniete vor dem Altar zum Gebet nieder. Sein Gebet war zerfahren und seine Gedanken ruhelos; er war hin und her gerissen zwischen Angst und Resignation. Es ist vollbracht. Ich habe mich von der Kirche losgelöst, egal, was Onkel Pietro oder Pater Ratti dazu sagen. Siebenhundert Jahre Theologie zeugen dafür, daß ich mich selbst verdammt habe. Der Irrtum der Jesuiten kann daran nichts ändern.

Aber wenn das Eintreten für Frieden und Brüderlichkeit, auch mit den Mitteln der Freimaurerei, keine Sünde war, dann brauchte man es auch nicht zu beichten. Dann hat der Dominikaner gelogen und ich bin nicht verdammt.

Nirgendwo Gewißheit.

Sigismundo erinnerte sich an den Tag, an dem der Franzose sich über das Wunder von San Gennaros Blut lustig gemacht hatte. Damals hatte er noch geglaubt, daß manche Sachen unverrückbar seien: Glühende Steine fallen nicht vom Himmel, Priester lügen nicht (doch entweder hatte Pater Ratti oder der Dominikaner gelogen) und Mama ist Papa nie untreu gewesen.

Gibt es überhaupt noch etwas, worüber man sich sicher sein kann? O ja, dachte er spöttisch, den letzten Punkt auf der Liste: Ich bin Sigismundo Celine aus Neapel und nicht der Mann im Mond. Das heißt – ich bin Sigismundo Balsamo aus Neapel und nicht der Mann im Mond.

Das kühle, doch sonnige Winterwetter Neapels war jetzt bestimmend. Das Leben geht weiter, dachte Sigismundo, selbst für uns Verdammte. Es ist das gleiche Gefühl wie an dem Tag in Arezzo: Millionen kommen, Millionen gehen, Millionen sterben. Das Gewebe verändert sich fortwährend und doch ist es dasselbe. Das Leben geht weiter.

Dann hörte man von einem *rosso*, der in Palermo verbrannt worden war. Er starb unter Flüchen, wurde berichtet: er beschwor siebenhundertsiebenundsiebzig Dämonen, noch als die Flammen schon an ihm leckten und flehte sie an, den Papst, den König, die Kardinäle, Adeligen und vor allem die Arschlöcher der Geheimpolizei heimzusuchen und wünschte ihnen allen Blindheit, Syphilis und Schwachsinn an den Hals.

Wer immer dieser Dämon gewesen war, er hatte nicht zu der Viererbande gehört, die Onkel Leonardo auf dem Gewissen hatte. Onkel Pietro hatte eine vollständige Beschreibung erhalten; dieser Mann war noch nie in Neapel gewesen. Niemand kannte ihn.

Schließlich, als der Advent kam und jedermann sich auf Weihnachten und den Besuch der drei Weisen aus dem Morgenland vorbereitete, ließen die Dominikaner verlauten, daß sie die Umbertos, jene Bankiersfamilie, die am 23. Juli wegen Verdachts der Hexerei festgenommen worden war, vor Gericht bringen würden.

«Schnelle Arbeit für die Inquisitoren», sagte Onkel Pietro sehr leise zu Sigismundo. «Für gewöhnlich halten sie die Leute drei oder vier Jahre fest, ehe sie alle Geständnisse aus ihnen herausgepreßt haben, die sie hören wollten.»

Da es Schulferien gab, schlug Onkel Pietro vor, Sigismundo sollte ihn begleiten und sich für einen Tag den Prozeß gegen die Umbertos ansehen.

«Ich bin mir sicher, daß es ein Heidenspaß ist und wir jede Menge zu lachen haben», sagte Sigismundo grimmig. «Etwa so wie beim Paarungsritual der Spinnen.»

Onkel Pietro lächelte nicht. «Es wird dir ein Bild der katholischen Kirche vermitteln, das dir Pater Ratti nie zeigen würde», sagte er. «In der Tat würde er es am liebsten ganz abgeschafft sehen. Aber ich finde, du solltest es dir nicht entgehen lassen. Erziehung besteht darin, die Welt so zu erfahren, wie sie wirklich ist.»

Der Tag, an dem sie am Prozeß teilnahmen, war der Höhepunkt des Verfahrens. Signor Umberto legte sein Geständnis ab.

«Warum haben Sie sich den *strege* angeschlossen?» fragte der Großinquisitor gerade, als sie den Saal betraten. Es war ein freundlicher alter Herr mit sorgenvollem Gesicht. Er glaubt tatsächlich an das, was er tut, dachte Sigismundo. Er bedauert es, daß er dabei jemandem Schmerz zufügen muß. Manche *domini-canis* waren nur Schergen in theologischer Uniform, doch dieser Mann besaß etwas von der selbstzerfleischenden Standhaftigkeit des heiligen Kevin, der seine Liebste vor dem Tor des Klosters erfrieren ließ, weil er das Gelübde abgelegt hatte, nie wieder eine Frau anzuschauen.

Der alte Umberto dagegen sah aus wie das Ergebnis dieser Art von Standhaftigkeit. Er war zu einer schrecklichen Karrikatur des stolzen, reichen Mannes geworden, der er noch vor einem halben Jahr gewesen war. Sein Gesicht, seine Hände, selbst seine Beine waren auf unvorstellbare Weise angeschwollen; diese Augen mochten in die tiefsten Minen von Finnland geschaut und nichts als Finsternis und einen unendlichen Abgrund gesehen haben.

«Es war meine Tante», antwortete Umberto. «Sie hat es mir beigebracht.»

«Sie war eine *strega*?»

«Ja. Sie sagte, es läge seit dem Römischen Reich in der Familie.«

«Wie alt waren Sie, als Sie auf den Pfad des Verderbens geführt wurden?»

«Vierzehn.»

Sigismundo erinnerte sich, wie Abraham gesagt hatte, er solle auf die Zufälle achten.

«Warum wollte sie, daß Sie ihre teuflische Neigung fortsetzten?»

«Sie sagte, das Wissen muß immer an ein Kind weitergegeben werden, damit es nicht ausstirbt.» Bei diesen Worten horchte Sigismundo auf. Doch Umbertos Stimme fing an, auf ihn zu wirken: Es war die Stimme eines Schauspielers, eines nicht sehr guten Schauspielers allerdings. Das Geständnis mußte mehrmals eingeübt worden sein, doch der Bankier war nicht sehr überzeugend.

«Hat sie Sie je zu einem Hexensabbat mitgenommen?»

«Ja, in Eboli. Dort wohnten wir, ehe wir in den Norden kamen. Dreizehn Personen nahmen daran teil.»

«Gab es auch einen Anführer?»

«Sie war die Zeremonienmeisterin. Der männliche Anführer, ihr Gatte, wurde nur der Schwarze Mann genannt.»

Il negro hatte Umberto in einfachem Italienisch gesagt; *El Eswad* sagten die *rossi* auf Arabisch. Doch die Bedeutung war dieselbe.

«Haben Sie den Teufel angebetet?»

«Ja, sie nannten ihn Luzifer.»

«Waren noch andere Dämonen im Spiel?»

«Ja, ein weiblicher Teufel namens Aradia. Ein griechischer Musikteufel namens Orpheus. Und die Mutter des Teufels – Dana. Sie wurde angebetet, damit der Jagd Erfolg beschieden sei.»

Sigismundo sprang die Verbindung sofort ins Auge: Diana ... Dana ... Tana. Die *strege* und die *rossi* bezogen sich beide auf Teile einer alten Tradition, die bis zu der antiken Mondgöttin Süditaliens zurückdatierte. War es möglich, daß die fette und gesichtslose Tana die älteste Form dieser Idee war, die bis zu Vicos Höhlenbewohnern zurückreichte?

«Was haben Sie auf dem Sabatt gemacht?»

«Wir tanzten und sangen.»

«Und dann?»

«Eine der Frauen war von Dana besessen ... sie beantwortete Fragen.»

«Was für Fragen?»

«Wo sich verborgene Gegenstände befanden, wer demnächst heiraten würde. Sie antwortete stets in Versform.»

«Wie lange dauerte diese dämonische Besessenheit an?»

«Die ganze Nacht. Sie antwortete auf viele Fragen. Manchmal machte sie auch Witze.»

«Blasphemische Witze?»

«Nein. Nur Witze über die Teilnehmer der Runde.»

Es folgte eine lange Pause. Die Inquisitoren berieten sich mit leiser Stimme.

«Führt den Gefangenen ab», befahl dann der Großinquisitor. «Zeigt ihm noch einmal die Instrumente.»

«Nein», rief Umberto schnell. «Ich hatte es nur vergessen – ich bitte Euer Ehren! Jetzt sehe ich alles wieder deutlich vor mir.»

«Gab es also blasphemische Witze?»

«Ja. Sie machten sich über Jesus und die Heilige Jungfrau lustig.»

«Gab es noch weitere Blasphemien?»

Umberto sah sich verwirrt um, als wüßte er nicht, in welcher Stadt er sich befand und wie er dorthin gelangt war. «Wir haben über die Sakramente der Kirche hergezogen», sagte er mit beinahe unhörbarer Stimme. «Wir sagten das Vaterunser rückwärts auf und urinierten auf die Hostien.»

«Und dann?» drängte der Inquisitor.

Umberto senkte den Blick. «Dann haben wir einen Säugling getötet und sein Fleisch gegessen.»

Tumult machte sich im Publikum breit und Soldaten mußten wieder für Ordnung sorgen.

«Nun?» fragte Onkel Pietro, als sich das Heilige Offizium nachmittags zur Siesta zurückzog. Sigismundo und er spazierten durch den Palazzo Reale, der zu dieser Tageszeit wie ausgestorben war.

«Ich weiß nicht, was ich davon halten soll», antwortete Sigismundo. «Seine geschwollenen Hände – war das die Daumenschraube?»

«Natürlich.»

«Und die anderen Schwellungen ...»

«Ähnliche Instrumente.»

Sigismundo und Pietro begaben sich zur Mitte des leeren palazzo, so weit wie möglich weg von den Nachbarhäusern.

«Gibt es wirklich *strege*?» fragte er.

«Wie kannst du daran zweifeln, wenn so viele unfehlbare Päpste verkündet haben ...»

«Hör auf mit der Ironie. Bitte. Sag es mir.»

«Ich glaube, daß es *strege* gibt», flüsterte Onkel Pietro. «Es gibt viele, die die Macht besitzen, in jedem Land. Dorfheiler, Menschen mit dem Zweiten Gesicht, alte Weiber, die über Kräuter Bescheid wissen und dann auch andere Geheimnisse lernen, weil, na ja, die Menschen immer dazu neigen, ‹Gesellschaften› zu gründen. Wahrscheinlich gibt es genauso viele okkulte Gesellschaften wie unterschiedliche Richtungen in der Malerei oder der Musik. Der Legende nach gab es einmal eine ‹Gesellschaft›, der alle Menschen angehörten, die ihre vierte Seele schon entwickelt hatten. Doch dann kam die Inquisition und mit ihr die Verbrennungen. Die ‹Gesellschaft› wurde zerschlagen. Vielleicht war es tatsächlich so. Vielleicht aber gründen zwei oder drei Menschen, die die Macht besitzen, immer eine Gesellschaft, wenn sie sich treffen, um das, was sie tun, zu organisieren.»

«Essen die *strege* wirklich kleine Kinder oder sind die Geständnisse das Ergebnis von Daumenschrauben oder ähnlichen Folterwerkzeugen?»

«Was glaubst du?»

«Ich sagte ja schon, ich weiß nicht so recht, was ich glauben soll.»

«Nun, mir geht es genau so», antwortete Onkel Pietro. «Bei einigen Gesellschaften kann einem tatsächlich mulmig werden, wie du mir aus eigener Erfahrung bestätigen wirst. Darüber hinaus haben die Dominikaner aber auch eine blühende Phantasie und ein Arsenal von Instrumenten, das selbst den Papst zu dem Geständnis bewegen würde, er sei die Taube gewesen, die Maria geschwängert hat.» Pietro stieß einen Seufzer aus. «Das ist das Teuflische an den *domini-canis*», fuhr er fort. «Man weiß nie, was man von einem Geständnis halten soll, das mit ihren Methoden erpreßt worden ist. Aber jetzt sollten wir in der Osteria Pompeii ein paar *scampi* verdrücken – ich sterbe vor Hunger.»

An diesem Nachmittag gestand der alte Umberto immer bizarrere Vergehen: Sodomie und Inzest, wie er die Kühe seiner Nachbarn verhext hatte, damit sie keine Milch gaben und wie er durch die Luft bis nach Bayern geflogen war, um dort in der Walpurgisnacht an einem Hexensabbat teilzunehmen, zu dem Teilnehmer aus ganz Europa geladen waren.

So etwas erwarteten die Dominikaner von einer *strega*, dachte Sigismundo. Solange Umberto solche Dinge leugnete, hielt er *per definitionem* an seiner Ketzerei fest und die Folter gegen ihn mußte fortgesetzt werden. Die *strege* konnten so unschuldig sein wie eine Ausflugsgesellschaft beim Tanz oder so heimtückisch wie die *rossi*. Ein Außenstehender konnte das unmöglich beurteilen. Aber es war keineswegs unmöglich, die Inquisitoren selbst zu beurteilen. Der Großinquisitor konnte noch so traurig und aufrichtig sein, es war nicht zu leugnen, daß er über eine wahre Folterakademie residierte.

Sigismundo erinnerte sich, wie Pater Ratti der Klasse einmal die spirituellen Übungen des heiligen Ignatius von Loyola erklärt hatte. Der Sinn der Übungen bestand darin, mit Hilfe der Phantasie den Willen zu trainieren: Man mußte sich eine Szene so deutlich vorstellen können, daß der Kopf darauf reagierte, als sei sie echt. Es gehörte zum Beispiel zu den Pflichtübungen der Jesuiten, die Kreuzigung Christi nachzuvollziehen. Pater Ratti selbst hatte es getan. Der Kandidat wurde aufgefordert, sich jedes Detail so genau vorzustellen, bis es ihm vorkam, als wäre er von Dr. Orfali hypnotisiert worden, und die Erfahrung der Kreuzigung tatsächlich erlebte. Er mußte die schmerzliche Vorstellung durchmachen, ausgepeitscht zu werden, die Dornenkrone zu tragen, die Nägel zu spüren, die grausam seine Handflächen durchbohrten und die Zerrung jedes einzelnen Muskels, wenn das Kreuz aufgerichtet wurde. Um Jesuit zu werden, mußte man all das erlebt haben. Man mußte gefühlt haben, wie das Blut aus der Seite sickerte, nachdem der Centurion seine Lanze hineingestochen hatte und mußte freiwillig für die ganze Menschheit sterben, so wie Christus es getan hatte. Und während man in der Phantasie qualvoll starb, mußte man aufrichtig jenen vergeben können, die einen an das Kreuz genagelt hatten, so wie er es getan hatte. Nur so wurde man eins mit Gott. Das hieß es, Jesuit zu sein.

Die Dominikaner, dachte Sigismundo, haben ihre eigenen spirituellen Übungen, ohne auch nur zu merken, was sie anrichten. Sie haben sich Satan und die Hölle immer wieder so lebhaft vorgestellt, daß sie allmählich eins geworden sind mit Satan und der Hölle. Das hieß es, Inquisitor zu sein.

Umberto wurde aufgefordert, den Namen des Schwarzen Mannes preiszugeben, der die Hexenversammlungen in Neapel leitete.

«Er hieß einfach *Il Negro*», sagte der alte Mann. «Es fielen keine Namen.»

«Dann beschreiben Sie ihn», sagte der Großinquisitor.

«Er war jung, sehr jung. Ein *siciliano*, da bin ich mir sicher, ziemlich dunkelhäutig. Ein schmales Gesicht. Etwa so groß wie ich. Und er hatte ein violettes Leuchten in den Augen, fast, als wären unter seinen Vorfahren irgendwo blauäugige Normannen gewesen.»

Sigismundo fuhr zusammen. Er kannte diesen *siciliano* mit den leuchtenden violetten Augen. Er hatte ihn in der Kirche San Francesco di Paola verschont. «Bruder», hatte er gesagt, «Du bist geboren, um einer von uns zu sein.»

Also gab es eine Verbindung zwischen den Hexen und den *rossi*. Und wie auf dieser Halbinsel der verwickelten Intrigen und endlosen Verschwörungen, diesem Königreich der philosophischen Spaghetti üblich, lautete die unausweichliche Frage: Wer benutzt wen? Infiltrieren die Hexen die *rossi* oder ist es umgekehrt?

Plötzlich fragte er sich, ob der Pseudo-Frankenstein, wer oder was auch immer er gewesen sein mochte, nur rein zufällig nach Neapel gekommen war. Hatte er die Initialen und den zweideutigen Rat für «S.B.» einfach so aus der Luft gegriffen? Und welche Experimente des echten Frankenstein hatten zu all den furchtbaren Legenden über Bayern geführt?

Sigismundo sah mit einem Mal überall Verschlingungen, Verstrickungen und Zusammenhänge. Und ich bin in ihrem Netz gefangen, dachte er. Sogar die Sterne haben sich gegen mich verschworen, wie die *rossi* behaupten. Was habe ich den Sternen angetan, daß sie so viel Groll gegen mich hegen?

Und warum wollte Onkel Pietro unbedingt, daß ich das sehe?

An Sankt Stefano, direkt nach Weihnachten, wurde Frederico Umberto verbrannt.

Sigismundo nahm nicht an dem *auto-da-fe* teil. Er hatte noch nie einer öffentlichen Hinrichtung beigewohnt und verspürte nicht die geringste Lust, seiner Erziehung ein derartiges Schauspiel hinzuzufügen. Schon die Feiern, die überall in Neapel bis zum Morgengrauen stattfanden, machten ihn nervös.

Sie begannen um neun Uhr morgens, als Umbertos Scheiterhaufen angezündet wurde. In ganz Neapel läuteten die Glocken, um Gott für die Erlösung von diesem Übel zu danken. Dann strömten die Menschen aus den Häusern und zündeten spontan Dutzende von Freudenfeuern an. Bald darauf wurden die ersten Weinflaschen geköpft und man fing an, auf der Straße zu tanzen. Gegen Mittag ertönten die ersten Kanonenschüsse, die dann bis Mitternacht zu jeder vollen Stunde weiterdonnerten. Ihr Dröhnen schien im Verlauf des Tages immer lauter zu werden – irgendwer mußte irgendwo noch ein paar Extra-Kanonen aufgetan haben. Sämtliche Hunde der Stadt verkrochen sich unter den Betten und jaulten aus Protest und jeder einigermaßen gesunde Mensch hätte es ihnen am liebsten gleichgetan, dachte Sigismundo.

Am Nachmittag versammelte sich die Menschenmenge vor San Domenico Maggiore, bis die Priester mit der Madonna herauskamen und sie für den Rest des Tages, geschmückt mit einer Robe aus gesponnenem Gold, durch die Straßen trugen. Musiker mit Trompeten, Trommeln, Hörnern und Fiedeln zogen von einem Stadtteil zum anderen. Das Ganze nahm langsam die klassische Form eines neapolitanischen Feiertags an. Fehlt nur noch, daß ein Besoffener durch eins der bunten Glasfenster fällt, dachte Sigismundo. Als die Sonne unterging, lag die Hälfte der Bevölkerung bereits flach und die andere Hälfte saß in den Kirchen und sang Litaneien.

Dann legte sich die Dämmerung über die Stadt. Der Kanonendonner wurde von Feuerwerkskörpern verstärkt. Bald ähnelte der flammende Himmel den chaotischen und leuchtenden Halluzinationen, die Sigismundo auf Belladonna gehabt hatte. Manchmal konnte man nicht einmal Mond und Sterne von den anderen Lichtern unterscheiden. Jetzt schienen die Kanonen pausenlos zu feuern und das Glockengeläut gar nicht mehr aufhören zu wollen. Die Tänze wurden immer ausgelassener und freizügiger; diesen Teil der Feiern hätten die Dominikaner nicht gemocht. («Morgen werden jede Menge frischgebackener Ex-Jungfrauen herumlaufen», sagte Onkel Pietro. «Und nächsten Monat gibt es wahrscheinlich jede Menge überstürzter Heiraten.»)

Mittlerweile schien es, als wäre der Karneval vorverlegt worden, als hätte man dem Wein eine seltsame Droge beigemischt. Die Menschen schossen mit Pistolen und Musketen in die Luft, um den Böllern der Kanonen und den explodierenden Feuerwerkskörpern Konkurrenz zu machen. Es war, als hätten sich alle seit Adams Zeiten aufgestauten Leidenschaften in einem wilden Delirium Luft verschafft. Das Ganze drohte jeden Augenblick in den Wahnsinn umzukippen. Es gab keine Gasse, die nicht von Fackeln erleuchtet war, ganz zu schweigen von den schrillen Tröten, Jagdhörnern und dem nervtötenden

Kreischen der Fiedeln. Wenn die vierte Seele in all diesen Dingen steckt, wie Abraham sagt, dachte Sigismundo, dann muß es so sein, wie wenn die Natur den Frühling spürt und überall neue Knospen, Blüten und Blätter hervorbringt. Aber warum muß erst ein Mensch sterben, damit eine solche Energie frei wird? Sind wir denn Dionysier, die nur vortäuschen, Christen zu sein? Ein Vers aus Händels *Messias* schoß ihm durch den Kopf:

But who may abide the day of His coming
And who shall stand when He appeareth?

Bezieht sich das wirklich auf den Messias, fragte er sich, oder auf die dunkle Seite der vierten Seele, die die *rossi* zu entwickeln versuchen? Dienen die Dominikaner etwa der gleichen teuflischen Macht, nur ohne es zu wissen?

Schließlich machte sich eine Gruppe von Betrunkenen auf zum Ghetto, wo sie randalierten, Häuser in Brand setzten und Geschäfte plünderten. Als die Polizei eingriff, breiteten sich die Unruhen aus und griffen auch auf das Zentrum von Neapel über. Die Menschen, die eben noch gesungen, getanzt und auf die Pauke gehauen hatten, beschlossen nun, ihrem Unmut über die Bourbonen freien Lauf zu lassen. Sie versteckten sich auf den Dächern und bewarfen die Polizisten mit Steinen und Dachziegeln. Einige leerten sogar ihre Nachttöpfe über ihnen aus. Im Volksmund hieß das, den Bullen ein «sizilianisches Bankett» zu bereiten; im Norden dagegen hätte man es «neapolitanisches Konfetti» genannt.

Mit Anbruch der Dämmerung war der äußere Schein von Recht und Ordnung wiederhergestellt. Doch dann wurden die schrecklichsten Details publik. Zwei Polizisten hatten ihr Leben verloren, nachdem fliegende Ziegelsteine ihnen die Schädel zertrümmert hatten. Ein Betrunkener war erblindet, weil er eine Römische Kerze verkehrt herum angezündet hatte und ein anderer war (ganz wie Sigismundo befürchtet hatte) durch ein Kirchenfenster gefallen – ausgerechnet in der Kathedrale. Die aus Gold gesponnene Robe der Heiligen Jungfrau Maria war während der Tumulte von Ungläubigen gestohlen. Und ein elfjähriges Mädchen von einer Schlägerbande brutal vergewaltigt und verprügelt worden.

«Höchst erbaulich», bemerkte Onkel Pietro. «Wie heilig wir doch alle geworden sind, jetzt wo der Hexer verbrannt und das Übel aus der Stadt verbannt worden ist.»

Doch Sigismundo fiel plötzlich auf, daß die übliche Ironie seines Onkels nur die Fassade war, hinter der immer Traurigkeit und große Besorgnis steckte.

Am 17. Januar fand sich der ehrenwerte Casanova zu einer geheimen Sitzung bei den Malatestas ein. Der berüchtigte Wüstling kam im Schutz der Dunkelheit und inkognito, wie es schien, in Onkel Pietros Haus. Es lag etwas in der Luft.

Papa Guido hatte einen seltsamen Blick, als er Sigismundo erzählte, daß alle Männer der Familie sich oben auf dem Capodimonte mit Casanova treffen würden. Wenigstens galt Sigismundo jetzt als Mann, vielleicht, weil er seinen fünfzehnten Geburtstag hinter sich hatte, vielleicht auch, weil sie es endlich müde geworden waren, ihn von Männerangelegenheiten auszuschließen.

Es gab viele Anekdoten über Giacomo Girolamo Casanova de Seingalt. Das Unglaublichste daran war, daß selbst Zyniker der Meinung waren, mehr als die Hälfte dieser Gerüchte seien wahr. Das war der Mann, den man in Venedig der Hexerei bezichtigt und hinter Gitter gebracht hatte und der dann auf so wunderbare Weise entwischt war, daß es Leute gab, die steif und fest behaupteten, er sei einfach durch die Gefängnismauern spaziert. Andere wiederum sagten, Casanova sei ein Rädelsführer der internationalen Freimaurer-Verschwörung und seine Freimaurerbrüder hätten ihn durch riesige Bestechungssummen auf allen Ebenen freigekauft – bei Herzögen und Bischöfen angefangen bis hinunter zu den einfachen Schließern und Vettern der Henkersgehilfen.

Wieder andere munkelten, er sei gar nicht Casanova de Seingalt, sondern schlicht Casanova – der Sohn eines einfachen Schauspielers – der seinen Adelstitel erfunden habe, um Zugang zu den höheren Kreisen zu erhalten. Daß er für mehr als nur zwei Fürsten spioniert hatte, war allgemein bekannt; wieviele Staatsgeheimnisse er kannte und wieviele davon er dem Meistbietenden verkauft hatte, war Gegenstand endloser Spekulationen. Trotz seiner ungebührlichen Herkunft – Spionage war schon schlimm genug, aber einen Schauspieler zum Vater zu haben der Gipfel – war Casanova de Seingalt, oder auch schlicht Casanova, in Frankreich zu Macht und Reichtum gekommen, indem er dem Adel alchimistische Geheimnisse verkaufte. Er besaß Chemikalien, die kein Gelehrter kannte, hieß es, und konnte einem das Paradies zeigen, noch während man hier auf Erden war. Darüber hinaus besaß er die Fähigkeit, Wunden aller Art zu heilen. Angeblich hatte er einmal einen Adeligen bei einem Duell erschossen, ihn dann mit einem seiner Elixiere geheilt, sich mit ihm angefreundet und die Freundschaft so gut er konnte ausgeschlachtet, bis er eine königliche Konzession für die Leitung der Staatslotterie erhielt.

Es war auch kein Geheimnis, daß Casanova ein Diplom in Jura besaß und in den führenden Opernhäusern Europas die erste Geige gespielt hatte. Man munkelte, er sei ein notorischer Spieler, der sich sein Vermögen auf unehrliche Weise in den Kasinos ergaunert hatte. Und schließlich tuschelte man sich hinter vorgehaltener Hand zu, daß wenn Casanova irgendwo auftauchte, die klügeren Männer ihre Frauen in der Dachkammer einsperrten, ihre Töchter im Keller versteckten und für ihre ältlichen Tanten Leibwächter anheuerten.

Als Papa Guido und Sigismundo Onkel Pietros Haus betraten, war Casanova gerade mitten in einer langen Geschichte. Natürlich war er der Held der Anekdote, die von einer Auseinandersetzung mit Voltaire handelte. So wie Casanova die Sache schilderte, hatte er einen ringelschwänzigen Affen aus dem großen Philosophen gemacht.

Ich bin sicher, daß Voltaire die Geschichte ganz anders erzählen würde, sagte sich Sigismundo, während er den Mann musterte, der eine erstaunliche Reputation als Magier, Spion, Weiberheld, Alchimist, Romancier, Spieler und Meisterverschwörer genoß. Casanova mußte um die vierzig sein, wirkte aber ziemlich fit. (Das muß er auch sein, dachte Sigismundo, bei seinem fürchterlichen Ruf, der ihm auf dem Fuße folgt wie eine Horde von Stummen, die stöhnend hinter einem Leichenzug herzieht.) Er sah gut aus, fast wie ein Schauspieler. Vielleicht lag es aber auch daran, daß er sich wie ein Schauspieler stets von der Schokoladenseite zeigte. Und noch nie hatte Sigismundo solche auffallenden und prächtigen Kleider gesehen. In ganz Neapel war nur das Teatro San Carlo erstaunlicher. Wahrscheinlich dauert es anderthalb Tage, bis er ausstaffiert ist, dachte Sigismundo. Klar, auf diese Weise flößt er Vertrauen ein. Ein Fürst wirkt geradezu farblos neben ihm.

«Also sagte ich zu ihm», schloß Casanova gerade, «eher werden Schweine zu Bildhauern und Pferde zu Wandmalern, als der Mensch zu einem vernunftbegabten Tier.»

Er erteilt also Philosophieunterricht, wenn er nicht gerade durch Gefängnismauern spaziert, alchimistische Wundertaten vollbringt oder das Goldene Laken für überragende Leistungen im Liebesdienst entgegennimmt, dachte Sigismundo.

Mittlerweile hatten sich die meisten Malatestas und Celines im Raum versammelt: Onkel Carlo, Onkel Francesco, die beiden Cousins Antonio und Paolo, Onkel Benito, Onkel Alfredo, Onkel Eduardo, Papa Guido und Sigismundo selbst. Tante Gina war auch da, die einzige Frau in der Versammlung.

Sigismundo dämmerte, was kommen sollte. Mama hatte von dem Geld gesprochen, das Onkel Pietro für seine «Beziehungen» ausgab. Casanova hatte bestimmt noch mehr «Beziehungen» als Pietro. Ein Netz von Verschwörungen zog sich durch Neapel, den Kirchenstaat, Genua, die Toskana und Frankreich. Alles war möglich, wenn man nur das nötige Kleingeld und die nötige Zeit hatte. Gerechtigkeit, hatte Onkel Pietro einmal gesagt, ist ein so teures und heiliges Gut, daß es ausschließlich denen zusteht, die weise und reich genug sind, um zu wissen, wo man es kaufen kann.

«Wo ist das Schwein?» fragte Tante Gina plötzlich.

Sigismundo sah sie an. Sie war nicht mehr so ausgezehrt wie in den ersten Monaten nach dem Mord. Man hätte sie beinahe schon wieder hübsch nennen können, obwohl sie älter wirkte als sie war. Vielleicht sogar schön, wenn nicht dieser Blick gewesen wäre, der Sigismundo an die teuflischen Fratzen auf alten Kathedralen erinnerte.

Casanova zog eine schwere Kiste aus dem Nebenzimmer. Sie ist groß genug, um einen Menschen zu verbergen, dachte Sigismundo.

«Da ist, ähem, noch die Frage meines Honorars», bemerkte Casanova.

Ohne ein Wort händigte Onkel Pietro ihm einen Beutel aus. Sigismundo erschrak bei dem Anblick: auch wenn er nur Lire enthielt, war es eine Menge Geld.

Dann begleitete Pietro Casanova zur Tür, wo sie sich die Hand schüttelten. Sigismundo erkannte den Händedruck der Freimaurer.

«Wir trafen uns auf dem Winkelmaß», sagte Pietro.

«Und scheiden auf der Wasserwaage», antwortete Casanova.

«Reite wie der Wind», riet Pietro ihm zum Abschied. «Wir hatten erst im letzten Monat eine Verbrennung in Neapel. Die Dominikaner gewinnen wieder an Macht.»

Als Casanova fort war, fragte Tante Gina ungeduldig: «Der Anführer?»

«Für einen anderen hätte ich nicht so viel Geld ausgegeben», antwortete Onkel Pietro.

Irgend etwas veränderte sich im Zimmer. Keiner machte ein Geräusch, doch irgend etwas war passiert. Es erinnerte Sigismundo an die Zeit kurz vor einem Gewitter, wenn die Luft sich plötzlich auflädt.

Der Anführer. Mein Vater.

Pietro, Papa Guido und Onkel Carlo machten sich daran, die Kiste mit Hammer und Meißel auseinanderzunehmen. Inmitten der zersplitterten Holzplanken saß Peppino Balsamo geknebelt und gefesselt und schaute einen nach dem anderen an.

Im ersten Augenblick konnte Sigismundo diesen Augen nicht standhalten. Dann nahm er sich zusammen und sah seinen leiblichen Vater an. Es war der Mann, der seine Mutter vergewaltigt und seinen Onkel umgebracht hatte: der Erzfeind, der Dämon, der Satansanbeter. Trotz seines gefesselten Zustands sah man, daß Peppino ein hochgewachsener, gut aussehender Mann war. Er wirkte nicht nervöser als ein Faß Wein.

O mein Gott, dachte Sigismundo, das Leben ist tatsächlich wie eine große Oper. Und er stirbt am Ende einen angemessenen Tod. Jedenfalls wird er nicht um Gnade winseln.

«Es ist deine Entscheidung», sagte Onkel Pietro zu Gina.

«Nein!» Ginas Blick war so fanatisch, daß Sigismundo am liebsten weggeschaut hätte, selbst wenn er dafür Peppino hätte ansehen müssen. «Antonio soll entscheiden. Er hat am meisten gelitten.»

Jeder schaute auf Antonio, der seit Monaten normal gewesen war. Jetzt hatte er denselben Blick wie seine Mutter.

«Ein schneller Tod ist zu gut für ihn», sagte Antonio. «Wir müssen zeigen, was wir können. Jetzt ist es Mitternacht. Vor dem Morgengrauen sollte das Schwein nicht tot sein.»

«Moment mal», warf Papa Guido unerwartet ein. «Wir sind Menschen, verdammt noch mal. Natürlich ist dieser Abschaum des Todes. Die Welt ist nichts wert, solange solche Unholde noch Platz auf ihr haben. Aber die Folter ist schändlich. Haben wir das wirklich nötig?»

«Es ist Antonios Recht, zu entscheiden», sagte Tante Gina verbittert.

«Ja, Antonio muß entscheiden: so will es der Kode», räumte Papa ein. «Aber können wir uns nicht erst mal darüber unterhalten? Ich bin auch für den Tod, in jedem Fall, aber ich bin gegen die Folter. Im Namen Jesu und unserer Hoffnung auf Erlösung.»

Sigismundo warf seinem leiblichen Vater einen schnellen Blick zu, um zu sehen, wie er auf diese Diskussion reagierte. Aber er hatte den falschen Moment gewählt, denn Peppino starrte gerade ihn an und in seinem Blick war nicht nur teuflische Freude, sondern auch Verachtung.

«Tu es», sagte Peppino. «Foltere deinen eigenen Vater. Dann wird deine Seele endgültig zum Teufel gehen.»

Nein, dachte Sigismundo, er ist geknebelt, er kann nicht gesprochen haben. Meine Phantasie geht mit mir durch. Ich darf nicht denken, daß er direkt zu meiner Seele sprach, daß seine Macht auf mich übergeht, daß er im wahrsten Sinne des Wortes ein Teufel ist.

Lieber Gott, du machst es uns hier unten wirklich nicht leicht.

«Ich werde nie wieder ein Wort mit euch sprechen, wenn ihr ihm das verweigert», schrie Tante Gina. «Meine Türen werden euch verschlossen bleiben, ich werde keine Familie mehr haben, hört ihr? Ich werde euch nicht als Verwandte betrachten, sondern als Fremde. Schlimmer noch: in meinen Augen werdet ihr feige Hunde sein, keine Männer. Kleine französische Schoßhündchen, die man kastriert hat. Mein Gott, sind die Malatestas wirklich solche Schlappschwänze geworden?»

Tu es, sagte Peppinos Stimme in Sigismundos Kopf. Dann seid ihr alle des Teufels. Das ist mein Sakrament, die Teufelsmesse, das Opfer des Blutes und das Ritual des Hasses. Und ich gebe mich freiwillig hin, damit der Haß in der Welt immer größer wird und Luzifer unter den Menschen an Macht gewinnt.

«Ich werde ihm einen Stich verpassen, der ihn nicht tötet», sagte Papa. «So gehöre ich dazu und habe mich an den Kode gehalten. Aber dann gehe ich. Die Schandtat, die ihr im Schilde führt, kann vor Gottes Augen nicht bestehen.»

Alle nickten, einer nach dem anderen, wie Automaten im Karneval. Papa war unterlegen, daher waren sie nett zu ihm. Wir haben unsere eigene Ethik, dachte Sigismundo aufgebracht, so wie unsere eigene Menschlichkeit.

Grimmig nahm Papa einen der Dolche von der Wand und trat vor Peppino Balsamo. «Du verdienst den Tod», sagte Papa, wobei seine Stimme plötzlich schrill wurde, «und du – du – du Schweinehund verdienst vielleicht sogar das übrige, was sie mit dir vorhaben.» Papas Lippen waren weiß.

«Halt», fuhr Onkel Pietro dazwischen. «Ich bin einverstanden damit, daß Toni die Entscheidung trifft. Aber wir sind Menschen, wie Guido sagte und diese Kreatur ist auch ein Mensch. Geben wir ihm die Gelegenheit zur Reue und zum Gebet.»

Mein Gott, nein, dachte Sigismundo. Er wollte nicht hören, was Peppino zu sagen hatte, wenn man ihm den Kebel abnahm.

Aber dann war es genau wie in der Kirche: Die Zeit blieb stehen, als wäre Zenos Paradox Realität, als könnte der Pfeil den Bogen nie verlassen. Alle schwiegen und verständigten sich nur durch ein Nicken. Wie in Zeitlupe trat Onkel Pietro langsam auf die Kiste zu und nahm Peppino den Knebel aus dem Mund. Er kam Sigismundo vor wie ein Mann, der sich unter Wasser bewegt, wie die Gestalt aus einem Alptraum, die langsam immer näher kommt, wie der Mann, von dem der

Dominikaner gesprochen hatte, der aus der 1 eine 10, aus der 10 eine 100, aus der 100 eine 1000 und so weiter machte...

«Versöhne dich mit Gott», sagte Onkel Pietro, beinahe freundlich.

«Mit wessen Gott? Mit eurem Reicheleutegott?» Peppino sprach nicht einmal verbittert; er strahlte eine Verachtung aus, die so alt war, das sie ihn zu erdrücken schien. «Ich habe einen besseren Gott, einen Gott, der nie von mir verlangt, mich zu unterwerfen, immer nur zu unterwerfen, einen Gott, der tapferer und mutiger ist als sonst jemand auf der Welt. Ein Gott, der Widerstand predigt, immer nur Widerstand!»

«Du wirst bald tot sein», sagte Onkel Pietro sanft. «Gib deine Hirngespinste auf und stirb in Frieden.»

«Ich scheiße auf den Frieden, solange es noch wenige Reiche wie euch und viele Arme wie uns gibt. Ich scheiße auf euren Gott und euren heuchlerischen Jesus und auf euch alle, auch wenn ich hilflos und gefesselt bin.» Peppino Balsamo grinste verächtlich. «Glaubt ihr etwa, Leonardo Malatesta war ein großer Fisch? Ich habe Tausende von Morden organisiert, ihr Idioten, Tausende. Und ich habe keinen einzigen bereut.»

«Stopft ihm das Maul», kreischte Tante Gina.

«Als ob ihr das könntet!» gab Peppino zurück. «Mein Gott ist echt, kein Mythos wie eurer. Er gibt mir die Macht. Ich kenne all eure Sünden, ihr Heuchler. Soll ich Ihnen von dem Mädchen erzählen, Signor Celine, das Sie in Spanien bei sich hatten? Soll ich Ihnen erzählen, was Sie mit ihr gemacht haben?» Papa wurde kreidebleich. «Und diese edle leidende Witwe», fuhr Peppino mit gehässigem Grinsen fort. «Wollt ihr wissen, was sie in einsamen Nächten tut, um sich zu trösten?»

«Bringt ihn zum Schweigen», schrie Tante Gina auf. «Bringt ihn zum Schweigen.»

Papa Guido fuhr mit dem Dolch durch Peppinos Gesicht, so daß eine dünne rote Blutspur darauf erschien.

«Huh!» grunzte Peppino, doch Sigismundo hätte nicht zu

sagen vermocht, ob es ein Schmerzensschrei oder ein perverser Triumph war. Jetzt sickerte das Blut auf das Hemd, doch er ließ sich nicht beirren: «Ich habe jede reiche Frau gefickt, die mir über den Weg gelaufen ist, die eine mit diesem Trick, die andere mit einem anderen. Und die Kinder. Soll ich euch was sagen? Ich mag zwar Sodomie nicht so besonders, aber es einem reichen, kleinen Jungen beizubringen in dem Bewußtsein, daß er vielleicht Gefallen daran findet und später Opfer der Inquisition wird...»

Antonio sprang wutentbrannt auf und stieß Peppino seinen Dolch brutal ins rechte Auge. Nicht tief genug, um das Gehirn zu treffen, dachte Sigismundo, Toni will immer noch, daß sich alles bis zum Morgengrauen hinzieht. Jetzt waren Peppinos Hemd und Hose voller Blut.

«Ihr bringt mich nicht zum Schreien», keuchte Peppino. «Mein Gott gibt mir eine Macht, die ihr nicht versteht.» Doch dann zog er eine unfreiwillige Grimasse. Gott sei Dank, dachte Sigismundo. Er blutet. Er spürt Schmerz, er ist nicht wirklich ein Dämon.

«Ihr seid ja alle so edel, so vornehm und fein», fuhr Peppino fort. «Nicht wie wir groben Bauern... deine Frau wollte immer mehr», sagte er zu Papa. «Wir haben es stundenlang getrieben, wie läufige Hunde. Sie konnte einfach nicht genug kriegen.»

Er lügt, dachte Sigismundo. Er lügt. Er lügt. Ich weiß, daß er lügt.

Antonio schrie auf, keine Worte ausstoßend, nur animalische Wut, und schlitzte Peppino das linke Ohr ab.

«Ich scheiße auf euren Gott», wiederholte Peppino. Langsam wirkte er etwas benommen. «Ich scheiße auf die Jungfrau Maria», setzte er hinzu, während das Blut über ihn spritzte. Jetzt verlassen ihn die Kräfte, dachte Sigismundo. Er wird bald in Ohnmacht fallen.

Doch da stürzte sich Tante Gina auf ihn. «Ja, stirb nur mit

deinen Blasphemien», schrie sie. «Stirb so, wie du bist. Verdamme dich selbst in die tiefste aller Höllen. Tiefer noch als Judas, du Schwein! Stürze dich in den Abgrund. Los, verfluche Gott noch einmal! Nur zu, verdamme dich auf ewig!» Dann kniete sie sich vor ihn und einen Augenblick lang konnte Sigismundo nicht verstehen, wollte nicht verstehen, was sie tat. Antonio hatte recht, wir leben in einer Hölle. Neapel ist nur Schein, eine Fata Morgana. Wenn wir den Dingen auf den Grund sehen, gibt es nur noch Haß und Schmerz und ewige Finsternis und Dämonen, die sich gegenseitig verfluchen. «Mach dich nur lustig über Gott», schrie Tante Gina wie von Sinnen. Ihre Hände waren blutüberströmt, als sie seine Hoden auf den Boden warf. «Verfluche Gott», kreischte sie und machte sich an seinem Penis zu schaffen. Das Blut floß an seinen Beinen herunter und bildete eine rote Lache auf dem Boden.

Wir werden eine volle Seite in den Geschichtsbüchern kriegen, dachte Sigismundo. Gleich hinter Caligula und den Borgias. Ich glaube, mir wird schlecht, ich bin nicht mehr Herr meiner Sinne –

Doch jetzt war das Schlimmste wohl überstanden. Selbst Peppino brachte keine weiteren Blasphemien mehr heraus, während er aus vielen Wunden blutete.

«Ich ficke euren Gott in den Arsch», murmelte Peppino. «Und die Jungfrau Maria! Und den Papst!»

Das hört nie auf, dachte Sigismundo. Wir werden weiter auf ihn einhacken und er wird nicht sterben und nicht ohnmächtig werden, weil sein Gott tatsächlich mächtiger ist: die Geschichte bezeugt es. Er wird Gott lästern, bis wir zu müde sind, um weiterzumachen und wenn wir morgen aufwachen, wird er weiterfluchen. Das ist die Hölle: unendlicher Haß, ewiges Feuer. Wir werden alt und grau und uns mit seinem Blut beflecken, wieder und wieder, und irgendwann werden wir alle daran sterben. Und er wird da sitzen, hilflos und gefesselt und uns verfluchen.

«Ich ficke San Gennaro», fuhr Peppino mit seiner Litanei

fort, doch Sigismundo konnte nur noch daran denken, daß er das Blut dieses Mannes in den Adern hatte: Teufelsblut.

«Ich habe mich ihm unterworfen», tobte Peppino, «und als es keinen Peppino mehr gab, nur noch Luzifer, da wurde ich unverletzlich und frei. Frei von euren Gesetzen, eurer Moral, eurem tyrannischen Gott. Ich bin er und er ist ich, ihr Idioten, seht ihr denn nicht? Ich werde ewig leben, denn nur in ihm gibt es Freiheit ohne Grenzen.»

Papa Guido torkelte zur Tür. «Schluß jetzt», sagte er. «Genug. Genug.» Damit wankte er hinaus in den Garten.

Tante Gina stach immer noch blutüberströmt und wahllos auf Peppinos Körper ein. Onkel Pietro ergriff sie und zerrte sie zur Seite.

«Genug jetzt», sagte er. «Sonst wirst du noch den Verstand verlieren.»

Sigismundo schlich sich vorwärts. Jetzt bin ich dran. Ich werde einmal hinlangen und abhauen, wie Papa.

Peppino sah ihn mit seinem unverletzten Auge an, blutend und unerbittlich. Er konnte noch immer sprechen. «Mein Sohn», sagte er. «Du wirst mein Werk vollenden. So steht es geschrieben.»

«Nein», schrie Sigismundo. Doch er zögerte.

«Ja», sagte Peppino. «Tana zu deinen Häupten, Aradia zu deiner Linken, Luzifer zu deiner Rechten –»

Sigismundo hob wutentbrannt den Dolch.

«– Orpheus zu deinen Füßen», schloß Peppino. Er lächelte so furchterregend und blutig wie der erbärmlichste Christus auf dem entsetzlichsten byzantinischen Gemälde einer Kreuzigung. Er lächelte und lachte sogar noch einmal auf, es klang wie eine Hyäne, wild und elementar und unbezwungen: ein freiwilliger Märtyrer für Haß und Wut, ein teuflischer Messias. Und ein großartiger Abgang – genau wie in der Oper.

Dann brach das Feuerwerk von neuem aus und Sigismundo verlor sich in der verrückten Dimension.

«Im Namen Emanuels», sang Abraham. «Ich beschwöre deine Seele, Sigismundo Celine, auf daß sie zurückkehre in diesen Raum. Im Namen Emanuels, der Gestern, Heute und der Bruder von Morgen ist.»

Sigismundo unterschrieb das Pergament mit seinem eigenen Blut. «Jetzt bist du auf ewig mein», sagte Peppino. «Dein Name steht im Buch des Teufels. Du wirst nicht ruhen, solange noch irgendwo in Europa ein Aristokrat herumläuft.»

«Im Namen Emanuels, dessen Name die Gegenwart Gottes symbolisiert, beschwöre ich dich, Sigismundo Celine.»

Onkel Pietro kippte eimerweise Wasser über Sigismundos Kopf. Ich werde noch einmal getauft, dachte Sigismundo. Sie befanden sich am Brunnen in Pietros Garten. Sein Onkel hatte alle Hände voll zu tun, einen Eimer Wasser nach dem anderen heraufzuziehen und über Sigismundo auszukippen.

«Libertà!» drang Peppinos Stimme aus dem Haus.

«Was ist passiert?» fragte Sigismundo. Er fühlte sich wie eine alte Kiste im Keller, in der die Hündin gerade Junge bekommen hatte.

«Du bist in Trance gefallen», sagte Pietro und musterte ihn sorgfältig. «Weißt du, wo du bist?»

«Ich bin in deinem Garten», antwortete Sigismundo. «Ich kann mich an alles erinnern, es war ein netter neapolitanischer Abend. Außer –»

«Libertà!» ertönte wieder der Schrei.

«Außer was?» fragte Pietro.

«Ich wollte gerade auf ihn einstechen, aber dann stieß er eine Beschwörung aus und –»

«– du bist in Trance gefallen», sagte Onkel Pietro.

«Libertà!» schrie Beppino Balsamo von drinnen.

«Mein Gott», stöhnte Sigismundo. «Wird er jetzt bei jedem Hieb so schreien?»

«Bist du auch wirklich wieder in Ordnung?» fragte Onkel Pietro.

«Fast. Ich habe eine Reise in die Zeit gemacht.»

«Nein, das hast du nicht. Er hat dich mit dieser Beschwörung in Trance versetzt. Du hast wieder angefangen, zu halluzinieren.»

«Onkel, du weißt auch nicht alles. Ich habe eine Reise zurück in die Zeit gemacht. Ich war wieder in der Höhle unter Pompeji, wo die *rossi* ihren Hexensabbat abhalten. Abraham hat mir geholfen, zu fliehen. Und ich habe mich wieder erinnert.»

«Woran hast du dich erinnert?»

«Er hat mich gezwungen, das Buch zu unterschreiben. Mit meinem eigenen Blut. Ich habe meine Seele dem Teufel verschrieben.»

«Jetzt hör mir mal gut zu», entgegnete Onkel Pietro. «Er hat dir in jener Nacht eine Droge verpaßt, Belladonna. Und dann hat er dich hypnotisiert und mit Hilfe eines Schlüsselworts so konditioniert, daß du sofort anfängst, zu halluzinieren, wenn er das richtige Wort ausspricht. Das ist ein alter Trick, Drogen und Schlüsselworte. Er kann dir alles mögliche einreden, solange du nicht dahinter kommst, daß es nur ein mieser Trick ist. Du hast dich nicht dem Teufel verschrieben. Du gehörst nur dir selbst. Du hast einen freien Willen.»

«Libertà!»

«O Gott, o Gott, o Gott», schrie Sigismundo. «Können sie denn seinen Qualen nicht ein Ende machen? Sind wir genauso schlecht wie er?»

«Ich weiß», sagte Onkel Pietro. «Meinst du, ich wäre stolz auf das alles? Aber es muß sein. In diesem Königreich kann man sich mit solchen Angelegenheiten nicht an die Behörden wenden, man muß die Sache selbst in die Hand nehmen. Es ist nicht gerade die beste Lösung, aber sie ist unumgänglich. Wir sind schon lange vor den Bourbonen unterworfen worden, sogar schon vor den Normannen. Wahrscheinlich sind wir das Volk, das auf der ganzen Welt am meisten erobert worden ist.»

«Das weiß ich doch alles», unterbrach ihn Sigismundo. «Aber –»

«Aber es ist schrecklich, was sich da in meinem Wohnzimmer abspielt», sagte Pietro traurig. «Ich weiß, glaube mir. Aber wir sind nun mal Menschen, die immer unter ihnen feindlich gesinnten Regierungen gelebt haben. Unser Kodex konnte nur deshalb entstehen, weil wir unsere eigene Polizei sein mußten, unsere eigenen Richter, und Henker obendrein. Denn die Regierungen waren nur fremde *banditti*, die auf unsere Kosten fett wurden.»

«Ja, ja», sagte Sigismundo. «Aber Onkel: Folter, Kastration – mein Gott!»

«Ich hasse es genauso wie du», sagte Pietro bitter. «Aber es muß sein, sage ich dir. Ich würde ihm viel lieber einen Giftbecher geben und zusehen, daß es schnell vorbei ist. Aber wenn die Menschen ihre eigenen Gesetze machen und ihre eigenen Henker sind, funktioniert das Ganze nur, wenn die geschädigte Partei das Recht hat, über die Strafe zu entscheiden und wenn diese Partei halb verrückt ist vor Wut und Schmerz... nun, dann kommt eben so was dabei raus!»

«Libertà! Libertà! Libertà!» Peppino war immer noch nicht tot.

«Es klingt wie eine seiner Obszönitäten», sagte Sigismundo.

«Und er ist dein Vater», sagte Onkel Pietro mit dem Mitleid eines Sophokles.

«Diese Nacht wird unser aller Verderben sein. Aber wenigstens eins kann ich dir sagen, was das Ganze vielleicht etwas weniger abscheulich macht: meine Brüder sind die reinsten Waisenknaben verglichen mit den Dominikanern. Peppino wird bald erlöst sein, denn sie haben bereits ihren Verstand verloren. Es wird nicht bis zum Morgengrauen dauern, wie Antonio sich das vorgestellt hatte.»

«Libertà!» hallte es aus dem Haus, als wolle Peppino

Sigismundo versichern, daß Pietro unrecht hatte und er noch eine geraume Zeit durchhalten würde.

«Mein Gott», rief Sigismundo. «Was ist er?»

«Er ist ein Mensch. Wie du und ich.»

«Nein.»

«Doch. Ein Mensch voller Haß, ein Produkt der schrecklichen Geschichte dieses tragischen Königreichs, aber immer noch ein Mensch.»

«Nein – er wurde als Mensch geboren, aber er hat sich zu etwas anderem entwickelt. So wie Abraham Orfali, nur in entgegengesetzter Richtung.»

«Hör mir gut zu», sagte Pietro ernst. «Abraham war Peppino einmal sehr ähnlich, wie ich übrigens auch.»

«Nein!»

«Doch. Mit Gott allein zu sein, nackt in der Unendlichkeit aller Existenz, das ist, wie Abraham zu werden. Es gibt eine Menge Fallgruben auf dem Weg dorthin und Peppino ist einer davon zum Opfer gefallen. Er muß getötet werden wie ein tollwütiger Hund, aber im Innersten meines Herzens tut er mir leid.»

«Nein!»

«Hör zu. Es gibt, wie du schon ahnst, einen Weg, der über die jetzige Menschheit hinausführt, aber es ist ein Pfad der Finsternis, ehe er zum Pfad des Lichts wird. Die Alchemisten nennen das *negrito*, die Hexen haben dafür den Schwarzen Mann in ihren Ritualen erfunden, Johannes der Täufer nannte es die dunkle Nacht der Seele. In der Legende vom Heiligen Gral wird es durch die Kapelle der Gefahren symbolisiert, zu der nur der vollkommene Narr Zutritt hat. Verstehst du? Du mußt *alles* verlieren und *alles* bedeutet in diesem Fall auch das, was du über Gott zu wissen glaubst. Dann wirst du vielleicht meinen, es gäbe keinen Gott, oder daß Gott der Geist der Zerstörung sei, den Peppino verehrt. Es ist ein sehr einsamer und schrecklicher Weg; ich spreche aus Erfahrung. Der einzige

Unterschied zwischen Peppino und Abraham ist, daß Peppino es nicht geschafft hat, auf der anderen Seite wieder herauszukommen. Was meinst du, warum er dich in Trance versetzt hat?»

«Um Kontrolle über mich zu erhalten», antwortete Sigismundo bitter. «Es war sein letzter Versuch, mich für die Sache der Satanisten zu gewinnen.»

«Vielleicht. Vielleicht war es aber auch noch etwas anderes. Du hast noch nicht auf ihn eingestochen.»

«Libertà!» schrie Peppino. «Ich werde millionenfach zurückkehren!»

Sigismundo schüttelte den Kopf. «Du meinst, er wollte mich verschonen?»

«Schon möglich», antwortete Onkel Pietro. «Nicht, daß er im christlichen Sinne bereute. Er lästert den christlichen Gott noch mit dem letzten Atemzug. Aber vielleicht besitzt er doch ein Fünkchen Menschlichkeit und hat dich vor diesem unaussprechlichen Verbrechen, dem Vatermord, bewahrt. Mein Gott, diese Nacht war schon höllisch genug für uns alle, ohne daß das auch noch nötig gewesen wäre.»

«Ich glaube es nicht», sagte Sigismundo. «Nicht er. Er will, daß alle Menschen so werden wie er.»

«In jeder menschlichen Seelc», sagte Pietro, «verbleibt etwas von Gott. Auch wenn der Mensch sich dagegen sträubt und versucht, dieser Tatsache mit dem letzten Rest von Bewußtsein zu entkommen. Vielleicht hat er das Schlüsselwort eingesetzt, um dich zu schützen.»

«Mit anderen Worten: der Satan dient Gott, ohne es zu wissen?» fragte Sigismundo. «Das ist eine gnostische Ketzerei, behauptet Pater Ratti. Wenigstens hat Peppino aufgehört, Freiheit zu schreien. Du hast recht gehabt mit der Familie. Sie haben den Verstand verloren und dem Ganzen ein Ende gemacht.»

Aber ich werde nie fertig sein mit ihm, dachte er bei sich. Ich werde immer diese Stimme hören, die Stimme meines leiblichen Vaters, der mich zum Mord an sämtlichen Aristokraten Europas aufruft.

Sigismundo tat in dieser Nacht kein Auge zu. Er betete, oder versuchte zu beten.

Hin zu dem Einen, der Vollkommenheit von Liebe, Harmonie und Schönheit, dem einzigen Wesen.

Lieber Gott, manchmal kann ich dich erkennen. Meistens in der Musik. Manchmal auch in anderen Künsten. Es kommt immer in kleinen Schüben, aber dann erkenne ich dich als die Vollkommenheit von Liebe, Harmonie und Schönheit. Nur das Problem, lieber Gott, liegt darin, daß ich dich meistens in Sachen wiedererkenne, die irgendwie nach Ketzerei stinken, jedenfalls sagt man mir das. Wenn ich versuche, dir in der Kirche zu begegnen, verliere ich mich in theologischem Spaghetti. Hör zu, ich bin erst fünfzehn. Ich weiß, daß man mit Gott nicht feilschen kann wie mit einem Obsthändler auf dem Markt. Das ist verboten, ja, ich weiß. Es ist unsere Pflicht, dein geheimnisvolles Wirken zu akzeptieren und den Glauben an dich zu bewahren, ganz gleich, was geschieht.

Aber ich muß mit dir handeln und feilschen. Ich bin schrecklich verwirrt. Eins laß dir gesagt sein, es ist wirklich nicht leicht, auf dieser Welt Liebe, Harmonie und Schönheit zu finden. Ich will wirklich nicht sarkastisch werden, lieber Gott, aber manchmal möchte man meinen, daß du alle Liebe, Harmonie und Schönheit für dich behalten willst. An Haß, Zwietracht und Schrecken dagegen mangelt es keineswegs. Um ein Haar hätte ich heute nacht meinen Vater getötet und nur eine teuflische Beschwörung konnte das verhindern. Vergib mir bitte, lieber Gott, aber ich kann mir diese Frage einfach nicht verkneifen: wo bist du eigentlich, wenn man dich braucht?

Ich weiß, daß ich mich manchmal daneben benehme. Obwohl ich aufrichtig versuche, demütig zu sein, gelingt es mir nicht, aber lieber Gott, du machst es einem auch nicht einfach. Ich meine, die Verflüssigung von San Gennaros Blut ist schön und gut, aber das ist nicht genug. Es ist gar nicht so abwegig, auf die Idee zu kommen, daß die Priester ihre Hand im Spiel haben, wie der Franzose damals meinte. Es wäre schön, wenn du manchmal ein bißchen weniger doppeldeutig sein könntest. Das ist doch nicht zu viel verlangt, oder? Ich weiß, ich habe kein recht, überhaupt irgendwas von dir zu verlangen, das wäre ja noch schlimmer als meine übrigen Ketzereien. Aber ich möchte doch untertänigst darum bitten, daß du uns ein wenig unter die Arme greifst. Tante Gina konnte mit Farben und Stoffen umgehen wie ein großer Maler und heute nacht habe ich sie die entsetzlichsten Dinge tun sehen. Wirklich, lieber Gott, so etwas hätte doch nicht passieren können, wenn du nicht eine Welt gemacht hättest, in der Frauen vor Kummer den Verstand verlieren können.

Bitte versteh mich. Man hat mir immer wieder erklärt, daß du für diese Dinge nichts kannst. Es ist die Schuld der Menschen, daß sich alles so entwickelt hat. Aber heute habe ich gesehen, wie man einen Menschen gefoltert und verstümmelt hat und er hat es verdient wie kein anderer, obwohl er mein Vater war, aber verdammt, verdammt, verdammt, lieber Gott, diese Szene spiegelte alles andere als die Vollkommenheit von Liebe, Harmonie und Schönheit. Alles andere. Ich gebe dir mein Ehrenwort als Christ, es war schrecklich, unharmonisch und gräßlich. Was ich nicht verstehe, ist, daß du so viel Zeit damit verschwendest, deine Feinde in der Hölle schmoren zu lassen. Sie sagen, daß du unendlich viele Jahrhunderte mit unendlich vielen Arten von Qual vertust. Ich kann das einfach nicht länger glauben. Das hört sich an, als wärest du noch wahnsinniger als Peppino selbst oder meine arme, vom Kummer gepeinigte Familie, als sie ihn zu fassen kriegte.

Weißt du, was ich glaube, Gott? Sie haben ihren Verstand gar nicht verloren. Sie haben sich selbst hinters Licht geführt. Sie haben ihn dann doch ziemlich schnell getötet, weil ihnen bei ihren eigenen Verstümmelungen schlecht wurde. Sie wollten noch schlimmer sein als das Monster Peppino, aber sie hatten nicht die Nerven dazu. Deshalb war alles schon nach knapp einer Stunde vorbei. Obwohl – über die Zeit bin ich mir nicht so ganz sicher, weil ich selbst etwas durchgedreht bin.

Jedenfalls, du siehst mein Problem: Wenn ich nicht an die Hölle glaube und nicht an die Inquisition und nicht davon überzeugt bin, daß Ketzer böse Menschen sind, dann bin ich verloren in Dantes *selva oscura*. Ich weiß nicht mehr, was ich glauben soll. Ich weiß nur, daß du gar nicht da bist und ich Selbstgespräche führe. Vielleicht hatten die Epikuräer recht: Da draußen ist nichts weiter als Atome und Raum. Und Dinge erscheinen ohne Grund aus dem Nichts und verschwinden wieder im Nichts und wir haben dich nur erfunden, weil wir so einsam sind.

Das ist schrecklich, ich weiß. Jetzt habe ich dich gekränkt. Das ist überhaupt kein Gebet, sondern eine Lästerung. Ich schäme mich, ehrlich, Gott. Aber es ist trotzdem ein Gebet, denn ich brauche dich. Wenn es dich nicht gäbe, wäre das, was heute nacht passiert ist, vergleichbar mit einer Horde Löwen, die ein Zebra erlegt hat. Wenn es dich nicht gäbe, sollten wir Peppino aufessen und nicht zulassen, daß das Fleisch verdirbt.

Aber wenn es dich nicht gibt, was soll dann meine verdammte Musik?

Also gib mir wenigstens ein Zeichen, Gott. Nichts Großes, nichts Dramatisches. Ich weiß, daß wir kein Recht haben, dies von dir zu erbitten. Aber ich brauche ein Zeichen oder ich weiß nicht, was mir geschieht. Und wenn du in deinem vollen Terminkalender noch Zeit findest, zwei- oder dreimal im Jahr das Blut von San Gennaro zu verflüssigen, dann wirst du doch bestimmt eine winzige Erscheinung für mich in petto haben, was meinst du?

Und noch was, Gott. Es tut mir leid, wenn dies bitter klingt oder ironisch, aber ich stehe im Augenblick furchtbar unter Druck. Nicht jeder Junge muß zusehen, wie man seinen eigenen Vater kastriert und ermordet, weißt du.

Im Morgengrauen döste er ein. Und wachte keuchend auf, besessen von einem Alptraum im Halbschlaf: Blut an seinen Händen, Blut auf seinem Nachthemd und den Laken, überall nur Blut. Ein wütendes rotes Meer.

Es blieb keine Zeit mehr, die Treppe hinunter zum Klo zu stürzen. Er tastete nach seinem Nachttopf und erbrach sich, wieder und wieder, während Visionen von Blut in seinem Kopf kreisten.

Negrito, erinnerte er sich. Die Alchimisten nannten es die Schwärzung der Ersten Substanz.

VIERTER TEIL

DIE HOHEPRIESTERIN

> Denn Gnade hat ein menschlich Herz
> Ein Menschengesicht Mitleid
> Liebe hat göttliche Menschengestalt
> Und Friede ein Menschenkleid.
>
> William Blake, *Das göttliche Ebenbild*

Am Anfang hatte Maria Maldonado nur vage und leicht gereizt Notiz von Sigismundo Celine genommen, so wie von einem Käfer vielleicht, der ihr auf dem Hals herumkrabbelte.

Es hatte angefangen, als sie dreizehn war. Neapel war natürlich voll mit Gesichtern von Leuten, die nicht zu den engen Freunden der edlen Maldonados gehörten – Gesichter, die sie zuversichtlich mit bestimmten Familiennamen assoziierte («Er sieht aus wie ein Orsini», «Ist das nicht einer von den Portinaris?»). Doch es gab ein Gesicht, das ihr öfter als die anderen in der amorphen Wolke halb identifizierter Züge auffiel. Es war ihr lästig und es tauchte stets an irgendeinem Rand ihres Blickfeldes auf. Manchmal erwischte sie diese

Augen, die sie so leidenschaftlich anstarrten, wie man sich nur vorstellen konnte (wie ein Ritter, der den Gral anstiert, schoß es ihr durch den Kopf), doch sobald sie seinen Blick erhaschte, schauten seine Augen wieder weg, flüchtig und schuldbewußt.

Es war das Gesicht eines gar nicht mal übel aussehenden Burschen, der wahrscheinlich in ihrem Alter war, klein und untersetzt wie die meisten Neapolitaner und einen lächerlichen kleinen Schnurrbart zur Schau trug, den er zweifellos für höchst elegant hielt. Er mußte irgendwie nicht ganz dicht sein, vielleicht sogar beschränkt, denn andauernd stolperte er über irgendwas oder stieß sich den Kopf an den Schildern der Geschäfte. Bis sie ganz allmählich dahinter kam, daß er keineswegs geistig behindert war sondern merkwürdigerweise nur auf sie so nervös reagierte. Deshalb stand auch sein Mund immer halb offen, wenn sie ihn dabei ertappte, wie er sie mit den Augen verschlang. Nein, er war nicht debil (wie der arme Orsini mit dem Wasserkopf, der nicht sprechen konnte und mit offenem Mund durch die Gegend stolperte): diesem Schwachkopf von Celine blieb nur dann die Luft weg, wenn er sie sah, denn er war ganz furchtbar schüchtern.

Sie brauchte eine Weile, bis sie endlich merkte, daß der tolpatschige und närrische Kerl sich in sie verliebt hatte.

Sie fing an, zu verstehen, als sie ihre ersten Romane las. Natürlich waren die Nonnen von der Klosterschule der heiligen Theophobia in Rom von dieser Art Lektüre nicht gerade begeistert. Wenn sie einen erwischten, konnten sie einem ganz schön die Hölle heiß machen. Aber alle anderen Mädchen lasen sie auch und Maria fand einige Romane ziemlich aufregend, obwohl die heißblütigen Figuren darin, angeblich Erwachsene, sie eher an ihre jüngeren Brüder und Schwestern erinnerten als an die Erwachsenen, die sie aus der wirklichen Welt kannte. Doch es gab keinen Zweifel: wenn sie sich verliebt hatten, verhielten sich die Männer in diesen Romanen genauso albern wie der Junge, der sie in den Sommerferien, wenn sie in Neapel war, auf Schritt und Tritt verfolgte.

Leider gaben die Romane keine Auskunft darüber, was man tun sollte, wenn man nicht ebenso verrückt war nach dem Mann, der an diesen melodramatischen Symptomen litt. Es wurde immer schlimmer. Er war nicht nur lästig, sondern irritierte sie fortwährend, genau wie ihr Bruder Carlo mit seinen ständigen Schießübungen: *peng, peng, peng*, den ganzen Sommer lang dieses dämliche Feuern der Pistolen, bei dem man keinen vernünftigen Gedanken fassen konnte.

Mutter Ursula, die Äbtissin, veranstaltete jeden Samstagmorgen ein Seminar für besonders vielversprechende junge Mädchen; Maria gehörte dazu. Die Mädchen wurden ermutigt, alle möglichen Fragen zu stellen, während Mutter Ursula ihnen für gewöhnlich half, selbst Antworten darauf zu finden. Manchmal jedoch, wenn das Thema heikel oder peinlich war, beantwortete sie die Fragen auch selbst. Meistens aber bestand sie darauf, daß die Schülerinnen selber nach den Antworten suchten. «Ich bin nur hier, um euren Verstand anzuregen», pflegte sie bei solchen Gelegenheiten zu sagen. «Es nützt niemandem etwas, wenn meine Worte in ein Ohr hinein und zum anderen wieder hinaus gehen, ohne daß ihr euch wenigstens ein bißchen geistig anstrengt.»

Eines Tages – an einem Sonntagmorgen nach der Messe – nahm Maria im Garten ihren ganzen Mut zusammen und fragte Mutter Ursula, was es mit Sigismundo auf sich hatte.

«Was fühlst du denn für ihn?» fragte die Äbtissin zurück.

«Ich finde ihn schrecklich», platzte Maria heraus.

«Das ist klar», sagte Mutter Ursula, «aber schließlich ist er auch daran schuld, daß du dich selber schrecklich findest. Sein Verlangen verwirrt dich, weil du intelligent genug bist, um zu wissen, daß es mehr oder weniger willkürlich ist: wenn es dich nicht gäbe, hätte er sich in ein anderes Mädchen verliebt. So ergeht es allen Jungen in seinem Alter.»

Maria nickte verunsichert. «Er erinnert mich daran, was andere Männer wahrscheinlich denken, wenn sie meinen ... meinen Körper betrachten ...»

«Ja», antwortete Mutter Ursula, «aber jetzt hör mir mal gut zu, mein Kind. Vielleicht gibt es ein paar Mädchen an dieser Schule, die sich dafür entscheiden, sich Gott zu weihen, so wie ich es getan habe, aber die meisten werden mit Männern von angemessenem Rang verheiratet werden. Man wird erwarten, daß ihr Kinder bekommt. Das setzt natürlich voraus, daß ihr euch mit euren Ehemännern körperlich vereint, und zwar häufig. Hör auf, so herumzuzappeln! Es ist ein Sakrament, von Gott befohlen, um den Fortbestand der Menschheit zu garantieren. Ich will noch ein wenig deutlicher werden. In den ersten Jahren der Ehe wird dies wahrscheinlich mehrmals in der Woche der Fall sein, fünf Mal, sieben Mal, vielleicht noch öfter. Später, wenn die Kinder zur Welt kommen, wird es mehr Ablenkung geben und auch mehr Verantwortung. Aber es wird immer noch geschehen, bis ins hohe Alter hinein. Was hältst du davon?»

«Ich habe Angst», sagte Maria. Selbst Mutter Ursula war nur selten so offen.

«Das ist natürlich», antwortete Mutter Ursula. «Aber erforsche mit mir zusammen dein Inneres: hast du nicht irgendwann schon einmal romantische Gefühle bestimmten Männern gegenüber gehabt? Sei ehrlich!»

Maria spürte, wie sie rot wurde. «Ich dachte manchmal», sagte sie zögernd, «es wäre schön, wenn Giancarlo Tennone sich in mich verliebte. Ich habe an ihn gedacht ... wie er mich küssen ... und, und, na ja, mir sagen würde, daß er ohne mich nicht leben kann.»

«Du hast Romane gelesen», sagte Mutter Ursula lächelnd. «Alle Mädchen hier lesen Romane, ich tue es sogar selbst.» Sie senkte verschwörerisch die Stimme. «Die anderen Nonnen wären entsetzt, wenn sie es wüßten. Jedes Zeitalter entwickelt

Wie gleich die Menschen sind …

… merkt man besonders, wenn sie mit leeren Taschen dastehen. –

Bleibt zu hoffen, daß ein Notgroschen seinen Zweck behält und ein Mann das bleibt, was er ist, und nicht das, was er hat.

eine Form der Kunst, die angeblich die Moral und die Staatsordnung untergräbt und in unserer Zeit sind das nun mal die Romane. Doch die Menschheit hat bisher noch all diese Innovationen überdauert. Trotzdem will ich dir ein paar Dinge über diesen Signor Tennone verraten, den ich nie kennengelernt habe. Er ist mindestens fünfzig. Er ist der Beste auf seinem Gebiet, was auch immer es ist. Er hat Frau und Kinder. Er ist ein Ehrenmann und wird seine Frau keinesfalls betrügen. Er ist ein mutiger Mann, und sehr sympathisch. Oder habe ich unrecht?»

Maria hatte plötzlich das Gefühl, daß Mutter Ursula eine verkappte *strega* war.

«Wie machen Sie das?» fragte sie nervös.

«Das ist ganz einfach», entgegnete Mutter Ursula lächelnd. «Es ist eine grobe Beschreibung des Mannes, in den ich mich selbst in deinem Alter verliebt habe. Es ist die Art Mann, die jungen Mädchen immer gefällt. Weißt du, warum? Weil es eine sichere Sache ist. Es ist ja alles nur Phantasie, da kann einem nichts passieren. Wenn du aber einem Jungen in deinem Alter solche Gefühle entgegen bringen würdest, hättest du vielleicht Angst vor dir selber, verstehst du?»

Maria nickte. Sie war zu verwirrt, um etwas zu sagen.

«Die Sünde ist schrecklich», fuhr Mutter Ursula ernst fort. «Doch Gott ist weiser und gütiger als alle Bewohner von Rom und Neapel zusammen. Die Sünde, vor der du so viel Angst hast, vor der du dich so sehr fürchtest, daß du schon den Gedanken daran als peinlich empfindest, wird von den Menschen mehr gehaßt als von Gott. Und weißt du auch, warum? Weil die Hochzeit im Grunde genommen ein Besitztransfer ist. Der Käufer will natürlich makellose Ware. Es ist das alte Vorurteil der Männer. Deshalb ist diese einfache, unbedeutende Sünde schlimmer als Mord, den Gott wirklich verabscheut.»

Mutter Ursula nahm Marias Hand. «Ich war auch einmal

verheiratet», sagte sie. «Ich widmete mein Leben erst Gott, nachdem mein Mann bei einem Unfall auf See umgekommen war. Ich möchte dir etwas erzählen, über Geschlechtsverkehr.» (Diesmal würde Maria es nicht schaffen, der Vorstellung auszuweichen, indem sie sie mit Euphemismen verschleierte.) «Der Geschlechtsverkehr kann das Schönste an der Ehe sein. Normalerweise ist das nicht der Fall; im Gegenteil, er ist eine Quelle ständigen Streits, von Enttäuschung, und sogar Gewalt. Das liegt daran, daß weder Männer noch Frauen allzu gut darüber Bescheid wissen. In ein paar Jahren wirst auch du heiraten, Maria. Du kannst mit deinen Ängsten und Fragen jederzeit zu mir kommen. Ich sehe keinen Grund, warum du mit Angst und Vorurteilen erwachsen werden sollst, nur weil die Kirche zufällig von Männern regiert wird, die voller Angst und Unwissenheit sind.»

So etwas hatte Maria noch nie gehört. Aber sie wußte, daß Mutter Ursula ein hohes Risiko einging, wenn sie so etwas in der Öffentlichkeit verlauten ließ. Natürlich war Mutter Ursula ganz anders als die übrigen Nonnen. Sie führte zum Beispiel seit langem eine Korrespondenz mit Maria Gaetana Agnesi, die an der Universität von Mailand Kegelschnitt und analytische Geometrie unterrichtete und als Expertin auf dem Gebiet hydraulischer Systeme galt – alles Fächer, in denen Frauen angeblich nichts zu suchen hatten. Darüber hinaus korrespondierte Mutter Ursula auch mit Signora Mazzolini, die Anatomie an der Universität von Bologna lehrte (und gar mit männlichen Körpern hantierte!), sowie mit der sagenhaften Laura Bassi, ebenfalls an der Universität von Bologna, die Naturphilosophie unterrichtete, ihren Studenten beibrachte, wie man mit einem Teleskop umging und der Ketzerei im Stile Galileos bezichtigt wurde. Mutter Ursula behauptete, Frauen könnten dasselbe wie Männer und eines Tages würden sie vielleicht sogar Priester und Bischöfe werden. Sie hütete sich allerdings, letzteres in der Öffentlichkeit zu sagen: Wäre so etwas je den Dominikanern zu Ohren gekommen, wären sie ins Kloster gestürmt wie die Füchse in den Hühnerstall, das wußte Maria.

So wie Maria in ihren Gesprächen mit Mutter Ursula vieles über die Ehe und die Fortpflanzung erfuhr – und sogar lernte, das Wort «Penis» in den Mund zu nehmen, ohne rot zu werden – so vervollkommnete sie sich auch auf manch anderem Gebiet abseits der musikalischen Künste und der Stickerei, die man in dieser Zeit für junge Mädchen angemessen hielt. So lernte sie zum Beispiel, daß es (in Sparta und Ägypten) eine Zeit gegeben hatte, in der Frauen *Eigentum besaßen*; daß Geometrie nichts von einer anderen Welt, sondern im Gegenteil eigentlich sehr interessant war und einem half, präziser zu denken; daß es in Babylon *weibliche Richter* gegeben hatte und daß die Leute, je weiter man nach Norden kam, die Inquisition immer mehr verabscheuten und der Meinung waren, daß sie abgeschafft gehörte, und schließlich, daß Musik sich mathematisch genau analysieren ließ, wie Pythagoras behauptet und damit zugleich bewiesen hatte, daß selbst etwas so Geheimnisvolles wie die Schönheit einen rationalen Ursprung hatte.

Das Erstaunlichste an Mutter Ursula entdeckte Maria jedoch erst, als Herkules krank wurde. Herkules war eins der schuleigenen Maultiere, das den Wagen zog, wenn ihre Klasse Ausflüge in die Berge unternahm, um die Flora zu studieren.

Man ließ den örtlichen Tierarzt kommen. Nachdem er Herkules eingehend untersucht hatte, verordnete er ihm schließlich ein Magenpräparat. «Er hat etwas gefressen, was ihm nicht bekommt», sagte er. «Schwer zu sagen, ob er es übersteht; das hängt davon ab, wieviel von dem Gift bereits in seinen Blutkreislauf gelangt ist.»

Maria liebte Herkules, weil er das intelligenteste Maultier mit den traurigsten und nachdenklichsten Augen war, die sie je gesehen hatte. Es war, als wüßte es seit undenklichen Zeiten, daß ein Maultier zu sein nichts als viel Schufterei und wenig

Anerkennung bedeutet. Ein paar Stunden nachdem der Tierarzt dagewesen war, ging Maria hinunter zum Stall, um zu sehen, ob die Medizin gewirkt hatte und es Herkules schon besser ging.

Anscheinend war Mutter Ursula auf die gleiche Idee gekommen. Sie kniete neben dem Tier, wie im Gebet, doch ihre Hände waren nicht gefaltet, sondern schwebten über seinem Körper, wenige Zentimeter von seinem Kopf entfernt. Maria blieb im Eingang zum Stall stehen, denn sie konnte kaum fassen, was sie da sah. Im gleichen Augenblick sagte Mutter Ursula halblaut, wie zu sich selbst: «Es ist vorbei. Heile!»

Maria wich zurück, fast zu Tode erschrocken, als sie sah, wie das Tier sich mühsam aufrappelte und wieder auf die Beine kam. Sie hätte nicht überraschter sein können, wenn das Maultier mit den traurigen Augen plötzlich ein Oster-Oratorium angestimmt hätte. «So ist's recht», sagte Mutter Ursula, während sie ihm die Ohren kraulte und den Kopf tätschelte. «Auch du hast ein Recht zu leben. Auch du bist ein Geschöpf Gottes.»

Und Herkules war munter und spielte herum, als wäre nie etwas gewesen.

Da bemerkte Mutter Ursula Maria, die im Eingang stand.

«Mein Gebet ist erhört worden», sagte sie einfach.

«Sie haben ihn geheilt», staunte Maria. «Sie sind eine Heilige, nicht wahr?»

«Unsinn», sagte die Oberin scharf. «Gott hat ihn geheilt. Hüte dich vor Häresie, mein Kind.»

Maria trat auf die Äbtissin zu und ergriff ihre Hände. Sie waren warm, wie sie es sich gedacht hatte. Sie spürte beinahe das Prickeln, das von ihnen ausging. «Gott hat ihn geheilt», wiederholte sie. «Natürlich. Aber Sie waren Gottes Medium. Ich spüre die Macht in Ihren Händen.»

«Ich war nicht einmal da», antwortete Mutter Ursula.

«Wenn ich da gewesen wäre, hätte es nicht passieren können. Aller Dank gebührt Gott.»

Maria verstand das zwar nicht ganz, aber sie konnte sich erinnern, daß Papa manchmal von einem (mittlerweile schon lange verstorbenen) Onkel gesprochen hatte, der ebenfalls solche Heilungen vornehmen konnte. «Man spürte die Macht in seinen Händen», hatte Papa immer gesagt. Deshalb hatte Maria die Hände der Oberin ergriffen – sie hatte wissen wollen, ob es stimmte. Wenn man den Geschichten der anderen Mädchen Glauben schenken wollte, hatte jedes Dorf einen Heiler mit solchen Fähigkeiten, aber sie mußten diskret und äußerst vorsichtig zu Werke gehen, um Zusammenstöße mit den Dominikanern zu vermeiden, deren Komitee zur Theologischen Klärung von Ungewöhnlichen Vorfällen meistens auf Hexerei plädierte.

«Wie machen Sie das?» fragte Maria fasziniert.

«Ich mache gar nichts», sagte Mutter Ursula. «Ich bin gar nicht anwesend, wenn Gott durch mich wirkt. Und nenne mich nie wieder eine Heilige. Es könnte mich in Versuchung führen und zur Eitelkeit verleiten und wenn sich so etwas herumspricht, könnten die anderen Nonnen der Sünde der Eifersucht verfallen. Deshalb spricht der Herr: *«Laß deine rechte Hand nicht wissen, was die linke tut.»*

Und damit war die Sache erledigt. Mutter Ursula weigerte sich kategorisch, das Thema weiter zu erörtern. Und Maria konnte damals noch nicht ahnen, warum Mutter Ursula ihr diese besondere Aufmerksamkeit erwies.

Aber Herkules ging es von diesem Tag an gut und er hatte nie wieder einen Rückfall. Jedesmal, wenn Maria in die verdutzten und trotzdem so wachen Augen des Tieres schaute, dachte sie an die seltsame Heilmethode der Oberin. Natürlich mußte sie akzeptieren, daß Gott dahinterstand – das war theologisch korrekt – aber Gott tat solche Dinge nicht für jedermann. Beispielsweise hatte er es nicht für den Tierarzt getan. Man mußte schon ein besonderer Mensch sein, mit der Fähigkeit, *nicht da zu sein*, wie Mutter Ursula sagte, damit Gott durch einen wirkte.

Maria erinnerte sich an die beiden Male, bei denen sie selbst nicht da gewesen war. Einmal zu Hause, im Garten, während sie einer seltsamen Gattung von Schmetterlingen nachjagte, deren Namen sie nicht kannte und die sie auch noch nie zuvor gesehen hatte. Im selben Augenblick hatte Carlo am anderen Ende des Gartens auf eine seiner Zielscheiben gefeuert, wie üblich. Und plötzlich war nur noch der Schmetterling da – keine Maria, die ihm nachjagte. Es war ein unglaubliches Erlebnis gewesen, das sie aus Angst, nicht verstanden zu werden, niemandem erzählte. Am selben Abend hatte sie zum ersten Mal ihre Periode bekommen und gemeint, daß der Streß in ihrem Unterbewußtsein wahrscheinlich die Erklärung für diesen seltsamen Zufall war. Damals war sie zwölf gewesen und hatte Mutter Ursula noch nicht gekannt.

Beim zweiten Mal war sie fünfzehn gewesen. Papa hatte die ganze Familie ins Teatro San Carlo geführt, um ein Oratorium mit dem Titel *Der Messias* von einem Deutschen namens Händel anzuhören. Am Ende gab es einen Chor, der immer wieder und im Kontrapunkt ein einziges Wort schmetterte: Halleluja! Und wieder war Maria plötzlich einfach nicht mehr da: es gab nur noch die Stimmen und den Jubel und Gott selbst, so schien es, der in jeder dieser Stimmen mitschwang. Es war, als gäbe es keinen Raum mehr und als wäre die Zeit ins Unendliche gedehnt.

Und natürlich hatte am selben Abend ihre Periode eingesetzt, doch sie hatte noch immer nicht verstanden.

Dann aber, wenige Monate nach dem Gespräch mit Mutter Ursula über den gräßlichen jungen Celine und etwa eine Woche nach der Heilung von Herkules passierte die Sache mit dem Bauernkarren. Der Schulunterricht war beendet und Maria saß in ihrem Zimmer, um für die bevorstehende Religionsprüfung zu büffeln. Sie wiederholte einige Texte aus der Bibel und stieß auf folgenden Vers bei Matthäus:

> Diese zwölf sandte Jesus, gebot ihnen und sprach: Gehet nicht auf der Heiden Straße und ziehet nicht in der Samariter Städte, sondern gehet hin zu den verlorenen Schafen aus dem Hause Israel.

Maria fragte sich träge: Wenn alle zwölf die Macht besaßen und sie an so viele weitergegeben hatten (in der frühen Kirchengeschichte wimmelte es nur so von angeblichen Wunderheilungen), warum war sie dann im Verlauf der späteren Jahrhunderte so in Ungnade gefallen? Wieso besaßen jetzt nur noch wenige, wie Mutter Ursula und die für gewöhnlich ungebildeten Heiler unter den Bauern die Macht? Doch da fiel ihr der nächste Vers ins Auge:

> Geht aber und predigt und sprecht: Das Himmelreich ist nahe herbeigekommen. Macht die Kranken gesund, reinigt die Aussätzigen, weckt die Toten auf, treibt die Teufel aus. Umsonst habt ihr's empfangen, umsonst gebt es auch.

«Das Himmelreich ist nahe herbeigekommen«: das hatte Jesus, der Sohn Gottes verkündet. Und doch waren siebzehnhundertsechsundsechzig Jahre vergangen und das Himmelreich war immer noch nicht da. Wahrscheinlich war es ketzerisch, zu denken, daß Jesus gelogen oder sich vielleicht getäuscht hatte. Aber konnte es sein, daß das Himmelreich stets nahe war und man sich nur öffnen mußte, um es zu empfangen? So wie sich Mutter Ursula geöffnet hatte, damit Gott durch sie wirkte?

«Umsonst habt ihr's empfangen»: aber angenommen, man weiß gar nicht, was man empfangen hat? Das wäre doch eine Erklärung dafür, warum das Himmelreich sich nicht offenbarte. Sind wir denn wie der Mann, in dessen Keller eine Million Gulden vergraben sind, ohne daß er etwas davon ahnt?

Im selben Moment hörte sie den Zusammenstoß und dann den Schrei.

Als sie die Treppe hinunterstürzte, rannten die anderen Mädchen gerade zum Tor und hinaus auf die Straße.

Als Maria durch das Schultor lief, kam ihr das Portinari-Mädchen aus Florenz entgegen, kreidebleich. Hinter den Rosenbüschen blieb es stehen und übergab sich. Kotze und rote Rosen, dachte Maria, die Zeichnung eines schizophrenen Künstlers. Doch dann nahm sie sich zusammen. Jemand war verletzt und jetzt zählte nur eins, ihm zu helfen, nicht einen Rückzieher zu machen und sich wie ein kleines Mädchen zu übergeben. Sie trat auf die Straße.

Da lag ein Bauer in einer Blutlache. (Rosen und geronnenes Blut: das Rot der Schönheit und das Rot des Todes. Hör auf damit!) Ein Rad lag neben dem Karren, offensichtlich hatte es sich gelöst, dabei mußte der Mann vom Wagen gestürzt und mit dem Kopf auf dem harten Pflaster aufgeschlagen sein. Maria spürte, wie ihr die Tränen in die Augen stiegen, aber statt zu weinen, *öffnete* sie sich, wie damals während des *Messias* von Händel.

«Umsonst habt ihr's empfangen, umsonst gebt es auch.»

Sie lief zu dem verletzten Mann und fiel neben ihm auf die Knie. Dann riß sie einen Streifen Stoff aus ihrem Unterrock und machte daraus einen Verband. Aber zugleich dachte sie: *Heile! Heile! Wenn ich nicht da bin, wird Gott durch mich wirken können. Laß mich verschwinden, laß Gott in mich eindringen! Seine Frau und seine Kinder brauchen ihn. Heile, heile! Laß deine Gnade durch mich wirken.*

Plötzlich stand Mutter Ursula neben ihr.

«Beatrice», rief sie einem der Mädchen zu, «lauf so schnell du kannst in die Via Dante und hol den Arzt!» Dann kniete sie sich neben Maria und schaute dem Mann ins Gesicht.

«Sein Atem normalisiert sich wieder», sagte sie. «Irgend jemand soll im Brunnen ein paar Tücher naß machen und sie herbringen.»

Maria legte beide Hände über den Verband, als wollte sie ihn straffer ziehen. Sie spürte die prickelnde Macht in ihren Fingern. Sie schaute nervös zu Mutter Ursula auf.

«Du machst das sehr gut», sagte diese. Und dann, an die anderen gewandt: «Es war klug und sehr bedacht, gleich einen solchen Verband anzulegen.»

«Mein Gott», stöhnte der Bauer, kaum hörbar.

«Sei still», ermahnte ihn Mutter Ursula. «Es wird alles wieder gut. Versuch nur, liegen zu bleiben und dich nicht zu bewegen.»

«Ich muß zum Markt», protestierte er.

«Nein, du mußt nirgendwo hin», antwortete Mutter Ursula ruhig. «Dazu wirst du später noch genug Zeit haben. Jetzt mußt du dich nur ausruhen.»

«Wer war es?» fragte er. «Welcher Hundesohn hat mich angefahren?»

«Ruh dich nur aus», wiederholte Mutter Ursula.

Der Bauer schloß die Augen. Er atmete tief und gleichmäßig, wie ein Mann, der sich schlafen gelegt hat.

Und als Dr. Mazzini eintraf, konnte er nur noch staunen. «Mit einer solchen Wunde», sagte er verdutzt, «müßte er eigentlich verblutet sein, trotz Ihres behelfsmäßigen Verbands. Merkwürdig, äußerst merkwürdig. Nun, Gottes Wege sind unerforschlich, meinen Sie nicht Mutter Oberin?»

Der Bauer überlebte. Ein paar Wochen später kam er zum Schultor und bestand darauf, der Schule eine riesige Kiste frischer Tomaten und Paprika zu schenken.

Und da begriff Maria endlich, daß auch sie die Macht besaß.

Es überraschte sie also nicht besonders, als Mutter Ursula sie eines Tages zu einem Spaziergang im Garten einlud.

«Es gibt viele Aberglauben auf der Welt», begann sie.

Mit diesem Anfang hatte Maria schon gerechnet.

«Wenn die Leute bestimmte Dinge sehen», fuhr Mutter Ursula fort, «neigen sie zu vorschnellen Schlüssen. Manche, vor allem die Jungen und Unschuldigen, werden sagen, daß Menschen mit solchen Fähigkeiten Heilige sind.» (Maria wurde rot.) «Aber das ist nicht richtig. Niemand ist ein Heiliger, es sei denn, die unfehlbare Kirche hat ihn heilig gesprochen. Also ist es nicht gut, von diesen Dingen zu sprechen. Es verleitet zur Eitelkeit. Andererseits gibt es einen noch gefährlicheren Aberglauben. Jedermann kann heutzutage in den Verdacht kommen, ein *strega* zu sein, weißt du – selbst die Tochter des großen Herzogs Maldonado.»

«Wir müssen dankbar sein», sagte Mutter Ursula leise. «Wenn wir anderen helfen können, ist es unsere Pflicht, es zu tun. Aber in dieser schlechten Welt müssen wir auch, wie der Herr sagte, sanft wie die Taube und listig wie die Schlange sein. So wie die großen Rosenkreuzer – die höchstwahrscheinlich nur in der Legende existieren – müssen wir bildlich *die Kleidung des Landes tragen und seine Bräuche annehmen.* Wir sollten keinesfalls abseits stehen. Großtuerische Prahlerei mit der Macht ist nicht nur eitel, sondern auch dumm. Verstehst du? Es kann sehr gefährlich sein.»

Maria schaute Mutter Ursula an und fragte sie geradeheraus: «Sie haben keine besonders gute Meinung über die Inquisitoren, nicht wahr? Haben Sie eben nicht praktisch gesagt, daß Unschuldige von ihnen verurteilt werden könnten?»

Mutter Ursula lächelte müde. «Lese einmal die Biographie der Jeanne d'Arc, und dann sag mir, ob du glaubst, daß sie wirklich eine Hexe war, wie die Inquisitoren behauptet haben.»

Und Maria wußte, daß, mit wem auch immer Papa sie verheiraten oder welche Wendung ihr Schicksal sonst nehmen würde, sie nie das Leben einer gewöhnlichen neapolitanischen *contessa* führen würde.

F Ü N F T E R T E I L

DIE WELT

Das große und unmittelbare Ziel einer Regierung ist die Freiheit. Sobald unsere Freiheiten und Privilegien gesichert sind, ist das Ziel einer Regierung erreicht. Wird dies aber nicht ausreichend versucht, dann ist die Regierung von Übel.

Patrick Henry, *Rede gegen die Verfassung der Vereinigten Staaten von Amerika, 25. Juni 1788*

Plötzlich sah ich mich von tausend funkelnden Lichtern geblendet ... (Ich erkannte,) daß der Mensch von Natur aus gut ist und nur unsere Inquisitionen ihn schlecht gemacht haben.

Jean Jacques Rousseau, *Brief an Malherbe, 12. Januar 1762*

Ganz Neapel wachte an diesem Morgen mit der Neuigkeit auf, daß die furchtbar verstümmelte Leiche eines großen blonden Mannes an einem Baum auf der Piazza Medaglia d'Oro baumelte. An seiner Brust hing ein Schild mit folgender Aufschrift:

So sterben alle Rossi

Die Polizei tappte im Dunkeln. Sigismundo folgerte, daß Onkel Pietro und sein Freund Drake die richtigen Fäden gezogen und die richtigen Hände geschmiert hatten, um dafür zu sorgen, daß es auch so blieb.

Auf diese Weise, sagte er sich, war das Schlimmste wohl überstanden. Es gab zwar noch mehr *rossi* irgendwo da draußen, die Anschläge ausheckten und Pläne schmiedeten (unter ihnen mit Sicherheit auch sein Halbbruder), aber es würde nie wieder so sein wie zu der Zeit, als Peppino Balsamo noch lebte. Wie heimtückisch ihre Ziele auch sein und wie brutal sie auch vorgehen mochten, die anderen rossi waren nur Menschen und hatten keine Pferdefüße. Mit Peppino würden sie sich nie messen können.

Und vielleicht, dachte Sigismundo, vielleicht habe ich Gott mit meinem leidenschaftlichen Gebet gestern nacht ja auch gar nicht so beleidigt, wie ich dachte. Vielleicht schickt er mir ja doch ein Zeichen, um mir zu zeigen, daß er da ist und ich mich nicht nur mit dem Raum und den Atomen unterhalten habe.

Deshalb war er an diesem Nachmittag, als er auf dem Heimweg von der Schule seine übliche Abkürzung durch die schmale Gasse an der Piazza Bellini einschlug, auch weniger ängstlich, als vielmehr verärgert, ja, beinahe wütend über das, was er da plötzlich vor sich sah. Das ist die Antwort, schoß es ihm durch den Kopf. Da ist mein Zeichen! Gott will mir sagen, daß er keinen Pfifferling für einen von uns hier unten gibt!

Denn vor ihm hatte sich eine Gestalt aus einem der Hauseingänge gelöst und den Dolch gezogen. Sie stand einfach da und wartete. (Der endgültige Terror, dachte er: einzusehen, daß es kein Ende des Terrors gibt, daß er sich fortsetzt, immer weiter fortsetzt...) Dieses Gesicht würde er niemals verwechseln, diese dunklen sizilianischen Augen mit einer Spur von Violett darin.

Beinahe hätte Sigismundo den Schwindel vergessen, der ihn bei der Erinnerung an die Metzelei der vergangenen Nacht überwältigte, an sein Erbrechen in den Jordan, bis sein Magen nichts mehr zum Herauswürgen hatte. Jetzt wollte er nur noch mehr Blut, so weit hatten sie ihn gebracht. Er hatte seinen Degen, er war gut trainiert und in diesem Moment verfügte er auch über einen guten Teil der Explosivität seines Vaters. Ich werde mir dieses Arschloch vorknöpfen und zerhacken, dachte er, und wenn ich nach Hause komme, werfe ich meinem Hund seine Nase zum Fraß vor. Aber Tennone hatte ihn so lange trainiert, daß er sich schon aus Gewohnheit automatisch umschaute, um fast unbewußt nach einer Rückzugsmöglichkeit Ausschau zu halten, falls ein Rückzug nötig werden sollte. «Ziehe alles in Betracht», hatte Tennone ihm eingebläut. «Verlaß dich auf nichts.»

Und er sah, daß zwei Männer aus einem anderen Hauseingang hinter ihm herausgetreten waren. Wie sein Halbbruder, der vor ihm stand, trugen auch sie keine Kapuzen und waren von Kopf bis Fuß in schwarz gekleidet. Offensichtlich *legten sie es darauf an*, daß er eine Verbindung zwischen Peppino und ihnen herstellte und sie als *rossi* identifizierte. Und natürlich hatten auch sie bereits die Dolche gezogen.

Sigismundo griff nach dem Degen. Er spürte nicht einen Funken von Angst, nur blinde Wut – auf Gott und die Ordnung der Natur, auf alles, was es auf ihn abgesehen haben mochte. Drei gegen einen, so war es, und zwei davon im Rücken, aber was machte das schon. Sein letztes Stündlein hatte geschlagen, aber was spielte das jetzt noch für eine Rolle. Er würde sie zerhacken und aufschlitzen, solange er noch einen Arm hatte, um den Degen zu führen – nicht nur gegen diese drei, sondern gegen Es, Gott, die Ordnung der Natur, was immer hinter den Kulissen ihn bedrängte, gegen die Sterne selbst, wenn es sein mußte und sie die Kräfte waren, die ein solch verdammtes Schicksal für ihn auserkoren hatten.

Sigismundos Bruder kam auf ihn zu. Er lächelte. Ich werde ihn töten, dachte Sigismundo, das schaffe ich noch, auch wenn ich zwei im Rücken habe.

Der junge Balsamo griff an.

Sigismundo parierte. Es war ein perfekter Stoß, Tennone wäre stolz auf ihn gewesen und dann – er konnte es kaum fassen

– dann traf er ins Leere! Und als er blitzschnell herumwirbelte, in dem Versuch, es zu verstehen, sah er, daß sein Bruder an ihm vorbeigelaufen war, ohne ihn anzugreifen und die beiden anderen auch schon das Weite suchten – drei schwarze Gestalten, die aussahen wie Krähen, als sie um die Ecke verschwanden.

Keuchend und ungläubig sah Sigismundo sich um. Weit und breit kein Polizist. Keine Seele ließ sich auf der Straße blicken. Wenn sich hier irgendwas bewegte, dann war es so verstohlen wie die geschickten Finger eines Taschendiebes.

Die rossi waren nicht verscheucht worden. Sie hatten gar nicht vorgehabt, ihn zu töten.

Er wollte schreien vor Wut. Wollte seinen Degen in die erste Katze bohren, die ihm über den Weg lief. Am liebsten wäre er in die nächstbeste Kirche gestürzt und hätte Gott vom Altar aus angeklagt. Aber dann steckte er nur den Degen in die Scheide zurück, atmete tief durch, wie Abraham es ihn gelehrt hatte, um sich zu beruhigen und als das nicht gleich half, drehte er sich um und trat mit voller Wucht gegen einen Stein.

Genau das hatte er Ostern in San Francesco di Paola befürchtet, als sie ihn das erste Mal verschonten. Es war der älteste und verruchteste aller sizilianischen Tricks. *Wir hätten dich töten können, aber wir haben es nicht getan.* Jetzt blieb ihm nichts anderes übrig als abzuwarten. Sie würden morgen oder nächste Woche zurückkommen oder auch erst in einem Jahr. Sie würden ihn schnappen und wieder freilassen. Katz und Maus.

Manchmal, wenn solche Methoden lange genug angewendet wurden, kam es vor, daß die Betroffenen hingingen und versuchten, um Gnade zu bitten oder ein Geschäft vorzuschlagen, egal welcher Art: «Nimm meine Tochter», hatte einer nach langwierigen Verhandlungen gesagt. Oder dem Mafioso fünfzig Prozent seines Geschäfts geboten. Oder auch einfach gefragt, wem er die Kehle aufschlitzen sollte.

Und natürlich (das war allgemein bekannt) stellte sich manchmal heraus, daß, wenn du so weit warst, sie aufzusuchen und um Gnade zu betteln, sie nichts anderes wollten als deinen Kopf. Sie wollten dir zeigen, daß du ein Feigling und ein Narr warst, der auf den Knien angekrochen kam, während sie wie die Spinnen nur darauf lauerten, dich auszusaugen.

Ich wünschte, sie hätten mich angegriffen, dachte Sigismundo. Auch wenn sie in der Überzahl waren. Wenn ich gekämpft hätte und sie (wie durch ein Wunder) geschlagen hätte, aber auch, wenn ich gekämpft hätte und dabei umgekommen wäre, dann wäre jetzt wenigstens alles vorbei. Aber so wird es weitergehen, ganz wie es ihnen beliebt. Und es spielte überhaupt keine Rolle, ob die Geheimpolizei oder die Inquisition diese Bande zu fassen kriegte. Eine sizilianische vendetta geht nie zu Ende. Selbst, wenn sie allesamt am Galgen oder auf dem Scheiterhaufen enden, sind die, die ihre Plätze einnehmen werden, schon längst ausgewählt. Und mein Name steht auf ihrer Liste.

Da gab es die allseits bekannte Geschichte von dem grausamen Feudalherren, der selbst für sizilianische Verhältnisse ein Unmensch war. Eines Tages hatte die M.A.F.I.A. ihn erwischt. Sie waren zu viert gekommen und hatten ihn auf eine Klippe hoch über dem Meer geschleppt. Dort hatten sie ihn an den Füßen festgehalten und über dem Abgrund baumeln lassen. Mit dem Kopf nach unten, hieß es, wie den Gehenkten im Tarot, hätten sie ihn festgehalten, ohne mit ihm zu reden, ohne auf sein Bitten und Betteln auch nur im mindesten zu reagieren. Es hatte zehn Minuten gedauert und mußte dem Feudalherren vorgekommen sein wie eine Stunde, dieses Warten auf den Tod, bis sie ihn ebenso plötzlich, wie sie ihn überfallen hatten, wieder hochgezogen und zu Boden geworfen hatten. Lebendig.

Schließlich gab einer der M.A.F.I.A.-Burschen einen Satz von sich, nur einen einzigen, ehe sie alle so lautlos verschwanden, wie sie gekommen waren. Der Feudalherr hatte angeblich zwei Stunden gebraucht, um sich so weit zu fassen, daß er aufstehen und nach Hause gehen konnte.

«Nächstes Mal lassen wir los», hatte der M.A.F.I.O.S.O. gesagt.

Einen Monat später hatte der Feudalherr Selbstmord begangen. In der Scheune. Er hatte eine Pistole genommen, sich den Lauf in den Mund gesteckt und abgedrückt. Nur, weil er keinen Tag länger auf «nächstes Mal» warten konnte.

Wieder atmete Sigismundo ganz bewußt, um sich zu entspannen und rief zugleich die vier Erzengel an. Es gibt Menschen wie Abraham, ermahnte er sich. Die Welt besteht nicht nur aus Monstern, die Monster bekämpfen.

Als er nach Hause kam, ging er als erstes auf sein Zimmer. Auf dem clavicembalo zu spielen, egal was, würde ihn bestimmt beruhigen.

Und dann, als hätte er ein fünfbeiniges Kamel gesehen, entdeckte er es. Na prima, dachte er. Die künstlerische Zurückhaltung an der Sache ist wirklich bewundernswert. So diskret und unauffällig und trotzdem so schwer zu übersehen wie eine Kobra auf der Bettdecke.

Es war nur ein Buch, aber ein sehr altes. Es war nicht eins von Sigismundos eigenen Büchern. Instinktiv ahnte er, daß das nicht das Geschenk eines Freundes war – daß er vorsichtig sein mußte.

Sigismundo trat zum Tisch und nahm es in die Hand. Er fragte sich, ob es jeden Augenblick in die Luft gehen könnte wie eine Bombe. Die verstehen ihr Handwerk, dachte er. Die wissen, wie man einen unter Druck setzt.

Der Schlüssel Salomons stand darauf. Und als er näher hinschaute, entdeckte er, daß es sogar noch älter war, als er zunächst angenommen hatte. Ob sie die Inquisition alarmiert hatten? Vielleicht standen die Dominikaner schon vor der Tür und wollten wissen, ob er tatsächlich im Besitz eines Exemplars des berüchtigsten schwarzmagischen Handbuchs in ganz Europa war.

Er nahm das Buch mit spitzen Fingern und trug es hinaus auf die Veranda. Dort stand eine eingetopfte Pflanze auf ein paar Ziegelsteinen, damit die überschüssige Feuchtigkeit nach dem Wässern abfließen konnte. Nicht gerade ein perfektes Versteck, aber vorläufig mußte es reichen. Er schob das Buch zwischen die Steine unter dem Topf.

Dann setzte er sich in den Schaukelstuhl und dachte nach. Es ist schließlich nicht durch das Fenster geflogen, dachte er. Mag sein, daß ich Don Quixote Konkurrenz mache, aber so blöd bin ich nicht, daß ich das glaube. Jemand muß es hierher gelegt haben. Sie sind nicht nur ins Haus und in mein Zimmer eingedrungen, ohne gesehen zu werden, sondern haben es auf dieselbe Weise auch wieder verlassen. Und doch sind es menschliche, faßbare Wesen.

Er suchte im oberen Stock nach dem Zimmermädchen und traf es im Arbeitszimmer seines Vaters beim Staubwischen an.

«Carlotta, hat irgend jemand ein Päckchen für mich abgegeben?»

«Ja, Herr», sagte sie verängstigt.

Ich muß mich zusammennehmen. Ich darf nicht auch noch den Dienstboten Angst machen. Ich muß langsam atmen.

»Hast du es angenommen?»

«Ja, Herr.»

Typisch Bauer. Immer mußte man ihnen alles aus der Nase ziehen.

«War es ein Buch?»

«Ja, Herr.»

Gott sei Dank können sie nicht lesen. Sie hatte keine Ahnung, daß sie etwas berührt hatte, für das sie auf dem Scheiterhaufen enden konnte.

«Der Mann, der es abgegeben hatte», sagte Sigismundo lässig, «war er Sizilianer?»

«Nein, Herr.»

«Wie sah er aus?»

«Ein großer Mann. Mit dunklen Haaren. Und einer großen Hakennase.»

Frankenstein. Nein, ich meine, der Mann, der sich für Frankenstein ausgibt. In Wahrheit ist er ja gar nicht Frankenstein. So wie mein Vater nicht mein echter Vater ist und die *carbonari* nicht unbedingt die wahren *carbonari* sind, so wie das Wunder von San Gennaro ein Schwindel sein könnte und nichts auf der Welt sicher und unverrückbar feststeht.

Sigismundo kehrte in sein Zimmer zurück und trat auf die Veranda. Mama war im Garten beim Blumenschneiden und sang leise vor sich hin. Sonst war niemand draußen. Trotzdem schaute er sich immer wieder über die Schulter. Man konnte dieser Tage gar nicht vorsichtig genug sein. Blitzschnell griff er nach dem Buch und ließ es unter seinem Umhang verschwinden. Ein Dieb im eigenen Haus, dachte er.

Er zählte langsam rückwärts und atmete tief durch. Es war ein wunderschöner neapolitanischer Nachmittag. Die Sonne stand tief am Horizont und die Bucht färbte sich so schnell grün wie der Ehering einer Bauernmagd. Die Pflanzen im Garten leuchteten und machten sich breit wie Bischöfe oder andere Wesen, die gefüttert wurden, ohne selbst auf die Jagd gehen oder arbeiten zu müssen.

Trotz seiner zynischen Haltung den lokalen Sitten und Gebräuchen gegenüber mußte Onkel Pietro zugeben, daß es in ganz Europa keine schönere Stadt gab als Neapel. Möglicherweise gibt es auf der ganzen Welt keine Stadt mit so vielen herrlichen Ausblicken, dachte Sigismundo. Und vielleicht sollte ich mich allmählich nach einem Vorkoster umsehen.

Er schlich sich zurück in sein Zimmer und begann, den *Schlüssel Salomons* zu inspizieren. Jede Menge geometrischer Figuren, ein einziges Durcheinander von hebräischen Worten, der Grundtext jedoch in Lateinisch. Dann fiel ihm das Exlibris auf der ersten Seite auf:

EX LIBRIS

JOHANN DIPPEL VON FRANKENSTEIN

SCHLOSS FRANKENSTEIN

FRANKENSTEIN AM RHEIN

Der echte Frankenstein, ermahnte er sich, war 1734 gestorben. Das Ganze war ein abgekartetes Spiel. Na klar. Er hat seine Gruft verlassen und ist nach Neapel gekommen, um sich bei mir auszuspuken, weil die Sterne es so wollen. Obendrein ist Astrologie auch noch Ketzerei. Genauso wie die Doktrin der Tolerierung oder die Vorstellung, glühende Steine fielen vom Himmel.

Nein: nicht mal die Alchimisten können ihr Grab verlassen.

Es sei denn, es war ein «Zigeunerdreh» wie in dem Spiel mit den drei Karten und sie hatten den falschen Mann verbuddelt.

Demnächst gucke ich noch unter dem Bett nach, ob sich da etwa Krokodile versteckt haben.

Sigismundo kramte in seinem Schrank und fand ein altes Hemd. Er wickelte das Buch hinein und machte ein Bündel daraus, das möglichst keine eckigen Stellen aufwies.

Dann stieg er eilig die Außentreppe in den Garten hinunter.

«Ein herrlicher Tag», sagte Mama.

«Ja, gelobt sei Gott», antwortete er.

Er warf das Bündel in den Verbrennungsofen. Lorenzo, der Gärtner und das Mädchen für alles, würde es heute abend verbrennen.

Kein Dominikaner ließ sich im Verlauf des Abends blicken. Gut, dachte Sigismundo, offensichtlich haben die *rossi* nicht vor, mich der Inquisition auszuliefern.

Am nächsten Morgen wachte er früh auf. Die Sonne stach ihm in die Augen und im Garten jubilierten die Lerchen.

Er fuhr sich über das Kinn. Der Bart wurde von Tag zu Tag voller. Langsam werde ich ein Mann, dachte er. Ich habe genug Köpfchen und Mumm, um mit allem fertig zu werden, was mich erwartet. Ich bin beinahe sechzehn. Seit Monaten hatte ich keine Halluzinationen mehr, außer bei Peppinos Folterung.

Dann fiel sein Blick auf den Schreibtisch.

Der Schlüssel Salomons war wieder da.

Und aus irgendeinem Grund fiel ihm plötzlich der Ausspruch seines Vaters kurz vor seinem Tod ein:

Libertà! Ich kehre millionenfach zurück!

Sigismundo dachte an Schloß Frankenstein. «Stein» konnte sowohl Fels wie auch Burg bedeuten und die Franken hatten im neunten Jahrhundert diesen Felsen zu einer Burg ausgebaut. Zur selben Zeit waren die Malatestas von Karl dem Großen zu den Gouverneuren des westlichen Reiches erklärt worden. Errichte deine Burg stets auf einem Berg: dies war in der damaligen Zeit der oberste Grundsatz für das Überleben gewesen.

Erst vor hundert Jahren, fast gestern, könnte man meinen, hatte Dippel von Frankenstein in diesem Schloß gelebt und seine verbotenen Experimente durchgeführt. Und noch heute läuft er herum, oder jemand anders reißt sich fast ein Bein aus, nur damit ich ihn für Frankenstein halte.

Sigismundo betrachtete das magische Buch, das offensichtlich aus dem Nichts aufgetaucht war. Wenn Epikurus recht hatte, bestand dieses Buch aus Atomen. Wenn man es verbrannte, wurden die Atome nicht zerstört, sondern nur in anderer Form zusammengesetzt. Sigismundo versuchte, sich einen Willensakt vorzustellen, der den Atomen den Befehl gab, in ihre ursprüngliche Struktur zurückzukehren und wieder das Buch zu bilden. Es war eine merkwürdige Vorstellung, fast so makaber wie die Stelle bei Shakespeare, wo er schreibt, wie die Atome, in die ein König zerfallen ist, von einem Wurm und dieser dann von einem Fisch gefressen werden, der von einem Bauern gefangen und verspeist wird, womit der große Dichter beweisen wollte, daß ein König in den Eingeweiden eines Leibeigenen landen kann. Und ein Buch kann aus dem Nichts wieder auftauchen. Antonio und ich sind in die Zeit zurückgereist. Gestern stand ein toter Mann vor der Tür und der Papst hat Federn.

Wenn man weder an die Hölle noch an die Inquisition glaubte, war man kein wahrer Katholik mehr. Dann war der Glaube zerbröckelt und man mußte sich das Universum Stein für Stein wieder neu aufbauen.

Vielleicht war es der Wille eines einzelnen, der bewirkt hatte, daß das Buch, nachdem es zu Asche geworden war, aus dem Nichts wieder aufgetaucht war.

Vielleicht hatten *sie* aber auch ganz einfach zwei Exemplare des Buches.

Er lachte laut auf. Das Wesentliche an der menschlichen Seele, das worin sie sich von der animalischen oder vegetativen unterschied, war die Vernunft. Winkelmaß und Wasserwaage und all die anderen Symbole von Onkel Pietros «Verbindung» waren Werkzeuge des rationalen Geistes.

Sigismundo sprang in seine Kleider, wusch sich hastig und stürzte hinunter in den Garten. Er fand Lorenzo im Stall des Maultiers, wo er Mist schaufelte.

«Guten Morgen, Lorenzo!»

«Guten Morgen, Herr!» Lorenzo nahm den Hut ab und grinste. Dann starrte er zu Boden.

«Hast du gestern abend vielleicht ein Buch im Abfall gefunden?»

«Oh ja, Herr.» Lorenzo grinste noch strahlender. «Ich dachte mir, daß es ein Irrtum war und habe es wieder in Ihr Zimmer gebracht.»

Ein Sieg für Winkelmaß und Wasserwaage. Dann war das Universum also doch rational.

«Das war sehr aufmerksam von dir, Lorenzo», sagte Sigismundo. «Hab tausend Dank.»

«Gern geschehen, Herr.»

Sigismundo kehrte in sein Zimmer zurück und fragte sich, warum ihm dieses «Herr»-Palaver allmählich auf die Nerven ging. Sein ganzes Leben lang hatten die Diener ihn Herr genannt. Ständig ging es *«Si, signore»* oder *«No, signore»* oder *«Grazie, signore»*. Es war immer Teil seiner Welt gewesen: ein Vesuv, der vor sich hinrauchte wie ein verwundeter Drache und jeden Augenblick aufs neue Feuer speien konnte. Doch jetzt hatte sich alles verändert: Was würde Lorenzo denken, was würden die anderen Dienstboten denken, wenn sie wüßten, daß er selbst ein halber Bauer war und obendrein auch noch ein halber Sizilianer? Würde ihr «Signor» dann noch genauso klingen? und wenn sie es taten – was würden sie dann hinter seinem Rücken tuscheln?

Allein in seinem Zimmer konnte Sigismundo der Versuchung nicht widerstehen. Er schlug den *Schlüssel Salomons* auf und blätterte darin.

Die geometrischen Diagramme, die er schon gestern abend bemerkt hatte, hatten etwas mit magischen Kreisen zu tun. Zuerst mußte man einen Kreis auf den Boden zeichnen, eins der Diagramme (Pentagon oder Oktagon oder was auch immer) hinein, dann die richtigen Räucherstäbchen oder Parfums zur Verwendung bringen, schließlich einen Spruch aufsagen und dann würde ein Engel oder Dämon erscheinen.

Sigismundo las eine Beschwörung, um Set, Beelzebub und fünfundsiebzig der untergeordneteren Dämonen anzurufen und auf einen Feind zu hetzen. Ich glaube nicht mehr an die Hölle, ermahnte er sich. Doch ich frage mich, ob ich es in meiner Skepsis schon so weit gebracht habe, daß ich mich trauen würde, diese Sache durchzuziehen in der Zuversicht, daß alles Blödsinn ist und die fünfundsiebzig Teufelchen nicht aufkreuzen. Die Antwort war klar: Er war immer noch viel zu sehr Katholik, um sich auf ein Experiment mit Teufeln einzulassen. Außerdem, dachte er, wer weiß, was in den Räucherstäbchen und Parfums drin ist? Man kann schließlich schon mit Belladonna Dämonen beschwören, die so echt sind, daß sie einen noch Wochen oder Monate später verfolgen.

Er erinnerte sich, wie Abraham ihm einmal im Verlauf eines Gespräches gesagt hatte: «Magie ist die Kunst, den Horizont des Bewußtseins beliebig zu verändern.» Mit Drogen und Gesängen hatten Antonio und Sigismundo solche Verschiebungen des Horizonts erlebt. Es ließ sich sogar nur mit dem Ritual erreichen; ein Krüppel war nach einem feierlichen Hochamt geheilt aus der Kathedrale gekommen – das war erst wenige Monate her.

Dr. Vico behauptete, daß jedes Land im Grunde nichts anderes war als eine Gruppe von Menschen, die nach einem gemeinsamen Mythos lebten. Onkel Pietro sagte, jede «Gesellschaft» besäße ihren eigenen Mythos. Wenn jeder Mythos eine Metapher ist, wie Vico weiter behauptete, dann war der *Schlüssel* nur ein System, um mit alternativen Metaphern zu experimentieren... bei diesem Gedanken unterbrach sich Sigismundo. Ich werde noch schlimmere Ketzereien begehen als die *alumbrados*, wenn ich nicht aufpasse, dachte er.

Während er aufs Geratewohl in dem Buch blätterte, fand er plötzlich eine detaillierte Anleitung zur Schaffung eines homunculus. Diese Passage war dick unterstrichen und Sigismundo stellte sich vor, wie Dippel sie vor neunzig und ein paar Jahren mit größter Erregung verschlungen hatte. (Nein, er war nicht der, der gestern vor der Tür gestanden hat. Er kann es nicht gewesen sein.)

Zuerst mußte man sich warme Pferdeäpfel verschaffen, so stand es im *Schlüssel*, und sie in einer hermetisch verschlossenen Flasche aufbewahren. Bei Vollmond kam das eigene

Sperma hinzu. (Die Sünde Onans, staunte Sigismundo: das ist wirklich Schwarze Magie!) Nun mußte man alle sieben Wochen, sieben Mal sieben Tage lang, frisches Sperma hinzufügen. Im Morgengrauen des fünfzigsten Tages würde ein durchsichtiger Geist über der Flasche erscheinen. Dieser mußte nun einundzwanzig Tage lang täglich mit frischem Blut versorgt werden. Dann würde er Gestalt annehmen und zu einem Menschen heranwachsen.

Sigismundo klappte das Buch zu. Genug. Jetzt weiß ich wenigstens, wie Frankenstein dieses Wesen schuf, über das man sich in Bayern noch heute die ungeheuerlichsten Geschichten erzählt. Es ist nicht gut, solche Dinge zu wissen. Dieses Buch stammt mit Sicherheit aus einer der Verbindungen, die der Gesundheit nicht gerade förderlich sind.

Und irgendwer (nicht Frankenstein persönlich, das war unmöglich) wollte, daß er sich dieses Wissen aneignete.

Nur weil es in den verdammten Sternen stand und er verflucht war.

An diesem Tag war Sigismundo auf dem Schulweg besonders wachsam.

Aber er entdeckte keine *rossi.*

Und auf dem Heimweg am Nachmittag war es dasselbe. Natürlich war ihm klar, daß der zweite Besuch genau berechnet sein würde, dann stattzufinden, wenn er ihn am wenigsten erwartete. Er hatte gedacht, sie würden annehmen, daß er mit einer Pause vor dem zweiten Besuch rechnete, deshalb ging er davon aus, daß sie schon ziemlich bald wieder auftauchen würden, um ihn zu überraschen, doch anscheinend hatten sie seine Gedanken gelesen und ließen sich jetzt Zeit. Es war ein Folterspiel mit den raffinierten Zügen einer Schachpartie.

In einem hat der Dominikaner während der Exerzitien recht gehabt, dachte Sigismundo. Die Welt ist ein schrecklicher Ort und man kann nur dann einen Blick von Gott erhaschen, wenn man sich total von ihr abkehrt, so wie die Mönche in manchen

Klöstern. Aber das würde mir auch nicht helfen. Eines Tages würde ich in meiner Zelle sitzen und meditieren und versuchen, mich mit Gott zu vereinigen und dann käme ein Messer durchs Fenster geflogen, haarscharf an meiner Kehle vorbei und würde sich in die gegenüberliegende Wand bohren. Nur um mich daran zu erinnern, daß sie niemals vergessen. Eine sizilianische *vendetta* kennt kein Ende.

Sie haben ihren eigenen verrückten Gerechtigkeitssinn, dachte er. Ich werde viel subtiler gefoltert als Peppino, sie hat einen gewissen Stil, diese sizilianische Rache.

Auge um Auge.

An diesem Abend war im Haus der Celines etwas im Busch. Mama machte sich in der Küche zu schaffen und gab dem Koch Anweisungen; das bedeutete, daß es Besuch zum Abendessen geben würde. Und Papas Blick sprach Bände: es lag etwas in der Luft.

Dann kamen Onkel Pietro und Tante Violetta. Sigismundo entdeckte sofort, daß die beiden eingeweiht waren.

Als die Diener die *antipasti* servierten, wußte Sigismundo, daß es sich um etwas Besonderes handeln mußte: Tintenfisch, *prosciutto* und schwarze, griechische Oliven, außer dem gewöhnlichen Käse und Paprika.

Tante Violetta, wie auch anders, beherrschte die Unterhaltung und deshalb sprachen sie fast ausschließlich über Romane. Entweder hatte Tante Violetta noch nie etwas von dem Motto der Malatestas gehört und wußte einfach nicht, wann es Zeit war, den Mund zu halten oder sie glaubte nicht daran. Sie hatte schon immer behauptet, daß Romane nichts Schlimmes seien, ganz egal, was die Dominikaner sagten und sie las sogar noch mehr davon als Mama. Sie las sie in Englisch und Französisch ebenso wie in Italienisch und war davon überzeugt, daß sie den Klassikern keineswegs unterlegen waren. Sie wurde nicht müde, zu prophezeien, daß die Romane eines Tages selbst zu den Klassikern gezählt würden, was den meisten gebildeten Bürgern ungefähr so vorkam wie die Behauptung, ein Affe könnte eines Tages ein Mensch werden.

Heute abend begeisterte sich Tante Violetta besonders für ein Werk mit dem Titel *The Castle of Otranto*. Ein Engländer namens Walpole hatte es verfaßt.

«Es hat mich wirklich das Gruseln gelehrt», erzählte sie, «aber trotzdem habe ich jede Zeile genossen. Und dabei habe ich mich die ganze Zeit gefragt, wieso es mir Spaß macht, Angst zu haben. Am Schluß bin ich zu dem Ergebnis gekommen, es muß daran liegen, daß ich in Wirklichkeit ja wußte, daß alles nicht wahr war.»

«Aristoteles hatte eine andere Theorie darüber, warum wir uns gerne ängstigen», mischte sich Onkel Pietro ein.

«Du meinst die Idee mit der Katharsis?» fragte Tante Violetta. «Nun, das mag schon sein, aber nur, wenn wir wissen, daß es nicht wahr ist, wie ich gerade sagte. Niemand mag eine echte Katharsis.»

Mir macht meine jedenfalls keinen Spaß, dachte Sigismundo.

Tante Violetta hatte sich *The Castle of Otranto* aus London kommen lassen. «Gott allein weiß, wann es eine italienische Übersetzung geben wird», sagte sie. «Wahrscheinlich in hundert Jahren. Falls die Dominikaner hier je verschwinden.»

«Sei vorsichtig», warnte Papa sie.

«Ach was, die kümmern sich nicht drum, was eine Frau sagt», erwiderte Tante Violetta. «Die meiste Zeit nehmen sie uns nicht einmal wahr.»

Es war nach den *antipasti* und der *pasta* und dem Salat, während des zweiten Ganges (Rindfleisch nach französischer Art), als Papa die Katze endlich aus dem Sack ließ.

«Wir haben beschlossen, daß dieses Jahr nicht Onkel Pietro nach London und Paris fahren wird, um unsere Weine zu verkaufen, sondern ich. Und du, Sigismundo, sollst mich begleiten.»

«Aber –», begann Sigismundo. Es war zu schön, um wahr zu sein! Neapel zu entkommen und all seinen *rossi* und Hexen und Verschwörungen und Schwarzer Magie, diesem merkwürdigen wandelnden Zombie Frankenstein...

«Ich weiß», antwortete Papa großzügig. «Die Schule. Wir haben bereits alles mit dem Rektor besprochen. Er ist ganz unserer Meinung: eine derartige Reise wird deiner Bildung förderlicher sein als dich jetzt weiter zur Schule zu schicken. In den meisten Fächern bist du deinen Klassenkameraden sowieso weit voraus.»

Sigismundo spürte, wie seine Ohren rot anliefen. «Danke, Papa», sagte er verlegen. Ich werde mir sämtliche Shakespeare-Stücke noch einmal vornehmen, und wenn ich von Bord gehe, wird mein Englisch perfekt sein.

Nach dem Abendessen bat Sigismundo Onkel Pietro, mit in sein Zimmer zu kommen: er wolle ihm etwas zeigen, was er zur Theorie der Harmonie geschrieben habe. Niemand schöpfte Verdacht und wenn Onkel Pietro mehr dahinter vermutete, ließ er es sich nicht anmerken.

Als sie allein in Sigismundos Zimmer waren, verriet Onkel Pietro, was sein Gesicht zuvor verborgen hatte. «Geht es nur um die Harmonie», fragte er, «oder um etwas weniger Ästhetisches?»

Sigismundo zog den *Schlüssel Salomons* unter dem Palmentopf auf der Veranda hervor. Dann erzählte er, im Flüsterton, versteht sich, die Geschichte der letzten beiden Tage.

«Nun», sagte Onkel Pietro anerkennend, «ich muß dir Lob zollen. Zunächst will ich dir gratulieren, weil du genau zurückverfolgt hast, wie das Buch wieder auftauchen konnte, indem du deinen Verstand über den Schein gestellt und bei Lorenzo nachgefragt hast.»

«Glaubst du, daß die *rossi* mich umbringen wollen?»

«Nein», erwiderte Onkel Pietro ohne zu zögern. «Sie werden dir auf tausenderlei Weise Angst einjagen und sie haben mehr Tricks auf Lager als eine Million Falschspieler, aber sie werden dir nichts tun. Zumindest werden sie dich nicht umbringen. Denn sie glauben tatsächlich, daß du geboren wurdest, um ihr Anführer zu sein. Das darfst du nie und nimmer vergessen. Ihr Terror kann dir nichts anhaben, solange dir bewußt ist, daß diese Menschen sich durch ihren Glauben an diesen astrologischen Blödsinn selbst Grenzen gesetzt haben.»

Sigismundo war im Zimmer auf und ab gelaufen. Jetzt blieb er vor dem *clavicembalo* stehen, spielte ein paar Akkorde von Telemann und dachte nach. «Ich frage mich, ob sie daran festhalten», sagte er, «jetzt wo wir Peppino... beseitigt haben.»

«Ich habe die Astrologie studiert», sagte Pietro, «und Dr. Orfali und viele andere in unserer Verbindung ebenfalls. Es ist schon etwas dran, wenn man den ganzen Humbug beiseite läßt und wir hoffen, es eines Tages neu entdecken zu können. Mittlerweile beschäftigen wir uns damit, Horoskope zu erstellen und Daten zu sammeln. Ich kann dir sagen, ich war noch nie so überrascht wie an dem Tag, an dem ich deins auswertete. Es ist einmalig!» Pietro streifte Sigismundo mit einem düsteren Blick. «Die *rossi* haben dein Horoskop so interpretiert wie Peppino es wollte, denn er konnte jedem seinen Willen aufzwingen – egal, wo immer er sich befand. Es kommt in erster Linie darauf an, daß man daran glaubt. Jedenfalls wirst du ein außergewöhnliches Leben haben. Du wirst viele Länder bereisen und Millionen von Menschen beeinflussen, die heute noch nicht einmal geboren sind. Es scheint, als wärest du im wahrsten Sinne des Wortes unverwundbar, bis sich dein Schicksal erfüllt.

Keine Macht der Erde kann dich aufhalten. Ich habe nur drei Horoskope im Leben gesehen, die sich mit dem deinen vergleichen lassen. Aber es ist schon gefährlich genug, was ich dir bisher erzählt habe, deshalb kann ich dir die Namen der drei Männer im Moment nicht nennen. Nur so viel will ich dir verraten: die Menschheit hat ihnen viel zu verdanken.»

«Onkel», stöhnte Sigismundo. «Bitte!»

«Ich weiß, daß es dich belastet», antwortete Onkel Pietro. «Jahrelang habe ich dir alles mögliche verheimlicht, damit du wenigstens eine Zeitlang ein normales Leben führen konntest. Und nicht einmal jetzt wage ich, dir alles zu sagen.»

Sigismundo klimperte ein paar Akkorde von Vivaldi, um sich zu beruhigen. Wenn ich mir vorstelle, dachte er, daß die Menschen eines Tages nicht nur Scarlatti, Vivaldi und Celine sagen, sondern Jesus, Mohammed und Celine oder Euklid, Newton und Celine... Wie soll ich der Versuchung des Stolzes widerstehen, wenn die Sterne mir solche Fallen stellen?

Wenn dies das Zeichen ist, um das ich gebeten habe, dann hat Gott wirklich einen eigenartigen Sinn für Humor.

«Aber das mit der Astrologie ist doch alles dummes Zeug», sagte er schließlich.

«Sicher. Jedenfalls das meiste. Der springende Punkt ist, daß die *rossi* dich lebend haben wollen. Du sollst ihr Anführer werden und das ist dein Schutzschild gegen ihre hinterhältigen Machenschaften. Sie werden versuchen, deinen Geist und deinen Willen zu brechen, aber sie werden dich nie umbringen.»

«Und was soll ich mit dem verbotenen Buch anfangen?» fragte Sigismundo und beendete das Stück von Vivaldi mit einer seiner eigenen Variationen, die hier gut zu passen schien. «Soll ich es diesmal eigenhändig verbrennen?»

«Versteck es auf dem Boden deiner Reisetruhe», sagte Onkel Pietro. «Nimm es mit nach England und lies es dort in Ruhe, ohne andauernd befürchten zu müssen, daß dir die Inquisition im Nacken sitzt.»

Sigismundo starrte seinen Onkel an: nein, das war kein Scherz. «Du meinst es ernst», sagte er.

«Der Inhalt eines Buches kann dir nichts anhaben», antwortete Onkel Pietro. «Aber deine Angst kann dich lähmen, wenn du nicht lernst, sie zu beherrschen. Ich habe sechzehn Bücher gelesen, die alle von sich behaupteten, der wahre *Schlüssel Salomons* zu sein.»

Sigismundo schluckte. «Und sie haben dir nicht geschadet», sagte er langsam. Das mußte er erst einmal verdauen.

«In manchen entdeckte ich ein paar Grundprinzipien des Heilens, aber das meiste andere war Unfug.»

«Warum sollte ich dann meine Zeit damit verschwenden?»

«Um zu sehen, daß ich recht habe. Wenn du es nicht liest, wirst du dich immer davor fürchten.»

Sigismundo dachte darüber nach. «Hör mal», sagte er dann, «diese Formel für den *homunculus*...» Er lief rot an. «Pferdeäpfel mit dem eigenen... du weißt schon... Samen zu mischen...»

Onkel Pietro konnte sich ein lautes Lachen nicht verkneifen. «Da hast du es», rief er. «Deshalb sollst du das Buch lesen und selber sehen, was für ein Unsinn darin steht.»

«Frankenstein hat dieses Wesen also nicht gemacht?»

«Nein. Für die Fortpflanzung ist eine Frau unerläßlich. Da ist etwas in ihrem Schoß – eine Art Ei, behaupten die Naturphilosophen – das genauso wichtig ist wie der Samen. Gott hätte sich doch nicht die Mühe mit zwei Geschlechtern gemacht, wenn es nicht nötig gewesen wäre.»

«Danke», seufzte Sigismundo erleichtert. «Die Kirche macht immer so ein Brimborium darum!»

Pietro lachte wieder. «Die Formel für den *homunculus* findet sich in vielen *grimoires*», sagte er. «Seit der Erfindung der Druckerpresse vor dreihundert Jahren müssen Tausende, Hunderttausende sie gelesen haben. Stell dir vor, wie viele Leichtgläubige in ihren alchemistischen Küchen gestanden, in stinkende Pferdeäpfel gewichst und auf ein Wunder gewartet haben müssen. Wer immer sie zuerst gedruckt hat, er hat einen bizarren Sinn für Humor gehabt und eine sehr präzise Meinung über die Leichtgläubigkeit der meisten Zauberlehrlinge.»

Guido Celine und Sigismundo verließen Neapel an einem kühlen, sonnigen Märztag an Bord eines Zweimasters namens «San Francesco». Die See war ruhig und der Himmel verheißungsvoll.

Die ersten Stunden verbrachte Sigismundo mehr auf Deck als in seiner Kabine. Er wußte, daß Griechenland in der anderen Richtung lag und Afrika tief unten im Süden, außer Sichtweite, aber trotzdem fühlte er sich genau in der Mitte zwischen der europäischen Gegenwart und dem fast mythischen Zeitalter der Klassik. Noch stritten sich die Gelehrten, wohin Odysseus eigentlich gesegelt war oder ob es ihn überhaupt gegeben hatte, doch in einer Zeit wie dieser konnte Sigismundo sich mit solcher Kleinkariertheit nicht abgeben. Er fuhr über das Meer, das Homer gekannt hatte: morgen würden sie in Spanien anlegen und manche Gelehrten behaupteten, dies sei der Ort gewesen, wo Odysseus dem Zyklopen begegnet sei. In seinem Fall war es keine Windmühle, sondern ein echter Riese gewesen. Das bestätigte sogar Dr. Vico.

Sigismundo sagte leise vor sich hin: *«Polyphloisbois thalassas»* – «die laut-donnernde See» – und mein Gott, hatte Pater Ratti doch recht gehabt: es klang wirklich genauso wie die Wellen, die sich vorn am Bug des Schiffes brachen.

«Polyphloisbois thalassas», sang Sigismundo.

«Polyphloisbois thalassas», antworteten die Wellen.

Eigentlich sollte er Englisch üben, statt sein Griechisch zu wiederholen, aber dies war das Meer des Homer, und er war völlig hingerissen. Er segelte über dreitausend Jahre Poesie.

Er fragte sich, ob er englische Worte kannte, die so onomatopöisch waren wie *thalassas. Crash* vielleicht, das klang nach einem schönen Zusammenstoß. Und *wolf* – hörte sich das nicht genauso an wie das Heulen von Wölfen des Nachts vor dem Fenster? Vicos Meinung nach bewiesen solche kleinen Sprachwunder ja, daß unsere Vorfahren einst alle Dichter waren. Aus der Dichtung und dem poetischen Mythos entwickelten sich Gesetze, die eine Gesellschaft formten. Deshalb konnte die eine Nation eine andere auch nie vollständig verstehen. Alle Menschen lebten in verschiedenen Mythen.

Und während er so an der Reling stand und Homer zitierte, den Vater der griechischen Kultur, kreuzte er den Schnittpunkt zwischen der neapolitanischen und der englischen Mythologie. Vielleicht brauchte er den griechischen Mythos als Brücke von einer Welt zur anderen.

Auf See
31. März

Lieber Onkel Pietro,

Die Philosophen haben recht: Reisen erweitert den Horizont. Ich habe erst einen Tag in Spanien verbracht und schon sehe ich Neapel mit ganz anderen Augen. Ich frage mich nur, was England nächste Woche in meinem Kopf anrichten wird!

Als wir in Málaga ankamen, machte ich mich gleich auf den Weg, wie du dir denken kannst, um ein paar Studenten in meinem Alter aufzutreiben, denn in ihrer Gesellschaft, so hoffte ich, konnte ich Fragen stellen, die mich besonders bewegen. Um es kurz zu machen, ich stieß auf eine Gruppe von Jungen aus einer Jesuitenschule und zu meinem Entsetzen entpuppten sie sich als so fanatisch-fromm und abergläubisch, daß mir Neapel schon jetzt als Hort eines blühenden Liberalismus erscheint.

Die Studenten sind erbost, weil Don Carlos den Stierkampf verboten hat. Trotzdem glauben sie fest daran, daß er schließlich gezwungen sein wird, sein Unrecht einzusehen und das Verbot wieder rückgängig zu machen. Denn, so behaupten sie, Spanien ohne den sonntagnachmittäglichen Stierkampf – das sei unvorstellbar.

Du weißt, ich habe nicht viel Erfahrung mit dem Reisen und machte hier prompt meinen ersten Fehler. Ich erzählte ihnen, was ich von dem qualvollen Töten von Tieren zu sportlichen Zwecken halte! Zuerst waren sie eher amüsiert als schockiert und gaben sich noch alle Mühe, mich vom Wert einer corrida zu überzeugen. Doch dann beging ich meinen zweiten Fehler. Ich ließ mich auf eine Diskussion ein. Du kannst dir denken, wie die Sache ausging. Ich kann nur hoffen, daß sich meine Nase halbwegs erholt hat, bis wir nächste Woche in London City anlegen. Ansonsten habe ich nur noch ein paar blaue Flecken.

Was mich überrascht hat, waren die vielen Bettler in den Straßen. Ich fange an, Deine Vorstellung vom freien Denken und freien Handel zu verstehen. Im Vergleich mit dem allgemeinen Zustand von Spanien wirkt unser Neapel grenzenlos reich. Was ich zuhause für den Abgrund des Elends hielt, ist hier in Spanien die Norm. Entsprechend ist die Inquisition stärker und die Intoleranz weiter verbreitet. Erst vor kurzem (so erzählte man mir), haben sie hier versucht, einen Jesuiten zu verbrennen, weil er ein bestimmtes Buch geschrieben hatte. Als Don Carlos eingriff, waren sie äußerst aufgebracht. Er gestattete ihnen, das Buch zu verbrennen, den Autor dagegen nicht. Die Studenten sagen, dies zeige nur, wie weit Don Carlos durch die Ideen der französischen Bourbonen in seiner Familie beeinflußt und korrumpiert sei!

Studenten!! einer Jesuitenschule!!! Und sie haben von nichts eine Ahnung, hegen nicht den leisesten Zweifel! Wenn ich ihnen erzählen würde, daß der Papst pures Weihwasser pinkelt, würden sie es glauben und sich zwei Fläschchen bestellen.

Ich werde den Brief nächste Woche von London aus abschicken.

Dein Dich liebender Neffe, Sigismundo Celine

Eine Woche später wurde der Brief nach Neapel geschickt. Guido und Sigismundo saßen im Turk's Head Tavern auf der Gerrard Street in London City. Sigismundo hatte darauf bestanden, denn Onkel Pietro hatte behauptet, hier träfe sich die Intelligenzia der Stadt.

Vor ihnen standen zwei Krüge Ale. Sigismundo nippte langsam und vorsichtig daran: es schmeckte so abartig, daß er glaubte, es müsse viel stärker sein als die Weine von Italien.

Die Engländer waren geradezu lächerlich groß. Vielleicht waren sie so zu ihrem Imperium gekommen, dachte Sigismundo, vielleicht lag es daran, daß sie ständig auf andere Rassen und Länder herabschauten.

Nicht alle waren blond, das war ihm nur auf den ersten Blick, noch vom Schiff aus, so vorgekommen. Aber alle hatten eine so helle Haut, daß man auf die Idee kommen konnte, sie kämen geradewegs aus dem Theater, wo sie Gespenster gespielt hatten.

Die beiden Männer am Nachbartisch diskutierten über ein gewisses Stempelgesetz, was immer das war. Das Parlament hatte es erlassen und beide vertraten die Ansicht, daß es sich dabei nur um einen Akt krimineller Borniertheit gehandelt haben konnte. Der größere von beiden, der selbst für englische Verhältnisse ein Riese war und rote Haare hatte, ereiferte sich besonders:

«Die Dummköpfe wollen einfach nicht einsehen, was für einen Schaden sie anrichten», sagte er verbittert. «Sie vergessen nur allzu gern, daß die Kolonisten auch Briten sind und Coke und Blackstone genauso lesen können wie wir.»

«Es ist schlimmer als das», sagte sein Gesprächspartner, ein dunkelhaariger Mensch, «ich habe mich neulich mit Burke unterhalten und er hat mir erzählt, daß es mehr Exemplare von Blackstone in den Kolonien gibt als hier in England. Drüben beschäftigt sich jedermann mit Jura, sagte Burke, das ist ihre einzige Leidenschaft. Bei Gott, den ganzen verdammten Sommer lang bestellen sie ihre Felder und den ganzen verfluchten Winter lang studieren sie die Gesetze. Es sind die prozeßsüchtigsten Menschen auf der Welt.»

«Sie haben Burke getroffen?» fragte der Rothaarige. «Ich bin ihm gestern abend begegnet – bei Dr. Johnson – und er sprach über das gleiche Thema. Dabei machte er wieder eine seiner vortrefflichen Beobachtungen. Sagte, die Kolonisten seien das Resultat des Protestantismus der Protestanten und der Uneinigkeit der Andersdenkenden. Man konnte Dr. Johnson förmlich vom Gesicht ablesen, wie er sich wünschte, zuerst darauf gekommen zu sein.»

«Ein ganz vortrefflicher Satz», stimmte der Dunkelhaarige zu. «Viel zu gut für ein Hinterzimmer. Ich bin sicher, daß ein Mann wie Edmund Burke einen Weg finden wird, um ihn in eine seiner Reden einzubauen.»

«Wenn unser geliebter Monarch und seine Lakaien nicht einen Vorwand finden, ihn aus dem Parlament zu jagen», bemerkte der Rothaarige trocken.

«Der Fall Wilkes ist ein guter Präzedenzfall, wissen Sie. Heutzutage kann es jedem passieren, daß man ihm das Maul stopft, wenn er George ein Dorn im Auge ist.»

«Himmel, Arsch und Zwirn!» rief der andere. «Ein heikles Thema, Sir. Wenn die Clique des Königs es fertig bringt, Wilkes aufgrund von heimtückischen Intrigen aus dem Parlament auszustoßen, dann können wir genau so gut die Stuarts wieder an die Macht lassen, dann ist die Revolution im Sande verlaufen. Mein Gott, Sie hätten hören sollen, wie Burke sich darüber ausließ!»

«Das kann ich mir vorstellen», antwortete der Rothaarige. «Edmund Burkes Redegewandtheit kommt erst dann richtig zum Vorschein, wenn er wütend wird.»

«Jessas, Maria und Joseph, da haben Sie recht», stimmte der

andere zu. «Wissen Sie, wie die gottverdammten Tories versuchen, Burke zu diskreditieren? Sie verbreiten das Gerücht, er sei ein Jakobit!»

«Alles ist möglich», antwortete der Rothaarige mürrisch. «Gott allein weiß, was die Kolonisten im Schilde führen. Wilkes könnte wieder ins Parlament gelangen, nur um es aufzulösen, wie Cromwell.» Er nahm noch einen Schluck Ale und stieß einen tiefen Seufzer aus. «Haben Sie je von einem gewissen Mr. Patrick Henry gehört?» fragte er bekümmert.

«Nein, in Gottes Namen, wer ist das?»

«In den Kolonien. Das House of Burgesses in Virginia. Er ging etwas zu weit bei der Debatte über dieses verdammte Stempelgesetz. Mein amerikanischer Cousin, John Drake, hat mir davon berichtet. Dieser Mr. Henry, der ein noch größerer Demagoge zu sein scheint als Wilkes selbst, hat doch tatsächlich gesagt – halten Sie sich fest, Sir! – er hat gesagt: ‹Cäsar hatte seinen Brutus, Charles I. seinen Cromwell und George III. –›» Er machte eine bedeutungsvolle Pause.

«Potztausend, Sir, das hat er..?»

«Er wurde von Zwischenrufern unterbrochen, wie Sie sich denken können, die ihm Verrat vorwarfen. Darauf wartete er ab, bis sie verstummt waren und schloß dann mit einer Zurückhaltung, die einer Hure bei der Krönung angemessen gewesen wäre: ‹... und George III. sollte aus ihrer Erfahrung lernen. Wenn das Verrat ist, können Sie mich mal!› Was sagen Sie dazu?»

«Ora pro nobis!» meinte der Dunkelhaarige. «Himmelherrgottnocheinmal! Ich brauche noch ein Glas!»

Jetzt konnte Sigismundo nicht mehr an sich halten. Fasziniert hatte er zugehört und seit der Name Drake gefallen war, rutschte er unruhig auf seinem Stuhl hin und her.

«Entschuldigen Sie», mischte er sich jetzt ein. «Ist Ihr Name Drake?»

Die beiden Engländer starrten ihn an.

«Verzeihen Sie meinem Sohn», sagte Guido hastig. «Er ist manchmal recht ungestüm.»

«Ich heiße Charles Putney Drake», sagte der Rothaarige lässig. «Und wer, in Gottes Namen, sind Sie, Gentlemen?»

«Ich bin Guido Celine, Weinhändler aus Neapel», sagte Papa.

«Und ich bin Sigismundo Celine, sein Sohn, Musiker», setzte Sigismundo schnell hinzu. Papa versetzte ihm unter dem Tisch einen Fußtritt, doch er ließ sich nicht beirren. «Bitte, meine Herren, halten Sie mich nicht für exzentrisch, aber mir wurde einst prophezeit, daß ich eines Tages nach Philadelphia City gelangen würde und damals wußte ich nicht einmal, wo das liegt.» Wieder versetzte Papa ihm einen Tritt, diesmal stärker. Sigismundo sah ein, daß diese Männer Abrahams Ideen über Zufälle wahrscheinlich nicht verstehen würden, aber jetzt war es zu spät, um einen Rückzieher zu machen. «Und noch etwas Seltsames veranlaßt mich, zu sprechen. Ich glaube nämlich, daß ich einen anderen Ihrer Cousins kenne.»

Charles Putney Drake machte plötzlich den Eindruck eines Mannes, der Vogelscheiße in seinem Punsch entdeckt hat. «In *Naples* – ich meine *Napoli*?» fragte er vorsichtig.

«Ja», sagte Sigismundo. Da bin ich aber mächtig ins Fettnäpfchen getreten, dachte er.

«Das müßte mein Cousin Bob sein», antwortete der Rothaarige. «Ich nehme an, Sie verstehen nichts von der hiesigen Politik. Es ist nicht unbedingt von Vorteil, Cousin Bob in der Familie zu haben. Tatsächlich hat er uns in große Schwierigkeiten gebracht.»

«Wir wollten Ihnen keine Unannehmlichkeiten bereiten», wandte Guido schnell ein.

«Ich weiß, daß Robert Francis Drake – Ihr Cousin Bob – nicht nach England zurück kann», sagte Sigismundo. «Aber solch ein Zufall – als wäre unsere Begegnung vorherbestimmt...» Er fühlte, wie ihm die Worte ausgingen.

Charles Putney Drake grinste schließlich. «Gott strafe sie mit dem Verlust ihres Augenlichts!» polterte er. «Sie würden sogar mich bezichtigen, Jakobit zu sein, selbst wenn ich keinen Cousin Bob in der Familie hätte. Sie klagen jeden an, Jakobit zu sein, wenn sie ihn nicht mögen.»

«Und ich bin der nächste, der auf ihrer Liste steht», sagte der Dunkelhaarige. Er streckte Papa die Hand entgegen. «Sir Edward Babcock», sagte er. «Es ist mir eine Ehre, Ihre Bekanntschaft zu machen, Signor Celine.»

Sigismundo meinte, eine verstohlene, prüfende Bewegung von Babcocks Fingern zu erkennen, und auch Papa schien etwas gemerkt zu haben, denn er schaute ihn einen Augenblick verwirrt an. Dann reichte Babcock auch Sigismundo die Hand, diesmal ohne irgendein Zeichen. Doch das hat nichts zu sagen, dachte Sigismundo. Ich bin noch zu jung, um selber Freimaurer zu sein, er macht sich gar nicht erst die Mühe, es zu probieren.

Die Stimmung taute merklich auf, obwohl Papa Sigismundo auch weiterhin warnende Blicke zuwarf, denn dieser konnte nicht umhin, die Engländer ausgiebig über die politischen Themen zu befragen, die sie zuvor erörtert hatten.

Papa tut so, als wären wir noch immer in Neapel, dachte Sigismundo.

John Wilkes, so erfuhr er, war früher Mitglied des Parlaments gewesen, dann aber verbannt worden und hielt sich jetzt in Frankreich auf. Er gehörte den Whigs an, wie Drake und Babcock, aber sie bewunderten ihn keineswegs unkritisch: Wilkes war ein «Demagoge», einer, der, der überwiegend die «mobilen Schichten», den «Mob», kurz, die Besitzlosen, vertrat. Wie auch immer, sein Ausschluß aus dem Parlament hatte gegen die *Bill of Rights* verstoßen. Solche Experimente mit «unseren Freiheiten» konnten Drake und Babcock nicht billigen. Sigismundo fragte, was die *Bill of Rights* war. Es stellte sich heraus, daß es sich um eine Art Dokument handelte, das der Großvater von George III., Wilhelm von Oranien, als Bedingung des Parlaments für seine Anerkennung als König unterzeichnet hatte, nachdem es James II., dessen Urenkel jetzt die Jakobiten unterstützten, abgesetzt hatte.

Wieder merkte Sigismundo etwas: je mehr er erfuhr, um so weniger verstand er. Wenn die Jakobiten hinter den Freimaurern standen, waren diese Männer auf der anderen Seite – aber ihre Ideen waren denen von Onkel Pietro und seiner «Gesellschaft» sehr ähnlich. Und er war sich sicher, diesen eigenartigen Händedruck erkannt zu haben, als Papa und Babcock sich die Hand schüttelten ...

Aus Sigismundo Celines Tagebuch:

Heute beginne ich dieses Tagebuch und werde jeden Tag einen kleinen Essay darin verfassen, weil ich mir ein schriftliches Zeugnis von diesem eigenartigen, wundervollen Land machen möchte und weil es ein paar Dinge gibt, die ich unmöglich in einem Brief nach Neapel schicken kann, nicht einmal mit Onkel Pietros Kode.

Dank Mr. Drake und Sir Edward Babcock habe ich einen höchst merkwürdigen Iren namens Edmund Burke kennengelernt, der sich ausnahmslos in klassischen Metaphern ausdrückt und etwa so redet, wie der große Shakespeare geschrieben hat. Man sagte mir, das läge daran, daß er in Dublin geboren wurde, wo man die Redekunst genauso leidenschaftlich studiert wie in Neapel die Musik. Mr. Burke sagt Sachen wie: «Oh Freunde, trachten wir nicht nach dem erhabenen metaphysischen Besitz oder Gesetz; dies ist die große chinesische Mauer, gegen die ganze Armeen vergeblich angerannt sind.» Außerdem hat er einen komischen Dubliner Akzent, den man *brogue* nennt.

Mr. Burke ist bei den Quäkern aufgewachsen, eine höchst

exzentrische Sekte, anders als jede Gruppe, von der ich bisher gehört oder gelesen habe. Man könnte sie fast ‹gewaltlose *rossi*› nennen, wenn das nicht ein Widerspruch in sich wäre. Sie ziehen nicht einmal vor dem König den Hut. Sie wollen den Sklavenhandel abschaffen. Sie sind wirklich seltsame Menschen und wurden auch tatsächlich früher verfolgt. Doch in diesem bemerkenswerten Land wird alles Exzentrische irgendwann mal akzeptabel.

In Neapel würde ein Mann wie Mr. Burke eine Geheimgesellschaft führen; hier gehört er dem Parlament an. Er und die anderen Whigs sind stets darauf bedacht, den König zu behindern: sie schreiben ihm vor, *was er tun darf und was nicht.* Natürlich gefällt dem König das ganz und gar nicht, aber wenn die Whigs im Parlament über genügend Sitze verfügen, darf nicht einmal der König selbst sich über sie hinwegsetzen. Das liegt an der sogenannten *Bill of Rights*, die sein Großvater unterzeichnen mußte.

Ich versuche, mir vorzustellen, wie unser Ferdinand IV. gezwungen wird, ein solches Dokument zu unterschreiben. Es ist einfacher, sich vorzustellen, wie eine Kuh zwei Affen und einen Strauß zur Welt bringt oder Sigismundo Malatestas nackte Göttin die Heilige Jungfrau von Notre Dame in Paris ersetzt.

△

Ale ist nicht so stark, wie ich zunächst geglaubt hatte; es schmeckt nur so. Gestern abend habe ich im Turk's Head Tavern sechs volle Gläser getrunken und war nur ein bißchen angeheitert. Mr. Drake, der so freundlich war, mich an seinen Tisch zu bitten, hat mindestens dreimal so viel getrunken, was ihm jedoch nicht im mindesten anzumerken war, auch wenn seine Stimme nach einer Weile lauter wurde und seine Sätze etwas verdreht wirkten. Er machte einige Bemerkungen über des Königs deutsche Vorfahren, die ziemlich witzig waren, wenn auch ein wenig indiskret, sodaß ich mich allen Ernstes fragte, ob es biologisch überhaupt möglich ist, daß derart unnatürliche Verbindungen Früchte tragen. Dann zog er über die öffentlichen Gebäude her – er ist Architekt – und schloß mit dem Vorschlag, London ein zweites Mal in Brand zu setzen, denn nichts, was im vorigen Jahrhundert gebaut wurde, sei erhaltenswert. Es war ein amüsanter Abend, vor allem als er über Christopher Wren sprach, der seiner Meinung nach lieber einem Bäcker beim Entwerfen von Hochzeitskuchen hätte behilflich sein sollen. Irgenwann jedoch verlor Mr. Drake das Gleichgewicht und kippte mitsamt seinem Stuhl hintenüber. Es krachte ganz entsetzlich, aber ich glaube nicht, daß er wirklich betrunken war, denn er behielt seine gute Laune und machte die drolligsten Witze über das Mißgeschick. Er verglich sich mit einem gewissen Mr. Humphrey Dumpty (von dem ich noch nie gehört habe) und flehte des Königs Pferde und des Königs Mannen an, ihm zu Hilfe zu eilen.

Ich glaube, ich war doch etwas voreilig, was das Urteil über das englische Ale betrifft. Letzte Nacht habe ich zwanzig oder mehr Gläser getrunken, in Begleitung von Sir Edward Babcock, den ich im Turk's Head Tavern getroffen hatte. Alles war wie immer, bis sich der Schankraum plötzlich wie der Kreisel eines Kindes um mich drehte. Ich versuchte, Sir Babcock begreiflich zu machen, daß ich mich nicht wohl fühlte, doch der weinte ganz erbärmlich über einen Grabstein in Dublin und die Wunden Jesu (glaube ich) und dann schwankte er mit seinem Stuhl und stürzte donnernd zu Boden. An das, was danach geschah, kann ich mich nicht mehr erinnern.

Papa sagt, ich darf nicht mehr so viel Ale trinken, wenn ich allein ausgehe oder er wird mir das Ausgehen ganz verbieten, denn diese Stadt sei «voller Versuchungen, die schlimmer sind als Ale».

Es scheint, als hätte man mich gestern abend nach Hause karren müssen.

△

Heute habe ich mit Papa eine Fabrik besichtigt. Der Besitzer war ein vornehmer Lord, der eine große Lieferung Wein bestellt hatte. Papa fragte ihn, ob er einmal diese klugen Maschinen anschauen dürfe, für die die Engländer so berühmt sind.

Die Fabrik befand sich außerhalb von London City in einem Ort namens Westminster und auf den ersten Blick mußte ich an die tiefste *bolge* in Dantes *Inferno* denken. Als man mir jedoch die Maschinen zeigte und ihre Funktionsweise erläuterte, begriff ich sofort, was Onkel Pietro meint, wenn er sagt, daß dort, wo es freies Denken gibt, fast alles möglich ist. Jede Maschine und jeder Teil einer Maschine ist der konkrete Ausdruck der Intelligenz eines Menschen und zeigt, daß ein Teil des Universums richtig verstanden worden ist. Es ist das Ergebnis der Naturphilosophie (die die Engländer *science* nennen) und ungeheuer inspirierend. Tatsächlich liegt es wohl daran, daß die Naturphilosophie in Neapel durch die Inquisiton unterdrückt wird, daß wir im Vergleich zu England so arm sind und Spanien, wo die Inquisition noch stärker ist, noch ärmer als wir.

Jede Maschine ist ein Gedanke, der Reichtum produziert, wie mir Onkel Pietro immer zu erklären versucht hat.

Und trotzdem war die Besichtigung der Fabrik deprimierend. Die Menschen, die dort arbeiten – Männer, Frauen und Kinder – sind fast genauso ausgehungert wie unsere ärmsten Bauern. Als ich versuchte, einem Mann eine Frage zu stellen, nahm er den Hut ab und schaute zu Boden, genau wie ein Bauer und wie ein Bauer antwortete er knapp und ich hatte das Gefühl, daß er mir nur das sagte, was ich seiner Meinung nach hören wollte.

Natürlich sind alle diese «Arbeiter», wie man sie hier nennt, früher Bauern gewesen.

Er nannte mich nach jedem Satz Sir, so wie meine Diener zuhause *signore* sagen. Ich frage mich, wieviel tausend Jahre Verbrechen wohl notwendig waren, um einen Teil der Menschheit darauf zu trimmen, zu Boden zu schauen und «Herr» zu sagen, wenn sie mit dem anderen Teil der Menschheit sprechen.

Dieser ehemalige Bauer hieß Joyce und war Ire. Unser Gastgeber riet mir später, nichts von dem zu glauben, was er mir erzählt habe, denn alle Iren seien Lügner und Verbrecher und dumm und abergläubisch obendrein. Es klang, wie wenn ein Neapolitaner über die Sizilianer spricht.

Ich muß immer wieder an diesen Joyce denken. Ich sehe, daß ein Gespenst in Europa sein Unwesen treibt, aber ich kenne seinen Namen nicht.

△

Plötzlich stelle ich mir die Frage, warum Sir Babcock wohl so nett zu mir war, obwohl ich doch nur ein Junge bin. Ob er ein Sodomit ist, der es auf mich abgesehen hat? Ich glaube nicht; wahrscheinlich vermißt er seinen Sohn, der andauernd auf dem Kontinent herumreist, wie er sagt.

△

Sir Edward ist in der Tat ein ungewöhnlicher Mensch. Als ich mit ihm über die Freiheiten in diesem Land sprach (wo es keine Inquisition gibt), sagte er ironisch: «Wir haben unsere eigenen Tyrannen; es sind guter Geschmack und gesunder Menschenverstand. Kein Buch verrät alles, was der Schriftsteller weiß oder denkt. Die Inquisition ist dieselbe, nur trägt sie hier einen anderen Namen.» Die Whigs sind, glaube ich, alle so: sie träumen von einer vollkommenen Freiheit, die in dieser bösen Welt niemals möglich sein wird.

Trotzdem, als ich dann Mr. Gibbons *Verfall und Untergang* las, erkannte ich, daß Sir Edward gar nicht so unrecht hatte. Offensichtlich wagt Mr. Gibbon in vielen Passagen nicht, das zu sagen, was er wirklich denkt und beschränkt sich auf Anspielungen und unverständliche Witze. So zwingt er den Leser geradezu, über das nachzudenken, was er aufgrund der hier herrschenden Einschränkungen der Redefreiheit weggelassen hat. Wird es je ein Zeitalter geben, in dem die Schriftsteller alles sagen können, was sie wissen?

Ein weiteres Beispiel dafür, wie sehr Sir Edwards Idealismus von Zynismus vergiftet ist, erhielt ich, als ich ihm einen Syllogismus vortrug, den ich nach der Besichtigung der wunderbaren Fabrikanlage von Westminster verfaßt habe. Er lautete folgendermaßen:

S: Eine Maschine ist ein konkreter Gedanke.

M: Wenn unsere Berechnungen genau sind, werden unsere Maschinen effizient sein.

S: Wenn unsere Maschinen perfekt sind, wird unser Reichtum unermeßlich sein.

Worauf Sir Edward ohne zu zögern antwortete: «Wem aber wird dieser Reichtum gehören? Den Skrupellosesten und Räuberischsten, möchte ich behaupten.»

△

Papa nimmt mich heute mit zu einem Konzert des englischen Bach. Das heißt, Johann Christian Bach, nicht sein berühmter Bruder Carl Philipp Emanuel, der deutsche Bach. Jedermann behauptet, der deutsche Bach sei der bessere von den beiden, aber ich habe J. C. Bach gehört, als er vor ein paar Jahren in Neapel gastierte und ich glaube, sie haben wieder mal alle unrecht, wie üblich. J. C. Bach ist so ungewöhnlich und aufregend wie Scarlatti.

Es werden noch drei andere Musiker auftreten: ein Mann namens Leopold Mozart, von dem man sagt, er sei nicht übel, seine vierzehnjährige Tochter Nannerl, die wahrscheinlich erträglich sein wird (in diesem Alter spielen die meisten Mädchen ganz passabel), und das angebliche Wunderkind, der neunjährige Wolfgang Mozart, der alles übertreffen soll, was je dagewesen ist. Ich persönlich denke, daß man sich diese Vorstellung schenken kann. Einem neunjährigen Kind beim Üben zuzuhören, kann die Mühe nicht wert sein.

J. C. Bach jedoch wird den Abend retten, da bin ich mir sicher.

△

Ich habe es gehört, aber ich kann es noch nicht glauben.

△

Die Royal Scientific Society (die von den Jakobiten gegründet wurde und irgendwie bis heute überlebte) hat eine Überprüfung des Monsters angeordnet. Ich wünschte, sie fände irgendeinen Beweis für einen Schwindel. Vielleicht ist ein Erwachsener hinter der Bühne versteckt, der für ihn spielt?

Das muß Neid sein. Vielleicht bedeutet das, erwachsen zu werden: zu erkennen, daß man jeden Lasters fähig ist, das man verachtet.

Heute habe ich Nannerl Mozart wiedergesehen. Das Monster protzte mit seinem Erfolg über die Royal Scientific Society. Diese hat wohl entschieden, daß alles mit rechten Dingen zugeht.

Bei einem der Tests wurde auch Bach hinzugezogen, der über das Monster genauso verwirrt ist wie alle anderen. Bach spielte eine höchst komplexe Fuge und hielt dann plötzlich inne, damit das Monster weiterspielen konnte. Dieses machte sich auf der Stelle an die Arbeit und führte das Stück, ohne einen Takt auszulassen, ordentlich zu Ende.

Ich muß gestehen, daß das Monster in vielerlei Hinsicht ganz nett und meine Eifersucht höchst unfair und böswillig ist. Aber Teufel auch, der Knabe schafft mit Leichtigkeit Dinge, für die ich jahrelang büffeln mußte!

Und außerdem hat er eine ziemlich freche Klappe!

△

Kraftausdrücke und Blasphemien sind anscheinend in der hiesigen Aristokratie ebenso verbreitet wie bei den Matrosen auf der *San Franceso*. Ich warte jeden Augenblick darauf, daß ein Inquisitor hinter dem Vorhang hervorspringt und uns alle verhaftet. Doch ich muß gestehen, daß eine derart rauhe Sprache auch ihre eigene poetische Komik besitzt. Als Bewunderer der naturphilosophischen Methoden habe ich beschlossen, einmal Buch über das zu führen, was ich an einem einzigen Abend im Turk's Head Tavern zu hören kriegte. Ich kam auf 137 Beschimpfungen Gottes, 231 Verfluchungen Jesu, 333 skatologische Anspielungen auf die Muttergottes und 358 ungebührliche Bemerkungen über Heilige oder Gestalten aus dem Alten Testament. Leider sind meine Eintragungen unvollständig, weil ich trotz meines Versprechens Papa gegenüber, nicht aufgepaßt und zu tief ins Glas geschaut habe. Sir Edward Babcock hat viel mehr getrunken als ich und sich wieder einmal bitterlich über seinen Sohn beklagt, der sich andauernd auf dem Kontinent herumtreibt und so gut wie nie zuhause ist. Und dann ging das Gejammer über Grabsteine und Herzzerreißen wieder los und das letzte, woran ich mich erinnern kann, ist, daß man mich schon wieder auf einem Karren nach Hause bringen mußte.

Dies ist ein Land von Trunkenbolden. Ich muß vorsichtiger sein.

△

Ich habe David Humes Untersuchung über den menschlichen Verstand fast zu Ende gelesen. Ich war nämlich neugierig, warum die Dominikaner ihn als den schlimmsten Ketzer unserer Zeit hinstellen.

Jetzt dreht sich mir der Kopf.

Hume hat allen früheren Philosophen den Teppich der Gewißheit unter den Füßen weggezogen und uns glorreich auf den Hosenboden gesetzt. Er zeigt auf Dutzende von Arten, daß alles, was wir wissen, im Grunde nur unsere Eindrücke widerspiegelt. Alles andere, was wir zu wissen glauben, ist Deduktion – es mag wahrscheinlich sein, aber hundertprozentig hieb- und stichfest ist es nie.

Das Universum des Heiligen Thomas von Aquin, wo die Menschen unten sind und die diversen Hierarchien von Engeln, mit der Heiligen Dreifaltigkeit an der Spitze obendrüber, ist nur eine Deduktion, ebenso wie das Universum der französischen Atheisten, mit den hypothetischen Atomen des Epikurus, die durch ein auf Vermutung beruhendes Nichts sausen. Alles, was der heilige Thomas oder Epikurus je gekannt haben, waren ihre eigenen Eindrücke; alles, was ich kenne sind meine Eindrücke. Mr. Hume beweist, daß jeder Philosoph, der von diesen Eindrükken ausgehend versucht, ein allgemeines Prinzip zu entwickeln, schon gleich zu Anfang einen Irrtum begeht, sich selbst in die Irre führt und einen Rückschluß zur Gesetzmäßigkeit erhebt.

Mir dreht sich immer noch der Kopf. Wir sind von Mauern umschlossene Städte, die sich, bis an die Zähne mit Vorurteilen bewaffnet, gegenseitig anbrüllen.

△

Heute bin ich mit Nannerl und dem Monster in den Königlichen Zoo gegangen. Ehrlich gesagt, es ist nicht einfach, ihn als Mensch zu hassen. Er ist genauso lustig wie seine Musik und macht andauernd irgendwelche Witze. Selbst seine Wichtigtuerei ist eher komisch als ärgerlich, vor allem, wenn man daran denkt, wie jung er noch ist. Wenn er vor dem *clavicembalo* sitzt, ragen seine winzigen Beinchen in die Luft und er sieht aus wie das intelligente Spielzeug eines Königs.

Unterwegs haben wir ein paar städtische Bauernjungen getroffen, (die hier «Cockneys» genannt werden), die mit einem Spielchen beschäftigt waren, das ihnen selbst den größten Spaß zu machen schien, denn für ältere Passanten muß es eine Beleidigung sein. Es geht so: einer von den Jungs fängt an und fragt die anderen: «Wer schiß auf die Treppe?» «Bert schiß», antwortet ein anderer. «Bullshit!» sagt Bert, «Wer schiß?» «Frank schiß!» undsoweiterundsofort, bis es ihnen zu langweilig wird, was in der Tat eine Weile dauern kann, oder bis ein vorbeikommender Erwachsener dazwischengeht und sie mit seinem Gehstock von der Straße vertreibt.

Das Monster hat sich gekugelt vor Lachen und konnte gar nicht mehr aufhören, es endlos zu wiederholen. Ich war entsetzt, daß seine Schwester sich so etwas anhören mußte, aber Nannerl selbst schien es nicht viel auszumachen. Wahrscheinlich hat sie sich an seine komischen Vorlieben gewöhnt.

Er scheint zwei Shakespeare-Typen in sich zu vereinigen: den edlen Prinzen und den derben Narren.

Später fiel mir auf, daß diese krude Form kindlichen Humors dieselbe Struktur aufweist wie eine Fuge. War das Monster vielleicht deshalb so davon angetan? Das ist ein eigenartiger Gedanke, über den ich weiter grübelte, bis ich zu dem Schluß kam, daß es Mr. Humes Analyse des menschlichen Bewußtseins ähnlich ist (denn es dreht sich auf der Suche nach sich selbst ebenfalls im Kreise). Dies ist ein interessanter, aber auch ein provokativer Gedanke.

Harpsichord. Das ist ein englisches Wort, das ich immer wieder vergesse. Es ist kein *clavicembalo* hierzulande, es heißt *harpsichord. Harpsichord, harpsichord, harpsichord.*

Das Monster hat mir erzählt, es schriebe an einer Symphonie. Nicht eine schlichte *sinfonia*, sondern eine ausgearbeitete moderne Symphonie im französischen Stil: vier Sätze, harmonische Entwicklung, Kontrapunkt und alles.

Und das Schlimmste daran ist, er kann es. Er hat schon acht von den Dingern geschrieben. Das kleine Monster.

△

Ich habe rausgekriegt, warum man in London so gut wie nie einen Bettler zu Gesicht bekommt.

In meiner Unkenntnis hatte ich zuerst geglaubt, die Fabriken böten so vielen Menschen Arbeit, daß niemand zu betteln brauchte, aber das ist nur eine Seite der Medaille. Das Betteln gilt hier als Verbrechen: wer dabei erwischt wird, den peitschen die Männer des Sheriffs aus und setzen ihn dann auf der Landstraße aus, mit der Drohung, ihn am nächsten Baum aufzuknüpfen, wenn er sich noch mal in der Stadt blicken ließe.

Das hat mir Mr. Drake erklärt und als ich ihn fragte, was denn aus diesen Menschen würde, sagte er, einige kämen tatsächlich in den Fabriken unter, andere verhungerten und wieder andere würden «highwaymen» oder «cutpurser» – Menschen, die sich von Diebstahl ernähren. Drake sagt, es gibt ganze Banden, die sich nach einem Indianerstamm «Mohawks» nennen. Das sind Wegelagerer, die nachts die Stadt unsicher machen, nicht nur, um zu stehlen, sondern auch, um ihren Opfern mit eigens dafür bestimmten Messern das Gesicht aufzuschlitzen. Diese «Mohawks» scheinen die reichen Leute ebenso zu hassen wie unsere *rossi.*

Jedes Land ist anders, doch Ungerechtigkeit und Rachedurst sind überall gleich.

△

Es ging so schnell, daß ich gar keine Zeit zum Überlegen hatte.

Ich ging mit Nannerl und Wolfgang (ich kann ihn einfach nicht mehr Monster nennen) im Grosvenor Park spazieren. Wir kreuzten einen schmalen Pfad und Wolfi zitierte gerade eines dieser skatologischen Verschen, die er von den «Cockneys» aufgeschnappt hat. Nannerl hörte wie üblich über seine Ausfälligkeiten hinweg.

Plötzlich vernahm ich einen furchtbaren Krach, dann lautes Klappern und eine Frau, die losschrie. Als ich mich umschaute, sah ich eine Pferdekutsche auf uns zurasen – offenbar hatten sich die Tiere erschrocken und waren durchgegangen. Sie preschten auf uns zu, als wäre der Leibhaftige hinter ihnen her. Der Kutscher tat sein Bestes, um sie zum Anhalten oder wenigstens zum Verlangsamen ihres Tempos zu bewegen, aber die Tiere waren ganz verrückt vor Angst. Mir blieb das Herz stehen, denn ich erkannte sofort, daß sie es ausgerechnet auf Wolfi abgesehen hatten.

Ich warf mich ihnen in den Weg und versetzte Wolfi dabei einen Stoß, der ihn zehn Meter weit weg schleuderte. Um ein Haar hätten die Pferde dafür mich erwischt. Ich glaube, sie haben mich sogar gestreift, denn meine ganze linke Seite ist taub. Vielleicht war ich im Augenblick zu erregt, um Schmerz zu spüren.

Ich eilte zu Wolfi, um mich zu vergewissern, daß ihm nichts passiert war, aber es ist kaum zu glauben, der Kleine warf nur seine Arme um mich und fing an zu heulen. (Was hatte ich denn anderes erwartet? Schließlich ist er erst neun!) Ich ertappte mich dabei, wie ich ihn an mich drückte und ihm Mut zusprach, als wäre er mein eigener Sohn. Zum ersten Mal im Leben fühlte ich mich wie ein Erwachsener. Und zum ersten Mal im Leben sah ich in ihm ein kleines Kind – einen Jungen, in dem mehr Genie steckt als in hundert erwachsenen Musikern – aber trotzdem ein Kind, das in diesem Moment zu Tode erschreckt war.

Plötzlich schämte ich mich und haßte mich selbst für meine dummen Gefühle ihm gegenüber. Nannerl fiel uns beiden um den Hals und nannte mich einen Helden, aber ich konnte an nichts anderes denken, als wieviel mehr Talent er doch besaß als ich. Es ist leichter, einen Käfer auf zwanzig Schritt Entfernung hinken zu sehen als die eigenen Fehler zu erkennen.

Das Schlimmste aber: ich war immer noch neidisch, trotz meines Schamgefühls. Immer wieder muß ich daran denken, wie jetzt in den Musikgeschichtsbüchern stehen wird, daß der große Wolfgang Amadeo Mozart eines Tages «von einem gewissen Sigismundo Celine aus Neapel, der selbst ein paar kleinere Werke für das *Spinett* verfaßte», gerettet wurde. Doch nein, das ist nicht der Gang der Geschichte: es wird heißen, er sei von einem «unbekannten italienischen Weinhändler, manche sagen auch, einem polnischen Grafen» gerettet worden.

△

Heute hatte ich endlich eine Audienz bei dem großen J. C. Bach. Aber es war noch schlimmer, als ich befürchtet hatte.

Zuerst spielte ich ihm meine neue *sonata* vor, von der er sich sichtlich angetan zeigte, aber ich wußte, daß er nur höflich sein wollte. Trotzdem, irgendwie nahm ich meinen ganzen Mut zusammen und spielte ihm noch eine zweite vor, denn ich hatte Angst, er würde irgendeinen Vorwand finden, um mich loszuwerden. Aber dann sagte er, er sei entzückt, mehr von mir hören zu dürfen. Daraufhin spielte ich ihm die komplexeste und experimentellste *sonata* vor, die ich je geschrieben habe – ein Stück, über das ich mir sehr unsicher bin, aber ich war wild entschlossen, mehr aus ihm herauszuholen als pure Höflichkeit.

Als ich fertig war, wagte ich kaum, die Augen zu erheben.

«Erstaunlich», bemerkte er und es klang nicht nur herzlich, sondern auch aufrichtig.

Ich schaute auf und sah, wie er mich mit dem Ausdruck musterte, den Christoph Kolumbus gehabt hätte, wenn er bis ans Ende der Welt gesegelt und tatsächlich heruntergefallen wäre. «Was wollten Sie damit erreichen?» fragte er einfach.

Ich gab mir Mühe zu antworten, aber noch nie hat es einer geschafft, Musik zu erklären, nicht einmal einem anderen Musiker. Ich zitierte Telemanns Ideen zur Harmonie und verhedderte mich in immer abstruseren und unverständlicheren Theorien – wahrscheinlich hörte ich mich an wie ein Jesuit, der die Transsubstantiation erläutert – und fürchtete die ganze Zeit, daß er mich für den größten Klugscheißer Europas halten könnte.

«Das dachte ich mir», sagte er sanft. Es stellte sich heraus, daß er vollkommen verstanden hatte, um was es mir ging: Telemann war sein Patenonkel und ein guter Freund obendrein. Doch dann fragte er mich, ob ich je etwas von seinem Vater, Johann Sebastian Bach gehört habe. Ich war verdutzt und kam mir ziemlich ungebildet vor. Schließlich mußte ich gestehen, daß ich nur einige Stücke von ihm selbst und seinem Bruder, C. P. E. Bach, kannte.

«Sie brauchen sich nicht zu schämen», sagte er. «Nur die wenigsten Musikliebhaber außerhalb von Sachsen haben je von meinem Vater gehört. Seine Werke waren für das normale Publikum zu anspruchsvoll. Doch das Merkwürdige ist, daß Sie so klingen, als versuchten Sie, ihn zu imitieren, obgleich Sie doch nie etwas von ihm gehört haben.»

Nun, immerhin kam ich auf diese Weise an die Adresse eines Musikverlegers in Sachsen, wo ich die Werke J. S. Bachs bestellen kann. J. C. Bach selbst spielte mir noch einige Stücke seines Vaters vor. «Jesu, Freude der Sehnsucht des Menschen» hat mich besonders begeistert, mehr noch als «Die Goldberg-Variationen», obwohl diese dem, was ich selbst versuche, viel näher stehen.

Johann Sebastian Bach ist 1750 gestorben. Ich gleiche mithin einem Mann, der es unter größter Anstrengung seiner Kräfte geschafft hat, fünfzehn Jahre nach Gutenberg eine rohe Vorform der Druckerpresse zu entwickeln.

△

Letzte Nacht habe ich wieder von den *rossi* geträumt. Sie hielten mir ihre Dolche an die Kehle, aber sie bedrohten mich nicht; es war Teil einer Initiation.

Als ich wach wurde, merkte ich, daß ich sie mit bewußter Anstrengung aus meinen Träumen vertrieben hatte. Es ist leicht, im Lärm und Anblick dieser Stadt, unter all den Menschen, die sich um einen scharen, alles zu vergessen, aber zu Hause in Neapel, in Sizilien und Gott weiß, wie vielen anderen Teilen von Italien, warten diese Wahnsinnigen weiter auf mich, überzeugt, daß ich mich dem Schicksal fügen und ihr neuer *capo* werde, sobald die Sterne die richtige Konstellation erreicht haben.

Ich beschloß, die vier Erzengel anzurufen, um mich zu beruhigen und wieder einschlafen zu können, doch dann fiel mir David Hume ein. Es war höchst merkwürdig, aber Hume würde wahrscheinlich sagen, genau wie ein französischer Atheist, daß die Engel nur ein Produkt meines Geistes waren, und hinzufügen, daß auch der Tisch, die Stühle und das Bett meiner Phantasie entsprangen. Selbst mein Verstand, soweit ich ihn durchschauen kann, ist ein Produkt, das sich selbst zu reproduzieren versucht. In einer Welt geistiger Gebilde sind Engel nicht unwahrscheinlicher als irgendeine, vom Geist produzierte Gestalt. Komisch, daß Hume darauf nicht gekommen ist, oder? Versucht er etwa, Atheisten und Theologen zugleich aufs Glatteis zu führen und uns übrige in ein Vakuum?

Als ich am nächsten Morgen zum Frühstück hinunterkam, wußte ich sofort, daß irgend etwas nicht stimmte.

«Was ist?» fragte ich Papa und sah eine Million Schreckgespenster vor mir.

«Trink erst mal deinen Tee», antwortete er. Er scheint die englische Auffassung übernommen zu haben, daß dieses Getränk die gleiche beruhigende Wirkung hat wie Opium.

«Ein Brief von Pietro», sagte er. «Deine Tante Gina ist gestorben.»

Dann erzählte er mir auch die Details: es hatte sich um eine Herzkrankheit gehandelt. Sie hatte Schmerzen in der Brust gehabt, doch als der Arzt eingetroffen war, war es schon zu spät gewesen.

Der einzige Grund, warum Papa nicht in Tränen ausbrach, war der, daß noch ein paar Engländer im Speisesaal saßen. Ein weinender Italiener hätte ihre Vorurteile über die Emotionen der Südländer nur bestätigt.

«Es waren die *rossi*», sagte ich nach einer Weile.

«Nein», entgegnete Papa. «Der Arzt war sicher. Es war das Herz.»

Er verstand mich nicht und ich war zu bekümmert, um es ihm zu erklären. Der Mord an Peppino hatte nicht das erreicht was sie sich davon versprochen hatte: er hatte die Trauer nicht beendet. Ihr Herz hatte versagt, das war keine Metapher. Es ging weiter und immer weiter: Haß und Tod und noch mehr Haß und noch mehr Tod.

Wie soll der arme Toni damit fertig werden? Jetzt hat er innerhalb eines Jahres beide Eltern verloren.

△

Bei der Überfahrt über den Ärmelkanal habe ich eine seltsame neue Erfahrung gemacht. Es war keine Seekrankheit – immerhin bin ich schon viel weiter, von Neapel nach London gesegelt – es war etwas anderes, Unheimlicheres. Vielleicht lastete der Tod Tante Ginas mir schwerer auf der Seele, als ich dachte, jedenfalls wirkten die Wellen plötzlich kälter als die des Atlantik und ich mußte immer daran denken, daß ich durch irgendeinen dummen Zufall über Bord geschleudert werden und untergehen könnte. Egal, wie sehr ich mich anstrengte, diese Vorstellung zu vertreiben, immer wieder tauchte dieses Bild vor mir auf: kalte Wellen, die mich unter sich begruben. Und immer wieder kamen mir die griechischen Zeilen des Odysseus in den Kopf, wo er vom Zorn des Poseidon spricht, als wäre das Meer ein lebendiger Gott, der mich zu verschlingen drohte.

Als ich mich an Deck auf einen Stuhl setzte und Atemübungen machte, um mich zu entspannen, erinnerte ich mich plötzlich an meine Taufe, aber auch das verwandelte sich wieder in eine groteske Phantasie: der Priester tröpfelte mir nicht etwas Wasser auf die Stirn, sondern goß mehr und mehr davon über meinen Kopf, wie Onkel Pietro es in jener Schreckensnacht im Garten getan hatte.

Ich war heilfroh, als ich wieder festen Boden unter den Füßen hatte.

△

Seit einer Woche bin ich in Paris und habe bisher noch nicht eine Eintragung gemacht, denn ich bin der Sünde verfallen. Ja, ich habe eins der *maisons* besucht, die vom hiesigen Adel frequentiert werden. Das Mädchen, das ich mir ausgesucht hatte, kam aus Algerien und hieß Fatima. Sie war höchst talentiert und im wahrsten Sinne des Wortes *formidable*. Das Bemerkenswerte daran jedoch ist, daß ich es gar nicht als Sünde empfand. Mir kam es eher so vor, wie wenn ich eine *sonata* schreibe. Ich weiß, dies ist schlimmer als all meine bisherigen Ketzereien, aber ich konnte weder etwas «Verruchtes» noch «Animalisches» in unserem Treiben entdecken. Für mich war es kreativ und dann auch spirituell. Einen Augenblick lang konnte ich verstehen, warum unsere Vorfahren angeblich die Geschlechtsorgane vergötterten. Ist es möglich, daß ich dabei bin, in die heidnischen Fußstapfen meines großen Ahnherren, des Prinzen von Rimini, zu treten?

△

Seit dieser Nacht heidnischer Sinnenfreude ist die Angst zu meinem ständigen Begleiter geworden. Der Kirche traue ich schon lange nicht mehr, aber die französischen Pocken sind nicht ihre Erfindung. In solchen *maisons* steckt man sich wirklich an. Die schmachvolle Wahrheit ist, daß ich heute morgen in Notre Dame war, um die Heilige Jungfrau um Schutz anzuflehen und anschließend einen Arzt aufsuchte.

Er hat mir versichert, daß ich keinerlei Symptome zeige, dem Himmel sei Dank. Er hat auch gesagt, mit einiger Strenge, daß die Krankheit im Grunde nicht französische, sondern italienische Pocken heißen müßte, denn unsere Seeleute hätten sie nach Europa eingeschleppt. Ich ließ mich auf keine Diskussion darüber ein, weil mir die Fakten nicht geläufig sind. Statt dessen dankte ich ihm, bezahlte und kehrte nach Notre Dame zurück, um zu beten. Wenn ich Angst kriege, bin ich doch immer noch ein echter Katholik.

△

Niemand kann den heutigen Zustand dieses Landes verstehen und in hundert Jahren werden es nicht einmal die Franzosen selbst fassen können.

Die Inquisition ist mächtig – es ist ein katholisches Land. Man verbrennt Bücher, zerrt Menschen wegen Ketzerei vor Gericht, verurteilt sie gelegentlich sogar, alles genau wie in Neapel. Gleichzeitig aber kursieren hier in Paris die radikalsten Theorien. Der Adel hat beschlossen, seine aufklärerische Gesinnung unter Beweis zu stellen, indem er gegen die Kirche kämpft und Ketzereien jeglicher Natur ermutigt. Unsere *rossi* würde hier niemand zur Kenntnis nehmen, sie würden einfach untergehen.

Da gibt es einen Mann namens Rousseau, der in aller Munde ist. Er leugnet die Erbsünde und behauptet, alle Menschen seien von Natur aus gut. (Offensichtlich war er noch nie in Neapel oder Sizilien.) Er befindet sich im Exil, so viel Macht hat die Inquisition noch, doch seine Gedanken werden überall diskutiert. Wenn es die Erbsünde nicht gibt, sagen die Leute, dann sind doch der menschlichen Fähigkeit, sich zu vervollkommnen, überhaupt keine Grenzen gesetzt. Ich wünschte, ich könnte daran glauben; es klingt, als stünde das Himmelreich unmittelbar vor der Tür.

Dann gibt es hier einen gewissen Meslier, der schon längst unter der Erde ist, aber immer noch für Gesprächsstoff sorgt. Wie Kopernikus war er klug genug, abzuwarten, bis er auf dem Totenbett lag, ehe er die Zustimmung zur Veröffentlichung seiner Ideen erteilte. Sein Buch ist verboten, aber jeder *dandy* und jede Dame mit einem *salon* hat es natürlich gelesen. Es ist ein fröhlicher Appell, sämtliche (!) Könige in Europa umzubringen und ein Parlament zu wählen, dessen Abgeordnete Väter, und älter als fünfzig Jahre sind. Solche Männer, behauptet Meslier, verfügen wenigstens über ein gewisses Verantwortungsgefühl.

Ein weiterer Philosoph mit Namen Morelly stimmt mit Rousseau in der Leugnung der Erbsünde überein, lehnt aber darüberhinaus das Privateigentum ab. Er will, daß alle alles besitzen. Dies wird erreicht, sagt er, indem man den Eltern ihre Kinder wegnimmt und in staatlichen Schulen unterbringt, wo man allen Tendenzen zum Individualismus wissenschaftlich entgegentreten kann. Keine Leonardos, keine Michelangelos, keine Scarlattis, keine Newtons, nur eine Herde glücklicher Kühe! Da sträubt sich mir die Feder. Wie Onkel Pietro immer sagt: hundert Mann kriegen auf dem Papier bestimmt was auf die Beine, es ist nur die Frage, für wen.

Morelly vertritt eine These, die meiner Meinung nach großen Erfolg bei den Armen haben wird, sobald diese lesen gelernt haben: *«Chacun selon ses facultés, a chacun selon ses besoins.»* Was so viel heißt wie: «Jeder nach seinen Fähigkeiten, jedem gemäß seinen Bedürfnissen.» Mein Gott, da steckt genug Sprengstoff drin, um ganz Europa in die Luft zu jagen.

Kein Wunder, daß Mr. Burke nur mit Entsetzen an dieses Land denkt. Die Franzosen sind so in die Vernunft vernarrt, daß der gesunde Menschenverstand dabei auf der Strecke geblieben ist.

△

Ihre Musik ist auch nicht so gut wie unsere.

△

Morgen brechen wir nach Süden auf, es geht zurück nach Neapel. Gott sei Dank verabscheut Papa die langen Kutschenfahrten ebenso wie ich und hat uns Plätze in einer Kutsche ausgesucht, die ohne nächtlichen Aufenthalt durchfährt und öfter die Pferde wechselt. Auf diese Weise gewinnen wir Zeit und langweilen uns nicht zu Tode bei der tagelangen Holperei.

Wir machen nur einmal Zwischenhalt, kurz vor der Grenze, in einem kleinen Ort namens Abbeville. Ich hoffe, es wird einigermaßen friedlich und ruhig dort sein.

Der erste Juli war ein schöner sonniger Tag im kleinen Abbeville. Die Lerchen zwitscherten auf den Plätzen oder zogen am Himmel ihre Kreise. Es war kaum eine Wolke zu sehen.

Doch schon schlängelte sich ein häßliches Untier durch die engen Gassen des Städtchens. Es bestand aus vielen Teilen und jedes Teil war ein Mann oder eine Frau. Einige waren schon vor dem Morgengrauen aufgestanden und kamen von Höfen weit außerhalb. Eine unheimliche Stille hing in der Luft. Niemand machte Witze, kaum einer sagte etwas und als alle auf dem Dorfplatz zusammengeströmt waren und sich zu dem riesigen Untier formierten, wußte Sigismundo, der im Nachthemd aus dem Fenster lehnte und alles beobachtete, daß dies weder mit einem lokalen Feiertag, noch einem verspäteten Karneval zu tun hatte. «Papa», rief er. «Guck dir das an!»

Guido Celine, der ebenfalls noch nicht angekleidet war, stolperte müde ans Fenster und schaute hinaus. Das Untier wurde von Minute zu Minute größter und häßlicher. «Mein Gott», sagte Guido.

«Was meinst du, was das ist?» fragte Sigismundo.

«Keine Ahnung», antwortete Papa, «aber ich wünschte, unsere Kutsche würde auf der Stelle weiterfahren.» Der Aufbruch war für den Mittag festgesetzt worden, um den Reisenden genug Zeit zum Ausschlafen zu lassen.

In der Ferne konnte Sigismundo den Fuß der Alpen erkennen. Hier läßt sich's leben, dachte er. Ich verstehe nicht, was diese Leute haben.

«Wasch dich schnell», sagte Papa, «und dann zieh dich an. Ich glaube, wir machen lieber einen Spaziergang, so weit weg vom Dorfplatz wie möglich.»

Sigismundo war schon dabei, dem Rat seines Vaters nachzukommen. Er erinnerte sich nur allzugut an die Feierlichkeiten nach der Verbrennung des alten Umberto. Der Mob von Moralaposteln wurde unruhig, wenn er Gewalt witterte und nach einer Weile konnte alles mögliche passieren. Man könnte es auf ihn und Papa absehen und sie verprügeln – oder ihnen noch Schlimmeres antun – nur weil sie Fremde waren.

Eine kleine Lerche löste sich aus dem Schwarm und

schwirrte leicht und frei am Fenster vorbei. In der Ferne hörte man einen Hahn krähen.

Das ist etwas, das ich nie vergessen werde, dachte Sigismundo: auch wenn Schreckliches passiert, die Natur kümmert sich nicht darum, sondern geht unbeirrt ihrer Wege.

Doch als Papa und er sich angezogen hatten und die Treppe hinunterkamen, sahen sie, daß das wütende Untier noch größer geworden war. Die Menschen drängten sich aneinander wie Fische in einem Netz und stauten sich vor der Tür der Herberge. Wenn Papa und er hinausgehen wollten, wären sie dem Druck der Massen ausgeliefert.

«Nun», sagte Papa einfach, «schließlich geht es uns nichts an. Dann werden wir eben frühstücken.»

Sie betraten das Speisezimmer und trafen dort auf den anderen Passagier aus ihrer Kutsche, einen dickleibigen Bayern namens Hans Zoesser mit gesundem Appetit.

«Nehmen Sie doch Platz», begrüßte Zoesser sie höflich. «Es ist nicht gerade, äh, gastfreundlich dort draußen.»

Sie setzten sich zu dem blonden Bayern, der, wie sie in der Kutsche erfahren hatten, Rechtsanwalt war.

«Was ist denn los?» fragte Guido vorsichtig.

«Ein *auto-da-fe*», sagte Zoesser ungerührt. «Die Franzosen frönen gelegentlich noch den nostalgischen Riten des Mittelalters.» Er brach sich ein Stück von seinem *croissant* ab und steckte es in den Mund. «Der Ehrengast», fuhr er mit vollem Mund fort, «ist ein junger Adeliger namens La Barre.»

«Werden sie ihn verbrennen?» fragte Guido, wobei er aus seinem Abscheu kein Hehl machte.

«Um Himmels willen, nein», antwortete Zoesser, noch immer kauend. «Heutzutage ist man in Frankreich zu zivilisiert für so etwas. Sie werden ihn einfach einen Kopf kürzer machen. Viel menschlicher, hä?»

«Was hat denn dieser La Barre verbrochen?» fragte Guido nach.

«Eine furchtbare, ganz furchtbare Sache», sagte Zoesser und kratzte etwas Eigelb von seinem Teller. «Es muß schon was zusammenkommen, ehe man hier einen Adeligen zum Tode verurteilt, wissen Sie. Wenn es sich nur um eins der typischen Kavaliersdelikte gehandelt hätte – wenn er sich an Bauernjungen rangemacht oder seine Frau vergiftet hätte – dann wäre er wahrscheinlich mit dem Exil davongekommen. Er ist ein *chevalier* und Sie wissen ja, was das bedeutet.» Es hieß, daß er, wie entfernt auch immer, mit der königlichen Familie verwandt war. Sigismundo wußte Bescheid. «Aber so! Das war eine wirklich ernste Sache», fuhr Zoesser fort. «In einem solchen Fall kann ihn nicht einmal sein königliches Blut schützen.»

«Um Gottes willen, was war es?» fragte Guido, den die ironische Art des Rechtsanwaltes immer nervöser machte.

Zoesser kaute sein *croissant* zu Ende und spülte es mit einem Schluck dieses neuen Teufelszeugs, auf das die Franzosen so stolz waren, hinunter. «Der *chevalier* Jean François Lefèbre de La Barre», sagte er mit einem Pokergesicht, «befand sich im Besitz eines Buches von Voltaire.»

Sigismundo konnte es nicht fassen. Aber offensichtlich erlaubte sich der Rechtsanwalt trotz seiner Vorliebe für Sarkasmen keinen Scherz mit den Tatsachen. Sein Gesicht war nüchtern und machte den Eindruck eines Arztes, der einen hoffnungslosen Fall als solchen erkannt und abgeschrieben hatte, um zum nächsten überzugehen.

Sigismundo vergaß alle Vorsicht. «In Paris gilt Voltaire längst als überholt und alle Welt liest dort Bücher, die zehnmal radikaler sind als die seinen.»

Zoesser nickte. «In Paris! Aber hier befinden wir uns auf dem Land. Hier hat die Kirche nicht so viele und mächtige Feinde. Das hier sind einfache, aufrechte Menschen vom Land, ‹edle Wilde›, wie Rousseau sagen würde. Aber in ihrer aufrechten und edlen Wildheit können sie es kaum abwarten, diesen Mann sterben zu sehen, nur weil ihre Priester ihnen einreden, er sei ein schlechter Mensch. Der Glaube vermag nicht unbedingt Berge zu versetzen, wie man uns weismachen will, aber den gesunden Menschenverstand und den menschlichen Anstand kann er durchaus aus den Angeln heben.»

In diesem Moment betrat der Wirt das Zimmer. Er sah so aus, als hätte er sein Hemd seit den Tagen Louis XIV. nicht mehr gewechselt und könnte eine durchgedrehte Viehherde allein durch seinen Anblick zum Umkehren bringen. Er stellte *croissants* und Eier für Guido und Sigismundo auf den Tisch und trottete dann mürrisch wieder davon. Offenbar hatte es ihm nicht gefallen, was er von Zoessers Bemerkungen aufgeschnappt hatte. Er verdächtigt uns des säkularen Humanismus, dachte Sigismundo.

«Irgendwer muß diesen La Barre angezeigt haben», sagte Papa nachdenklich. «Nicht einmal die Dominikaner würden ohne Provokation ins Haus eines *chevaliers* eindringen und seine Bibliothek durchsuchen.»

«Haben Sie denn nicht von den Terroristen gehört?» fragte Zoesser. Sigismundo und Guido dachten sofort an die *rossi*, aber Zoesser fuhr fort: «Es gibt da eine Gruppierung – oder vielleicht ist es auch ein einzelner, niemand weiß es so genau – der durch die Gegend zieht und, na ja, ziemlich obszöne Dinge in den Kirchen anstellt. Immerhin», und hier senkte Zoesser die Stimme, «immerhin besitzt die Kirche hier unten fast das gesamte Land. Sie können wochenlang in Richtung Osten, Süden, Westen oder Norden marschieren und nichts Prunkvolles sehen, außer Kathedralen und keine wohlbeleibten Menschen außer Priestern. Wenn es hier je einen Aufstand geben sollte, dann wird er sich gegen die Kirche richten.»

«La Barre wird verdächtigt, der Wüstling zu sein, der die Kirchen geschändet hat?» fragte Guido.

«Nach dem, was ich gehört habe», antwortete Zoesser, «wurden Dutzende von Verdächtigen verhaftet. Schließlich fiel das Los auf La Barre, weil man in seiner Bibliothek das Buch von Voltaire gefunden hatte.»

«Mein Gott», sagte Guido, «nicht mal in Neapel –». Er schaute sich verstohlen um.

«Ja», stimmte Zoesser zu. «Das ist schon extrem, selbst für die Inquisition. Und ich sitze hier, stopfe mir den Wanst voll und mache dumme Witze, weil, verdammt noch mal, meine Herren, weil wir als Fremde hier absolut nichts ausrichten können. Oder wollen Sie hinausgehen und dem wütenden Mob eine Lektion in Beweisführung erteilen?»

Sigismundo schob den Teller mit den Eiern beiseite und nahm einen Schluck Kaffee. Etwas Festes kriegte er nicht herunter.

«Was war das für ein ... Verbrechen ... für das La Barre verurteilt wurde?»

«Das wollen Sie sich doch nicht beim Frühstück anhören», sagte Zoesser.

«Ich kann sowieso nichts essen», erklärte Sigismundo.

«Ich habe auch keinen Hunger», sagte Papa.

«Das werden Sie bereuen», antwortete Zoesser. «Wir haben noch eine lange Fahrt vor uns. Sie müssen sich ein dickeres Fell für Ihre Gefühle zulegen.»

Genau in diesem Augenblick schrie der Pöbel auf: ein Kerkermeister führte den jungen Chevalier durch den Mob. Einzelne Stimmen übertönten das allgemeine Brüllen.

«Du Schwein!»

«Atheist!»

«Dreckiger Hund!»

Langsam verdichtete sich das Geschrei zu einer gespannten Stille. Der Henker traf seine Vorbereitungen.

«Was hat er denn in den Kirchen getan?» fragte Sigismundo in dem Versuch, die Konversation aufrecht zu erhalten, damit er nicht gezwungen war, auf das Geräusch der Axt zu horchen.

«Nun, da Sie sowieso nicht essen ...», sagte Zoesser. «Er –

oder sie, wenn es eine Gruppe war – hat das Kreuz und den Altar mit Exkrementen besudelt.»

«Heilige Muttergottes!» entfuhr es Guido.

«Es ist keine Übertreibung, zu behaupten, daß sowohl die religiösen, wie auch die antireligiösen Gefühle in diesem Land heutzutage überquellen», sagte Zoesser. Als er die Kaffeetasse hob, erkannte Sigismundo, daß seine Hand leicht zitterte.

Plötzlich sprang die Tür auf und ein Dominikaner trat herein. «Alles hinaus!» befahl er in einem Ton, der keinen Widerspruch duldete.

Papa Guido wagte es trotzdem. «Wir sind nur auf der Durchreise», protestierte er. «Dies ist nicht unser Land.»

Der Wirt warf ihnen einen undurchsichtigen Blick zu.

«Dies ist eine *öffentliche Hinrichtung*», entgegnete der Dominikaner, ein untersetzter, muskulöser Mensch mit Augen, die die meisten von ihnen hatten, Augen, die im wahrsten Sinne des Wortes jedermann jeder Schandtat verdächtigten. «Es ist eine Kundgebung der Gerechtigkeit. Jeder ist verpflichtet, Zeuge dieses abschreckenden Beispiels zu sein. Oder seid ihr etwa Atheisten? Soll ich den Landvogt rufen?»

«Nein, nein, wir kommen ja schon», sagte Zoesser beschwichtigend. «Wir waren nur dabei, unser Frühstück zu beenden, Hochwürden.»

Als sie aufstanden, raunte Papa Guido Sigismundo zu: «Du darfst nicht hinsehen. Richte den Blick auf irgendwas in der Ferne.»

Der *chevalier* Jean François Lefebre de La Barre war ein junger Bursche um die fünfundzwanzig, der überraschend robust wirkte angesichts der Tatsache, daß er viele Monate seit seiner Verhaftung im Kerker verbracht hatte. Er trug ein Büßergewand, wie es für Ketzer vorgeschrieben war, doch sah es aus, als stecke er immer noch in seinen feinsten Brokatkleidern. Das liegt an seiner verächtlichen Haltung, dachte Sigismundo, er ist noch immer *chevalier*, die sind für den Krieg ausgebildet. Nur in den seltenen Zeiten des Friedens werden solche Männer alt. In gewisser Weise hat er sich sein Leben lang auf den Tod vorbereitet.

Der Dominikaner auf der Henkersplattform beendete sein Gebet. Der Kerkermeister flüsterte La Barre etwas zu. Gehorsam kniete der *chevalier* hin, ohne ein letztes Wort, ohne eine merkliche Gefühlsregung. Legte den Kopf in die Öffnung des Klotzes. Er spricht durch sein Verhalten, dachte Sigismundo, er führt uns vor, wie ein tapferer Mann stirbt.

«Schau weg», wiederholte Papa Guido eindringlich.

Doch Sigismundo konnte den Blick nicht abwenden. Als sie Umberto verbrannten, wollte ich nicht hinsehen, aber diesmal bin ich kein Feigling. So sieht möglicherweise meine Zukunft aus, da oben lande ich vielleicht eines Tages auch: ich bin ein Ketzer. Ich muß dem Tod ins Auge schauen und das wahre Gesicht der Kirche erkennen, denn eines Tages könnte sie mich töten.

Der Henker erhob seine Axt. Die Menge schien den Atem anzuhalten.

Plötzlich flatterte Sigismundo wieder das Liedchen der *cockneys* durch den Kopf: Wer hat in die Kirche geschissen? La Barre schiß. Bullshit. Wer schiß?

Die Axt fiel. Der Kopf rollte in den Korb und aus dem Hals sprudelte eine unglaubliche Fontäne, stärker als bei Onkel Leonardos Tod in der Kirche, ein Springbrunnen, eine rote Flut. Wir ertrinken, dachte Sigismundo, der sich beinahe übergab, und biß die Zähne zusammen. Dann gab er sich einen Ruck und zitierte Shakespeare, falsch vor lauter Aufregung: *Wer hätte gedacht, daß so viel Blut in dem jungen Mann steckt?*

Er preßte die Kinnladen noch stärker aufeinander und übergab sich nicht. Die Menge schrie auf. Die Kirchenglocken fingen an zu läuten: *Tod, Tod, Tod und Tod*, schienen sie zu verkünden. *Ich bin der Gott der eisernen Rute und dies ist mein Wille: Tod, Tod, Tod und Tod.*

Und dies ist meine Zukunft, dachte Sigismundo. Nein, dies ist möglicherweise meine Zukunft. Ich bin schlauer als sie. Ich kehre nach England zurück. Nie wieder setze ich den Fuß in ein katholisches Land. Ich glaube, ich muß mich doch übergeben. Man kann nicht alles den Dominikanern in die Schuhe schieben. Unsere Religion ist eine Mischung aus Erhabenem und Bestialischem. Genau wie unsere Politik. Herrgott, ich darf nicht wieder hysterisch werden und Hühner im Vatikan sehen.

Doch dann erhob der Henker, der Tradition folgend, den Kopf des Hingerichteten und Sigismundo hatte fast das Gefühl, wieder auf Belladonna zu sein, denn in den Augen des *chevaliers* schimmerte noch so etwas wie Bewußtsein und auch Schmerz. Natürlich, er hatte davon gehört: das Leben verharrt noch für Sekunden im Gehirn. Aber wenn er den Mund aufmacht und zu reden anfängt, werde ich verrückt.

Ich hätte nie gedacht, daß es so schlimm ist, schienen La Barres Augen zu sagen.

Und dann verlöschten sie. Es waren nur noch zwei funkelnde Diamanten, die aus einem leblosen Gesicht starrten.

La Barre war tapfer gewesen, und ehrlich, dachte Sigismundo, aber was hatte das schon zu sagen? Sein Tod war genauso grauenvoll wie der eines Feiglings. Es war widerlich, einfach widerlich und der Mob jubelte. Sigismundo merkte, daß er, um sich nicht übergeben zu müssen, die Zähne so fest zusammengebissen hatte, daß ihn die Kiefern schmerzten.

Niemandem fiel es auf, wie Papa Sigismundo sachte in die Herberge zurückbugsierte. Herr Zoesser folgte unauffällig.

«Wein!» rief der Bayer, kaum daß sie Platz genommen hatten.

Der Wirt stellte einen Krug auf den Tisch. «So geht man bei uns mit Monstern um», sagte er finster, als hielte er die Fremden ebenfalls für Monster.

Sigismundo und Guido stießen mit dem Anwalt an.

«Auf die Heilige Römisch-Katholische und Apostolische Kirche», sagte Zoesser und hob sein Glas.

Auch die Lutheraner haben schreckliche Verbrechen begangen, erinnerte sich Sigismundo. Einmal haben sie kleine Kinder gezwungen, zuzuschauen, wie ihre Mütter wegen Hexerei verbrannt wurden. Es ist nicht nur die eine Kirche oder die eine Sekte: es ist überall und jeder, der zum Fanatiker wird.

«Mein Gott», sagte Papa leise. «Das werde ich nie vergessen.»

Ich hasse ja nicht die ganze Kirche, redete Sigismundo sich ein. Ich hasse nur die Inquisition. Ich muß aufpassen, sonst werde ich selber noch zum Fanatiker.

Aber da kannte er sich schlecht. Wenn er gekonnt hätte, hätte er in diesem Moment die ganze Kirche mit einem Schlag zerstört: jeden Altar, jedes Kirchenschiff und jedes Ziborium. Er wäre nicht zu bremsen gewesen.

In der ersten Woche nach seiner Rückkehr schien es, als hätte ganz Neapel sich verändert.

Das war natürlich Einbildung: er, Sigismundo, war derjenige, der sich verändert hatte. Nichts von dem, was die Menschen sagten oder taten, erschien ihm selbstverständlich, alles war anders, eben neapolitanisch.

Er hatte Touristen immer für grobe Klötze gehalten, die durch die Stadt schlenderten und aufdringlich überall ihre Nase hineinstecken mußten. Jetzt verstand er sie. Sie gafften nur deshalb so, weil mindestens die Hälfte von dem, was sie sahen, fremd und unverständlich für sie war, genauso wie das, was Sigismundo in Spanien, England oder Frankreich gesehen hatte, auf den ersten Blick schockierend gewesen war. Es war genau wie Vico sagte: die Menschen haben sich eine Welt geschaffen, indem sie anfingen, miteinander zu reden und jetzt leben sie in einer Welt, die sie selbst herbeigeredet haben.

Als Sigismundo zum ersten Mal Antonio wiedersah, erschrak er. Toni war kreidebleich und strömte einen seltsamen Geruch aus.

«Hast du in letzter Zeit Dr. Orfali aufgesucht?» fragte Sigismundo, der wußte, daß nach dem Tod von Tante Gina die alte Krankheit wieder ausgebrochen war.

«Diesen Sodomit?» fragte Toni wütend. «Ich habe keine Lust, mich mit Sodomiten abzugeben. Die wollen doch alle nur das eine.»

Sigismundo versuchte, vernünftig zu sein. «Dr. Orfali ist kein Sodomit», sagte er. «Du läßt deine Phantasie mit dir durchgehen.»

«Ich kann Sodomiten riechen, egal wie gut sie sich verstellen», sagte Toni ruhig und bestimmt. «Sie haben den Zerfall des Römischen Reiches auf dem Gewissen. Sie schleichen sich überall ein und hecken immer neue Komplotte aus.»

Es folgten noch einige Tiraden in diesem Stil, bis Sigismundo allmählich die schreckliche Wahrheit erkannte, die sich dahinter verbarg. Beim letzten Mal hatte Toni gewußt, daß er krank war und hatte geheilt werden wollen. Diesmal hatte er keine Ahnung, was mit ihm los war.

Sigismundo begab sich auf der Stelle zum Weinexport Malatesta & Celine, um mit Onkel Pietro zu sprechen.

«Toni ist wieder krank», sagte er.

«Ich weiß, ich weiß», seufzte Onkel Pietro bekümmert.

«Will er nicht mehr zu Dr. Orfali?»

«Nein, er wehrt sich mit Händen und Füßen», antwortete Onkel Pietro. «Einmal in der Woche schleppe ich ihn hin, aber es ist schwieriger als früher. Er steckt voller Aggressivität.»

«Er meint, Dr. Orfali sei ein Sodomit.»

«Ach, es ist viel schlimmer», erwiderte Onkel Pietro. «Er hat jeden im Verdacht, Sodomit zu sein. Er behauptet, eine unfehlbare Methode für die Enttarnung von Sodomiten zu haben, egal wie gut sie sich verstecken.»

Sigismundo seufzte. «Was können wir tun?»

«Ich weiß es auch nicht», sagte Onkel Pietro. «In ganz Neapel gibt es niemand, der sich mit solchen Dingen besser auskennt als Abraham. Und selbst, wenn wir jemanden finden könnten – Toni würde einfach behaupten, daß er ebenfalls ein Sodomit ist. Also bringe ich ihn zu Abraham und Abraham versucht, ihm zu helfen, aber diesmal ist es etwas anderes.»

«Ja», stimmte Sigismundo zu. «Man könnte meinen, diese Krankheit macht ihm Spaß.»

Pietro schüttelte den Kopf. «Nicht wirklich. Es ist nur besser als alles andere, was er sich in diesem Moment vorstellen kann. Immerhin ist es nicht so schrecklich, wie Dämonenstimmen zu hören oder sich auf nichts anderes konzentrieren zu können als auf Nasen. Er fühlt sich wichtig. Er glaubt, eines Tages könnten sich alle aufrechten Menschen dazu durchringen, ihm zu glauben und sämtliche Sodomiten aus Neapel vertreiben. Versuch um Gottes willen nicht, mit ihm zu streiten. Er wird stundenlang versuchen, dir seine Hirngespinste zu beweisen.»

«Ist es das, was die Franzosen *idée fixe* nennen?»

«Es ist eine *idée fixe* hoch zehn. Ich habe es nur ganz wenige Male erlebt. Einmal kannte ich einen Mann, einen brillanten Naturphilosophen. Eines Tages fing er an, Freimaurersymbole auf dem Mond zu sehen. Je mehr die anderen Astronomen versuchten, ihn zur Vernunft zu bringen, um so überzeugter war er, daß sie einer Verschwörung gegen ihn angehörten. So ist das bei dieser Krankheit. Der Patient scheint Gefallen daran zu finden, genau wie du dachtest, denn er ist fortwährend in aufregende Kämpfe verwickelt und hofft ständig, beweisen zu können, daß er recht hat. So wächst sein Ärger, bis dieser ihn verblendet und er immer einsamer wird. Wir können nur hoffen und unser Bestes tun. Manchmal läßt die Krankheit vorübergehend nach.»

Und so ruhte die Angelegenheit für eine Weile.

Eines Tages begegnete Antonio Sigismundo auf der Straße und warf ihm einen giftigen Blick zu.

Er hat den Beweis, daß auch ich ein Sodomit bin, dachte Sigismundo. Seine unfehlbare Methode hat mich aufgrund meines Ganges, meiner Musik oder Gott weiß was entlarvt.

Die Sonne war untergegangen. Das Meer in der Bucht glitzerte satt wie dunkler Burgunder und Sigismundo brütete über einer neuen *sonata* mit dem Titel «Die beiden Nationen». Seit seiner Rückkehr hatte er keinen einzigen *rossi* gesehen und es waren auch keine Toten mit Handbüchern der Schwarzen Magie vor seiner Tür erschienen. Er war vollkommen in die Musik vertieft.

In letzter Zeit hatte er an einer neuen Übung gearbeitet, die Abraham ihm beigebracht hatte. Jeden Tag suchte er nach zehn schönen Dingen in Neapel, die ihm bisher noch nie groß aufgefallen waren. «Auf diese Weise wirst du erkennen, daß das, wovor du Angst hast, nicht deine ganze Existenz ausmacht», hatte Abraham erklärt.

Sigismundo hörte laute Stimmen im Wohnzimmer, noch ehe er verstand, wovon sie sprachen.

«In der Bucht –»

«– vor zehn Minuten ...»

«Taucher suchen noch nach ihm –»

Er war ein wenig gereizt, weil man ihn mitten aus einer wunderbaren Halbfuge gerissen hatte, aber im gleichen Moment schämte er sich schon für seinen Egoismus. Er stürzte die Treppe hinunter.

Papa wollte gerade aus dem Haus. Sigismundo erwischte ihn am Tor.

«Ist es Antonio?» fragte er, obwohl er es wußte.

«Ja, Gott steh ihm bei.»

«Ich kann schneller laufen – wo ist es genau?»

«Unten, bei der Piazza Reale.»

Und schon rannte Sigismundo den Berg hinunter.

Hinunter, immer weiter hinunter, schoß es ihm durch den Kopf – wie an dem Tag, an dem ich den kleinen Carlo umbringen wollte. An dem Tag dachte ich auch an die *bolgia* der Selbstmörder. Dante hat sie in Bäume verwandelt...

Jetzt konnte er schon das Teatro San Carlo sehen. Das Beste, was Don Carlos je für Neapel getan hatte und jetzt versuchte er in Spanien, den Stierkampf abzuschaffen... alles hing irgendwie zusammen...

Keuchend näherte er sich der Bucht.

Ich weiß, warum Toni es getan hat, dachte er. Er hatte den Beweis, daß jeder in Neapel Sodomit war. Er war allein, umzingelt von Perversen, die es auf ihn abgesehen hatten. So ist das mit dieser Krankheit. Man sperrt sich in einen Käfig aus Mißtrauen und irgendwann packt einen die Angst, denn man ist ganz allein. Weil er den Tod seines Vaters und seiner Mutter nicht begreifen konnte, brauchte er eine Erklärung dafür, warum die Welt so schlecht ist. Und die einzige Erklärung, die ihm in diesem Zustand einleuchtend erschien, brachte ihn dazu, alle anderen zu hassen.

Sobald Sigismundo die Piazza Reale überquert hatte, wußte er, wo Antonio gesprungen war. Am Pier der Via Ammiragliato hatte sich eine Menschenmenge versammelt.

Sigismundo blieb stehen, um nach Luft zu ringen. Ich habe ihn nicht einmal besonders gern gehabt, dachte er, aber das ist jetzt egal. Er ist ein Malatesta und ich habe eine Pflicht zu erfüllen.

Mehrere Jungen und Männer standen tropfnaß in ihrem Unterzeug da. Sie waren schon minutenlang getaucht.

Schockiert erkannte Sigismundo Carlo Maldonado, der gerade an die Wasseroberfläche kam, um Luft zu holen. Nach dreißig Sekunden tauchte er wieder. Der Junge, den er fast umgebracht hatte, versuchte jetzt, seinen Cousin zu retten.

Sigismundo streifte die Stiefel und seine Kleider ab. Wahrscheinlich ist es längst zu spät, dachte er, aber ich muß es versuchen. Selbstmord ist die schlimmste aller Sünden, die Sünde wider den Heiligen Geist. Deshalb tauchen hier sogar Fremde, um seine Seele zu retten.

Mehrere Menschen streiften ihn vage mit ihren Blicken; sie wußten, daß es wahrscheinlich sinnlos war, jetzt noch zu tauchen. Mein Gott, dachte er, die Kirche wird uns nicht einmal erlauben, ihn in geweihter Erde zu bestatten. Nicht wenn die halbe Stadt mitgekriegt hat, daß er gesprungen ist.

Sigismundo tauchte.

Das Wasser war kälter als er erwartet hatte, fast eisig. Die Sonne ist schon untergegangen, dachte er, das ist immer so: wenn die Sonne untergeht, wird auch das Wasser kälter. Und plötzlich fielen ihm wieder die schrecklichen Visionen auf der Rückfahrt von England ein – als er geglaubt hatte, im eisigen Wasser des Ärmelkanals zu ertrinken.

Ich ertrinke nicht, ich bin ein guter Schwimmer.

Carlo Maldonado schwamm neben ihm. Als sich seine Augen an die Dunkelheit gewöhnt hatten, entdeckte er einen Fisch, den er noch nie zuvor gesehen hatte. Weiß Gott, was da unten auf dem Grund der Bucht noch alles liegt, was ich noch nie gesehen habe, dachte er.

Sigismundo tauchte auf und holte tief Luft. Er bemerkte, daß er viel weiter abgetrieben war als er für möglich gehalten hätte. Die Ebbe hatte eingesetzt und ihre Strömung zog ihn seewärts. Antonio war wahrscheinlich noch weiter draußen.

Da entdeckte er einen Kopf an der Oberfläche, etwas weiter weg. Es wurde dunkel, doch Sigismundo meinte, einen der Portinari-Jungs erkannt zu haben. Er schwamm eine Weile nach Norden und dann nach Westen, um der Strömung zu folgen, die auch Toni weiter hinaustreiben würde.

Wieder tauchte er und wäre um ein Haar mit einem Tintenfisch zusammengestoßen. Ein Fangarm streifte ihn und hüllte sich dann blitzschnell in eine rötliche Wolke.

Sigismundo drehte ab.

Fische, nichts als Fischschwärme, nirgendwo ein menschlicher Körper, nicht mal der eines anderen Tauchers.

Als er an die Wasseroberfläche kam, konnte er das Pier kaum noch erkennen. Es wurde jetzt ziemlich schnell dunkel, die Sicht unter Wasser nahm ständig ab.

«Was soll ich bloß machen?» fragte er laut, fast darauf hoffend, daß Gott ihm antwortete.

Tauche. Gib nicht auf. Er könnte noch am Leben sein.

Sigismundo schwamm weiter hinaus, in Richtung Norden. Er merkte, wie ihm die Zähne klapperten. Peppino besaß übermenschliche Kräfte, denn er hatte niemals Grenzen anerkannt. Ich habe keine andere Wahl: ich darf keine Grenzen anerkennen, nirgends.

Er tauchte.

Und verlor sich in schwarzer Tinte. Einen Augenblick dachte er schon, er hätte wieder einen Tintenfisch vor sich, doch nein, es war nur das fehlende Licht der Sonne.

Er kam wieder hoch.

«Was soll ich tun?»

Dann sah er die Fackeln auf sich zukommen, goldene Flammen im Zwielicht des dämmernden Abends. Ein paar Fischer waren mit ihren Booten hinausgefahren, um den Tauchern zu helfen.

Sigismundo tauchte.

Schwarze Tinte, aber seine Augen gewöhnten sich allmählich daran. Hinunter, immer tiefer hinunter. Nichts als Fische.

Wieder kam er an die Oberfläche. «Hierher», schrie er und noch ehe die Fischer kamen, war er schon wieder weg.

Hinunter, hinunter und keine Spur von Toni.

Als er hochkam, war ein Boot da. Freundliche, besorgte Gesichter.

Sigismundo klammerte sich keuchend und mit klappernden Zähnen am Bootsrand fest.

«Komm lieber raus», riet ihm der Fischer. «Du bist ja schon ganz blau.» Sigismundo schüttelte den Kopf; er war zu erschöpft, um zu antworten.

«Es ist der Cousin des Jungen», sagte jemand.

«Nun, dann trink wenigstens etwas hiervon», sagte der Fischer und hielt ihm eine Flasche an die Lippen. Sigismundo nahm einen kleinen Schluck: zuviel würde nichts nutzen. Es schmeckte nach Celines Muskateller.

Wenn er bloß mit dem Zähneklappern aufhören könnte.

Du hast dich mit einem professionellen Killer rumgeschlagen. Du bist von Teufelsanbetern unter Drogen gesetzt worden. Da hinten wartet eine Bande von Verrückten, die entschlossen sind, dich auf Biegen und Brechen zu ihrem Anführer zu machen. Du hast gesehen, wie sie deinen Vater zu Tode folterten. Deinen Onkel ermordeten. Wie deine Tante vor Kummer gestorben ist. Jetzt ist es Zeit, etwas Mumm zu zeigen. Also los, runter ins eisige Wasser.

Er tauchte.

Im Schein der Fackeln konnte er besser sehen, aber es gab nur Fische und nochmals Fische. Die Taucher waren jetzt weit verstreut, versuchten, die ganze Bucht abzudecken.

Später konnte er sich nicht mehr erinnern, wie oft er hinuntergetaucht war, wie oft das Boot ihn wiedergefunden und wie viele Male der Fischer ihn gebeten hatte, rauszukommen. Er erinnerte sich nur, wie er immer wieder in die dunkle Höhle hinabgestoßen war, geleitet vom Schein der Fackeln. Und wie er sich von Zeit zu Zeit an den Bootsrand geklammert hatte, keuchend, mit klappernden Zähnen, am ganzen Körper zitternd vor Kälte und Erschöpfung. Wie er wieder und wieder getaucht war. Als wäre das Meer ein lebendiger, alles verschlingender Gott.

Jetzt hatte ihn die Wut gepackt, die schiere Wut gegen diese bodenlose Dummheit und Grausamkeit von Antonios Tat. Es ist mir egal, wie verrückt er war, dachte er bitter, aber er hatte nicht das Recht, seiner Familie das anzutun. Wir haben genug durchgemacht, mehr als genug. Er fror, vielleicht ertrank er, er verlor sich in Kälte und Schmerz. Nur die Wut trieb ihn noch an. Erkenne keine Grenzen an. Ich finde diesen Bastard und dann sage ich es ihm ins Gesicht: «Du hattest kein Recht, uns so was anzutun!»

Tiefer und tiefer hinunter.

«Diese Nacht wird uns alle verfluchen», hatte Onkel Pietro gesagt.

Wieder hielt er sich am Bootsrand fest. Es war ein anderes Boot. Mittlerweile war er schon völlig konfus.

«Komm rein, dein Körper ist schon violett. Wenn du nicht aufpaßt, holst du dir noch eine Lungenentzündung...»

Er tauchte ab. Ich werde ihn finden, und ich werde ihn nach Hause bringen, dann können wir ihn wenigstens beerdigen.

Tiefer und tiefer glitt er hinab in die eisige Tinte. Goldene Flammen, die eigenartige Spiegelungen erzeugten. Plötzlich schwamm ein Delphin an ihm vorbei, so groß wie ein Krokodil und Sigismundo war froh, daß diese Tiere dem Menschen nichts Bösen wollen.

Zurück an die Oberfläche, über dem Bootsrand hängend.

Hände zogen ihn ins Boot. Warfen ihm eine Decke über die Schultern.

«Nein», protestierte er. «Ich muß wieder runter!»

«Halt den Mund und trink», sagte eine Stimme. Jemand flößte ihm Wein ein. Einen billigen Chianti diesmal.

Er merkte, wie er am ganzen Körper zitterte.

Kälte und Erschöpfung. Aber dieselbe Wirkung wie auf Belladonna: ein völliger Zusammenbruch des vegetativen Systems.

«Ich habe versagt», stöhnte er mit klappernden Zähnen.

«Ich habe schon vor einer halben Stunde aufgegeben», sagte eine andere Stimme.

Sigismundo sah auf die andere Seite des schmalen Boots. Sogar im Dunkeln erkannte er Carlo Maldonado.

«Alle haben schon vor einer halben Stunde das Handtuch geworfen», sagte Carlo. «Ich weiß nicht, wieso du so lange ausgehalten hast.»

Die Wut, dachte Sigismundo. Wenn man nichts mehr zu verlieren hat, dann hält man eben durch. Das ist der Einfluß meines Vaters, gepaart mit einer Portion Wahnsinn.

«Trink noch einen Schluck», sagte der Fischer und reichte ihm den Chianti. «Du brauchst dich nicht zu schämen. Du hast länger ausgeharrt als die Profis.»

«Er war mein Cousin», sagte Sigismundo wie betäubt.

«Che mala fortuna», meinte der Fischer mitfühlend.

Der sollte mal nach England, dachte Sigismundo bitter, bei seinem Talent für *understatement*.

Eine Zeitlang ruderten sie schweigend zurück. Sigismundo starrte düster auf die näherkommenden Lichter Neapels.

«Carlo?» begann er schließlich.

«Ja?»

«Diese Fehde zwischen unseren Familien... mein Onkel Pietro sagt, das ist ein ausgemachter Blödsinn.»

«Mein Vater sagt dasselbe.»

«Du warst heute sehr mutig. Ich werde dafür sorgen, daß meine Familie davon erfährt.»

«Mir blieb gar nichts anderes übrig», sagte Carlo. «Er tat mir leid. Er sah so traurig aus, als er sprang.»

Dann sagten sie nichts mehr. Beide waren vor Erschöpfung wie versteinert. Und die Lichter der Stadt kamen näher.

SECHSTER TEIL

DER GEHÄNGTE

Nicht laß ich ab vom geistigen Kampf
Noch ruh das Schwert in meiner Hand
Bis wir gebaut Jerusalem
In Englands freundlich-grünem Land.
William Blake, *Milton*

John Babcock wurde 1745 in Dublin, Irland, geboren, wo sein Vater, Sir Edward Babcock als Richter tätig war, doch ursprünglich kamen die Babcocks aus Lousewartshire und dorthin kehrte die Familie auch zurück, als der Knabe sechs war.

«Nie wieder gehe ich nach Irland zurück», pflegte sein Vater zu sagen, «weder für den König, noch für mein Land, nicht einmal für Gott.» In den vielen Jahren seines Aufenthalts in Irland hatte er herausgefunden, daß es keinen Iren auf der Welt gab, der die Engländer nicht haßte (Sassanach nannten sie sie, was gälisch für «Sachsen» war.) Sein Vater fing an, sich für die Unabhängigkeit der Iren einzusetzen, obwohl er ein Whig war. Nicht etwa aus humanitären Gründen, wie sie von anderen Whigs vorgebracht wurden, sondern einfach aus der Erkenntnis heraus, daß die Engländer es nie schaffen würden, dieses Land zu regieren. Selbst Cromwell, der wie Attila der Hunne gewütet hatte, als er Irland eroberte, hatte den rebellischen irischen Geist nicht zu besiegen vermocht. Die Iren waren nur noch fanatischer und unergründlicher geworden. Sogar die Schlacht von Boyne River, bei der die irischen Jakobiten vernichtend geschlagen wurden, konnte die irische Verschlossenheit und Härte nicht brechen. Die Iren wurden noch ein bißchen rebellischer und gründeten noch ein paar Geheimgesellschaften mehr. Jedenfalls sagte das Johns Vater.

Der Junge erinnerte sich nicht besonders deutlich an jene ersten Jahre in Dublin. Er wußte, so wie kleine Kinder eben bestimmte Dinge als gegeben hinnehmen, daß Mutter und Vater die Iren fürchteten und großen Respekt vor ihnen hatten, aber mehr Furcht als Respekt. Sie ließen ihn keine Minute aus den Augen, denn es sollte Iren geben, die dazu fähig waren, Verbrechen an englischen Kindern zu begehen. In späteren Jahren erinnerte er sich an die grünen Anlagen des Phoenix Parks, an die sich auftürmende Masse des Hill of Howth (wo zur Abendbrotszeit das Tor des Schlosses aufgrund eines unbegreiflichen alten Aberglaubens stets offen stand) und an das dunkle Wasser der Anna Liffey, die sprudelnd und glitzernd die grünen Hügel hinuntergetanzt kam. Aber er erinnerte sich auch noch daran, daß es nicht ungefährlich war, die «Grenze» zu überschreiten – den kleinen Bezirk englischer Protestanten in Dublin zu verlassen, wo englische Truppen über die Sicherheit der Bewohner wachten. «Jenseits der Grenze», mit anderen Worten, draußen in der Wildnis, gab es nur Katholiken und Jakobiten und die ungeheuerlichen White Boys, die mit weißen Kapuzen vermummt durch die Nacht ritten und vor keiner Grausamkeit gegen die Engländer zurückschreckten.

Und er erinnerte sich an das Field of Clontarf. Eines Tages

hatte sein Vater ihn mit dorthin genommen, damit er die Stelle sah, wo der einstige irische König, Brian Boru, am 23. April 1014 die Engländer geschlagen hatte. Der kleine Johnny hielt das für einen merkwürdigen Zufall, denn der 23. April war auch Shakespeares Geburtstag und deshalb vergaß er dieses Datum nie wieder.

Vor allem aber erinnerte er sich an ein Grab, das sein Vater ihm gezeigt hatte, das Grab eines Mannes, der nach Meinung seines Vaters einer der größten Schriftsteller des Jahrhunderts gewesen war.

«Es wäre unverzeihlich, wenn du in Dublin aufwüchsest, ohne es je zu sehen», erklärte sein Vater und Johnny war dementsprechend beeindruckt. Vater hatte trotz seiner kaum vierzig Jahre schon graue Schläfen und trug einen langen Vollbart. Johnny stellte sich immer vor, daß Gott ihm ziemlich ähnlich sehen mußte und wahrscheinlich die gleichen, strengen Ehrbegriffe vertrat wie sein Vater.

Der Grabstein befand sich in der Kathedrale von Saint Patrick, die anglikanisch war und nicht ein Fünkchen von papistischer Vergötterung enthielt. «Mal sehen, wie gut dein Latein ist», sagte Vater. «Kannst du das übersetzen?»

Und der Kleine, knapp fünf Jahre alt, begann, etwas stockend zuerst: «Er ist, hm, gegangen, äh ... wo zerf- hm, er ist gegangen, wenn wütende Empörung sein Herz nicht mehr zerfleischen konnte. Ja, ich hab's. Er ist dorthin gegangen, wo wütende Empörung ihm nicht länger das Herz zerreißt. Geh hin Reisender. Tu es ihm gleich, wenn du kannst. Er diente der Freiheit. Jonathan Swift 1667–1745.» Er starb in dem Jahr, in dem ich geboren wurde, dachte er.

«Eine verdammt gute Grabinschrift», sagte Vater. «Hoffe, sie können dasselbe von mir sagen, wenn meine Zeit gekommen ist.»

«Was hat Mr. Swift denn getan?» fragte Johnny eingeschüchtert.

«Er hat ihnen die Hölle heiß gemacht», antwortete sein Vater. «Von Beruf war er Dekan der hiesigen Kathedrale, doch seine Berufung machte ihn zum erbittertsten Widersacher der Tyrannei und allen Humbugs, den die Welt je gesehen hat. Ein junger Rechtsanwalt namens Burke kommt regelmäßig her und starrt den Grabstein an. Ich wette, es sind noch jede Menge mehr Leute, die an schlechten Tagen herkommen so wie ich. Vergiß das nicht, Johnny, mein Junge. Versuch, dein Leben so zu gestalten, daß man am Ende solche Worte auch auf deinen Grabstein meißeln kann.»

«Aber was hat Mr. Swift *getan*?» bohrte Johnny. «War er im Parlament?»

«Er war gefährlicher als jeder Politiker», antwortete sein Vater. «Er hat Bücher geschrieben. Ein Buch kann die tödlichste Waffe der Welt sein, wenn es durch die Zensur gelangt. Mr. Swift war so klug, daß keiner dahinter kam, wie subversiv seine Bücher waren, bis sie schon lange im Umlauf waren.» Sein Vater lächelte. «Mancher regt sich ja heute noch über die rauhe, unverblümte Sprache auf, so wie man sich über Shakespeare ereifert, aber er hat seine Botschaft wirklich an den Mann gebracht. Er diente der intellektuellen Freiheit, verstehst du, nicht der politischen.»

Johnny wußte, was Freiheit bedeutete. Es war das, wofür Vater und die anderen Whigs lebten und kämpften, was sie geradezu vergötterten. «Er diente der Freiheit!» Jeder Whig hätte sich alle zehn Finger nach so einem Spruch auf seinem Grabstein geleckt. Aber das mit dem zerrissenen Herzen verstand er nicht, nicht im Alter von fünf Jahren.

Vaters wirklicher Held jedoch war Lord Edward Coke, der wie er selbst in Irland gedient hatte, wenn auch vor langer Zeit. Tatsächlich hatte Coke weniger gedient, als hier im Exil gelebt. Edward Coke war oberster Richter unter James I. gewesen und hatte versucht, diesem klar zu machen, daß es gewisse Dinge gab, die auch ein König nicht tun durfte, einfach, weil die

Verfassung sie verbot. James I. jedoch wollte sich von niemandem sagen lassen, was er durfte und was nicht, nicht einmal von seinem obersten Richter. Daher verbannte er James Coke auf einen untergeordneten Posten nach Irland. Das Ergebnis davon, so sagte Johns Vater, war, daß James I. tat, was er wollte und seinen Sohn zu demselben Schweinehund erzog, wie er selber einer war. Und das wiederum führte zu Cromwell und der Revolution und dazu, daß Charles einen Kopf kürzer gemacht wurde. Es war genau das, was eine königliche Familie erwartete, wenn sie nicht klug genug war, auf einen Mann wie Coke zu hören, sagte Vater.

Und als er nach Eton kam, lernte Johnny, daß Lord Coke langfristig doch den Sieg davongetragen hatte. Die Stuarts waren keine Könige mehr (auch wenn eine Handvoll wilder Iren und verrückter Schotten, die Jakobiten, sie wieder auf den Thron heben wollten), doch Lord Coke wurde an jedem juristischen Seminar Großbritanniens gelehrt, kleinere Passagen seiner Arbeit sogar schon auf ordinären Volksschulen durchgekaut.

Doch erst als Vater den Demagogen Mr. John Wilkes kennenlernte, hörte der halbwüchsige John zum ersten Mal von jenen Passagen bei Coke, in denen er verkündete, daß auch das Parlament, wie der König, nicht nach Belieben schalten und walten könne, sondern an die Verfassung gebunden sei. Und von Thomas Reid, dem Schotten, der behauptete, daß das «Streben nach Glück» das einzig vernünftige Ziel und die einzige Rechtfertigung einer Regierung sei. Und Reid, Wilkes, ja, selbst Lord Coke waren alle auf irgendeine geheimnisvolle Weise mit jener anderen, früheren Erfahrung an diesem einen, unausweichlichen Dubliner Grabstein verbunden, der sich, wie sein Vater es gewollt hatte, für immer in sein Bewußtsein eingeprägt hatte.

ER IST DORTHIN GEGANGEN, WO WÜTENDE EMPÖRUNG
IHM NICHT LÄNGER DAS HERZ ZERREISST.
GEH HIN, REISENDER.
TU ES IHM GLEICH, WENN DU KANNST.
ER DIENTE DER FREIHEIT.

Etwas, das sich ähnlich unauslöschlich in sein Gedächtnis einbrannte, geschah während seines Studiums in Eton. Der Geometrielehrer, ein Mensch namens Robert Estlin Drake, groß und blond, der die Angewohnheit hatte, die Geometrie als Sprungbrett für Ausflüge in die Logik und die Philosophie im allgemeinen zu benutzen, machte sich einen Spaß daraus, die Klasse mit Paradoxen zu traktieren, für die es keine Lösungen gab. Auf diese Weise hörte John im Unterricht zum ersten Mal von Achilles und der Schildkröte, von dem fliegenden Pfeil, der sich keinen Zoll bewegt und Bischof Berkeleys Beweis, daß alles erst dann existierte, wenn es wahrgenommen wurde.

Eines Tages kam Drake auf Platons Theorie, daß es dem Menschen nicht möglich gewesen wäre, Gleichheit wahrzunehmen, wenn es nicht eine andere Welt gäbe, in der vollkommene Gleichheit existierte. Dies muß richtig sein, so hatte Platon gefolgert, denn aus dieser Welt können wir keine Gleichheit deduzieren, weil in ihr nur eine Annäherung an den Zustand der Gleichheit möglich ist.

Einer der Schüler in Johns Klasse, ein gewisser Geoffrey Wildeblood, war der Ansicht, daß Platon recht hatte. Die andere Welt, die, in der es Gleichheit gibt, so behauptete er, muß der Geist von Bischof Berkeleys Gott sein.

«Aha», meinte Drake entzückt. «Habe ich einen von euch doch noch dazu gekriegt, den guten Bischof zu lesen. Aber bedenken Sie die Implikationen. In diesem ideellen Reich muß auch vollkommene Gerechtigkeit herrschen, wie Platon betont. Und vollkommenes Wissen. Und vollkommene Musik. Folgt nicht das eine auf das andere, Wildeblood?»

«Ja, Sir», antwortete Wildeblood beherzt.

«Niemand hat jedoch je einen vollkommenen Hühnerstall gesehen», fuhr Drake fort und machte dann eine Pause. «Jeder Hühnerstall in England, auf dem Kontinent oder von mir aus auch in Asien ist nur eine Annäherung an das, was wir unter vollkommen verstehen. Daher muß es, in diesem vollkommenen Reich Platons oder im Geist Gottes den perfekten Hühnerstall geben, dem wir uns hier jedoch nur annähern können. Und dies schließt natürlich vollkommene Hühner, vollkommene Hähne, vollkommene Eier und vollkommene *Hühnerscheiße* ein. Ist das nicht ein bemerkenswerter Gedanke?»

Die Klasse brüllte vor Lachen. Drake klopfte mit seinem Stock auf das Pult, um Ruhe zu schaffen.

«Babcock Major», sagte er. «Sie machen einen ungewöhnlich verstörten Eindruck. Glauben Sie, daß ich mit meinem Beispiel Platon ad absurdum geführt habe?»

«Nein, Sir!» entgegnete er scharf. «Ich bin der Ansicht, daß mit unserer Logik etwas nicht stimmt, Sir! Wir erfinden ständig neue und bessere Maschinen, Sir. Ich glaube, daß wir eines Tages auch eine bessere Logik erfinden und dann lassen sich solche Paradoxe lösen, Sir!»

Drake nickte nachdenklich. «Ich hatte vergessen, daß Ihr Vater Richter ist, Babcock Major. Das ist die interessanteste Antwort, die ich zu diesem Thema je gehört habe. Wenn es Ihnen gelingt, eine solche neue Logik zu erfinden, dann bitte ich Sie, mich unverzüglich darüber zu informieren, vorausgesetzt, es macht Ihnen nichts aus.»

Das brachte John einen Spitznamen ein. In ganz Eton, nicht nur in seiner Klasse, hieß er ab sofort nur noch «der logische Babcock». Schlimmer noch, andauernd fragte ihn irgendein Witzbold, ob er endlich den genauen Augenblick definieren könne, in dem A sich in nicht-A verwandelte, ob er schon eine neue Geometrie erfunden habe oder dabei sei, eine neue Grundlage der Mathematik aufzustellen.

All diese Bereiche ontologischer Analyse wurden sehr konkret und dringlich, als John einmal von einem apoplektischen Lehrer namens Murdstone gezüchtigt wurde. Murdstone war ein verbohrter alter Menschenschinder mit den Emotionen einer Gottesanbeterin. Stets fand er irgendeinen Vorwand, um einen seiner Schüler zu züchtigen. John akzeptierte die Züchtigungen ergeben, sie gehörten zum Leben wie Mond und Sterne am Himmel. Doch diesmal fiel ihm plötzlich der Grabstein in Dublin ein, der eine Freiheitsliebe verkündete, die einem das Herz zerriß. Plötzlich dachte er, daß seine ursprüngliche Wut darüber, gezüchtigt zu werden, vielleicht doch gerechtfertigt gewesen war. Sie zu tolerieren zeigte im Grunde nur, daß er Angst hatte, Dinge zu hinterfragen, die eine gehörige Portion Skepsis verdienten. Wenn Lord Coke es noch posthum geschafft hatte, die Könige von England davon zu überzeugen, daß ihre Macht beschränkt war, konnte dann nicht eines Tages einer den Lehrern von Eton klar machen, daß ihre Macht den Schülern gegenüber ebenfalls beschränkt war?

Aber das war nur so eine Idee. John wußte sehr wohl, was passieren würde, wenn er nach dem Stock griff und versuchte, sich gegen Murdstone zur Wehr zu setzen.

Doch dann passierte etwas noch viel Aufregenderes.

John verliebte sich.

Der Auserwählte war der einzige andere Ketzer im Geometrieunterricht, Geoffrey Wildeblood, der daran glaubte, daß es im Geiste Gottes einen vollkommenen Hühnerstall gab.

Eines Tages im Jahre 1760 fiel der Unterricht in Eton aus und alle Jungen mußten sich mit ihren Klassen in der Kapelle einfinden. Die Lehrer schauten höchst grimmig drein und es war sonnenklar, daß irgend etwas Schreckliches im Gange war.

Der Kaplan, Pfarrer Fenwick, war früher mal Papist gewesen. Dies war allgemein bekannt, doch jetzt war er seit mehr als zwanzig Jahren ein guter Anglikaner und all die Gerüchte über seine Verbindungen zu den Verschwörungen der Jakobiten waren verebbt. Er war um die fünfzig und die Jungs sahen in ihm einen guten Kumpel, einen fröhlichen und kameradschaftlichen Geistlichen, nicht die muffige, steife Sorte, die sie sonst kannten. Doch heute lag ein Donnerwetter in der Luft. Man konnte es förmlich spüren, als er die Kanzel hinaufstieg.

Wahrscheinlich haben schon wieder ein paar Schüler Wein aus der Sakristei geklaut, dachte John.

«Ich muß heute über ein ganz schreckliches Thema sprechen», begann Pfarrer Fenwick. Sein Tonfall allein ließ auf mindestens Grabräuberei und schwarze Magie schließen, wenn nicht gar einen grausamen Mord mit dem Hackebeil. «Bei Gott, ich wünschte, ich müßte nicht derart Schändliches berichten, aber ich habe keine andere Wahl.

Es gibt viele Arten von Sünde, aber manche sind so verwerflich, daß aufrechte Menschen sich scheuen, sie beim Namen zu nennen. Eine ist darunter, die ganz besonders verwerflich ist, an Schulen wie dieser hier, wo viele Jungen für eine geraume Zeit eng zusammenleben, die jedoch immer wieder begangen wird. Ich meine die abscheuliche Sünde, die gegen die Natur und die Heilige Schrift verstößt. Ihr alle kennt die Geschichte von Sodom und Gomorrah ...»

O Gott, o Gott, dachte John. Sie haben es *rausgekriegt*. Vielleicht sollte ich mir lieber eine Kugel durch den Kopf jagen, sobald ich hier rauskomme.

Pfarrer Fenwick ließ sich ausführlich über die Sünde der Sodomie aus. Er sagte, Gott habe eine ganze Stadt (Sodom) in Schutt und Asche gelegt, weil er diese Sünde hasse. Er sagte, dieses Laster sei so widerlich, daß nicht einmal erwachsene Gentlemen darüber Witze machten, obwohl sie doch bei anderen Sünden des Fleisches kein Blatt vor den Mund nähmen. Er sagte, die Schulbehörden von Eton hätten es zunächst nicht glauben wollen, daß sich eine solche Rattenbrut bei ihnen eingenistet habe, doch habe es so viele Gerüchte gegeben, daß man eine Untersuchung habe einleiten müssen. Er sagte, die Namen von achtzehn Schülern, die diesem abscheulichen Laster verfallen waren, seien ihm bekannt.

Meine Güte, dachte John, wer sind bloß die anderen sechzehn?

Pfarrer Fenwick machte folgenden Vorschlag: wenn sich die Schuldigen bei ihm meldeten und ihre Schuld bekannten, würden ihnen ihre Sünden vergeben, vorausgesetzt, sie schworen bei Gott, von ihrem unaussprechlichen Laster abzulassen. Sonst sei die Absolution eine bewußte Irreführung Gottes und würde ihre Schuld nur vergrößern. Na ja, dachte John, und dann geht es los: sie werden uns bewachen und bespitzeln, als wären wir im Land der Inquisition. Er fragte sich, ob die ganze Drohung nicht ein einziger, gigantischer Bluff war. Angenommen, sein Name stand nicht auf der Liste? Wenn er dann etwas gestand, würde er sich selbst die Schlinge um den Hals ziehen. Und wenn sein Name doch draufstand und er nicht beichtete?

«Diejenigen, die nicht zu mir kommen, um ihre Schuld zu bekennen», fuhr Pfarrer Fenwick fort, «werden als unverbesserlich angesehen. Die Schulleitung wird keine andere Wahl haben, als sie von der Schule zu weisen und ihre Eltern über den Grund der Entlassung in Kenntnis zu setzen.»

Angenommen, Geoffrey hält den Mund, dachte John. Wenn ich etwas sage, müßte ich ihn verraten – darauf werden sie bestehen – und dann wird er unehrenhaft entlassen.

Angenommen aber, ich sagte nichts und Geoffrey verrät uns, dann jagen sie mich mit Schimpf und Schande von der Schule.

Pfarrer Fenwick hörte gar nicht mehr auf zu reden. John erkannte, daß das alles vorher abgesprochen worden war, ausgeheckt wie eine neapolitanische Verschwörung. Er würde reden und reden, immer im Kreis herum und genau diese Gleichförmigkeit würde die Gewissensbisse ins Unermeßliche steigern. Und keiner durfte die Kapelle verlassen, bis sie erreicht hatten, was sie wollten.

Jede Wette, daß sie das schon vorher durchexerziert haben, dachte er. Vielleicht tun sie das alle sechs Jahre oder alle zehn, vielleicht haben sie eine echte Wissenschaft draus gemacht.

Er fing an, seine Situation zu analysieren. Wahrscheinlich würden sie einen Weg finden, die Schüler voneinander zu trennen, damit diese sich nicht absprechen konnten. Wenn zwei sich versprachen, sich nicht gegenseitig zu verraten, ging alles in die Hose. Das ganze System funktionierte nämlich nur dann, wenn jeder glaubte, der andere würde nicht dicht halten.

Er wagte nicht, sich umzudrehen, um Geoffreys Blick zu erhaschen. *Sie* lagen wahrscheinlich mit Adleraugen auf der Lauer und beobachteten, welche Jungen wen anschauten.

Pfarrer Fenwick redete immer noch über die Folgen des Lasters. Er sprach von Muskelschwund, Schwachsinn und unheilbaren Krankheiten. Er sagte, solche Übeltäter würden nicht sehr alt, es sei denn, sie ließen noch rechtzeitig von ihren Sünden ab. «Ihre Hände zittern», sagte er. «Ihr Augenlicht schwindet dahin. Sie können sich nicht auf das Lernen konzentrieren ...»

Wie weit kann ich mich auf Geoffrey verlassen? Er hat gesagt, daß er mich liebt, aber ...

Plötzlich war die Predigt vorbei.

«Ich gehe jetzt in die Pfarrei», schloß Pfarrer Fenwick. «Ihr werdet in fünfminütigen Intervallen aufgerufen, einer nach dem anderen. Jeder von euch wird zu mir in die Pfarrei kommen und mir entweder sagen, daß er nichts zu gestehen hat oder seine Schuld bekennen und mit mir gemeinsam darum beten, daß Gott ihm vergebe und die Kraft verleihe, in Zukunft diesem bestialischen Laster zu widerstehen.»

Der Pfarrer verließ die Kanzel.

«Ainsley, Minor», rief Mr. Murdstone.

Verdammt, dachte John, sie gehen alphabetisch vor, natürlich. Ich bin bald dran, aber Geoffrey Wildeblood wird eine ganze Weile schmoren müssen, ehe er weiß, ob ich ihn verraten habe oder nicht.

Es schien eine Ewigkeit zu dauern, bis Murdstone «Babcock Major» rief.

John überquerte den rechteckigen Hof in dem Bewußtsein, daß die Kastanien blühten, daß der Himmel genau denselben blauen Farbton hatte wie Geoffreys Augen («Augen, die geradewegs in den Himmel führen», wie die Dubliner sagen) und auch in dem Bewußtsein, daß er die schwierigste Entscheidung seines jungen Lebens treffen mußte.

Es spielt überhaupt keine Rolle, ob ich bekenne oder nicht, dachte er verzweifelt. Er wird es sowieso an meinen Augen erkennen. Und er wird mich da behalten und nicht in Ruhe lassen, bis ich alles gestehe.

Er öffnete die Tür zur Pfarrei.

Pfarrer Fenwick saß an seinem Schreibtisch. Er schaute milde auf: «Nun, Babcock Major?»

«Ich habe nichts zu beichten, Sir.»

Pause. Ein langer forschender Blick aus dunklen Augen.

«Sind Sie sicher, Babcock Major?»

«Ja, Sir.» Du altes Schwein.

Noch eine Pause. Er läßt mich schmoren.

«Sie dürfen gehen, Babcock Major.»

«Danke, Sir.»

John überquerte den Hof und ging in sein Zimmer. Ich hätte mir nie träumen lassen, daß ich einen Erwachsenen belügen und damit durchkommen kann, dachte er. Und: aber es war nur möglich, weil ich an ihre Züchtigungen dachte und wußte, wie *sie* sind.

Das ist nicht nur eine Schule, überlegte er weiter, das ist eine Institution, um Maschinen zu produzieren. Sie wird von Maschinen geleitet, die ebenfalls vor langer Zeit von Maschinen produziert worden sind und mittlerweile vergessen haben, was es heißt, menschlich zu sein. Alles was sie im Kopf haben, ist, die anderen auch zu Maschinen zu erziehen.

Er erinnerte sich an die Story, die vor einigen Monaten in allen Londoner Zeitungen erschienen war. Der Stil war ziemlich vage gewesen, aber jeder wußte, wovon die Rede war und die älteren Jungs hatten ihre Witze darüber gemacht. Die Polizei hatte ein Bordell ausgehoben, das sich auf die körperliche Züchtigung von Männern spezialisiert hatte. Klar, dachte er: kein Wunder, daß manche Maschinen Gefallen daran finden, gezüchtigt zu werden. Andere sind lieber selbst die Züchtiger und kommen als Lehrer oder Rektoren hierher. Je nachdem, welches Rädchen in welches andere greift, trifft es einen und man wird gezüchtigt und niemand traut sich zu fragen, ob es gerecht ist oder nicht, denn wir alle verwandeln uns hier langsam in Maschinen und Maschinen stellen keine Fragen. Maschinen folgen dem Befehl ihrer Rädchen.

Er war allein in seinem Zimmer. Henson Minor und Montgomery Minor, seine Zimmergenossen, würden nicht so schnell aufkreuzen, denn die Inquisition ging alphabetisch vor.

Nein, sie waren noch keine richtigen Maschinen, aber sie wußten nicht, was sie taten. Sie zogen einem Knaben die Hosen runter, starrten auf seinen Hintern und prügelten ihn windelweich. Und das hielten sie für eine Tugend, denn es passierte in der Schule. Zum Laster wurde es erst, wenn sich das Ganze in einem Haus mit einer roten Laterne über der Tür abspielte.

Wie lange würde es dauern, bis er wußte, ob Geoffrey schwach geworden war?

John versuchte, sich abzulenken. Er schlug ein Buch von seinem Lieblingsautor auf, dem Mann, dessen Grabstein von wütender Empörung sprach. Er ertappte sich dabei, wie er immer wieder denselben Abschnitt las, ohne sich im geringsten zu amüsieren:

Verflossene Woche sah ich ein geschundenes Frauenzimmer, und ihr könnt nicht glauben, wie sehr sie das Schinden verstellt hatte. Gestern ließ ich das Gerippe eines Stutzers vor meinen Augen ausziehen, da wir denn alle erstaunten, welche unvermuteten Gebrechen wir nur unter einer Kleidung entdeckten. Hierauf ließ ich sein Herz, sein Hirn und seine Milz öffnen, und jeder Schnitt überzeugte uns, daß, je weiter wir fortführen, desto mehr und größere Mängel wir entdecken würden; aus welchem allem ich den Schluß für mich zog, daß ein Philosoph und Projekteur, welcher die Kunst erfände, alle Risse und Unvollkommenheiten der Natur auszustopfen und zu löten, sich um die Menschheit verdienter machen und uns eine viel gemeinnützigere Wissenschaft lehren würde, als die jetzt so hochgepriesene, sie nur aufzudecken und zur Schau aufzustellen, gleich jenem, welcher die Zergliederungskunst für den Gipfel der Arzneikunst hielt. Ein Mann also, den Glück und Umstände in eine bequeme Lage versetzt haben, die Früchte dieser edlen Kunst zu genießen, der sich mit Epikurus an den Fäserchen und Bildern, welche von der Oberfläche der Dinge zu seinen Sinnen auffliegen, begnügen kann, so ein Mann rahmet als ein wahrer Weiser die ganze Natur ab und überläßt es der Philosophie und Vernunft, das Saure und den Satz aufzuschöpfen. Dies ist die erhabene und verfeinerte Glückseligkeit, welche man die Anlage, schicklich getäuscht zu werden, nennt; die ist der heitere und friedliche Zustand, ein Narr zu sein unter Schelmen.

Früher hatte John Spaß an dieser Passage gehabt, aber jetzt erschien ihm die Ironie mehr als nur ein wenig unheimlich. Es war ungefähr so komisch wie die Kreuzigung Christi – der Witz eines Menschen, der lachen will, weil die einzige Alternative, die er hat, darin bestünde, das Haus zusammenzuschreien.

O Herr, wie lange noch?

«Ich sah ein geschundenes Frauenzimmer.» Ja, das konnte man heute noch sehen, man brauchte sich nur nach Newgate

Hill zu begeben. Man konnte sicher sein, daß das Schinden sie verstellt hatte und so würde es auch allen anderen in Newgate Hill gehen, selbst, wenn sie sich dessen nicht einmal bewußt waren. Jeden Tag konnte man zusehen, wie in Eton ein Junge geschlagen wurde, und Schlagen war nicht viel anders als Schinden.

Schließlich kam Henson wieder und wenig später auch Montgomery. Sie waren nach außen hin ziemlich aufgedreht und zynisch, aber John fragte sich, ob einer vielleicht, ohne daß er, John, davon wußte, schuldig war und war sich gleichzeitig bewußt, daß die beiden sich die gleichen Gedanken über ihn und sich gegenseitig machten.

Geheimnistuerei und Mißtrauen werden die Klasse jahrelang vergiften, dachte er.

Schließlich war es Zeit zum Abendessen. John war nicht zum Rektor bestellt worden; Geoffrey hatte nichts verraten. John hatte Gewissensbisse, überhaupt an Geoffrey gezweifelt zu haben.

Mr. Murdstone hielt eine kurze Ansprache, nachdem alle sich im Speisesaal eingefunden hatten. Er sagte, daß dreißig Schüler Geständnisse abgelegt hätten – also mehr als die vermuteten achtzehn, dachte John. Murdstone fügte hinzu, daß ein Junge das Weite gesucht habe, man ihn aber sicher bald finden würde. Zum Schluß bemerkte er in seinem üblichen, unmißverständlichen Ton, daß jegliche Diskussionen über dieses Thema – gleich, ob innerhalb oder außerhalb der Schule – untersagt seien. Wenn das leiseste Gerücht von diesem Vorfall an die Außenwelt gelangte, würde es einen Skandal geben.

Anschließend sprach noch einmal Pfarrer Fenwick. Dreißig Schuldige hätten ehrlich bereut, sagte er, und niemand solle versuchen, herauszukriegen, wer es war. «Das müssen die Jungs mit sich und unserem Vater im Himmel abmachen», schloß er.

In einer Woche weiß es sowieso jeder, dachte John, oder wird jedenfalls so tun, als wüßte er es.

Dann merkte er, daß Geoffrey nicht im Speisesaal war. Geoffrey war also derjenige, der weggelaufen war.

O Gott, dachte er, gerade, als ich dachte, es sei alles vorbei. Das Schlimmste steht erst noch bevor.

Später konnte er sich nicht erinnern, was es an jenem Abend zum Essen gegeben hatte. Irgendwo da draußen in der Dunkelheit irrte Geoffrey herum, verzweifelt und furchtsam. Wo könnte er hin sein? Nach Hause jedenfalls nicht. Er hatte immer davon geträumt, mit Zigeunern auszureißen, als Kammersteward auf einem Schiff nach Amerika anzuheuern... aber jetzt? War er vielleicht nur vollkommen verstört vor Angst und lief wie ein Pferd mit Scheuklappen in der Gegend herum? Gott steh ihm bei, dachte John, hoffentlich fällt er nicht den Wegelagerern in die Hände.

Wahrscheinlich würden ihn morgen früh die Männer des Sheriffs aufspüren. An seinem steifen Hemdkragen würden sie sofort erkennen, daß er aus Eton kam und ihn zurückbringen. Und dann würde er, verzweifelt und geschwächt durch seine nächtlichen Eskapaden alles gestehen!

Entlassung.

John versuchte, sich den Blick seines Vaters vorzustellen, wenn er als überführter Sodomit nach Hause zurückgeschickt wurde.

Dem Buchstaben des Gesetzes nach konnte man dafür gehängt werden, aber bisher hatte John noch nie gehört, daß diese Strafe tatsächlich angewandt worden war. Wahrscheinlich würden sie ihn nach Amerika verbannen, oder auf den Kontinent. Aber wenn sie wollten, könnten sie ihn auch baumeln lassen.

Geoffrey stolperte jetzt wahrscheinlich durch die Finsternis und dachte über all das nach. Geoffrey kannte sich bestens aus mit dem Thema Sodomie und den damit verbundenen Konsequenzen: er behauptete, schon immer gewußt zu haben, daß er so war – so weit er zurückdenken konnte. John dagegen war sich über sich selbst gar nicht so im klaren; er träumte auch öfter von Mädchen. Wenn welche da gewesen wären, tja, dann säße er wahrscheinlich jetzt in einer anderen Patsche. Doch das spielte nun keine Rolle: es drohte ihm eine Strafe, weil er Geoffrey geliebt hatte, nicht irgendein Mädchen.

Es war nicht nur Sünde, es mit einem Mädchen zu treiben, sondern auch gefährlich, denn ein Mädchen konnte schwanger werden. Mit einem Jungen dagegen war es widernatürlich und zwar deshalb, weil er *nicht* schwanger werden konnte. Dann gab es natürlich noch die Schafe, aber die waren ihm zu dämlich. Oder die rechte Hand und das führte angeblich zur Blindheit. Ich bin sicher, daß sie hier irgendwo eine Lüge eingebaut haben, dachte John.

Wo zum Teufel steckte Geoffrey und was ging in ihm vor, da draußen im Dunkeln?

Um acht Uhr abends erreichte die Nachricht West Hall, wo John wohnte.

Man hatte Geoffrey Wildeblood tot in einem Teich gefunden. «In christlicher Barmherzigkeit sollten wir davon ausgehen, daß es ein Unfall war», schloß Mr. Drake, der die Nachricht überbracht hatte. «Auf diese Weise wird der Unglückliche wenigstens ein anständiges Begräbnis erhalten. Und um seiner armen Eltern willen sollte auch niemand etwas anderes verlauten lassen! Ich bitte euch, nicht zu vergessen, daß alles, was wir wissen, die Tatsache ist, daß er ertrunken ist; alles weitere sind nur Vermutungen. Gerüchte über seinen Nächsten zu verbreiten, ist eine Sünde, die in der Heiligen Schrift verurteilt wird.»

John fiel auf, daß er nichts fühlte.

Vielleicht stehe ich unter Schock, dachte er. Oder ich bin ein Monstrum ohne menschliche Gefühle.

Bei der Vorstellung, wie Geoffrey leblos auf dem Teich

trieb, wurde ihm schlecht und einen Augenblick glaubte er, sich übergeben zu müssen. Aber das war nur das Grauen, keine Trauer. Was ist mit mir los? fragte er sich. Ist ein Teil von mir mit Geoffrey gestorben?

All die steifen Kragen, dachte er, und keiner weiß, was in den Köpfen der Schüler vorgeht. Zukünftige Premierminister und Führungskräfte. Sie alle lernen, ihre Emotionen zu unterdrücken und echte englische Gentlemen zu werden. Dreißig haben gestanden; Geoffrey und ich nicht und wie viele andere auch nicht? Nur Gott wußte darauf eine Antwort.

Noch lange, nachdem die Kerzen gelöscht worden waren, lag er wach und fühlte immer noch nichts. Vielleicht ist die Trauer so, dachte er, vielleicht dauert es ein paar Tage, bis man sie richtig spürt. *«Hierauf ließ ich sein Herz, sein Hirn und seine Milz öffnen, und jeder Schnitt überzeugte uns, daß, je weiter wir fortführen, desto mehr und größere Mängel wir entdecken würden.»* Geoffrey war einfach zu sensibel gewesen. Er hatte die üblichen Neckereien und grausamen Scherze der Jungen in Eton nicht ausgehalten; er war leicht verletzlich und obendrein depressiv. Geoffrey hatte sich umgebracht, weil sie ihm eine Falle gestellt hatten und er unter diesem Druck zusammengebrochen war.

Alles, was hier auf Erden unvollkommen erscheint, hat ein vollkommenes Ebenbild im Geist Gottes – daran hatte Geoffrey wirklich geglaubt. Dann gibt es auch ein vollkommenes Eton im Geist Gottes, dachte John. Dort funktioniert das System: jeder bekennt seine Sünden, niemand lügt, niemand springt in einen Teich, um sich umzubringen. Und alle schaffen den Abschluß und verwandeln sich in perfekte englische Gentlemen. Die Besten, die *crème de la crème*, die Oberflieger, bringen es bis zum House of Lords und nehmen an dem vollendeten Schnarchkonzert teil, während die übrigen mustergültig die perfekten Gesetzentwürfe debattieren.

Vor allem die Henker aber sind dort vollkommen: wenn sie

die Huren schinden, dann nur mit den erstklassigsten Peitschen.

Ich weiß, warum Geoffrey sich umgebracht hat, dachte John. Er wollte mich nicht verraten, aber er brachte es auch nicht fertig, in die Pfarrei zu spazieren und Pfarrer Fenwick zu belügen. Möglich, daß er mehrmals vor der Tür stehengeblieben und jedesmal wieder umgekehrt war, noch eine Runde im Hof gedreht, vor dem alten Pranger gestanden und ihn angestarrt hatte. (Warum behalten sie den eigentlich? Um uns vor Augen zu führen, welche Fortschritte wir gemacht haben, oder um zu zeigen, zu was sie fähig sind, wenn hier je der Geist der Rebellion durchwehen sollte?) Wahrscheinlich war er auf und ab gegangen und hatte versucht, sich Mut zu machen. Aber er hatte sich nicht dazu durchringen können, dem Pfarrer in die Augen zu schauen und ihn zu belügen.

Und so war er in den Teich gesprungen und ertrunken.

Im Morgengrauen dachte John: ich werde ihn nie wiedersehen. Das ist die Bedeutung des Todes. Shakespeare hat sie in fünf Worten zusammengefaßt: niemals, niemals, niemals, niemals, niemals.

Kein Zoll seines Körpers, den ich nicht geküßt hätte, kein Teil von mir, den er nicht liebkost hat. Und ich soll ihn niemals, niemals, niemals, niemals, niemals wiedersehen.

Endlich begann John, etwas zu fühlen. Doch es war keine Trauer, gegen sie wehrte sich seine Seele noch. Es war wütende Empörung, die ihm das Herz zerriß.

Das wird ein einsames Leben, dachte er. Ein Leben in Lüge. Aber das ist heutzutage und an diesem Ort wohl der Preis fürs Überleben. Und irgendwann werde ich kommen und ihnen mit dieser Lüge den Schädel einschlagen.

Irgendwann. Irgendwie.

SIEBTER TEIL

DER TEUFEL

> Doch es gibt ein äußerst gefährliches Element (in der Freimaurerei) und das habe ich von ihnen übernommen...
>
> Adolf Hitler, zitiert nach Hermann Rauschning, *Hitler Redet*

Mit achtzehn besuchte Sigismundo Celine die Universität von Neapel, wo auch Thomas von Aquin gelehrt hatte.

Sigismundo studierte Mathematik, nicht Musik, denn er hatte entschieden, daß in ganz Neapel ihm niemand die Art von Musik beibringen konnte, die er gern geschrieben hätte. Eines Tages, in ein paar Jahren vielleicht, würde er nach Hamburg gehen und bei den ehemaligen Schülern von Telemann studieren. Bis dahin beschränkte er sich darauf, experimentelle Sonaten zu komponieren.

Beinahe hätte er auch eine Symphonie im französischen Stil fertiggestellt, hatte sie dann aber doch verworfen, weil sie ihm nicht gut genug erschien.

Und die Mathematik schlug ihn mehr und mehr in ihren Bann: die Verbindungen zwischen Musik und Mathematik erschienen ihm aufregender und geheimnisvoller als alle anderen Wissensgebiete. Seit er die wunderbaren englischen Maschinen als konkrete Resultate von Gedanken erkannt hatte, hatte er immer mehr über die Art von Kohärenz lernen wollen, die sich sonst nur in mathematischen Gleichungen zeigt. Solches Wissen führte zu Maschinen und diese konnten den Reichtum auf Erden um ein Vielfaches vergrößern. Er war überzeugt, daß sie die Menschheit darüber hinaus dem wirklichen Aufbau des Universums, dem göttlichen Denken, näher brachten.

Einen Tag nach seinem achtzehnten Geburtstag hatte Sigismundo Onkel Pietro aufgesucht und gesagt: «Ich finde, ich bin jetzt alt genug, um deiner Gesellschaft beizutreten.»

«Ich muß dich dreimal fragen», entgegnete Onkel Pietro ernst. «Bist du sicher, daß du dich verpflichten willst?»

«Ja», antwortete Sigismundo ungeduldig.

«Denke gut nach. Bist du wirklich ganz sicher?»

«Ja.»

«Denk noch einmal drüber nach und nimm dir Zeit mit deiner Antwort. Bist du sicher, daß du diese Verpflichtung eingehen willst?»

Sigismundo dachte nach. Die *rossi* werden mich nie in Ruhe lassen. Und das führt dazu, daß mir die Inquisition eines Tages ebenfalls auf den Fersen sein wird. «Ja», antwortete er. «Ich bin mir vollkommen sicher.»

«Nun gut», sagte Pietro. «Wir sind, wie du bereits herausgefunden hast, der Alte und Angenommene Orden der Orientalischen Tempelritter. 1307 mußten wir untertauchen, weil die Geheimpolizei auf einige unserer Geheimnisse gestoßen war, mit denen sie natürlich nicht das geringste anzufangen wußte. Wir haben unzählige Male unseren Namen gewechselt und sogar jetzt nennen wir uns in arabischen Ländern anders als in

Europa. Es gibt viele, die behaupten, Templer und Freimaurer zu sein und trotzdem nichts mit uns zu tun haben. Sie sind Gaukler und Scharlatane. Nur wir besitzen die ursprüngliche, ungebrochene Tradition des inneren Lichts, die seit den Tagen Salomons überliefert wurde. Glaubst du das?»

«Nein», sagte Sigismundo prompt. «Jede Verbindung erhebt den Anspruch, die einzig wahre zu sein. Ich glaube, daß du und deine Freunde die vernünftigsten Typen hier in der Gegend seid, aber das ist auch alles, was ich glaube.»

«Sehr gut», gluckste Pietro. «Manchmal glaube ich auch, daß wir die wahren Templer sind – sonntags, dienstags und donnerstags. An den übrigen Wochentagen bin ich mir nicht so sicher, wer unsere Verbindung ins Leben gerufen hat oder warum. Das ist auch ganz egal. Spekulative Freimaurerei, so wie wir sie praktizieren, scheint mir das Beste zu sein, um das Schicksal der Menschheit in dieser Welt voller Fanatiker zu verbessern.»

«Wann kann ich aufgenommen werden?» drängte Sigismundo.

«In ein paar Tagen. Ich muß eine Versammlung der Loge einberufen. Bis dahin gebe ich dir ein Blatt Papier mit Fragen, über die du Tag und Nacht nachdenken solltest. Laß die Musik sein, vernachlässige für diese Zeit sogar dein Studium. Denke an nichts anderes, als an diese Fragen.»

Pietro ging in die Bibliothek und kramte ein wenig herum. «Aha, da haben wir's», sagte er.

Sigismundo betrachtete das Pergament.

Wessen Sohn war Adam?

Morte de Christo, dachte er, das ist ja schlimmer als die Sache mit der Henne und dem Ei. Er warf einen Blick auf die restlichen Fragen:

Hat Gott ein Gegenteil?
Wieviele Söhne Gottes gibt es?
Sind die Söhne Gottes selber Götter?
Sind einige Söhne Gottes geringer als andere?
Was ist das Ziel von Propheten und Lehrern?
Wieviele Seelen gibt es?
Was ist ein menschliches Wesen?
Ist die Menschheit vollendet oder befindet sie sich in
der Entwicklung?
Wieviel können und sollten wir erstreben?
Was ist der Sinn des Lebens und des Bewußtseins?
Worin besteht der nächste Schritt?

Sigismundo grinste. «Danke vielmals», sagte er. «Wenn sie es mit Belladonna nicht geschafft haben, mich verrückt zu machen, dann werdet ihr mit euren Rätseln bestimmt mehr Erfolg haben.»

Den Rest des Tages verbrachte er damit, immer wieder die Genesis durchzulesen. Natürlich hatte Adam keinen Vater. Entweder war die erste Frage völlig sinnlos oder ganz besonders heimtückisch.

Er versuchte es mit der zweiten: *Hat Gott ein Gegenteil?* Die offensichtliche Antwort lautet ja, den Teufel. Erwarteten sie etwa, daß er das leugnete? Das dürfte ihm nicht schwer fallen, er zweifelte ja sowieso schon an der Existenz der Hölle. Aber wenn es keinen Teufel gab, woher kam dann das Übel? Das war gemein: nachher endete man noch damit, Gott selbst das Übel in die Schuhe zu schieben.

Und die dritte Frage: *Wieviele Söhne Gottes gibt es?* Nur einen, den vollkommenen Menschensohn, Jesus Christus – alles andere wäre Ketzerei. Und doch, der Jude Abraham konnte Jesus nicht als einzigen Sohn Gottes im katholisch-orthodoxen Sinn akzeptieren und war doch ein Freimaurer. Also wieder eine eindeutig ketzerische Antwort.

Er erinnerte sich an Peppinos Worte: «Was die dreckigen Mohammedaner angeht, bei denen bist du ja schon gelandet.»

Sollte er etwa glauben, daß auch Mohammed ein Sohn Gottes war? Und andere auch...? Die Chinesen hatten ihre eigenen Propheten, Konfuzius zum Beispiel. Die Hindus hatten jede Menge Propheten und Seher. Wollte die ketzerische Freimaurerei etwa andeuten, daß all diese Männer Söhne Gottes waren? Hoffte sie, die Menschheit mit Hilfe einer derart relativistischen Theorie zu vereinen? Wenn das so war und diese Doktrin je durchsickerte, würde die Kirche die Freimaurer auf der Stelle verurteilen.

Sigismundo las weiter.

Was ist der Sinn des Lebens und des Bewußtseins?

Phantasie hatten sie, das mußte man ihnen lassen.

Ich will versuchen, die Sache von hinten aufzurollen, beschloß er. Ich stehe kurz davor, Freimaurer zu werden. Wenn ich dahinter komme, was das bedeutet, weiß ich auch, wie ich mit diesen Fragen umgehen muß.

Frei: frei für was? Er dachte an den freien Handel und die Abschaffung der Zölle, an die Freiheit des Denkens und das Ende der Inquisition, an Freiheit von allen Formen der Tyrannei. Das klang zwar alles großartig, aber es verriet ihm nichts über die Herkunft Adams.

Maurer: Erbauer. Ein freier Maurer war ein freier Baumeister. Offensichtlich war das nicht nur im wörtlichen Sinn zu verstehen. Der Mann, der in Schottland die Dampfmaschine gebaut hatte, war ein freier Baumeister in dem Sinne, daß er etwas Neues geschaffen hatte, das sich auf die Freiheit seines Denkens gründete. Niemand hatte ihm gesagt, was er denken durfte und was nicht.

Reichtum vergrößert sich dort, wo sich das freie Denken entfaltet, sagte Onkel Pietro immer.

Ich bin frei, wenn ich eine Sonate schreibe, dachte Sigismundo, aber die Musik bedeutet noch keinen Reichtum. Oder? Die Verleger zahlen, um unsere Melodien zu drucken; die Musiker zahlen für die Noten, um unsere Musik zu spielen und die Menschen zahlen für einen Opernbesuch, um sie anzuhören. Bei Gott, dann ist Musik doch eine Art von Reichtum. Und bei der Dichtung ist es nicht viel anders: wieviele Gastwirte von Stratford leben wohl von den Touristen, die Jahr für Jahr den Ort besuchen, an dem Shakespeare begraben liegt?

Jedes Produkt des Geistes kann den Reichtum vergrößern, wenn die Menschen es wollen. Wenn man dem Geist Freiheit ließe, totale Freiheit, auf jedem Gebiet und in jeder Hinsicht, dann würde der Reichtum so schnell wachsen wie Onkel Pietro immer behauptete. Und zwar alle Arten von Reichtum, auch solche, die wir uns heute noch gar nicht vorstellen können.

Wieviele Söhne Gottes gibt es?

Sigismundo konnte nicht länger still sitzen. Trotz Pietros Anweisungen trat er zum *clavicembalo* und begann zu improvisieren. Er hatte zu viel Energie; er konnte einfach nicht andauernd über diesen Fragen brüten. Er versuchte sich an ein paar Permutationen der «Goldberg-Variationen» von J. S. Bach. Er baute neue Kontrapunkte ein, kehrte zum Original zurück, erfand neue Variationen, und so fort. Dieser J. S. Bach hatte tatsächlich genau die Musik geschrieben, von der Sigismundo immer geträumt hatte: Musik des menschlichen Geistes, die über rein animalische Emotion hinausging, Musik des klaren Lichts. Und doch entzückte sie auch die animalische Seele, drang sogar bis in die vegetativen Ebenen hinunter, denn sie umfaßte alle drei Seelen. Mehr noch: sie bewegte sich auf die vierte Seele zu.

Er spielte und spielte, fügte immer wieder Neues hinzu,

variierte Bachs Variationen, bis er nicht mehr konnte. Diese Musik war nur für das *clavicembalo* konzipiert; sie von einem Streichquartett oder einem wie auch immer gearteten Trio interpretieren zu lassen, wäre etwas ganz anderes als diese mächtige, klare, helle und einmalige Schönheit. Der alte Bach, Vater von J. C. und C. P. E. mußte in Ekstase gewesen sein, als er sie schrieb, denn er hatte mehr von der reinen Essenz des Seins gesehen als jeder andere, mit Ausnahme der größten Mathematiker vielleicht.

Plötzlich sackte Sigismundo zusammen. Er konnte nicht weiterspielen; er war zu erschöpft.

Wessen Sohn war Adam?

Sigismundo verließ seinen Körper. Das passierte manchmal, wenn er es mit besonders guter Musik zu tun hatte. Doch diesmal war es anders: er befand sich nicht außerhalb der Welt wie in früheren ekstatischen Zuständen, nein, ganz und gar nicht, sondern eindeutig in seinem Zimmer. Er schien irgendwo in der Nähe der Decke zu schweben. Er konnte sich am *clavicembalo* sitzen sehen.

Das ist aber komisch, dachte er. Ich sehe genauso aus wie ein Dutzend anderer neapolitanischer Jungen: dasselbe schwarze Kraushaar, dasselbe Mephisto-Spitzbärtchen, dieselbe dunkle Haut der Mittelmeerbewohner. Ich bin untersetzt, aber nicht dick. Mein Gott, sehe ich müde aus.

Habe ich meinen Körper tatsächlich verlassen oder bin ich nur so aufgeregt, daß ich all das träume?

Was ist der Sinn des Lebens und des Bewußtseins?

Er steckte wieder in seinem Körper. Seine Brust schmerzte. Das war es, woran Tante Gina gestorben ist, dachte er besorgt, das Anschwellen des Herzens.

Das Licht war immer noch um ihn. Alles im Zimmer schimmerte hell – ein einziges weißglühendes Strahlen. Seine Augen tränten, nicht aus Gefühlsüberschwang, sondern aus einem anderen Grund. Es war, als blicke man in die Sonne. Aber er konnte nicht einfach wegschauen, so wie man nach einer Weile den Blick von der Sonne abwendet. Das Licht war überall.

Dieser Zustand hielt drei Stunden an. Er versuchte, dem Licht zu entkommen, indem er spazieren ging, aber draußen war es nicht anders. Die ganze Welt hatte sich verändert, als wäre die Sonne tausendmal so hell wie sonst. Das Symbol der glühenden Kohle der *carbonari*, dachte er, das ist es. Seine Augen tränten fortwährend, doch zumindest der Schmerz in der Brust ließ allmählich nach. Er war glücklicher als je zuvor. Wenn die *rossi* jetzt hinter der Tür hervorgesprungen und sich auf ihn gestürzt hätten – endlich – wäre er mit einem Lächeln auf den Lippen gestorben.

Zum Abendessen war er wieder einigermaßen normal, nur sein Appetit war ungeheuerlich. Mama machte Witze darüber, daß er noch dick werden würde. Aber niemandem schien es aufzufallen, daß er sich eindeutig merkwürdig verhielt.

Sehr provokativ, diese Fragen, dachte er, als er die Treppe zu seinem Zimmer hinaufstieg.

Wessen Sohn war Adam?
Wieviele Seelen gibt es?

Er verließ seinen Körper nicht noch einmal, er wurde nur zunehmend geistesabwesender. Die Intensität der Farben ließ nach, die Welt verblaßte. Er hätte genauso gut an einem mathematischen Problem tüfteln können.

In der Nacht, als die anderen schon schliefen, saß er auf der Veranda und starrte in die Sterne, obwohl er sie kaum bemerkte.

Wahrscheinlich schwirrten da draußen noch jede Menge anderer Seelen herum, die sich alle mehr oder weniger dieselben Fragen stellten wie er.

Deshalb hatte die Kirche Giordano Bruno 1600 in Rom verbrannt: weil er behauptet hatte, es gäbe noch andere Seelen da draußen – solche wie unsere und ganz andere, die uns überhaupt nicht ähnlich waren, alle möglichen Arten von Seelen. Unendlich viele. Bruno hatte gesagt, daß das Universum weder Anfang noch Ende besaß und der Mensch nur ein winziges Rädchen darin war. Wenn Bruno recht hatte, dann war der Weltraum voller Seelen. Und das Mikroskop hatte bereits bewiesen, daß ein einziger Wassertropfen eine Stadt, ein ganzes Königreich enthielt.

Wieviele Seelen gibt es?
Wieviele Söhne Gottes gibt es?

Sigismundo schlief im Schaukelstuhl ein, während er das rote Glitzern des Sirius im Süden beobachtete und sich fragte, ob er tatsächlich zu diesem Stern unterwegs war oder nur davon träumte.

Aus Maria Maldonados Tagebuch:

Mutter Ursula hat mir erzählt, daß jeder lernen kann, Träume zu deuten, so wie Joseph in der Bibel es konnte. Sie sagt, die ganze Kunst bestünde aus drei Schritten: erstens muß man seine eigenen Träume behalten, zweitens über sie meditieren, um sie zu verstehen und wenn man das beherrscht, kann man drittens anfangen, die Träume der anderen zu interpretieren.

Um sich an seine eigenen Träume zu erinnern, hat Mutter Ursula gesagt, es ist notwendig, Papier und Feder neben dem Bett zu haben und gleich nach dem Aufwachen als erstes alles aufzuschreiben, was man von den Träumen der letzten Nacht behalten hat. Wenn man das eine Weile jeden Tag macht, wird man sich Morgen für Morgen an mehr erinnern.

△

1, 2. Februar: letzte Nacht habe ich geträumt, daß sich eine Schlange in den Klostergarten geschlichen hatte. Papa hat sie umgebracht.

△

5, 3. März: Die Gestalten der ägyptischen Götter Isis und Osiris. Jemand sprach über Geister. Ich denke: nichts wie weg hier, ehe es zu spät ist.

△

8, 23. März: ein Junge ist in einen Teich oder einen Brunnen gefallen. Er ertrinkt. Ich will ihm helfen, aber dann merke ich, daß alles sehr weit weg ist und ich ihn nicht mehr rechtzeitig erreichen kann. Er hat einen gestärkten weißen Kragen an und ich sehe mit Grausen, wie er ertrinkt. Mein Bruder Carlo springt ins Wasser, um ihn zu retten.

△

17, 31. März: Mutter Ursula gibt mir ein Buch. Es heißt: *Wie man eine verlorene Katze wiederfindet.* Irgendwie weiß ich, daß dieses Buch sehr wichtig ist. Ich schlage es auf und lese: «Götter des Nordens gegen Götter des Südens». Papa kommt herein, sehr aufgebracht. Das sei keine Lektüre für junge Mädchen, sagt er.

△

23, 23. April: ich werde von der Inquisition verurteilt, weil ich Pfeile gehortet habe. Bin furchtbar wütend und pöble sie an. Ich erkläre den Richtern, daß sie selber schuld sind, wenn sie so dumm waren, keine Pfeile zu sammeln. Plötzlich geht mir auf, daß das, was ich sage, überhaupt keinen Sinn ergibt.

△

56, 7. Mai: sehr merkwürdig. Ich träumte von Ameisen, die zu Tausenden in mein Zimmer geströmt kamen. Als ich wach wurde, zogen gerade ein paar Wolken an der Sonne vorbei und warfen ein

Schattenmuster auf den Boden, das dem der Ameisen in meinem Traum ganz ähnlich war.

△

93, 6. Juni: Papa ist besorgt. Er erzählt mir, daß es in ganz Italien keine Schlangen mehr gibt. Ich versuche ihm klarzumachen, daß wir hier auch keine Schlangen brauchen und daß einige sowieso giftig sind. Er sagt, davon verstünde ich nichts. «Es sind die Schlangen, die für Wohlstand sorgen», meint er. Plötzlich merke ich, daß dieser Mann gar nicht Papa ist, sondern ein finsterer Magier, der in Papas Rolle geschlüpft ist. Ich versuche, das Zimmer zu verlassen, aber die Tür ist abgeschlossen. Dann kommt er auf mich zu und versucht, mir die Kleider vom Leib zu reißen.

Irgendwie gelange ich nach draußen in den Garten. Der Magier stellt mir nach, also versuche ich, auf die Straße zu laufen. Eine dunkelhäutige Frau bietet mir ihre Hilfe an. Sie sagt, ihr Name sei Fatima. Wir kommen an einen Ort, wo ein riesiger Hund Wache hält. Der Hund sitzt mit unglaublicher Würde da und ich habe das komische Gefühl, daß er gar kein Hund ist, sondern irgend ein alter heidnischer Gott in Gestalt eines Hundes.

Fatima sagt: «Du brauchst uns nie zu fürchten. Wir sind deine dunklen Begleiter.» Mir wird klar, daß sie heimlich mit dem bösen Magier unter einer Decke steckt.

Natürlich wird es immer leichter, hinter die Bedeutung zu kommen – genau wie Mutter Ursula gesagt hat. Dieser Traum bedeutet, daß Papa mich bald verheiraten möchte.

Sigismundo Celines Initiation zum Spekulativen Freimaurer wurde auf die Nacht des 23. Juli 1768 festgesetzt.

Fünf Tage lang hatte er sich den Kopf über Pietros Fragen zerbrochen, hatte Zustände der Ekstase, der Irritation, der Langeweile, gesteigerter Wahrnehmung und plötzlicher Wutausbrüche durchgemacht. Wenn die Freimaurer etwas wichtiges zu lehren haben, dachte er in Momenten der Rebellion, warum lehren sie es dann nicht einfach und damit basta? Aber er kannte die Antwort selbst. Schon bei der Musik hatte er entdeckt, daß manche Dinge einfach nicht gelehrt werden können; man kann sie nur lernen.

Am Abend des 23. Juli fand sich Sigismundo mit Onkel Pietro im Wohnzimmer von Giancarlo Tennone, seinem Fechtlehrer, ein.

«Die Loge versammelt sich im Garten», erklärte Onkel Pietro. «Du kannst dir sicher denken, warum.»

Sigismundo verstand: Tennones Haus war im traditionellen Stil des Mittelmeerraumes gebaut. Es hatte vier Flügel, die je eine Seite eines quadratischen Innenhofs bildeten. Der Garten befand sich in der Mitte und war somit am besten vor der Straße und den Nachbarhäusern geschützt. Spione hatten keine Chance, vor allem, wenn in den einzelnen Flügeln des Hauses Wachen postiert wurden, die dafür sorgten, daß sich keine ungebetenen Fremden dem Haus zu nähern versuchten.

Tennone trat aus dem Garten ins Wohnzimmer. Er trug einen Schurz aus Lammfell, auf dem fünf hebräische Buchstaben abgebildet waren. Obwohl Sigismundo diese Sprache kaum beherrschte, konnte er das Wort lesen. Die Buchstaben waren *yod, he, shin, vau, he* יהשוה – Yeshuah, oder, in Griechisch, Jesus. Ohne *shin* war es *yod, he, vau, he*, JHVH oder Jehovah. Das *shin*, das ihn an eine Flamme erinnerte ש, stellte die Menschwerdung des Heiligen Geistes von Jehovah in Jesus dar.

«Bereitet den Kandidaten vor», ordnete Tennone in einem Ton an, der nicht im geringsten vermuten ließ, daß er Sigismundo seit sieben Jahren kannte.

Darauf trat er schnell wieder in den Garten hinaus und schloß die Tür hinter sich.

«Mittlerweile», begann Onkel Pietro, «haben sich die Fragen, die ich dir mitgegeben habe, in immense Probleme verwandelt. Ich gebe dir jetzt die Antworten. Lies sie möglichst schnell durch, denn schon in wenigen Minuten wird man dich in den Garten rufen.» Er trat an Tennones Bücherregal und zog die Heilige Schrift heraus. Mit feierlichem Gesicht überreichte er sie ihm. Sigismundo bemerkte ein herauslugendes Stück Pergament.

«Lies es und schlage in der Bibel nach», rief ihm Pietro zu. «Ich gehe jetzt. Man wird dich bald rufen.»

Er drehte sich um und war verschwunden, noch ehe Sigismundo fragen konnte, was wohl auf dem Pergament stand. Wahrscheinlich nur wieder dummes Zeug, etwa in der Art: Dies ist der endgültige Witz. Hüte dich vor den verdammenswerten Büchern der Philosophie und der Romanzen.

Sigismundo zog das Pergament heraus. Es begann folgendermaßen:

> Wessen Sohn war Adam?
>
> Siehe Lukas 3:38.
>
> Hat Gott ein Gegenteil?
>
> Siehe Exodus 3:14 und Epheser 4:4–6.

Und so fort. Verdammte Kacke, dachte Sigismundo. Warum haben sie die Texte nicht einfach hingeschrieben, statt einen zu zwingen, alles selbst nachzuschlagen? Doch der Grund war einleuchtend. Unter Zeitdruck nach der Bedeutung zu suchen, würde die Wichtigkeit der ganzen Angelegenheit noch verstärken.

Er kehrte zur ersten Frage zurück. Lukas stand natürlich fast am Ende der Bibel... er fand Kapitel 3, Vers 38:

> ... der war ein Sohn des Enos, der war ein Sohn des Seth, der war ein Sohn Adams, der war Gottes.

Sigismundo wollte seinen Augen nicht trauen. Er kam sich vor wie Galileo, als dieser die blasphemischen, unglaublichen nicht-aristotelischen Flecken auf der Sonne entdeckte. Er ging schnell ein paar Verse zurück. Das war der Stammbaum Jesus (dessen Namen er auf Tennones Schurz entdeckt hatte). Er begann bei Vers 23 und besagte, daß Jesus ein Sohn des Joseph und Joseph ein Sohn des Heli und der wiederum ein Sohn des Matthat undsoweiter war, inclusive David und Salomon und alle anderen bis zu Enos, *«der war ein Sohn des Seth, der war ein Sohn Adams, der war Gottes.»* Vers 38, von hier war er ausgegangen.

Aber Adam war nur im metaphorischen Sinne «der Sohn Gottes», oder nicht? (Vico behauptete ja, daß alles Denken metaphorisch sei.) Der Text erschien ihm jedenfalls nicht poetisch, er wiederholte «ein Sohn des» auf sehr wörtliche Weise immer wieder, bis er zu dieser erstaunlichen Schlußfolgerung kam. Er schien zu bedeuten, daß Adam der Sohn Gottes so buchstäblich war wie Joseph der Sohn des Heli.

Die Freimaurer förderten in der Tat die schlimmsten Ketzereien. Die Idee, daß auch Mohammed in diesem Sinne der Sohn Gottes war, wie Konfuzius und viele andere, konnte implizieren, daß auch Adam dazu gehörte, vorausgesetzt man akzeptierte, daß Jesus nicht der einzige Sohn Gottes war.

Sigismundo ging schnell zur nächsten Frage über.

Hat Gott ein Gegenteil?
Siehe Exodus 3:14 und Epheser 4:4–6.

Er blätterte. Exodus 3:14.

Gott sprach zu Mose: Ich bin der ich bin. Und sprach: also sollst du den Kindern Israels sagen: Ich bin hat mich zu euch gesandt.

Und Epheser 4:4–6 war gar noch verwunderlicher:

Ein Leib und ein Geist, wie ihr auch berufen seid auf einerlei Hoffnung eurer Berufung, ein Herr, ein Glaube, eine Taufe, ein Gott und Vater unser aller, der da ist über euch allen und durch euch alle und in euch allen.

Sigismundo dachte an Gott als ICH BIN, als ein Leib und ein Geist in allem. Auch in Peppino? Auch in Caligula? Das war der reinste Pantheismus, ein anderes Vergehen, für das man Bruno hingerichtet hatte. Waren die Freimaurer etwa geheime Jünger Brunos?

Schnell ging er weiter zur nächsten Frage.

Wieviele Söhne Gottes gibt es?
Siehe Römer 8:14–17

So, jetzt kommen wir zum Kern der Blasphemie, dachte er. Und las:

Denn welche der Geist Gottes treibt, die sind Gottes Kinder, denn ihr habt nicht einen knechtischen Geist empfangen, daß ihr euch abermals fürchten müßtet, sondern ihr habt einen kindlichen Geist empfangen, durch welchen wir rufen: Abba, lieber Vater! Derselbe Geist gibt Zeugnis unserem Geist, daß wir Gottes Kinder sind.

Also war jeder ein Sohn Gottes, nicht nur Adam und Jesus – so stand es in der Heiligen Schrift. Im Religionsunterricht hatte Sigismundo noch nie etwas davon gehört. Nächste Frage:

Sind die Söhne Gottes selber Götter?
Siehe Johannes 10:34

Ungeduldig blätterte Sigismundo weiter.

Jesus antwortete ihnen: steht nicht geschrieben in eurem Gesetz: «Ich habe gesagt: ihr seid Götter»?

Da stand es schwarz auf weiß.

Sind einige Söhne Gottes geringer als andere?
Siehe Kolosser 3:4
Wenn aber Christus, euer Leben, sich offenbaren wird, dann werdet ihr auch offenbar werden mit ihm in der Herrlichkeit.

Mit anderen Worten, dachte Sigismundo, wenn man Christus sehen kann, ist man Christus. Wenn der eigene Wille eins wird mit dem Willen Gottes, wie Abraham gesagt hat.

Was ist das Ziel von Propheten und Lehrern?
Siehe Epheser 4:11–13

Und er hat etliche zu Aposteln gesetzt, etliche aber zu Propheten, etliche zu Evangelisten, etliche zu Hirten und Lehrern; daß die Heiligen zugerichtet werden zum Werk des Dienstes, dadurch der Leib Christi erkannt werde; bis daß wir alle hinankommen zu einerlei Glauben und Erkenntnis des Sohn Gottes und ein vollkommener Mann werden, der da sei im Maße des vollkommenen Alters Christi.

Wir sollen zur Vollkommenheit erzogen werden, dachte Sigismundo. Sagen die französischen Atheisten. Aber die Bibel sagt es auch. Hastig blätterte er weiter.

Wieviele Seelen gibt es?

Er hatte gedacht, Millionen und Abermillionen. Was er las, widersprach dem nicht, vermittelte ihm aber eine neue Sicht.

Siehe Deuterimonium 4:39 und Exodus 3:14.
So sollst du nun heutigestags wissen und zu Herzen nehmen, daß der Herr Gott ist oben im Himmel und unten auf Erden und keiner mehr.
Gott sprach zu Mose: Ich bin, der ich bin ...
Sigismundo las weiter.
Was ist ein menschliches Wesen?
Siehe Genesis 1:26.
Und Gott sprach: Lasset uns Menschen machen, ein Bild, das uns gleich sei, die da herrschen über die Fische im Meer und über die Vögel im Himmel und über das Vieh und über die ganze Erde und über alles Gewürm, das auf Erden kriecht.
Ist die Menschheit vollendet oder befindet sie sich in einer Entwicklung?
Siehe Johannes 17:3
Das aber ist das ewige Leben, daß sie dich, der du allein wahrer Gott bist und den du uns gesandt hast, Jesum Christum, erkennen.
Wieviel können und sollten wir erstreben?
Siehe Johannes 14:12
Wahrlich, wahrlich, ich sage euch: wer an mich glaubt, der wird die Werke auch tun, die ich tue und wird größere als diese tun, denn ich gehe zum Vater.

War das nicht die Ketzerei der *alumbrados* – die Doktrin, daß wir alle die Wunder Jesu vollbringen können, wenn wir erleuchtet wären?

Was ist der Sinn des Lebens und des Bewußtseins?
Siehe 2 Korinther 9:8 und Lukas 12:32.

Gott aber kann machen, daß allerlei Gnade unter euch reichlich sei, daß ihr in allen Dingen volle Genüge habt und reich seid zu allerlei guten Werken.

Fürchte dich nicht, du kleine Herde! Denn es ist eures Vaters Wohlgefallen, euch das Reich zu geben.

Und schließlich die letzte Frage:

Worin besteht der nächste Schritt?
Siehe Römer 8:19.

Jetzt kommt der Hammer, dachte Sigismundo, während er hastig blätterte. Dann sprang ihm der Vers ins Auge:

Denn das ängstliche Harren der Kreatur wartet auf die Offenbarung der Kinder Gottes.

«Pssst!» flüsterte Onkel Pietro. «Komm jetzt raus!»

Vorzüglich abgepaßt, dachte Sigismundo. Sie haben mich beobachtet, um zu wissen, wann ich fertig bin.

Als er den Garten betrat, herrschte in seinem Kopf ein wildes Durcheinander von Verwirrung und Aufregung. In diesem Zustand wird jeder Schock mir wie wunderbare Musik vorkommen, dachte er, oder wie der Augenblick, als ich den Tempio Malatesta betrat.

Der ganze Garten war wie verwandelt. Mitten drin stand ein riesiges Zelt, zur östlichen Seite hin stand ein silberner Altar mit einer Bibel. Der Brunnen vor dem westlichen Flügel war mit goldener Farbe angestrichen worden und alle Teilnehmer trugen Lammfellschurze und blaue Strumpfbänder. Abraham Orfali wachte in einer arabischen Robe vor dem Zelteingang.

«Soldaten», sagte er, «helft mir. Worin besteht die erste Pflicht eines Meisterfreimaurers?»

«Dafür zu sorgen, daß das Lager geschützt ist», antwortete Onkel Pietro, der jetzt ebenfalls arabische Tracht trug. («Du bist doch schon längst bei den dreckigen Mohammedanern gelandet», hatte Peppino gesagt.)

«Dann sorgt dafür», befahl der alte Abraham. Zwei Fremde in morgenländischer Tracht verließen den Garten.

«Höchst geheimer Meister», meldete Onkel Pietro. «Das Lager wird bewacht.»

«Worin besteht die zweite Pflicht eines Meisterfreimaurers?» fragte Abraham.

«Sich davon zu überzeugen, daß alle Anwesenden wahre Brüder sind», antwortete Onkel Pietro.

Jetzt konnte Sigismundo im Dämmerlicht Tennone, Pater Ratti, Robert Francis Drake mit seinem blonden Haar und – das Leben ist voller Überraschungen – Graf Maldonado ausmachen. Die meisten anderen waren Händler, die er hin und wieder in der Stadt gesehen hatte. Einige waren ihm unbekannt.

«Seid ihr wahre Brüder?» fragte Onkel Pietro.

Alle hoben die Arme und formten damit ein L in der Luft, dann ein V und zum Schluß ein X.

LVX: Licht, dachte Sigismundo.

«Wieviele Offiziere hat das Lager?»

«Drei sichtbare», antwortete Onkel Pietro.

«Und acht unsichtbare», setzte Tennone hinzu.

Sigismundo lief ein Schauer über den Rücken. Diesmal wollen sie es aber wissen, dachte er: acht unsichtbare?

«Wen habt ihr da?»

«Den Sohn einer Witwe, der in unsere Oase verschlagen wurde und unsere Gastfreundschaft genossen hat», antwortete Onkel Pietro. «Er ist auf der Suche nach dem Heiligen Gral.»

«Halt!», sagte Abraham. Mit eisiger Stimme fragte er Sigismundo: «Ist dir klar, daß dein Leben in dem Moment verwirkt war, in dem du unser Lager betreten hast?»

Sigismundo starrte ihn an, ohne ein Wort herauszubringen. Beim ersten Mal war es ein Scherz gewesen, schoß es ihm durch den Kopf, beim zweiten Mal Terror, doch es sah ganz danach aus, als sollte dieser Abend das zweite Mal in den Schatten stellen. Sie sind Magier, genau wie die *rossi*, sie wollen mich auch bloß für ihre Zwecke benutzen.

«Sag ja», flüsterte Onkel Pietro ihm zu.

«Ja», antwortete Sigismundo, nicht allzu überzeugt.

Tennone, Graf Maldonado und Pater Ratti traten plötzlich neben Sigismundo und hielten ihm ihre Dolche an den Hals. Er mußte wieder an seine Erfahrung mit den *rossi* denken.

«Erachtest du die Ehre, dich uns anschließen zu dürfen, als vollständige Kompensation für dieses Schicksal?» fragte Abraham.

«Ja», antwortete Sigismundo verstört.

Die Dolche wurden zurückgezogen. Dann führte Onkel Pietro Sigismundo durch den Garten. In jeder der vier Ecken, wo Engel wachen würden, wenn Abraham eine Heilung praktizierte und Teufel lauern würden, wenn es ein Ritual der *rossi* wäre, hielt ein Mann mit Lammfellschurz sie an. Feindselig fragte er, wer Sigismundo sei. «Der Sohn einer armen Witwe», antwortete Pietro jedesmal.

Das ist die Kapelle der Gefahren, dachte Sigismundo. Ich spiele den Parzival, den Sohn der Witwe – aber dann wäre ja Peppinos Kastration die Wunde des Klingsor und das war nicht Teil eines Rituals. Was hat Abraham noch über Zufälle gesagt, die zum Pfad gehören?

Wieder wurde Sigismundo Abraham vorgeführt.

«Wem vertraust du dich in Schwierigkeiten oder Gefahren an?» fragte Abraham.

«Gott!» antwortete Sigismundo.

«Führt ihn ab!» rief Abraham wutentbrannt. «Er gehört nicht zu uns!»

Onkel Pietro, der alles andere als zufrieden schien, zerrte Sigismundo ins Wohnzimmer.

«Ein Freimaurer kennt nur *eine* Seele», erklärte er ihm ungeduldig. «Du redest, als wärest du immer noch von falschem Dualismus verblendet. So wirst du es nie schaffen, aus der Kapelle der Gefahren herauszukommen und den Gral zu finden. Geh wieder zurück und gib ihm die richtige Antwort – noch eine Chance wirst du nicht erhalten!»

Gemeinsam verließen sie das Zimmer und traten zum Zelt. Jetzt fing die ganze Zeremonie noch einmal von vorne an. «Soldaten, helft mir... drei sichtbare und acht unsichtbare... der Sohn einer armen Witwe...»

«Wem vertraust du dich in Schwierigkeiten oder Gefahren an?» fragte Abraham dann zum zweiten Mal.

Ein Leib und ein Geist...

«Mir selbst», antwortete Sigismundo.

«Ich freue mich, daß dein Glaube so tief verwurzelt ist», sagte Abraham, «aber ich muß dir sagen, es wäre besser gewesen, wenn du nie zu uns gekommen wärest. Denn in dieser Nacht mußt du sterben und das, was daraus entsteht, wird nichts mehr mit deinem alten Ich zu tun haben. Willst du es trotzdem wagen?»

«Ja.»

«Dann sprich mir nach», erklärte Abraham mit feierlicher Stimme. «Ich, Sigismundo Celine, ein Narr und ein Sünder...»

«...in Gegenwart der Mächte der Geburt, sichtbarer und unsichtbarer...»

Der Eid nahm kein Ende. Er schien sich fortwährend zu wiederholen. Sigismundo hatte schon Angst, daß Dr. Orfali ihn hypnotisierte...

Als Orfali endlich fertig war, hörte man aus dem Garten leises Trommeln. Irgend jemand spielte Flöte. Sigismundo kannte die Musik, sie war schottisch und dann erkannte er auch die Melodie: *The Boy Who Was Born To Be King*, ein Trauergesang für Bonnie Prince Charlie – oder für jeden, der nicht wußte, wie er mit seiner Macht umgehen sollte?

Wieder wurde Sigismundo zum Norden, Osten, Süden und Westen geführt. Diese Prozedur hieß «Reise mit dem Mond».

In jeder Ecke flüsterte ihm ein mit einem Lammfellschurz als Jesus verkleideter Mann einen Satz zu:

«Lerne zu wissen.»

«Lerne zu wollen.»

«Lerne zu wagen.»

«Lerne zu schweigen.»

Und dann befand er sich wieder im Zelt, vor Abraham, der finsterer und arabischer wirkte als je zuvor. Das Ritual wirkt sich allmählich auf meinen Verstand aus, dachte er.

«Höchst geheimer Meister», sagte Onkel Pietro. «Der Kandidat hat die Reise mit dem Mond beendet.»

«Dann bereitet ihn auf das Feuerritual vor», befahl Abraham düster.

Plötzlich packten sie Sigismundo und verbanden ihm die Augen. Wieder wurde er durch den ganzen Garten geführt, doch nicht wie vorher an allen vier Ecken vorbei, diesmal wurde er bewußt in die Irre geleitet. O Gott, dachte er, diese verdammte Feuerprobe. Er haßte jede Art von Schmerz – und das hier erinnerte ihn an den Dominikaner mit seiner Predigt über das ewige Feuer. Wie sehr würden sie ihn verbrennen; wie streng war diese Feuerprobe überhaupt?

Plötzlich ließen sie ihn los. Er hatte keine Ahnung, in welchem Teil des Gartens er sich befand. Mit verbundenen Augen atmete er angespannt ein und aus und schwor sich, tapfer zu sein. Alles war still. Niemand sprach ein Wort.

Worauf wartet ihr, dachte er. Los, fangt endlich an mit der Kokelei, laßt mich doch nicht so zappeln.

Im gleichen Augenblick wurde er von mehreren Steinen getroffen. Sie waren aus nächster Nähe sorgfältig gezielt worden. Er war nicht ernsthaft verletzt, doch der scharfe Schmerz jeden Steins und der Schock des Unerwarteten bewirkten, daß er schreiend einen Satz nach vorn tat: ein unartikulierter Schrei, wie der eines neugeborenen Kindes, schoß es ihm durch den Kopf.

Dann wurde er ergriffen und aufgehoben.

Und fallengelassen.

Die Welt ergab keinen Sinn mehr: er fiel und fiel, tiefer, als möglich schien. KAPELLE DER GEFAHREN: EINTRITT NUR FÜR VERRÜCKTE. Als er Feuer erwartete, hatte man ihn mit Steinen beworfen und jetzt flog er (so schien es) durch den Raum. Feuer... Erde (die Steine)... Luft...

Er schlug auf dem Wasser auf.

«Mama mia», schrie er auf, ohne es zu wollen. Er war wütend und ängstlich. Der Spaß nahm allmählich die Formen einer öffentlichen Hinrichtung an.

Er war auf den Knien gelandet und hatte sich den Kopf aufgeschlagen. Vorsichtig rappelte er sich auf, immer noch blind. Er stand bis zum Bauch im kalten Wasser. Ich bin im Brunnen. Deshalb halten sie das Ritual im Garten ab: damit sie den armen Fisch, der sich aufs Gebratenwerden vorbereitet, ins Wasser werfen konnten. *Feuer und Wasser sind dasselbe*, behaupteten die Alchimisten. Das war eins ihrer Rätsel, die nur andere Alchimisten verstehen konnten. Sie jagen mich durch eine Aufführung dieses Rätsels, sagte er sich. Nach *negrito*, der dunklen Nacht, folgt jetzt die Verschmelzung der Gegensätze.

«Und Gott sprach: Es werde Licht. Und es ward Licht!» sang Abraham irgendwo über ihm.

Sigismundo war bereits in einer anderen Dimension. Er schwebte hoch über der Stadt, betrachtete den Vesuv und die Bucht und stürzte auf die Sonne zu – und dann *wurde* er zur Sonne. Es gab nichts mehr außer unendlichem Licht. Er war ein alter Mann, der langsam erblindete, aber immer noch komponierte – in Leipzig, aber dann tauchte er plötzlich wieder aus der Bucht von Neapel auf und schrie, tauchte aus dem Schoß seiner Mutter auf und schrie, war wieder im Lager, doch der alte Mann war nicht Abraham Orfali, sondern Saladin. All dies war vor langer Zeit passiert, auf dem dritten

Kreuzzug. Er trug die weiße Tunika mit dem roten Kreuz, das Symbol der Tempelritter. Dann war er plötzlich in Philadelphia City und ein großer, rothaariger Mensch, der ein eigenartig breites Englisch sprach, vertrat den Standpunkt, daß «unveräußerliche Rechte» richtiger war als «anveräußerliche Rechte». Sigismundo kam mit alledem nicht mit. Er würde sich mit Carlo Maldonado duellieren. Er hatte eine Wüste durchquert. Er war eine gebärende Frau. Er war Kapitän eines seltsamen gelben Schiffes, das *unter* dem Wasser schwamm. Er konnte in die Raum-Zeit-Dimension ein- und austreten, wie es ihm beliebte.

Vielleicht bin ich genauso verrückt wie Antonio, dachte er.

Er stand mit verbundenen Augen auf dem Grund eines Brunnens und diese Menschen, denen er vertraute, fuhrwerkten auf eine Art mit seinem Verstand herum, die er kein bißchen verstand. Vielleicht waren sie doch *rossi* – eine Verschwörung innerhalb einer Verschwörung. Vielleicht hatten sie ihn in diesem Leben immer nur belogen. Vielleicht war er von Dämonen besessen. Vielleicht war dies die Erfüllung von Peppinos Prophezeiung, daß er sich den *rossi* aus freien Stücken anschließen würde. Vielleicht hatten die *rossi* ihn niemals freigelassen und er war immer noch in ihrer Höhle und halluzinierte. Vielleicht waren die letzten vier Jahre eine einzige Halluzination gewesen.

Mehrere Hände griffen nach ihm und hoben ihn aus dem Brunnen heraus. Er schien zu schweben.

«Und am dritten Tag» sang Abrahams Stimme in der Dunkelheit, «stand er wieder auf.»

Zitternd und tropfnaß wurde Sigismundo auf die Füße gestellt.

«Und nun schaue das Antlitz des ewigen Gottes», flüsterte Onkel Pietro.

Man nahm ihm die Augenbinde ab. Sigismundo starrte in das Gesicht eines jungen Mannes, der seinen Blick ebenso erstaunt erwiderte: ein vollkommener Narr, der nichts begriff. Doch dann wich die Überraschung aus den Augen (seinen Augen) und er lachte, denn sie hatten ihm einen Spiegel unter die Nase gehalten.

Verwirrt schaute er sich um. Er wußte nicht mehr, ob er im Neapel des achtzehnten oder im Jerusalem des elften Jahrhunderts war.

«Hattest du Angst?» fragte ihn der alte Abraham oder Saladin oder wer auch immer.

«Ja.»

«Das ist die erste Lektion der Weisheit», antwortete ihm Abraham, der in seinem arabischen Gewand noch immer aussah wie Saladin. «Du darfst nie vergessen, ich beschwöre dich, daß alle Menschen wilde Tiere sind und sich gegenseitig umbringen, wenn sie es nicht schaffen, das Ziel der Wahren Bruderschaft zu erreichen.»

Dann wurde Sigismundo ins Wohnzimmer geleitet. Wortlos reichte Tennone ihm eine weiße Robe. Sigismundo stieg aus den nassen Kleidern und dachte daran, daß er in diesem Ritual Osiris, Parzival und Jesus gewesen war. Er fragte sich, wie sein Kopf bloß dieses strahlende Licht erzeugt hatte, obwohl doch Körper und Geist gründlich erschüttert gewesen waren. Nachdem er die weiße Robe angelegt hatte, führte Tennone ihn in den Garten und brachte ihn zu Abrahams Zelt.

«Herr Saladin wird nun zu dir sprechen», flüsterte Onkel Pietro.

Abraham trat auf Sigismundo zu und legte ihm mit einem tiefen Blick in die Augen, eine Hand auf die Schulter.

»Während dieser Initiation», begann er, «die nur eine von vielen ist, bist du vielen Ängsten und Schrecken ausgeliefert gewesen. Du warst allein. Du warst hilflos und unfähig, dich zu verteidigen, falls wir dir etwas Böses gewollt hätten. Erinnere dich jeden Tag deines Lebens daran, ich bitte dich. Behalte es in deinem Herzen, wenn du einem Menschen in

Nacktheit, Lumpen, Armut, Gefahr oder Krankheit begegnest. Um des Sohnes der Witwe willen, dessen Tod du teilweise nachvollzogen, dessen Geburt du teilweise begriffen hast, erinnere dich daran, wenn du allein, ängstlich oder schutzlos bist. Sei freigebig anderen gegenüber, so wie wir freigebig dir gegenüber waren. Du bist jetzt ein Wahrer Bruder und Freier Mann. Und du wirst dich weiter entwickeln, weiter, als du dir heute vorstellen kannst. Sag mir, woher kommt alles Licht?»

«Von der Sonne», antwortete Sigismundo.

»Was ist das Zentrum, um das sich alle Planeten drehen?»

«Die Sonne.»

«Du sprichst weise», gestand Abraham. «Aber solches Denken entsteht aus der Vernunft und der Phantasie. Dem ungeübten Auge erscheint die Welt als Mittelpunkt des Universums. Die Menschen haben nur langsam die Wahrheit herausgefunden und die, die sie zuerst entdeckten, noch ehe die anderen fähig waren, sie nachzuvollziehen, wurden deswegen verfolgt und getötet. Wisse, wage, wolle und schweige. Denke immer wieder darüber nach.

Ich muß dir aber auch sagen, daß du das Zentrum deines eigenen Ichs noch nicht gefunden hast. Du hast – wenn du Glück hattest – heute abend nur einen Schimmer des Lichts gesehen. Die Wahrheit des Geistes ist für die gewöhnliche Vernunft ebenso wenig sichtbar wie die Entdeckungen der Astronomie. Das Ich, das du kennst, ist wie die Erde: es ist nur scheinbar das Zentrum. Das Innere Licht, das du vielleicht während der Zeremonie gesehen hast, ist das wahre Zentrum, so wie die Sonne der wahre Mittelpunkt des Universums ist. Die innere Sonne oder auch vierte Seele oder den Heiligen Gral zu finden, ist das Ziel der Spekulativen Freimaurer. Darüber hinaus gibt es noch weitere Geheimnisse der Macht, die du eines Tages erfahren wirst, wenn du auf diesem Wege weiter gehst und den inneren Orden des Sanktuariums der Gnosis, die FRC, erreichst.

Schau dir diese Werkzeuge an», schloß Abraham und zog einen Zirkel und ein Winkelmaß aus seinem Gewand. «Mit diesen Instrumenten haben wir viele Geheimnisse des Universums entschlüsselt. Wenn du sie richtig zu benutzen weißt, wirst auch du viele Geheimnisse des Universums entdecken. Nimm sie, behalte sie, studiere sie.

Und jetzt knie nieder: du wurdest erhoben, nun laß dich annehmen.»

Sigismundo kniete hin.

«Fort mit ihm!» schrie Abraham. «Er gehört nicht zu uns!»

Onkel Pietro zerrte Sigismundo ins Wohnzimmer.

«Du kniest nicht nieder!» sagte er ungehalten. «Du antwortest: ein Freimaurer kniet vor niemandem nieder. Verdammt noch mal, ich dachte, das hättest du wenigstens kapiert.»

Diese Demütigung war beabsichtigt: Sigismundo sollte sie nie wieder vergessen. Das erkannte er und trotzdem war er zerknirscht.

Sie kehrten in den Garten zurück.

»Knie nieder», befahl Abraham.

«Ein Freimaurer kniet vor niemandem nieder», zitierte Sigismundo.

Daraufhin ergriff Abraham seine Hand und fügte ihre Daumennägel zum Freimaurergruß zusammen.

«Dies ist das Zeichen der Wahren Bruderschaft», sagte er und schaute Sigismundo eindringlich in die Augen. «Du bist jetzt ein angenommener Freimaurer.»

Darauf wurde Sigismundo noch einmal durch den Garten geführt und begrüßte jeden mit dem Freimaurergruß.

«Ich will dir die Geschichte dieses Grußes verraten», sagte Abraham. «Ich kann nicht versichern, daß sie wahr ist, aber viele weise Männer in unserem Orden haben daran geglaubt. Alle Männer, die sich so begrüßen, heißt es, sind wahre

Brüder, denn wenn irgendwo in der Kette ein Mann einen anderen in der Kette ungerecht behandelt, werden alle übrigen noch am gleichen Tag sterben müssen. Ich will nicht behaupten, daß diese Legende wahr ist, aber denke darüber nach. Wenn das Vertrauen einmal gebrochen wird, sind wir nicht länger Freie Männer und Wahre Brüder, sondern nur wilde Bestien.»

Abraham trat zurück.

«Hiermit ist die Sitzung des Tempels geschlossen», rief Onkel Pietro.

Jemand schlug dreimal auf einen Stein, dann fünfmal, dann wieder dreimal.

Die Männer bewegten sich grüppchenweise auf das Wohnzimmer zu.

«Und jetzt das Abendessen», sagte Onkel Pietro, wieder ganz der alte.

Der Tisch war bereits gedeckt. Die Tischdecke war mit einer goldenen Borte gesäumt; an der Wand hing ein weißer Teppich mit einem Auge im goldenen Dreieck. Abraham nahm am Kopf des Tisches Platz.

«Warum ist es notwendig, zu essen?» begann er das Ritual.

«Um Kraft zu schöpfen.»

«Wofür?»

«Um das Große Werk zu vollenden», antwortete Tennone.

Damit waren die Rituale beendet. Muskateller von Malatesta und Celine wurde serviert, dazu Käse, kaltes Fleisch und Paprika als *antipasti.*

Kaum war Sigismundo zuhause angelangt, holte er vorsichtig die Familienbibel aus dem Regal, nahm sie mit in sein Zimmer und schlug die Stellen nach, die die Freimaurer ihm zu lesen gegeben hatten. Sie waren tatsächlich echt. Die Freimaurer hatten keine Sonderausgabe mit ihren eigenen Ketzereien drucken lassen. Die Bibel war einfach ein Buch, das er nie richtig verstanden hatte.

Er nahm den Zirkel und das Winkelmaß und betrachtete sie. Langsam fügte sich alles irgendwie zusammen und er begriff ansatzweise, was es heißt, Freimaurer zu sein.

Aus Sir John Babcocks Tagebuch:

Wieder zurück in Paris und wegen Vaters Tod noch immer furchtbar deprimiert.

Gott sei Dank, daß ich die letzten Minuten bei ihm sein konnte. Seltsam, wie mich seine letzten Worte verfolgen: «Der ganze verdammte Unsinn von neuem!» Ich habe keine Ahnung, was er meinte, aber in dem Moment hatte ich das komische Gefühl, als wäre die Theorie der Inkarnation zuguterletzt doch richtig und als erhaschte Vater einen Blick auf sein neues Leben. Sähe ihm ähnlich, das Leben für verdammten Unsinn zu halten.

Er wußte es. Ich weiß, daß er es wußte. Als er fragte, wo Peter Hamersmith und ich nach Heidelberg gewesen wären, und ich antwortete, auf den griechischen Inseln, nickte er und schaute mich höchst sonderbar an. Trotzdem, vor Gott, glaube ich, lag in diesem Ausdruck keine Verachtung, sondern nur Neugier, Erstaunen. Ich glaube, er hat es seit Jahren vermutet. Ein Mann, der so viel reist wie ich und nie heiratet, erweckt irgendwann Verdacht bei jenen, die den Lauf der Welt kennen.

Wenn ich an meine Ängste vor Jahren, in Eton, denke, muß ich beinahe lachen. Mittlerweile kenne ich die Spielregeln und weiß, was passieren wird, wenn man mich je entlarvt. Die Türen zu gewissen Positionen werden für immer verschlossen bleiben; gewisse Herren werden mich nie wieder zu sich nach Hause einladen, aber das ist auch alles. Unser Stand hat einen Sinn für Zusammenhalt: die unteren Klassen würden von solcherlei Entgleisungen gar nichts merken.

Andererseits stehen mir jetzt, wo ich Sir John Babcock bin, alle Türen offen, solange ich jeglichen Verdacht vermeide und das dürfte eigentlich nicht allzu schwer sein, wenn ich ein bißchen aufpasse.

(Sir John Babcock: jedesmal, wenn ich ein Papier oder einen Scheck unterschreibe, fühle ich mich schuldig. Als hätte ich meinen Vater auf dem Gewissen. Ich wünschte, ich könnte den Titel «Sir» einfach ablegen, aber das wäre natürlich viel zu exzentrisch für die Karriere, die ich anstrebe – falls ich mich je wieder von diesen Depressionen erhole.)

Heute nacht werde ich dem *maison noir* einen Besuch abstatten. Ich habe gehört, daß dort frische Jungs vom Land eingetroffen sein sollen. Das wird mich etwas aufmuntern, auch wenn ich andauernd diese Stimme im Kopf habe: «Der ganze verdammte Unsinn von neuem!»

Es liegt nicht nur an meinen platonischen Neigungen. Alle Männer sehen sich dann und wann einem solchen Abgrund gegenüber, mindestens einmal im Jahr. Einsamkeit ist der Preis, den wir an die Natur zahlen müssen, denn wir verfügen über das Bewußtsein, unsere eigene Sterblichkeit zu reflektieren.

Aus Sigismundo Celines Tagebuch:

Kurz nachdem ich vor einem Jahr, 1768, als Freimaurer angenommen worden war, setzten in Rom massive Verhaftungen unter den *rossi* ein und dann, ein paar Monate später, auch in Neapel und Palermo. Ich habe gräßliche Geschichten darüber gehört, wie sich diese Fanatiker bei den Verhören durch die Inquisition aufführten; einer ging sogar so weit, sich lieber die Zunge abzubeißen als ein Geständnis abzulegen. Andere Berichte waren noch schrecklicher. Über sechshundert Männer sind hingerichtet oder auf die Galeeren verbannt worden, wenn sie die Verhöre überlebten, und ich wagte schon zu hoffen, daß die Macht der *rossi* zerschlagen war.

Doch ich hätte es besser wissen müssen: unter den Verhafteten war kein violettäugiger Balsamo.

Und dann wurden vor wenigen Monaten einer reichen Dame in Turin Juwelen im Wert von mindestens einer halben Million Gulden gestohlen. Durch undurchsichtige Kanäle kam die berüchtigte Verità – eine in Parma ansässige Monatszeitung – an Hintergrundsinformationen über die Geschichte. Scheinbar war der Dieb nicht gewaltsam ins Haus eingedrungen, sondern eingeladen worden. In der Tat stellte sich heraus, daß er der Liebhaber der Dame gewesen war. Er hatte sechs Tage bei ihr verbracht, während sich ihr Mann auf Geschäftsreise befand und sich dann eines Nachts mitsamt den Juwelen aus dem Staub gemacht. Ich spüre die Macht jetzt häufiger als sonst: als ich das las, hatte ich sofort eine Vorahnung.

Und wie konnte es auch anders sein: heute hat die Polizei in ganz Neapel (und wahrscheinlich auch überall sonst in Italien) Plakate mit Zeichnungen des Verdächtigen aufgehängt und selbst, wenn sie mit Tinte gezeichnet sind und die violetten Augen des Mannes schwarz wirken, ist jeder Irrtum ausgeschlossen. Ich kann mich genau an diese Augen erinnern, wie sie mich unter der schwarzen Kapuze anstarrten und er sagte: «Bruder, du bist unter Sternen geboren, die dich zu einem unsrigen bestimmt haben.»

Ich vermute, daß er nach Frankreich fliehen wird, denn dort gibt es anscheinend die besten Hehler. Selbst, wenn er nur eine Viertelmillion Gulden für den Schmuck bekommt, ist er reich genug, um sich als Graf auszugeben, falls er das vorhaben sollte.

Was immer er auch tut, ich habe das Gefühl, daß wir uns noch wiedersehen.

Er gleicht unserem Vater mehr als ich, er hat bei den *strege* und den *rossi* gelernt. Er wird ganz groß rauskommen.

Und ich habe viel vom alten Abraham und der Gesellschaft gelernt. Ich werde ebenfalls noch ganz groß rauskommen.

Jedenfalls will ich das hoffen.

Als Maria Maldonado im Sommer 1769 nach Neapel zurückkam, hielt sich ein Engländer namens Sir John Babcock als Gast im Hause ihres Vaters auf. Er hatte mit Geschäften zu tun, hieß es – Babcock war ein Cousin der Greystokes, die in England fast so mächtig waren wie die Maldonados in Süditalien.

Schnell wurde ihr klar, daß mehr dahinter steckte als nur Geschäfte.

Maria war achtzehneinhalb und sich durchaus bewußt, daß fast alle anderen Mädchen in ihrem Alter bereits verheiratet waren. Papa hatte so lange gewartet, weil er mit der Erziehung, die Mutter Ursula ihr gab, einverstanden war. Einmal hatte er gesagt, daß eine dumme Frau das schlimmste Schicksal für einen Mann sei und daß es mit der Vernunft einer Gesellschaft, die dumme Ehefrauen heranzog, selbst nicht weit her sein konnte.

So kam es, daß Sir John Babcock der erste Kandidat war, den man ihr vorstellte. Es herrschte kein allzu großer Druck und niemand ließ auch nur andeutungsweise irgend etwas Konkretes verlauten – so altmodisch war Papa nicht – aber es lag auf der Hand, daß, wenn sie Sir John eindeutig ablehnte, bald ein neuer Kandidat auf der Bildfläche erscheinen würde. Ihre Zeit war gekommen.

Sir John schien um die fünfundzwanzig, vielleicht sogar noch etwas jünger und sah auf seine englische Art sogar gut aus, wenn man sich erst einmal an die farblose Haut gewöhnt hatte. Aber die Engländer waren alle so und außerdem hatte Sir John schwarze Augen und dunkles Haar, so daß er nicht so furchtbar bleich wirkte wie all die blonden Engländer, die sie auf dem Capodimonte gesehen hatte. Für italienische Verhältnisse war er groß – einszweiundsiebzig – und er sprach perfekt italienisch.

Die Werbung begann auf die übliche, rituelle Weise. Eines Abends verließen sie alle, bis auf Tante Bianca, das Wohnzimmer, wie auf Kommando. Sir John und Maria waren mehr oder weniger «allein» – so «allein», wie es gerade noch als schicklich gelten mochte.

Sir John wirkte weder nervös, noch machte er den Eindruck, als fühlte er sich unbehaglich, Gott sei Dank. Er fragte, was sie in der Schule gelernt habe.

Maria beschrieb ihm den Lehrplan, den Mutter Ursula für ihre Mädchen entwickelt hatte.

Sir John war beeindruckt. «Kegelschnitt», wiederholte er. «Eine bemerkenswert fortschrittliche Frau, Ihre Äbtissin.»

Darauf fragte Maria nach seinem Studium.

«Ich war in Oxford und Heidelberg», erzählte er beiläufig. «Ich bin hier und dort gewesen, habe dies und jenes studiert. Hauptsächlich politische Geschichte.»

«Politische Geschichte?» fragte Maria. Dann sagte sie frei heraus: «Das finde ich furchtbar deprimierend.»

Sir John schaute sie interessiert an. «Oberflächlich gesehen ist es auch deprimierend», antwortete er. «Doch wenn man genauer hinschaut, wird es sehr inspirierend. Es geht nicht um Kriege, Verrat und große Verbrechen, wissen Sie. Es ist auch die Geschichte der kollektiven Suche der Menschheit nach Gerechtigkeit. Eine blinde Suche, gewiß, eine Suche voller Frustrationen und Tragik, aber eine Suche, die nach jeder Niederlage wieder neu anfängt.»

Maria, die für ein Mädchen schon recht kühn war, beschloß, noch kühner zu sein. Wenn Sir John keine intelligenten Frauen mochte, dann war das sein Pech. «Aber es könnte sein, daß diese Suche in der Geschichte nie ans Ziel gelangt», erwiderte sie. «Um echte Inspiration zu erlangen, müssen wir vielleicht außerhalb der Geschichte forschen.»

«Außerhalb der Geschichte?» fragte Sir John. «Meinen Sie außerhalb der Zeit?»

«Nun, auf jeden Fall jenseits von gewöhnlicher Erfahrung.»

Tante Bianca runzelte die Stirn. Das war keine Art, einen jungen Mann zu fesseln.

Sir John, der trotz seiner scheinbaren Selbstsicherheit glaubte, die Mißbilligung gälte ihm, streifte das Zimmer mit einem vagen Blick und bemerkte das *clavicembalo*.

«Spielen Sie?» fragte er höflich.

«Ein bißchen», antwortete Maria. Dies gehörte wieder zum Ritual. Von einer gebildeten Frau erwartete man, daß sie irgendein Instrument beherrschte.

«Ich wäre zutiefst beglückt, wenn Sie mir eine, äh, Kostprobe Ihrer Kunst zuteil werden ließen!«

Maria trat an das Instrument und setzte sich hin, aufrecht, mit Haltung, so wie man es ihr beigebracht hatte. «Ich hoffe, es wird Ihnen gefallen», sagte sie und setzte das Ritual fort, indem sie schüchtern den Blick senkte.

Sie spielte Vivaldis «Winterwinde» aus den *Vier Jahreszeiten*.

Sir John beugte sich vor und hörte aufmerksam zu.

«Donnerwetter», sagte er, als sie fertig war. «Das war außergewöhnlich gut. Mein Kompliment, Signorina Maldonado. Glauben Sie vielleicht zufällig auch, daß die Musik außerhalb der Geschichte und der allgemeinen Wahrnehmung entstanden ist?»

«Natürlich», antwortete Maria. «Woher denn sonst?»

«Und doch findet sie ihre Manifestation innerhalb der Geschichte und der allgemeinen Wahrnehmung», fuhr Sir John mit dem Lächeln eines Schachspielers fort. «Könnten sich dann nicht auch andere Dinge aus höheren Reichen so zeigen? Selbst in der Politik?»

«Touché», lächelte Maria zurück.

Dann beschrieb er ihr den Eindruck, den Neapel auf ihn machte. Es war ein Ort von außergewöhnlicher Schönheit, voller Leben, Lärm und Aufregung und doch umgab ihn stets etwas Geheimnisvolles und Unverständliches. «Natürlich würde Ihnen England auch nicht viel anders erscheinen», schloß er, «falls Sie je dorthin kommen, natürlich.»

Der erste Hinweis.

Tante Bianca räusperte sich.

«Ob Sie wohl so liebenswürdig wären, mir den Garten zu zeigen?» bat Sir John.

«Es wäre mir ein Vergnügen», antwortete Maria.

Im Schein des Vollmonds spazierten sie zwischen den Blumenbeeten entlang, genau zehn Schritte hinter ihnen Tante Bianca, die sie stets im Auge behielt. So hatten sie das Gefühl (oder hofften zumindest), daß sie ihr Gespräch nicht mithören konnte.

«Welche Musik gefällt Ihnen am besten?» fragte Sir John.

«Die des deutschen Wunderkindes: Wolfgang Amadeo Mozart.»

«Ah», sagte Sir John. «Das ist auch mein Lieblingsmusiker. Übrigens hat er seinen Namen kürzlich in Amadeus umgeändert, ich weiß nicht, warum. Ich habe immer gedacht, diese Angewohnheit, seinen Namen zu latinisieren, wäre schon vor zwei Jahrhunderte aus der Mode gekommen. Aber sind seine Werke nicht unbeschreiblich? Dabei ist er erst vierzehn.»

«Und ich bin erst achtzehn, Sir.»

«O ja, äh, ich wollte nicht –»

Maria lachte. «Ich habe nur Spaß gemacht.»

Sir John lächelte. «Sie halten sich sehr gut», sagte er mit gedämpfter Stimme. «Ich weiß, daß die ganze Situation Ihnen etwas peinlich ist. Ihr Vater hat mir erzählt, daß man Ihnen noch nie zuvor den Hof gemacht hat.»

Aha, er gab also zu, daß er ihr den Hof machte.

«Sie halten sich aber auch nicht schlecht», sagte Maria.

«Hören Sie», schlug Sir John vor. «Angenommen, wir fallen über die gute alte Tante her und stopfen sie in eins der Blumenbeete oder so was ähnliches, dann wären wir allein und könnten auf vernünftige Weise dahinterkommen, was wir voneinander halten, was meinen Sie?»

«Nichts leichter als das», antwortete Maria. «Dann wäre

mein guter Ruf im Eimer und Sie müßten mich heiraten, oder einer meiner Brüder hätte die traurige Pflicht, Sie totzuschießen. Carlo ist der beste Pistolenschütze in ganz Neapel, ich warne Sie!»

«Großartig!» sagte Sir John. «Das klingt ja ganz nach einem echten Abenteuer. Es wäre aufregend, morgen früh in dem Bewußtsein aufzuwachen, sich zwischen Ehe oder Tod entscheiden zu müssen.»

«Sind alle Engländer so verrückt wie Sie?»

«Nur ein paar. Aber es liegt in der Tradition unseres Landes, zumindest etwas verschroben zu sein. Mein Vater war ein aufrechter und ehrenwerter Mann, ein Richter, um genau zu sein, und trotzdem war er nach Sonnenuntergang nur selten nüchtern.»

Ein paar Minuten spazierten sie schweigend nebeneinander her.

«Aber im Ernst, *signorina*, es wäre mir eine große Ehre, Sie häufiger treffen zu dürfen. Wenn Ihnen meine Anwesenheit nicht unangenehm ist, könnten wir uns weiter über den Grund meiner Aufwartung unterhalten und Sie könnten herausfinden, ob Sie mich für akzeptabel halten.»

«Ja», antwortete Maria. «Es würde bestimmt Spaß machen, gelegentlich mit Ihnen spazieren zu gehen und sich zu unterhalten.»

Tante Bianca räusperte sich. Maria und Sir John hatten so viel Zeit miteinander gehabt, wie zu diesem Zeitpunkt als schicklich galt.

Als Maria in ihr Zimmer zurückkehrte, war sie erregt und verwirrt zugleich. Schon früher hatte sie beobachtet, wie Männer sie begehrlich anschauten; sie wußte, daß sie irgendwann heiraten mußte. Da war diese fortwährende Belästigung durch den dummen Celine, der sie anstarrte wie ein Heiliger, der eine Vision von der Jungfrau Maria hat, doch plötzlich war all das viel wirklicher geworden.

Sie wußte, daß die Idee, sich zu verlieben, aufregend war. In jedem Roman stand, daß es schöner war, als einen Schatz zu finden, schöner, als wie ein Engel zu den Sternen zu fliegen. Aber es war nicht nur das Gefühl einer romantischen Verliebtheit, das sie so verwirrte. Es war eine ganz bestimmte Lust, die geheimste aller Lüste, die so streng verboten war und so viel Kummer erzeugen konnte, ehe man heiratete und dann plötzlich ganz und gar nicht mehr verboten war, wenn man verheiratet war. Ein paar Mädchen in der Klosterschule hatten mit dieser Lust gespielt, entweder allein oder mit anderen Mädchen, doch Maria hatte Angst vor dieser Erfahrung gehabt, wegen der Macht in ihren Händen. Sie fürchtete, daß eine Sünde etwas Schreckliches mit dieser Macht anstellen könnte, sie in eine dunkle Richtung wenden, sie geradewegs in den Abgrund der Hexerei treiben könnte. Immerhin gab es zwei Arten von Menschen, die die Macht besaßen: Heilige und *strege*. Man konnte sehr leicht die Grenzen überschreiten, eine Heilige oder *strega* werden, ohne es selber zu merken, daß man seine Seele gewonnen oder verspielt hatte.

Und doch, obwohl schon die Vorstellung Sünde war, mußte sie immer wieder daran denken, wie es wäre, mit Sir John verheiratet zu sein und Sex zu haben. Sie wußte, daß es war wie ein Waldbrand, nicht nur in Romanen. Die Menschen im wirklichen Leben stellten alle möglichen wilden, verrückten, sogar gewalttätige Dinge an, wenn sie erst einmal in das Geheimnis der Ekstase eingeweiht waren. Es gab reiche Männer, die so viele Mätressen hatten, trotz des kirchlichen Verbots, daß sie es ganz offensichtlich darauf anlegten, nur für die sexuelle Lust zu leben. Für sie war die Liebe dasselbe wie Gott für einen Heiligen. Es gab sogar Frauen, und nicht wenige, die Ehebruch begingen und sich Liebhaber zulegten, wenn sie ihrer Ehemänner überdrüssig wurden oder sie von Anfang an nicht gemocht hatten. Manchmal war eine solche Affäre stadtbekannt, ehe der Ehemann Wind davon bekam.

Manchmal kam es sogar zu Mord und dann wurde der Ehemann gehängt, wenn die Familie der Frau mächtiger war. War aber die des Mannes mächtiger, dann entschieden die Richter vielleicht, daß die Beweise nicht ausreichten und ließen den Mann frei. In Neapel und auch in anderen Städten gab es ein paar solcher Männer. Manchmal fand einer davon auf mysteriöse Weise den Tod und dann munkelte man, daß die Familie der Frau sich mit unbekannten und nicht nachzuweisenden Giften, wie sie angeblich auch die Borgias benutzt hatten, gerächt habe.

Es gab nichts auf der Welt – außer Geld vielleicht – das so viele explosive Leidenschaften zu wecken vermochte. Deshalb behauptete die Kirche, der Gedanke daran allein sei schon eine «Gelegenheit zur Sünde».

Sobald man aber verheiratet war, galt es nicht mehr als Sünde.

Wie würde wohl Sex mit einem Engländer sein? Mit Sir John zum Beispiel?

Jeder sagte, die Italiener seien die besten Liebhaber der Welt, aber niemand, nirgendwo in der Geschichte oder in den Legenden, hatte je davon gesprochen, daß sie auch die besten Ehemänner seien.

Wenn sie Sir John heiratete, wenn sie sich tatsächlich dafür entscheiden sollte, würde sie ihm ewig treu sein. Das war tugendhaft und außerdem haßte Maria Heimlichkeiten und Lügen. Aber wäre es nicht seltsam, in Italien aufgewachsen zu sein und sein ganzes Leben lang nur mit einem Engländer Sex zu haben?

Eins stand jedenfalls fest: Sir John war kein gewöhnlicher Mann. Wenn er von Gerechtigkeit sprach, einem Phänomen, das versuchte, sich in der Geschichte zu manifestieren, dann kam es aus tiefster Überzeugung, das merkte man an seinem Ton. Die Helden in den Romanen hatten auch immer solche hohen Ziele. Sie waren sensibel und taten ein bißchen geheimnisvoll, was bestimmte Ereignisse in ihrer Vergangenheit anging, aber die Schuld war nicht wirklich schrecklich und die Heldinnen liebten sie trotzdem.

Maria fragte sich, ob Sir John wohl auch eine heimliche Schuld mit sich herumschleppte. Einem Mann, der so leidenschaftlich die Gerechtigkeit verteidigte, mußte Ungerechtigkeit widerfahren sein. Na ja, immerhin war er nicht halb so blöd wie dieser Einfaltspinsel von Celine.

Doch als Maria in dieser Nacht einschlief, träumte sie davon, mit einem Mann Liebe zu machen und es tat überhaupt nicht weh, obwohl es das erste Mal war; er war sehr behutsam, es war wunderbar, fast wie wenn die Nonnen in der Kapelle das «Ave Maria» sangen. Und dann merkte sie, daß der Mann der unsägliche Sigismundo Celine war und als sie aufwachte, wußte sie, daß es mehr gewesen war als nur ein Traum, daß es im Schlaf tatsächlich geschehen war.

Zwei Tage später führte Papa Maria und Sir John ins Teatro San Carlo, um eine Vorstellung «unseres umstrittensten jungen Musikers» zu besuchen, wie er sich ausdrückte. Maria hatte keine Lust, ein Konzert dieses verrückten Celine anzuhören, igitt!, aber es fiel ihr keine Ausrede ein. Schließlich konnte sie ihrem eigenen Vater nicht so was Dummes erzählen wie, daß er ihr Tag für Tag mit schmachtendem Blick auflauerte oder so was Intimes wie die Tatsache, daß der Kerl jetzt auch schon ihre Nächte eroberte und in mehr als nur ihre Träume eindrang.

Sir John war neugierig, als Graf Maldonado ihm von der gemischten Aufnahme erzählte, die Celines Musik bisher gefunden hatte. Offen gestanden war Sir John allen Neuerungen und Exzessen in der Kunst gegenüber sehr aufgeschlossen. Das meiste davon würde natürlich untergehen, aber es war auch eine Herausforderung des Publikums. Viele große

Werke wirkten zunächst bewußt provozierend, bis sich das Publikum daran gewöhnt hatte.

Das Konzert begann höchst konservativ. Sigismundo Celine, der noch immer aussah, als sei er knapp unter zwanzig, spielte Werke von Vivaldi, Scarlatti und einem Herrn namens J. S. Bach. Er spielte gut – wenn man davon absah, daß er zu Übertreibung neigte, als wollte er der Musik mehr abtrotzen, als sie zu geben bereit war. In der Pause war niemand besonders beeindruckt, aber auch nicht abgestoßen. Die Gespräche drehten sich hauptsächlich darum, ob J. S. Bach ein Bruder oder ein Cousin der berühmten J. C. und C. P. E. Bach wäre.

Als das Publikum an seine Plätze zurückkehrte, kündete Sigismundo seine neueste Komposition an, die Sonate Nr. 23: «Feuer und Wasser».

Schon bei den ersten Takten bestand im Publikum kein Zweifel, daß dies das Feuerthema sein mußte. Sir John fiel sofort auf, daß das Thema, eine Permutation von Triolen, sich zugleich vorwärts als auch rückwärts zu bewegen schien, bis er plötzlich merkte, daß es sich in der Tat um zwei Themen handelte: daß das «Feuer» in sich selbst einen Konflikt von inneren Spannungen symbolisierte. Man konnte den Eindruck haben, daß sich hier ein Mensch gleichermaßen und mit gleicher Kraft zum Göttlichen, wie auch zum Diabolischen hingezogen fühlte. Nicht nur in der Musik, sondern auch in dem Mann selbst war die Verbrennung ein Symptom für die Explosion im Innern, für eine Spaltung oder eine Erschütterung der Seele. Man konnte kaum noch von Musik sprechen, es war eine Hiobsbotschaft. Aus dem Gemurmel, das in der Menge entstand, schloß Sir John, daß sie es nicht als ein Werk empfand, das über die Musik hinausging, sondern im Gegenteil hinter ihr zurückblieb: eine barbarische Attacke, eine Zumutung.

Doch der zweite Satz, der so abrupt einsetzte, daß man hätte meinen können, der Komponist habe sich auf dumme oder brutale Art über die Gesetze der harmonischen Entwicklung hinweggesetzt, bestand aus einer Reihe von *arpeggii*, die so gelassen, humorvoll und rein wirkten, daß er nicht nur eine Antwort auf den traditionellen Aufbau einer *sonata* war, sondern der Sprung in eine andere Dimension: eine fließende Progression, die das Feuer nicht leugnete, sondern es nur reflektierte. Und, dachte Sir John versunken, es reflektierte es wie das Licht selbst, wie einer der weißglühenden Throne in Dantes *Paradiso*. Dann fand Celine von dieser himmlischen, «strahlenden» Eröffnung irgendwie den Übergang zu einer Harmonie, die verdächtig nach einem neapolitanischen *bel canto* klang. Sir John kam es so vor, als wäre es eins der zwei-in-einem-Feuerthemen, das in bewußter Selbstironie variiert worden war. Doch die Auflösung, der letzte Teil des zweiten Satzes, bestand aus einer Struktur von Feuer und Wasser, aus leidenschaftlichen *staccati* und sehnsüchtigen *legati*, fast so, als versuchte Celine, die Grenzen von Musik und Logik hinter sich zu lassen und sie dabei zugleich zu bestätigen wie auch bitterlich zu beweinen.

Irgend jemand im Publikum lachte rüde und sagte: «Wirklich unerhört!»

«Die reinste Affenmusik», bestätigte eine andere Stimme.

Sir John dagegen mußte an seine erste Initiation im Tempel des Schottischen Ritus in London denken. *Feuer und Wasser sind eins*: diese Komposition war nicht nur ein Scherz auf Kosten des musikalischen Dekors, sondern auch ein sehr privater Witz für andere Freimaurer. Wie ein Buch, das nur jeder Tausendste versteht.

Der dritte Satz kombinierte nicht nur Feuer und Wasser – diese mögliche Lösung war schon unvermutet als Höhepunkt des zweiten Satzes aufgetaucht –, sondern bestand aus Variationen über das Wasser. Es zitierte alle Wasserthemen auf ganz neue Art, die außergewöhnlich wirkte. Teile des Publikums seufzten verzückt: dieser Satz zumindest versöhnte viele seiner

Zuhörer. Doch dann merkte Sir John plötzlich, daß jede einzelne Variation ein kleines bißchen pathetischer war als die vorangegangene, bis sich unleugbar eine fast requiemhafte Atmosphäre des Themas bemächtigt hatte, das zunächst so ausgelassen wie eine *tarantella* begonnen hatte. Das Wasser verwandelte sich in ein nasses Grab, die Stimmung sank auf einen Tiefpunkt, alles war durchtränkt von Melancholie und Verhängnis. (Sir John dachte an den armen Geoffrey vor vielen Jahren in Eton, aber es entgingen ihm nicht die parodistischen Anspielungen auf diverse Totenarien aus bekannten Opern, die der Komponist hier eingebaut hatte.) Und dann wie durch ein auf den Kopf gestelltes logisches Wunder – anders konnte er es sich nicht erklären – tauchte jetzt in der Wiederholung und fast unmerklichen Abwandlung des melancholischsten Akkords, noch kaum erkennbar, das Feuerthema aus diesem pathetischen Grundthema auf, als hätte es sich die ganze Zeit darin verborgen. Ein Meisterstück der Verschleierung, dachte Sir John, eine äußerst humorvolle Musik, wirklich, bei jedem Schritt macht sie sich über sich selbst lustig und bestätigt doch auf traurige Weise all die Gefühle, die sie parodierte. Und während sich jetzt der wehmütige Tod durch das Wasser und der ekstatisch-bizarre durch das Feuer zu einem Höhepunkt vereinten, der zugleich notwendig, wie auch auf geradezu absurde Weise unerwartet war, verschmolzen die beiden Elemente in einem triumphalen, rauschhaften Wahnwitz zu verschiedenen, traditionellen Formen der Auflösung, bis sie (logisch und doch unfaßbar) wieder zum Eröffnungsthema zurückfanden, mit dem das Ganze dann ebenso unglaublich endete. Es war ein Schluß, den die meisten Zuhörer im Publikum gar nicht als solchen verstanden und so vergingen fast zehn Sekunden, bis wilder Applaus und wütende Buhrufe einsetzten.

Sigismundo Celine stand auf und verbeugte sich, fast höhnisch. Er ist entschlossen, den Applaus wie die Buhrufe als

Homage an seine Originalität entgegenzunehmen, dachte Sir John. Oder er hat sich ein dickes Fell zugelegt. Jedenfalls trägt er eine verdammte gute Maske der Gleichgültigkeit zur Schau.

Sigismundo kehrte an sein Spinett zurück.

«Und nun», verkündete er, «will ich Ihnen zum Abschluß des Abends noch etwas weniger Konservatives spielen.» (Was für ein Hund, dachte Sir John.) «Meine Sonate Nr. 56: ‹Die Zwei Nationen›.»

Ein solcher Tumult war im Teatro San Carlo noch nie dagewesen und würde auch in den nächsten fünfzig Jahren nicht mehr zu hören sein. «Hält der denn das *clavicembalo* für ein Perkussionsinstrument?» wetterte ein verärgerter Zuhörer neben Sir John.

Doch dann erhob sich aus der Kakophonie ein überraschendes Thema, das implizit schon die ganze Zeit zwischen den wütenden Dissonanzen verborgen gewesen war. Es war ein Walzer, der jedem europäischen Ballsaal Ehre gemacht hätte – Sir John konnte beinahe vor sich sehen, wie sich die vornehmen Damen mit Handschuhen und die edlen Herren mit Perücken zu diesem zarten *legato* im Kreise drehten. Doch sogleich setzten die Mißklänge wieder ein, wie eine Horde von Bauern, die den Palast stürmten. Nein, mehr noch wie eine Schar von Gauklern und Narren. Der Walzer kämpfte dagegen an, versuchte sich durchzusetzen, doch jede einzelne zarte, galante Aufwallung führte nach dem perversen Willen des Künstlers nur wieder zurück zu den wütenden Attacken der Angreifer. Es war Sir John nicht mehr ganz klar, ob die Angreifer Revolutionäre waren, wie er zunächst angenommen hatte, böse Waldzwerge, wie es dann später schien, oder gar barbarische Stämme jenseits aller Zivilisation, reaktivierte Vikinger, die Amok liefen.

Die Struktur dieses musikalischen Konflikts war höchst kompakt, erkannte Sir John: sie zog jede einzelne Minute unglaublich in die Länge. Eine Stimmung von Gigantismus kam auf, ein Gefühl von zyklopenhaften oder titanischen

Gestalten, die jedoch die Walzer nicht bedrohten, sondern sich nur über ihnen auftürmten, auf dem Weg zu einer Mission, die kein Sterblicher verstand. Nun aber wurde der Walzer selbst im Verlauf des musikalischen «Disputs» immer mächtiger: die Walzertänzer waren nicht nur Menschen, sondern wurden allmählich zu Göttern. War es bloße Wiederholung – eine Übertreibung, die ein reiferer oder traditionellerer Komponist vermieden hätte – oder war es wieder eine kaum merkliche Variation des Themas, die dem gewöhnlichen Ohr gar nicht auffiel? Irgendwie hatte Celine das unschuldige Tanzthema in eine Macht verwandelt, die stärker war als das der Invasion zuvor.

Und hieraus wiederum kristallisierte sich ganz allmählich ein sonniges, neapolitanisches Liedchen heraus, das sich als Thema der Invasion, jedoch ohne den bombastischen Prunk des Heldentums entpuppte. Celine zeigte, daß alles, was das Publikum bisher gehört hatte, nur eine Reihe von Variationen war, die alle schon im Grundthema enthalten gewesen waren, ein Thema, das jedermann als süß und rein empfand. Nur daß jetzt, nachdem er seine inneren Spannungen bloßgelegt hatte, die gewöhnliche neapolitanische Melodie wie eine Flucht oder Apologie wirkte. Der Schluß war keine Konzession an den zeitgenössischen Geschmack, sondern machte sich im Gegenteil über ihn lustig. Es endete mit einer Reihe von so lieblichen Trillern, daß nur jemand, der sehr aufmerksam zugehört hatte, erkennen konnte, daß es sich um eine Satire handelte.

Diesmal war der Applaus stärker, aber auch die Buhrufe waren leidenschaftlicher.

Sigismundo verbeugte sich wieder, mit großer Würde und verließ die Bühne so arrogant und hochnäsig, als hätte er die Buhrufe gar nicht gehört. Allerdings wurde die Wirkung leicht verdorben, als sein Blick auf Maria in der Loge der Maldonados fiel, wobei er über seine eigenen Füße stolperte und auf dem Hosenboden landete.

Auf dem Weg nach Hause schloß sich dem Grafen Maldonado ein alter Mann namens Pietro Malatesta an, offenbar ein Onkel des jungen Celine. Die beiden Männer fielen einige Schritte zurück und so kam es, daß Maria und Sir John zum zweiten Mal die Möglichkeit zu (relativer) Ungestörtheit erhielten.

«Ich fand diesen Abend sehr provokativ», sagte Sir John. «Wenn er etwas älter wird, und den Drang verliert, auffallen zu wollen, hat dieser Celine noch eine große Zukunft vor sich, meine ich.»

«Ich glaube, daß er nichts weiter als ein Casanova wird», sagte Maria mit einer Leidenschaft, die Sir John zunächst nicht verstand. «Mit einem derartigen Charakter wird es nicht lange dauern, bis er der Musik den Rücken kehrt und Abenteurer wird.»

«Das wäre schade», sagte Sir John gedankenverloren. «Ich habe mich ausgezeichnet unterhalten. Als hätte er uns zeigen wollen, aus welchem inneren Kampf eine solche Musik entsteht. Sehr beeindruckend.»

«Er ist ein Besessener», entgegnete Maria zornig. «Einmal hätte er um ein Haar meinen Bruder Carlo umgebracht. Jedenfalls hat er mehr Feuer als Wasser in sich.»

«Nun, darüber kann ich natürlich nicht urteilen. Ich spreche nur von seiner Musik.»

«Er ist verrückt, ein Harlekin!»

«Das kann schon sein», erwiderte Sir John. «Vielleicht sollte er nach England kommen. Dort würde er gar nicht weiter auffallen, denn wir sind alle ein bißchen verrückt, wie Sie schon gemerkt haben.»

Endlich lächelte Maria. «Sie sind ein lustiger Kerl.»

«Und Sie hassen diesen jungen Celine nicht wirklich», antwortete Sir John ruhig. «Ich glaube, Sie fühlen sich zu ihm hingezogen und wissen nicht, warum. Deshalb sind Sie so aufgebracht.»

«Sprechen Sie nicht so in Neapel», flüsterte Maria besorgt. «Die Leute werden denken, Sie wären ein Zauberer.»

«Aha», sagte er. «Sie fangen an, sich um mich zu sorgen. Das ist ein vielversprechendes Zeichen.»

Später fiel Maria auf, daß sie dem, was Sir John über ihre Gefühle für Celine gesagt hatte, nicht widersprochen hatte. Und sie wußte auch, daß er gar nicht so unrecht hatte, denn sie erinnerte sich nur zu gut an den Traum, der mehr gewesen war als nur ein Traum, in dem Celine ihr ihre psychologische, wenn nicht auch physische Jungfräulichkeit geraubt hatte.

In derselben Woche fand in der Villa von Giancarlo Tennone eine Sitzung des Orientalischen Templerordens, der Freien und Angenommenen Freimaurer statt. Sir John Babcock war als Ehrengast geladen, denn er war Mitglied des Schottischen Ritus in England.

Sir John, der zu dem Schluß gekommen war, daß die Sonate «Feuer und Wasser» eine in Musik umgesetzte Freimaurerinitiation sein mußte, war nicht überrascht, Sigismundo Celine unter den neapolitanischen Freimaurern anzutreffen. Allerdings war er ein wenig irritiert von der unausgesprochenen Feindseligkeit in Sigismundos Blick, die dieser nicht ganz hinter einer angestrengten Herzlichkeit verbergen konnte. Natürlich, dachte Sir John, er hat mich mit Maria gesehen und ist wahrscheinlich eifersüchtig; er muß vergeblich um sie geworben oder es zumindest versucht haben.

Nach dem üblichen Vorgeplänkel begaben sich alle in Tennones Eßzimmer, um sich an *antipasti* und reichlich Wein gütlich zu halten.

Pietro Malatesta brachte das Gespräch auf die Reformen der russischen Zarin Katharina.

«Alle Welt behauptet, sie sei eine Hure», wandte der einzige andere Engländer, Robert Francis Drake, ein.

«Die Leute verbreiten immer solche Gerüchte über Frauen, die klug sind», antwortete Pietro. «Tatsache ist doch, daß Rußland nun seit bald drei Jahren Religionsfreiheit genießt. Ich fürchte fast, daß man Rußland nicht mehr als die rückständigste Nation auf Erden bezeichnen kann. Möchte vielleicht jemand wissen, *welches* die rückständigste Nation auf Erden ist?»

Ein älterer Priester namens Ratti, wenn Sir John richtig gehört hatte, meldete sich zu Wort. «Ich weiß, worauf du hinaus willst, Bruder Pietro. Noch eine Expedition nach Rom, um für die Lockerung der Inquisition einzutreten, nicht wahr?»

«Keineswegs», entgegnete Pietro Malatesta. «Schließlich haben wir das oft genug versucht. Ich glaube, es ist an der Zeit, mehr Mut zu zeigen. Ich schlage vor, eine Delegation zum Heiligen Vater zu entsenden und die völlige Abschaffung der Inquisition zu fordern.»

«Ausgezeichnete Idee», stimmte Giancarlo Tennone zu. «Und als nächstes bauen wir eine Leiter zum Mond und bringen unseren Eseln das Tanzen bei.»

«In der Toskana und in Parma hat man es bereits durchgesetzt», sagte Pietro stur. «Es ist möglich.»

«Die Toskana und Parma sind nicht Neapel», wandte Pater Ratti ein. «Ich bin bereit, mich deinem Bemühen anzuschließen, denn wir können unser Ziel nur erreichen, wenn wir es immer wieder versuchen, doch optimistisch bin ich nicht. Ihr müßt wissen, daß unser neuer Papst, Clemens XIV. im Moment von Kardinälen bedrängt wird, die eine Stärkung der Inquisition fordern. Sie wollen sogar die Jesuiten verbannen», setzte er besorgt hinzu.

«Warum werden die Jesuiten in letzter Zeit in den katholischen Ländern so stark verfolgt?» mischte Sir John sich ein.

«Weil Gerüchte umgehen», erklärte Pater Ratti, «nach denen viele von uns Freimaurer sind. Was für ein Gedanke!»

«Schauen Sie, Bruder John», fuhr Pietro Malatesta fort, «in Parma hat man nicht nur die Inquisition abgeschafft, sondern auch die Jesuiten verbannt. Das mag sich zwar widersprüchlich anhören, aber es zeugt nur von einem aufkommenden Antiklerikalismus im Norden. Der Herzog von Parma will weder von konservativen Dominikanern, noch von aufgeklärten Jesuiten was wissen. Er läßt sozusagen die Kirche im Dorf.»

«In einem solchen konfliktgeladenen Klima», warf Sigismundo Celine ein, «kann der neue Papst natürlich in jeder Richtung beeinflußt werden. Ich finde, Onkel Pietro hat recht. Wir haben nichts zu verlieren, wenn wir die Abschaffung der Inquisition fordern.»

Sie stimmten über diese Angelegenheit ab und beschlossen, daß Pater Ratti, Graf Maldonado und fünf andere nach Rom reisen sollten, um persönlich beim Papst vorzusprechen.

Als nächstes warf Giancarlo Tennone ein, es sei schon eine Weile her, daß man *carbonari* gesehen habe. Ob die Sorge um die Inquisition sie nicht ein wenig zu vorsichtig gemacht habe?

«Du bist wie ein Elefant im Porzellanladen», lachte Robert Francis Drake. «Wer ist es denn diesmal?»

Tennone erzählte von einem Fischer, der auf hoher See verschwunden war und seitdem vermißt wurde. «Seine Frau tut, was sie kann, aber es reicht hinten und vorne nicht bei so vielen Kindern ...»

Pietro Malatesta zog einen Geldbeutel aus seinem Gewand und leerte ihn zur Hälfte auf dem Tisch aus. Innerhalb von wenigen Minuten war jeder seinem Beispiel gefolgt und ein großer Haufen Lire lag vor Tennones Teller.

«Es ist schon lange her, daß ich als Schwarzgesichtiger mein Unwesen getrieben habe», sagte er. «Es wird eine willkommene Abwechslung sein.»

«Für den Sohn der Witwe», sagte Graf Maldonado feierlich.

«Für den Sohn der Witwe», wiederholten alle im Chor.

Sigismundo wurde rot vor Scham, als ihm einfiel, daß er bei

seiner ersten Initiation den Sohn der Witwe für Parzival gehalten hatte. Jetzt, wo er die Antwort kannte, erschien es ihm dumm, nicht gleich darauf gekommen zu sein – schließlich stand alles in der Bibel.

Dann ergriff Robert Francis Drake das Wort. Es habe schon immer wilde Gerüchte um die Freimaurer gegeben, sagte er und so müsse es sein – «solange wir gezwungen sind, im Untergrund zu operieren und Europa einem bis an die Zähne bewaffneten Irrenhaus gleicht.» Nichtsdestotrotz kursiere da ein Gerücht, in dem sich ein Fünkchen Wahrheit verberge. «In manchen Städten haben Sodomiten Freimaurerlogen gegründet», sagte er, »um sie als Tarnung für ihre, äh, eigentlichen Zwecke zu mißbrauchen. Wenn solche Dinge an die Öffentlichkeit gelangen, schadet es dem Ruf der gesamten Freimaurerei.»

«Was schlägst du also vor?» fragte Pater Ratti.

«General-Großinspektor ist heutzutage ein bloßer Ehrentitel», antwortete Drake. «Ich denke, es könnte nichts schaden, ihn wieder seinem eigentlichen Zweck zuzuführen. Wir sollten diese Logen enttarnen, ehe es die Öffentlichkeit tut und sie aus unserer Gemeinschaft ausstoßen, um dem Skandal zuvorzukommen, der bei ihrer Bekanntwerdung droht.»

«Vordergründig ist deine Idee nicht übel», wandte Pietro Malatesta ein. «Aber mir gefallen die Konsequenzen nicht. Wir sind schon komische Vögel, wenn du mich fragst: erst debattieren wir über die Abschaffung der Inquisition und im nächsten Atemzug wollen wir unsere eigenen Inquisitioren aufmarschieren lassen.»

Da mischte sich der alte Abraham Orfali ein. «Wir brauchen keine Spione. Besser hundert Sodomiten als ein einziger Spion!»

«Genau», pflichtete Sir John Babcock ihm bei. «Sodomie ist ein schreckliches Laster, aber wenn man die Menschen zwingt, sich gegenseitig zu denunzieren, kommt das Böse zutage, werden falsche Verdächtigungen ausgestoßen, und es endet mit einer eigenen Inquisition, genau wie Bruder Pietro gesagt hat.»

«Nun ja», sagte Tennone. «Ich glaube, das Thema ist damit für eine Weile vom Tisch. Will noch jemand etwas dazu sagen? Ich denke, nein. Bruder Babcock, Sie als Ehrengast sollten uns jetzt über die Arbeit der Loge in Ihrem Heimatland berichten, wollen Sie?»

«Ich nehme an, daß einige von Ihnen John Wilkes persönlich kennen?»

«Er war vor einiger Zeit in Neapel», antwortete Pietro Malatesta. «Ein großer Denker, ein interessanter Erzähler und ein Freimaurer. Einige von unseren Brüdern verstehen jedoch die vielen Verwicklungen nicht, die seinen Fall begleiten, vielleicht könnten Sie ein paar Worte dazu sagen.»

«John Wilkes ist nun schon zum dritten Mal aus dem Parlament ausgestoßen worden –», begann Sir John.

«Als ich in England war, waren es nur zweimal», fiel Sigismundo Celine ihm ins Wort.

«Nach der zweiten Ausweisung aus dem Parlament wurde er zum Gesetzlosen erklärt», sagte Babcock. «Dieses Jahr hat er beschlossen, zurückzukommen und eine Gefängnisstrafe zu riskieren. Die Partei des Königs hat ihn nicht geschont und seitdem sitzt er im Kerker. Mittlerweile haben die Wähler ihn jedoch wieder ins Parlament zurückgewählt – obwohl er im Gefängnis sitzt! – und das Parlament hat ihn *wieder* ausgestoßen.»

«Und was steckt dahinter?» fragte Tennone.

«Zunächst ging es nur um die Pressefreiheit», antwortete Babcock. «Das erste Mal haben sie ihn verbannt, weil er eine Kritik am König veröffentlicht hatte, die ein Richter der Partei des Königs als Verleumdung beurteilte. Nach dieser Ausweisung jedoch weitete sich der Streit aus und es ging plötzlich um das Recht der Wähler, durch den Mann repräsentiert zu werden, den sie gewählt haben. Siebzehn Grafschaften haben eine Petition an den König unterschrieben, in der sie dafür eintreten, daß Wilkes seinen Sitz im Parlament dem Votum der Wähler gemäß einnehmen kann. Doch der König stellt sich taub. Wir Freimaurer haben eine Organisation gegründet, die sogenannte *Society of Supporters of the Bill of Rights*. Ursprünglich hatten wir das Ziel, uns nur für Wilkes Rückkehr ins Parlament einzusetzen. Doch als der Ball erst mal ins Rollen gekommen war, erhielten wir regen Zulauf von allen Seiten. Die Society of Supporters ist wesentlich radikaler geworden, als wir zunächst beabsichtigt hatten. Sie strebt jetzt die Auflösung des Parlaments an, mit der Begründung, dieses repräsentiere nicht länger das Volk und verlangt Neuwahlen. Sie hat darüber hinaus das allgemeine Wahlrecht für alle erwachsenen Bürger gefordert.»

«Sie meinen, jeder Erwachsene soll das Recht haben, zu wählen?» fragte Graf Maldonado. «Auch die Bauern?»

«Genau. *Jeder* – nun ja – außer den Frauen natürlich. Aber das kommt wahrscheinlich demnächst auch noch. Wir bewegen uns unaufhaltsam auf eine neue Zeit zu.»

«Die Welt steht in Flammen», sagte Sigismundo Celine leise.

Eine ganz ähnliche Versammlung fand in der darauffolgenden Woche in Bordeaux, Frankreich, statt, doch deren Vorstellungen unterschieden sich erheblich von denen der neapolitanischen Loge.

Louis Philippe, der Herzog von Chartres, der die Gesellschaftsvertrag-Loge repräsentierte, führte als ranghöchster der anwesenden Freimaurer den Vorsitz. Philippe, der reichste Mann von Frankreich, hätte auch ohne seine 32° Initiation die Versammlung beherrscht. Als führender Verfechter der liberalen Belange bei den Adeligen hatte er bereits die Bewunderung der gesamten Nation gewonnen. Seine geschickt in die Öffentlichkeit lancierten Wohltaten hatten ihm die Sympathien von Millionen gesichert. Nur wenige vermuteten, daß hinter allem, was er tat, ein einziges Ziel steckte: König Philippe zu werden, ein gütiger Despot seines Volkes, freilich erst, nachdem der jetzige König so gut gewesen war, eines natürlichen Todes zu sterben und ein paar andere Thronfolger aus dem Weg geräumt worden waren.

Als Herzog von Chartres stand Philippe als nächstes der Titel des Herzogs von Orléans zu; mit klugem Handeln war es von da zum König nur ein Katzensprung. Wenn alles nach Plan ging ...

Die Männer im Saal wußten von seinen Zielen und unterstützten sie. Nur einer von ihnen hatte jedoch bisher die Möglichkeit in Erwägung gezogen, den Prozeß zu beschleunigen, indem man dem Tod von König Louis XV. etwas nachhalf.

«Der offene Atheismus in den Logen von Paris muß ein Ende haben», forderte Philippe. «Er garantiert zwar, daß jedes neue Mitglied ein Liberaler ist, das gebe ich zu, aber für welchen Preis, meine Herren! Mit dieser Politik vergraulen wir täglich Tausende von Rekruten.»

«Dem kann ich mich nur anschließen», sagte Graf Casanova, der einzige Anwesende, der noch aufwendiger gekleidet war als Philippe. «Niemand kann die Welt verstehen oder begreifen, wie Macht funktioniert, wenn er nicht die Prinzipien von Machiavelli und Hobbes studiert hat. Letztlich ist alles eine Frage von Kraft und List. Doch es ist eine immense Dummheit, solche Ansichten offen zu proklamieren. Gedanken wie diese sind nur für Männer geeignet, deren Intelligenz sie für die höheren Ränge in der Freimaurerei qualifiziert.»

«Genau», stimmte ein Gast aus Bayern zu, ein wohlbeleibter Rechtsanwalt namens Hans Zoesser. «Nehmt alle auf, die Freimaurer werden wollen. Und dann befreit sie langsam von ihren falschen Ideen und ihrem Aberglauben, während sie die einzelnen Grade erklimmen.»

«Wir sind alle dieser Meinung», sagte Graf Cagliostro. «Die Frage ist nur: wie sollen wir dagegen vorgehen? Ich bin nicht der Ansicht, daß wir die Fanatiker von Paris auf unsere Seite bringen können.»

Auf diese Herausforderung war Philippe vorbereitet. Seine Antwort erschien ihm selbst so brilliant, daß er ganz vergessen hatte, wie sie ihm im Lauf einer längeren Unterhaltung von Cagliostro vorgeschlagen worden war.

«Wir sollten folgendes tun», sagte Philippe. «Wir gründen eine völlig neue Loge, eine, die größer ist als alle anderen zuvor. Sie wird die bestfinanzierte Loge auf der ganzen Welt sein und ich werde mich persönlich dafür einsetzen, daß die notwendigen Mittel für ein schnelles Wachstum bereitgestellt werden. Ich bin der Meinung, es wäre gut, wenn ich auch gleichzeitig ihr Großmeister würde, denn meine engen Familienbande zum König könnten von Nutzen sein, was den Prestigegewinn angeht – und außerdem wird das alle Subversionsverdächtigungen schon im Keim ersticken.»

«Großartige Idee», sagte Cagliostro sanft. «Sie denken in der Tat weit voraus. Wenn der neue Orden groß genug ist, wird alle Welt ihn für die einzige Freimaurerloge halten, die von Bedeutung ist.»

«Was ist mit den Illuminaten in Avignon?» fragte Casanova. «Sind sie wirklich *alumbrados*?»

«Nein, sie wurden von einem Alchimisten namens Pernety gegründet», sagte Philippe. «Ich habe mich mehrere Male mit ihnen getroffen. Sie werden keine Probleme machen. Sie beschäftigen sich mit nichts als der Kabbala und den Rosenkreuzern und anderem mystischen Unsinn. Ähnlich wie die Freimaurer in Italien, würde ich sagen. Wenn unser neuer Orden die richtigen mystischen Aushängeschilder hat, werden sie uns akzeptieren. Selbstverständlich bleiben ihnen die Geheimnisse der höheren Grade verschlossen ...»

«Ich war selber Alchimist», sagte Casanova ruhig. »Die

Geheimnisse dieser Kunst sind mit unseren eigenen Zielen gar nicht so unvereinbar.»

«Gewiß», antwortete Cagliostro geschmeidig. «*Et ego in Arcadia*, wie?»

Casanova und er tauschten einen rätselhaften Blick.

«Manchmal weiß ich nicht so recht, wovon ihr zwei da eigentlich redet», maulte Philippe.

«*Manchmal*?» protestierte Zoesser. «Ich verstehe sie nie. Ich weiß nur, daß sie dieselben Motive haben wie alle anderen: die Aufhebung der Inquisition und des Papsttums.»

«Und einen besseren König für Frankreich», setzte Cagliostro milde hinzu.

Casanova entging Philippes verschmitztes Lächeln nicht. Wie leicht doch dieser Mann Schmeicheleien erliegt, dachte er, und wie geschickt Cagliostro das auszunützen weiß. Wie eine Made im Speck.

«Einen erleuchteten König», korrigierte sich Cagliostro.

Der drückt ja mächtig auf die Tube, dachte Casanova.

«Was gibt es Neues in Bayern?» fragte Philippe, um das Thema zu wechseln.

«Alles beim Alten», antwortete Zoesser mürrisch. «Wir haben immer noch mehr Pfaffen als der Vatikan und das unaufgeklärte Königreich Neapel zusammen. Aber wir haben jetzt auch einen Mann, der mich mit Bewunderung erfüllt, einen Mann, von dem ich mir eine Menge verspreche. Er ist Jesuit und heißt Pater Weishaupt.»

«Wir haben sowieso schon viel zu viele Jesuiten bei uns», entgegnete Casanova etwas beunruhigt. «Und eines Tages werden *sie* noch die Führung der Freimaurerei übernehmen.»

«Oder *wir* die der Gesellschaft Jesu», wandte Casanova milde ein. «Es kommt ganz darauf an, wer Machiavelli fleißiger studiert hat.»

«Weishaupt hat einen Plan», sagte Zoesser. «Er will innerhalb des Jesuitenordens eine Geheimgesellschaft gründen und eine zweite innerhalb der bayrischen Freimaurer und so eine Verbindung herstellen, die keine der beiden Parteien völlig versteht –»

«Wenn der Schwanz wedelt», warf Casanova ironisch ein, «wie sollen wir dann wissen, was der Schwanz und was der Hund ist?»

«Weishaupt wird zwischen Schwanz und Hund sein», antwortete Zoesser aufgebracht.

Alle lachten.

«Entschuldigen Sie», sagte Cagliostro, der sich als erster wieder gefaßt hatte. «Das war eine wirklich bemerkenswerte Metapher. Sie schien Pater Weishaupt in die Nähe eines Hundearsches zu rücken.»

«Es wird die Zeit kommen, wo keiner von euch mehr über Pater Weishaupt lacht», sagte Zoesser böse.

Mag sein, dachte Casanova. Aber es wird noch viel Wasser die Garonne herunterfließen, ehe ich bei diesem Namen nicht mehr an einen Hundearsch denken muß – so mächtig können Metaphern sein.

Das Thema Pater Weishaupt wurde bald fallengelassen und man wandte sich den Vorbereitungen zur Gründung des neuen Ordens zu. Irgendwie kamen alle zu dem Schluß, daß er den Namen tragen solle, den Graf Cagliostro vorgeschlagen hatte: Großloge der Hohen Ägyptischen Freimaurerei.

Als die Versammlung zu Ende ging, kehrte Casanova in sein Hotel zurück und stellte sich unterwegs eine Menge Fragen. Vor einem Jahr hatte noch niemand etwas von diesem Cagliostro gehört und jetzt war er bereits in die höchsten Ränge der französischen Freimaurerei eingedrungen. Daß der Mann kein echter Graf war, stand außer Frage, da ließ Casanova sich genauso wenig täuschen wie ein Falschspieler vom anderen. Cagliostro besaß die Hautfarbe und den Akzent eines sizilianischen Bauern, daran änderte auch der Deckmantel der französischen Aristokratie nichts.

Casanova hatte das seltsame Gefühl, diesem Mann schon einmal begegnet zu sein, vor langer Zeit, irgendwo in Italien. Doch irgendwie war er sich auch nicht so ganz sicher. Er meinte, irgend eine Verbindung zu Cagliostro zu haben, aber er konnte sich nicht erinnern. Vielleicht hatte ich mit seinem Vater zu tun, dachte er, oder seinem Bruder...

Eins stand jedenfalls fest: Cagliostro, wer immer er sein mochte, und woher er auch stammte, wußte über den Magnetismus fast genauso gut Bescheid wie Mesmer. Er hatte Philippe bereits unter seinen Einfluß gebracht und dieser erinnerte sich nicht einmal mehr an die vielen Male, wo er in eine Kerzenflamme gestarrt und rückwärts gezählt oder irgendeine andere Technik angewendet hatte, die Cagliostro ihm aufgezwungen hatte. Casanova erkannte diesen Zustand auf den ersten Blick: Philippe stand unter Hypnose und die Erinnerung daran war gelöscht worden.

Der Mann, der hier König werden soll, ist die Marionette eines sizilianischen Abenteurers, dachte Casanova. Diese Vorstellung ist ungefähr so verführerisch wie das Grinsen eines Grabräubers.

Die Großloge der Hohen Ägyptischen Freimaurerei würde eine lebhafte Zukunft haben.

Dieser Cagliostro kam offensichtlich aus einer der obskursten und fanatischsten Loge Italiens. Vielleicht war er sogar mit den *strege* liiert gewesen, vielleicht hatte er dort seine magnetischen Kenntnisse erworben?

Aber warum zum Teufel meinte er nur, diese violetten Augen schon mal gesehen zu haben?

Sigismundo war blockiert; es wollte ihm einfach kein richtiges Ende für die *sonata* einfallen. Gewöhnlich wußte er schon lange, ehe er dorthin kam, wie der Schluß aussehen würde – auf eine gewisse Art steckte er ja schon im Anfang – doch diesmal hatte er sich offensichtlich im Dickicht der Kontrapunkte und Ausführungen verloren.

Nur Geduld, ermahnte er sich, manchmal muß man dem kreativen Prozeß seinen natürlichen Lauf lassen. Ihn erzwingen zu wollen, führt nur zu Frustration.

Es war mitten in der Nacht, alles schlief.

Und plötzlich wußte Sigismundo, was geschehen würde. Nachdem er den Besuch im Pariser *maison* ohne Syphilis überstanden hatte, hatte er auf weitere Besuche in Bordellen verzichtet und war dem Ideal Marias treu geblieben. Doch er hatte gemerkt, daß es manchmal nötig war, absolut nötig, die Spannung rauszulassen. Muß mir mein Nachthemd anziehen, dachte er, es ist nicht ungesund, höchstens, wenn man übertreibt. Und ich bin sehr vorsichtig, fast asketisch, ich tue es nur, wenn es unbedingt sein muß.

Als er die Augen schloß, wurde Maria realer, sie war so real wie einer der vier Engel, die Abraham beschwor und dann war es wie Musik, die ihn aus sich selbst heraustrieb, tiefer, immer tiefer zu den Visionen von Schönheit. Wieder erschien ihm der Tempio Malatesta und dann erblickte er Ixotta degli Atti und goldene, mit Juwelen geschmückte Mosaike. Er streifte durch den Tempel zu den Klängen der großen Komponisten Telemann, Scarlatti, J. C. Bach und J. S. Bach: es kam ihm vor, als schwebe er wie bei seiner ersten Initiation über Neapel. Maria war schamlos und willig; sie reizte ihn und sagte, daß sie ihn liebte. Dann war er über ihr, liebkoste jeden Zoll ihres Körpers, küßte die Augen, die Brüste, den Bauch, das schwarze Dreieck, die Zehen und alles an ihr, Hals, Schenkel, Knie, alles, alles. Immer tiefer versank er in der Musik. Mit einem Mal schoß es ihm durch den Kopf, daß er sich genauso fühlte, wenn eine Komposition Gestalt annahm: es war die gleiche intensive Spannung, die sich nur auf eins konzentriert, das gleiche Glücksgefühl. Die Dominikaner mußten verrückt sein, da war er sicher. Denn das hier war wie Kunst, wie die vierte Seele, wie Kreativität und alles, wovon er träumte und wonach er sich sehnte.

Er hielt inne und suchte sein Taschentuch. Die Kirche behauptete, daß die erste Sünde mittels einer Lüge Eintritt in die Seele finde. Aber es war keine Lüge, daß dies wie Kunst, Initiation, wie die Entwicklung der vierten Seele war. Wenn das eine Sünde war, dann war auch Kunst und Schönheit Sünde. Ach was, die Kirche hatte sie nicht alle! Er machte weiter und weiter, zögerte, wartete, steigerte die Spannung, genau wie bei einer Sonate, tauchte immer tiefer in die Essenz von Lust und Schönheit und Maria war bei ihm, feuerte ihn an, inspirierte ihn.

Als er den Höhepunkt erreichte, keuchte er und spürte sein Herz wild klopfen. Er legte sich erschöpft auf das Bett und dachte darüber nach, daß der Buchstabe *shin* wie eine Pyramide aussah (Zeichnung) und daß er bald den Symbolismus der Pyramide verstehen würde. *Shin* verwandelte JHVH in JVSHVH, Gott in Fleisch ... und im selben Moment hatte er den Schluß der Sonate vor Augen.

Die letzten Takte schrieb er wie im Rausch.

Komisch, daß ausgerechnet die «Sünde» (wie die Kirche es nannte) seine Kreativität entfacht hatte. Darüber würde er nachdenken müssen. Doch jetzt, wo die Musik fertig war, würde er erst einmal schlafen

Und dann verstand er die Pyramide der Freimaurer, denn er war in ihr.

Eine Idee, die ihm vor vier Jahren in England fast klar gewesen war, versetzte ihn jetzt in einen zweiten kreativen Rausch. Hastig machte er sich Notizen.

Und am nächsten Tag ging er mit den Zeichnungen seiner Maschine in die Universität und zeigte sie überall herum. Sie sollte sich von einem Ort zum anderen bewegen können, anders als die Maschinen, die in den Fabriken standen und dort ihre Arbeit taten. Diese sollte sich zum Reisen benutzen lassen.

Es war eine dampfbetriebene Maschine, die auf der Entdekkung von Mr. James Watt basierte. Sie hatte drei Räder (denn drei Punkte determinieren eine Fläche) und hieß *autokineton*, das war griechischen Ursprungs für selbst und sich bewegen.

Pater Pacelli, Sigismundos Mathematikprofessor, war höchst beeindruckt, wenn er auch aus seinen Zweifeln kein Hehl machte.

«Meinst du, daß Menschen tatsächlich darin reisen können, ohne durch die Bewegung krank zu werden?»

«Zweifellos», sagte Sigismundo. «Es wäre genauso wie in einer von Pferden gezogenen Kutsche zu reisen, nur ginge alles viel schneller. Man könnte Europa in Stunden statt in Tagen durchqueren.»

«Wenn es funktioniert», gab Pater Pacelli zu bedenken.

Die Studenten im allgemeinen waren weniger tolerant. Tagelang zogen sie Sigismundo auf und schließlich tauchte sogar eine satirische Zeichnung seiner Erfindung am Schwarzen Brett auf. Darin hieß seine Maschine *ipsemobile* – das war der lateinische Ausdruck für *autokineton* –, besaß fünf statt drei Räder und wurde von der Mondstrahlung angetrieben.

Trotzdem war Sigismundo überzeugt, daß sich seine Erfindung in die Tat umsetzen ließe, daß sie mit dem Fortschritt in der Chemie und der Mechanik eines Tages sogar unausweichlich wäre.

An dem Tag, an dem Maria Sir John Babcock heiratete, ging Sigismundo Celine los und ließ sich vollaufen, doch davon konnte Maria natürlich nichts wissen. Und selbst wenn sie es gewußt hätte, wäre es nicht wichtig gewesen; sie war viel zu glücklich, um irgendwo Probleme zu sehen.

Maria hatte sich ganz allmählich in Sir John Babcock verliebt, ganz anders als die leidenschaftlichen Heldinnen in ihren Romanen. Sie hatte gelernt, daß er liebevoll, intelligent und anders war als die meisten Männer. Sie wußte nicht recht, wie sie dieses «anders» definieren sollte, aber es stand fest, daß er ein wirklich seltenes Verständnis für die Sichtweite einer Frau an den Tag legte.

Sir John fand es ganz und gar nicht ungebührlich, daß sie intellektuellen Interessen nachging. «Ich könnte mich nie in jemanden verlieben, der mir in solchen Angelegenheiten nicht ebenbürtig wäre», hatte er einmal gesagt.

Daß eine furchtbare Tragödie sein Leben geprägt hatte, wurde Maria immer klarer, je besser sie ihn kennenlernte. Das war nicht (wie sie zunächst vermutet hatte) etwas, das sie sich nur einbildete, weil die Helden und Heldinnen in den Romanen nun mal solche melodramatischen Geheimnisse hatten, nein, sie erkannte es an seinen gelegentlichen Ausbrüchen von Bitterkeit und Zynismus und an der Traurigkeit, die manchmal seine Augen verdüsterte, wenn er junge Knaben beobachtete. Er erinnerte sich an etwas, das geschehen war, als er ein kleiner Junge gewesen war.

Während sie sich vorstellte, mit ihm verheiratet zu sein, ihn zu küssen, ihn zärtlich zu umarmen und natürlich, Sex mit ihm zu haben, merkte sie mehr und mehr, wie sehr sie solche Vorstellungen erregten und zugleich erschreckten. Nun, das war genau das, was Mutter Ursula erzählt hatte: Frauen konnten genauso leidenschaftlich fühlen wie Männer. Die Ansicht, daß anständige Mädchen solche Gefühle nicht hätten, war ein von den Dominikanern und anderen dummen Männern erfundener Mythos.

«Aber wie ist es wirklich?» hatte Maria die Äbtissin einmal zu fragen gewagt.

«Beim Höhepunkt kann es beinah so schön sein wie das Beten», hatte Mutter Ursula geantwortete.

Maria wußte, daß die Äbtissin nicht das gewöhnliche Gebet meinte, so wie die meisten Menschen ihr Vaterunser oder Gegrüßet seist du Maria herunterleierten. Mutter Ursula meinte die besondere Konzentration auf Gott, die zum Beispiel ihren Händen das Vermögen zu heilen schenkte und ihr auch andere Fähigkeiten verlieh, die vielleicht nicht so spektakulär, aber genauso ungewöhnlich waren – etwa ihre unfehlbare gute Laune und ihr Optimismus in einer Welt, in der die meisten Menschen besorgt und ängstlich waren oder doch zumindest die Hälfte der Zeit mit langen Gesichtern herumliefen. Maria besaß selbst diese Fähigkeit zum Beten, allerdings nur selten, während Mutter Ursula in diesem erleuchteten Zustand lebte – für sie war er alltäglich.

Mutter Ursula hatte ihr gesagt, daß es völlig normal war, an Sex zu denken, wenn man ins heiratfähige Alter kam. Die Doktrin, die solche Gedanken zur Sünde erklärt hatte, hatten sie ihrer Meinung nach der Dummheit gewisser Theologen zu verdanken. Jesus hatte einmal einen Witz darüber gemacht, erzählte sie Maria, doch die Theologen hatten sich nicht vorstellen können, daß er auch Sinn für Humor hatte und ihn wortwörtlich genommen.

Je mehr Maria Sir John kennenlernte, um so häufiger ertappte sie sich – unwillig und hingerissen zugleich – bei Phantasien, in denen sie ihn küßte, streichelte und *das andere* mit ihm machte. Sie war immer ein bißchen beunruhigt über solche Vorstellungen, denn die übrige Kirche lehrte – trotz Mutter Ursula – daß solche Gedanken eine wissentlich begangene Sünde seien. Im Konflikt zwischen Leidenschaft und Schuld merkte sie allmählich, daß ihre Zuneigung für ihn nicht nur leidenschaftlich, sondern auch zärtlich und nicht nur zärtlich, sondern auch leidenschaftlich war. Sie war verliebt.

Und verliebt zu sein war genauso schön, wie die Romane versprochen hatten: darin hatten sie nicht übertrieben. Es war wie das erste Mal, als sie die Macht in ihren Händen gespürt und den Bauern geheilt hatte. So, als liefe das ganze Orchester des Teatro San Carlo hinter ihr her und spielte ein «Halleluja» nach dem anderen. Es war so wunderschön, daß sie manchmal das Gefühl hatte, den Boden unter den Füßen zu verlieren und wie in Trance durch die Stadt zu laufen. Sie fing sogar an, den übergeschnappten Celine zu verstehen und – ein bißchen zu bedauern.

Normalerweise, wenn jemand ins Zimmer kam, war man entweder leicht erfreut (wenn man den Betreffenden mochte) oder leicht gereizt (wenn man ihn nicht mochte). Verliebt zu sein hieß, gar nicht zu merken, wenn jemand ins Zimmer kam, nicht mal, wenn er auf dem Rücken einer Giraffe saß und *basso profundo* sang – es sei denn, es war Sir John und wenn er es war, nahm Maria die Giraffe gar nicht wahr. Mehr und mehr erregte sie schon der bloße Anblick von Sir John. Sie spürte Hitze und Lust da unten, wo sie sich nie berühren durfte, da wo sie eines Tages ein Kind gebären würde. Dann wurde sie von einem unwiderstehlichen Verlangen gepackt, den Anstandsdamen zu entfliehen und sich ihm sofort und schon vor der Hochzeit, bzw. dem Heiratsantrag hinzugeben. Verliebt sein hieß, allem, was er von sich gab, aufmerksam zu lauschen, leidenschaftlich darauf zu brennen, all seine Gedanken zu einem bestimmten Thema zu kennen. Es hieß aber auch, ihm selbst alles zu erzählen, nichts zu verschweigen, sogar über die Heilkraft in ihren Händen zu sprechen, obwohl sie es noch nie gewagt hatte, einem Neapolitaner davon zu erzählen, aus Angst, daß es der Inquisition zu Ohren kommen könnte; ihm all ihre Gedanken, Hoffnungen und Ängste anzuvertrauen. Und das Beste daran war, sie brauchte nie zu fürchten, daß dieser Strom von Vertraulichkeiten ihm langweilig oder peinlich sein könnte, denn auch er hatte sich in sie verliebt.

Sir John war weder überrascht noch ungläubig, was die Heilkraft anbelangte. «In Frankreich gibt es einen Mann», erzählte er, «der versucht gerade, den Ärzten etwas darüber beizubringen. Franz Anton Mesmer ist sein Name. Ich habe noch nie in meinem Leben so viele Beschuldigungen wegen Quacksalberei und Scharlatanerie gehört wie gegen ihn und auch noch nie eine so unbeherrschte und bigotte Reaktion erlebt wie bei den Männern, die vorgeben, Wissenschaftler zu sein. Tatsache ist, daß Mesmer allen Denunziationen zum Trotz viele bemerkenswerte Heilungen unternommen hat, die von hochstehenden Persönlichkeiten des öffentlichen Lebens bezeugt werden können.»

«Mesmer befindet sich am falschen Ort», sagte Maria. «Die Franzosen sind heutzutage alle Atheisten.» Sie sagte es traurig, als verkündete sie, daß die ganze Nation an Lepra litt.

«Mesmer behauptet nicht, daß seine Macht direkt von Gott kommt», wandte Sir John vorsichtig ein. «Er sagt, daß es eine Art Magnetismus zwischen Lebewesen gibt, genauso wie zwischen den Metallen.»

«Dann ist dieser Mesmer ein Dummkopf», sagte Maria. «Die Macht funktioniert nur, wenn man ganz aus sich herausgeht und Gott durch sie in sich hineinströmen läßt.»

Sir John dachte nach. «So funktioniert sie bei dir», sagte er schließlich. «Ich habe einen Onkel, der ganz ähnliche Dinge in Indien erlebt hat. Die *Yogin* – das ist dort die Bezeichnung für Männer mit solchen Kräften – sind der Ansicht, daß diese Macht in der Wirbelsäule schlummert. Wenn man die richtigen Verrenkungen beherrscht, so behaupten sie, steige sie hoch und gelange durch die Wirbelsäule ins Gehirn. Das nennen sie *Kundalini*. Vielleicht funktioniert es überall gleich – egal ob man es theologisch wie du, anatomisch wie die *Yogin* oder magnetisch wie Mesmer erklärt.»

«Du bist dir selbst nicht sicher, was du glauben sollst», bemerkte Maria betrübt. Eine derartige Ungewißheit schien ihr verdächtig nahe an den französischen Atheismus zu grenzen.

«Ja», sagte Sir John müde und mit einem eigenartig schiefen Lächeln. «Ich weiß nicht, woran ich glauben soll. Ich bin zu viel gereist. Gewißheit ist jenen vorbehalten, die immer an einem Ort gelebt haben, wo jedermann dasselbe glaubt.»

Dann erinnerte er sich an ein paar seltsame Dinge, die er im Verlauf seiner Reisen gesehen hatte. In Nordafrika, erzählte er, gab es Gruppen – sogenannte *Sufis*, eine Bezeichnung, die weder auf arabisch noch in einer anderen Sprache etwas zu bedeuten schien – die sich selbst mit Säbeln Wunden beibringen konnten, ohne zu bluten. Er hatte es mit eigenen Augen gesehen und von Männern mit untadeligem Ruf noch eigenartigere Geschichten über sie gehört. Die *Sufis* führen ihre Gabe auf eine Macht zurück, die sie *baraka* nennen und die angeblich das ganze Universum durchdringt, selbst den Raum, den wir Leere nennen. In Frankreich hatte er einen Gaukler gekannt, der sich Graf Cagliostro nannte und zu mindestens drei Vierteln aus reinstem Humbug bestand. Trotzdem besaß er die Fähigkeit, den Menschen die erstaunlichsten Dinge einzureden, bis sie das Gefühl hatten, zu anderen Welten zu reisen. Und in Hamburg hatte er einen Mann gesehen, der sich als der legendäre Frankenstein ausgab und anscheinend Gedanken lesen konnte – ein untersetzter blonder Mensch, völlig unscheinbar auf den ersten Blick, aber er sagte einem Dinge, die man sich nie hätte träumen lassen.

«Es gibt noch einen Mann, der behauptet, Frankenstein zu sein», sagte Maria verwirrt. «Er war vor ein paar Jahren hier in Neapel. Ich habe ihn nicht gesehen, aber jeder sprach von ihm, noch Monate später. Aber klein und blond war er nicht, ganz im Gegenteil, er war groß und dunkelhaarig.»

«Deshalb habe ich mir den Zweifel zum obersten Prinzip gemacht», sagte Sir John und lächelte. «Man weiß auf dieser üblen Welt nie, was Wirklichkeit ist und was Schein.»

Erst nach zweimonatiger Aufsicht wurden die beiden hin und wieder für ein paar Minuten allein gelassen und diese Gelegenheit nutzen sie, um über derartig verwirrende Themen zu sprechen.

Und erst nach weiteren zwei Monaten ließ man sie so lange allein, daß Sir John es wagen konnte, sie in die Arme zu nehmen.

«Einen Kuß», sagte er und schaute ihr tief in die Augen. «Nur einen einzigen.»

Maria mußte lächeln. «Ich dachte schon, du würdest nie fragen», neckte sie ihn.

Der Kuß dauerte sehr viel länger, als sie erwartet hatte und sie wußte, daß sie ihn ermutigte, weiterzumachen. Es war vielleicht nicht ganz so schön wie diese bestimmte Art des Betens, die die Heilkraft bewirkte, aber mindestens so schön wie Mr. Händels «Halleluja». Dann merkte sie, wie sein Penis hart wurde. Meine Güte, dachte sie, das war also gemeint, wenn die Schriftsteller schrieben: «Sie spürte, wie sich seine Männlichkeit gegen sie preßte.» Warum konnten sie sich nicht mit einfachen Worten ausdrücken, damit man wußte, was einen erwartete?

Sie zog sich plötzlich nervös zurück. Sie starrten sich an wie zwei Fremde, die sich um Mitternacht in einem verlassenen Schloß gegenüberstehen. Sie merkte, daß sie rot wurde und er war kreidebleich.

«Ich liebe dich», sagte er in einem seltsamen Tonfall, fast, als könnte er es selbst nicht glauben. «Maria, ich – ich –»

«Was ist mit dir?»

«Ich will dich heiraten», stammelte er. «Ich – ich –»

Und dann brach er in Tränen aus.

Maria hatte gedacht, daß Engländer nie weinen, genauso wie Elefanten nicht fliegen und Sizilianer niemals eine Beleidigung vergaßen. Doch Sir John hatte nicht nur vergessen, hinzuknien, als er um ihre Hand bat, wie es sich gehörte, sondern war so überwältigt, daß er weinte wie ein Kind.

Maria warf sich in seine Arme. Sie begriff nichts von alledem, sah nur, daß er Trost brauchte. Sie bemerkte, daß sein Glied in der Explosion der Gefühle erschlafft war, küßte die Tränen von seiner Wange und murmelte beruhigende Worte.

Er umklammerte sie mit aller Macht. «Ich liebe dich», wiederholte er. «Ich will dich heiraten. Ich bin so lange allein gewesen.»

Dies hatte etwas mit der Tragödie zu tun, über die er nie sprach; so viel konnte sie erraten.

«Was ist denn mit dir?» fragte sie sanft. «Du kannst es mir sagen, *caro mio*.»

Sir John lachte und weinte zugleich. Sie hatten englisch gesprochen, seit er zum ersten Mal «Ich liebe dich» in dieser Sprache gesagt hatte. «*Caro mio*», wiederholte er. «Das klingt viel hübscher als in meiner Sprache. Du mußt mich immer so nennen.»

Dann schob er ihre Arme weg und fing an, im Zimmer auf und ab zu gehen. «Ich will dich heiraten», sagte er noch einmal. «Bin ich akzeptabel?»

«Si. Ja. *Caro mio*. Liebling.»

«Ich war schon einmal verliebt», gestand er und wandte den Blick ab. «Die Pers-, die Frau verlor auf tragische Weise das Leben. Damals fühlte ich nichts. Ich wußte nicht, daß ich unter Schock stand. Ich glaubte, ich wäre ein gefühlloses Monster. Ich haßte mich selbst. Später, als die Trauer einsetzte, hatte sich etwas in mir verändert. Seitdem habe ich mich nie wieder verliebt. Nein, laß mich zu Ende erzählen!»

Maria, die ihn fast unterbrochen hätte, nickte.

«Ich habe dir schon erzählt, daß mein Vater Richter war. Er hatte eine Leidenschaft für das Gesetz – oder besser gesagt, für die Gerechtigkeit. Und das ist auch meine Leidenschaft, er hat sie an mich weitergegeben. Ich will ins Parlament, um für die Sache zu kämpfen, an die ich glaube. Männer, die hohe Posten bekleiden, haben mir nahegelegt, mich zu verheiraten, da ein Familienvater für die Wähler akzeptabler ist als ein zurückgezogen lebender Bücherwurm. Und so sehe ich mich meiner eigenen Auffassung von Ehre entsprechend seit zwei Jahren nach einer Frau um, die weise und tolerant genug ist, um mit einem so komischen Kauz wie mir zusammenzuleben. Ich habe die übliche Vernunftehe erwartet und nicht damit gerechnet, mich noch einmal zu verlieben.»

Er hielt inne. Einen Augenblick glaubte sie schon, er würde wieder in Tränen ausbrechen.

«Ich muß dir das alles sagen», fuhr er fort. «Ich verliebe mich nicht so leicht. Ich glaube, ich empfinde mehr Leidenschaft für Ideen als für Menschen. Ich begehre dich, Maria, aber ich muß dich vor mir warnen. Ich weiß nicht, was ich bin.»

«Du bist ein guter Mensch», sagte sie. «Ein intelligenter Mensch. Du solltest nicht so an dir zweifeln.»

Er schaute sie mit einem seltsamen Ausdruck in den Augen an. «Hast du je einen Mann weinen sehen?»

«Ja. Papa hat geweint, als Mama starb.»

«Ich habe immer geglaubt, daß man einen Mann, der solche Schwäche zeigt, nicht akzeptieren könnte.»

«Du bist ein Mensch. Ist das eine Schwäche?»

Sir John seufzte. «Es ist so verdammt kompliziert», sagte er ausweichend. «Lieber würde ich mir eine Kugel durch den Kopf jagen als zu denken, daß ich dein Leben ruinieren könnte.»

«Du bist gar nicht so exzentrisch, wie du glaubst», sagte Maria fest. «Du bist nur zu lange einsam gewesen, das ist alles. Du bist lieb und manchmal sehr lustig. Und ich liebe dich.»

Am nächsten Morgen nahm Graf Maldonado die Nachricht mit offensichtlicher Genugtuung entgegen. Er umarmte Sir John und küßte Maria.

Sie waren gezwungen zu schreien, denn der Graf nahm das Frühstück im Garten ein und Carlo ging seinen täglichen Schießübungen am anderen Ende des Grundstücks nach.

«Da ist noch ein Problem», rief der Graf. «Sind Sie bereit, zum katholischen Glauben überzutreten?» *Peng!* machte die Pistole.

«Wenn es nötig wäre, um Maria zu gewinnen, würde ich sogar Muselmane werden», rief er ausgelassen.

«Sehr romantisch», rief der Graf zurück, «aber so sollten Sie sich lieber nicht äußern, wenn wir mit dem Bischof sprechen. Wie auch immer, in Anbetracht der politischen Lage in England wäre es vielleicht von Vorteil, sich dort in einer anglikanischen Kirche nochmals trauen zu lassen, wenn Sie zurückkehren. Ansonsten könnte man Sie unter Umständen beschuldigen, Jakobit zu sein und das wäre wohl das Ende Ihrer Karriere.»

Peng! feuerte Carlos Pistole.

«Aber ich werde keinesfalls zum Anglikanismus übertreten», rief Maria heftig.

«Das wird auch gar nicht nötig sein», brüllte Graf Maldonado. «Einem englischen Staatsbürger ist es doch wohl gestattet, eine katholische Frau zu haben, nicht wahr, Sir John?»

Peng!

«Gewiß», rief Sir John. «Jeder weiß, daß Edmund Burkes Frau katholisch ist. Die Tories bringen das vor jeder Wahl auf den Tisch. Doch die Leute wählen ihn trotzdem jedesmal wieder ins Parlament.»

«Also dann empfehlen sich wirklich zwei Hochzeiten – sozusagen als Zeichen des Respekts unseren beiden Reichen gegenüber», rief Graf Maldonado. «Doch du kannst auf jeden Fall Katholikin bleiben, Maria, und Sie Anglikaner, Sir John. Fanatiker beider Lager werden Ihnen dies vorwerfen, aber die meisten Leute werden sich damit zufrieden geben.»

Der Graf lächelte. «Im übrigen will ich hoffen, daß ich in einem Jahr Großvater bin», schrie er. «Und wenn Ihr einem alten Mann einen Gefallen tun wollt, müßt Ihr mir versprechen, einen Teil des Jahres hier in Neapel zu verbringen. Vor allem, solange mein Enkel noch jung ist.»

Sir John mußte lächeln. «Sie vertrauen mir Ihr wertvollstes Gut an», brüllte er zurück. «Wenn meine politische Karriere es erlaubt, werden Maria und ich mindestens ein bis zwei Monate im Jahr hier verbringen.»

«Und jetzt macht, daß ihr wegkommt», rief der Graf. «Sonst muß ich noch weinen vor lauter Rührung.»

Peng! machte es im hinteren Teil des Gartens.

Für Maria verflogen die nächsten Tage wie im Traum. In der Kathedrale wurde das Aufgebot ausgehängt; Papa rannte alle Naselang zum Bischof, um mit ihm die Einzelheiten der Hochzeitsmesse und des anschließenden Empfangs zu besprechen und jeder, der in Neapel Rang und Namen hatte, kam vorbei, um den Maldonados seine Aufwartung zu machen – und sich bei dieser Gelegenheit Sir John anzuschauen.

Sir John blieb unter all den forschenden Blicken ruhig und gelassen. Er nahm bei Pater Ratti von der Herz-Jesu-Schule Unterricht in Katholizismus und Maria hatte das merkwürdige Gefühl, daß sie sich schon einmal irgendwo anders begegnet waren. Beide schienen sich darüber klar zu sein, daß aus Sir John nie ein orthodoxer Katholik werden würde, genauso wie er seit vielen Jahren kein orthodoxer Protestant mehr war – doch er würde die Form wahren und die Angelegenheit mit der erforderlichen Würde durchstehen.

Nur einmal lehnte er sich gegen das neapolitanische Protokoll auf: als der Arzt kam, um Maria zu untersuchen.

«Diese Praktik ist barbarisch», erklärte er Graf Maldonado empört.

«Schlimmer noch: sie ist heuchlerisch», erwiderte der alte Mann beherrscht. «Es wäre keine Schwierigkeit, die Ärzte bei derlei Angelegenheiten zu schmieren.»

«Nun», rief Sir John, «warum ignorieren wir das Ganze dann nicht einfach?»

«Weil sich das rumsprechen würde», erklärte der Graf. «Glauben Sie mir, ich kenne Neapel. Die Leute würden noch jahrelang davon reden, wie ich den naiven Engländer übers Ohr gehauen und ihm verdorbene Ware angeboten habe! Und das wäre weder Maria noch euren Kindern gegenüber gerecht.»

«Arrrgh!» stöhnte Sir John zähneknirschend. «Das ist wirklich unmöglich!»

Doch als Maria davon hörte, hatte sie längst entschieden,

dem neapolitanischen Brauch zu folgen. Dr. Massini hatte sie schon zweimal untersucht, als die Blutungen zu früh eingesetzt hatten und sie beunruhigt gewesen war. Sie hatte gelernt, sich zu entspannen und während der umständlichen Untersuchung des kurzsichtigen Doktors nicht nervös zu werden.

Und so erhielt Sir John wenig später eine von Massini unterzeichnete Urkunde, die belegte, daß seine zukünftige Braut *intatta* war.

Kaum hatte der Arzt den Raum verlassen, stürmte Sir John in den Garten, um unter vier Augen mit Maria zu sprechen. Er zeigte ihr die Urkunde, warf sie in die Mülltonne und verbrannte sie.

«Ich hasse es, dich so behandelt zu sehen», sagte er erregt. «Du bist keine Ware, die durch staatliche Fleischbeschauer gestempelt und beglaubigt werden muß!»

Wie überaus englisch, dachte Maria.

«Es war notwendig», sagte sie einfach. «Genau wie dein Religionsunterricht bei Pater Ratti.»

«Sich einem solchen Verfahren zu beugen, ist eine Beleidigung deiner Person. Leuchtet dir das nicht ein?»

«*Caro mio*», sagte Maria. «Ich bin viel zu glücklich, um Beleidigungen überhaupt wahrzunehmen!»

Sir John mußte lächeln. «Wenn du mich so nennst, sehe ich sie auch nicht mehr. Sag es noch einmal.»

«Caro mio!»

Und damit war die Sache erledigt. Doch später fiel Maria auf, daß niemand einen Beweis für Sir Johns Jungfräulichkeit gefordert hatte. Abgesehen von der Tatsache, daß dies bei einem Mann physisch unmöglich war, hätte man es auch als ziemliche Unverschämtheit angesehen. Mutter Ursula hatte recht: zum überwiegenden Teil war die Ehe ein Vertrag – und die Frau der Besitz.

Doch in diesem Fall trafen solche sozialen Regeln nicht zu. Sir Johns Sinn für Gerechtigkeit schloß auch die Frauen ein –

und Schwarze (er war für die Abschaffung der Sklaverei). Er würde sie nicht wie sein Eigentum behandeln. Er machte sich sogar – aus irgendwelchen geheimnisvollen Gründen – Sorgen, daß *er* ihr nicht ebenbürtig sein könnte. Aber so war er: er forderte stets mehr von sich selbst als von den anderen.

Viele Engländer, vor allem die Reichen, wenn sie zu den Whigs gehörten, waren wie er. Sir John hatte ihr einmal erzählt, daß das mit dem Geist zu tun hatte, der Schulen wie Eton beherrschte. Der gesamte Apparat bestand aus einem gewöhnlichen Stock oder einer Rute. Deshalb, so hatte er gesagt, wird man auch nie hören, daß ein Engländer der Oberschicht einen Standesgenossen öffentlich beleidigt. «Wenn es notwendig ist, beleidigt man den anderen mit einer harmlosen Äußerung, über die Möbel beispielsweise, die von einem strahlenden Lächeln begleitet wird. Der Beleidigte antwortet darauf stets mit demselben strahlenden Lächeln und einer ähnlich gelassenen Bemerkung, sagen wir über die letzte irische Rebellion. Ein Engländer weiß genau, worauf angespielt wurde, doch für Fremde ist es das reinste Verwirrspiel. Du wirst einige Jahre bei uns leben müssen, ehe du eine solche Unterhaltung entschlüsseln kannst. Der eine sagt in Wirklichkeit: Ich sehe keine neuen Möbel in deinem Haus und entnehme daraus, daß die Geschäfte nicht allzu gut gehen. Anscheinend hat inzwischen jeder mitgekriegt, was für ein Betrüger du bist. Der andere antwortet: Und wenn die Iren noch mehr von deinem Besitz in Brand stecken, wirst du bald wegen Zahlungsunfähigkeit im Kerker landen. Siehst du, *cara mia*, der Unterschied zwischen Selbstdisziplin, Selbstbeherrschung und bloßer Heuchelei ist bei uns etwas verwischt. Das Ergebnis davon ist, daß es bei uns glücklicherweise nur wenig Lügner gibt. Es kommt äußerst selten vor, daß man lügen muß, denn die Konversation meint sowieso nie das, was sie zu sagen scheint.»

Maria sah ein, daß sie die englischen Romane nur deswegen

langweilig gefunden hatte, weil sie die Nuancen wohlerzogener englischer Konversation nie begriffen hatte. Diese Romane waren wahrscheinlich tatsächlich sehr geistreich, wie man ihr erzählt hatte, vorausgesetzt, man wußte, daß die Charaktere nie das sagten, was sie wirklich dachten.

Doch eines Nachts, als Sir John allein in seinem Zimmer war, starrte er lange Zeit in den Spiegel. Es steht mir nicht im Gesicht geschrieben, dachte er, das ist Quatsch. Und ich habe seit zwei Jahren aufgehört (fast aufgehört) – bis auf ein paar kleine Rückfälle. Ich kann es schaffen, ganz aufzuhören. Ich kann es. Ich weiß, daß ich es kann.

Er griff nach seinem Tagebuch und versuchte bewußt im Stil seines französischen Lieblingsaphoristikers, seinen eigenen Geisteszustand zu ergründen:

> Der einsame Mensch, mißtrauisch sich selbst gegenüber, kann Trost nur finden, wenn er Stellung gegen sich selbst bezieht. Die Vorstellung, daß die Welt im Recht und ich im Unrecht bin: das ist der Mut des einsamen Zweifels. Und doch ist es der Pfad zum wahren Ich, die Essenz, die nur dann zutage tritt, wenn sich die Eitelkeit als die schäbige, flatterhafte Vettel zu erkennen gibt, die sie in Wirklichkeit ist.
>
> Es gibt etwas, wofür wir keinen Namen haben, etwas, das wir nicht belügen können, denn es bestraft unverzüglich jede Flucht, jede Schwäche. Es läßt uns unserer Bürde nicht entfliehen, denn es will uns stärken für noch größere Lasten. Von solchen Dämonen gehetzt zu sein, ist das Schicksal des «Eingeweihten», des Auserwählten.
>
> Nur dieser innere Widerspruch treibt uns dazu, den Dingen auf den Grund zu gehen und alle einfachen Antworten – selbst die der «Philosophie», selbst die «tiefgründigen», zu verwerfen. Denn auf dem Grund des bodenlosen Abgrunds können wir vielleicht dem Tyrannen ins Auge sehen und erkennen, wer er ist, wer das Schicksal ist und was er von uns will. Dies macht uns keineswegs

zu etwas «Besserem». Es macht uns zu Zwillingen der Notwendigkeit.

Sir John legte die Feder aus der Hand und lehnte sich müde in seinem Sessel zurück. Worte, Worte, Worte, wie Hamlet sagte. Die Analyse ist eine noch bessere Tarnung als die Fröhlichkeit.

Er erinnerte sich wieder an seinen Spitznamen «Der logische Babcock» aus der Zeit in Eton. Kannst du uns den genauen Zeitpunkt nennen, hatten sie ihn gefragt, in dem A zu nicht-A wird? Oh, ich könnte auch heute eine Menge darüber erzählen, antwortete er im Rückblick. Ich sehe Maria vor mir und bin A, genauso wie in Heidelberg mit Bertha, aber dann kommt ein besonders hübscher Junge an uns vorbei und schon bin ich nicht-A und ja, ich kann euch sogar den genauen Zeitpunkt, t, nennen.

Was war wahrer – die Zeit oder die Zahlen? Die Jungs waren zufällig, versteckt, heimlich in sein Leben getreten; die Affären mit Frauen hatten länger gedauert, weil er nicht gezwungen gewesen war, sich zu verkriechen. Also: was die Zeit anging, war er fünfzig Prozent A und fünfzig Prozent nicht-A; was aber die Partner anbelangte, war er weniger als zwanzig Prozent A und mehr als achtzig Prozent nicht-A. So oder so ein heikles Problem für strenge Aristoteliker. Ich liege irgendwo dazwischen, dachte er, mehr im Widerspruch zur Logik als zur christlichen Theologie.

Aber es sollte Schluß sein mit den Jungs. Der Tyrann, der das Schicksal sein mochte, hatte ihm etwas beigebracht: es war nicht wichtig zu bekommen, was man wollte, aber es war von großer Bedeutung, das zu wollen, was man hatte. Die erste Hürde war das *House of Commons*, dann kam, möglicherweise, das *House of Lords*. Eine glückliche Hochzeit stand bevor und er würde einen Schlußstrich unter Huren beiderlei Geschlechts ziehen. In Heidelberg hatte er geglaubt, in Bertha verliebt zu sein; jetzt wußte er, daß er Maria liebte. Es würde keine Jungs mehr geben, kein Risiko eines Skandals.

Und trotzdem ... und trotzdem merkte er, daß er Angst hatte. Und unterdrückte den einen Gedanken, der einen Strich durch seine ernst gemeinte und rational geplante Entscheidung ziehen konnte.

Angenommen, es ist nicht möglich, einen Hahn zuzudrehen und den anderen nicht?

Das wäre ein übler Scherz Gottes oder der Natur. Außerdem war er sicher, daß es nicht so war; er machte sich unnötige Sorgen. Immerhin war er während der Affäre mit Bertha monatelang ohne Jungs ausgekommen und den einen Hahn zuzudrehen hatte nicht das Versiegen des anderen bewirkt.

Aber jahrelang?

Ich weiß, warum sie Sünde und Gesetze gegen Obszönität erfunden haben, dachte er bitter. Damit wir nicht herumexperimentieren und genug Erfahrungen sammeln können, um uns ganz zu verstehen. Damit wir alle mit Zweifeln und Befürchtungen leben. Das ist die Peitsche, mit der sie uns im Zaum halten. Sie haben uns wortwörtlich bei den Hörnern gepackt.

Ich liebe sie. Es wird klappen. Ich muß mir über solche Dummheiten nicht den Kopf zerbrechen.

Von Dämonen gehetzt zu werden, dachte er, ist wie eine Mischung aus Gott und Opfertier zu sein.

Er blies die Kerze aus und versuchte zu schlafen.

Und so war Maria unschuldig glücklich und Sir John vorsichtig glücklich und endlich war der große Tag gekommen. Als Sir John in der riesigen Kathedrale stand und die Orgelmusik aufbrandete und ihn von allen Seiten überwältigte und als er sah, wie Maria am Arm des Grafen Maldonado den Gang herunterkam, während fünf weißgekleidete Kinder ihre Schleppe trugen, wußte er, daß er sie sein ganzes Leben lang aufrichtig lieben würde. Dessen war er gewiß. Er liebte sie mehr als er je irgend jemand geliebt hatte, sogar mehr als den armen Geoffrey.

Pietro Malatesta nahm an der Hochzeit teil, um seine neue

Freundschaft mit Graf Maldonado und das Ende der hundertfünfzigjährigen Fehde zwischen den beiden Familien erneut unter Beweis zu stellen. Als er sich einmal umschaute, fiel sein Blick auf Sigismundo, der zurückgezogen im Schatten einer Säule stand und sich offensichtlich bemühte, nicht gesehen zu werden.

Der Ausdruck in seinen Augen war furchterregend: er erinnerte Pietro an den leiblichen Vater des Jungen, an Peppino Balsamo. Im selben Moment drehte Sigismundo sich um und verschwand.

Wahrscheinlich wird er sich betrinken und morgen ist alles vorbei, dachte Pietro. Heute ist ein glücklicher Tag, ich sollte ihn mir nicht verderben.

Dann schworen sich die beiden Liebenden ewige Treue und der Bischof sagte zu Sir John, daß er jetzt die Braut küssen dürfe. Die Orgelmusik brauste von neuem auf. Noch während er Maria umarmte, spürte Sir John, wie ganz unerwartet Tränen in seinen Augen aufstiegen. Er küßte sie und dachte: es ist vollbracht, ich bin nicht mehr allein. Ich werde mich ihrer Liebe und ihres Vertrauens würdig erweisen. So wahr mir Gott helfe.

Als sie sich aus seinen Armen löste, mußte er beinahe lachen, denn er hatte eine leichte Erektion. Na ja, dachte er, keiner wird es sehen, und selbst wenn, der Bischof ist bestimmt ganz anderes gewohnt von solchen Hochzeiten. Das liegt an der Orgelmusik, nicht an dem Kuß. Es ist schon eine verrückte Religion, die auf ihren heiligen Festen die erotischste Musik spielt, obwohl sie ständig gegen die Erotik zu Felde zieht.

Dann küßte Graf Maldonado und ein Dutzend anderer Männer ihn auf beide Wangen und jedermann schüttelte ihm die Hand und die Orgel war erotischer als je zuvor (er konnte sich lebhaft vorstellen, was Methodisten zu einer solchen Zeremonie sagen würden: reine Ketzerei unter dem Deckmantel des Christentums» und dann schritten Maria und er das

Kirchenschiff hinunter. Vor ihnen lagen noch ein verdammt anstrengender Empfang und ein Bankett, das sie hinter sich bringen mußten. Alles, an was er denken konnte, war, wie er Maria die Kleider vom Leib reißen und sie in das Sakrament der Lust einweihen würde – und ihr auf alle Dutzend Arten, die er kannte, Dank dafür zollen würde, daß sie ihn von seiner Einsamkeit erlöst hatte.

Sir John und Lady Babcock, dachte er: jetzt sind wir eins vor Gott und dem Gesetz.

Der Nachmittag schien endlos. Jeder hatte natürlich seine ganze riesige Familie zum Bankett mitgebracht; die Kinder stürzten sich auf die Süßigkeiten und hatten sich innerhalb kürzester Zeit den Magen verdorben. Kinder, die sich übergeben, sind nicht gerade ein schöner Anblick – jedenfalls lassen sie einer leidenschaftlichen oder romantischen Stimmung keine Chance, dachte Sir John mürrisch, vielleicht sind sie sogar eine Warnung vor dem, was die Ehe mit sich bringen wird. Maria und er kamen kaum dazu, ein paar Worte zu wechseln. Wenn ihm nicht gerade jemand erzählte, was für ein Glück er hatte oder ein anderer ihm kräftig auf die Schultern klopfte, war garantiert irgendeine vor Rührung schluchzende Person dabei, Maria zu umarmen. Schließlich gab der sinnlos betrunkene Pietro Malatesta, der normalerweise nie die Haltung verlor, ein Kabinettstückchen zum besten, indem er den Bischof nachahmte, was außer ihm niemand allzu lustig zu finden schien, bis er zum Höhepunkt kam und rücklings zu Boden fiel. Fünf Männer waren nötig, um ihn zum Brunnen zu tragen, wo er nach einer Weile wieder zu sich kam.

Aber dann war endlich alles vorbei und Sir John und Maria saßen in der Kutsche, um zur Sommerresidenz des Grafen zu fahren, wo sie die Flitterwochen verbringen sollten.

«Bist du sehr müde, *cara mia*?» fragte er.

«*Di tanto in tanto*», sagte sie. «Aber auch sehr glücklich. Oh, ich liebe dich, ich liebe dich!»

Sie küßten sich leidenschaftlicher als je zuvor. Der Kuß nahm gar kein Ende mehr und Maria hatte das Gefühl, zu bersten wie ein Feuerwerk an neapolitanischen Feiertagen. Zaghaft legte Sir John die Hand auf ihren Schoß. Ohne den Rock zu heben, streichelte er sie zärtlich durch das Gewebe.

«Das ist schön», sagte sie leise. «Mach weiter.» Es war, als verwandelte sich die ganze Welt, als verwandelte sie sich selbst in Feuer, ein Feuer, das jedoch nicht schmerzte, sondern sich immer weiter, immer hitziger ausbreitete. «O Gott, mach weiter», murmelte sie. Sein Gesicht wirkte wie vergrößert, als hätte sie sich für die Oper Belladonna in die Augen geträufelt. Es war wirklicher als Fleisch, starr wie eine Statue, eine Maske. «Mach weiter.»

«Ja, mein Liebling, mein Engel», flüsterte er. Er küßte sie auf den Nacken, die Ohren. Langsam hob er mit der linken Hand ihren Rock. Und als er mit der rechten in ihr Höschen schlüpfte, hatte sie das Gefühl, als fielen die Sterne in die Kutsche hinein, als bestünde die ganze Welt aus Licht. «O mein Gott, mein Gott», stammelte sie. Er wußte, was geschah: er hatte die richtige Stelle gefunden. Sie wandte ihm den Kopf zu, küßte ihn leidenschaftlich auf die Lippen und stöhnte. Jetzt hatte er zwei Finger in ihr drin, dann drei. Sie konnte den Kuß nicht ertragen, atmete keuchend. «Gott, Gott, Gott», rief sie. «Oh, mein Gott!» Die ganze Welt verschwand und sie selbst versank in endlosen, leuchtenden Wassern, wand sich wie eine Welle durch die unendliche Weite.

«Bist du...?» fragte er und küßte sie auf die Wangen.

«Ja, ja! Oh, *caro mio*! Bist du schockiert? Meinst du, der Kutscher hat mich gehört?»

«Es wäre bestimmt nicht die erste Fahrt in die Flitterwochen, auf der er diese Art von Gottesanrufung hörte», sagte Sir John lächelnd.

Sie lachte nervös. «Ich habe mich vergessen. Ich konnte nicht mal warten, bis wir in der Villa angekommen sind!»

«Kutscher sind auf so etwas gefaßt, vorausgesetzt sie hören außer dem Klappern der Pferdehufe überhaupt irgend etwas.»

Maria küßte ihn. «Jetzt weißt du, daß es wahr ist, was man über die leidenschaftlichen Frauen des Südens erzählt!»

«Du hältst dich wohl für ganz schön schlimm, wie?»

«Nicht wirklich. Aber man bringt uns immer bei, Angst zu haben. Es fällt mir so schwer zu glauben, daß es jetzt, wo wir verheiratet sind, keine Sünde mehr ist.»

«Dummchen!»

Sie küßten sich. Sie legte die Hand auf seinen Schoß.

«Nein», flüsterte er.

«Hast du etwa Angst, daß der Kutscher dich hören könnte? Wenn er mein Stöhnen ausgehalten hat, wird er auch deins mit Fassung tragen, Liebling.»

«Nein, aber für einen Mann ist es etwas anderes. Ich glühe genauso wie du, aber... das Ergebnis... wenn du so weitermachst... wird für die Diener ziemlich deutlich sichtbar sein, wenn sie uns in der Empfangshalle erwarten.»

«Oh, mein armer Liebling!»

«Ich habe festgestellt, daß es mir hilft, das Einmaleins aufzusagen, wenn keine Erleichterung in Sicht ist», gestand ihr Sir John.

«Zwei mal zwei ist vier...»

«Zwei mal drei ist sechs...»

So sagten sie eine Weile das Einmaleins auf. Als sie an einem der *palazzi* vorbeikamen, sah Maria durch die Fensterscheibe Sigismundo Celine, der volltrunken die Straße entlangtorkelte, wild um sich schlug und von einem alten Mann festgehalten wurde. Er rief ihr etwas nach, das sie nicht verstand.

Abscheulicher Kerl, dachte sie. Selbst am glücklichsten Tag meines Lebens kann er mich nicht in Ruhe lassen.

Sie küßte Sir John wieder und wagte es, langsam ihre Hand auf seinen Schoß zu schieben. «Wenn es dich nicht allzu sehr erregt», flüsterte sie.

«Nein, nein, ich liebe dich so sehr!»

Nach ein paar Minuten keuchte sie: «Liebling, das ist noch besser als beim ersten Mal. Langsamer, Liebling. Langsam. Langsam. Küß mich!»

Nach einer Weile sagte sie noch einmal: «Paß auf, daß es nicht zu schlimm für dich ist!» und dann «Oh Gott!» und «*Caro mio!*» und dann erschlaffte sie in seinen Armen und verlor sich im wogenden Licht.

Sie beschlossen, sich wieder dem Einmaleins zuzuwenden.

Maria sagte: «Kein Wunder, daß die Dichter es den *kleinen Tod* nennen. Beim zweiten Mal glaubte ich zu versinken – ungefähr so muß der Tod sein, was meinst du? Aber süß, so süß! Liebling, wie nennt man das?»

«Orgasmus – in gehobenen Kreisen. Die einfachen Leute sagen ‹kommen›.»

«Oh, wenn wir in der Villa sind, will ich kommen und kommen!»

«Männer sind da etwas anders, weißt du. Ich werde nicht so oft kommen können wie du.»

«Wieviele Frauen hast du – nein, vergiß es. Ich will es gar nicht wissen. Sonst werde ich noch eifersüchtig.»

«Dich habe ich geheiratet. Nur dich werde ich für den Rest meines Lebens lieben.»

Als sie in der Villa ankamen, erwartete sie nur ein Diener, ein alter Hausverwalter mit herabhängendem Schnurrbart, der nicht aufhören wollte zu grinsen, als er ihr Gepäck ins Haus trug. Niemand grinst besser als ein glücklicher Neapolitaner, dachte Sir John, so wie niemand trauriger ist als ein melancholischer Neapolitaner oder wütender als ein zorniger Neapolitaner. Wir Engländer müssen ihnen vorkommen wie Automaten.

Als sie allein auf ihrem Zimmer waren, stürzte sich Maria auf Sir John. «Liebling», sagte sie. «Warte, Liebling. Momentmal. Oh Gott! Liebling! Warte – ich will mir die Hose ausziehen!»

«Du hast mir in der Kutsche soviel Lust bereitet.»

«Liebling. Laß mich nur...»

Umständlich stieg er aus seiner Hose.

«*Caro mio*», murmelte sie und küßte ihn auf den Nacken. »Ich hoffe, du bist genauso glücklich wie ich in der Kutsche.»

«Oh Gott, ja...

«Liebling! *Caro mio!* Mein Engel!»

«Gott. Schau mir in die Augen, Kleines. Sieh dir an, was du mit mir machst.»

Sie schaute ihm in die Augen und sah, wie sein Blick immer glasiger wurde. Auf dem Höhepunkt schloß er sie unfreiwillig und dann spürte sie etwas Klebriges, Nasses in ihrer Hand.

«Mein Liebling», flüsterte sie.

«Ich muß mich hinsetzen.»

Sie setzten sich auf das Bett und küßten sich.

«Was für ein herrlicher Ort», sagte Sir John, während er aus dem Fenster und auf die schwarze Silhouette der Bäume im Dunkeln sah. «Ich könnte für immer hier bleiben. Wir haben genug Geld. Wir könnten hier bleiben und einen Orgasmus nach dem anderen haben. Nie wieder in diese verrückte und gewalttätige Welt hinausgehen. Mein Gott, bin ich glücklich.»

«Ich glaube, ich fand es genauso schön, dich zum Orgasmus zu bringen wie selber einen zu haben», flüsterte Maria.

Sie küßten sich.

«Hör zu», sagte er leise. «Ich bin nicht gerade keusch gewesen. Aber die... anderen... das war nur, weil es sein mußte. So hat Gott nun mal die Männer geschaffen. Nicht er hat das Zölibat erfunden, sondern die Kirche. Für einen Mann ist es physisch unmöglich, nicht zu ejakulieren. Auch wenn er sich dagegen sträubt, kann er es nicht verhindern, dann geschieht es eben im Schlaf.»

«Ich weiß, *caro mio*. Mir ist es einmal im Traum passiert.»

«Das passiert auch bei Frauen?»

«Nur einmal!» Maria war das plötzlich ein bißchen peinlich;

sie wollte sich nicht daran erinnern, daß sie damals von diesem Sigismundo Celine geträumt hatte.

«Bei einem jungen Mann kann das durchaus einmal in der Woche passieren», erklärte Sir John, «wenn er versucht, keusch zu sein, wie die Kirchen das nennen. Die gesamte christliche Welt ist eine einzige Verschwörung, die uns daran hindern soll, diesen Aspekt unseres Seins zu verstehen. *Wir müssen diese Verschwörung aufdecken!*», sagte er heftig. «Wir müssen in der Lage sein, auch diesen Teil an uns und den anderen zu begreifen.» Er erinnerte sich an den Grabstein, der vom Dienst an der Freiheit kündete. Swift war vor allem aufrecht gewesen, ungeachtet aller Prüderie der Zensoren.

«Wie nennt man das, was du mit mir in der Kutsche gemacht hast?»

«Masturbation. Wenn ich es mit mir selbst machen würde, wäre das Masturbation.»

«So nennen es die Ärzte. Wie sagen die einfachen Menschen dazu?»

«Sich einen runterholen.»

«Ich habe das schon einmal gehört, aber ich wußte nicht, was es bedeutet. In der Schule taten das ein paar von den Mädchen.»

«Wenn Mädchen es zusammen machen, heißt es Tribadie», sagte Sir John vorsichtig. «Und wenn Knaben es zusammen tun Sodomie. Beides gilt als schlimme Sünde – deshalb sollte man sich in der Öffentlichkeit niemals anmerken lassen, daß man solche Praktiken kennt.»

«Knaben tun es miteinander?» lachte Maria. «Das muß ja komisch aussehen.»

«Das schätze ich auch», sagte Sir John und ermahnte sich, ihr nicht allzu starr in die Augen zu sehen, denn dies war das Zeichen eines Amateurschwindlers.

«Wie heißt denn die Sache selbst? Man sagt doch bestimmt nicht Geschlechtsverkehr dazu.»

«Bei uns heißt es ficken.»

«Das ist ein schönes Wort. Ich werde glücklich sein, mit dir zu ficken, Liebling. Mehr noch, als dir einen runterzuholen oder mir von dir einen runterholen zu lassen.»

«Jetzt wirst du aber vulgär!»

«Tut mir leid, Sir! Ich werde mich glücklich schätzen, Geschlechtsverkehr mit Ihnen zu haben, Sir!»

«Das andere ist mir doch lieber, glaube ich.»

«Magst du, wie ich ficken sage?»

«Sehr.»

«Irgendwie habe ich es gewußt.» Maria küßte ihn zärtlich. «Wirst du das erste Mal sehr vorsichtig sein, wegen der Jungfernhaut?»

«Das werde ich wohl müssen», sagte Sir John und lächelte. «Männer können nicht so oft wie Frauen.»

«Oh? Wie lange wird es dauern, bis wir ficken können?»

«Das kommt darauf an. Ehe wir einen neuen Versuch wagen, schlage ich ein heißes Bad vor. Das ist gut für die Entspannung und wirkt obendrein oft Wunder.»

«Hast du das auch bei anderen Frauen gelernt? Ich wette, daß dir das diese schamlosen, französischen Frauen beigebracht haben!»

«Eigentlich ist Baden so etwas wie eine nationale Obsession bei uns», sagte er. «Wir nehmen gern ein Bad, bevor wir etwas Bestimmtes unternehmen, oder auch danach.»

«Damit hast du aber meine Frage nicht beantwortet.»

«Du willst doch nicht im Ernst, daß ich dir von anderen Frauen erzähle.»

«Nein, eigentlich nicht. Ich habe nur Spaß gemacht.»

Sie küßten sich wieder.

«So und jetzt ab ins Bad», sagte er.

«Sollen wir die Lichter anlassen?»

«Wir können auch im Dunkeln baden, wenn du dich schämst.»

«Ich schäme mich», gestand Maria, «aber es ist sehr aufregend. Sag mir nochmal, daß wir verheiratet sind.»

«Wir sind sehr, sehr, sehr verheiratet, *cara mia.*»

«Wir werden die Kerzen brennen lassen.»

«Auch beim Ficken?»

«Ja, Liebling, auch beim Ficken.»

«Du kannst dich da hinter dem Wandschirm ausziehen, während ich das Wasser aufheize.»

«Nein», sprach Maria. «Ich will, daß du mich ausziehst.»

«Mein Liebling.»

Sir John hatte die übliche Mühe mit den tausend Haken und Knöpfen, aber schließlich war Maria nackt.

«Du bist schön wie ein Gemälde von Tizian», sagte er.

«Und du erholst dich langsam, glaube ich.»

«Ja, sieht so aus, nicht?»

«Wie nennt man das?»

«Das ist mein Schwanz.»

«Oh, wie hübsch.» Sie nahm ihn in die Hand. «Babcocks hübscher Schwanz.»

«O Gott», murmelte er. «Sag das nochmal!»

«Babcocks hübscher Schwanz.»

«Jessas», stöhnte er. «Ich bin so geil wie ein Zuchthengst.»

«Und wie heißt das hier?»

«Das ist deine Muschi.»

«Das klingt ja richtig italienisch oder japanisch. Ist das Wasser schon heiß?»

«Halt», sagte Sir John. Er kniete sich hin und küßte ihr schwarzes Dreieck.

«O je», sagte sie verlegen. «Das fühlt sich noch besser an als deine Hand. Aber bitte hör auf. Für dich ist es bestimmt nicht angenehm.»

«Es ist sogar sehr schön.»

«Bitte, hör auf. Es ist wunderbar, aber es ist bestimmt eine schreckliche Sünde.»

«Nicht für Verheiratete.» Doch er hielt inne. «Ich liebe dich», sagte er und stand auf, um ihr in die Augen zu sehen. «Es ist nur eine andere Art, dir eine Liebeserklärung zu machen.»

«Laß das Wasser ein», sagte sie verwirrt und errötete.

Sir John heizte das Wasser auf und goß es in die eiserne Badewanne.

«Meinst du, daß du nach dem heutigen Tag noch ein Glas Champagner verkraftest?» fragte er.

«Ich könnte literweise Champagner trinken.»

«Das glaubst du nur», sagte er und schenkte zwei Gläser ein. «Komm, wir nehmen sie mit ins Bad.»

Maria schüttete Parfüm und Badeelexiere ins Wasser. Als sie sich vornüber beugte, erinnerte sie ihn an die griechische Statue der Aphrodite, die er einmal gesehen hatte.

Sie stiegen in die Wanne. «Auf die ewige Liebe!» sagte Sir John und erhob sein Glas.

«Auf die ewige Liebe», antwortete Maria und stieß mit ihm an.

«Ich wünschte, wir hätten auf dem Dach der Kutsche ein Streichquartett mitgebracht», sagte Sir John plötzlich. «Dann könnte es jetzt draußen für uns spielen. Was hieltest du von Vivaldi?»

«Wir brauchen sie nicht», sagte Maria. «Ich habe die Musik in meinem Herzen.»

«Liebling!»

«*Caro mio!*» Als sie sich küßten, verschütteten sie beinahe ihren Champagner.

«Wenn wir ein solches r in England hätten», sagte Sir John nachdenklich, «dann hätten wir auch bessere Dichter.»

«Es ist wie Beten», sagte Maria. «Mutter Ursula hat mir davon erzählt und jetzt verstehe ich sie.»

«Was ist das?»

«Meine Hand.»

«Dachte ich's mir doch! Und was machst du da?»

«Ich hole dir einen runter. Deinem hübschen Schwanz.»

«So was Ähnliches hatte ich befürchtet. Du bist einfach schamlos.»

«Ja. Und das macht dir Spaß.»

«Ja. Sehr sogar. Aber ich muß dich vor der Anatomie des Mannes warnen, Liebling. Wenn ich noch einmal komme, werden wir vielleicht heut nacht nicht mehr zum Hauptgericht gelangen.»

«Na und? Dann ficken wir eben morgen nacht. Oder morgen früh. Wäre das nicht himmlisch – im Morgengrauen zu ficken, wenn die ersten Vögel singen?»

«Kannst du denn solange warten?»

«Du scheinst diverse andere Freuden zu kennen, Liebling.»

«Ich hatte solche Angst», gestand Sir John. «Ich habe noch nie mit einer Jungfrau geschlafen.»

«Was das angeht», sagte Maria, «Jungfrau bin ich immer noch. Ist das nicht erstaunlich nach all der Lust, die wir uns schon geschenkt haben?»

«O Gott», keuchte er.

«Bist du soweit...?»

«Fast...»

«Gut.»

«Ich habe einen Onkel, der in Indien gedient hat», sagte Sir John. «Manchmal gehen sie dort ganz bewußt nicht bis zum Letzten. Eine Woche oder noch länger. Nach der Hochzeit. Sie machen es nur so. Und andere Sachen. So daß die Jungfernhaut. Nicht beschädigt wird. Bis die Braut. Alle Freuden der Lust kennt. Oh, Gott!»

«Hast du einen Orgasmus gehabt?»

«Jessas, Maria und Joseph, ja.»

«Das dachte ich mir. Du hast ausgesehen wie ein gefolterter Gott. Aber es war keine Qual.»

«Natürlich nicht. Komm, wir gehen ins Bett und nehmen den Champagner mit.»

Er schenkte die Gläser wieder voll. Sie schlüpften unter die warme Decke.

«Auf die ewige Liebe», sagte er.

«Auf die ewige Liebe», antwortete sie. Sie tranken und stellten die Gläser auf den Tisch.

«Die ganze Welt ist verrückt», sagte Sir John. «Europa gleicht einem riesigen Irrenhaus und der Orient ist nicht viel besser, so weit ich gehört habe. Was sind wir doch für Dummköpfe. Das Leben könnte so schön sein, aber wir müssen es uns gegenseitig verderben.»

«Wir werden unsere eigene Welt gründen. Dort können wir uns immer wieder verstecken, wenn die andere Welt zu schlimm wird.»

«Ich war so allein.»

«Mit all den Frauen?»

«Es waren nicht so viele, wirklich.»

Sie umarmten sich. Sir John küßte ihre rechte Brustwarze.

«Lieber Himmel», sagte sie nach einer Weile. «Das spüre ich bis in meine Muschi.»

«Ich weiß. War es nicht klug von Gott, unsere Körper so einzurichten?»

«Liebling. Leg deine Hand wieder dahin.»

«Ich weiß was Besseres.» Er fuhr mit dem Mund nach unten.

«Hmm, das ist schön», sagte sie. «Aber... nicht so viel... so will ich nicht kommen.»

«Aber ich will es.»

«Oh Gott, es ist unglaublich – und, und... ich habe immer noch Angst, daß es dir unangenehm ist.»

«Es ist sehr schön, es ist wie Beten – ganz, wie deine Mutter Ursula gesagt hat.»

«Oh, *caro mio*... ich schäme mich so... nein hör nicht auf... ich – ich – ich schäme mich zu Tode... bist du sicher, daß es dir nichts ausmacht? Oh Gott, es ist mir egal... ich glaube, ich sterbe, aber es ist mir egal... ich habe Angst, mich zu bewegen... ich habe Angst, es könnte unangenehm sein für dich.»

«Es ist überhaupt nicht unangenehm. Ich bete dich an.»

«Oh Gott, ich werde verrückt... ich sterbe... nicht mal in der Kutsche war es –» Sie umklammerte mit beiden Händen seinen Kopf. «Es ist, als wäre die Heilkraft überall in mir... oh Gott, ich schäme mich so und ich liebe dich... ich sterbe... oh Gott, oh Gott, oh Gott!»

Er drückte sie zärtlich an sich, im Bewußtsein vollkommener Sicherheit vor der Welt und ihren Tollheiten.

«Ich bin vorhin gar nicht richtig gekommen», sagte sie. «Ich dachte es nur.»

Sie hatte ihren Kopf an seine Brust gelegt und die Augen geschlossen. «Ich habe mich Gott noch nie so nahe gefühlt. Ist das verrückt?»

«Überhaupt nicht.»

Und dann döste sie ein wenig und war innerhalb weniger Minuten fest eingeschlafen.

Sir John lag da und starrte an die Decke. «Ewige Liebe», zitierte er seine eigenen Worte: das ist ein Mythos, den die Dichter in die Welt gesetzt haben. Ich werde den Mythos mit Leben erfüllen. Ich werde mich dieser Frau würdig erweisen.

Und dann merkte er noch, wie er selbst langsam einnickte.

Er fuhr hoch, als es heftig an die Tür klopfte. Der Hausverwalter. Was war in den Mann gefahren? Man klopfte nicht in aller Herrgottsfrühe an die Tür eines frischvermählten jungen Paares auf Hochzeitsreise. Doch dann sah Sir John, daß die Sonne schon hoch am Himmel stand. Es war überhaupt nicht mehr früh. Maria und er hatten ziemlich lange geschlafen.

«Was ist los?» brummte er.

«Bitte, *signore*. Furchtbare Nachrichten!»

Sir John warf seinen Hausmantel über und ging zur Tür,

nicht ohne sich vergewissert zu haben, daß Maria bedeckt war. Er öffnete die Tür einen schmalen Spalt.

Der Hausverwalter sah aus wie eine Ratte, die dabei ist, sich ihr eigenes Bein abzunagen, um aus der Falle zu entkommen. Niemand ist trauriger als ein unglücklicher Neapolitaner, hatte Sir John am Abend zuvor noch gedacht.

«Was ist los?» wiederholte er besorgt.

«Es tut mir leid, *signore*. Der Graf – er möchte, daß Sie sofort nach Neapel zurückkehren. Es ist sehr ernst.»

Sir John machte die Tür ganz auf und trat auf den Gang hinaus. «Müssen wir es der *signora* mitteilen? Ist es so schlimm?»

Der alte Mann hatte Augen wie ein Spaniel, der um sein Herrchen trauert. Er fing an, Sir John die Sache in gebrochenen, unzusammenhängenden Sätzen zu schildern.

«Verdammt. Ist er tot?»

«Noch nicht. Aber die Wunde ist ernst.»

«Ich werde es der *signora* so schonend wie möglich beibringen. Lassen Sie bitte eine Kutsche für uns vorfahren.»

Sir John kehrte ins Zimmer zurück und betrachtete Marias liebliches Gesicht, das ruhig und friedlich schlief.

Es gibt keinen sicheren Ort, an dem man sich lieben kann und vor allen Tollheiten der Welt sicher ist, dachte er traurig.

Er legte die Hand auf ihre Schulter. «Liebling.»

Sie schlug die Augen auf. «*Caro mio*», murmelte sie leise. Dann bemerkte sie den Ausdruck in seinem Gesicht. «Was ist passiert?»

Er setzte sich neben sie auf das Bett und nahm sie in die Arme. «Liebling, ich muß dir etwas Furchtbares sagen.»

«Es ist ernst», sagte sie. «Ich spüre es.»

Er erzählte ihr alles und haßte sich selbst für die Grausamkeit seiner Worte.

«Wir müssen sofort zurück», stammelte sie.

«Natürlich.»

Dann weinte sie. Er hielt sie lange in seinen Armen, dann zogen sie sich an, gingen hinunter und bestiegen in stummer Verzweiflung die Kutsche, die sie den langen Weg zurück nach Neapel bringen sollte. Es hatte angefangen zu regnen.

Als Sigismundo Celine die Kathedrale verlassen hatte, lief er durch den Markt, ohne seinen Lärm oder die bunten Farben zu bemerken, bis hinunter zum Meer. Er fühlte nichts und dachte noch weniger. Erst als er vor der Bucht stand, schoß es ihm durch den Kopf, daß er jetzt herunterspringen und dem Ganzen ein Ende machen könnte. Irgend jemand würde dann gegen ihn wüten, genauso wie er selbst in jener anderen Nacht gegen Toni gewütet hatte und doch immer wieder ins Wasser getaucht war, um ihn zu retten.

Es war gar nicht so, als führten die drei Seelen einen Bürgerkrieg in ihm; da hatten es sich die Rosenkreuzer wohl ein bißchen zu leicht gemacht. Es war eher wie verschiedene Gänge, die ineinandergreifen. Dieser Gang hier war die «vegetative Seele», dieser die «animalische» und der nächste die «menschliche», aber im Grunde waren es doch alles nur Rädchen und mechanische Reaktionen. Wenn ich springe, heißt das nicht, daß ich mich umbringe, dachte er, sondern daß diese Maschine so konzipiert ist, daß sie sich ins Wasser stürzen muß. «Es ist schrecklich, was in meinem Wohnzimmer passiert», hatte Onkel Pietro gesagt, als sie Peppino folterten. «Diese Nacht wird uns allen zum Verhängnis.»

Eine Maschine hatte keine Gefühle. Sie ging einfach blindlings hinunter zur Bucht.

Die Wahrheit ist, daß ich nichts fühle, weil ich Angst vor meinen Gefühlen habe, dachte Sigismundo. Deshalb bewegt die Maschine sich vorwärts, ohne ihr Ziel zu kennen.

«Irgendwann wirst du zu uns kommen», hatte Peppino gesagt.

Egoismus. Eitelkeit. Eifersucht. Wut. Das waren die Laster, die man besiegen mußte, um zur vierten Seele zu gelangen. Also versuchst du, sie zu besiegen und glaubst sogar, du könntest es schaffen – wenn nicht irgend jemand gerade auf die Idee käme, während der Ostermesse deinen Onkel abzustechen, wenn die *rossi* dich nicht mit diabolischen Drogen vollstopften, wenn die Welt dir nur ein paar Jahre ohne Angst und Schrecken schon am Frühstückstisch gönnen würde. Du kannst die vier Erzengel beschwören und versuchen, dein Gleichgewicht, die innere Sonne zu finden, aus der sie projiziert werden. Du kannst sogar glauben, daß die vierte Seele mehr und mehr zu dir spricht, nicht nur in der Musik, sondern überall.Du kannst glauben, daß du auf dem Weg zur Übermenschlichkeit bist, zum Titel der Rosenkreuzer. Und dann, nur weil eine Frau sich in irgendwen anders verliebt, kommst du dahinter, daß alle animalischen Leidenschaften noch genauso in dir stecken wie vorher.

Alle Welt wußte, daß die Engländer die schlechtesten Liebhaber in ganz Europa waren. Angenommen, Maria hatte so einen steifen, herzlosen, selbstherrlichen und heuchlerischen Engländer erwischt? Dann hatte sie es eben nicht besser verdient, verdammt noch mal.

Sigismundo lief über den Markt.

«Die beste Seide, direkt aus Konstantinopel –»

«Die niedrigsten Preise, die Sie je gesehen haben!»

Das war komisch – er konnte sich gar nicht erinnern, die Bucht verlassen zu haben. Das hatte man davon, wenn die Wut so stark war, daß man sich nicht leisten konnte, sie zu spüren.

Seit einigen Wochen arbeitete er wieder an seinem *autokineton*. In der Chemie taten sich große Dinge, vor allem durch die Entdeckungen des Engländers Priestley. Sigismundo war sicher, daß es einen Weg gab, das *autokineton* anzutreiben – man mußte nur auf die richtigen Chemikalien kommen.

Das war wahrscheinlich genauso verrückt wie seine Musik.

Er betrat die Osteria Pompeii. Gott hatte die Trauben geschaffen, damit der Mensch Wein herstellen und sich so dem Elend der Menschheit eine Zeitlang entziehen konnte. Und die Maultiere sind nur deshalb so traurig, weil sie noch keine Möglichkeit gefunden haben, dem Elend ihres Daseins zu entkommen.

Sieh mal einer an, dachte er. Dann habe ich es jedenfalls besser als die Maultiere.

Nach dem dritten Glas Burgunder ging es ihm schon etwas besser. Eigentlich war das ziemlich komisch: wenn man bestimmte Chemikalien einfüllte, setzte die Maschine aus. Aber das hatte auch seine Vorteile: er konnte auf den Putz hauen und jedem unter die Nase reiben, was für ein blöder Esel er war und der Wirt würde ihm einfach nichts mehr bringen und keiner würde es ihm übel nehmen, denn er war betrunken. Glorreiche Freiheit.

Er trank noch ein Glas und schließlich war er in der Lage, wieder etwas zu fühlen. Am liebsten hätte er sie umgebracht. Er stellte sich vor, wie er auf der großen Treppe der Kathedrale stand, sich plötzlich auf sie stürzte und ihr den Dolch ins Fleisch bohrte – wieder und wieder. Blut auf dem weißen Kleid. Entsetzte Gesichter ringsum. «Wer war es?» Sigismundo Celine, der verrückte Musiker, der diese bizarren Stücke schreibt. Dies wäre die eine Tat, die wirklich alles verändern würde. Die die Bande zu seinem wahren Vater Peppino, dem Rächer, und zu Peppinos Gott, Luzifer, dem Rebellen, bloßlegen würde.

Wahnsinn! Was für eine blühende Phantasie du doch hast, sagte er sich. Zuerst wolltest du ein Heiliger der Rosenkreuzer werden und jetzt ein Teufel? Ein Mann der Extreme, wie?

Noch ein Glas Wein, beschloß er. Das geht vorüber. Morgen werde ich die vier Erzengel anrufen und das Licht in meinem Inneren fühlen, die innere Sonne. Morgen bin ich kein Wüterich mehr. Morgen weiß ich, daß ich heute ein Narr war, aber wozu? Jeder hat das Recht, sich ab und zu wie ein verdammter Narr aufzuführen, oder nicht?

«Pech und zuviel Wein»: das hatte Elpenor Odysseus geantwortet, als er ihm erklärte, wie er so schnell in die Hölle gekommen war. Denk nicht dran. Heute kannst du wüten und dich aufführen wie ein Tier. Morgen ist ein anderer Tag. Es ist dein gutes Recht.

Wollte ich mich denn wirklich ins Meer stürzen? Ich weiß es nicht mehr, ich kann mich nicht erinnern, was ich da unten gedacht habe. Noch ein Glas.

Tana vor dir, Orpheus hinter dir, Aradia zu deiner Rechten, Luzifer zu deiner Linken.

Nein, nein, nein: er würde nicht zulassen, daß Peppino aus dem Grab auferstand und sich seiner Seele bemächtigte. Er würde sich nicht in dem teuflischen Netz von Rache und schwarzer Magie verfangen.

Ich glaube, am besten gehe ich nach Hause und schlafe meinen Rausch aus, ehe noch etwas passiert. Ich höre, wie Nordwind aufkommt; seit Monaten habe ich nichts mehr angestellt. Die Geister rufen nach mir. Ja, höchste Zeit, nach Hause zu gehen und sich hinzulegen.

Sigismundo bezahlte seine Rechnung. Der Wirt schüttelte besorgt den Kopf. Er hat Angst, daß ich auf der Straße umkippe und ausgeraubt werde. Oder in der Gosse lande und morgen mit einer Lungenentzündung aufwache. Na ja, aber so betrunken bin ich nicht. Hoffe ich.

Doch seit er aufgestanden war, fühlte Sigismundo sich seltsam schwindelig und durcheinander. Diese Symptome waren ihm gar nicht aufgefallen, als er noch am Tisch gesessen und getrunken hatte.

Er torkelte zur Tür. Verdammt noch mal, ich gehe ja im Zickzack – wenn ich mich konzentriere, kann ich geradeaus gehen. Muß doch nicht jeder in Neapel wissen, daß ich einen in der Krone habe.

Beim Hinausgehen prallte er gegen beide Türrahmen.

Einen feinen Sohn hast du, Mama Celine. Schreibt die verrückteste Musik diesseits von China, erfindet Maschinen, die nicht funktionieren, läßt sich in der Öffentlichkeit vollaufen und irrt wie ein blindes Huhn durch die Gegend. Denkt am selben Nachmittag zuerst an Selbstmord und dann an Mord. Aber mach dir nichts draus: das hat er von der Familie seines Vaters.

Als er auf die Straße taumelte, sah Sigismundo sich plötzlich Carlo Maldonado gegenüber.

Mein Gott, dachte er, sie haben ja tatsächlich die längsten Nasen von ganz Neapel. Kein Wunder, daß man den Grafen «Cyrano» nennt.

«He du – Bananennase!» rief Sigismundo und grinste vergnügt.

Carlo Maldonado war selbst nicht ganz nüchtern. Er hatte auf dem Hochzeitsempfang seiner Schwester den ganzen Nachmittag Champagner getrunken.

«Was hast du da gerade gesagt?» fragte er.

«Hast du doch gehört», antwortete Sigismundo mit schwerer Zunge. «Wenn ich so eine Nase hätte wie du, würde ich auf allen vieren laufen, damit die Leute mich für ein Rhinozeros halten und nicht so lachen.»

Carlo erinnerte sich an das letzte Mal, wo er sich fast mit Sigismundo duelliert hätte. Damals waren sie noch Kinder gewesen, aber jetzt war er siebzehn. Er würde sich nicht auf einen unnötigen Streit einlassen. Es gab andere Möglichkeiten, seine Ehre zu verteidigen.

«Du bist betrunken», sagte Carlo munter, «und kannst nichts für deine schlechten Manieren. Geh lieber nach

Hause und schlaf dich aus, ehe du dich ganz zum Narren machst.»

Damit stapfte er an Sigismundo vorbei.

«Das war schlau», sagte einer der Portinari-Jungs, der aus dem Dunkeln aufgetaucht war. «Dieser Celine kann verdammt gut mit der Klinge umgehen.»

«Ich hatte keine Angst vor ihm», sagte Carlo schnell. «Ich habe nur keine Lust, mich mit einem Betrunkenen herumzustreiten.»

«Du ziehst ab, wie?» rief Sigismundo ihm nach. «Ganz, wie ich mir's gedacht habe. So verhält sich kein Mann. Höchstens ein Hund.»

Carlo drehte sich um. «Du bist ein betrunkener Esel. Ich habe keinen Bock, mich um dein Gerede zu kümmern.» Er ging weiter, nicht allzu schnell. Ich will nicht als Feigling gelten, dachte er, aber ich lasse auch nicht zu, daß er mich provoziert. Ich muß vorsichtig sein und ihn behandeln wie ein kleines Kind.

Plötzlich war Sigismundo wieder neben ihm.

«He», sagte er und schwankte ein bißchen. «Wer ist hier der Esel? Du etwa, Elefantenrüssel?»

Carlo dachte: es geht nicht, daß ich vor allen Leuten als Feigling dastehe, dann bin ich ruiniert. Aber es ist blöd, sich für nichts und wieder nichts auf einen Kampf einzulassen. Seine Familie hat viel Pech gehabt und außerdem ist er betrunken. Leise, um die Aufmerksamkeit der Menge nicht noch mehr zu wecken, sagte er: «Es hat große Anstrengungen gekostet, unsere Familien zu versöhnen. Du darfst nicht alles auf's Spiel setzen, nur weil du betrunken bist. Geh nach Hause und schlafe deinen Rausch aus.»

«Ich wußte, daß du kneifen würdest», erwiderte Sigismundo.

Es ist traurig, dachte Carlo, er ist so betrunken, daß ein Baby ihn mit einem Finger umschubsen könnte. «Paß auf, daß du nicht in den Gulli fällst», sagte er. «Geh nach Hause und leg dich hin – hör auf meinen Rat.»

Carlo ging würdevoll weiter. Ich werde ganz gut damit fertig, dachte er. Ich darf nur nicht zu schnell gehen. Ich darf nicht den Anschein erwecken, wegzulaufen, wie er meinte.

Doch schon verfolgte sie eine Menschenmenge. Sigismundo war, wie alle Betrunkenen, lauter als er meinte.

«Na schön, wer will hier einen Kampf?» brüllte Sigismundo und sah sich wütend um.

Da tauchte der alte Orsini aus der Dunkelheit auf. «Du bist ja völlig betrunken», sagte er und nahm Sigismundo beim Arm. «Am besten bringe ich dich gleich nach Hause. Carlo hätte jetzt schon Grund genug, dich zum Duell zu fordern.»

Sigismundo zögerte: er konnte einen alten Mann nicht angreifen. Allmählich dämmerte es ihm, daß er sich daneben benommen hatte.

«Ich habe zuviel getrunken ... es ist der Wein», stammelte er. «Sonst bin ich gar nicht so.»

«Ja, ja», sagte Orsini versöhnlich. «Aber jetzt gehen wir nach Hause. Na komm schon.»

«Danke», sagte Sigismundo schwankend. «Ich bin ein schlechter Mensch. In mir steckt der Teufel. Und diese Welt ist gar nicht unser Zuhause, glaube ich.»

Doch dann hörten sie alle in der Ferne ein Dröhnen, das immer näher kam. Es war kein Donner, wie sie zuerst gedacht hatten, sondern das Klappern galoppierender Pferdehufe und das Rattern einer auf sie zurasenden Kutsche. Orsini zerrte Sigismundo weg von der Straße und auch die anderen suchten Zuflucht in Toreingängen oder kleinen Seitengassen. Mitten aus der zwielichtigen Dämmerung tauchte sie plötzlich auf: eine riesige, mit purem Gold verzierte Kutsche. Und als sie mit voller Fahrt an ihnen vorbeirumpelte, konnte jedermann das Wappen der Maldonados auf den Türen erkennen. Wie ein in der Ferne verhallender Donner verlor sie sich dann ebenso schnell, wie sie gekommen war, wieder im Dunkeln. Und plötzlich herrschte Totenstille.

Moira: ein Knoten. Das Schicksal webend und schnatternd, schnatternd und webend.

«Carlo», schrie Sigismundo in die Finsternis. «Da fährt deine Schwester. Der Engländer wird sie heute nacht vögeln, was das Zeug hält. Wenn er sie nicht sogar in den Arsch fickt – das ist nämlich eine Spezialität der Engländer.»

Der alte Orsini seufzte laut auf und fing an, Sigismundo den Hügel hinaufzuschleppen.

Doch Carlo kam hinter ihnen her gerannt.

«Du willst es wohl nicht anders, wie?» keuchte er. «Du blödes Arschloch. Du – na schön. Du wolltest ein Duell. Du sollst dein Duell haben.»

«Er ist betrunken», wandte der alte Orsini ein.

«Du hast gehört, was er gesagt hat», herrschte Carlo ihn an. «Jeder in diesem verdammten *palazzo* hat es mitgekriegt. Er hat die Ehre meiner Familie besudelt!»

«Ich bringe dich um», sagte Sigismundo. «So steht es geschrieben. Du hast keine Chance.» Tennone hatte ihm erst vor kurzem erklärt, daß er jetzt Meisterfechter war und er selbst ihm nichts mehr beibringen konnte.

«Du bist derjenige, der keine Chance hat, du Dummkopf», sagte Carlo bitter. «Ich bin die beleidigte Partei. Also wähle ich die Waffen.»

Langsam ging Sigismundo ein Licht auf. «Welche Waffen?» fragte er, obwohl er die Antwort längst wußte.

«Pistolen», antwortete Carlo. «Auf dem Feld hinter dem Botanischen Garten. Im Morgengrauen.

Er ist der beste Pistolenschütze in ganz Neapel, dachte Sigismundo und ich werde einen Kater haben.

Pech und zu viel Wein, sagte Elpenor.

Als sie zum Haus der Celines kamen, verabschiedete sich Sigismundo am Tor vom alten Orsini.

«Jetzt kann ich allein weiter», sagte er in dem Versuch, seine Würde wiederzuerlangen. Wenn die Familie Wind von der Sache kriegte, konnte alles noch verhindert werden. Onkel Pietro, Meister im Verhandeln, würde Graf Maldonado aufsuchen. Und wenn es mitten in der Nacht war und der Graf vom Empfang noch betrunken war – es war noch alles drin.

Ja, das war eine Möglichkeit. Nur etwa zwei Dutzend Leute waren Zeuge der Szene im *palazzo* gewesen. Da Duelle verboten waren, würden sie schweigen. Noch.

Man könnte also einfach sagen, daß Sigismundo Celine als Professor für Musiktheorie an die Universität von Paris berufen worden war. Mit Onkel Pietros Beziehungen könnte das sogar Wirklichkeit sein, noch ehe er auch nur in Mailand angekommen war. Carlo würde sich einverstanden erklären, wenn der Graf darauf bestand, daß ein derartiges Exil Strafe genug für Sigismundo war.

Ja, so etwas lag durchaus im Bereich des Möglichen.

Doch die Leute, die im *palazzo* gewesen waren, wußten Bescheid und irgendwann würden sie anfangen zu reden.

«Dieser Celine, erinnerst du dich, der mit der schrecklichen Musik ... ich weiß, warum er Neapel verlassen hat.»

«Ich war dabei, als es passiert ist. Er hatte das frechste Mundwerk außerhalb von Korsika!»

«Genau – und als er Carlo Maldonado gezwungen hatte, ihn herauszufordern, was hat er da gemacht? Den Schwanz eingezogen und Fersengeld gegeben!»

Sigismundo fiel erschöpft auf sein Bett. Er spürte bereits die ersten Anzeichen des Katers.

«Man sagt, er hielte sich noch immer in Paris versteckt, weil er Angst hat, nach Hause zu kommen.»

«Wie soll er sich auch hier noch blicken lassen? Ein Feigling wie er ...»

Das Duell konnte noch abgeblasen werden: Onkel Pietro hätte es sogar fertiggebracht, jemandem im strömenden Regen eine Ladung Schlamm zu verkaufen. Aber die Gerüchte, die sich dann verbreiten würden, die konnte man nicht aus der Welt schaffen. Nichts würde sie aufhalten.

«Hat den Schwanz eingezogen und Fersengeld gegeben ...»

Mein Gott, dachte Sigismundo, mein Kopf füllt sich an, als hielte die gesamte Schlagzeugsektion des Teatro eine Probe darin ab.

Jeder hat das Recht, einen Tag lang Narr zu sein, habe ich gesagt. Aber ich hatte vergessen, daß die Konsequenzen länger als einen Tag dauern – sie können den Rest des Lebens ausmachen.

Warum sollte er Onkel Pietro die Sache nicht bereinigen lassen? Ein neues Leben in Paris anfangen (oder Oxford oder wohin auch immer man die Fälle schickte, mit denen man in Neapel nicht fertig wurde)? Was machte es schon aus, wenn sich in Neapel die Leute die Mäuler zerrissen, solange er nicht in Neapel war? Was hatte er davon, mit zitternden Händen und brummendem Kopf in die Dämmerung hinauszugehen und sich abknallen zu lassen?

Doch solche Gedanken hatten keinen Zweck, sie bargen keine Überzeugungskraft.

Ich war Neapolitaner, ehe ich Freimaurer wurde, sogar ehe ich Musiker wurde, ehe ich überhaupt etwas wurde und ein Neapolitaner drückt sich nicht vor dem Kampf. Wir sind einfach zu oft erobert worden, sagt Onkel Pietro. Ein erobertes Volk entwickelt seine eigene Art von Stolz.

Plötzlich verspürte Sigismundo ein brennendes Verlangen nach Wasser. Er hätte einen ganzen Eimer voll trinken und sich einen zweiten über den Kopf gießen können. Doch er blieb liegen. Er wollte noch eine Weile abwarten, ehe er den Versuch unternahm, zum Brunnen hinunterzugehen – das Hinaufkommen war schon Herausforderung genug gewesen.

Er fragte sich, wie viele Duelle wohl von betrunkenen Parteien bestritten worden waren. Sehr viele wahrscheinlich. Außerhalb der «verdammenswerten Bücher der Romanzen» verstrickten sich nüchterne Männer nicht in solche Fallen. Und wenn man es genau besah, war Carlo wohl auch nicht gerade nüchtern gewesen – wahrscheinlich hatte er auf dem Empfang seiner Schwester getrunken.

Großartig: hinter dem schönen Botanischen Garten ging die Sonne auf und zwei besoffene Halbwüchsige stolperten herum und versuchten, klar genug zu sehen, um sich gegenseitig umzubringen. Das ist eine Komödie, dachte Sigismundo, nur daß einer von uns, oder vielleicht sogar wir beide tot sind, wenn der Vorhang fällt.

Und ich habe mich nie richtig mit Pistolen abgegeben, weil ich sie nicht ausstehen kann. Das soll mir eine Lehre sein: wenn man etwas haßt, sollte man es studieren und nicht ignorieren, denn es könnte irgendwann im Leben doch noch eine Rolle spielen.

«Pech und zu viel Wein!» Selbst Homer hatte gewußt, daß dies der schnellste Weg zur Hölle war. Und das ist das dritte Mal, wie bei meiner Initiation. Zuerst ein Scherz, dann ein Schrecken und schließlich der Augenblick der Wahrheit.

Sigismundo raffte sich auf und torkelte die Treppe hinunter zum Garten.

Ich bin gar nicht mehr so betrunken, dachte er. Ich war kein Mal in Gefahr, eine Stufe zu übersehen und hinzufallen. Ich muß nur alles etwas langsamer angehen.

Einmal ist Glück, zweimal Zufall, dreimal Schicksal. Was wiederum nur eine Bezeichnung für unsere schlechten Angewohnheiten ist, wie Onkel Pietro meint.

Er holte einen Eimer Wasser aus dem Brunnen und kippte ihn sich über den Kopf.

Jessas! Was für ein Schock.

Aber es war notwendig. Er holte einen zweiten Eimer

herauf und wiederholte die Prozedur. Es erinnerte ihn an seine Taufe, an seine Initiation als Freimaurer, an seine Todesvisionen auf dem Ärmelkanal. Drei – drei – drei. *Terza rima.* Ich bin ein Extra-Canto, hinten an das Inferno angeheftet, vier Jahrhunderte zu spät. Er schöpfte einen dritten Eimer Wasser und trank ausgiebig. Dann ging er zum Pinkeln auf's Klo.

«Wein kauft man nicht – man mietet ihn nur!» Das war einer der Lieblingsscherze von Onkel Pietro.

«Diese Nacht wird uns allen zum Verhängnis!»

Als er die Treppe hinaufging, stolperte er einmal.

Das soll dir eine Warnung sein. Du wirst dich anstrengen müssen, um wieder nüchtern zu werden. Du wirst die ganze Nacht die Treppe rauf- und runtergehen, du wirst trinken und pinkeln, trinken und pinkeln, bis du den ganzen Alkohol aus dir rausgespült hast.

Sigismundo setzte sich auf das Bett und betrachtete sein *clavicembalo*, seine Bücher, das vertraute Zimmer, das er vielleicht nie wiedersehen würde, wenn er im Morgengrauen starb. Ich will ihn nicht töten. Ich will niemanden töten. Wie geraten wir bloß immer in so einen Schlamassel?

Sigismundo atmete tief durch. Jetzt konnte nur noch eins helfen. Er mußte alles aufbieten, was die Freimaurer ihm beigebracht hatten, um die vierte Seele zu aktivieren und sich über die Verblendung, in die die animalische Seele ihn verstrickt hatte, zu erheben.

Er befolgte Abraham Orfalis Anweisungen und konzentrierte sich auf seine Füße. Er stellte sich vor, wie er jeden Muskel einzeln entspannte, visualisierte das weiße Licht. Langsam bewegte sich dieses entspannende Leuchten seine Waden hinauf, zu den Knien, den Schenkeln, dem Bauch, der Brust, von den Händen hinauf über Unterarme zu den Schultern und in den Kopf. Er versuchte, einen Gesichtsmuskel nach dem anderen zu entspannen. Und dann sah er sich nicht mehr als Körper, sondern als Geflecht aus reinem Licht.

Er fing wieder von vorn an. «Beim ersten Mal klappt es nie», hatte Orfali gesagt. «Jedesmal ist noch Spannung da, die abgebaut werden muß. Fang noch mal von vorn an und wiederhole die Übung Schritt für Schritt.»

Wieder arbeitete sich Sigismundo von den Zehenspitzen bis zum Scheitel aufwärts. Er hielt die Vision des reinen Lichts für fast eine Minute aufrecht und erinnerte sich an die Armbewegungen der anderen während seiner ersten Initiation: LVX. Licht war das Geheimnis, die erhabenste Substanz der Alchemisten. Gottes erster Befehl lautete nicht: «Es werde Materie», sondern: «Es werde Licht.»

Er hatte noch immer einen Brummschädel, aber es ging ihm schon besser. Höchste Zeit, sich wieder auf die gefährliche Reise die Treppe hinunter zum Brunnen zu machen.

Diesmal stolperte er nicht. Im Garten trank er ausgiebig, suchte das Klo auf und stieg dann die Treppe hinauf in sein Zimmer.

Dort setzte er sich auf das Bett, schloß die Augen und arbeitete sich wieder von den Zehenspitzen bis zum Scheitel aufwärts. Als er sich so leicht fühlte wie das Licht selbst, rief er die vier Erzengel an. Bald erschienen sie ihm in lebendiger Gestalt: Rapha-El in blau, Micha-El in rot, Gabri-El in gold, Auri-El in grün. Jetzt wurde es schwierig. Ohne sich auf die vier Wächter zu konzentrieren, versuchte Sigismundo, sie dazubehalten und gleichzeitig die Meditation der Mittleren Säule zu beginnen.

Der erste Schritt bestand darin, ein weißes Licht von etwa der Größe einer Melone zu visualisieren, das über dem Kopf schwebte. Alles andere mußte unterdrückt werden, selbst die Tatsache, daß er im Morgengrauen sterben könnte. Das weiße Licht mußte vollkommen scharf sein, bis sich das Bewußtsein aus der Lichtsäule in seinem Körper mit der Wolke aus Licht über seinem Kopf vereinigte.

Jetzt sang Sigismundo «AHIH, AHIH, AHIH», zuerst

laut, dann nur noch in seinem Kopf. Die Schwierigkeit bestand darin, die Wolke scharf zu behalten, die vier Erzengel in den vier Ecken nicht aus den Augen zu lassen und sich noch tiefer in den Gesang zu versenken. AHIH bedeutete «Ich bin» und war der geheimste Name Gottes, der nur Moses offenbart worden war.

Nach wenigen Minuten war Sigismundo erschöpft und hatte nicht mal so viel Erfolg gehabt wie bei seinen ersten Versuchen vor drei Jahren.

«Es gibt keinen Ersatz für die tägliche harte Arbeit», hatte Abraham ihm immer wieder eingeschärft. «Doch wenn es ihn gibt, dann sag mir so schnell wie möglich Bescheid.» Sigismundo hatte diese Übung vernachlässigt, hatte sie nicht jeden Tag praktiziert, wie er es hätte tun sollen. Die Mathematik und die Musik hatten ihm handgreiflichere Resultate geboten.

Er ging hinunter und trank.

Als er wieder in seinem Zimmer war, machte er einen neuen Versuch.

Er war eine Säule aus Licht.

Die Engel waren alle scharf.

Das Licht über seinem Kopf wurde immer strahlender, heller, leuchtender.

«AHIH, AHIH, AHIH.»

Sigismundos Kopfhaut prickelte; das war ein typisches Symptom des Erfolges, sagte Abraham. Er konzentrierte sich und entspannte sich zugleich, versuchte, nicht zu versuchen, versuchte, alles geschehen zu lassen.

Noch ein Prickeln in seiner Wirbelsäule. Das Licht senkte sich über ihn, tausendmal strahlender als zuvor, als er es erhoben hatte.

Er war kaum noch da; sein Kater war verschwunden.

Jetzt ging es darum, diesen Zustand beizubehalten.

Als nächstes plazierte er mit äußerster Behutsamkeit ein Licht – ein goldenes diesmal, kein weißes – inmitten seines Herzens.

Das goldene Licht in seiner Brust und das weiße Licht über seinem Kopf verschmolzen. Reine Energie pulsierte durch seinen Körper. Sigismundo sang «IAO, IAO, IAO». Dies war ein Name für Gott, der so geheim war, daß er nicht einmal in der Bibel stand und nur der FRC bekannt war.

Nach einer Viertelstunde war seine Brust ganz warm und prickelte. Er spürte, wie die Pflanzen im Garten sich darüber freuten und ihn aufforderten, weiterzumachen, und zugleich war ihm bewußt, daß der Weltraum nicht wirklich euklidisch war.

Dann wurde alles unscharf und Sigismundo sank erschöpft in sich zusammen. Nun fing er wieder an, langsam die Füße zu entspannen, dann die Beine, den Rücken, die Arme, die Gesichtsmuskeln. Schließlich holte er das Licht über seinem Kopf zurück und kam wieder an den Punkt, wo er beim ersten Mal versagt hatte.

Er fixierte das weiße Licht über seinem Kopf und das goldene in seiner Brust und fügte noch ein rosafarbenes über seinen Genitalien hinzu. Er sang «ARARITA, ARARITA, ARARITA» – eine Bezeichnung für die Macht, die aus den Initialen eines hebräischen Satzes mit folgender Bedeutung stammte: «Eins in seinem Ursprung, Eins in seiner Veränderung, Eins in seiner Essenz.»

«ARARITA, ARARITA, ARARITA.»

Ich hätte es verdient, in diesem Duell zu sterben – ich habe es selbst provoziert.

Die Lichter erloschen, Sigismundo sank erschöpft auf das Bett.

«Diese Nacht wird uns allen zum Verhängnis.»

Vorsichtig stieg Sigismundo die Treppen hinunter und urinierte. Er hatte genug Wasser getrunken. Die Reinigung vollzog sich problemlos.

Er entspannte sich und fing ein letztes Mal von vorne an.

Entspanne die Füße. Die Beine. Den Bauch.

Das Licht über dem Kopf: «AHIH, AHIH, AHIH.»

Das goldene Licht im Herzen: «IAO, IAO, IAO.»

Das erotische rosafarbene Licht: «ARARITA, ARARITA, ARARITA.»

Wenn man es schaffte, alle drei Lichter gleichzeitig aufglühen zu lassen, so lautete die Theorie, würde das Rosenkreuz Gestalt annehmen, Dantes «Liebe, die die Sonne und andere Sterne bewegt» und das Zentrum des Bewußtseins würde sich von allen vegetativen Reflexen befreien, die animalische Seele überwinden, sich den menschlichen Konzepten entziehen und zur vierten Seele finden, dem ICH BIN, dem einen Geist im Universum.

Doch hatte Peppino nicht geglaubt, daß es noch einen anderen Geist gab, einen Widersacher, der das Universum verändern, es zu etwas Besserem machen wollte? Luzifer, der Träger des Lichts, der Rebell.

Dieser andere, entgegengesetzte Geist war der Teufel, lehrte die Kirche.

Nein, es war nicht der Teufel, behaupteten die Rosenkreuzer. Dieser Geist existierte nicht. Er war eine Illusion. Es gab nur einen Geist.

Alle drei Lichter waren vollkommen scharf.

Nichts anderes existierte.

Die Lichter vereinigten sich. Sigismundo spürte, daß er leicht und frei atmete, hier in seinem Zimmer, in der Villa der Celines, hoch auf dem Hügel von Neapel, auf dem europäischen Kontinent, auf dem Planeten Erde, im System der neun Planeten, die die innere Sonne in einer weiten Spirale umkreisten, im Mutterleib, im erotischen, rosafarbenen Wasser, halbwegs zwischen Sein und Nichtsein. In unendlicher, labyrinthischer Stille.

Zuerst war das Licht weit, weit entfernt, doch dann kam es mit unglaublicher Geschwindigkeit näher und er erinnerte sich an den ersten Canto des *purgatorio*, als Dante dieses Licht erblickt: *Knie, knie nieder, hatte Vergil gerufen, dies ist ein Engel Gottes.*

Das Licht war überwältigend. Er erlebte einen Augenblick reinen Schreckens, glaubte schon, es würde ihn vernichten, doch dann war es ihm egal, ob es ihn vernichtete oder nicht. Er löste sich auf, als bestünde sein Körper tatsächlich aus Atomen, wie Epikurius gesagt hatte, und jedes Atom bewegte sich vom anderen fort.

Es gab keine Mitte, keinen einen Geist, keinen Sigismundo mehr. Es gab Millionen von Sigismundos, die in Millionen Richtungen schwirrten und überall in Raum und Zeit existierten.

Ganz Neapel floß durch ihn hindurch und er floß durch ganz Neapel. Er hatte Neapel, die Welt hinter sich gelassen und alles kam wieder zusammen. Plötzlich gab es eine Einheit in unendlicher Verschiedenheit: der eine Geist, die vierte Seele, das ICH BIN. Unendlicher Raum. Unendliche Sterne. Unendliches Spiel.

Alles war aus Wachs und schmolz im ewigen Feuer, das nicht die Hölle war, sondern das Paradies. Tiere, Fische, Pflanzen, Sterne, Geflechte, Energien – tropfend, flammend.

In unendlicher, labyrinthischer Stille.

Er erinnerte sich, eine Schlange gewesen zu sein, ein Insekt, ein Baum. Alles ging viel zu schnell; er mußte seinen Körper wiederfinden.

Er steckte wieder im Körper von Sigismundo Celine, einem männlichen Körper, zwanzig Jahre alt, im Europa des Jahres 1770.

Tatsache ist, daß ich meinen Körper nie verlassen habe und auch nie wieder in ihn zurückgekehrt bin, dachte er. Raum und Zeit haben hiermit nichts zu tun. Es gibt keine Worte für das, was wirklich geschieht. Ich war niemals «in» einem Körper, ebensowenig, wie eine Sonate «in» einem Instrument steckt.

Und der Geist Gottes schwebte über dem Wasser und gab ihm Gestalt.

Ich bin der Geist Gottes, der über dem Wasser, dem feurigen Fluß schwebt und allem Form und Gestalt gibt.

Ich weiß nicht, was ich denke.

Das Licht war kein blendender Blitz mehr wie am Anfang, keine Explosion, kein Anfall in seinem Gehirn. Es war Teil des Chaos, das das Gehirn durchmacht, wenn es einen Schaltkreis verläßt, um sich in einem anderen zu reorganisieren. Das Licht war jetzt einfach nur Helligkeit, nichts wurde von ihm überwältigt, doch alles wirkte klarer in ihm.

Er war in der Tat ICH BIN; nichts Komplizierteres als sein eigener, von allen Gewohnheiten und Grenzen eines Lebens gereinigter Geist. Gereinigt auch von Verlangen und Angst, Eitelkeit und Scham; mehr ein Spiegel als eine Sonne: reflektierend.

Und so wartete er dann, ohne Angst und ohne Ungeduld, lauschte seinem sanften Atem, verloren in unendlicher, labyrinthischer Stille, wohl wissend um seine Unverletzbarkeit. Da er millionenfach gestorben war, wußte er, daß der Tod nichts ändert; und so war auch das Universum in diesen wenigen Minuten millionenfach vergangen und wieder auferstanden.

Die Gewohnheit, alles, was außerhalb des Denkens lag, als das «Äußere» zu bezeichnen, war eine Konstruktion des Geistes, wie Hume sagen würde. Er war jetzt in der Lage, alles als «Inneres» und «Äußeres» oder als beides zugleich zu sehen. Und es war äußerst belustigend, fand er, diese doppelte Perspektive beizubehalten und die ganze Welt als Teil des «Inneren» wie auch als «Äußeres» erleben zu können.

Ein Vogel begann zu singen.

Seine Stimme war lauter als Donner; Sigismundo erkannte, daß er noch nie zuvor das Singen eines Vogels richtig wahrgenommen hatte, weil er stets in unendlicher, labyrinthischer Stille verloren gewesen war.

Er lauschte, gebannt.

Der Vogel sang weiter und er wurde zu seinem Lied. Er floß in den Vogel und der Vogel in ihn. Sie sangen: sie sangen nicht: es gab nur das Lied. Andere Vögel stimmten ein. Es war, als könnte er jeden einzelnen unterscheiden, hier oben auf dem Hügel bis hinunter zur Bucht, in ganz Neapel – wie sie eins mit den Würmern wurden, mit der lebendigen Erde selbst. Und wieder gab es keinen Sigismundo mehr.

Er kam zurück, ohne Eile diesmal, zurück in den einzigen Brennpunkt seines Lebens. Langsam sickerte die Sonne in die Nacht und der Himmel verfärbte sich rosa, wie eine sich öffnende Rose. Schwester Sonne, Bruder Mond, dachte er: der Heilige Franziskus hat nicht übertrieben als er dies schrieb.

Er entledigte sich seiner feuchten Kleider, wusch sich hastig und schlüpfte in sein bestes Gewand.

Als der Himmel in vollem Glanz erglühte, stand er bereits am Tor und wartete.

Die Sekundanten trafen ein; er grüßte sie schweigend, im Bewußtsein seiner Unendlichkeit und lächelte unmerklich – nicht tapfer oder gar tollkühn, wie er anfangs geglaubt hatte, sondern leicht; alles, was er sah, belustigte ihn, denn er hatte nie zuvor klarer gesehen als jetzt, verloren in unendlicher, labyrinthischer Stille wie in einer leeren Kathedrale um Mitternacht, in der jeder Laut ein Echo erzeugt.

Und auf dem Weg zum Botanischen Garten schaute Sigismundo sich ehrfürchtig um, so wie sich Adam am ersten Morgen im Garten Eden umgesehen haben mochte. Jeden Busch, jede Blume, jedes Blatt sah er mit anderen Augen, denn er wußte um seine Unverletzbarkeit. Er könnte einfach weggehen, ohne Neapel auch nur zu verlassen. Er könnte hierbleiben und zulassen, daß die ganze Stadt ihn einen Feigling schimpfte und es würde nichts ausmachen, denn er war nicht länger Sigismundo Celine, sondern der eine Geist, der nur zeitweilig damit spielte, Sigismundo Celine zu sein. Andererseits war dieses Duell sein Schicksal und es war so oder so egal. Ihm genügte es, den Duft der Morgendämmerung, die Frische allen Lebens nach der Nacht in der Nase zu spüren und zu sehen, wie der Morgentau an den Rosenknospen hing.

In der unendlichen, labyrinthischen Stille, im Bewußtsein seiner Unverwundbarkeit, machte es ihm nichts mehr aus, daß Sigismundo Celine im Grunde genommen ein gottverdammter Narr war, der seine letzte Dummheit vielleicht mit dem Leben bezahlen mußte. Genausowenig, wie es ihn kümmerte, daß Sigismundo Celine auch lichte Moment hatte und wertvolle Beiträge zur Musik und Mechanik (irgendwie würde das *autokineton* möglich werden) leisten oder sich auf einem anderen Gebiet hervortun könnte, wenn er sich endlich darüber klar würde, wo seine Talente wirklich lagen. Irgendwie war es traurig und komisch zugleich, daß dieser Sigismundo Celine sich wie ein Irrer hatte aufführen müssen, nur weil er gemeint hatte, eine Frau sei wichtiger als die ganze Welt, aber das war nun mal die Art von Narrheit, der Sigismundo Celine verfallen war – wie so viele Jungs in seinem Alter.

Er fragte sich, wie Maria wohl in Wirklichkeit war. Das Hirngespinst seiner Phantasie, die Göttin, die er geschaffen hatte, war in Wirklichkeit die fünfte Seele, die versuchte, die vierte zu wecken: Shekinah, der Glanz Gottes in Menschengestalt, der stets als Frau erscheint, wie Abraham ihm beigebracht hatte. Wer war die richtige Maria, die Frau, die er mit seinen ewigen Belästigungen so verwirrt hatte? Er wußte weniger über sie als über die Antarktis.

Irgendwie bin ich immer noch Sigismundo Celine, dachte er, ich muß sein Leben leben. Auch das war komisch und traurig zugleich, denn er wußte, daß Sigismundo Celine nicht realer war als eine Sonate. Da er alle Geistesformen in sich trug, konnte er die von Sigismundo wieder annehmen, konnte sich aber auch von ihr entfernen, wann immer er wollte und sie von außen betrachten. Die vierte Seele gleicht einem Schauspieler auf der Bühne, dachte er und gleichzeitig dem Publikum, das das ganze Drama verfolgt und dem Autor, der es geschrieben hat.

Und dann durchquerten sie den Botanischen Garten und betraten das Feld.

Carlo und seine beiden Sekundanten warteten bereits.

Plötzlich verspürte Sigismundo ein tiefes, unerwartetes Mitleid. Carlo machte einen nervösen Eindruck, obwohl er der beste Pistolenschütze in ganz Neapel war. Der arme Kerl, dachte Sigismundo, er meint, daß er aufhören wird zu sein, wenn «Carlo Maldonado» stirbt.

Die vier Sekundanten besprachen sich. Dreimal warfen sie eine Münze. Dann wurde beschlossen, daß Portinari, der Wundarzt, zum angemessenen Zeitpunkt den Befehl zum Feuern geben sollte.

Carlo wurde als die beleidigte Partei formell gefragt, ob er eine Entschuldigung annehmen würde; sollte er sich einverstanden erklären, würde Sigismundo aufgefordert, sich bei ihm zu entschuldigen.

«Nein», sagte Carlo mit weißen Lippen. «Ihr habt selber gehört, was er über meine Schwester gesagt hat.»

Ein weiterer Vogel stimmte seinen Morgengesang an. Nur einer diesmal – Sigismundo kannte sein Lied nicht; vielleicht war es ein Zugvogel, der zum Überwintern nach Afrika zog – und plötzlich war er eins mit ihm, wie er eins mit allen Dingen war, denn er war zur inneren Sonne geworden, zum einzigen Stern, zum Ursprung jeder Bewußtseinsveränderung. Wieder lächelte er, wohl wissend um seine Unverwundbarkeit.

Und als man ihm die in einer mit Samt ausgeschlagenen

Kiste ruhende Pistole offerierte, nahm er sie ohne das geringste Anzeichen einer Gefühlsregung in die Hand und inspizierte sie sorgfältig. Für sie bedurfte es keiner seiner Fechtkünste. Man mußte nur korrekt zielen und schneller feuern als der andere – den Rest konnte man Newtons Gesetzen überlassen.

Ich werde auf seine Schulter zielen, beschloß Sigismundo. Er ist nervös und ich nicht, daher kann ich als erster schießen. Und damit wäre diesem gottverdammten Unsinn Genüge getan. Der alte Portinari wird ihm binnen zehn Minuten die Kugel entfernt haben, noch ehe es zu einer Blutvergiftung oder ähnlichem kommen kann.

Er machte die zehn Schritte mit der Ruhe eines Mönchs, der seinen Rosenkranz betet, drehte sich um, spannte den Hahn und wartete.

Selbst auf zwanzig Schritt Entfernung konnte er sehen, wie Carlo der Schweiß auf der Stirn stand.

Im selben Augenblick stimmte der unbekannte Vogel aus dem Norden einen unglaublich reinen Gesang an, wie ein Triller von Scarlatti, zur Ewigkeit erstarrt – «Feuer!» rief Portinari.

Der Lärm schien endlos. Er erinnerte an ein dummes Kind, das gerade entdeckt hat, wie eine Trommel funktioniert und sie unentwegt betätigt, bis man glaubt, die Ohren würden einem platzen. Es wollte einfach nicht aufhören und weckte Pietro Malatesta schließlich aus dem Schlaf.

«Die Diener», murmelte er. «Verdammt noch mal! Wieso gehen die Diener nicht an die Tür?»

Doch dann merkte er, daß der Lärm aufgehört hatte. Offenbar hatte einer der Diener aufgemacht und jetzt vernahm er Gepolter auf der Treppe.

Ich bin ein alter Mann, dachte er. Ich habe genug erlebt, um drei Romane und eine Oper schreiben zu können. Laßt mich schlafen.

Aber nein, die Schritte machten genau vor seiner Schlafzimmertür halt und dann hörte er ein leises Klopfen.

«Was gibt's?» grunzte er. Ich werde keinesfalls das Bett verlassen, dachte er, es sei denn, es ist der Palast, der nach mir ruft und selbst dann werde ich höflich darum bitten, bis morgen früh zu warten. Ich werde nicht aufstehen und mich anziehen, es sei denn, es handelt sich um die von Pauken und Trompeten eingeläutete Wiederauferstehung Christi.

«Pardon, signore. Böse Nachrichten.»

Ich verkaufe das verdammte Zeug und weiß, was es meinen Kunden antut. Man sollte meinen, daß ich alt genug sein müßte, um zu wissen, was es damit auf sich hat und es nicht länger trinken würde. O Gott, ich glaube, mir platzt der Schädel.

Mühsam schleppte er sich zur Tür.

Es war Paolo, der Gärtner. Natürlich: sein Haus lag dem Tor am nächsten; er war als erster geweckt worden.

«Bitte entschuldigen Sie, signore, es ist Signore Orsini. Er muß Sie unbedingt sprechen. Ihr Neffe Sigismundo wird sich duellieren.»

«Ich bin sofort unten», sagte Pietro.

Er trat zur Waschecke und kippte sich eine Schüssel mit Wasser über den Schädel. Sigismundo ist etwas Besonderes, sagte er sich. Es ist nicht seine Schuld, daß er lauter Dummheiten anstellt. Die Macht macht uns verrückt, bis wir lernen, mit ihr umzugehen. In seinem Alter war ich auch ein Narr. Ich muß Ruhe bewahren. Ich darf nicht zu seinem Haus rennen und ihn von hier bis Bagdad und zurück in den Arsch treten.

«Was?» murmelte Violetta und richtete sich halb auf, «ist?»

«Nichts», antwortete er, «schlaf weiter, meine Schöne.»

«Umm», sagte sie und drehte sich um.

Ich frage mich, ob sie in dem Alter wirklich noch schön ist, überlegte Pietro, während er sich anzog, oder ob das eine der Illusionen ist, von denen ich mich nur ungern trenne.

Natürlich muß ausgerechnet ich dieses dumme Duell vereiteln. In meinem Alter. Und mitten in der Nacht.

Nächsten Dezember werde ich sechzig.

Vielleicht haben die Sterne recht: vielleicht genießt Sigismundo wirklich ihren Schutz, bis sich sein Schicksal erfüllt hat. Dann kann ich mich genauso gut wieder hinlegen und warten, bis die Elefanten in meinem Schädel aufhören zu tanzen.

Nein. Das wiederum ist eine Illusion, die ich mir nicht leisten kann.

Als er seine Stiefel angezogen hatte, konnte er schon klarer denken. Wieder einer von diesen fröhlichen Tagen mit den lustigen Malatestas und zum Frühstück ein beiläufiges kleines Gemetzel. Wenigstens weiß der Junge mit dem Degen umzugehen.

Pietro kam ins Wohnzimmer und begrüßte den alten Orsini, der zum Fürchten aussah. Kein Wunder, dachte Pietro; er hat sich die ganze Nacht um die Ohren geschlagen und weiß immer noch nicht, ob es angebracht ist, sich einzumischen.

«Ich danke Ihnen, daß Sie gekommen sind», sagte Pietro schnell und schärfte sich ein, ja nicht zu vergessen, den Orsinis bei nächster Gelegenheit eine Kiste Wein zu schicken. (Man soll den Boten stets belohnen, ganz gleich, ob er gute oder schlechte Nachricht bringt: das war eine seiner Grundregeln. Sie garantierte, daß er stets als erster in Neapel Bescheid wußte.«

«Bitte sagen Sie mir – wen gedenkt mein schwachsinniger Neffe zu töten?»

«Carlo Maldonado», sagte Orsini unglücklich. «Aber es ist Ihr Neffe, der in Gefahr schwebt.»

«So?» Im gleichen Moment begriff Pietro, was das bedeutete. «Dann war Carlo der Beleidigte und hatte die Wahl der Waffen?»

«Genau.»

«Pistolen natürlich.»

«Es tut mir sehr leid, Ihnen das sagen zu müssen.»

«Verdammt!» Pietro verzog das Gesicht. Jetzt nimmt er seit zehn Jahren Fechtunterricht und muß sich natürlich ein Pistolenduell aufhalsen. Noch dazu gegen einen Burschen, der angeblich einer Laus auf zwanzig Meter eine Glatze schießen kann. «Wo?»

«Hinter dem Botanischen Garten, bei Anbruch der Dämmerung.»

Pietro warf einen Blick auf die Uhr. Fünf Uhr dreiundzwanzig.

Zu dieser Jahreszeit würde die Dämmerung in einer halben Stunde anbrechen.

Pietro reichte Orsini die Hand. «Wir werden Ihre Freundlichkeit nie vergessen», sagte er warm. «Die Malatestas werden immer Ihre Freunde sein.» Damit bugsierte er den Alten zur Tür und nahm im Vorbeigehen gleich seinen Umhang vom Haken.

Keine Zeit, um Graf Maldonado aufzusuchen, dachte er. Keine Zeit für irgendwas, außer so schnell wie möglich in den Botanischen Garten zu eilen.

Keine Zeit für diplomatische Verhandlungen, keine Zeit zum Abwägen, Feilschen, keine Zeit für die üblichen Tricks. Ich kann nur versuchen, rechtzeitig da zu sein, ehe die Ballerei anfängt. Und dann? Dann sehen wir weiter.

Er bedankte sich noch mehrmals bei dem alten Orsini, bis sich ihre Wege trennten.

Er versuchte, nicht zu laufen. Mit etlichen Gallonen Champagner im Leib und neunundfünfzig Jahren Müdigkeit in den Knochen würde er sonst nur mitten auf der Straße zusammenbrechen. Er paßte auf, daß er nicht aus der Puste geriet und verlangsamte seine Schritte, sobald er merkte, daß sein Herz zu heftig schlug. Trotzdem marschierte er ziemlich schnell, suchte immer wieder ängstlich den Himmel im Osten nach den ersten Sonnenstrahlen ab und versuchte gleichzeitig, sich durch Atmen zu entspannen und die innere Sonne zu visualisieren.

Zwecklos, irgend etwas zu planen, dachte er, alles hängt davon ab, ob ich rechtzeitig eintreffe. Ich muß mich auf meine Instinkte verlassen. Es gibt nur einen Geist; wenn ich leer genug bin, wird dieser Geist durch mich wirken. Ich habe nicht die Macht eines Abraham Orfali, aber ich habe dreißig Jahre Übung. Entspanne dich, sei wachsam und erinnere dich an die acht unsichtbaren Hilfen. Deine Gewohnheiten werden dich tragen.

Ex Deo nascimur: in Jesu morimur: per Spiritum Sanctum reviviscimus.

Und dann entdeckte er einen rosafarbenen Streifen am Horizont.

Lauf nicht. Du bist fast da.

Doch das Rosa verwandelte sich in einen riesigen, orangefarbenen Feuerball.

«*Ob tausend fallen zu deiner linken Seite und zehntausend zu deiner Rechten, so wird es doch dich nicht treffen*», sprach der Psalmist. Er, die vierte Seele, kennt weder Raum, noch Zeit, noch Grenzen.

Pietro Malatesta fing an zu laufen. Wie ein Neunzehnjähriger, als wären die vierzig Jahre mit einem Mal von ihm abgefallen, wiederholte er immer wieder die Worte des Psalms in seinem Kopf und lief – lief durch das Tor des Botanischen Gartens, sah, wie der Himmel von einem orangeglühenden Licht überflutet wurde, lief zwischen Rosen und Lilien, zwischen Farnen und Oleander, lief weiter, bis er die kleine Gruppe am Rand einer Wiese stehen sah, lief noch schneller, als er sah, wie Sigismundo zehn Schritte in die eine Richtung und Carlo Maldonado in die andere Richtung ging, lief und lief und wiederholte dabei im Geiste: «*Ob tausend fallen zu deiner linken Seite und zehntausend zu deiner Rechten, so wird es doch dich nicht treffen!*»

Und wie ein junger Hirsch setzte er über die Wiese, gerade als Portinari «Feuer!» rief.

«Halt!» schrie Pietro.

Und jeder fuhr zusammen, als zwei Schüsse durch die Stille peitschten.

Sigismundo hörte den Schrei und erkannte die Stimme und wandte sich – ohne es zu wollen – ihrem Ursprung zu, während er gleichzeitig automatisch den Abzug betätigte. Dann explodierte das ganze Universum. Er dachte noch, daß die Waffe einen starken Rückstoß hatte, doch dann merkte er, mußte er sich eingestehen, daß nicht ein riesiges Feuer die Welt erfaßt hatte, sondern daß es nur sein Körper war, der glühte vor Schmerz: es schien Millionen und Millionen von Sonnen zu geben (so wie Bruno behauptet hatte) und jede erlosch vor seinen Augen, eine nach der anderen und der ganze Kosmos versank in tödliche Dunkelheit und Chaos. Aber das war nur sein Körper, nicht wirklich das ganze Universum. Er erinnerte sich, wie er den Ärmelkanal überquert hatte auf jenem Schiff, das Meer aufgewühlt und eisig kalt, er fiel ins Wasser, sein ganzer Körper zitterte vor Kälte, die Zähne klapperten wie damals in jener Nacht, in der er nach Antonio getaucht war. Und dann ging es hinunter, hinunter, hinunter und wieder hinauf, hinauf, hinauf, als er merkte, daß Portinari sich mit einem heißen Messer an seiner Schulter zu schaffen machte.

Feuer und Wasser sind eins.

«Verdammt», sagte Portinari. «Sie ist glatt durch dich hindurchgegangen. Jemand soll sich um Pietro kümmern!»

«Mein Gott, auch er ist getroffen», rief eine Stimme.

«Ich dachte, das Laufen hätte ihn erschöpft und er sei nur zusammengebrochen», hörte er Portinari mit immer leiser werdender Stimme sagen. «Verdammt, es muß die Kugel gewesen sein, die Sigismundos Schulter durchbohrt hat.»

Jeder hat das Recht, einen Tag lang Narr zu sein, schoß es

Sigismundo durch den Kopf. Habe ich das nicht selbst gesagt? Und jetzt wird vielleicht mein Onkel dran glauben müssen.

An Carlo dachte er noch nicht.

Er lag auf dem Rücken ausgestreckt auf einer Wiese in Neapel und sah nicht etwa zu, wie ganze Sonnensysteme explodierten und vergingen.

Er rappelte sich auf.

«He du – wirst du wohl liegen bleiben», schrie Portinari.

Doch Sigismundo war schon auf den Beinen. Sofort kippte die Wiese nach links und der Himmel fing an, sich um ihn zu drehen, aber er hielt sich aufrecht. Er fühlte sich wie die Nachgeburt, die von der Hebamme in ein paar alte Tücher gewickelt und im Hinterhof vergraben wird, aber er blieb auf den Beinen.

Portinari beugte sich etwa zwanzig Meter weiter über Pietros Körper. «Bleib liegen!» schrie er Sigismundo an. «Ich kann mich nicht um euch beide gleichzeitig kümmern!»

Sigismundo machte einen Schritt vorwärts und wankte.

Hin zu dem Einen, der vollkommenen Liebe, Harmonie und Schönheit...

Er stürzte und der Schmerz explodierte wieder in seinem ganzen Körper. Er tauchte weg, aber es gab keinen Grund unter ihm und Antonio war nirgends zu sehen in der tintenschwarzen Dunkelheit. Seine Zähne klapperten und der Schweiß brannte ihm in den Augen. Schüttelfrost und Fieber: vielleicht muß ich sterben.

Da beugte sich einer von Carlos Sekundanten über ihn. «Du wirst verbluten, du Holzkopf. Ich sehe schon nach deinem Onkel. Bleib liegen!»

«Es ist meine Schuld», murmelte Sigismundo. «Ich bin ein Teufel.»

Hin zu dem Einen, der vollkommenen Liebe, Harmonie und Schönheit, dem einzigen Wesen, vereint mit all den erleuchteten Seelen...

Wieder raffte er sich auf – und kotzte über sein Hemd. Er kotzte und kotzte, konnte gar nicht mehr aufhören damit. Die Wiese und der Himmel drehten sich wie verrückt um ihn. Ich bin gar nicht hier, sagte er sich. Ich bin die vierte Seele, die das alles von außerhalb beobachtet. Nicht unsere Beine tragen uns, sondern unser Wille.

Er machte ein paar schwankende Schritte in Onkel Pietros Richtung.

«Haltet den Idioten fest», schrie irgend jemand.

Diese Nacht wird uns allen zum Verhängnis.

Ich kehre millionenfach zurück.

Moira: ein Knoten.

Wieder stürzte er, doch diesmal war er Onkel Pietro schon näher gekommen. Nur mal kurz ausruhen, dachte er. Versuchen, das Zähneklappern zu unterdrücken, sonst beiße ich mir noch die Zunge ab. Das Licht visualisieren. Atmen.

Jetzt. Noch mal versuchen.

«Setz dich auf ihn», schrie eine Stimme. «Er bringt sich noch um, wenn er immer wieder aufsteht!»

Er hatte sich aufgerichtet, brachte es noch nicht richtig fertig, aufzustehen. Einer der Sekundanten stellte sich vor ihn.

«Wie geht es Carlo?»

«Nicht gut. Du hast ihn in die Leiste getroffen.»

«Mein Gott!» sagte Sigismundo. «Ich habe auf seine Schulter gezielt.»

Er stand auf. Schmerz ist nichts, sagte er sich. Nur Feiglinge machen Halt, wenn sie Schmerz spüren.

Bring mich hin, betete er. Ich schaffe es nicht allein.

Er ging, wild um sich schlagend, taumelnd, auf die Stelle zu, wo Portinari sich um Onkel Pietro kümmerte. Der Gestank seines vollgekotzten Hemdes machte ihn schwindlig. Der Himmel drehte sich noch immer. *Hin zu dem Einen, der vollkommenen Liebe, Harmonie und Schönheit, dem einzigen Wesen, vereint mit all den erleuchteten Seelen, die die Verkör-*

perung des Meisters sind, der Geist der Führung. Bring mich dahin. Es gibt nur dich. Ich bin du, die Blumen sind du, Carlo ist du. Bring mich hin.

Er stürzte zu Boden und die Wellen schlugen über ihm zusammen, zogen ihn hinunter, hinunter, hinunter, auf den Grund des Brunnens, durch das eiskalte Wasser.

Dann kroch er über die rotglühenden Kohlen der Hölle. Die Dominikaner hatten also doch recht. Er würde endlose Stunden und endlose Tage in unendlicher Qual verbringen, um für seine Sünden zu bezahlen. Er kroch weiter, von seinem eigenen Schweiß geblendet, versuchte eins zu werden mit dem einzigen Geist und dann verwandelten sich die glühenden Kohlen wieder in sanftes grünes Gras.

Onkel Pietro wandte den Kopf und sah ihn an.

«Endlich...», sagte er.

«Was?»

«Endlich... frei... verdammenswerten Büchern...»

Dann wurden Pietros Augen glasig und die Wellen bäumten sich auf und rissen Sigismundo mit in die eisige Finsternis.

«Was für ein Schlamassel», sagte Graf Maldonado. «Was für ein klassischer, neapolitanischer Schlamassel!»

Sir John und der Graf saßen im Garten. Keiner von beiden schien die Erleichterung nach den Worten des Arztes richtig auskosten zu können.

«Dein Sohn wird überleben», sagte Sir John. «Nur das zählt.»

«Ich weiß. Ich kann es noch gar nicht glauben. So wie Carlo aussah, als sie ihn brachten... ich dachte, er wäre schon tot!»

«Maria hat den ganzen Rückweg über gebetet!»

«Sie ist ein gutes Mädchen. Und ihre Gebete haben Kraft.»

«Wir sollten Pietro Malatesta dankbar sein», sagte Sir John. «Hätte er nicht zum richtigen Zeitpunkt geschrien, wäre eine der Kugeln vielleicht tödlich gewesen. Er hat beide erschreckt, nehme ich an.»

«Pietro ist der klügste Mann in ganz Neapel», sagte der Graf. «Ich nehme an, er hatte eingesehen, daß es zu spät war für die Klugheit und deshalb versuchte er es mit Krach. Nun ja, er erfüllte seinen Zweck. Jedenfalls hat er wahrscheinlich meinem Sohn das Leben gerettet. Trotzdem, eine solche Wunde – das werde ich nie verzeihen können!»

«Der Arzt meint, er kann noch nichts Sicheres sagen», wandte Sir John ein. «Die Kugel ist ein paar Zentimeter über... dem Geschlechtsorgan eingedrungen. Carlo ist keineswegs ein Eunuch.»

«Ich weiß», sagte der Graf. «Es gibt andere Männer, die an dieser Stelle verwundet wurden und später trotzdem Kinder gezeugt haben. Aber der Arzt weiß noch nicht, welche Gefäße und Arterien zerstört sind. Es ist gräßlich, einfach gräßlich. Stell dir vor, du wärest in Carlos Alter und wolltest mit einer Frau ins Bett gehen und wüßtest nicht, ob du dazu überhaupt imstande bist. Gräßlich!»

Er hat immer noch die Möglichkeit, Mönch zu werden, dachte Sir John, aber das sage ich jetzt besser nicht.

«Du mußt dankbar sein, daß Carlo überhaupt noch lebt», sagte er sanft.

Der Graf stieß einen Seufzer aus und ließ seinen Blick über die Hecken und Blumenbeete schweifen. «Was für ein schöner Tag», sagte er. «Und ich weiß nicht, ob mein Sohn ein Hahn oder ein Kapaun ist.»

«Wie lange sollte ich Maria bei Carlo lassen?» fragte Sir John.

«Solange sie bei ihm bleiben will. Ihr Gebet hat Kraft und ich habe schon mehr als einen Mann an Komplikationen sterben sehen, obwohl die Ärzte gesagt hatten, sie würden ihn durchbringen.»

«Gewiß. Dann werde ich einen Spaziergang zum Capodimonte machen und Pietro Malatesta einen Besuch abstatten, glaube ich», sagte Sir John.

«Ja. Du bist sowohl als Freimaurerbruder als auch als relativ Fremder der beste Vermittler in dieser Angelegenheit. Dieser Narr Sigismundo wird Neapel verlassen. Das ist die Bedingung. Wenn wir das Ganze vor Gericht bringen würden, wäre das Exil das mindeste. Aber bitte versichere Pietro Malatesta selbst meiner Hochachtung.»

«Natürlich», antwortete Sir John. «Und wenn Maria herunterkommt, richte ihr aus, daß ich in einer Stunde zurück bin.»

Doch mitten auf dem Weg wurde er von einer unerklärlichen Depression erfaßt. Ich will nicht abergläubisch sein, dachte er. Es ist Blödsinn, dieses Duell für ein Omen oder ähnliches zu halten. Sie liebt mich und ich liebe sie; wir können unsere sichere und geborgene kleine Welt wiederfinden. Wenn wir nach England zurückkehren, wird all das vergessen sein. Ich darf mir nicht einreden, daß aus unserer Hochzeitskutsche ein Leichenwagen geworden ist.

Doch dann mußte er sich eingestehen, daß es nicht das Duell war, das ihn so aus dem Gleichgewicht gebracht hatte. Drei Verwundete, aber kein Toter: das war beinahe ein glückliches Ende für eine derartige Tragödie.

Seine Bedrückung rührte von etwas, das er anfangs nicht hatte wahrhaben wollen: einem Jungen, der vor ihm auf der Straße ging, einem Jungen, den er nicht anstarren wollte, einem Jungen mit der Anmut einer griechischen Statue.

Nach drei Tagen erlaubte der Arzt Sigismundo einen Spaziergang, warnte ihn aber gleichzeitig vor jeglicher Überanstrengung.

Sigismundo begab sich geradewegs ins Ghetto und suchte Dr. Orfalis Geschäft auf.

Wie üblich klingelte die kleine Glocke über der Tür und

Abraham trat hinter dem Vorhang hervor. Wieder mußte Sigismundo an eine Kuckucksuhr denken.

«Du siehst nicht übel aus für einen Mann mit einem Loch in der Schulter», begrüßte ihn Abraham.

«Ach, halb so schlimm. Ich konnte sogar heute morgen schon wieder auf dem *clavicembalo* spielen.»

«Komm, gehen wir ins Hinterzimmer, wo wir uns hinsetzen können», schlug Abraham vor.

Sigismundo erinnerte sich an seinen ersten Besuch in diesem Raum und das erste Auftauchen der vier Erzengel.

«So», sagte Abraham, nachdem er es sich gemütlich gemacht hatte. «Du bist also gekommen, damit ich dir die Leviten lese, wie? Hat Onkel Pietro dich noch nicht genügend in die Mangel genommen?»

Sigismundo sagte nichts.

«Hm, das ist es also nicht», fuhr Abraham fort. «Oh, wie dumm von mir! Du hast die vierte Seele gefunden!»

«Sieht man mir das etwa an?»

«Wie groß ist sie?»

Sigismundo lächelte.

«Wie alt ist sie?»

Sigismundo lachte.

«So, so. Immerhin hast du den ganzen Weg gemacht. Was willst du dann von mir?»

«Es war nicht so, wie es sein sollte. Ich mußte mich besaufen, zum Gespött der Leute machen und in aller Öffentlichkeit vulgär werden. Um ein Haar hätte ich Carlo getötet. Und meinen Onkel obendrein. Ich bin ein Musterbeispiel für alles, was ein Freimaurer nicht sein sollte. Ich habe die vierte Seele nicht verdient!»

«Sag das niemals!» sagte Abraham plötzlich böse. «Jeder verdient die vierte Seele. Das weiß man, wenn man seine Sinne einigermaßen beieinander hat.»

«Ich bin ein Narr gewesen und habe noch mehr Unglück

über meine arme Familie gebracht. Und jetzt muß ich wie ein gewöhnlicher Verbrecher ins Exil.»

«Und hast die vierte Seele schon wieder verloren, das sehe ich auch! Aber mach dir keine Sorgen. Wenn du einmal da warst, wirst du immer wieder zurückfinden. Und beim zweiten Mal ist es sogar leichter.»

«Ich habe möglicherweise Carlo entmannt!» rief Sigismundo. «Das wirft mich in einen Topf mit Tante Gina. Wir sollten das Firmenzeichen ändern: Malatesta & Celine, Beste Weine und Kastrationen. Wir könnten Exklusivverträge mit dem Vatikan schließen und seinen Chor mit *castrati* versorgen. Und wenn wir uns ranhalten, könnten wir sogar die arabischen Harems beliefern.»

«Du willst also doch, daß dir einer die Leviten liest?»

«Nein, ich brauche nur an Carlos Blick zu denken ... der wird mich ein Leben lang verfolgen.»

«Hör zu. Wenn du die vierte Seele entwickeln willst, mußt du verzeihen können. Wie oft habe ich dir das gesagt? Das bedeutet aber auch, daß du dir selbst verzeihen kannst und das ist am schwersten von allem.»

«Mein normaler Verstand reicht nicht aus», sagte Sigismundo bekümmert.

«Meiner auch nicht. Und der der Ratten, Fische und Bäume ebenfalls nicht. Nur der eine Geist ist erleuchtet.»

«Ich weiß, ich weiß», antwortete Sigismundo müde. «Aber–»

«Du glaubst, daß du ein Unglück für die Freimaurer bist. Du hältst andere für würdiger, nicht wahr? Du findest es ungerecht, daß du die Erleuchtung erlangt hast und andere, die es vielleicht mehr verdient hätten, nicht. Vergiß das alles. Erinnere dich an den Sohn der Witwe.»

«So etwas kann sogar Dummköpfen wie mir geschehen», sagte Sigismundo. «Denn Gottes Wege sind unerforschlich. Meinst du das?»

Abraham lachte. «Es geschieht nur Dummköpfen wie dir», sagte er. «Oder mir!» fügte er spitzbübisch hinzu.

Und als Sigismundo dem alten Mann in die Augen sah, entdeckte er plötzlich den Jungen, der ihm vor sechzig Jahren sehr ähnlich gewesen war und allen möglichen Unsinn angestellt hatte.

Am 23. Juli 1770 stachen Sir John und Lady Babcock in See.

Sigismundo lungerte unauffällig am Pier herum und schaute zu, wie das Boot sich entfernte. Er machte sich keine Illusionen mehr über Maria: sie war ihm vollkommen fremd. Ob sie überhaupt zusammengepaßt hätten, wenn sich alles anders entwickelt hätte, stand in den Sternen. Wer oder was sie auch war, er wünschte ihr Glück. Babcock war ein aufrechter Freimaurer und ein redlicher Verfechter der Freiheit. Er wünschte beiden Glück. Sie abreisen zu sehen war nur ein ritueller Akt: es gehörte dazu, wenn er sich von seinen Illusionen endlich befreien wollte.

Eine Woche später verließ auch Sigismundo Neapel. Es gab keine rechtlichen Komplikationen; Graf Maldonado und Onkel Pietro hatten die richtigen Leute geschmiert und selbst, wenn halb Neapel wußte, daß es hinter dem Botanischen Garten wieder mal ein illegales Duell gegeben hatte, so hatte die Polizei (offiziell) nichts davon mitbekommen. Sigismundo konnte es kaum abwarten, ein neues Leben zu beginnen. Die Universität von Paris stand in dem Ruf, eine der besten Fakultäten für Naturphilosophie auf der Welt zu haben. Und die Elektrizität, auf die sich die Forschung hier besonders spezialisiert hatte, bot vielleicht die Lösung für den Antrieb seines *autokineton*.

Die Ratschläge, die Onkel Pietro ihm mit auf den Weg gab, waren außergewöhnlich knapp bemessen: «Schaff dir eine Mätresse an, sonst wirst du noch in den *maisons* enden und dir die klassischen französischen Pocken holen. Borge dir kein Geld bei professionellen Geldverleihern; schreib mir, wenn du knapp bei Kasse bist. Und hüte dich um Gottes willen davor, mit einem Korsen Karten zu spielen!»

Einmal wachte Sigismundo in der Kutsche nach einem erotischen Traum auf. Doch niemand schaute ihn an, die anderen Passagiere dösten vor sich hin – er hatte also nicht im Schlaf gesprochen.

Trotzdem, es war seltsam, wieder von Maria zu träumen.

Diese Tollheiten hatte er ein für allemal hinter sich. Außerdem war sie die Frau eines Bruders und so närrisch Sigismundo auch sein konnte, das Vertrauen eines anderen Freimaurers würde er niemals enttäuschen, indem er ihm seine Frau abspenstig machte. Wahrscheinlich haßte sie ihn sowieso, weil er ihren Bruder zusammengeschossen hatte. Und außerdem lebte sie in einem anderen Land. Der Traum war ganz offensichtlich absurd: er würde Maria niemals wiedersehen.

Dessen war er gewiß.

Als im Herbst 1770 der Unterricht an der Pariser Universität begann, hatte Sigismundo eine komfortable Unterkunft an der Rive Gauche gefunden und sich in Chemie, Musiktheorie, Höherer Mathematik und Physik eingeschrieben.

Er entdeckte ein Paris, das er bei seinem ersten Besuch gar nicht gesehen hatte. Wann immer er sich auf die Suche nach seiner zukünftigen Mätresse machte, um den *maisons* und ihren Krankheiten zu entkommen, fiel ihm auf, wie schmutzig die Straßen waren. Die schlimmsten Gegenden in Neapel waren klein im Vergleich zum Ganzen, Paris aber war überall so. Die Frauen, so lernte er, stiegen gar nicht erst aus ihren Kutschen, wenn sie es vermeiden konnten, denn die Straßen waren so verdreckt, daß ihre Kleider im Nullkommanichts ruiniert waren.

Jeden Tag berichteten die Zeitungen ausführlich über den wachsenden Unmut in den britischen Kolonien von Nordamerika, so daß jeder, der des Lesens mächtig war, erfahren konnte, wie eine aufgebrachte Menschenmenge in New York im Januar britische Soldaten und in Boston im März eine britische Einheit angegriffen hatte. Sigismundo kam es vor, als wollten die Zeitungen jedermann vorführen, wie man eine Revolution anzettelte und als würden sie das, was sich in Amerika ereignete, als eine Art Generalprobe ansehen.

An der Universität wurde die Lehre von der Gleichheit aller weder von Studenten noch von den Professoren als radikal eingestuft, im Gegenteil, sie war unausweichlich und nur eine Frage der Zeit. Wenn ich ihnen verraten würde, daß ich ein halber Bauer bin, dachte Sigismundo, würden sie mich als Beweis dafür ausstellen, daß alle Menschen von Natur aus gleich sind und nur die Gesellschaft sie prägt.

Am 17. Dezember saß er in einem Straßencafé, als er plötzlich den bayrischen Rechtsanwalt in der Menge entdeckte, den er bei der Hinrichtung von La Barre damals in Abbeville kennengelernt hatte. «Herr Zoesser!» rief er laut.

Der stattliche Bayer blieb stehen und starrte ihn an. «*Signore Celine, n'est-ce pas?*» fragte er zögernd. «Natürlich! Es ist Jahre her!»

«Setzen Sie sich doch», lud Sigismundo ihn ein. «Wie lange werden Sie in Paris Station machen?»

Zoesser war liebenswürdig wie immer. «Ich halte mich zur Zeit ständig hier auf», antwortete er. «Das bayrische Klima wurde mir etwas ... hmmm ... zu unbequem.»

Das war kein Versprecher.

«Es ist schön, Sie wiederzusehen», sagte er und reichte ihm die Hand.

Ihre Finger verschlangen sich zum Freimaurergruß.

Sigismundo war nicht überrascht. Zoessers Ansichten mußten in die Freimaurerei münden; vielleicht war er sogar schon in Abbeville Freimaurer gewesen.

«Ich lebe jetzt selbst mehr oder weniger permanent in Paris», sagte Sigismundo. «Zumindest bis ich weiß, was ich an der Universität studieren will.»

«Wie lange sind Sie denn schon hier?» fragte Zoesser herzlich.

«Knapp vier Monate.»

Zoesser senkte die Stimme. «Haben Sie schon Verbindung zu einer Loge aufgenommen?»

«Nein. Heutzutage gibt es so viele rivalisierende Logen in Frankreich, daß ich gar nicht weiß, welche den Grundsätzen meiner Heimatloge in Neapel am nächsten kommt», antwortete Sigismundo. «Jedenfalls will ich nichts mit einer Bande von Atheisten zu tun haben.»

Zoesser nickte. «Der Atheismus ist hier etwas extrem», sagte er vorsichtig. «Trotzdem, man muß das auch richtig verstehen. Eine absolute Kirche erzeugt eben eine absolute Opposition... für eine Weile... aber ich glaube, ich weiß, welche Loge für Ihre Zwecke in Frage käme. Die Großloge der Hohen Ägyptischen Freimaurerei.»

«Ist ihre Zielsetzung denen der neapolitanischen Logen ähnlich?»

«Ich muß gestehen, ich war noch nie in Neapel», sagte Zoesser. «Aber ich habe neapolitanische Freimaurer kennengelernt und glaube, über ihre Prinzipien unterrichtet zu sein. Die Großloge der Hohen Ägyptischen Freimaurerei wird Ihnen zusagen. Auch sie tritt für die Entwicklung höherer Bewußtseinsebenen ein.»

«Wie kann ich Kontakt zu ihr bekommen?»

«Es wird mir eine Ehre sein, Sie einzuführen. Ich gehöre in der Tat mehreren Logen an, aufgrund meiner vielen Reisen. Ich halte die Konflikte, die zwischen den rivalisierenden Logen entstanden sind, für äußerst gefährlich und versuche auf meine bescheidene Weise, zwischen ihnen zu vermitteln.»

«*Es gibt keinen Zufall!*» rief Sigismundo aus. «Es war vorherbestimmt, daß wir uns heute trafen!»

«*Grüße von allen drei Spitzen des Dreiecks*», zitierte Zoesser.

Sie lächelten.

«Nun», sagte Sigismundo. «Erzählen Sie mir mehr über die Großloge der Hohen Ägyptischen Freimaurerei.»

«Der Großmeister ist Philippe, Herzog von Chartres. Wenn die Thronfolge es so will, wird er der nächste König sein. Oder der übernächste. Können Sie sich vorstellen, was es heißt, einen erleuchteten Monarchen zu haben? Es wäre die Erfüllung von Platons Traum.»

«Und sonst?»

«Ich kann Ihnen versichern, daß die führenden Köpfe der Nation, hm, abgesehen von den fanatischen Revoluzzern natürlich, Mitglieder sind. Wir haben zum Beispiel einen Mann unter uns, der den 32° besitzt. Er steht direkt unter Philippe selbst, sein Name ist Graf Cagliostro. Er ist der größte Heiler, dem ich je begegnet bin. Manche sagen, er könne sogar Wunder tun. Wenn Sie ihm gegenüber sitzen und ihm in die merkwürdigen violetten Augen schauen, haben Sie das Gefühl, den Planeten zu verlassen und andere Welten zu sehen.»

«Cagliostro?» rief Sigismundo. «Stammt er auch aus Italien?»

«Ja. Wenn ich es recht bedenke, fällt mir auf, daß er Ihnen irgendwie ähnlich sieht. Um die Augen.»

Du wirst viele Länder bereisen und den Ozean überqueren und am Ende wirst du zu uns kommen . . .

«Ich wäre sehr daran interessiert, Graf Cagliostro kennenzulernen», sagte Sigismundo

Es begann zu schneien, zuerst nur ein paar einsame Flokken, dann ein richtiges Gestöber. Sigismundo und Zoesser nahmen ihre Tassen, gingen in das Café hinein und schauten zu, wie die weißen Kristalle sich zu einem Schneesturm formierten. Immer schneller und dichter fielen die Flocken, bis die Straßen und Dächer ganz unter einer dicken weißen Puderschicht verschwunden waren. Die Farbe der Reinheit, dachte Sigismundo, im Katholizismus und in der Freimaurerei, die Farbe, die zugleich alle Farben und keine Farbe ist. Den Ansturm des Windes erwartend schien Paris zu frösteln und enger zusammenzurücken.